O VÉU ESCARLATE

Obras da autora publicadas pela Galera Record

Série Pássaro & Serpente
Pássaro & serpente
Sangue & mel
Deuses & monstros

Série O véu escarlate
O véu escarlate

SHELBY MAHURIN

Tradução
Mel Lopes

1ª edição

— Galera —

RIO DE JANEIRO
2024

PREPARAÇÃO
Fernanda Barreto

REVISÃO
Rachel Agavino
Rodrigo Dutra

TÍTULO ORIGINAL
The Scarlet Veil

CIP-BRASIL. CATALOGAÇÃO NA PUBLICAÇÃO
SINDICATO NACIONAL DOS EDITORES DE LIVROS, RJ

M182v   Mahurin, Shelby
          O véu escarlate / Shelby Mahurin ; tradução Mel Lopes. - 1. ed. - Rio de
          Janeiro : Galera Record, 2024.

          Tradução de: The Scarlet Veil
          ISBN 978-65-5981-494-7

          1. Ficção americana. I. Lopes, Mel. II. Título.

24-88315   CDD: 813
                            CDU: 82-3(73)

Gabriela Faray Ferreira Lopes - Bibliotecária - CRB-7/6643

Copyright © 2023 by Shelby Mahurin
Publicado mediante acordo com HarperCollins Children's Books,
uma divisão da HarperCollins Publishers.

Todos os direitos reservados.
Proibida a reprodução, no todo ou em parte, através de quaisquer meios.
Os direitos morais da autora foram assegurados.

Texto revisado segundo o Acordo Ortográfico da Língua Portuguesa de 1990.

Direitos exclusivos de publicação em língua portuguesa somente para o Brasil
adquiridos pela
EDITORA GALERA RECORD LTDA.
Rua Argentina, 120 – Rio de Janeiro, RJ - 20921-380 - Tel.: (21) 2585-2000,
que se reserva a propriedade literária desta tradução.

Impresso no Brasil

ISBN 978-65-5981-494-7

Seja um leitor preferencial Record.
Cadastre-se e receba informações sobre nossos
lançamentos e nossas promoções.

Atendimento e venda direta ao leitor:
sac@record.com.br

Para Wren, *meu doce passarinho*

PARTE I

Mieux vaut prévenir que guérir.
É melhor prevenir do que remediar.

PRÓLOGO

O cheiro que evoca lembranças é algo curioso. Basta um pouco para nos transportar no tempo: um resquício do óleo de lavanda da minha mãe, um vestígio da fumaça do cachimbo do meu pai… Cada cheiro me remete à infância de uma maneira própria e peculiar. Minha mãe passava o óleo todas as manhãs enquanto encarava seu reflexo no espelho, contando as novas linhas de expressão em seu rosto. Meu pai fumava o cachimbo quando recebia visitas. Acho que eles o assustavam com seus olhos vazios e mãos rápidas. Sem dúvida, eu ficava assustada.

Mas cera de abelha… cera de abelha sempre me fará lembrar da minha irmã.

Todas as noites, feito um reloginho, Filippa pegava sua escova de prata quando nossa babá, Evangeline, acendia as velas. Os pavios enchiam o cômodo com o suave aroma do mel enquanto Filippa desfazia minha trança e passava as cerdas de javali pelo meu cabelo. Evangeline se acomodava em sua poltrona favorita de veludo cor-de-rosa e nos observava com carinho, a pele ao redor de seus olhos se franziam sob a luz roxa e enevoada do crepúsculo.

O vento cortante naquela noite de outubro sussurrava no telhado, hesitando, demorando-se na promessa de uma história.

— *Mes choux* — murmurou ela, abaixando-se para pegar as agulhas de tricô no cesto ao lado da poltrona. O cão de caça da família, Birdie, encolheu-se feito uma bola enorme perto da lareira. — Já lhes contei a história de *Les Éternels*?

Como sempre, Pip falou primeiro, inclinando-se perto do meu ombro e franzindo a testa para Evangeline. Estava desconfiada e intrigada ao mesmo tempo.

— Os Eternos?

— Sim, querida.

A expectativa crescia na minha barriga quando olhei para Pip, nossos rostos a poucos centímetros de distância. Partículas douradas ainda brilhavam nas bochechas dela por causa da aula de pintura de retratos daquela tarde. Pareciam sardas.

— Já contou? — Minha voz carecia da graciosidade lírica de Evangeline e da determinação de Filippa. — Acho que não.

— Com certeza não contou — confirmou Pip, muito séria, antes de se voltar para Evangeline. — Gostaríamos de ouvir, por favor.

Evangeline arqueou uma sobrancelha com o tom autoritário da menina.

— É mesmo?

— Ah, conte-nos, por favor, Evangeline! — implorei.

Deixando-me levar por completo, fiquei de pé em minhas pantufas e bati palmas. Pip, que tinha doze anos contra os meus míseros seis, agarrou minha camisola depressa, puxando-me de volta para o banco ao lado do armário. Ela apoiou suas mãos pequenas nos meus ombros.

— Damas não gritam, Célie. O que o *père* iria dizer?

O calor tomou conta do meu rosto quando cruzei as mãos no colo, arrependida no mesmo instante.

— *A verdadeira beleza está nas ações* — declarei.

— Exatamente. — Pip se voltou para Evangeline, cujos lábios se contraíram enquanto lutava para não sorrir. — Por favor, conte-nos a história, Evangeline. Prometemos não interromper.

— Muito bem. — Com destreza adquirida, Evangeline deslizava seus dedos ágeis pelas agulhas, tecendo a lã em um lindo cachecol cor-de-rosa-pétala. Minha cor favorita. O cachecol de Pip, que era branco feito neve recém-caída, já estava no cesto. — Mas ainda tem tinta no seu rosto, meu bem. Seja boazinha e vá limpá-lo, sim? — Ela esperou até que Pippa terminasse de esfregar as bochechas antes de continuar. — Certo. *Les Éternels*. Eles nascem na terra, frios e fortes como ossos. Não têm coração, alma ou mente, apenas impulso. Apenas *luxúria*. — Ela disse a palavra com um entusiasmo inesperado. — O primeiro veio de uma terra distante para o nosso reino, vivendo nas sombras, espalhando a doença para as pessoas daqui. Infectando todos com a magia dela.

Pip voltou a escovar meu cabelo.

— Que tipo de magia? — indagou ela.

Meu nariz franziu quando inclinei a cabeça e perguntei:

— O que é *luxúria*?

Evangeline fingiu não me ouvir.

— O pior tipo de magia, pequenas. O *pior* de todos. — O vento sacudiu as janelas, ávido pela história, quando Evangeline fez uma pausa dramática. Só que Birdie rolou para o lado com um uivo agudo exatamente no mesmo momento e arruinou o efeito. Evangeline lançou ao cão um olhar irritado. — O tipo que exige sangue. Que exige *morte*.

Pippa e eu trocamos um olhar disfarçado.

— Dames Rouges — sussurrou ela no meu ouvido, tão baixo que quase não escutei. — Damas Vermelhas.

Nosso pai já havia falado desses seres uma vez, os mais estranhos e raros ocultistas que atormentavam Belterra. Ele achou que não havíamos escutado sua conversa com o homem esquisito em seu escritório, mas escutamos.

— O que vocês estão cochichando? — perguntou Evangeline bruscamente, apontando as agulhas para nós. — Ficar de segredinho é bastante mal-educado, sabiam?

Pip ergueu o queixo. Ela tinha esquecido que as damas também não fazem careta.

— Nada, Evangeline — disse ela.

— Nada, Evangeline — repeti na mesma hora.

A babá estreitou os olhos.

— Mas que criaturinhas destemidas! Bem, devo dizer-lhes que os *Les Éternels adoram* garotinhas corajosas como vocês. Acham que são as mais doces.

Suas palavras fizeram a euforia se agitar ligeiramente no meu peito e um arrepio desceu pela minha nuca com o toque da escova da minha irmã. Deslizei para a beirada do banco, com os olhos arregalados.

— É mesmo?

— Lógico que não — disse Pip largando a escova no armário com mais força que o necessário. Com a mais severa das expressões, ela virou meu queixo para que eu a olhasse. — Não dê ouvidos a ela, Célie. Ela está *mentindo*.

— Com certeza, não estou — rebateu Evangeline com ênfase. — Vou contar a vocês o mesmo que minha mãe me contou: *Les Éternels* perambulam pelas ruas ao luar, atacando os fracos e seduzindo os imorais. É por isso que sempre dormimos ao anoitecer, pequenas, e sempre fazemos nossas

11

orações. — Quando ela continuou, a cadência em sua voz aumentou, tão familiar quanto a canção de ninar que ela entoava todas as noites. As agulhas faziam *clique clique clique* no silêncio do cômodo, e até o vento parou para escutar. — Sempre usem um crucifixo de prata e andem acompanhadas. Tenham água benta no pescoço e solo sagrado sob os pés. Na dúvida, acendam um fósforo e os queimem com o calor.

Eu me sentei um pouco mais ereta. Minhas mãos estavam tremendo.

— Eu sempre faço minhas orações, Evangeline — afirmei —, mas bebi todo o leite da Filippa no jantar enquanto ela não estava olhando. Acha que isso me fez ficar mais doce que ela? As pessoas más vão querer me comer?

— Que ridículo — zombou Pippa, passando os dedos pelo meu cabelo para trançá-lo outra vez. Embora sua irritação fosse evidente, seu toque permanecia delicado. Ela amarrou as mechas escuras com um lindo laço cor-de-rosa e o arrumou sobre o meu ombro. — Como se eu fosse deixar alguma coisa acontecer com você, Célie.

Ao ouvir suas palavras, o calor se espalhou pelo meu peito como uma certeza incandescente. Afinal, Filippa nunca mentia. Ela nunca roubava guloseimas, pregava peças ou dizia coisas que não queria dizer. Ela nunca pegava meu leite escondida.

Ela jamais deixaria qualquer coisa acontecer comigo.

O vento passa do lado de fora por mais um segundo — arranhando as vidraças mais uma vez, impaciente pelo restante da história — antes de seguir em frente, insatisfeito. O sol mergulhou totalmente no horizonte enquanto uma lua de outono surgiu no alto. Ela banhou o quarto com uma tênue luz prateada. As velas de cera de abelha pareceram gotejar em resposta, alongando as sombras entre nós, e eu agarrei a mão da minha irmã na escuridão repentina.

— Me desculpe por ter roubado seu leite — sussurrei.

Ela apertou meus dedos.

— Eu nunca gostei de leite mesmo.

Evangeline nos estudou por um longo momento, com uma expressão indecifrável, enquanto se levantava para colocar as agulhas e a lã no cesto. Ela deu uma palmadinha na cabeça de Birdie antes de soprar as velas em cima da cornija da lareira.

— Vocês duas são boas irmãs. Leais e bondosas.

Em seguida, Evangeline atravessou o quarto e beijou nossas testas antes de nos ajudar a ir para cama, erguendo a última vela na altura dos nossos olhos. Os dela brilharam com uma emoção que eu não compreendi. — Prometam-me que vão se manter unidas.

Quando assentimos, ela apagou a vela e se virou para sair.

Pip passou um braço em volta dos meus ombros, me puxando para perto, e eu me aninhei em seu travesseiro. Tinha o cheiro dela: mel de verão. De aulas, mãos delicadas, carrancas e cachecóis brancos como a neve.

— Eu nunca vou deixar as bruxas pegarem você — declarou ela ferozmente junto ao meu cabelo. — Nunca.

— E eu nunca vou deixar elas pegarem *você*.

Evangeline parou na porta do quarto e olhou para nós com a testa franzida. Ela inclinou a cabeça com curiosidade enquanto a lua se escondia atrás de uma nuvem, mergulhando-nos em completa escuridão. Quando um galho arranhou a janela, fiquei tensa, mas Filippa passou o outro braço em volta de mim com firmeza.

Ela não sabia na época.

Nem eu.

— Meninas bobas — sussurrou Evangeline. — Quem foi que falou em bruxas?

Então ela saiu.

CAPÍTULO UM

Gaiolas vazias

Vou pegar essa criaturinha repugnante nem que isso me mate.

Assoprando uma mecha de cabelo que estava na testa, me agacho novamente e ajeito o mecanismo da armadilha. Demorou *horas* para derrubar o salgueiro no dia anterior, desbastar os galhos, pintar a madeira e montar as gaiolas. O mesmo para apanhar o vinho. Levou ainda *mais* tempo para ler todos os livros da Torre Chasseur sobre *lutins*. Esses duendes preferem a seiva de salgueiro a outros tipos — tem algo a ver com o aroma doce —, e, apesar de sua aparência grosseira, eles apreciam as coisas boas da vida.

Por isso as gaiolas pintadas e as garrafas de vinho.

Quando amarrei uma carroça ao meu cavalo esta manhã, carregando-a com as gaiolas e o vinho, Jean Luc olhou para mim como se eu tivesse perdido o juízo.

Talvez eu *tenha* perdido o juízo.

Eu certamente imaginava que a vida de um caçador — de uma *caçadora* — seria um pouco mais interessante do que se agachar em uma vala lamacenta, suar por baixo de um uniforme de péssimo caimento, e atrair com álcool um duende excêntrico para longe de uma plantação.

Infelizmente, calculei mal as medidas e as garrafas de vinho não *couberam* dentro das gaiolas pintadas, o que me obrigou a desmontar cada uma delas na fazenda. A risada dos Chasseurs ainda ressoa nos meus ouvidos. Eles não deram a mínima para o fato de eu ter aprendido meticulosamente a usar martelo e pregos neste projeto, *nem* para o fato de eu ter mutilado meu polegar no processo. Também não deram a mínima para o fato de eu ter comprado a tinta dourada com minhas próprias moedas. Não, eles só enxergaram o meu erro. Meu ótimo trabalho reduzido a gravetos no chão. Embora Jean Luc tenha tentado às pressas me ajudar a remontar as gaiolas da melhor maneira possível — fazendo cara feia para os comentários engraçadinhos dos nossos irmãos —, o fazendeiro Marc chegou logo depois, furioso. Como capitão dos Chasseurs, Jean precisou acalmá-lo.

E eu precisei lidar com os caçadores sozinha.

— Que tragédia — comentou Frederic, pairando sobre mim. Ele revirou os olhos brilhantes antes de dar um sorriso pretensioso. O dourado em seu cabelo castanho reluzia ao sol da manhã. — Embora sejam *muito* bonitas, mademoiselle Tremblay. Como casinhas de bonecas.

— Me poupe, Frederic — falei com a mandíbula cerrada, lutando para recolher os pedaços de madeira na minha saia. — Quantas vezes devo pedir para me chamar de Célie? Somos todos iguais aqui.

— Pelo menos mais uma vez, creio eu. — Seu sorriso se tornou afiado como uma ponta de faca. — Afinal, você é uma dama.

Atravessei a plantação e desci a colina, ficando fora de vista — longe dele, longe de *todos* eles —, sem dizer mais nada. Eu sabia que era inútil discutir com alguém feito o Frederic.

Afinal, você é uma dama.

Imitando a voz estúpida dele, termino de trancar a última gaiola e paro para admirar meu trabalho. A lama cobre minhas botas, manchando quinze centímetros da bainha da minha saia. Mas, ainda assim, um lampejo de triunfo domina meu peito. Não vai demorar muito. Os *lutins* da cevada do fazendeiro Marc logo vão farejar a seiva do salgueiro e irão atrás de seu cheiro. Ao avistarem o vinho, reagirão de maneira impulsiva — os livros dizem que os *lutins* são impulsivos — e entrarão nas gaiolas. As armadilhas se fecharão e transportaremos as criaturas irritantes de volta para La Forêt des Yeux, o lugar a que elas pertencem.

Simples assim. Como tirar doce de criança. Não que eu fosse *realmente* tirar doce de uma criança, é óbvio.

Soltando um suspiro trêmulo, coloco as mãos nos quadris e assinto um pouco mais entusiasmada do que o normal. Sim, a lama e o trabalho braçal definitivamente valeram a pena. As manchas desaparecerão da minha saia e, melhor ainda, terei capturado e realocado uma toca inteira de *lutins* sem nenhum dano. O padre Achille, o arcebispo recém-empossado, ficará orgulhoso. Talvez Jean Luc também fique. Sim, isso é *bom*. A esperança continua a crescer enquanto me esgueiro atrás do mato à beira da plantação, observando e esperando. Vai ser perfeito.

Tem que ser perfeito.

Um tempo se passa sem qualquer movimento.

— Vamos lá — digo em voz baixa. Examino as fileiras de cevada, tentando não mexer na Balisarda no meu cinto. Embora meses tenham se passado desde que fiz meu juramento sagrado, o punho de safira da espada ainda parece estranho e pesado nas minhas mãos. Diferente. Bato no chão com impaciência. As temperaturas têm estado excepcionalmente altas para outubro, e uma gota de suor escorre pelo meu pescoço. — Vamos lá, *vamos lá*. Cadê vocês?

O instante se estende, seguido por outro. Ou talvez três. Ou dez? Do outro lado da colina, meus irmãos morrem de rir de uma piada que não consigo ouvir. Não sei como pretendem pegar os *lutins*. Ninguém se importou em contar os planos para mim, a primeira e única mulher em seus escalões. Mas não dou a mínima. Sem dúvida não preciso da ajuda deles, nem de plateia depois do fiasco com as gaiolas.

A expressão condescendente de Frederic surge em minha mente.

A de Jean Luc constrangido também.

Não. Afasto os dois do pensamento com uma carranca, ao mesmo tempo em que afasto as ervas daninhas, ficando de pé para verificar as armadilhas de novo. *Eu não deveria ter usado vinho. Que ideia estúpida...*

O pensamento é interrompido quando um pé pequeno e enrugado surge em meio à cevada. Meus próprios pés fincam no chão. Extasiada, tento não respirar enquanto a criatura marrom-acinzentada — que mal chega à altura dos meus joelhos — fixa seus olhos escuros e grandes demais na garrafa de vinho. Na verdade, tudo nele parece... *demais*. Sua cabeça é grande demais. Seus traços, acentuados demais. Seus dedos, compridos demais.

Para ser bem sincera, ele parece uma batata.

Andando na ponta dos pés em direção ao vinho, ele parece não me notar. Na verdade, ele parece não notar mais nada. Seu olhar permanece fixo na garrafa empoeirada, e ele estala os lábios de um jeito ansioso, alcançando-a com aqueles dedos esguios. No momento em que o *lutin* entra na gaiola, ela se fecha com um *baque* firme, mas a criatura apenas aperta o vinho junto ao peito e sorri. Duas fileiras de dentes afiados brilham à luz do sol.

Eu o encaro por um instante, fascinada de um jeito mórbido.

Então, não consigo mais evitar. Sorrio também, inclinando a cabeça enquanto me aproximo. Ele não é nada do que imaginei, nem um pouco repugnante, com seus joelhos nodosos e as bochechas grandes. Quando o fazendeiro Marc nos contatou no dia anterior, pela manhã, falou exaltado sobre *chifres* e *garras*.

Por fim, os olhos do *lutin* encontraram os meus e seu sorriso vacilou.

— Olá — cumprimento. — Devagar, me ajoelho diante dele, colocando as mãos espalmadas no colo, onde ele possa vê-las. — Sinto muito por isso — aponto meu queixo em direção à gaiola ornamentada —, mas o fazendeiro desta terra pediu que você e sua família se mudassem. Você tem um nome?

Ele me encara, sem piscar, e minhas bochechas esquentam. Espio por cima do ombro em busca de algum sinal dos meus irmãos. Posso estar sendo completamente ridícula — e eles me martirizariam se me pegassem conversando com um *lutin* —, mas não parece certo prender a pobre criatura sem me apresentar.

— Meu nome é Célie — acrescento, sentindo-me mais ridícula a cada segundo. Embora os livros não mencionem a linguagem, os *lutins* devem se comunicar *de alguma maneira*. Aponto para mim mesma e repito: — Célie. *Sei-li*.

Mesmo assim, ele não diz nada. Isso se for mesmo *ele*.

Pois bem. Endireitando os ombros, agarro a alça da gaiola, porque eu *sou* ridícula e deveria verificar as outras armadilhas. Mas, primeiro:

— Se você girar a rolha no topo — murmuro a contragosto —, a garrafa se abrirá. Espero que goste de sabugueiro.

— Você está falando com o *lutin*?

Eu me viro ao ouvir a voz de Jean Luc, solto a gaiola e fico corada.

— Jean! — Seu nome sai como um guincho. — Eu... Eu não ouvi você chegar.

— Obviamente. — Ele está parado no meio do mato onde eu tinha me escondido há poucos instantes. Diante da minha expressão culpada, ele suspira e cruza os braços sobre o peito. — O que está fazendo, Célie?

— Nada.

— Por que não acredito em você?

— Uma excelente pergunta. Por que você *não* acredita...?

Neste momento, o *lutin* estende a mão antes que eu termine de falar, agarrando a minha. Com um grito, dou um salto e caio para trás, não por causa das "garras" do *lutin*, mas por causa da sua *voz*. No segundo em que sua pele toca a minha, a vocalização mais estranha que já ouvi ecoa na minha mente: *Larmes Comme Étoiles*.

Jean Luc avança no mesmo instante, desembainhando sua Balisarda enquanto se aproxima.

— Não, espere! — grito, lançando-me entre ele e o *lutin* preso. — *Espere!* Ele não me machucou! Não fez por mal!

— Célie — avisa Jean Luc, com a voz baixa e frustrada —, ele pode ser raivoso...

— *Frederic* é raivoso. Vá brandir sua lâmina para ele. — Para o *lutin*, sorrio com gentileza. — Me desculpe, senhor. O que disse?

— Ele não *disse* nada...

Eu silencio Jean Luc enquanto o *lutin* me chama para mais perto, estendendo a mão através das grades. Demoro um tempo para perceber que ele quer me tocar novamente.

— Ah. — Engulo em seco, não gostando muito da ideia. — Você... sim, bem...

Jean Luc agarra meu cotovelo.

— Por favor, me diga que você não vai tocar nisso. Não tem ideia de onde essa coisinha *esteve*.

O *lutin* gesticula com mais impaciência e, antes que eu possa mudar de ideia, estendo a mão livre, roçando a ponta dos dedos dele. Sua pele é áspera. Suja. Como uma raiz desenterrada. *Meu nome*, ele diz em um trinado sobrenatural. *Larmes Comme Étoiles.*

Fico boquiaberta.

— Lágrimas Como Estrelas? — pergunto.

Com um breve aceno de cabeça, ele retira a mão para agarrar a garrafa de vinho mais uma vez, fulminando Jean Luc com o olhar, que bufa e me puxa para trás. Quase tonta de vertigem, eu dou um giro em seus braços.

— Você o ouviu? — indago sem fôlego. — Ele disse que seu nome significa...

— Eles não têm nomes. — Os braços de Jean Luc se fecham ao meu redor e ele se inclina para olhar diretamente nos meus olhos. — *Lutins* não falam, Célie.

Estreito os olhos.

— Acha que estou mentindo?

Suspirando de novo, *sempre* suspirando, ele dá um beijo na minha testa e eu amoleço um pouco. Jean Luc tem cheiro de goma, de couro, e do óleo de linhaça que usa para polir sua Balisarda. São aromas familiares. Reconfortantes.

— Acho que você tem um bom coração — responde ele, e sei que a intenção foi fazer um elogio. *Deveria* ser um elogio. — Acho que suas gaiolas são geniais e que os *lutins* adoram sabugueiro. — Ele se afasta com um sorriso. — Também acho que deveríamos ir embora. Está ficando tarde.

— Ir embora? — Fico sem reação, confusa, inclinando-me para o lado, a fim de espiar a colina. Seus bíceps ficam um pouco tensos sob minhas mãos. — Mas e os outros? Os livros diziam que uma toca pode conter até vinte *lutins*. Sem dúvida o fazendeiro Marc quer que a gente pegue todos eles. — Minha carranca se aprofunda ao perceber que não escuto as vozes dos meus irmãos há muito tempo. Na verdade, além da colina, toda a fazenda ficou pacata e silenciosa, exceto pelo canto solitário de um galo. — Onde... — Algo quente como vergonha se espalha na minha barriga. — Onde está todo mundo, Jean?

Ele não olha para mim.

— Eu mandei que fossem na frente.

— Para *onde*?

— Para La Forêt des Yeux. — Ele pigarreia e dá um passo para trás, embainhando sua Balisarda antes de sorrir de novo e se abaixar para pegar minha gaiola. Em seguida, ele ergue a mão livre para mim. — Está pronta?

Fico olhando para a mão dele enquanto uma constatação nauseante me acerta com tudo. Ele os teria mandado na frente apenas por um motivo.

— Eles... eles já capturaram os outros *lutins*, não é? — pergunto.

Como Jean Luc não responde, analiso seu rosto. Ele retribui o olhar com cuidado, *cautelosamente*, como se eu fosse um vidro rachado, a um toque de se estilhaçar. E talvez eu seja. Não consigo mais contar as rachaduras, como teias de aranha, na minha superfície. Não consigo mais *saber* qual rachadura vai me quebrar. Talvez seja esta.

— Jean? — repito, insistente.

Outro suspiro profundo.

— Sim — admite ele, por fim. — Eles já os capturaram.

— *Como?*

Balançando a cabeça, ele levanta a mão com mais determinação.

— Não importa. Suas gaiolas foram uma ideia genial e a experiência virá com o tempo...

— Isso não é uma resposta. — Todo o meu corpo treme agora, mas não consigo me conter. Minha visão se concentra na pele marrom de sua mão, no brilho de seu cabelo escuro cortado rente. Ele parece perfeitamente composto, embora desconfortável, ao passo que meu cabelo gruda desarrumado no pescoço e o suor escorre pelas minhas costas. Por baixo da lama, minhas bochechas estão vermelhas pelo esforço. Pela humilhação. — Como eles capturaram uma *toca* inteira de *lutins*...? — Outro pensamento horrível surge. — Espere, quanto tempo demoraram? — Minha voz se eleva em um tom acusatório e aponto o dedo para o nariz dele. — Há quanto tempo você está me esperando?

Lágrimas Como Estrelas consegue desarrolhar a garrafa, engolindo metade do vinho com apenas um gole. Ele tropeça quando Jean Luc, com gentileza, coloca sua gaiola no chão.

— Célie — diz Jean Luc com uma voz apaziguadora. — Não faça isso consigo mesma. A sua gaiola *funcionou*, e este... este aqui até lhe disse o nome dele. Isso nunca aconteceu antes.

— Pensei que *lutins* não tivessem nomes — retruco. — E não seja condescendente comigo. Como Frederic e os outros capturaram os *lutins*? Eles são rápidos demais para serem pegos com a mão, e... e... — Diante da expressão resignada de Jean Luc, finalmente me dou conta do que aconteceu. — E eles os *pegaram* com a mão. Ah, céus. — Belisco a ponte do nariz, respirando de maneira mais rápida e brusca. Meu peito está apertado a ponto de doer. — Eu... eu deveria tê-los ajudado, mas essas armadilhas... — A tinta dourada me encara agora, espalhafatosa e deselegante. — Fiz todo mundo perder tempo.

Afinal, você é uma dama.

— Não. — Jean Luc balança a cabeça enfaticamente, pegando minhas mãos imundas. — Você tentou algo novo, e funcionou.

Ao ouvir sua mentira, a pressão aumenta atrás dos meus olhos. Tudo o que fiz nos últimos seis meses foi tentar — tentar e tentar e *tentar*. Ergo o queixo, fungando de um jeito deplorável enquanto forço um sorriso.

— Você tem razão, é lógico, mas não deveríamos ir embora ainda. Pode haver mais deles por aí. Talvez Frederic tenha deixado passar alguns...

— Este é o último.

— Como você *poderia* saber que este é o último? — Fecho os olhos enquanto, enfim, percebo. Quando falo de novo, minha voz sai baixa.

Derrotada. — Você o mandou até mim? — Ele não responde e seu silêncio condena a nós dois. Abro os olhos e agarro seu casaco azul-royal, sacudindo-o. Sacudindo *Jean Luc*. — Você o pegou primeiro, só para... vir até aqui escondido e soltá-lo?

— Não seja ridícula...

— Você *fez isso*?

Desviando o olhar, ele se desvencilha de mim com mãos firmes.

— Não estou com tempo para isso, Célie. Tenho uma reunião urgente do conselho antes da missa hoje à noite, e o padre Achille já enviou um mensageiro... Ele precisava de mim na Torre horas atrás.

— Por quê? — Apesar de tentar, não consigo conter o tremor na minha voz. — E que... que reunião urgente do conselho? Aconteceu alguma coisa?

É uma questão antiga. E exaustiva. Faz semanas que Jean Luc sai escondido em momentos estranhos, sussurrando de modo acalorado com o padre Achille enquanto acha que não estou vendo. Jean se recusa a me contar por que eles estão cochichando, por que suas expressões ficam mais sombrias a cada dia. Eles têm algum segredo — um segredo *importante* —, mas, sempre que pergunto sobre o assunto, a resposta de Jean Luc é a mesma: "Isso não lhe diz respeito, Célie. Por favor, não se preocupe".

Ele repete as palavras automaticamente agora, apontando o queixo em direção aos nossos cavalos.

— Vamos. Já carreguei a carroça.

Sigo seu olhar até o veículo, onde ele empilhou minhas gaiolas em fileiras organizadas enquanto eu conversava com Lágrimas Como Estrelas. Dezenove ao todo. Ele carrega a vigésima enquanto marcha pela plantação sem dizer mais nada. Lágrimas Como Estrelas está completamente bêbado e caído contra as grades, roncando baixinho sob o sol do final da tarde. Para qualquer outra pessoa, a cena pode parecer encantadora. Pitoresca. Talvez acenassem com aprovação para a medalha de prata no meu corpete, para o anel de diamante no meu dedo.

Você não precisa empunhar uma espada para proteger os inocentes, Célie. As velhas palavras de Jean Luc voltam até mim com a brisa de outono. *Você provou isso mais do que ninguém.*

O tempo provou que todos somos mentirosos.

CAPÍTULO DOIS

Bela porcelana, bela boneca

Pela primeira vez em seis meses, eu falto à missa da noite. Quando Jean Luc bate à minha porta às sete e meia em ponto, e, de modo incomum, nosso supervisor está estranhamente fora, finjo estar doente. Outra primeira vez. Não tenho o hábito de mentir, mas hoje não estou me importando com isso.

— Sinto muito, Jean. Eu... acho que peguei um resfriado mais cedo.

Tossindo sobre o antebraço, eu me inclino para o corredor escuro, tomando cuidado para manter meu corpo escondido. Não seria nada bom ele me ver na camisola de seda cor de marfim com acabamento em renda, que é uma das muitas coisas tolas e pouco práticas que eu trouxe da casa dos meus pais na Costa Oeste. Embora não me proteja das correntes de ar geladas da Torre Chasseur, *faz* com que me sinta mais eu mesma.

Além disso, Jean Luc insistiu que eu ficasse em um quarto com lareira quando me mudei para os dormitórios.

Minhas bochechas ainda esquentam com a lembrança. Não importa que este seja o *único* quarto com lareira nos dormitórios.

— Você está bem? — pergunta ele. Seu rosto se franze de preocupação enquanto ele passa a mão pela fresta da porta para verificar minha temperatura perfeitamente normal. — Devo chamar um curador?

— Não, não. — Pego a mão dele, afastando-a da minha testa com a maior casualidade possível. — Um chá de hortelã e uma boa noite de sono devem resolver. Acabei de deixar a cama pronta.

À menção da minha cama, ele remove a mão como se eu o tivesse queimado.

— Ah — diz ele, aprumando-se e recuando com uma tosse desajeitada. — Isso é... Sinto muito. Achei que talvez você fosse querer... mas... não, você deveria realmente dormir. — Lançando um rápido olhar por cima do ombro, ele balança a cabeça para algo que não consigo ver e pigarreia. — Se não melhorar até amanhã de manhã, é só me dizer. Vou delegar suas responsabilidades a outra pessoa.

— Não deveria fazer isso, Jean. — Baixo a voz, resistindo à vontade de dar uma olhada no corredor além dele. Talvez um supervisor tenha vindo com Jean, no fim das contas. Uma forte decepção me domina só de pensar, mas *é lógico* que ele trouxe um supervisor, é o que deveria ter feito. Eu jamais pediria a ele que arriscasse nossa reputação ou nossa posição me visitando sozinho à noite. — Eu consigo catalogar a biblioteca do conselho, apesar da tosse.

— Só porque você *pode* não significa que deve. — Ele dá um sorriso hesitante. — Não quando Frederic está perfeitamente saudável e conhece o alfabeto.

Engolindo o nó na garganta, me forço a retribuir o sorriso. Afinal, meu fracasso com os *lutins* de manhã não foi culpa dele, não de verdade, e um supervisor para os próximos seis meses também não. Aliás, graças a Jean Luc e aos nossos irmãos, os *lutins* chegaram ilesos a La Forêt des Yeux e o fazendeiro Marc poderá colher sua cevada em paz. Todo mundo saiu ganhando.

O que significa que devo ter saído ganhando por tabela também.

Pois bem.

Deixando a cautela de lado, coloco a mão de leve no peito de Jean Luc, e meu anel de noivado brilha entre nós à luz das velas.

— Nós dois sabemos que você não vai delegar minhas responsabilidades se eu ficar na cama. Você mesmo as fará, e de maneira *primorosa*, mas não pode continuar me encobrindo. — Quando instintivamente me inclino para mais perto, ele faz o mesmo, e seu olhar cai nos meus lábios enquanto eu sussurro: — Você não é apenas o meu noivo, Jean Luc. Você é o meu capitão.

Ele engole em seco, e o movimento faz com que um tipo peculiar de calor percorra meu corpo. Antes que eu consiga reagir, se é que eu sei *como* reagir àquilo, ele olha por cima do ombro mais uma vez. Então imagino nosso supervisor cruzando os braços com a cara fechada. No entanto, em vez de uma tosse forçada, ouço no corredor uma voz que parece estar achando a situação divertida.

Uma voz divertida e *familiar*.

— Quer que a gente vá embora? — O rosto sardento de Louise le Blanc, também conhecida como La Dame des Sorcières, ou a Senhora das Bruxas, aparece por cima do ombro de Jean Luc. Com um sorriso travesso, ela ergue as sobrancelhas ao ver minha expressão. — Sabe o que dizem... dois é bom, seis é demais.

Fico sem reação, incrédula.

— Como assim *seis*?

— Nada a ver — diz outra voz atrás dela. — Sete é demais, não seis.

Se é que é possível, Lou sorri ainda mais.

— Você fala com muita confiança sobre o assunto, Beauregard. Gostaria de compartilhar algo com a gente?

— Ele provavelmente *gostaria* disso — insinua outra voz.

Meus olhos se arregalam ainda mais quando Cosette Monvoisin, líder das Dames Rouges — a menor e mais mortal facção de bruxas de Belterra —, abre caminho com os cotovelos para passar por Jean Luc e se colocar diante de mim. Com um suspiro relutante, Jean se afasta e abre a porta para revelar Beauregard Lyon, o *rei* de Belterra, e o meio-irmão, Reid Diggory, parado atrás dele.

Bem, meio-irmão de Beau... *e* meu primeiro amor.

Fico boquiaberta ao vê-los. Em outra época eu teria olhado cada um deles com suspeita e medo — *especialmente* Reid —, mas a Batalha de Cesarine mudou tudo. Como se estivesse lendo meus pensamentos, ele ergue a mão em um aceno desajeitado e declara:

— Eu disse a eles que deveríamos ter enviado um bilhete primeiro.

De todo o grupo, apenas Reid permanece sem título formal, mas sua reputação como o mais jovem capitão dos Chasseurs de todos os tempos ainda o precede. Sem dúvida, isso foi há muito tempo. Antes da batalha. Antes de ele encontrar seus irmãos de sangue.

Antes de descobrir a própria magia.

Meu sorriso, no entanto, não é nada forçado neste momento.

— Não seja ridículo. É *maravilhoso* ver todo mundo.

— Igualmente — diz Coco, aproximando-se para beijar minha bochecha. Ela acrescenta: — Contanto que você proíba Beau de contar as façanhas anteriores dele. Acredite em mim: *só ele* gosta delas.

— Ah, não sei. — Lou fica na ponta dos pés para beijar minha outra bochecha e não consigo evitar: por impulso, envolvo as duas em um abraço esmagador. — Gostei bastante de saber do encontro dele com o pselismo-fílico — finaliza ela com a voz abafada.

Um calor avassalador se espalha do meu peito para as extremidades quando eu as solto, enquanto Beau faz uma careta e dá um tapinha na nuca de Lou.

— Eu nunca deveria ter contado a você sobre ele — comenta Beau.

— Não. — Lou ri com vontade. — Não deveria.

Então todos se voltam para mim.

Embora seja indiscutível que os quatro estão entre as pessoas mais poderosas de todo o reino — se não forem *as* mais poderosas —, eles ficam no corredor apertado do lado de fora do meu quarto como se... como se esperassem que eu falasse alguma coisa. Encaro-os por vários segundos desconfortáveis, sem saber o que dizer. Afinal, eles nunca me visitaram *aqui* antes. A Igreja raramente permite visitantes na Torre Chasseur, e Lou, Coco e Reid têm ótimos motivos para nunca mais entrarem pelas nossas portas.

Não deixem viver a feiticeira.

Embora Jean Luc tenha feito o possível para remover as palavras odiosas após a Batalha de Cesarine, a marca delas ainda obscurece a entrada dos dormitórios. Meus irmãos um dia seguiram essa escritura.

Lou, Reid e Coco quase foram queimados por causa disso.

Desconcertada, finalmente abro a boca.

— Querem entrar? — pergunto assim que o sino da Cathédral Saint- -Cécile d'Cesarine badala. O calor no meu peito só aumenta com o som e sorrio para os quatro na mesma medida. Não. Para os *cinco*. Embora Jean Luc olhe para todos com desaprovação silenciosa, deve ter sido ele quem os convidou, mesmo que isso significasse faltar à missa. Quando o sino finalmente silencia, continuo: — É impressão minha ou ninguém planeja comparecer à missa esta noite?

Coco lança um sorriso debochado para mim e diz:

— Parece que estamos todos resfriados.

— E sabemos exatamente como se trata — completa Lou. Com uma piscadela, ela tira um saco de papel debaixo da capa e o segura no alto, sacudindo o conteúdo com evidente orgulho. As palavras PÂTISSERIE DE PAN brilham em letras douradas, e os aromas inebriantes de baunilha e canela tomam conta do corredor. Minha boca enche de água quando Lou pega um pãozinho doce do saco e o coloca na minha mão. — Também funcionam muito bem para um dia de merda.

— Olha o *palavreado*, Lou. — Reid lança um olhar fulminante para ela. — Ainda estamos em uma igreja.

Ele segura um lindo buquê de crisântemos e amores-perfeitos envoltos em uma fita cor-de-rosa. Quando encontro o olhar de Reid, ele balança a cabeça com um sorrisinho irritado e me oferece o presente por cima do ombro de Coco. Pigarreando, indaga:

— Você ainda gosta de cor-de-rosa, certo?

— Quem não gosta de cor-de-rosa? — questiona Lou ao mesmo tempo que Coco tira um baralho de cartas de sua capa escarlate.

— Todo mundo gosta de cor-de-rosa — concorda ela.

— *Eu* não gosto de cor-de-rosa — contrapõe Beau. Não querendo ficar em desvantagem, ele apresenta com um floreio a garrafa de vinho que segurava atrás das costas. — Agora escolha o seu veneno, Célie. Serão os doces, as cartas ou o vinho?

— Por que não os três? — sugere Coco. Os olhos escuros brilham com humor malicioso e ela usa as cartas para afastar a garrafa dele. — E como você explica o travesseiro da sua cama se não gosta de cor-de-rosa, Vossa Majestade?

Sem se abalar, Beau empurra as cartas dela com o gargalo da garrafa.

— Minha irmãzinha bordou aquela fronha para mim, como você sabe muito bem. — Para mim, acrescenta de má vontade: — E todas as três opções *são* conhecidas por curarem dores da alma.

Dores da alma.

— Essa é uma frase ótima — digo tristonha.

Bruscamente, Jean Luc enfim dá um passo à frente para pegar tanto o baralho quanto a garrafa de vinho antes que eu possa escolher qualquer um.

— Vocês ficaram malucos? Não os chamei aqui para *jogar* e *beber...*

Coco revira os olhos.

— Eles não estão bebendo vinho lá embaixo neste exato momento?

Jean Luc fecha a cara para ela.

— É diferente e você sabe disso.

— Continue dizendo isso a si mesmo, Capitão — retruca ela, na versão mais doce de sua voz. Em seguida, se vira para mim, aponta para as cartas e o vinho confiscados e acrescenta: — Considere isso um prelúdio para suas comemorações de aniversário, Célie.

— Se alguém fez por merecer três dias de libertinagem, esse alguém é você — declara Lou. Embora ainda estivesse sorrindo, sua expressão suavizou um pouco quando continuou: — Porém, se preferir ficar sozinha hoje à noite, entenderemos perfeitamente. É só dizer, e deixaremos você em paz.

Com um movimento de seu pulso e o aroma forte de magia, uma xícara substitui o pãozinho doce na minha mão e o vapor do chá de hortelã recém-preparado sobe em espirais perfeitas. Com outro gesto, um frasco de vidro com mel surge no lugar das flores de Reid.

— Para sua garganta — explica Lou com naturalidade.

Olho maravilhada para o chá e para o mel.

Embora seja evidente que eu já tenha visto a magia antes, tanto a boa quanto a ruim, isso nunca deixa de me impressionar.

— Não quero que vocês vão embora. — As palavras saem depressa demais, ansiosas demais, mas não consigo me forçar a fingir o contrário. Em vez disso, ergo o chá e o mel encolhendo os ombros, impotente. — Quero dizer... é... obrigada, mas de repente estou me sentindo bem melhor.

Uma noite de cartas e guloseimas é *exatamente* do que eu preciso depois daquele dia infeliz, e quero beijar Jean Luc nos lábios por possibilitar este momento — o problema, é lógico, era que eu havia sido bastante grosseira ao recusar os presentes de Lou. Sem perder tempo, levanto a xícara de chá e bebo um gole longo do líquido escaldante.

Minha boca se enche bolhas e quase engasgo quando eles entram no quarto.

Jean Luc bate nas minhas costas, preocupado.

— Você está bem?

— *Ótima*. — Lutando para respirar, apoio a xícara na escrivaninha e Lou puxa uma cadeira, fazendo com que eu me sente. — Eu só queimei a língua. Nada de mais...

— Não seja ridícula — diz ela. — Como vai saborear bombas de chocolate do jeito certo com a língua queimada?

Olho esperançosa para o saco da confeitaria.

— Você trouxe bombas de...?

— Óbvio que sim. — O olhar dela se volta para Jean Luc, que está atrás de mim com uma expressão bastante contrariada. — Eu até trouxe *canelé*, então *você* pode parar de fazer cara feia para mim agora. Se não me falha a memória, você gosta de rum — acrescenta ela com um sorriso maroto.

Jean balança a cabeça com veemência.

— Eu não *gosto* de rum.

— Continue dizendo isso a si mesmo, Capitão. — Com a unha afiada do dedão, Coco espeta a ponta do dedo indicador, tirando sangue, e o aroma da magia nos envolve mais uma vez. Diferente de Lou e das Dames Blanches, que canalizam sua magia da terra, Coco e sua linhagem têm magia dentro dos próprios corpos. — Aqui. — Ela passa o sangue no meu dedo antes de derramar uma gota de mel sobre ele. — Lou tem razão: nada estraga tanto as coisas quanto uma língua queimada.

Não olho para Jean Luc quando levo o sangue e o mel aos lábios. Ele não aprovaria, eu sei. Ainda que os Chasseurs tenham dado passos enormes em sua ideologia, liderados em grande parte por Jean Luc, a magia ainda o deixa desconfortável, na melhor das hipóteses.

Porém, no instante em que o sangue de Coco toca minha língua, as bolhas na boca cicatrizam.

Incrível.

— Melhorou? — pergunta Jean Luc em um murmúrio.

Agarro sua mão e o afasto dos outros, sorrindo tanto que minhas bochechas doem.

— Sim — respondo, minha voz quase um sussurro, e gesticulo em direção à escrivaninha, onde Lou começa a distribuir os doces. Dois para ela, é óbvio, e um para todos os outros. — Obrigada, Jean, por tudo isso. Sei que não é assim que costuma passar as noites, mas eu *sempre* quis aprender a jogar tarô. — Aperto seus dedos com uma empolgação palpável. — Não pode ser *tão* pecado assim jogar com amigos, não é? Não quando Lou trouxe *canelé* só para você! — Antes que ele possa responder, talvez *temendo* a resposta, giro nos braços dele e encosto minha cabeça em seu peito. — Será que ela sabe jogar tarô? Acha que vai nos ensinar? Eu nunca entendi bem as regras, mas, cá entre nós, tenho certeza de que podemos descobrir...

Jean Luc, porém, se afasta de mim com delicadeza.

— Não tenho dúvidas de que você vai descobrir.

Fico confusa, depois cruzo os braços depressa, as bochechas esquentando. Com todo o frenesi, esqueci que ainda estou vestindo apenas uma camisola.

— O que quer dizer com isso?

Suspirando, ele estica o casaco em um gesto quase inconsciente, e meus olhos instintivamente seguem o movimento, demorando-se em um volume

28

peculiar no bolso na altura do seu peito. Pequeno e de formato retangular, parece ser algum tipo de... livro.

Que estranho.

É raro Jean Luc me visitar na biblioteca do conselho, e nunca o considerei um grande leitor.

Porém, antes que eu possa perguntar, ele desvia o olhar e diz baixinho:

— Eu... não posso ficar, Célie. Desculpe. Tenho uns assuntos do padre Achille para resolver.

Uns assuntos do padre Achille para resolver.

Demora um segundo inteiro para que as palavras penetrem na névoa dos meus pensamentos, mas, quando acontece, meu coração parece se contorcer no peito. Porque reconheço aquela sombra de arrependimento em seus olhos. Porque ele não vai responder o que está acontecendo mesmo que eu *pergunte*. Porque não consigo aguentar a ideia de mais um segredo entre nós. Mais uma rejeição.

Em vez disso, um silêncio constrangedor surge entre nós.

— Ele espera que você resolva esses assuntos durante a missa? — pergunto baixinho.

Jean Luc esfrega a nuca com um desconforto evidente.

— Bem, é... não. Na verdade, ele achou que eu iria à missa esta noite, mas vai entender...

— Então você tem pelo menos uma hora e meia antes que ele espere que você termine alguma coisa. — Como ele não responde, pego um roupão do gancho ao lado da porta, baixando ainda mais a voz enquanto Lou faz um estardalhaço ao admirar minha caixa de joias de segunda mão. Coco concorda com ela em voz alta, e Beau amassa o saco da confeitaria antes de jogá-lo na cabeça de Reid. — Por favor... seus assuntos não podem esperar até a missa acabar? — Incapaz de ficar quieta por mais tempo, pego uma das mãos dele outra vez, determinada a afastar o tom suplicante de minha voz. Não vou estragar esta noite com uma discussão e não vou deixar que ele a estrague também. — Sinto sua falta, Jean. Sei que está bastante ocupado com o padre Achille, mas eu... gostaria que a gente passasse mais tempo juntos.

Ele fica paralisado, surpreso.

— Gostaria?

— Lógico que sim. — Agarro a outra mão dele também, levantando ambas até o meu peito e segurando-as ali. Bem perto do meu coração. — Você é o meu noivo. Quero compartilhar tudo com você, inclusive uma bomba de chocolate e nosso primeiro jogo de tarô. Além disso — acrescento baixinho —, quem mais vai me contar se a Lou tentar trapacear?

Ele lança outro olhar de desaprovação na direção de nossos amigos.

— Não deveríamos jogar tarô de jeito nenhum. — Com um suspiro angustiado, ele dá um beijo casto em minha mão antes de entrelaçar seus dedos nos meus. — Mas nunca consigo dizer não a você.

Os aromas doces de chocolate e da canela parecem azedar com a mentira, e o mel na minha língua amarga de repente. Tento ignorar ambos e focar na indecisão no olhar de Jean Luc, que significa que ele também quer passar um tempo comigo. Eu *sei* que ele quer.

— Então seus assuntos podem esperar? — pergunto.

— *Acho* que sim.

Fazendo um esforço para sorrir, beijo as mãos dele uma, duas, três vezes antes de soltá-lo para ajustar o meu roupão.

— Já disse hoje que você é um noivo *perfeito*?

— Não, mas fique à vontade para me dizer quando quiser. — Rindo, ele me conduz até os outros, pegando a mais irresistível das bombas de chocolate e me entregando. Apesar disso, Jean não dá uma mordida. Também não pega um *canelé* para si. — Você será minha parceira — diz ele com naturalidade.

A bomba parece fria na minha mão.

— Você sabe jogar tarô? — indago.

— É *possível* que Lou e Beau tenham me ensinado na estrada. Você sabe… — Jean Luc pigarreia como se estivesse envergonhado, encolhendo os ombros — … quando tomamos juntos aquela garrafa de rum.

— Ah.

Lou bate palmas, assustando a nós dois, e quase deixo cair minha bomba de chocolate no colo dela.

— Ele é péssimo — diz ela. — Então não tenha medo, Célie. Vai acabar com ele num piscar de olhos.

Como se fosse combinado, uma música suave começa no santuário e a luz pisca com um estrondo alto do órgão. Jean Luc me lança um olhar rápido quando, por reflexo, estendo a mão para estabilizar a vela mais próxima. Mais uma dúzia delas estão espalhadas em cada superfície plana do meu quarto. Elas queimam em cima das mesas de cabeceira de marfim, da estante de livros, do armário, competindo com a luz da lareira, onde mais algumas queimam ao longo da cornija. Qualquer pessoa que passa pela rua poderia achar que está contemplando um segundo sol, mas nem mesmo o sol brilha o suficiente para mim agora.

Eu não gosto do escuro.

Quando éramos crianças, Filippa e eu ficávamos agarradas uma à outra debaixo do cobertor, dando risadinhas e imaginando quais monstros viviam na escuridão do nosso quarto. Agora não sou mais uma criança e *sei* qual monstro se esconde na escuridão — conheço a sensação úmida dele na minha pele, seu cheiro fétido no meu nariz. Não importa quantas vezes eu me esfregue no banho ou quanto perfume use. A escuridão tem cheiro de podridão.

Dou uma mordida enorme na bomba de chocolate para acalmar a aceleração repentina da minha pulsação.

Resta apenas uma hora e meia para comer guloseimas e jogar tarô com meus amigos, e nada, *nada*, vai estragar minha noite — nem os segredos de Jean Luc, muito menos os meus. Eles ainda estarão aqui pela manhã.

Nossos estômagos ficarão bem, Célie. Ficaremos todas bem.

Ficaremos todas bem.

Você deveria exibir suas cicatrizes, Célie. Mostram que você sobreviveu.

Mostram que você sobreviveu.

Eu sobrevivi, eu sobrevivi, eu sobrevivi...

Arqueando as sobrancelhas para Lou, eu digo:

— Precisa prometer que não vai trapacear. — Então, pensando melhor, me viro para Beau também, apontando a bomba de chocolate para o seu nariz. — E você *também*.

— Eu? — Ele a afasta com a mão, fingindo estar ofendido. — Todo mundo sabe que *Reid* é o trapaceiro da família!

Uma risada baixa ressoa no peito de Reid enquanto ele se acomoda na beira da cama.

— Eu nunca trapaceio — retruca ele. — É que você é péssimo com cartas.

— Só porque ninguém te pega no flagra — argumenta Beau, arrastando uma cadeira do canto do quarto — não significa que nunca trapaceia. É bem diferente.

Reid dá de ombros.

— Acho que vai ter que me pegar, então.

— *Alguns* de nós não têm acesso à magia...

— Ele não usa magia, Beau — declara Lou, sem erguer os olhos, cortando o baralho com atenção. — A gente fala quais são suas cartas para ele quando você não está olhando.

— Como é que é? — Os olhos de Beau se arregalam. — Vocês fazem *o quê?*

Depois de assentir com a cabeça de um jeito sagaz enquanto tirava as botas, Coco se senta na cama ao lado de Reid.

— Consideramos uma vitória para todos nós. Célie, você vai ser a *minha* parceira — acrescenta ela enquanto Jean Luc tira o casaco. Quando ele o coloca no encosto da cadeira de Lou, o livro em seu bolso pende para baixo. Tento não olhar. Tento não pensar. Quando Jean abre a boca para protestar, Coco levanta a mão para silenciá-lo. — Nem adianta argumentar. Afinal, vocês dois serão parceiros para o resto da vida.

Embora eu force uma risada amorosa a sair pela minha garganta, não posso deixar de pensar em como ela está enganada.

Uma parceria requer confiança, mas Jean Luc nunca me contará qual é o seu assunto com o padre Achille, e eu...

Eu nunca contarei a ele o que aconteceu no caixão da minha irmã.

❖━◆◈◆━❖

O pesadelo começa sempre do mesmo jeito.

Uma tempestade ruge do lado de fora, o tipo de tempestade cataclísmica que sacode a terra, derruba casas e arranca árvores pela raiz. O carvalho do quintal se parte em dois após a queda de um raio. Quando metade dele colide contra a parede do nosso quarto, quase abrindo um buraco no telhado, corro para a cama de Pippa e mergulho debaixo das cobertas. Ela me recebe de braços abertos.

— Célie, sua bobinha — cantarola ela, acariciando meu cabelo enquanto relâmpagos brilham ao redor, mas a voz que ouço não é a *dela*. Pertence a uma pessoa completamente diferente, e seus dedos se alongam em um comprimento anormal e se contorcem nas articulações, agarrando meu couro cabeludo e estalando com a eletricidade. Eles me prendem em seus braços de porcelana. Somos quase idênticas, Pip e eu, como matrioscas em preto e branco. — Está com medo, docinho? A magia te assusta? — Embora eu jogue o corpo para trás, horrorizada, ela me aperta com mais força ainda, olhando maliciosamente com um sorriso largo demais. Tanto que a boca se estende para além do seu rosto. — *Deveria* assustar, sim, porque poderia matar você se eu permitisse. Gostaria disso, docinho? Gostaria de morrer?

— N-Não. — A palavra escapa dos meus lábios como se tivesse saído de um roteiro, em um loop infinito do qual não consigo escapar. O quarto começa a girar e não consigo enxergar, não consigo *respirar*. Meu peito se comprime. — P-P-Por favor...

— *P-P-Por favor*. — Com um sorriso de escárnio, ela ergue as mãos, que, no entanto, não soltam mais raios. Em vez disso, cordas de marionete pendem de cada dedo. Estão presas à minha cabeça, ao meu pescoço, aos meus ombros, e, quando esta versão de Pippa se levanta da cama, eu vou com ela, indefesa. Uma Balisarda aparece na minha mão. *Inútil* na minha mão. Ela flutua até o chão do nosso quarto, me atraindo para mais perto, deslizando até a casinha de madeira pintada próximo aos pés da minha cama. — Venha aqui, docinho. Seja uma bonequinha adorável.

Ao ouvir suas palavras, meus pés balançam, *tilintando* a cada passo. Então, quando olho para baixo, não consigo gritar. Minha boca é de porcelana. Minha pele é de vidro. Sob seu olhar cor de esmeralda, meu corpo começa a se contrair até que eu tombo minha bochecha colidindo com o tapete. Minha Balisarda se transforma em latão.

— Venha aqui — cantarola ela do alto. — Venha aqui, para que eu possa quebrar você.

— P-Pippa, eu n-n-não quero mais b-b-brincar...

Com uma risada sinistra, ela se curva em câmera lenta e um raio atinge seu cabelo escuro, fazendo-o brilhar com uma claridade horrível. *Bela porcelana, bela boneca, seu lindo relógio começou a contar. Venha resgatá-la até a meia-noite, ou o coração dela irei devorar.*

Ela movimenta um dedo e eu me quebro em mil pedaços, e os cacos dos meus olhos voam para dentro da casa de bonecas, onde não existem raios, nem trovões, nem rostos pintados ou pés de porcelana.

33

Aqui, existe apenas escuridão.

Ela pressiona meu nariz, minha boca, até que eu engasgo — com carne podre e mel extremamente adocicado, com os fios quebradiços do cabelo da minha irmã. Eles cobrem minha boca e minha língua, mas não consigo escapar deles. Meus dedos estão ensanguentados e esfolados. Quebrados. Minhas unhas sumiram, substituídas por lascas de madeira. Elas se projetam da minha pele enquanto eu as finco na tampa do seu caixão de jacarandá, enquanto soluço o nome dela, enquanto soluço o nome de Reid, enquanto grito e grito sem parar até que minhas cordas vocais se desgastam e se rompem.

— Ninguém está vindo nos salvar. — Pip vira a cabeça em minha direção devagar, de uma maneira não natural, seu lindo rosto está encovado e *estranho*. Eu não deveria conseguir enxergar nesta escuridão, mas consigo... eu *consigo*... e ela está sem metade do rosto. Com um soluço, fecho os olhos, mas ela continua existindo quando fecho os olhos. — Pelo menos você está aqui agora — sussurra ela. — Pelo menos não morremos sozinhas.

Mariée...

Lágrimas escorrem pelo meu rosto. Elas se misturam com meu sangue, com meu vômito, com *ela*.

— *Pip...*

— Nossos estômagos vão ficar bem, Célie. — Ela toca a mão esquelética na minha bochecha. — Ficaremos todas bem.

Em seguida, ela enfia a mão no meu peito, arranca meu coração e o devora.

CAPÍTULO TRÊS

O espantalho

Na manhã seguinte, sinto como se tivesse engolido vidro enquanto me esgueiro pela sala de armas, tomando cuidado para manter meus passos leves e minha tosse abafada. Afinal, nem mesmo o chá de Lou é capaz de curar uma noite de gritos. O sol ainda não nasceu, e meus irmãos ainda não desceram. Com sorte, vou terminar minha sessão de treinamento antes que eles cheguem para treinar — vou entrar e sair sem plateia.

Jean Luc me garantiu que eu não precisaria de treinamento tradicional, mas é evidente que não posso servir como "caçador" sem ele.

Os outros Chasseurs não perdem tempo com livros e armadilhas.

Passo os dedos frios por armamentos ainda mais frios, quase me cortando no breu. Nuvens de tempestade cobrem a luz cinzenta e pálida do amanhecer através das janelas. Vai chover em breve. Outro excelente motivo para resolver logo isso. Agarrando uma lança aleatória, quase desperto os mortos quando ela escorrega da minha mão e cai no chão de pedra fazendo barulho.

— Jesus Cristo — sibilo, abaixando-me para recuperar a arma e lutando para levantar a coisa estranha e volumosa, a fim de colocá-la novamente à mesa.

Está além da minha compreensão como *alguém* consegue empunhar um instrumento desses. Meus olhos disparam até a porta, para o corredor. Se eu me esforçar, consigo ouvir as vozes baixas e os sons suaves dos criados na cozinha, mas ninguém vem investigar o motivo do estrondo. Eles também não vêm a mim à noite — nem os criados, nem os caçadores, nem o capitão. Todo mundo finge que não ouve os meus gritos.

Fico nervosa, agitada de um jeito que não consigo explicar, escolho um equipamento mais razoável. Minha Balisarda permanece guardada em segurança no andar de cima.

Sem dúvida não preciso *apunhalar* nada hoje.

Com uma última olhada para trás, vou na ponta dos pés até o pátio de treinamento, onde espantalhos pairam ao longo da cerca de ferro forjado, me observando. Postes de madeira entalhados e alvos de arco e flecha juntam-se a eles, bem como uma grande mesa de pedra no centro. Um toldo listrado a protege do clima. Jean Luc e o padre Achille muitas vezes ficam postados ali embaixo, conversando baixo e de modo sorrateiro sobre as coisas que se recusam a contar.

Isso não lhe diz respeito, Célie.

Por favor, não se preocupe.

Só que, de acordo com Jean Luc, *nada* parece ser da minha conta. É lógico que *me preocupo*, me preocupo o suficiente para evitar meus irmãos e entrar escondida no pátio de treinamento às cinco da manhã. Depois do meu primeiro combate no pátio, meses atrás, logo percebi que minhas habilidades como "caçador" são... em outra área.

Como construir armadilhas?

Esfregando os olhos, faço uma careta e me aproximo do primeiro espantalho.

Se o meu sonho da noite passada provou alguma coisa é que não posso ir para casa. Não posso voltar. Eu só posso seguir meu caminho.

— Certo.

Estreito os olhos diante da efígie desagradável, afastando as pernas uma da outra como já vi homens fazerem. Minha saia, feita de lã azul-escura, balança um pouco com o vento. Giro o pescoço e seguro o bastão para a frente, com as duas mãos.

— Você consegue, Célie. É simples. — Assinto com a cabeça e balanceio na ponta dos pés. — Lembre-se do que Lou disse. Olhos — golpeio o ar com o bastão —, orelhas — golpeio de novo, desta vez com mais força —, nariz — outro golpe — e virilha.

Torcendo a boca com determinação, avanço dando uma pancada violenta e direta, acertando o tronco do homem. No entanto, a palha não cede, e meu impulso empurra a extremidade oposta do bastão na *minha* barriga, tirando-me o fôlego. Eu me curvo e esfrego o local com cuidado. Irritada.

36

Ouço aplausos na porta da sala de armas. Quase não os escuto em meio ao estrondo do trovão, mas a risada... não tenho como confundi-la. Pertence a *ele*. Com as bochechas vermelhas, eu me viro e encontro Frederic caminhando na minha direção, flanqueado por alguns Chasseurs. Ele sorri com escárnio e continua a aplaudir, cada batida lenta e enfática.

— Bravo, mademoiselle. Isso foi incrível. — Os companheiros de Frederic riem enquanto ele passa o braço pelos ombros do espantalho. Frederic não está usando casaco, apenas uma camisa de linho fina para se proteger do frio. — Muito melhor que da última vez. Um avanço significativo.

Da última vez, tropecei na barra da saia e quase quebrei o tornozelo.

O trovão reverbera mais uma vez, ecoando meu humor sombrio.

— Frederic. — Eu me inclino rigidamente para pegar meu bastão. Ainda que seja grande na minha mão, parece pequeno e insignificante, se comparado com a espada longa que ele segura. — Como você está? Dormiu bem?

— Feito um bebê. — Ele dá um sorriso largo e arranca o bastão de mim quando faço menção de me afastar. — Mas preciso admitir que estou curioso. O que está fazendo aqui, mademoiselle Tremblay? Pelo que ouvi, você não dormiu bem.

Tanto fingimento por nada.

Cerro os dentes e me esforço para manter a voz equilibrada.

— Estou aqui para treinar, Frederic, assim como você. Assim como todos vocês — acrescento, lançando aos meus irmãos um olhar significativo.

Eles não se preocupam em desviar o olhar, em corar ou em se ocupar com outras coisas. E por que deveriam? Sou a maior fonte de entretenimento deles.

— Está *mesmo*? — O sorriso de Frederic se alarga ainda mais enquanto ele examina meu bastão, rolando-o entre os dedos calejados. — Bem, não é comum treinarmos com bastões velhos e de má qualidade, mademoiselle. Este pedaço de madeira não vai incapacitar uma bruxa.

— As bruxas não *precisam* ser incapacitadas. — Levanto o rosto para fuzilá-lo com o olhar. — Não mais.

— Não? — indaga ele, erguendo uma sobrancelha.

— *Não.*

Um Chasseur do outro lado do pátio, um homem desagradável ao extremo chamado Basile, salta do topo de uma baliza de madeira. Ele bate os nós dos dedos no objeto antes de gritar:

— Bastam dois pedaços de madeira para isso! Uma estaca e um fósforo! — Ele solta uma gargalhada como se tivesse acabado de contar uma piada muito engraçada.

Olho feio para ele, incapaz de segurar a língua.

— Não deixe Jean Luc ouvir você — ameaço.

Ele, então, desvia o olhar, murmurando com petulância:

— Pega leve, Célie. Eu não quis dizer nada com isso.

— Ah, que tolice a minha. Você é hilário, é óbvio.

Rindo, Frederic joga meu bastão na lama.

— Não se preocupe, Basile. Jean Luc não está aqui. Como ele poderia saber, a menos que alguém lhe contasse? — Ele saca a espada longa e a pega pela lâmina antes de empurrar o cabo na minha direção. — Mas, se você quer mesmo treinar com a gente, *Célie*, por favor, eu gostaria de ajudar. — Um raio se bifurca sobre Saint-Cécile e Frederic levanta a voz para ser ouvido acima do som do trovão. — Todos nós gostaríamos, não é mesmo?

Algo se agita nos seus olhos com a pergunta.

Algo se agita no pátio.

Dou um passo hesitante para trás, olhando para os outros, que se aproximam cada vez mais. Dois ou três deles têm a decência de parecerem desconfortáveis.

— Não… não vai ser necessário — digo, me obrigando a respirar profundamente. Obrigando-me a ficar calma. — Posso treinar apenas com o espantalho…

— Ah, não, Célie, isso não serve.

Frederic acompanha meus passos feito uma sombra até que minhas costas se chocam com outro espantalho. O pânico gela minha espinha.

— Deixe-a em paz, Frederic — sugere Charles, um dos outros, balançando a cabeça e tomando a frente. — Deixe-a treinar.

— Jean Luc vai nos crucificar se você machucar a garota — acrescenta outro companheiro. — Eu treino com você.

— Jean Luc... — repete Frederic de modo tranquilo e casual, imperturbável, a não ser pelo brilho determinado em seus olhos. — Ele sabe que sua linda noivinha não pertence a este lugar. O que *você* acha, Célie? — Ele me oferece a espada longa mais uma vez, inclinando a cabeça. Ainda sorrindo. — Seu lugar é aqui?

Consigo ouvir a pergunta não dita, consigo *vê-la* refletida em todos os olhos que nos observam.

Você é um "caçador" ou é a linda noivinha do capitão?

Eu sou as duas coisas, quero vociferar para eles. Mas não vão me ouvir, talvez não *consigam* me ouvir. Então, em vez disso, endireito a postura, encontrando o olhar de Frederic e empunhando a espada longa.

— Sim. — Eu solto, esperando que ele ouça meus dentes estalando. Torcendo que *todos* eles ouçam. — O meu lugar é aqui, sim. Obrigada por perguntar.

Com uma risada de escárnio, ele solta a lâmina.

Incapaz de suportar o peso, cambaleio para a frente, quase me empalando quando a bainha da saia se enrola aos meus pés, e a espada e eu caímos no chão. Ele agarra meu cotovelo com um suspiro atormentado, inclinando-se e baixando a voz.

— Apenas admita, *ma belle*. Você não prefere a biblioteca?

Fico tensa com a ironia.

— Não. — Soltando meu braço do aperto dele e com olhos e bochechas queimando, ajeito a saia e aliso o corpete. Aponto para a espada longa e me esforço para manter a voz firme. — Apesar disso, *prefiro* uma arma diferente. Não consigo usar essa.

— É óbvio.

— Aqui — diz Charles, que veio para o meu lado sem eu perceber, me oferecendo uma pequena adaga. A primeira gota de chuva cai sobre a lâmina fina como uma agulha. — Use isto.

Antes de me juntar aos Chasseurs, talvez eu tivesse me encantado com o franzir ao redor dos olhos dele ao sorrir, com o cavalheirismo de tal gesto. Com a compaixão. Eu o teria imaginado como um cavaleiro em armadura brilhante, incapaz de se associar a tipos como *Frederic*. Eu teria imaginado o mesmo para mim mesma... ou talvez me imaginado como uma donzela trancada em uma torre. Agora, resisto ao impulso de fazer uma reverência, inclinando a cabeça em vez disso.

— Obrigada, Charles.

Respirando fundo de novo, viro-me para Frederic, que gira a espada longa entre as palmas das mãos.

— Podemos começar? — pergunta ele.

CAPÍTULO QUATRO

Nossa garota

Quando concordo com a cabeça e ergo minha adaga, ele balança o pulso de um jeito simples e derruba minha lâmina no chão.

— Primeira lição: não se pode usar uma adaga contra uma espada longa. Até *você* deveria saber disso. Tenho certeza de que passa bastante tempo debruçada sobre nossos manuscritos antigos... ou só lê contos de fadas?

Pego a adaga na lama, retrucando de imediato:

— Eu não *consigo* erguer a espada longa, seu cretino insuportável.

— E isso é problema meu? — Ele anda ao meu redor, como um gato faz com um rato, enquanto os outros se acomodam para assistir ao espetáculo. Charles nos observa com cautela. Seu companheiro desapareceu. — Você está tentando melhorar sua força física? Como vai capturar um *loup-garou* rebelde se não consegue nem levantar uma espada? Sabe, me pergunto se vai *querer* capturá-los ou se vai chamá-los de amigos.

— Não seja ridículo. Lógico que vou capturá-los se a situação exigir...

— Ela exige.

— Você está vivendo no passado, Frederic. — Os nós de meus dedos perdem a cor ao redor do cabo da adaga, o que eu mais quero é acertar a cabeça dele com ela. — Os Chasseurs mudaram. Não precisamos mais *incapacitar* ou *capturar* quem é diferente...

— Você é ingênua se acha que seus amigos salvaram o mundo, Célie. O mal ainda vive aqui. Talvez não no coração de *todos*, mas no coração de alguns. Embora a Batalha de Cesarine tenha mudado muitas coisas, isso não mudou. O mundo ainda precisa da nossa irmandade. — Ele enfia a espada longa no peito do espantalho mais próximo, que treme feito um para-raios. — E, assim, nossa irmandade prossegue. Venha. Finja que sou um lobisomem. Acabei de me empanturrar com o gado e as galinhas de um fazendeiro. — Abrindo os braços como se fosse um mestre de cerimônias, ele continua: — Me derrote.

A chuva começa a cair forte enquanto o encaro, arregaçando as mangas para ganhar tempo.

Afinal, não sei nada sobre derrotar um lobisomem.

Olhos, orelhas, nariz e virilha. A risada de Lou atravessa o pânico crescente dos meus pensamentos. Ela me visitou no pátio de treinamento no dia seguinte à minha iniciação, no dia em que Jean Luc decidiu que nenhum de nós deveria pisar no pátio de treinamento novamente. *Não importa quem você esteja enfrentando, Célie: todo mundo tem uma virilha em algum lugar. Encontre-a, chute-a o mais forte que puder e dê o fora.* Endireito a postura quando Basile começa a zombar, ajustando a posição dos meus pés e erguendo minha adaga mais uma vez.

Mais Chasseurs chegaram ao pátio a essa altura. Eles nos observam com uma curiosidade descarada.

Eu consigo fazer isso.

No entanto, quando invisto contra os olhos de Frederic, ele segura meu pulso com facilidade, girando-me em uma pirueta sádica e empurrando meu rosto junto ao espantalho. Luzes piscam atrás dos meus olhos. Ele me mantém ali por mais tempo que o necessário, com mais força que o necessário, esfregando minhas bochechas na palha até eu quase gritar com a injustiça de tudo. Debatendo-me sem parar, dou uma cotovelada no abdome de Frederic e ele recua com um sorriso zombeteiro.

— Seus olhos de corça entregam você, mademoiselle. São expressivos demais.

— Você é um *porco* — vocifero.

— Hum, são emotivos também. — Ele se esquiva quando balanço a adaga de forma descontrolada em direção à sua orelha, errando por completo e escorregando um pouco na lama. — Apenas admita que não deveria estar aqui e eu desistirei de bom grado. Você poderá voltar para seus vestidos, seus livros e sua *lareira* enquanto eu voltarei para nossa missão. Essa é a nossa garota — cantarola ele enquanto afasto o cabelo encharcado da testa, esforçando-me para enxergar. — Admita que não está apta a nos ajudar e nós deixaremos você seguir com a sua vida.

— Embora eu me sensibilize com a sua situação, Frederic… de verdade… não sou *sua garota* e tenho pena de qualquer mulher que seja.

42

Ele me derruba no chão quando salto mirando seu nariz. Caio com força, tossindo, tentando não me encolher ou vomitar. Os cacos na minha garganta penetram mais fundo, como se estivessem tentando tirar sangue. *Célie, sua bobinha*, Morgane ainda cantarola. *Que bonequinha adorável.*

— Vamos — incita ele.

Arregaçando as mangas, Frederic se agacha e aponta para o meu uniforme. Para minha surpresa, a tinta preta de uma tatuagem marca a pele da parte interna do antebraço dele. Ainda que eu consiga distinguir apenas as duas primeiras letras — *FR* —, a chuva deixa sua camisa quase transparente, revelando o padrão de um nome.

— Não parece que você está brincando de se fantasiar? — indaga ele. *Venha aqui, para que eu possa quebrar você.*

— Comparado com *o quê*? — Eu o empurro, cerrando os dentes, mas ele permanece imóvel. — Com tatuar meu nome no braço para ninguém se esquecer de quem eu sou?

De repente, ouço vozes da porta da sala de armas antes que ele possa responder e nós dois viramos o rosto ao mesmo tempo — Frederic pairando sobre mim, eu deitada de costas abaixo dele — enquanto Jean Luc entra a passos largos no pátio de treinamento, acompanhado por três mulheres com casacos azul-claros. *Noviças*. Embora a chuva tenha apertado e se tornado um aguaceiro, os olhos de Jean encontram os meus no mesmo instante, arregalando-se por uma fração de segundo. Então sua expressão fica sombria. A boca dele se contorce enquanto outro raio atinge a catedral e o companheiro de Charles aparece ao lado dele.

— Que diabos está acontecendo aqui? — questiona ele, andando em nossa direção.

Frederic não se mexe, exceto pelo sorriso simpático que aparece em seu rosto.

— Nada a relatar, eu acho. É apenas um treino entre amigos.

Jean Luc desembainha sua Balisarda com uma ameaça levemente velada.

— Ótimo. Vamos treinar, então.

— Claro, Capitão. — Frederic assente de modo amistoso. — Assim que nós terminarmos.

— Vocês *já* terminaram.

43

— Não, não terminamos — retruco ofegante, balançando a cabeça de um lado para outro, espirrando lama em todas as direções. Embora a água encha meus ouvidos, ainda ouço um som estridente e terrível. Meu olhar se estreita na expressão presunçosa de Frederic e minhas mãos se fecham em punhos. — Me deixe terminar isso, Jean.

— *Me deixe terminar isso, Jean* — imita Frederic, baixo demais para qualquer outra pessoa escutar. Rindo, ele afasta uma mecha de cabelo dos meus olhos. O gesto é pessoal demais, *íntimo* demais, e minha pele se arrepia com a consciência disso quando Jean Luc grita algo que não consigo ouvir. O som estridente nos meus ouvidos aumenta. — Admita que você o envergonha e eu deixo você ir.

Não importa quem você esteja enfrentando, Célie: todo mundo tem uma virilha em algum lugar.

Eu reajo por instinto, *feroz*, chutando a carne macia entre as pernas dele e provocando um som satisfatório de algo sendo esmagado.

Frederic arregala os olhos, talvez eu tenha calculado mal, porque ele não cai para trás... ele cai para *a frente* e não consigo me afastar antes que desabe em cima de mim, uivando, xingando e arrancando a adaga da minha mão. Ele a pressiona no meu pescoço com uma fúria absoluta.

— Sua *putinha*...

Jean Luc agarra Frederic pelo colarinho e o lança do outro lado do pátio de treinamento, com os olhos tão escuros quanto o céu. Relâmpagos brilham ao nosso redor.

— Como *você* ousa atacar um dos nossos? E Célie Tremblay ainda por cima? — Ele não permite que Frederic escape; em vez disso, corre atrás dele, jogando-o contra o alvo de arco e flecha mais próximo. Apesar da carranca de Frederic, apesar do *tamanho* dele, Jean Luc o sacode com brutalidade. — Você tem ideia do que ela fez por este reino? Tem ideia do que ela *sacrificou*? — Soltando Frederic como um saco de batatas, Jean se dirige ao restante do pátio de treinamento, apontando sua Balisarda na minha direção. Eu me levanto depressa. — Esta mulher derrotou *Morgane le Blanc*... ou vocês não se lembram mais da nossa Dame des Sorcières de antigamente? Já se esqueceram do regime de terror que ela impôs a este reino? Da maneira como matou homens, mulheres e crianças em uma busca

❧ 44 ❧

desvairada por vingança? — Ele se volta de novo para Frederic, cujos lábios se curvam enquanto ele limpa com amargura a lama do casaco. — E então? Você *esqueceu*?

— Eu não esqueci — rosna o outro.

Por todo o pátio, os Chasseurs permanecem paralisados. Não ousam se mover. Não ousam *respirar*.

As noviças ainda se amontoam perto da sala de armas, encharcadas e com os olhos arregalados. Seus rostos são desconhecidos para mim. Novos. Eu aprumo mais a postura por elas — e também por *mim*. Apesar de a humilhação ainda arder no meu peito, um pouco de orgulho também desabrocha. Afinal, Lou e eu *de fato* derrotamos Morgane le Blanc no ano anterior e fizemos isso juntas. De uma vez por todas.

— Excelente. — Jean Luc embainha sua Balisarda de modo brusco enquanto eu me arrasto até o lado dele. Ele não olha para mim. — Se eu voltar a ver algo assim — promete Jean, agora com a voz mais baixa, quase inaudível —, vou solicitar pessoalmente ao padre Achille que o agressor seja dispensado imediatamente dos Chasseurs. Nós somos melhores que isso.

Frederic cospe de desgosto quando Jean Luc segura minha mão. Passando pelas noviças, ele me conduz para a sala de armas, mas não para. Mais agitado a cada passo, ele segue até chegarmos a um armário de vassouras perto da cozinha. Quando meu noivo me empurra para dentro sem dizer uma palavra, sinto um frio na barriga.

Ele deixa a porta entreaberta por uma questão de decoro.

Em seguida, solta minha mão.

— Jean...

— Nós combinamos — diz ele secamente, fechando os olhos e esfregando o rosto. — Combinamos que você não treinaria com os outros. Combinamos que não nos colocaríamos nessa posição de novo.

— Em *qual* posição? — Aquele pouco de orgulho no meu peito murcha e se transforma em algo cinzento e morto. Eu torço a água do meu cabelo em um gesto bruto e recriminador. No entanto, não consigo esconder o tremor da minha voz. — *Minha* posição? É esperado que os Chasseurs treinem, não é? De preferência juntos.

Franzindo a testa, ele pega uma toalha da prateleira e a entrega para mim.

— Se quiser treinar, *eu* te treinarei. Já *falei* isso, Célie...

⚔ 45 ⚔

— Você não pode continuar me dando tratamento especial! Você nem tem *tempo* para me treinar, Jean. Além disso, Frederic tem razão. Não é justo esperar tudo deles e nada de mim...

— Não é verdade que não espero *nada* de você... — Ele para de falar de repente, sua carranca se aprofundando enquanto limpo a lama do meu pescoço e da minha clavícula. Sua mandíbula trava. — Você está sangrando.

— O quê?

Ele se aproxima, segurando meu queixo e inclinando minha cabeça para examinar a base do meu pescoço.

— Aquele desgraçado do Frederic te machucou. Eu juro por Deus que vou fazê-lo limpar os estábulos por *um ano*...

— Capitão? — Um noviço enfia a cabeça no armário. — O padre Achille precisa falar com o senhor. Disse que houve um desdobramento importante com...

Então ele para de falar assim que me avista, espantado ao nos ver sozinhos. Ao perceber que estamos nos *tocando*. Jean Luc suspira e se afasta.

— Um desdobramento importante com *o quê*? — pergunto, ríspida.

O noviço — bem mais novo que eu, talvez com seus quatorze anos — se endireita como se eu tivesse dado um tapa nele, franzindo as sobrancelhas, confuso. Ele abaixa a voz, sério.

— Os corpos, mademoiselle.

Estreito os olhos, incrédula, enquanto disparam entre ele e Jean.

— Que *corpos*?

— Isso é tudo — diz Jean Luc bruscamente antes que o noviço possa responder, conduzindo-o porta afora e lançando um olhar cauteloso para mim por cima do ombro. Ele não me permite exigir uma explicação. Não me permite jogar a toalha, agarrar seu casaco ou gritar minhas frustrações aos céus. Não. Ele balança a cabeça de leve, já me dando as costas. — Não faça perguntas, Célie. Isto não lhe diz respeito. — Apesar disso, ele hesita na porta com um tom de quem pede desculpas e o olhar cheio de arrependimento. — Por favor, não se preocupe.

❧ 46 ❧

CAPÍTULO CINCO

Rosas–carmesim

Espero mais do que o estritamente necessário antes de sair com cautela para o corredor, rezando para que os outros tenham permanecido no pátio. Não quero vê-los. Na verdade, neste momento, não quero ver outro casaco azul ou Balisarda nunca mais.

Não estou de mau humor, é óbvio.

Jean Luc pode ficar com seus segredinhos. Pelo jeito, não importa *o que eu fiz por este reino* nem *o que eu sacrifiquei*. Não importam os sermões que ele dê no pátio de treinamento. Pelo jeito, são só palavras — ou melhor, palavras *apaziguadoras* para mim, para Frederic e para o nosso próprio capitão. Afinal, eu *sou* uma bela porcelana. Eu poderia quebrar ao mais leve dos toques. Enxugando as lágrimas furiosas do meu rosto, subo as escadas apressada, arrancando meu casaco feio, minha saia ensopada, e jogo ambos no canto do quarto. Parte de mim espera que as roupas mofem ali. Parte de mim espera que apodreçam e se desintegrem, para que eu nunca mais as vista.

Não parece que você está brincando de se fantasiar?

Fecho minhas mãos em punhos.

Parei de brincar de me fantasiar aos quinze anos — já crescida *demais*, na opinião de Filippa. Foi o que ela me disse na primeira noite em que a flagrei fugindo do nosso quarto. Eu tinha adormecido com uma tiara na cabeça, um livro sobre a princesa do gelo Frostine ainda aberto sobre o meu peito, quando os passos dela me acordaram. Jamais esquecerei a expressão de desprezo no rosto de Pip nem do modo como ela zombou da minha camisola cor-de-rosa clara.

— Você não está um pouco grandinha para brincar de faz-de-conta?

Não foi a última vez que minha irmã me fez chorar.

Célie, sua bobinha.

≋ 47 ≋

Fico no meu quarto por mais um momento, respirando com dificuldade, minha *chemise* encharcada, antes de soltar um suspiro e ir atrás do meu uniforme. Com os dedos frios e desajeitados, penduro a lã azul perto da cornija da lareira para secar. Um criado já se encarregou de atiçar as brasas do fogo da noite passada, provavelmente a pedido de Jean Luc. Ele ouviu meus gritos ontem à noite. Ele ouve *todas* as noites. Embora as regras da Torre o impeçam de vir até mim, de me confortar, ele faz o que pode. Velas novas chegam à minha porta duas vezes por semana, e as chamas estão sempre ardendo na minha lareira.

Encosto a testa na cornija, segurando outra onda quente de lágrimas. A fita esmeralda enrolada no meu pulso — uma espécie de talismã — quase se desfez por causa da minha disputa com Frederic, uma ponta está mais comprida que a outra, os lindos laços agora frouxos e deploráveis. Assim como eu. Cerrando os dentes, amarro a seda outra vez com cuidado e pego do armário um vestido branco feito a neve, sem me importar com o temporal lá fora. Retiro uma capa verde-garrafa do gancho perto da porta e jogo o veludo pesado nas costas.

Jean Luc está ocupado.

E eu vou visitar a minha irmã.

<hr />

O padre Achille me intercepta no saguão antes que eu consiga escapar. Vindo do santuário, provavelmente a caminho de falar com Jean Luc, ele hesita quando vê a expressão no meu rosto, franzindo a testa. Ele segura um livro pequeno.

— Tem alguma coisa errada, Célie? — indaga.

— De jeito nenhum, Vossa Eminência.

Forçando um sorriso luminoso, perfeitamente ciente dos meus olhos inchados e do meu nariz vermelho, observo o livro com a maior discrição possível. Apesar disso, não consigo ler as letras desbotadas na capa. Sem dúvida, *parece* ter o mesmo tamanho do livro que estava no bolso de Jean Luc na noite anterior. No entanto, tudo, desde as páginas amareladas e soltas até a lombada de couro desgastada, parece nefasto. E aquela mancha escura é... *sangue*? Quando olho mais de perto — quase semicerrando os olhos agora, brincando com a sorte —, ele pigarreia e se move intencionalmente, escondendo o livro nas costas. Abro ainda mais o sorriso.

— Peço desculpas pelo meu traje. A chuva encharcou meu uniforme enquanto eu treinava com Frederic esta manhã.

— Ah, sim.

Ele se mexe de novo, visivelmente desconfortável com o silêncio que paira entre nós. Como o velho um tanto carrancudo e rabugento que é, o padre Achille preferiria cair sobre sua Balisarda a comentar sobre minhas lágrimas, mas, para nossa surpresa, tenho certeza, ele não vai embora. Em vez disso, coça a barba grisalha um pouco sem jeito. Talvez sua nova posição como arcebispo ainda não o tenha endurecido como aconteceu com seu antecessor. Espero que isso nunca aconteça.

— Fiquei sabendo sobre Frederic. Você está bem? — pergunta ele.

Meu sorriso se transforma em uma careta.

— Jean Luc não mencionou que eu o derrotei?

— Ah… — Ele limpa a garganta e continua coçando a barba, desviando os olhos escuros para as botas, para a janela, olhando para toda e qualquer coisa exceto o meu rosto. — Essa parte… é… não foi mencionada, lamento.

Seguro minha vontade de revirar os olhos. Às vezes me pergunto por que Deus nos ordena a jamais mentir.

— Certo. — Levo o punho até o coração, inclinando o pescoço e passando por ele. — Se me der licença…

— Célie, espere. — Ele me chama com um aceno e um suspiro longo. — Não levo jeito para isso, mas… bem, se algum dia você precisar de um ouvido que não seja o do seu noivo, ainda consigo escutar um pouco. — Ele hesita por mais um doloroso segundo, ainda coçando, coçando e *coçando*, e eu rezo para que o chão se abra e me engula inteira. De repente, também não quero falar sobre as minhas lágrimas. Eu só quero *ir embora*. Porém, quando encontra meu olhar pela segunda vez, ele deixa sua mão cair ao lado do corpo e balança a cabeça com resignação. — Já fui muito parecido com você. Não sabia onde me encaixava aqui, nem sequer se *conseguiria* me encaixar.

Franzo a testa para ele, espantada.

— Mas o senhor é o arcebispo de Belterra.

— Mas nem sempre fui. — Ele me conduz em direção à entrada principal da Saint-Cécile, e uma afeição inexplicável por ele floresce no meu peito enquanto o arcebispo hesita, ainda relutante em me deixar. Embora a chuva tenha parado, uma fina camada de umidade ainda encharca os degraus, as folhas e a rua calçada. — Você não pode basear sua vida em um momento, Célie.

— Como assim?

— Quando você aplicou aquela injeção em Morgane le Blanc, a bruxa mais forte e cruel que este reino já conheceu, realizou um feito grandioso por Belterra. Um feito admirável. Mas você é mais do que grandiosa e admirável. Você é maior do que aquele momento. Não deixe que ele defina você, nem que dite seu futuro.

Minha testa se franze ainda mais e, por instinto, deslizo a mão por baixo da capa para brincar com a fita cor de esmeralda no pulso. As pontas começaram a desfiar.

— Eu… receio que ainda não entendi. Eu escolhi o meu futuro, Vossa Eminência. Sou um Chasseur.

— Hum. — Ele fecha com mais firmeza as vestes em torno do corpo magro, olhando carrancudo para o céu. Os joelhos dele doem quando chove. — E é isso o que você realmente quer? Ser um Chasseur?

— *Com certeza*. Eu… eu quero servir, proteger, ajudar a tornar o reino um lugar melhor. Eu fiz um *juramento*…

— Nem toda escolha é para sempre.

— O que o senhor está dizendo? — Afasto-me dele com um passo incrédulo. — Está dizendo que eu não deveria estar aqui? Que eu não me *encaixo*?

Ele bufa e se vira em direção às portas, de repente descontente mais uma vez.

— Estou dizendo que você se encaixa se quiser se encaixar, mas, se *não* quiser se encaixar, bem… não permita que nós roubemos o seu futuro. — Ele olha por cima do ombro, mancando de volta para o saguão, a fim de escapar do frio. — Você não é uma tola. Sua felicidade é tão importante quanto a de Jean Luc.

Solto um suspiro alto.

— Ah — continua, gesticulando com a mão enrugada, sem me dar atenção —, se for ao cemitério, passe primeiro no Le Fleuriste. Helene preparou buquês com flores frescas para os túmulos dos falecidos. Leve um para Filippa.

Rosas vermelho-carmesim transbordam da minha carroça quando chego ao cemitério do outro lado da Saint-Cécile. Um enorme portão de ferro forjado cerca a propriedade, com seus pináculos escuros perfurando nuvens pesadas. Os portões estão escancarados esta tarde, mas o efeito está longe de ser acolhedor. Não. A sensação é de entrar em uma boca cheia de dentes.

Um arrepio familiar percorre minhas costas enquanto conduzo meu cavalo pelo caminho de pedras.

Quando o Fogo Infernal de Cosette Monvoisin destruiu o antigo cemitério no ano anterior, assim como as catacumbas dos ricos e privilegiados, a aristocracia não teve escolha a não ser erguer novas lápides para seus entes queridos aqui. Isso incluiu Filippa. Apesar dos protestos veementes do meu pai — imagine só, a filha *dele* forçada a jazer ao lado de camponeses por toda a eternidade —, nosso sepulcro ancestral queimou com todo o resto.

— Ela não está aqui de verdade — soei como minha mãe, que chorou durante dias. — A alma dela se foi.

E, agora, o corpo dela também.

Ainda assim, esta nova terra, embora consagrada pelo cardeal Florin Clément em pessoa, parece *raivosa*.

Parece... faminta.

— Shhh. — Inclino-me para a frente a fim de acalmar meu cavalo, Cabot, que bufa e balança a cabeça, agitado. Ele detesta vir aqui. Eu detesto trazê-lo. Se não fosse por Filippa, eu jamais pisaria entre os mortos outra vez. — Estamos quase chegando.

Perto dos fundos do cemitério, fileiras e mais fileiras de lápides lúgubres feito dedos erguem-se da terra. Elas se agarram aos cascos do meu cavalo e às rodas da carroça, enquanto eu salto da sela e caminho ao lado de Cabot, colocando um buquê de rosas sobre cada uma delas. Uma sepultura e um buquê para cada pessoa que morreu durante a Batalha de Cesarine. Por ordem do padre Achille, trazemos flores frescas toda semana. Ele diz que a intenção é homenagear essas pessoas, mas não posso deixar de sentir que o verdadeiro motivo é trazer paz.

É evidente que é uma ideia estúpida. Assim como Filippa, estas pessoas já não estão *aqui*, e mesmo assim...

Um arrepio percorre minhas costas novamente.

Como se eu estivesse sendo observada.

— *Mariée...*

A palavra, dita com tanta suavidade que poderia ser fruto da minha imaginação, é levada pelo vento e eu me detenho, olhando sem parar de um lado para outro com uma sensação nauseante de déjà-vu. *Por favor, Deus, não. De novo não.*

Já ouvi essa palavra antes.

Estremecendo, aperto o passo e ignoro a pressão repentina nas minhas têmporas. Afinal, eu *imaginei* aquilo — é óbvio que imaginei —, e é *justamente* por isso que evito cemitérios. Estas vozes na minha cabeça não são reais. Elas *nunca* foram reais e minha mente está pregando peças em mim de novo, como no caixão de Filippa. As vozes também não eram reais.

Elas não são reais.

Repito as palavras até quase acreditar nelas, contando cada buquê até quase esquecer.

Quando enfim chego ao túmulo de Pippa, agacho-me ao lado dele e encosto o rosto na pedra trabalhada. No entanto, parece tão fria quanto as demais. Igualmente úmida. O musgo já se espalhou pelas bordas arredondadas, obscurecendo as palavras simples: *Filippa Allouette Tremblay, filha e irmã amada.* Arranco o musgo para traçar com o dedo as letras do nome dela repetidas vezes, pois Pip era muito mais do que amada, e agora falamos dela no passado. Agora ela assombra meus pesadelos.

— Sinto sua falta, Pip — sussurro, fechando os olhos e tremendo.

Quero ser sincera. *Desesperadamente.*

Quero perguntar a ela o que fazer — sobre Jean Luc, sobre Frederic, sobre romance, casamento e a decepção paralisante. Quero perguntar sobre sonhos dela. Ela amava o garoto com quem se encontrava à noite? Ele a amava? Será que eles imaginavam uma vida juntos, uma vida ilícita, *emocionante*, antes de Morgane raptá-la?

Ela alguma vez mudou de ideia?

Ela nunca me contou, e então partiu, deixando-me com uma pintura parcial de si mesma. Deixando-me com metade do seu sorriso, metade dos seus segredos. Metade do seu rosto.

Com delicadeza, coloco as rosas aos seus pés, virando-me de costas com uma calma deliberada. Eu não vou fugir. Eu não vou gritar. Minha irmã ainda é minha irmã, independentemente de como Morgane a tenha profanado, de como Morgane tenha *me* profanado. Respiro fundo, acariciando a cara de Cabot, e afirmo para mim mesma: vou retornar à Torre Chasseur e continuar organizando a biblioteca do conselho em ordem alfabética. Esta noite, farei uma refeição comum com Jean Luc e nossos irmãos e apreciarei a torta de carne e as batatas cozidas, a lã azul e a pesada Balisarda.

— Eu consigo carregá-la — digo a Cabot, dando um beijo em seu focinho. — Consigo fazer isso.

Eu não vou brincar de faz-de-conta.

Então Cabot empina de repente com um guincho, balançando a cabeça e quase quebrando meu nariz.

— Cabot! — Eu me jogo para trás, atordoada, mas ele foge antes que eu consiga acalmá-lo, antes que eu consiga fazer qualquer coisa além de me apoiar na lápide da minha irmã. — O que você está...? Volte! *Cabot!* Cabot, volte *aqui!*

Sem me dar ouvidos, ele apenas corre ainda mais depressa, inexplicavelmente aterrorizado, galopando por uma curva e desaparecendo de vista. A carroça ricocheteia no calçamento atrás dele. Rosas carmesim voam em todas as direções. Elas se espalham pelo cemitério como gotas de sangue, só que...

Só que...

Eu me apoio na lápide de Filippa, horrorizada.

Só que elas murcham e ficam pretas quando tocam o chão.

Engolindo em seco, com o coração martelando dolorosamente nos ouvidos, olho para os pés, onde as rosas de Filippa também se contraem e sangram, as pétalas vivas murchando até virarem cinzas. A podridão fétida dominam meus sentidos. *Isto não é real.* Repito as palavras desesperadas enquanto me afasto cambaleando, enquanto minha visão começa a se estreitar e minha garganta começa a fechar. *Isto não é real. Você está sonhando. É só um pesadelo. É só...*

Eu quase não vejo o corpo.

Ele jaz sobre uma sepultura no meio do cemitério, pálido demais — quase *branco*, com a pele exangue e acinzentada — para não estar morto.

— Meu Deus.

Meus joelhos travam enquanto encaro o corpo. Enquanto encaro *ela*. Porque é evidente que aquele cadáver é feminino. Seu cabelo dourado está emaranhado com folhas e detritos; seus lábios carnudos ainda pintados de escarlate; suas mãos, cheias de cicatrizes, permanecem cruzadas com esmero sobre o peito… como… como se alguém a tivesse *colocado naquela posição.* Engulo bile, forçando-me a me aproximar. Ela não estava ali quando passei com Cabot mais cedo, o que significa que… *Meu Deus, meu Deus, meu Deus.*

O assassino pode estar aqui ainda.

Meu olhar dispara para cada lápide, cada árvore, cada *folha*, mas, apesar da tempestade desta manhã, tudo ficou silencioso e imóvel. Até mesmo o vento fugiu deste lugar, como se também pressentisse o mal. Com a cabeça latejando, me aproximo do corpo. Chego mais perto ainda. Já que ninguém salta das sombras, agacho-me ao lado da figura feminina e, se é que é possível, meu estômago se revira ainda mais. Porque reconheço esta mulher: é *Babette.* Ex-cortesã do infame bordel de madame Helene Labelle, Babette se uniu à Coco e às outras Dames Rouges contra Morgane le Blanc na Batalha de Cesarine. Ela lutou conosco. Ela… ela me ajudou a esconder crianças inocentes de outros bruxos. Ela *salvou* a madame Labelle.

Onde deveria haver uma pulsação, duas pequenas perfurações estão expostas em seu pescoço.

— Ah, Babette. — Com os dedos trêmulos, afasto o cabelo da testa dela e fecho seus olhos. — Quem fez isto com você?

Apesar da palidez, não há manchas de sangue em seu vestido. Na verdade, ela não parece ter sofrido nenhuma lesão além dos pequenos ferimentos no pescoço. Pego suas mãos para examinar os pulsos, as unhas, e um crucifixo cai. Ela o apertava junto ao coração. Eu o ergo incrédula, o ornamento prateado brilhava mesmo sob a luz do céu encoberto. Nenhum sangue. Nem sequer uma gota.

Isso não faz *sentido.* Ela parece estar apenas dormindo, o que significa que não deve estar morta há muito tempo…

— *Mariée…*

Quando as folhas de uma bétula farfalham atrás de mim, fico de pé com um salto, girando o corpo sem parar, mas não há nada além do vento. Ele retorna com força total, chicoteando minhas bochechas e meu cabelo, incitando-me a me mover, a deixar aquele lugar. Embora eu deseje obedecer ao alerta, o noviço mencionou corpos mais cedo. *Corpos.* Como sendo… mais de um.

Jean Luc. O nome surge como uma muralha no turbilhão dos meus pensamentos.

Ele saberá o que fazer. Ele saberá o que aconteceu aqui. Dou dois passos apressados em direção à Saint-Cécile antes de parar, voltar e retirar a capa dos meus ombros. Coloco-a sobre Babette. Pode ser besteira, mas não posso apenas deixá-la ali, vulnerável, sozinha e...

Morta.

Rangendo os dentes, cubro seu lindo rosto com o veludo.

— Eu volto logo — prometo.

Em seguida, corro em direção ao portão de ferro forjado sem parar, sem diminuir a velocidade, sem olhar para trás. Embora esteja com uma névoa fina no céu de novo, eu a ignoro. Ignoro o trovão nos meus ouvidos e a ventania em meu cabelo. O clima solta as mechas pesadas do meu coque. Afasto-as dos olhos, derrapando pelo portão — minha determinação vai diminuindo a cada passo porque Babette está morta, *ela está morta, ela está morta, ela está morta* —, e colido com o homem mais pálido que já vi na vida.

CAPÍTULO SEIS

O homem mais frio

Ele me firma com mãos largas e uma expressão desconfiada, erguendo uma sobrancelha para meu cabelo revolto e meus olhos mais revoltos ainda. Minha aparência é escandalosa. Eu *sei* que minha aparência é escandalosa, mas mesmo assim agarro sua túnica de couro, que envolve o corpo forte dele como uma segunda pele, totalmente preta em contraste com sua palidez. Eu o encaro, boquiaberta. Incapaz de expressar o pânico que continua a crescer em meu peito à medida que me dou conta.

Este homem é mais pálido do que Babette.

Mais frio.

As narinas dele estão dilatadas.

— Você está bem, mademoiselle? — murmura ele e sua *voz*, profunda e melodiosa, parece se enrolar em meu pescoço e me prender onde estou.

Controlo um calafrio que ameaça percorrer meu corpo todo, nervosa de modo inexplicável. As maçãs do rosto do homem são belamente esculpidas. O cabelo tem um brilho peculiar e prateado.

— Um corpo! — As palavras saem de mim desajeitadas, mais altas e estridentes do que nossa proximidade exige. Ele ainda segura minha cintura. Eu ainda agarro seus braços. Na verdade, se eu quisesse, poderia estender a mão e tocar as olheiras abaixo de seus olhos escuros e inexpressivos. Olhos que me sondam com uma intensidade fria. — T-tem um c-c-corpo lá atrás. — Indico com a cabeça o portão do cemitério. — Um cadáver...

Devagar, ele inclina a cabeça para examinar o caminho de pedras atrás de mim. Sua voz é mordaz.

— Vários, eu imagino.

— Não, não foi isso que eu... As rosas, elas... elas murcharam quando tocaram o chão, e...

Ele me encara, confuso.

— As rosas... murcharam? — indaga.

— Sim, elas murcharam e morreram, e Babette... ela morreu também. Ela *morreu* sem uma gota de sangue derramado, tinha apenas dois furos no pescoço...

— Tem certeza de que você está bem?

— *Não!* — retruco, quase gritando, ainda agarrada a ele e confirmando por completo suas impressões. Não importa. Não tenho tempo para ser sensata. Minha voz fica cada vez mais alta e afundo meus dedos nos braços do estranho como se pudesse *forçá-lo* a entender. Porque os homens valorizam a força. Eles não valorizam o desespero; eles não *escutam* mulheres desesperadas, e eu... eu... — Com certeza *não* estou bem! Escutou o que eu disse? Uma mulher foi *assassinada*. O cadáver dela está sobre uma sepultura como uma espécie de princesa macabra de contos de fadas, e o senhor... o senhor, monsieur — meu terrível desconforto enfim se transforma em suspeita, e eu a lanço sobre ele feito uma lâmina —, por que está espreitando do lado de fora de um cemitério?

Revirando os olhos, ele se solta do meu aperto com uma facilidade surpreendente. Deixo meus braços caírem feito teias de aranha rompidas.

— Por que *você* está espreitando do lado de dentro? — Seu olhar vai dos meus ombros nus até a névoa. — Ainda mais nesta chuva. Deseja morrer, mademoiselle? Ou são os próprios mortos que te chamam?

Eu me afasto dele com repulsa.

— Os *mortos*? Evidente que não... Isso é... — Expiro com força pelo nariz e me forço a endireitar a postura. Levanto o rosto. Ele não vai me distrair. Pode ser que a chuva em breve apague quaisquer pistas que eu tenha deixado passar, e Jean Luc e os Chasseurs precisam ser comunicados. — Os mortos não *chamam* por mim, monsieur...

— Não?

— *Não* — repito firme. — E dizer isso é bastante incomum e suspeito, dadas as circunstâncias...

— Mas e se fosse em circunstâncias diferentes?

— Na verdade, acho *o senhor* bastante incomum e suspeito. — Ignoro como seus lábios se franzem de forma sarcástica e continuo minha argumentação com uma determinação irritada. — Peço desculpas por esta imposição, monsieur, mas eu... sim, receio que precise vir comigo. Os

Chasseurs vão querer falar com o senhor, já que agora é — engulo em seco enquanto ele inclina a cabeça, me observando — o p-principal suspeito no que com certeza será uma investigação de assassinato. Ou uma testemunha, no mínimo — acrescento às pressas, dando um passo hesitante para trás.

Os olhos dele acompanham meu movimento. A ação, embora discreta, me provoca um arrepio nas costas.

— E se eu me recusar? — indaga ele.

— Nesse caso, monsieur, eu... eu não terei escolha a não ser obrigá-lo.

— Como?

Sinto um frio na barriga.

— Como o quê?

— Como vai me obrigar? — repete ele, agora intrigado. E essa curiosidade, o brilho de divertimento nos seus olhos escuros, é de alguma maneira pior do que o seu desdém. Quando ele dá mais um passo na minha direção, dou outro passo para trás, e seus lábios se contraem. — Com certeza deve ter alguma ideia, ou não teria feito a ameaça. Vá em frente, filhote. Não se cale agora. Diga o que pretende fazer comigo. — Seus olhos me avaliam de cima a baixo, achando *graça*, antes de retornarem aos meus em um desafio declarado. — Não parece estar armada por baixo deste traje.

Minhas bochechas ardem quando também olho para o meu vestido. A chuva fez com que ele ficasse quase transparente. Porém, antes que eu consiga fazer qualquer coisa, antes que eu possa pegar uma pedra ou tirar a bota para atirar nele, ou talvez arrancar os seus olhos, ouço um grito na rua. Nós giramos a cabeça ao mesmo tempo e uma figura esbelta e familiar vem em nossa direção através da névoa. Meu coração salta até a garganta ao ver quem é.

— Jean Luc! Você está aqui!

O humor desaparece da expressão do homem.

Graças a Deus.

— O padre Achille me disse onde você... — O rosto de Jean Luc se altera ao se aproximar, ao perceber que não estou sozinha. Quando nota que outro *homem* está ali. Ele acelera o passo. — Quem é esse? E onde está seu casaco?

O estranho em questão se afasta de nós, cruzando os dedos compridos e pálidos atrás das costas. A inclinação em seus lábios retorna — não como

≈ 58 ≈

antes, nem sorriso, nem desprezo... mas algo entre um e outro. Algo desagradável. Arqueando uma sobrancelha para mim, ele acena brevemente em direção a Jean Luc.

— Que sorte a nossa. Conte ao seu amiguinho sobre as rosas. Estou de saída.

Ele se move para nos dar as costas.

Surpreendendo até a mim mesma, ergo minha mão para agarrar o pulso dele. Sua expressão se fecha com o contato e, lenta e friamente, ele olha para os meus dedos. Eu o solto mais do que depressa. A pele dele parece gelo.

— O capitão Toussaint não é meu *amiguinho*. Ele é meu... meu...

— Noivo — finaliza Jean Luc, ríspido, agarrando minha mão e me puxando para o seu lado. — Este homem está incomodando você?

— Ele... — Engulo em seco, balançando a cabeça. — Não importa, Jean. De verdade. Tem outra coisa, algo mais importante...

— Importa para *mim*.

— Mas...

— Ele está incomodando você? — Jean cospe cada palavra com uma malícia inesperada e quase grito de frustração, resistindo à vontade de sacudi-lo, de *estrangulá-lo*. Ele segue encarando o homem, que agora nos observa com uma intensidade estranha. Quase predatória. E o corpo dele... ficou imóvel demais. Imóvel de maneira nada normal. Os pelos da minha nuca se arrepiam quando ignoro todos os instintos e viro as costas para o estranho, agarrando as lapelas do casaco azul de Jean Luc.

— Me escute, Jean. Me *escute*.

Minha mão desliza para o cinturão dele enquanto falo e seguro o punho de sua Balisarda. Ele fica rígido com o contato, mas não me detém. Seus olhos se fixam no meu rosto, estreitando-se. Quando aceno com a cabeça de modo quase imperceptível, sua mão substitui a minha. Ele confia em mim de maneira tácita. Embora eu possa não ser o mais forte, o mais rápido ou o maior de seus Chasseurs, eu *sou* intuitiva, e o homem atrás de nós é perigoso. Além disso, está envolvido na morte de Babette de algum jeito. Eu *sei* que está.

— Ele a matou — digo sem emitir som. — Acho que ele matou Babette. É o suficiente.

Com um único movimento fluido, Jean Luc me coloca atrás dele e desembainha sua Balisarda. Porém, quando ele avança, o homem já se foi. Não, não se foi…

Desapareceu.

Se não fosse pela rosa carmesim murcha no lugar onde ele esteve, poderia nem sequer ter existido.

CAPÍTULO SETE

Uma mentirosa, afinal

A hora seguinte se transforma em caos absoluto.

Chasseurs e policiais se espalham pelas ruas à procura do Homem Frio, enquanto outros tantos removem o corpo de Babette do cemitério e examinam a área em busca de vestígios do crime. Aperto forte o crucifixo dela no bolso do meu vestido. Eu *deveria* entregá-lo a Jean Luc, mas meus dedos — ainda frios e trêmulos — se recusam a soltar as elaboradas bordas prateadas. Elas marcam minha palma enquanto disparo atrás dele, determinada a participar dos procedimentos. Determinada a *ajudar*. Apesar disso, ele mal olha para mim. Pelo contrário, grita ordens com eficiência brutal, orientando Charles a encontrar os parentes mais próximos de Babette, Basile a alertar o necrotério sobre a chegada do corpo, e Frederic a recolher as rosas mortas para evidência.

— Leve-as para a enfermaria — ordena Jean Luc a Frederic em voz baixa — e mande uma mensagem para La Dame des Sorcières por meio de Sua Majestade. Diga que precisamos da ajuda dela.

— Eu posso falar com a Lou! — Em um contraste gritante com sua fachada inabalável, minha voz soa alta, apavorada, até mesmo para os meus próprios ouvidos. Limpo a garganta e tento de novo, apertando o crucifixo de Babette até meus dedos doerem. — Quero dizer, posso contatá-la diretamente...

— Não. — Jean Luc balança a cabeça brevemente. Ele ainda não olha para mim. — Frederic fará isso.

— Mas posso fazer contato muito mais rápido...

— Eu disse *não*, Célie. — O tom dele não dá margem para discussão. Na verdade, seu olhar endurece quando enfim examina meu cabelo molhado, meu vestido sujo e meu anel reluzente, antes de dar as costas para se dirigir ao padre Achille, que chega com um bando de curadores. Como não me

❧ 61 ❧

movo, ele para, olhando para mim por cima do ombro. — Volte para a Torre Chasseur e espere por mim no seu quarto. Precisamos conversar.

Precisamos conversar.

As palavras se reviram no meu estômago feito tijolos.

— Jean...

Ouço gritos enquanto transeuntes de olhos arregalados se reúnem no portão do cemitério, esticando o pescoço para ver o corpo de Babette em meio ao tumulto.

— Vá, Célie — esbraveja ele, agitando a mão na direção de três Chasseurs que passam. Para eles, diz: — Cuidem dos pedestres.

Eles mudam de direção na hora e eu olho furiosa para ele. Para *eles*. Obrigando-me a respirar, solto o crucifixo de Babette e corro atrás dos Chasseurs em casacos azuis. Afinal, posso falar para uma multidão tão bem quanto eles. Posso construir armadilhas para *lutins*, colocar em ordem alfabética a biblioteca do conselho e *também* ajudar na investigação de um assassinato. Apesar de ter deixado o casaco e a Balisarda em casa, ainda sou um Chasseur; sou *mais* do que a linda noivinha de Jean Luc, e, se ele pensa o contrário — se *algum* deles pensa o contrário —, provarei que estão errados aqui e agora.

A lama salpica a bainha do meu vestido enquanto acelero para acompanhar o ritmo deles, alcançando o braço do mais lento.

— Por favor, permita-me...

Ele se afasta com um aceno impaciente de cabeça.

— Vá para casa, Célie.

— Mas eu...

As palavras morrem na minha língua enquanto a multidão se dispersa após algumas palavras firmes dos companheiros dele.

Além de não ser desejada ali, também sou inútil.

Meu peito parece se corroer.

— *Saia da frente* — murmura Frederic, irritado, afastando-me com os braços já cheios de rosas quando se vira e quase pisa no meu pé. Seu olhar se demora no meu vestido e seus lábios se curvam em desagrado. — Pelo menos parou de fingir. Já vai tarde.

Ele caminha pisando duro até a minha carroça sem dizer mais nada, colocando as rosas dentro dela.

— Espere! — Corro atrás dele passando pelo portão do cemitério. Eu não vou chorar aqui. *Não vou chorar.* — Por que não recolhe as rosas do lado norte? Eu pego as do sul...

Sua carranca só se fecha mais.

— Acho que já fez o suficiente por um dia, mademoiselle Tremblay.

— Não seja ridículo. Estou aqui por ordem do padre Achille...

— Ah, é? — Frederic se abaixa para pegar outra rosa do chão. Apanho uma perto de seus pés antes que ele possa me impedir. — O padre Achille também ordenou que você adulterasse a cena do crime e batesse papo com um suspeito?

— Eu... — Se é que é possível, meu estômago se corrói ainda mais e respiro fundo diante das acusações. — D-Do que você está falando? Eu não poderia simplesmente *abandoná-la* ali. Ela estava... Eu não adulterei nada... não tive a *intenção* de adulterar nada.

— Que diferença faz? — Ele arranca a rosa da minha mão e um espinho corta meu polegar. — Adulterou do mesmo jeito.

Travando a mandíbula para conter o tremor no queixo, eu o sigo mais para dentro do cemitério. No entanto, dois passos depois, uma mão familiar agarra a minha. É Jean Luc, com uma expressão furiosa, que me vira para encará-lo.

— Não tenho tempo para isso, Célie. Eu disse para você voltar à Torre Chasseur.

Puxo minha mão da dele, apontando para o caos ao nosso redor. Lágrimas brilham nos meus olhos e odeio não conseguir segurá-las. Odeio que Frederic consiga vê-las. Odeio que *Jean* consiga vê-las; odeio que o olhar dele comece a suavizar em reação a elas, como sempre acontece.

— *Por quê?* — esbravejo, sufocando um soluço. *Eu não vou chorar.* — Todos os outros caçadores estão aqui! Estão aqui ajudando. — Como ele não responde, apenas me encara, eu me forço a continuar, em um tom mais baixo agora. Desesperado. — Babette era minha amiga, Jean. Você é o capitão dos Chasseurs. Deixe-me ajudar também. *Por favor.*

Por fim, ele suspira com pesar, balançando a cabeça e fechando os olhos, como se estivesse em sofrimento. Os caçadores mais próximo de nós interrompem suas tarefas para ouvir o mais discretamente possível, mas eu ainda os vejo, ainda os *sinto*, e Jean Luc também.

— Se você é mesmo um Chasseur, obedecerá ao meu comando. Eu mandei que retornasse à Torre Chasseur — repete ele e, quando seus olhos se abrem, estão endurecidos outra vez. Seu corpo inteiro tensionou como um arco prestes a ser disparado, mas mantenho minha posição. Pois, quando ele se inclina para encontrar o meu olhar, não é mais Jean Luc, meu noivo e meu amor. Não. Ele é o capitão Toussaint, e eu sou uma insubordinada. — Isso é uma ordem, Célie.

Aquelas palavras deveriam ser tudo que eu sempre quis ouvir.

Mas não são.

Ouço risadinhas em algum ponto à minha esquerda, mas eu as ignoro, encarando Jean Luc por um segundo dilacerante, o que coincide com a lágrima escorrendo pela minha bochecha. Eu disse que não choraria, mas também sou uma mentirosa.

— Sim, capitão — sussurro, enxugando a lágrima e me virando.

Não olho para ele de novo. Não olho para o padre Achille, nem para Frederic, nem para as dezenas de outros homens que pararam para testemunhar a minha vergonha. Para sentir *pena*. O anel no meu dedo parece mais pesado que o normal enquanto volto sozinha para a Torre Chasseur. E, pela primeira vez em muito tempo, me pergunto se cometi um erro terrível.

◆◈◆

O ócio é meu inimigo.

Andando de um lado para outro no meu dormitório, perco a noção do tempo esperando Jean Luc voltar. A cada passo, a raiva se acende e se espalha naquela parte vazia e dolorida do meu peito. É uma distração bem-vinda. A raiva é uma coisa boa. A raiva tem solução.

Precisamos conversar, Jean Luc me disse.

Quase sibilo de frustração diante das brasas quase apagadas da minha lareira, visualizando o rosto severo dele. Ele teve a ousadia de... de *me mandar para o meu quarto* como se eu não fosse seu soldado, nem mesmo sua *noiva*, mas uma criança rebelde no meio do caminho. Todas as minhas velas queimam até se tornarem tocos enquanto ando de um lado para o outro no tapete, impaciente. Algumas gotejam e outras se apagam por completo.

Embora a chuva tenha passado, as nuvens permanecem, lançando uma luz cinzenta e opaca no cômodo. As sombras se alongam.

Volte para a Torre Chasseur e espere por mim no seu quarto.

Espere por mim no seu quarto.

Isso é uma ordem, Célie.

— Isso é uma ordem, Célie — digo entredentes, arrancando um toco de vela inútil do castiçal e o jogando no fogo. As chamas crepitam e estalam satisfeitas, a visão me enche de um deleite tão selvagem que arranco outro toco e o atiro em seguida. Depois outro. E outro. E outro, e *outro*. Até que arfo, meus olhos lacrimejam, e minha cabeça dói com a injustiça de tudo isso. Como ele *ousa* ordenar que eu faça qualquer coisa após passar *meses* insistindo em tratamento especial? Após passar meses me tratando como uma boneca de porcelana e lidando comigo com luvas de pelica? Como ele ousa esperar que eu *obedeça*? — Você não pode ter as duas coisas, Jean.

Com a determinação se firmando, avanço até a porta e a abro, apreciando o estrondo quando ela colide com a parede do corredor. Fico esperando que um dos meus irmãos apareça para me repreender pelo barulho, mas ninguém aparece. Lógico que não. Eles estão ocupados demais sendo caçadores, caçadores de verdade e dignos, não do tipo que desobedece às ordens do capitão. Depois de mais um segundo, suspiro e fecho a porta com mais delicadeza, murmurando:

— Mas eles deixaram explícito que não sou um Chasseur. Não de verdade.

Esgueiro-me pelos corredores vazios em busca de Jean Luc.

Afinal, ele estava certo. Nós *precisamos* conversar e não vou esperar nem mais um minuto por isso.

Primeiro, vou ao quarto dele, batendo à porta do outro lado da Torre com uma confiança que beira a hostilidade, mas ele não responde. Depois de lançar olhares furtivos para cada lado do corredor, retiro o grampo de cabelo da manga do vestido e arrombo a fechadura. Um velho truque que aprendi com minha irmã. A tranca se abre com facilidade e eu espio dentro do quarto por apenas um segundo antes de perceber que Jean não está ali. Sua cama permanece imaculada, intocada, e venezianas cobrem a janela, mergulhando tudo na escuridão. Eu recuo depressa.

≈ 65 ≈

Quando o sino da catedral toca um momento depois, anunciando cinco horas da tarde, apresso o ritmo em direção ao pátio de treinamento. Sem dúvida, seja lá o que tenha segurado Jean Luc, não ia continuar por *três horas*.

Depois de vasculhar sem sucesso o pátio, assim como os estábulos, a enfermaria e o escritório do padre Achille, sigo para o refeitório. Afinal, é hora do jantar. Talvez Jean Luc não tenha comido hoje. Talvez tenha pensado em levar o jantar para nós dois a fim de acalmar a tensão. Porém, apenas alguns Chasseurs ocupam as longas mesas de madeira, e Jean Luc não está entre eles.

— Viu o capitão Toussaint? — pergunto ao mais próximo. O nó de ansiedade no meu estômago aumenta, alojando-se na minha garganta, quando o jovem se recusa a olhar para mim. — Ele voltou do cemitério?

Aconteceu alguma coisa?

Ele leva um pedaço enorme de batata à boca, demorando para responder. Quando finalmente fala, sua voz é relutante.

— Não sei.

Embora eu tente não ser ríspida com ele, o cadáver sem sangue de Babette surge na minha mente — só que agora o corpo não é de Babette, mas de Jean Luc. Há duas feridas em seu pescoço, e aquele homem belo e frio paira sobre seu túmulo, com os dedos pálidos entrelaçados e ensanguentados. Quando ele sorri para mim, vejo seus dentes estranhamente afiados. Obrigo-me a manter a calma.

— Sabe onde ele está? Ele prendeu o suspeito? Onde está o padre Achille?

O Chasseur dá de ombros com uma careta e vira de costas de maneira incisiva, retomando a conversa com seu companheiro.

Certo.

Com o desconforto aumentando, me dirijo ao cemitério mais uma vez. Talvez ele nem tenha retornado. Talvez tenha encontrado uma pista…

Entretanto, quando dobro a esquina em direção ao saguão, a voz dele sobe de modo brusco, vinda da escada que leva à masmorra. Paro no meio do caminho, o alívio percorrendo meu corpo. *É óbvio.* Jean Luc costuma ficar na sala do conselho em momentos de estresse, debruçando-se sobre suas anotações, seus manuscritos, qualquer coisa que o ajude a organizar os pensamentos. Desço as escadas com passos silenciosos, retirando uma tocha da parede de pedra enquanto prossigo. Entretanto, outra voz logo se junta à de Jean Luc — mais aguda, elevada como se estivesse com raiva — e quase tropeço no último degrau.

— E eu estou dizendo, capitão, pela milésima vez, que isso não é obra de bruxas de sangue.

Lou. Apesar das circunstâncias terríveis, solto o ar aliviada. Se Lou está aqui, deve estar tudo bem. Ou, pelo menos, estará em breve. Ela e Jean Luc costumam trabalhar juntos em estratégias de defesa; eles não permitirão que o destino de Babette recaia sobre mais ninguém. Com os bruxos e os caçadores procurando pelo Homem Frio, não tenho dúvidas de que ele será preso em pouco tempo.

Como se fosse uma resposta, um baque abafado ecoa na sala do conselho. Seria o punho de Jean Luc contra a mesa?

— O corpo não tinha uma gota de *sangue*, Lou. De que outra maneira você explica isso? De que outra maneira explica *qualquer* um destes corpos?

As palavras abalam meu alívio.

— O nome dela é Babette — diz uma nova voz, baixa e tensa. Eu me aproximo às escondidas aos poucos, franzindo a testa agora. É evidente que Lou tenha respondido ao chamado de Jean Luc, mas Coco? Ele a convocou também? — Babette — repete ela, com mais ênfase. — Babette Trousset. Pare de se referir a ela como *o corpo*.

Encosto a orelha na porta, ignorando a onda de desconforto que se expande no meu peito. *É lógico que ela está aqui*, eu me repreendo em pensamento. *Babette era uma bruxa de sangue, e Coco é* La Princesse Rouge. *É óbvio que Jean Luc entraria em contato com ela.*

— Trousset? — pergunta ele, ríspido, e o som do farfalhar de papéis preenche o cômodo. — Nós a identificamos como Babette *Dubuisson*, ex-cortesã do estabelecimento da madame Helene Labelle — mais farfalhar —, o Bellerose.

A resposta de Coco é ainda mais ríspida.

— Babette não foi a primeira bruxa a adotar um pseudônimo e sem dúvida não será a última. Sua irmandade garantiu isso.

— Peço desculpas — murmura Jean Luc, só que não parece nem um pouco sincero —, mas você tem que admitir o que isso parece. Este é o *quinto* corpo que encontramos, e...

— Outra vez falando *os corpos* — retruca Lou.

— Eles *são* corpos — argumenta ele, sua paciência visivelmente se esgotando. — Babette pode ter sido uma bruxa, mas agora ela é uma peça-chave em uma investigação de assassinato.

— Acho que é hora de chamar a situação pelo que é, Jean — diz outra voz, mais baixa e profunda que as demais.

Meu peito se contrai ao ouvi-la: desta vez não com expectativa, mas com inquietação. Afinal, Reid Diggory não deveria estar na sala do conselho. Após a Batalha de Cesarine, ele deixou explícito que não tinha intenção de retornar à Torre Chasseur em caráter oficial.

Até agora.

Eu me aproximo mais da porta enquanto ele continua:

— Quatro das cinco vítimas eram de origem mágica, com exceção de uma humana, e todas foram encontradas com perfurações no pescoço e sem sangue no corpo. Foram eventos separados e aconteceram nos últimos três meses.

Ele faz uma pausa e, do outro lado da porta, o silêncio se adensa com apreensão. Embora eu não tenha o conhecimento criminal de Jean Luc ou de Reid, sei o que isso quer dizer. Todos nós sabemos o que isso significa.

— Estamos lidando com um serial killer — confirma Reid.

Eu me esqueço de como respirar.

— Não é um bruxo de sangue — insiste Coco.

— Você tem alguma prova disso? — indaga Jean Luc, com a voz soturna. — Parece magia de sangue para mim.

— Dames Rouges não matam entre si.

— Podem matar para desviar as suspeitas após assassinarem um humano, uma Dame Blanche, um *loup-garou* e uma melusina.

— Não podemos provar que é um serial killer. — Outra voz, esta *dolorosamente* familiar, entra na discussão. A humilhação perfura meu peito como uma faca. Frederic está aqui. *Frederic* foi convocado para esta sala com todas as pessoas que eu prezo, e eu não. Pior ainda: Jean Luc deve tê-lo convidado, o que significa que contou seus segredos a Frederic e não a mim. — Os serial killers têm como alvo vítimas de perfil semelhante. Não há nada em comum entre essas vítimas. Não são nem da mesma espécie.

Apesar da sensação nauseante em meu estômago, me forço a inspirar. A expirar. Isso é maior do que eu, maior do que meu orgulho ferido e a

deslealdade dos meus amigos. Pessoas *morreram*. E, além disso, Jean Luc...
ele... ele está apenas fazendo o que acha melhor. Todos eles estão.

— Quem quer que seja, pode ser que não mate pela excitação — ressalta
Coco. — É possível que faça isso por outro motivo.

— Estamos deixando passar alguma coisa — completa Reid, concordando.

— Onde está Célie? — questiona Lou de repente.

Meu coração vai parar na boca ao ouvir meu nome e eu recuo um pouco,
como se Lou pudesse me sentir ali, espreitando no corredor para ouvir às
escondidas. Talvez ela possa. Ela *é* uma bruxa. Porém, quando Jean Luc lhe
responde, em um tom baixo e relutante, ou melhor, *de má vontade*, não me
contenho e me aproximo da porta outra vez, ouvindo como se minha vida
dependesse disso.

— Eu já falei — murmura ele —, isso não diz respeito à Célie.

Há um segundo de silêncio. Então... Lou solta o ar pelo nariz, incrédula,
e se manifesta:

— Não diz respeito uma ova. Foi Célie quem *encontrou* Babette, não foi?

— Sim, mas...

— Ela ainda é um Chasseur?

— O mais inteligente, é óbvio — acrescenta Coco baixinho.

— *Obrigado* por isso, Cosette. — Posso praticamente ouvir a carranca
de Jean Luc enquanto ele afasta uma cadeira da mesa, arrastando os pés no
chão da sala do conselho, e se joga nela. — É lógico que a Célie ainda é um
Chasseur. Não é como se eu pudesse dispensá-la.

Respiro fundo.

— Então onde ela está? — indaga Lou.

— No dormitório. — Ainda que eu não consiga ver as expressões de Lou
e Coco, Jean Luc consegue. — Ah, não me olhem assim. Essa investigação
é altamente confidencial e, mesmo que não fosse, todos os Chasseurs não
caberiam nesta sala.

— *Ele* você fez caber — aponta Coco, sem se abalar, mas suas palavras
fazem pouco para me animar. Meus dedos tremem enquanto seguro a tocha e meus joelhos ameaçam ceder. *Não é como se eu pudesse dispensá-la.*
Jean Luc nunca admitiu algo assim em voz alta, pelo menos não na minha
frente. — Célie é duas vezes mais esperta do que todos nós — afirma Coco.

— Ela deveria estar aqui.

— Você não pode esconder isso dela para sempre, Jean — diz Lou.

— Ela encontrou o corpo — declara Reid. Mesmo a confiança serena dele não me acalma. — Está envolvida agora, quer você goste, quer não.

Acho que vou passar mal.

— Você não entende. — A frustração afia o tom de voz de Jean Luc e aquela emoção, aquela faca no meu peito, entra ainda mais fundo, passando pelas minhas costelas e indo até o meu coração. — *Nenhum* de vocês entende. Célie é... Ela é...

— Delicada — finaliza Frederic, transbordando condescendência. — Dizem que ela já passou por muita coisa.

Ela já passou por muita coisa.

Não é como se eu pudesse dispensá-la.

— Ela ainda grita todas as noites. Sabiam disso? — pergunta Jean Luc a eles, na defensiva. — Célie tem pesadelos horríveis e vívidos sobre ficar presa dentro daquele caixão com o cadáver da irmã. O que Morgane fez com ela... Célie poderia ter morrido. Agora, ela mantém velas acesas o tempo todo porque tem medo do escuro... se encolhe quando alguém a toca. Eu não posso... — Ele hesita, sua voz ficando mais profunda com a determinação. — Eu não vou *permitir* que nenhum mal aconteça a ela.

Um instante de silêncio domina a sala.

— Pode ser que seja verdade — diz Lou com suavidade —, mas, se conheço a Célie, você causará mais mal guardando este segredo. E se fosse ela em vez de Babette? E se estivéssemos discutindo sobre o cadáver *dela* agora? — Depois, continua com mais delicadeza ainda: — Ela merece saber a verdade, Jean. Sei que quer protegê-la, todos nós queremos, mas ela precisa ter consciência do perigo. Está na hora.

Está na hora.

As palavras martelam no ritmo do meu coração enquanto meu sangue continua a jorrar, derramando-se livremente, daquela ferida no meu peito. *Ela nunca sarou*, eu me dou conta. Não sarou depois de Pippa, depois de Morgane, e, agora, meus amigos — as pessoas que mais amo no mundo, as pessoas em quem *confiei* — abriram a ferida outra vez. Mas a raiva é uma coisa boa. A raiva tem solução.

Sem pensar duas vezes, empurro a porta e entro.

⚜ 70 ⚜

CAPÍTULO OITO

Um número mágico

Todos os olhares se voltam para mim, mas não hesito e marcho direto para o centro da sala, onde Jean Luc está sentado. Ele quase cai da cadeira na pressa de se levantar.

— Célie! — Ao nosso redor, os outros se encolhem, desviando o olhar para as próprias botas, para as velas, ou para os maços de folhas soltas que abarrotam a mesa do conselho. Um esboço a carvão do cadáver de Babette está no topo da pilha. — O que... o que você está fazendo aqui? Eu disse...

— Para esperar no meu quarto. Sim, estou ciente.

Parte de mim aprecia o pânico na expressão dele. O restante se arrepende na hora de ter ido ali para... o quê, exatamente? Testemunhar a traição deles de perto e em pessoa? Porque estão todos presentes. Cada um deles. Até Beau fica paralisado no canto da sala, boquiaberto, parecendo humilhado. Embora ele não tenha discutido minha posição, meu passado, meu *sofrimento* com o resto deles, sua presença ainda o torna cúmplice. Seu silêncio sem dúvida o faz. Diante do meu olhar acusatório, ele se afasta da parede.

— Célie, nós...

— O quê? — retruco.

— Nós... — Com passos vacilantes, ele olha impotente para Lou e Coco, que me observam com cautela. Eu me recuso a olhar para qualquer uma delas. — Como você está? — emenda ele sem jeito, levantando a mão para esfregar a nuca.

Coco dá uma cotovelada nas costelas dele.

Encaro Beau com a expressão severa.

As pessoas mais poderosas do reino reunidas em uma sala.

Todas discutindo o meu destino.

— Imagino que você não... é... — Ele abaixa a mão, resignado. — Você... por acaso ouviu tudo?

Com o pescoço tenso, vou até a mesa circular examinar os outros esboços. Ninguém se atreve a me impedir.

— Ouvi.

— Certo. Bem, então, fique sabendo que eu não queria vir e que concordei plenamente com Lou quando ela disse que você deveria estar aqui...

— Com todo o respeito, Vossa Majestade — espalho os esboços com a mão, olhando para os rostos de carvão sem focar nenhum —, se qualquer pessoa nesta sala quisesse, eu estaria aqui. — Se Lou percebe a amargura e o desalento no meu tom, ela não demonstra. E por que faria isso? Ela sempre foi mestre em guardar segredos. Assim como minha irmã. — Estas são as vítimas? — pergunto a Jean Luc.

Eu também não olho para ele.

Ele toca meu ombro com hesitação.

— Célie...

Eu me afasto, lutando contra as lágrimas mais uma vez.

— *São* as vítimas?

Ele hesita.

— Sim.

— Obrigada. Foi tão difícil assim ser sincero?

Quando olho para ele, a indecisão em seu olhar quase me quebra. Existe culpa, sim, talvez até remorso, mas também relutância. Ele *ainda* não quer me incluir. Não quer confiar em mim. Incapaz de suportar isso por mais um segundo, recolho todos os esboços em meus braços, recusando-me a lidar com os que deixo cair. Eles flutuam devagar até o chão enquanto dou as costas e marcho até a porta.

Eu me dirijo a Beau:

— Eu poderia dizer que foi um prazer vê-lo de novo, Vossa Majestade, mas nem todos nós conseguimos mentir com tanta habilidade quanto o senhor.

Ignoro os outros por completo, batendo a porta atrás de mim e deixando cair mais alguns esboços.

Desta vez, me abaixo para pegá-los, o corpo inteiro tremendo, e me assusto com a umidade que mancha cada desenho. Lágrimas. Furiosa, deslizo a mão pelas bochechas e me aprumo. Quando passos apressados soam atrás da porta, sigo depressa pelo corredor e entro na biblioteca, sem condições de confrontar nenhum deles de novo. Não diretamente, pelo menos. Alguns chamam isso de *fugir*, de *se esconder*, mas podem estar errados. Alguns podem *dizer* que desejam me preservar, mas o que querem *na verdade* é me superproteger. Querem me *controlar*.

Eu não serei controlada.

Vou mostrar a todos eles.

Eu me refugio no canto da biblioteca, fora da vista de quem chega à porta, me espremo entre duas estantes e folheio os esboços de novo. Desta vez, eu me obrigo a estudar cada rosto enquanto a porta da sala do conselho se abre e as botas de Jean Luc batem forte pelo corredor. Embora ele me chame, eu o ignoro, encolhendo-me ainda mais entre as estantes, encarando com raiva o desenho do *loup-garou*. Ele está deitado de costas, na mesma posição tranquila de Babette, com as mãos semitransformadas e cruzadas sobre o peito. Os mesmos ferimentos de perfuração no pescoço.

— Célie, *espere*. — Quando a voz resignada de Jean passa pela porta da biblioteca, respiro aliviada. — Volte. Precisamos conversar sobre isso...

No entanto, não quero conversar. Não mais. Agora, em vez disso, estudo as árvores que cercam o cadáver do *loup-garou*; levanto o desenho para examinar mais de perto suas mãos cruzadas, em busca de qualquer sinal de um crucifixo. Não há nenhum, é óbvio. Jean Luc teria perguntado sobre o crucifixo de Babette se cada vítima tivesse sido encontrada com um. Mas *por que* o *loup-garou* foi pego enquanto se metamorfoseava? O assassino estava interessado no lobo ou no homem? Será que o homem se transformou para se defender?

— Célie!

Escuto a voz de Jean Luc no alto da escada e relaxo um pouco, deixando minha cabeça bater nas estantes. Respiro fundo. Talvez eu consiga escapulir antes que os outros terminem a reunião. Folheio os esboços uma última vez, sem reconhecer nenhuma cena de crime, exceto o Parque Brindelle, um bosque sagrado para os bruxos.

Quando criança, eu fitava as árvores esguias do lado de fora da janela do meu quarto o tempo todo. Minha mãe detestava o leve cheiro de magia que emanava das folhas, impregnando nosso quintal, mas ele secretamente me trazia conforto. Secretamente ainda traz. Para mim, a magia tem um cheiro maravilhoso — como ervas, incenso e mel silvestre de verão.

Faz meses que não volto para casa.

Balançando a cabeça, estudo o esboço enquanto a voz de Jean Luc desaparece no andar de cima. Por mais curioso que pareça, não foi a Dame Blanche que foi encontrada no Parque Brindelle, mas a melusina. Embora eu não consiga identificar o rosto prateado, suas guelras e nadadeiras permanecem intactas, o que significa que o assassino não a matou ali. As nadadeiras das melusinas se transformam em pernas quando elas saem da água. Ele deve tê-la matado debaixo d'água e arrastado seu corpo para a margem, mas, de novo... *por quê?*

— Célie? — A voz de Jean Luc fica mais alta, mais severa, e seus pés descem na escada feito bigornas. — Os guardas não viram você subir, então sei que está aqui embaixo. Não me ignore.

Fico tensa, percorrendo a sala com os olhos. Não quero ter essa conversa. Nem agora, nem nunca.

Ele irrompe na biblioteca antes que eu possa fugir *ou* me esconder, e seu olhar encontra o meu na hora. Não tenho escolha a não ser endireitar os ombros e dar um passo para confrontá-lo, fingindo que estive esperando por ele o tempo todo.

— Você demorou — comento.

Os olhos dele se estreitam.

— O que está fazendo aqui? — indaga ele.

Balanço os esboços, com uma agitação sem remorso.

— Estudando. — Embora ele abra a boca para responder, eu me adianto, falando alto por cima dele. A porta permanece aberta, mas não consigo me importar. — O assassino mudou o corpo da melusina de lugar. Pode ter feito o mesmo com o de Babette, o que significa que precisamos tentar encontrar uma conexão entre cada local...

Atravessando a sala em três passadas, ele arranca os esboços das minhas mãos e os coloca com cuidado na prateleira mais próxima.

— Precisamos conversar, Célie.

Olho com raiva para ele e então para os esboços.

— Tem razão. Precisamos.

— Nunca tive a intenção de envolver você nisso tudo.

— Isso está *muito* nítido.

— Não é nada pessoal. — Ele passa a mão cansada pelo rosto. A barba por fazer escurece seu queixo, e sua pele marrom parece pálida, como se ele não dormisse há dias. Parte de mim sofre por ele, sofre pelo fardo que vem carregando sozinho; mas uma parte maior sofre por mim mesma. Porque ele não *precisava* suportar tudo sozinho. Eu teria carregado o fardo com ele. Eu o teria carregado *para* ele, se necessário. — Esta investigação é confidencial. O padre Achille e eu não divulgamos informações sobre as mortes para ninguém fora da sala do conselho.

— Por que *Frederic* está na sala do conselho?

Ele dá de ombros e o gesto parece tão apático, tão *indiferente*, que minha coluna se endireita em resposta. Empino o queixo.

— Pare com isso — murmura ele. — Frederic encontrou o primeiro corpo. Não dava para deixá-lo de fora.

— *Eu* encontrei o corpo de Babette!

Ele desvia o olhar de imediato, incapaz de me encarar.

— Duas situações diferentes.

— *Não* são, e você sabe disso. — Apanho os esboços, levanto-os até o rosto dele e os sacudo. — E as outras vítimas? Quem as encontrou? Eles sabem sobre o assassino ou essa informação também é *confidencial*?

— Você queria que eu a tratasse como um Chasseur. — Ele range os dentes, lutando para manter a voz calma. Embora seja evidente que seu autocontrole se equilibre em uma corda bamba, minhas próprias mãos se fecham em punhos ao redor dos esboços. Jean Luc não é o único que tem o direito de ficar zangado com a situação. — Este sou eu te *tratando* como um Chasseur: você não tem que estar a par de tudo o que acontece dentro desta Torre, e até mesmo *esperar que...*

— Eu deveria estar a par de tudo o que acontece com *você*, Jean Luc. — Atirando os esboços para o lado, ergo o dedo anelar, detestando o modo como ele brilha à luz da tocha como mil pequenos sóis. Aquele deveria ser o jeito como Jean e eu refletimos um ao outro: de modo brilhante e belo, como o diamante no centro do anel. Sinto meu estômago se revirar com essa constatação. — Não foi isso que você me prometeu quando me deu este anel? Não foi o que prometi a *você* quando o aceitei? Independentemente do que qualquer um de nós queira, somos mais do que apenas nossas posições e temos que encontrar um caminho juntos...

⚜ 75 ⚜

Com o rosto em uma carranca profunda, ele se ajoelha para recolher os esboços.

— Não sou mais do que a minha posição, Célie. Eu sou seu capitão *e* seu noivo na mesma medida, e você... — Seu olhar se torna acusatório, atiçando as chamas da minha própria raiva e mágoa. — *Você*, de todas as pessoas, deveria saber como eu trabalhei pesado para chegar até aqui. Sabe tudo que eu sacrifiquei. Como pode ao menos *pedir* que eu escolha?

— Eu *não* estou pedindo que você escolha...

— Não? — Ele junta os esboços em uma pilha organizada e volta a se empertigar, caminhando em direção à mesa alongada e às cadeiras de encosto rígido do outro lado da sala. Embora eu tenha solicitado assentos mais confortáveis no mês passado, talvez uma espreguiçadeira para encorajar os caçadores a se demorarem na biblioteca, para encorajá-los a *ler*, Jean Luc rejeitou a ideia. No entanto, isso o inspirou a me fazer organizar a biblioteca em ordem alfabética. Ele coloca os esboços ao lado da minha pilha de livros em curso. — O que você *está* pedindo, então? O que quer de mim, Célie? Você ao menos sabe?

— O que eu *quero* — cuspo as palavras, sem controle sobre a minha língua, minha visão concentrada em suas costas duras, em seus dedos rígidos enquanto empilham e endireitam a minha coluna de livros — é ser tratada como uma *pessoa*, não como uma boneca. Quero que você confie em mim. Quero que *acredite* em mim... acredite que posso cuidar de mim mesma e de *você*. Deveríamos ser parceiros...

Ele joga a cabeça para trás.

— Nós *somos* parceiros...

— Não *somos*. — Minha voz se eleva a um nível quase delirante enquanto contorço as mãos. Os outros sem dúvida podem me ouvir, é provável que a *Torre* inteira consiga me ouvir, mas não posso parar agora. E não vou. — Não somos parceiros, Jean. *Nunca* fomos. O tempo todo você vem tentando me colocar em uma redoma de vidro e me manter na sua prateleira, sem ser tocada, sem ser testada e sem ser real. Mas eu já estou quebrada. Você não entende? Morgane me despedaçou e usei esses estilhaços para contra-atacar. Eu a *matei*, Jean. Eu fiz isso. *Eu*.

As lágrimas escorrem sem controle pelo meu rosto, mas me recuso a enxugá-las; em vez disso, avanço para agarrar a mão de Jean Luc. Deixe que ele veja. Deixe que *todos* vejam. Porque não importa o que digam: eu *sou* digna e eu sou capaz. Fui bem-sucedida quando todos os outros falharam.

Jean Luc olha para mim, triste, seus olhos angustiados quando leva minha mão aos lábios. Ele balança a cabeça, fazendo uma careta, como quem reluta em desferir um golpe fatal.

Mas ele desfere mesmo assim.

— Você não matou Morgane, Célie. Foi a Lou.

Olho para ele confusa, com a raiva justificada no meu peito definhando e se tornando algo pequeno e constrangido. Sem esperança. De todas as coisas que ele poderia ter dito neste momento, eu jamais esperaria por essa. Não vindo dele. Não de Jean Luc. E talvez seja o inesperado que expulsa o ar do meu peito. Até agora, esse pensamento nunca passou pela minha cabeça, mas era óbvio que tinha passado pela dele.

— O quê? — digo sem emitir som.

— Você não a matou. Pode ter ajudado, ter estado no lugar certo na hora certa, mas ambos sabemos que ela teria cortado seu pescoço se Lou não estivesse lá. Você a pegou de surpresa com aquela injeção, e esse… esse tipo de sorte não dura, Célie. Você não pode contar com isso.

Ambos ouvimos o que ele de fato quis dizer: *Eu não posso contar com você.*

Olho para ele, arrasada, enquanto ele suspira profundamente e continua:

— Por favor, entenda. Tudo o que fiz foi para protegê-la. Você será a minha esposa, e eu não posso… — Embora sua voz falhe um pouco ao pronunciar as palavras, ele pigarreia, piscando rapidamente. — Eu não posso perder você. No entanto, eu também prestei um juramento ao povo de Belterra. Não posso garantir proteção a *eles* se estou preocupado com sua segurança, perseguindo-a por cemitérios e resgatando-a de um assassino.

Quando solto a mão dele, Jean abaixa a cabeça.

— Sinto muito, Célie. Por favor… vá lá para cima. Terminaremos essa conversa depois da reunião do conselho. Levarei o jantar, o que você quiser. Eu vou até… vou dispensar a supervisora esta noite, para que possamos conversar de verdade. Que tal?

Eu o encaro, incapaz de imaginar o que mais ele poderia dizer. Pelo menos as lágrimas desapareceram. Nunca enxerguei tão bem.

Com outro suspiro, ele caminha em direção à porta, dando um passo para o lado, indicando que eu vá na frente.

— Célie? — Eu o sigo por instinto até parar diante dele, o silêncio entre nós crescendo, ressoando no meu peito como um alarme. Como um prenúncio. Ele toca a minha bochecha. — Por favor, diga alguma coisa.

Minha babá sempre dizia que sete é um número mágico — para anões, para pecados, para dias da semana e para ondas no mar. Talvez também traga sorte para palavras. Embora eu sinta os arrepios percorrerem todo o meu corpo, fico na ponta dos pés e dou um último beijo no rosto do meu noivo, sussurrando:

— Eu vou provar que você está errado.

Ele se afasta.

— Célie...

Entretanto, já passei por ele e cheguei ao corredor, tiro o anel do dedo e o coloco no bolso. Não suporto mais olhar para ele. Talvez eu nunca mais olhe. De qualquer maneira, sigo para o Parque Brindelle sem olhar para trás.

CAPÍTULO NOVE

Parque Brindelle

A casa em que morei quando era criança logo se ergue diante de mim na Costa Oeste — o distrito mais rico de Cesarine —, com o Parque Brindelle ocupando o terreno logo atrás dela. A brisa do anoitecer faz suas árvores farfalharem levemente, encobrindo a maior parte do rio Doleur. Antes de Pippa e eu termos idade suficiente para entender o perigo, nos esgueirávamos por entre as árvores etéreas e reluzentes até a margem do rio, mergulhando os pés nas águas cinzentas. Observo o cenário familiar neste momento, com uma das mãos apertando a cerca de ferro forjado ao redor da propriedade dos meus pais.

Porque as árvores não reluzem mais.

Franzindo a testa, eu me aproximo, tendo a preocupação de ficar de olho na antiga porta da frente.

Embora eu possa soar rancorosa, não quero ver meus pais. Eles... *desaprovam* meu envolvimento com os Chasseurs, ainda que a desaprovação deles soe mais do que uma diferença de opinião; parece desesperador, como algemas nos meus pulsos e tijolos amarrados aos meus pés enquanto mergulho de cabeça no mar. Toda vez que penso neles, nos últimos membros vivos da minha família, de repente sinto que não consigo respirar e, nos últimos tempos, já tenho lutado bastante para continuar bem. Não. Não posso me dar ao luxo de me afogar em vergonha, mágoa ou raiva hoje. Preciso me concentrar na tarefa.

Caso as suspeitas de Jean Luc e dos outros estejam corretas, um assassino anda à espreita pelas ruas de Cesarine.

Inspirando devagar, permito que o ar frio do fim de tarde flua por mim, *através* de mim, e congele a onda de emoções no meu peito. Então coloco a palma da mão no tronco da árvore de Brindelle mais próxima.

Mesmo esperando sentir frio, a casca da árvore quase congela minha pele, e a cor — antes prateada luminescente — ficou de um preto absoluto.

79

Não. Está *seca*. Estico o pescoço para espiar os galhos grandes da árvore. Como se percebesse o meu olhar, o vento fica prestativamente mais forte e um dos galhos quebra ao seu toque, dissipando-se em um pó fino. Com outra rajada de vento, o pó rodopia até a minha mão estendida e cobre meus dedos. Suas partículas brilham leves à luz do sol poente.

Franzo a testa. Durante minha infância, minha mãe solicitou várias vezes à família real que destruísse o Parque Brindelle. Certa vez, o rei Auguste chegou a atendê-la. No entanto, as árvores voltaram a crescer durante a noite, mais altas e mais fortes do que antes, ainda mais reluzentes, forçando os aristocratas da Costa Oeste a aceitar seus vizinhos esguios. As árvores Brindelle tornaram-se uma presença contumaz na Costa Oeste. No próprio *reino*.

O que poderia ter causado a *morte* delas?

Outro galho se quebra, e minha mente lembra das rosas do cemitério, do modo como elas murchavam ao tocar a terra. O assassino seria responsável por elas também? E pelas árvores? Embora eu não tenha sentido cheiro de bruxaria naquele momento, a chuva pode ter dissipado seu odor. Jean Luc suspeitou que a magia de sangue pudesse estar envolvida, e todas as vítimas *de fato* pertenciam a espécies mágicas...

Quando um terceiro galho se quebra atrás de mim, eu giro o corpo e dou um gritinho.

— Calma. — Lou ergue as mãos com uma expressão séria, o que é incomum para ela. — Sou só eu.

— Louise. — Limpo depressa o pó preto do corpete, fingindo que não acabei de levar a mão ao coração. Fingindo que não acabei de imitar um *camundongo*. — Você me seguiu?

Vestida com uma capa branca brilhante, ela se aproxima, estendendo um pedaço de lã carmesim na minha direção. Percebo que é outra capa no mesmo segundo em que um arrepio percorre meus membros. Deixei a minha no cemitério com Babette.

— Coco mandou entregar a você — informa Lou em vez de responder minha pergunta. — Ela ia vir comigo, mas... teve que passar no necrotério. Ela precisava se despedir. — A dor cintila nítida em seus olhos enquanto ela luta para se recompor. — De Babette — completa depois de um momento.

— Elas se amaram no passado, há muito tempo. Antes de Coco conhecer

Beau. — Ela faz outra pausa, esperando que eu falasse, e esse silêncio se estende, mais longo e mais tenso do que antes. Não faço nenhum movimento para aceitar a capa. Por fim, ela se abaixa e coloca o tecido no chão com um suspiro. — Achamos que você poderia estar com frio.

Fungando, resisto à vontade de tremer.

— Acharam errado.

— Seus lábios estão ficando azuis, Célie.

— Não precisa fingir que se importa, Louise.

— Quer mesmo fazer isso? — Seus olhos azul-turquesa se estreitam enquanto ela caminha até a árvore de Brindelle, encostando-se em seu tronco para me observar. Mais um galho se desfaz. — Parece que você está prestes a desmaiar e um assassino sádico pode estar nos marcando como alvo neste exato segundo. Se deseja ter essa conversa aqui e agora, enquanto nós duas congelamos nossas belas bundas, tudo bem, vamos conversar.

Eu me viro a fim de olhar para o rio.

— Você é La Dame des Sorcières — afirmo em tom de escárnio. — Duvido muito que alguém que ataque *você* sobreviva para contar a história, seja um assassino sádico ou não.

— Você está brava comigo.

Abraço a mim mesma em resposta. Quando o vento golpeia meus cabelos como se quisesse me confortar, reprimo outro tremor.

— Não só com você — murmuro, estendendo a mão para pegar a capa. A lã carmesim atinge minha palma aberta de imediato. Ao colocá-la em volta dos ombros, inalo a doçura com um toque terroso do perfume de Coco. — Estou brava com todo mundo.

— Mas você está mais brava comigo — diz Lou com astúcia.

— Não — minto.

Ela cruza os braços.

— Você sempre foi uma péssima mentirosa, Célie.

— Como me encontrou?

— Está tentando fugir do assunto com a mestre dessa arte? — Quando não digo nada, os lábios dela se contraem, e imagino o brilho sutil de aprovação em seus olhos. — *Então tá.* Vou permitir a mudança *temporária* de assunto. — Do bolso da calça de couro, ela retira os esboços, agora amassados num amontoado lamentável, e aponta para a casa atrás de nós. — Eu não a segui até aqui. Achei que você poderia... querer iniciar sua investigação pela melusina. Talvez interrogar seus pais? Jean fez algumas perguntas a eles depois que encontramos o corpo dela, mas não foram lá muito diretos.

— É lógico que ele veio...

Ainda tremendo bastante, fecho a capa com mais firmeza para me proteger contra o vento, mas isso pouco me conforta. O frio no meu peito agora se espalha pelos meus membros, se instalando nos meus ossos, e me sinto bastante pesada, quase entorpecida. Jean Luc envolveu *meus pais* antes de me envolver. Fecho os olhos e respiro fundo, mas até mesmo o cheiro da minha infância se foi; a magia evaporou, deixando apenas o leve fedor de peixe e maresia. Outro galho vira pó. Tento não desmoronar com ele.

— Eu não deveria ter vindo aqui.

— Esta era a sua casa — declara Lou baixinho. — É natural que você procure um lugar sólido quando todo o resto está...

Embora Lou encolha os ombros, o gesto não me irrita como aconteceu com Jean Luc. Talvez porque não haja pena no olhar dela, apenas uma estranha espécie de melancolia. De *tristeza*.

— Caindo aos pedaços?

Ela assente.

— Caindo aos pedaços. — Ela se afasta da árvore e fica ao meu lado, seu braço é quente quando roça o meu. Seus olhos ficam distantes enquanto ela também olha para o Doleur. — As árvores Brindelle morreram com a melusina. Não consegui reanimá-las.

A revelação não é animadora.

— Assim como as rosas.

— Tem alguma coisa errada, Célie. — Sua voz fica ainda mais baixa. — Não são só as árvores e as rosas. A própria terra parece... *doente* de alguma maneira. Minha magia parece doente. — Quando me volto para Lou de repente, ela apenas balança a cabeça, ainda fitando a água sem prestar atenção. — Você encontrou mais alguma coisa no cemitério? Algo que possamos ter deixado passar?

Por instinto, tiro o colar do bolso, balançando o crucifixo de prata.

— Apenas isto.

Ela franze a testa quando estende a mão para examiná-lo.

— Onde?

82

— Com Babette. Ela estava segurando. — Quando ela abaixa a própria mão, perplexa, estendo a corrente, insistente. Não é certo eu mantê-la comigo por mais tempo. Apesar da vontade avassaladora e inexplicável de manter o colar por perto, ele não me pertence e não terá serventia alguma escondido no meu bolso. — Pegue. Talvez ajude a localizar o assassino.

Ela olha para ele.

— Você escondeu isso de Jean Luc? — indaga ela.

— Sim.

— Por quê?

Dou de ombros, impotente, incapaz de dar uma resposta verdadeira.

— É só que… não pareceu certo dar isto a ele. Ele não conhecia Babette. Se você não precisar disso para a investigação, talvez possa entregá-lo para Coco. Pode ser que ela… aprecie a lembrança.

Por mais um longo momento, Lou analisa o crucifixo, analisa a *mim*, antes de pegar com cuidado a peça pesada na mão e colocá-la de volta no meu bolso. O alívio percorre meu corpo. Quebra o gelo no meu peito.

— Você deveria confiar nos seus instintos, Célie — diz ela com seriedade. — Babette não adorava o deus cristão. Não sei por que ela estava com este crucifixo quando morreu, mas deve ter tido um motivo. Guarde-o bem.

Meus instintos.

As palavras se fragmentam entre nós, tão sombrias e amargas quanto as árvores de Brindelle.

— Obrigada, Lou. — Engulo em seco. Então digo: — Eu esperava que você entendesse.

Apesar de ela enrijecer um pouco com minhas palavras, o restante sai dos meus lábios em uma enxurrada nauseante que não consigo deter. Que não consigo desacelerar. Elas irrompem pela fenda no meu peito, quebrando o gelo, deixando apenas pontas afiadas e irregulares no caminho.

— Você esteve lá durante a situação toda. Você me tirou do caixão da minha irmã. Você… você limpou os *restos* dela da minha pele. Me seguiu por aqueles túneis em direção a Morgane e me viu sair ilesa.

— *Ninguém* saiu daqueles túneis ileso…

— *Viva*, então — digo com firmeza, virando-me para encará-la. — Depois de tudo, você me viu sair *viva*. Me viu rasgar, morder e arranhar até chegar à superfície, e aplicar aquela injeção na coxa de Morgane. *Você*. Não

Jean Luc, nem Coco, nem Reid, nem Beau, ou Frederic. — Minha voz fica mais rouca sob a torrente de tristeza, *fúria*, arrependimento, ressentimento e... derrota. — Os outros, eles... eles me veem como alguém que precisa de proteção, de uma... redoma de vidro e um pedestal brilhante na prateleira mais alta, mas eu esperava que *você* me visse de modo diferente. — Com a voz embargada, levanto a manga da capa de Coco para mostrar a ela a fita cor de esmeralda ainda amarrada no meu pulso. — Achei que fosse minha *amiga*, Lou. Eu *precisava* que você fosse minha amiga.

Assim que as palavras saem, eu me arrependo. Porque Lou *é* minha amiga — e Jean Luc é meu noivo —, e todos naquela sala do conselho sabem mais do que eu, querem me *ajudar*. Talvez eu mereça ser tratada feito criança. Sem dúvida eu bati o pé e esperneei feito uma.

Lou olha para a fita por um longo momento.

Para meu desespero, ela não fala. Ela não discute, não me trata com condescendência nem me repreende; ela não me diz para não me preocupar ou não chorar, nem suspira ou me acompanha de volta à segurança do meu dormitório. Não. Em vez disso, ela pega minha mão e aperta com firmeza, olhando-me diretamente nos olhos conforme o sol mergulha sob o rio. Um pó brilhante rodopia ao nosso redor quando outro galho se quebra.

— Você tem razão, Célie — diz ela. — Eu sinto muito.

Sete palavras mágicas.

Sete golpes perfeitos.

— O-O quê? — pergunto, sem fôlego.

— Eu disse que sinto muito. Gostaria de poder me explicar de alguma maneira, mas não tenho desculpa. Eu deveria ter te contado tudo desde o início. Como você iria agir deveria ter sido uma decisão *sua*, não minha. Com certeza, não de Jean Luc. — Seus lábios se franzem como se ela se lembrasse de algo, e meu coração murcha quando me dou conta. Ela deve ter escutado nossa discussão na biblioteca. *Todo mundo* deve ter escutado. O calor toma conta das minhas bochechas quando ela acrescenta: — Ele é um *babaca*, aliás, e não tem ideia do que está falando. Se você não estivesse aqui — ela aponta para as árvores Brindelle ao redor, e sua capa desce com o movimento, revelando a cicatriz ao longo da clavícula —, Morgane teria cortado o *meu* pescoço. De novo. Eu teria morrido naquele dia e nem mesmo Reid teria sido capaz de me trazer de volta uma terceira vez. — Um brilho perverso surge nos olhos dela quando uma ideia vem à tona, seguida por um sorriso ainda mais perverso. — Quer que eu o amaldiçoe por você? O Jean Luc?

Dou risada, trêmula, e a puxo em direção à rua larga e calçada em frente à casa geminada. Uma enorme ponte cruza a rua, estendendo-se pela grande fissura que dividiu o reino em dois durante a Batalha de Cesarine. Os Chasseurs, junto com centenas de voluntários, assentaram a última pedra no mês anterior. Beau e a família real realizaram um festival em homenagem à ocasião, inaugurando uma placa na entrada da ponte que diz: *Mieux vaut prévenir que guérir.*

O padre Achille escolheu as palavras, uma advertência para todos que a atravessarem.

É melhor prevenir do que remediar.

Estendo a mão para tocar as letras enquanto passamos. Não há mais nada para ver e, além do mais, Lou estava certa: estamos congelando nossas belas bundas e nossos cabelos agora fedem a peixe.

— Por mais que eu queira vê-lo sofrer, Jean Luc está sob muita pressão neste momento. Uma maldição pode piorar as coisas. Apesar disso, te *dou* permissão total para amaldiçoá-lo *depois* de encontrarmos este assassino.

Lou grunhe de maneira teatral.

— Tem certeza? Nem uma pequenininha? Cheguei *muito* perto de tingir o cabelo dele de azul no ano passado. Ou talvez pudéssemos raspar uma das sobrancelhas. Jean Luc ficaria *ridículo* sem uma sobrancelha...

— Para ser justa, qualquer um ficaria ridículo sem uma sobrancelha.

Rindo de novo, levanto o capuz de Coco para cobrir minha cabeça ainda úmida. Quando Lou enlaça o braço no meu, forçando-me a *desfilar* em vez de caminhar pela ponte, aquela torrente no meu peito diminui e se transforma em um filete — até que o crucifixo bate no anel no meu bolso. Um lembrete.

Meu coração se revira no peito mais uma vez.

Ao longe, o sino da Saint-Cécile ressoa lento e profundo, e a Torre Chasseur surge como uma sombra atrás da catedral, sinistra e imponente na escuridão. Não há nada a fazer. No final da ponte, desvencilho com delicadeza meu braço do de Lou.

— Preciso ir. Jean Luc e eu temos que... terminar nossa conversa.

Ela olha de modo incisivo para o meu dedo nu, erguendo uma sobrancelha.

— Sério? Parece finalizada para mim.

— Eu... — Com as bochechas queimando mais uma vez, escondo a mão incriminatória dentro da capa. — Ainda não decidi. — Quando ela não diz nada, apenas franze os lábios, continuo, às pressas: — É sério, não decidi, e... e mesmo que tivesse decidido... nem toda escolha é para sempre.

Infelizmente, as palavras não conseguem evocar a segurança firme do padre Achille, e os meus ombros se curvam em resignação. Em *exaustão*. *Que confusão*.

— Hum — murmura ela. Com pena de mim, Lou esbarra no meu quadril e me empurra na direção oposta. — Você não está errada, mas também não precisa decidir hoje. Na verdade, *insisto* para que deixe o nosso querido capitão se afundar em sua própria burrice pelo menos algumas horas. Coco e Beau estão vindo para tomar uma bebida depois de um dia *muito* longo, e Reid ficará feliz em ver você... Melisandre também, se você pedir desculpas por ter desmarcado no mês passado. Ela até arranjou um lindo presente de aniversário para você pelas comemorações de amanhã. Aposto que vai aparecer com ele no momento em que estivermos cortando o bolo. — Hesitante, ela olha de volta para a casa geminada com suas lindas pedras claras e trepadeiras de hera. — A menos que prefira ficar aqui.

— Não — respondo depressa.

— Maravilha. — Radiante, ela coloca uma mecha do meu cabelo despenteado pelo vento para trás, sob o capuz. — Então sugiro queijo debaixo da mesa como uma oferta de paz, mas somente quando Reid não estiver olhando. Ele não gosta que Melisandre coma restos de comida...

Diminuo o ritmo sem perceber e, com relutância, paro. Não sei por quê. Também sinto falta do gato de Lou, sinto falta de *todos* eles, mas não consigo dar mais nenhum passo.

— Vá na frente — sugiro a ela, forçando um sorriso. — Alcanço você depois. — Quando ela franze a testa, eu concordo com a cabeça e faço um gesto para ela seguir em frente. — Não se preocupe. Devo desculpas a Melisandre, então confie em mim... encontro você lá. Não posso deixar que ela fique brava comigo.

O sol já se pôs por completo, e os olhos de Lou percorrem a rua escura antes de retornarem para mim.

— Sabia que é perigoso perambular sozinha à noite com um assassino à solta?

— *Você* sabia? — assinalo.

Ela hesita outra vez, nitidamente ponderando.

— Lou. — Aperto seu pulso, suplicante. — Quem matou Babette tem pouco interesse por mim. Poderia ter me pegado no cemitério depois que a encontrei, mas não o fez. Prometo que irei logo depois de você. Eu só preciso de alguns momentos para... me recompor. Por favor.

Lou assente soltando uma bufada rápida.

— Está bem. É evidente que precisa de um tempo. E você *também* tem a sua Balisarda, né? — Quando nego com a cabeça, ela levanta meu braço esquerdo com um suspiro impaciente, apertando o bordado duro do punho da capa. — Ainda bem que Coco mantém uma lâmina fina em cada manga. É provável que não precise delas, mas, se precisar, o fecho da manga direita costuma travar. Use a da esquerda.

Tento não parecer espantada. *É óbvio* que Coco guarda adagas nas roupas.

— Pode deixar.

Lou assente outra vez.

— Vejo você em uma hora?

— Vejo você em uma hora.

— Lembre-se, Célie — ela pressiona o polegar no fecho da minha manga esquerda, e uma lâmina afiada desliza na minha palma —: todo mundo tem virilha.

Depois de colocar a adaga de volta na posição, ela me abraça com rapidez antes de desaparecer na rua. Observo seu vulto se afastar com uma melancolia que só ela parece entender; exceto, é óbvio, que ela não entende. Não de verdade. Fecho os olhos, tentando ignorar meus pés pesados feito chumbo. Lou encontrou seu lugar na vida — encontrou sua família, seu *lar* —, e eu apenas...

Não encontrei.

É uma constatação desanimadora.

Como se sentisse meus pensamentos mórbidos, a porta da frente da casa geminada se abre e minha mãe sai, vestida às pressas com um roupão preto brilhante.

— Célie? — ela chama baixinho, espiando por entre as sombras das árvores Brindelle. A janela do quarto dela também tem vista para o parque. Ela deve ter visto eu me esgueirando, talvez tenha me escutado brigando com Lou e veio investigar. — Querida? Ainda está aqui?

Fico perfeitamente imóvel do outro lado da ponte, desejando que ela volte para a cama.

Na verdade, eu a observo de maneira tão fixa que não percebo que os pelos da minha nuca se arrepiaram, que o vento foi embora com Lou. Não percebo a sombra se revelando da rua, movendo-se depressa… depressa *demais…* na minha visão periférica. Não. Quando o sétimo galho se desintegra no Parque Brindelle, vejo apenas a silhueta desamparada da minha mãe, e desejo — desejo, desejo, *desejo* — que tivesse encontrado meu lugar com ela, minha família, meu lar. Desejo poder encontrá-lo com *alguém.*

Eu deveria ser mais esperta.

Minha babá sempre dizia que sete é um número mágico e talvez essas árvores não estejam tão mortas quanto imagino. Talvez elas também se lembrem de mim. O pó cintilante fica suspenso no ar parado da noite — observando, esperando, *sabendo* — enquanto aquela sombra cai sobre mim.

Enquanto uma dor aguda explode na minha têmpora e o mundo inteiro escurece.

CAPÍTULO DEZ

Um pássaro na gaiola

Acorde.

As palavras reverberam na minha mente em uma voz que não é a minha — uma voz familiar, uma voz profunda e nítida —, e meus olhos respondem de imediato, abrindo-se de uma vez à ordem autoritária. No entanto... eu pisco, recuando um pouco, quando a escuridão permanece absoluta. É como se eu não tivesse aberto os olhos. Nem mesmo um raio de luz penetra a escuridão ao meu redor.

Meu coração começa a bater forte.

Tum-tum, você-está

Tum-tum, assus-tada

Tum-tum, do-cinho?

Fecho os olhos mais uma vez. Porque a escuridão das minhas pálpebras é muito melhor do que a escuridão do desconhecido, a escuridão dos meus *pesadelos*, e... onde *estou*? A confusão embaralha meus pensamentos, aguçando meus sentidos até eu colidir com eles, até eles convergirem em um fluxo nauseante. Este lugar não tem cheiro de peixe, mas de algo doce e acentuado, algo metálico de um jeito peculiar, o que significa que deixei o rio Doleur para trás. Será... Será que estou na segurança do apartamento de Lou? *Sim.* Talvez eu não sinta mais o ar frio do Parque Brindelle porque adormeci na *chaise* dela. Talvez tenham apagado todas as luzes porque não queriam me acordar. *Sim, é lógico...*

Uma dor difusa surge na minha cabeça enquanto assinto em delírio.

Encolhendo-me, toco o galo na minha têmpora, e toda a ilusão gira fora de controle, caindo no chão aos meus pés. Afinal, Lou não me deu esse machucado. Ela não se aproximou de mim por trás, sem ser vista, e me deixou inconsciente com um único golpe esmagador.

Sabia que é perigoso perambular sozinha à noite com um assassino à solta?

Meu Deus.

89

O mundo inteiro gira quando eu salto de onde estou sentada, mas mãos pequenas e frias descem sobre os meus ombros com uma velocidade surpreendente. Com uma *força* surpreendente. Elas me empurram de volta, acompanhadas por uma doce voz feminina.

— Nananinanão. Você não pode fugir.

Meu coração se revira de um jeito horrível.

Com as palavras da mulher, uma vela se acende do outro lado do cômodo — *bem* longe —, que se estende por quase três vezes a distância que eu esperava. Formas vagas emergem em seu caminho: tapetes grossos e ornamentados, cortinas pesadas e... e caixas de ébano esculpidas. Pelo menos duas delas, talvez mais. A vela ilumina muito pouco. Porém, com aquele lampejo de luz, a escuridão infinita enfim é dissipada e meus pensamentos conseguem se concentrar no que vejo. Minha respiração se estabiliza. Meu batimento cardíaco desacelera.

Esta escuridão... não é real. Onde quer que eu esteja, não é em um caixão com a minha irmã, e Morgane le Blanc está morta.

Ela está *morta* e nunca mais voltará.

— Você está assustada? — pergunta a voz, curiosa de verdade.

— Deveria estar?

Uma risada séria vibra em resposta.

Quanto tempo se passou? Quando nos separamos, Lou me esperava em seu apartamento dali a uma hora. Se eu não chegar, ela virá me procurar; *todos* virão me procurar — incluindo Jean Luc, o padre Achille e os Chasseurs. Preciso ganhar tempo até lá. Preciso... interagir com a assassina de alguma maneira. Se ela não estiver interessada em conversar, as adagas de Coco permanecem enfiadas nas mangas da capa e minhas mãos permanecem livres. Posso matar, se for preciso.

Já matei antes.

— Quem é você? — Apesar do toque frio nos meus ombros, minha voz soa forte e límpida como o lustre de cristal no alto. Estou *cansada* de ter medo. — Onde eu estou?

A mulher se aproxima, deixando cair sobre o meu ombro o seu longo cabelo escuro, de um tom um pouco mais claro e quente do que o meu. Tem cheiro de tagete. De sândalo.

— Ora, estamos em um navio, querida. Onde mais? — Com um toque suave, ela retira o capuz carmesim da minha cabeça, inclinando-se para me olhar mais de perto. — Eu sou Odessa, e *você* é tão linda quanto dizem. — Na minha visão periférica, ela pega uma mecha do meu cabelo entre o polegar e o indicador, e ouço, em vez de ver, a carranca em seu rosto. — Com muito menos cicatrizes, no entanto. A outra tinha constelações inteiras... ela entalhou todas as doze estrelas do Homem Selvagem no pé esquerdo.

Cicatrizes? Constelações? Fico atônita com as palavras. Elas parecem... estranhamente irrelevantes dadas as atuais circunstâncias: esta mulher me agrediu, me raptou e me jogou em um navio como se fosse um pedaço de...

Espere aí.

Um navio?

Ah, não. Ah, não, não, não...

Quando o chão ondula em confirmação, contenho meu desespero de forma rápida e violenta. Não posso me dar ao luxo de perder a cabeça. De novo, não. Não como fiz com Babette. Meus olhos se voltam para a vela do outro lado do cômodo, para as amplas janelas logo atrás dela, mas as cortinas escondem o que quer que esteja lá fora. Só posso rezar para que ainda estejamos atracados no porto, para que ainda não tenhamos partido para mar aberto. No primeiro caso, Lou mora praticamente ao lado; apenas algumas ruas separam seu apartamento da água. Se for o segundo, bem...

Forço um sorriso, sem saber mais o que fazer.

— É... um prazer conhecê-la, Odessa — digo enfim.

— *Prazer.* — A mulher parece sentir o sabor da palavra, intrigada, antes de se afastar e se empoleirar em uma das caixas de ébano. — Não é bem uma mentira, mas é muito superior à verdade. Bom trabalho.

Minha respiração fica presa ao ver com nitidez o rosto dela pela primeira vez, e eu a encaro, sem palavras por um instante.

— É...

Ela arqueia uma sobrancelha, altiva.

— Sim? — pergunta.

Mechas onduladas espessas emolduram seus grandes olhos castanho--escuros — separados e com os cantos voltados para cima, quase felinos —, maçãs do rosto salientes e lábios em forma de arco. Ela os pintou em um tom ameixa. Combinam com o cetim de seu vestido decotado e com as joias de seu luxuoso colar. Em contraste com a palidez de sua pele marrom clara, todo o conjunto é… *fascinante*. Eu me esforço para me concentrar.

— Posso perguntar *por que* estamos em um navio?

— Lógico que pode. — Odessa inclina a cabeça, franzindo a testa e, de repente, ela é a gata e eu sou o pássaro na gaiola. Apesar de suas palavras, uma nova cautela faz minha pele formigar. Por que ela não me prendeu? Por que não há cordas? Nem correntes? Como se lesse meus pensamentos, ela se adianta para a frente, mergulhando metade de seu lindo rosto na sombra. — Uma escolha de palavras tão inteligente… Embora sem dúvida alguma seja educada, você ao mesmo tempo solicita minha permissão para perguntar e se põe a perguntar sem minha permissão.

— Eu… — Fico perplexa, lutando para acompanhar o ritmo da mulher misteriosa. — Me desculpe, mademoiselle. — No entanto, quando ela apenas continua a me encarar, com aqueles olhos protuberantes e atentos *demais* ao meu rosto, vasculho minha mente em busca de algo para dizer. *Qualquer coisa*. Preciso de mais alguns instantes até que Lou e os outros cheguem. — É… Por favor, perdoe minha ignorância, mas você não é nem um pouco como eu esperava.

— Verdade? E o que esperava?

Minhas sobrancelhas se juntam.

— Para ser bastante sincera, não sei. Crueldade? Um ar de maldade? Você *matou* cinco pessoas.

— Ah, ela matou bem mais do que isso — outra voz, *aquela* voz, intervém, e eu quase tenho um treco, arfando e girando o corpo para encarar a pessoa atrás de mim.

Ele.

O Homem Frio.

Ele se mantém parado perto demais, *silencioso* demais, me observando com um sorriso zombeteiro. Com as bochechas coradas, ponho a mão no peito e tento falar sem arfar, sem trair o súbito aumento da minha pulsação.

— Faz q-quanto tempo que está parado aí?

Quando ele ri, o som é baixo e perigoso.

— Tempo o bastante.

— Sim, bem, é muito rude ficar… — Mas as palavras morrem na minha língua mais do que depressa. Embora *seja* rude omitir a presença de

❧ 92 ☙

alguém, é bem mais rude golpear uma mulher indefesa a ponto de deixá-la inconsciente e arrastá-la para o covil de alguém. Este homem fez as duas coisas. Apesar de toda a sua elegância, ele parece ter perdido algumas lições cruciais de etiqueta. — Por que estou aqui? — pergunto em vez disso. — Está planejando sugar o meu sangue como fez com Babette e com os outros?

— Talvez. — Cruzando as mãos atrás das costas, ele me rodeia com uma elegância predatória. A luz das velas tinge as cores intensas do homem — o branco de sua pele, o prateado de seu cabelo, o preto de seu casaco — de um tom quase dourado. Porém, isso não suaviza sua imagem nem um pouco. Seus olhos poderiam tirar sangue só de se fixarem nos meus. — Contou ao seu amiguinho sobre as rosas?

— Por que quer saber?

— Você deveria responder a ele — diz Odessa de seu poleiro na caixa de ébano. — Meu primo fica muito chato quando não consegue o que quer.

Os olhos escuros do homem se fixam nos dela.

— Uma característica de família, sem dúvida.

— Não precisa ser rabugento, queridinho.

Quando ele enfim para na minha frente, levanto o rosto, fingindo ser rebelde quando, na verdade, não consigo desviar o olhar. Nunca conheci uma pessoa com traços tão bonitos, tão *selvagens*. Ainda assim, o desconforto percorre minha coluna quando ele coloca um dedo sob o meu queixo.

— Quem… Quem é você? — pergunto.

— Estou muito mais interessado em saber quem é *você*, filhote.

Com um suspiro dramático, Odessa desce da tampa da caixa.

— Sério, primo, você deveria ser mais específico daqui para frente. Segui suas instruções ao pé da letra. — Ela levanta três dedos, revelando unhas pretas, compridas e afiadas de modo perverso. Uma pedra de ônix brilha no seu dedo, conectada por uma fina corrente de prata ao bracelete em seu pulso. — Cabelo preto, manto carmesim, companheira de La Dame des Sorcières. Ela preenche todos os três requisitos… e com certeza tem o *cheiro* de uma Dame Rouge, mas… — Seus lábios cor de ameixa se franzem enquanto os dois me olham com o que parece absurdamente ser desconfiança. — Não tem cicatrizes.

Lá vem aquela palavra de novo: *cicatrizes*. E Odessa acabou mesmo de dizer que eu tenho *cheiro* de uma Dame Rouge? Como eu poderia…

A constatação surge como um golpe baixo e fulminante, nauseante, no meu estômago enquanto as peças se encaixam. Apesar disso, me esforço para manter a expressão impassível, deveras ciente do escrutínio deles. Deveras ciente de que ainda estou usando a capa de Coco.

Não sou a única companheira de La Dame des Sorcières que tem cabelo preto.

No encalço dessa constatação vem outra, tão horripilante quanto a primeira: *a outra tinha constelações inteiras... ela entalhou todas as doze estrelas do Homem Selvagem no pé esquerdo.* Estas pessoas conheciam Babette. Conheciam de um jeito íntimo o bastante para ver seus pés descalços, para se lembrar do formato de suas cicatrizes. Eles a mataram. A certeza cresce no meu peito. Eles a mataram e agora... agora estão atrás de Coco. De um jeito curioso, a constatação não faz meu coração bater forte ou minhas mãos tremerem como de costume. Não. Aquilo faz com que eu endireite minha postura e me afaste do toque do homem.

Eles não vão pegar Coco.

Não se eu puder evitar.

— É mesmo? — questiona ele. Apesar dos meus esforços, ele aperta meu queixo com mais força e inclina meu rosto para lá e para cá em busca de cicatrizes. Seu olhar percorre meus olhos, minhas maçãs do rosto, meus lábios, e meu pescoço. Sua mandíbula enrijece no último. — Qual é o seu nome? — pergunta por fim, e sua voz é mais suave agora. Mais sinistra. Sei que não devo ignorá-lo. Meus instintos formigam de novo, avisando-me para permanecer imóvel, avisando-me que este homem é mais do que aparenta ser.

Quando engulo em seco, protelando, pensando na resposta, os olhos dele acompanham o movimento.

— Por que quer saber? — indago por fim.

— Você não respondeu, filhote.

— Nem você.

Curvando os lábios em desagrado, ele solta meu queixo. Apesar disso, todo o alívio se vai quando ele se agacha diante de mim, seus olhos na mesma altura dos meus. Faço o possível para ignorar o modo como os antebraços dele descansam sobre os joelhos e seus dedos se entrelaçam enquanto ele me observa. Ardilosamente casual. Suas mãos são grandes e sei, por experiência própria, quão fortes elas são. Ele poderia me estrangular em um segundo. Como se lesse meus pensamentos, ele murmura:

— Isso será muito mais agradável se você cooperar.

Repito suas próprias palavras. As palavras que ele disse no nosso primeiro encontro.

— E se eu me recusar?

— Ao contrário de você, eu *de fato* tenho os meios para forçar sua cooperação. — Ele ri de modo sombrio. — Mais uma vez, porém, digo que eles não serão agradáveis e muito menos cordiais. — Quando mesmo assim não falo nada e travo a mandíbula, os olhos dele se estreitam. Seu joelho roça minha perna e mesmo o leve toque dispara pela minha coluna, eriçando os pelos da minha nuca. Nesta posição, quase ajoelhado aos meus pés, ele deveria parecer submisso, talvez reverente. Mesmo assim, está no ápice do controle. Ele se inclina para mim. — Devo dizer *exatamente* o que pretendo fazer com você?

— Eu disse que ele podia ficar chato. — Caminhando até a vela, Odessa pega um pergaminho da mesa. Ela o desenrola sem interesse antes de jogá-lo de lado e escolher outro. Para o primo ela diz: — Ande *logo*, Michal. Não vejo a hora de me livrar deste lugar imundo.

— Você disse que ansiava por ar fresco, prima.

— O ar em Cesarine está longe de ser fresco... e não pense que não ouvi o julgamento em sua voz ainda agora. Um pouco de ar fresco traz muitos benefícios à saúde. — Ela faz um gesto a esmo com a mão e folheia os outros pergaminhos, sua atenção já se desviando. — Sério, você tem sempre que ser tão mente fechada? Um tempinho nu diante da janela pode lhe fazer bem...

— *Chega*, Odessa.

Para minha surpresa, ela obedece sem protestar, sem revirar os olhos ou murmurar um insulto baixinho, e essa obediência imediata é de alguma forma mais assustadora do que qualquer ameaça que o homem pudesse ter feito. Lou teria rido na cara dele. Jean Luc teria atacado em um segundo.

Suspeito que os dois já estariam mortos.

O homem — *Michal* — respira fundo de maneira deliberada e controlada antes de voltar sua atenção para mim, mas até eu posso ver sua paciência se esgotando. Ele arqueia uma sobrancelha, seus olhos mais sombrios do que antes. Sem emoção e escuros de modo apavorante.

— E então? Vai querer como, filhote? Por bem ou por mal? — Eu o encaro, firme, até que ele assente com uma satisfação tenebrosa. — Muito bem...

— C-Cosette. — Forço o nome com os dentes cerrados, recusando-me a quebrar o contato visual. Um bom mentiroso nunca desvia o olhar, nem hesita ou vacila, mas eu nunca fui uma boa mentirosa. Rogo a Deus neste instante que me ajude a me tornar uma. — Meu nome é Cosette Monvoisin.

Sua expressão fica ainda mais sombria com a mentira óbvia.

— *Você* é Cosette Monvoisin?

— É óbvio que sou.

— Tire a capa.

— Eu... O quê?

Talvez ele veja o pânico nos meus olhos, perceba a tensão repentina no meu corpo, porque se aproxima mais. Suas pernas encostam nas minhas agora. E seus lábios se curvam em um sorriso cruel.

— Tire a capa, mademoiselle Cosette, e nos mostre suas cicatrizes. Sendo uma Dame Rouge, você deve ter algumas.

Eu me levanto, em parte para fingir indignação, em parte para escapar de seu toque, e a cadeira cai atrás de mim. Odessa ergue os olhos de seus pergaminhos, sua a curiosidade em alerta, enquanto minhas bochechas queimam e minhas mãos se fecham em punhos. *Por favor, por favor, por favor,* eu rezo, mas não posso recuar agora. Devo mentir como nunca menti antes.

— Como *ousa*, monsieur? Eu sou a Princesse Rouge e não serei tratada de maneira tão obscena e íntima. Você mesmo disse que consegue... *farejar* a magia fluindo nas minhas veias. É evidente que estou em desvantagem, então, por favor, ouça sua prima e execute quaisquer planos que tenha para esta noite. Não vamos prolongar esta situação desagradável. Diga-me o que quer e me esforçarei para atendê-lo... ou então me mate de uma vez. Eu não temo a morte — acrescento, encarando-o com meu olhar mais impetuoso —, portanto, não pense que pode me assustar com ameaças vazias.

Ainda agachado, completamente imperturbável, ele assiste ao meu discurso com uma apatia mordaz.

— Mentirosa.

— Perdão?

— Você é uma mentirosa, filhote. Cada palavra que falou desde que nos conhecemos foi falsa.

— Isso não é...

Ele estala a língua em uma reprimenda gentil, balança a cabeça e fica de pé devagar como uma sombra se expandindo. Não consigo deixar de recuar um passo.

— Qual é o seu nome? — pergunta ele, algo em sua voz, talvez a repentina imobilidade do seu corpo, avisa que esta será a última vez.

— Eu já *disse*. Eu sou Cosette Monvoisin.

— Você anseia pela morte, Cosette Monvoisin?

Recuo mais um passo, inconscientemente.

— Eu... É lógico que não *anseio* pela morte, mas ela... é inevitável, monsieur. Mais cedo ou mais tarde, ela e-encontra todos nós.

— Será? — Ele diminui a distância entre nós sem parecer se mover. Num segundo, está com as mãos cruzadas atrás de si *ali*, e no seguinte, está com as mãos cruzadas atrás de si bem *aqui*. — Você fala como se a conhecesse.

Solto o ar de repente.

— Como você...

— Será que ela já a encontrou?

Ele leva a mão pálida até a minha clavícula. Embora eu enrijeça, ele apenas puxa os cordões da capa de Coco e ela cai aos nossos pés em uma cascata de tecido carmesim. O homem afasta o cabelo do meu ombro. Meus joelhos começam a tremer.

— Q-Quem?

— A morte — sussurra ele, curvando-se para... para *cheirar* a curva do meu pescoço. Embora não me toque, *sinto* sua proximidade como o mais leve dos dedos descendo pela minha pele. Quando arquejo e me afasto, ele se endireita com a testa franzida, inalterado, talvez indiferente, e olha para Odessa. — A magia de sangue não corre nas veias dela.

— Não — concorda ela despreocupada, ainda lendo os pergaminhos. Ignorando-nos por completo. — É outra coisa.

— Você reconhece o aroma?

Ela dá de ombros de um jeito elegante.

— Nem um pouco. Mas não é exatamente humano, é?

Olho de um para outro enquanto ambos fazem silêncio, convencida de que escutei errado em meio às batidas desenfreadas do meu coração. Como nenhum dos dois fala, nem bufam, incrédulos, nem riem da própria piada espertinha, balanço a cabeça e apanho a capa de Coco do chão.

— Vocês dois estão muito enganados.

Jogando-a sobre os ombros, enfio a mão pela manga esquerda. Com as bochechas ainda quentes, pressiono a trava e a adaga desliza para minha palma.

Lou e os outros já deveriam ter chegado àquela altura. Ou eles não conseguem encontrar o meu rastro ou já estou perdida no mar. Contudo, o motivo não importa mais. O efeito permanece o mesmo. Meu tempo está se esgotando, e essas... essas *criaturas* não podem andar à solta por aí. Se deixarem o navio, sem dúvida vão atrás de Coco, e aqui, agora, ainda detenho o elemento-surpresa. Meu olhar vai dos olhos de Michal para as orelhas, para o nariz, para... as partes baixas.

Ele arqueia uma sobrancelha com ironia.

Não importa quem você esteja enfrentando, Célie: todo mundo tem uma virilha em algum lugar. Encontre-a, chute o mais forte que puder e dê o fora.

Depois de respirar fundo, eu jogo a cautela para o espaço e avanço...

Em um piscar de olhos, Michal se move de novo. De repente, ele não está na minha frente, mas atrás de mim, agarrando meu pulso e o torcendo, movendo a faca em minha mão até o meu próprio pescoço.

— Eu não faria isso se fosse você — sussurra ele.

CAPÍTULO ONZE

O inferno está vazio

Em momentos de pressão extrema, o corpo humano muitas vezes desencadeia a reação psicológica de lutar ou fugir. Eu me lembro de Filippa descrever isso para mim quando eu era criança: a boca seca, a visão estreita, a respiração acelerada. Mesmo na época, eu sabia que Pip nunca fugiria.

E sabia que eu nunca lutaria.

Reajo agora sem pensar — *olhos, orelhas, nariz, virilha* —, jogando a cabeça para trás, atingindo o nariz de Michal, girando para dar uma joelhada nas partes baixas dele. Mas cercando minha cintura com os braços, ele se esquiva antes que eu possa acertá-lo, e me puxa com ele. Acabo golpeando uma coxa dura. Quase *quebro* a patela. Uma dor aguda atravessa o osso, mas me liberto de seu abraço macabro e passo correndo por ele, aos tropeços, na escuridão, procurando a esmo por uma porta, *qualquer* porta...

Ali.

Jogo meu peso contra a madeira pesada. Uma, duas, três vezes... e, quando enfim ela cede, eu vou junto, caindo com força sobre minhas mãos e meus joelhos. Eles rangem de agonia enquanto avanço e fico de pé, enquanto disparo pelo corredor e faço a curva. Nenhuma mão fria segura meus ombros desta vez. Nenhuma voz melodiosa dá uma risadinha de advertência.

Eles permitiram que eu saísse.

Não. Deixo o pensamento intrusivo de lado, forçando-me a ir mais depressa, subindo as escadas, e cada passo de distância se torna um suspiro de alívio. *Não, eu escapei. Eu escapei daquele lugar e agora preciso escapar do navio...*

Abrindo mais portas, vou parar no convés principal, e meu estômago se contrai com a temperatura.

O luar brilha em mar aberto.

A água se estende diante de mim em todas as direções, ininterrupta e interminável, exceto para o oeste, onde um aglomerado de luzes ainda brilha no horizonte. *Cesarine*. Nunca pensei na palavra com tanto anseio. Com tanto *medo*. Já zarpamos *Deus* sabe para onde, o que significa que... Um nó apertado se forma na minha garganta quando me dou conta, dificultando minha respiração.

Meus amigos nunca irão me encontrar.

Não.

Corro pelo convés até o local onde dezenas de marinheiros trabalham em sincronia, seus movimentos soam rítmicos de um jeito peculiar enquanto manuseiam as velas e conduzem o leme, enquanto puxam cordas, dão nós e esfregam as tábuas do piso. Diferente de Michal e Odessa, a pele deles é corada pelo esforço físico, quente e familiar, apesar do brilho vazio em seus olhos.

— Por favor, monsieur — digo, agarrando a manga do homem mais próximo a mim. — Eu... Eu fui sequestrada e preciso de sua ajuda, é urgente. — Embora minha voz fique cada vez mais alta até se tornar estridente, ele parece não ouvir, passando por mim como se eu não tivesse falado nada. Olhando para trás, para as portas duplas, eu me agarro ao seu braço, desamparada. — *Por favor.* Existe algum tipo de barco salva-vidas a bordo? Preciso voltar a Cesarine...

Ele se liberta do meu aperto com facilidade, avançando sem me dar atenção. Eu o encaro com um pânico crescente antes de me virar para outro.

— Monsieur? — Este homem está sentado em um banquinho de três pernas, talhando um pedaço de madeira com formato de um cisne, ou que pelo menos *começou* como um cisne. Onde deveria estar o corpo do pássaro, o homem balança o pulso de modo mecânico no mesmo movimento, repetidas vezes. De modo um tanto imprudente, puxo a faca, determinada a chamar sua atenção. Ele nada faz para me impedir. Mas sua mão retorcida continua se movendo como se ele ainda segurasse a lâmina, desbastando a madeira em uma ponta terrivelmente afiada. — Monsieur, consegue... consegue me ouvir?

Agito a faca na frente do seu nariz, mas ele nem pisca.

Alguma coisa ali está muito errada.

Deslizo a mão por baixo do cachecol para verificar a pulsação dele, que bate fraca na ponta dos meus dedos. Está vivo, então. O alívio me invade em uma onda violenta, porém...

Eu recuo, deixando cair a faca, antes de arrancar o cachecol do pescoço dele.

Antes de revelar duas marcas de perfuração.

Elas ainda pingam um pouco, fazendo escorrer sangue pelo colarinho.

— Ah, meu Deus. O senhor… está ferido, monsieur. Aqui, deixe que eu…

Quando pressiono os ferimentos para estancar o sangramento, ele abre a boca e murmura algo ininteligível. Com outro olhar apressado para as portas, eu me inclino para mais perto, sem muita confiança.

— Durmam sempre ao anoitecer, queridas, façam sempre suas orações. — Ele balbucia as palavras enquanto seus olhos fechados estremecem e sua cabeça começa a balançar no ritmo lento e assustador. — Usem sempre um crucifixo de prata e andem sempre em pares.

De algum lugar do meu inconsciente, surge o horror.

Eu já ouvi essas palavras. Reconheço-as com a mesma certeza com que me lembro do rosto teimoso da minha irmã, da voz melodiosa da minha babá. *Meu Deus.*

Meu Deus, meu Deus, meu Deus!

Tiro meus dedos do pescoço dele e seus olhos vazios se abrem. Só que eles não estão mais vazios. O terror absoluto os domina, brilhante o suficiente para ofuscar minha visão, para *queimar*, e o homem agarra o meu pulso com força. Um grande espasmo sacode o seu corpo.

— C-Corra — diz ele, num tom estrangulado, gritando as palavras furiosamente. — *Corra.*

Torcendo o braço para escapar dele, eu arquejo e tropeço para trás. O homem desaba feito uma marionete. Porém, ele logo se empertiga. Suas mãos voltam ao formato estranho e, quando ele pisca, seus olhos estão vazios de qualquer emoção mais uma vez. Em meio a tudo isso, seu pescoço continua a pingar.

Pingar.

Pingar.

Girando a toda, procuro um bote salva-vidas, mas, agora que vi aquelas marcas, não consigo escapar delas. Para onde quer que eu me vire, elas olham para mim, marcando o pescoço de cada marinheiro, algumas recentes e ainda sangrando, outras com casquinhas, arroxeadas e inflamadas. Não pode ser coincidência. Esses homens de olhos vazios foram atacados e subjugados, assim como Babette e os outros, assim como *eu*, e esses ferimentos provam isso. Cubro meu pescoço com uma das mãos, estremecendo e correndo para a amurada esculpida. Fomos condenados à morte, todos nós.

Prefiro me afogar a morrer do jeito que esses homens morrerão.

Respirando depressa, me inclino sobre a lateral do tombadilho, fitando as águas escuras. As ondas estão agitadas. Elas batem contra o casco do navio como um aviso, prometendo vingança a qualquer um que seja tolo o suficiente para mergulhar. E talvez eu seja tola. Uma *tola* teimosa e otimista por fugir da Torre Chasseur, por acreditar que *eu* poderia ter êxito em algo em que Jean Luc e Lou falharam. Olho mais uma vez para as portas duplas, mas parece que meus captores não estão com pressa de vir atrás de mim. Por que deveriam? Sabem que não tenho como escapar.

Minha determinação se fortalece com o pequeno insulto.

Nunca fui uma nadadora muito boa, mas, se eu pular, há uma chance, ainda que ínfima, de sobreviver à fúria das águas, de ser capaz de seguir a correnteza de volta a Cesarine. Conheci a Deusa do Mar e considero muitas das melusinas minhas amigas. Talvez elas me ajudem.

Antes que eu possa mudar de ideia, subo na amurada e faço uma oração silenciosa e desesperada aos Céus.

Dedos frios envolvem o meu pulso. E me arrastam de volta para o inferno.

— Indo a algum lugar? — murmura Michal.

Eu engasgo com um soluço.

— M-me deixe em paz. — Embora eu tente me soltar dele, meus esforços são inúteis. Sua mão permanece como uma algema em volta do meu pulso e eu escorrego na amurada estreita, meu estômago se revirando quando perco por completo o equilíbrio e sou jogada contra a lateral do navio. Gritando, agarro a mão dele, a única coisa que me mantém suspensa, e fico pendurada no ar acima das ondas geladas. Ele sustenta o meu peso com facilidade, inclinando a cabeça enquanto observa eu me debater.

— Admito que estou curioso. — Ele arqueia uma sobrancelha. — E agora, filhote? Planeja ir *nadando* até Cesarine?

— Me puxe para cima! — O apelo sai da minha garganta por vontade própria e meus pés procuram, a esmo e freneticamente, por apoio na lateral do navio. — Por favor, *por favor...*

Como resposta, o aperto dele se afrouxa e eu escorrego um centímetro, gritando de novo. O vento fustiga os arredores. Ele açoita meu cabelo e meu vestido, rasgando o tecido fino e perfurando minha pele como mil agulhas. E, de repente, minha determinação não se parece nem um pouco fortalecida. Parece mais um ímpeto violento e visceral de *viver*. Eu bato no braço de Michal na tentativa de escalar seu corpo, na intenção de *escapar* da morte certa.

Parece que não prefiro me afogar, no final das contas.

— Quem sou eu — ele me deixa cair mais um centímetro — para impedi-la. Precisa saber, no entanto, que morrerá congelada em sete minutos. *Sete* — repete ele com frieza, a face calma como uma máscara de granito. — Você nada bem, Cosette Monvoisin?

Cravo minhas unhas na manga dele, arranhando o couro, enquanto uma onda sobe alto o suficiente para beijar os meus pés.

— N-Não..

— Não? Que pena.

Outro grito rasga minha garganta, outra onda alcança a barra do meu vestido, antes de eu enfim encontrar apoio no navio e me impulsionar para cima. Ele não solta meu pulso; em vez disso, agarra minha cintura com a mão livre e me conduz por cima da amurada em um único movimento fluido. Embora me coloque em pé com delicadeza, o gelo em seu olhar demonstra o contrário. A boca de Michal se contorce com desagrado enquanto ele se afasta.

Quando meus joelhos cedem um segundo depois, Michal não faz nada para me segurar, e eu desabo aos seus pés, me abraçando e tremendo sem controle. A barra do meu vestido já congelou com o vento forte. Ela gruda nos meus tornozelos e panturrilhas, e uma dormência se espalha.

Eu o odeio. Da maneira mais feroz e categórica que já odiei alguém, eu *abomino* este homem.

— Vá em frente — esbravejo. Eu me recuso a expor meu pescoço, me recuso a procurar por aquelas adagas finas como agulhas que ele carrega, e o encaro furiosa. Ele pode tirar minha vida, mas não vai tirar minha dignidade. — Perfure minha pele. Sugue meu sangue. Use tudo para o propósito podre que usou o dos outros.

Com a mesma expressão de desagrado, ele se agacha, e seu tamanho é suficiente para me esconder do resto da tripulação. *Não que isso importe*, penso com amargura. Os homens ainda se movem de um jeito estranho, feito marionetes presas a um barbante. Nem um olhar sequer se voltou em nossa direção desde que Michal chegou.

Ele me observa com atenção. Sua expressão nada revela.

— Nunca conheci alguém tão ávido pela morte quanto você. — Como não respondo, ele balança a cabeça. — Mas não tenha medo… Sou um perfeito cavalheiro. Quem sou eu para negar algo a uma dama como você?

Uma dama.

A palavra se inflama feito lenha sob a minha pele, e eu me sento com um rosnado, quase atingindo o nariz dele de novo. Eu nunca fui uma pessoa violenta. Na verdade, em geral detesto ver sangue, mas, quando uma boneca de porcelana se quebra, tudo o que resta são cacos afiados. Uma parte desconhecida e secreta de mim quer machucar este homem. Quer tirar sangue. Sufoco minha reação impetuosa e falo entredentes:

— Então ande logo com isso. Por que esperar?

Seus lábios se curvam em um sorriso sem humor.

— A paciência é uma virtude, filhote.

De perto, a evidente ausência de cheiro de Michal é desconcertante… como neve ou mármore, ou talvez como veneno derramado no vinho. Não suporto ficar mais um segundo na presença dele.

— Não sou seu *filhote* — cuspo as palavras com uma voz que mal reconheço — e não finja entender de virtude, monsieur. Você não é um cavalheiro.

Um ruído baixo de concordância ressoa no peito dele, ou o som seria — meus olhos se estreitam, incrédulos — uma risada? Ele está *rindo* de mim?

— Explique para mim, mademoiselle. O que faz de alguém um cavalheiro?

— Você me trata com condescendência.

— É uma pergunta simples.

Quando eu me levanto, uma diversão fria cintila em seus olhos escuros, brilhando ainda mais quando cambaleio e seguro em seu ombro largo para me equilibrar. Minha mão recua no mesmo instante. Me sinto mal com o toque… com a raiva no meu estômago, com a *humilhação*. Eu não sou quem ele quer. Longe disso. Não sou importante o suficiente nem para ser morta.

Aproveitando sua posição vulnerável, tento passar por ele, porém, de novo, num piscar de olhos, ele se move na minha frente, bloqueando meu caminho. Olho para as portas duplas.

Eu tento de novo.

Ele reaparece.

Ele cruza as mãos atrás das costas e fala com um humor cruel:

— Presumo que seu próximo passo será procurar minha prima e apelar para a natureza compassiva, talvez maternal, dela. Me permita poupá-la da decepção: Odessa é a criatura menos maternal que existe. Mesmo que ela *simpatizasse* com sua situação, não te ajudaria. Ela obedece a mim. — Ele faz uma pausa com aquele meio-sorriso sombrio, inclinando a cabeça em direção aos homens ao redor. — *Todos* eles obedecem a mim.

Sinto minha pulsação bater forte em meus ouvidos enquanto o encaro.

Um segundo.

Dois.

Quando eu giro e avanço para a amurada, ele aparece diante de mim outra vez, e paro de repente para evitar colidir com seu peito. O humor nos seus olhos desaparece aos poucos com algo que ele enxerga nos meus.

— Como se importa tão pouco com a própria vida, permita que eu apresse essa tolice.

Com um aceno da mão dele, todos os marinheiros do navio largam o que estão fazendo, ficam de pé e marcham em direção à amurada a estibordo. Mas eles não param por aí. Sem hesitar, sem dizer uma *palavra*, eles começam a subir até formarem uma fila organizada ao longo da amurada, equilibrando--se sob o vendaval e aguardando instruções. O vento aumenta cada vez mais enquanto eu os observo horrorizada. Porque eles parecem... soldadinhos de chumbo parados ali, e, de repente, não vejo mais seus rostos vazios.

Vejo o meu.

Morgane uma vez deixou meu corpo impotente dessa mesma maneira. Com sua magia, ela forçou Beau e eu a duelarmos um contra o outro, forçou que nos *machucássemos* no intuito de enviar uma mensagem para a própria filha. Mesmo quando a minha espada se cravou no peito dele, não pude fazer nada para impedir e, naquele instante, eu soube — eu *soube* — que nunca veria tamanha maldade de novo. Eu sabia que nunca encontraria alguém igual a ela.

Quando um dos soldados oscila de modo instável, os pés escorregando na amurada, eu me viro para Michal com nova determinação.

— Pare com isso. Pare *agora*.

— Não está em posição de fazer exigências, filhote. Se tentar nadar até Cesarine, meus homens a seguirão e, tragicamente, também morrerão congelados. — Os olhos dele se endurecem, se transformam em algo estranho e assustador, algo selvagem, enquanto ele pega uma mecha do meu cabelo, segurando-a entre o polegar e o indicador. — É lógico que a anemia vai encurtar a sobrevida deles para menos de sete minutos. Talvez quatro, se tiverem sorte. Você será obrigada a ver todos eles se afogarem. — Uma pausa. — Está entendendo?

Anemia? Eu me afasto da amurada como se tivessem crescido espinhos nela, tentando entender a palavra. Quando não consigo, a raiva no meu peito aumenta de modo irracional.

— Ponha todos no chão — exijo. — Não responderei nada até que estejam seguros no convés.

— Não existe lugar seguro no convés. — Embora ele fale as palavras com uma ameaça silenciosa, os marinheiros de algum jeito entendem sua intenção. De maneira tão rápida e silenciosa quanto subiram na amurada, eles descem para retomar a dança sinistra. Não são mais soldadinhos de chumbo, mas marionetes. Michal inclina a cabeça. — Temos um acordo?

— Como você os controla? — indago.

— Por que você não tem cicatrizes?

— La Dame des Sorcières lançou um feitiço para me disfarçar. — A mentira sai dos meus lábios com um prazer inesperado. Vou para a esquerda do modo mais discreto possível, olhando para o homem com a estaca em forma de cisne. — Sabíamos que você planejava me sequestrar...

— *Petite menteuse.*

O olhar de Michal escurece ainda mais com a mentira. *Pequena mentirosa.*

Apesar das evidências alarmantes mostrarem o contrário, não consigo evitar a maneira como meus punhos se fecham.

— Eu *não* sou mentirosa.

— Não? — Ele acompanha meus passos como um predador perseguindo a presa. Paciente. Letal. Acha que estou encurralada e talvez eu esteja. — Quando você nasceu, Cosette Monvoisin?

— Dia 31 de outubro.

— *Onde* você nasceu?

— L'Eau Melancolique. Para ser mais precisa, Le Palais de Cristal em Le Présage. — A obstinação, ou melhor, o *orgulho*, exala de cada palavra, de cada pequeno detalhe. *Estrelas perenes em seus olhos*, Pippa sempre me dizia, e graças a Deus por isso. Graças a Deus coleciono histórias como as melusinas colecionam tesouros; graças a Deus escuto quando as pessoas falam.

Michal trava a mandíbula.

— O nome dos seus pais?

— Minha mãe era a lendária bruxa Angélica. Ela morreu na Batalha de Cesarine com a minha tia, La Voisin, que me criou. Não conheço meu pai, minha mãe nunca mencionou o nome dele.

— Que triste — diz ele baixinho, mas não parece nem um pouco empático. — Como conheceu Louise le Blanc?

Ergo o queixo.

— Ela jogou uma torta de lama na minha cara.

— E Babette Trousset?

— Crescemos juntas em La Forêt des Yeux.

— Você a amou?

— Sim.

— Quem você ama agora?

— Sua Majestade e rei de Belterra, Beauregard Lyon.

— E como ele a pediu em casamento?

— Ele me surpreendeu após a minha iniciação na Torre Chasseur...

O triunfo brilha nos olhos escuros de Michal, e seu sorriso frio retorna. Tarde demais, percebo meu erro e tropeço, quase caindo no colo do marinheiro enfeitiçado. Sua estaca de madeira roça meu quadril. Ele ainda se move como se fosse esculpi-la. Rangendo os dentes, agarro a madeira lisa e a escondo dentro de uma dobra da capa de Coco. Se Michal percebe, nada diz.

Em vez disso, ele ergue um familiar anel de ouro entre nós. O diamante brilha ao luar.

— Não sabia que Cosette Monvoisin *tinha* um noivo — comenta ele com uma voz tão gélida quanto a água lá embaixo. — Que curioso.

Minha mão livre dispara até o bolso, e a bile queima minha garganta quando o encontro vazio. Meu anel de noivado e o crucifixo de Babette...

ambos sumiram, *roubados* por este homem que não é um homem, mas um monstro. Seus olhos escuros não são nada humanos enquanto me observam, e seu corpo ficou imóvel demais. Meu próprio corpo reage da mesma maneira. Mal me atrevo a respirar.

— Eu também não sabia que ela era um Chasseur — declara ele com calma. — Que eu saiba, apenas *uma* mulher ocupa essa posição e ela não é a Princesse Rouge.

No silêncio que se segue, ele inala o meu cheiro de novo e inclina a cabeça.

E eu jogo a cautela para o alto.

Brandindo a estaca de madeira entre nós, eu a empunho como uma criança faz com uma espada de brinquedo. Entre os meus dedos, os olhos do cisne zombam de mim. *Acha mesmo que vai vencer este homem?*, eles parecem dizer. Ou talvez não seja a voz deles. Talvez seja a minha. *Acha mesmo que conseguirá fugir dele?*

— Fique longe de mim — ordeno. Sem fôlego, levanto minha estaca mais alto, com uma pressão furiosa crescendo atrás dos meus olhos. *Eu posso fazer isso. Eu debilitei Morgane le Blanc.* — E-Eu não significo *nada* para você. Se não vai me matar, apenas... me deixe ir. Não significo nada, então me deixe.

Aborrecido, Michal nem se dá ao trabalho de se mover com velocidade sobrenatural. Não... Ele diminui a distância entre nós devagar, seu punho frio envolvendo o meu e pegando a estaca com uma facilidade absurda. Ele a lança no mar sem dizer uma palavra. Meu coração afunda com ela.

Eu afundo com ela.

— Não fuja de novo — avisa ele, com a voz ainda mais suave e ameaçadora —, ou eu vou caçá-la. — Ele se inclina sobre mim. — Não vai querer que eu cace você, filhote.

Em minha defesa, minha voz não treme.

— Você não vai me machucar.

— Quanta *convicção.*

As palavras soam nos meus ouvidos como uma promessa.

Quando ele se empertiga e estala os dedos, o marinheiro atrás de mim se levanta de repente. Sem a estaca, suas mãos pararam de se contorcer, e, seja qual for a magia que Michal tenha lançado, ela assume pleno controle do homem mais uma vez. Ele olha para a frente sem foco.

— Leve-a de volta para o salão de baile — ordena Michal a ele. — Se ela tentar escapar de novo, quero que você recupere sua preciosa estaca do fundo do mar. Estamos entendidos?

O marinheiro concorda com a cabeça e começa a andar. Como não o sigo de imediato, ele para, dá meia-volta, e seu braço se estende para agarrar meu cotovelo. Ele me puxa para a frente com uma força bruta. Embora eu finque os calcanhares no chão, embora eu crave as unhas no seu pulso, sibilando e cuspindo, me contorcendo, chutando e até *mordendo*, ele continua a me levar em direção às portas duplas, implacável. Seu sangue tem um gosto amargo na minha boca.

— Meus amigos virão me buscar — esbravejo por cima do ombro, fazendo uma careta quando Michal aparece ali sem avisar. — Já fizeram isso uma vez. Farão de novo.

Ele segura a capa de Coco com os dedos pálidos. Ela escorrega dos meus ombros com facilidade, envolvendo seus braços, e a maneira como ele a examina...

Um punho gelado aperta o meu coração quando ele sorri — um sorriso verdadeiro, devastador — e revela dois caninos longos e perversamente afiados. O mundo parece desacelerar. Os homens, o navio, o oceano... tudo fica cinza enquanto eu o encaro, enquanto olho para *aqueles dentes*, horrorizada e fascinada na mesma proporção.

Presas.

O homem tem presas.

— Ah, estou contando com isso — afirma ele com olhos escuros cintilando.

E, naquele instante, enquanto desço para as entranhas do seu navio, percebo que o inferno está vazio e que o diabo está ali.

PARTE II

L'habit ne fait pas le moine.
O hábito não faz o monge.

CAPÍTULO DOZE

A Ilha de Réquiem

Eu nunca soube o que aconteceu com a minha irmã na noite da sua morte.

A noite do seu desaparecimento, no entanto… *daquela* noite eu me recordo com uma nitidez absurda. Lembro que discutimos. Em todas as noites daquela semana, ela tinha entrado furtivamente no nosso quarto pela janela, sem nunca dizer uma palavra sobre o assunto. Eu não sabia sequer o *nome* do homem. Nos meus momentos mais gentis, eu tentava ver a situação pelos olhos dela: 24 anos e ainda dividindo o quarto com a irmã mais nova; 24 anos sem marido, sem filhos, sem casa e status para si própria. Talvez ela se sentisse envergonhada. Talvez o homem não tivesse título ou riqueza necessários para pedir a mão dela, e por isso deixasse o romance em segredo. Talvez uma dúzia de outras coisas que não teriam importância para mim — a *irmã* dela — porque eu a amava. Eu teria compartilhado um quarto com ela até o fim dos tempos; teria defendido com entusiasmo o amante misterioso, independentemente de seu título ou riqueza. Eu teria dado risadinhas com ela debaixo dos cobertores, eu mesma teria colocado óleo nas dobradiças da janela para o encontro secreto deles.

Porém, ela nunca me contou sobre ele.

Ela nunca me contou nada.

Nos meus momentos menos gentis, eu me perguntava se ela ao menos me amava.

— Isso precisa parar — sibilei naquela noite após o relógio bater meia-noite, após ouvir o ranger revelador das tábuas do piso. Jogando minha colcha para o lado, tirei os pés da cama e a encarei. Ela congelou com uma das mãos na trava da janela. — Já chega, Filippa. Seja ele quem for, não deveria pedir a você que saísse escondida na calada da noite para encontrá-lo. É muito perigoso.

Relaxando um pouco, ela abriu a janela. Suas bochechas estavam coradas de empolgação, ou talvez de outra coisa.

— Volte a dormir, *ma belle.*

— *Não.* — Fechei os punhos ao ouvir o termo carinhoso porque, nos últimos tempos, parecia não ter qualquer tom de afeto. Soava pejorativo, irônico, como se ela zombasse de mim por algo que eu não entendia. E isso me *enfureceu.* — Quanto tempo vai demorar até que *maman* e *père* peguem você? Sabe que vão descontar em nós duas. Ficarei *um mês* de castigo sem poder ver Reid.

Ela revirou os olhos e passou um pé por cima do parapeito, tentando, sem sucesso, esconder o alforje sob a capa.

— *Quelle tragédie.*

— Qual é o seu *problema*?

Com um suspiro impaciente, ela disse:

— O Reid não serve para você, Célie. Quantas vezes preciso dizer? Ele apoia a *Igreja* e, quanto antes você perceber isso, logo poderá fazer um favor a todos nós e partir para outra. — Ela bufou, balançando a cabeça, como se eu fosse a garota mais burra do mundo. — Ele vai partir o seu coração.

No entanto, havia algo além. Apesar de toda a implicância de irmã, Fillipa costumava *gostar* de Reid. O prazer dela era forçar nós dois a brincar com ela, a apanhar flocos de neve, colher laranjas e chamá-la de *Votre Majesté, le magnifique Frostine*, em homenagem ao conto de fadas favorito dela. Algo tinha mudado entre eles no ano anterior. Algo tinha mudado entre *nós*.

— Diz a mulher pendurada em um cano neste exato momento — rebati, ofendida de uma maneira que não conseguia explicar. — Por que ele não se apresentou, Pip? Será porque não está interessado em um relacionamento de verdade? Pelo menos Reid ainda me quer pela manhã.

Os olhos cor de esmeralda dela cintilaram.

— E você nunca conhecerá um mundo sem luz do sol, não é? Não a nossa queridinha Célie. Você viverá para sempre segura na luz e nunca se perguntará, nunca questionará, nunca olhará para trás para ver as sombras que se formam. Esse é o problema de quem vive sob o sol. — Ela saiu do parapeito e trepou no galho do lado de fora da janela, virando-se de volta para acrescentar com uma eficiência brutal: — Eu tenho pena de você, irmãzinha.

Foram as últimas palavras que ela disse para mim.

Aprisionada no casco escuro de um navio, enquanto observo a luz das velas que ilumina o rosto de Odessa, não posso deixar de me perguntar se minha irmã se arrependeu de ter aberto aquela janela. Se ela se arrependeu de ter mergulhado nas sombras. Embora eu jamais venha a saber, não de verdade, não consigo imaginar que ela tenha aceitado o próprio destino. Ela teria chutado, arranhado e lutado contra Morgane até que seu corpo não aguentasse mais. Porque Pippa era forte. Mesmo em seu estado mais reservado e exasperante, minha irmã era habilidosa e segura de si. Era confiante. *Inabalável.*

Como se eu fosse deixar alguma coisa acontecer com você, Célie.

Ela iria se revirar no caixão se soubesse que eu desisti.

Eu ajeito a postura na cadeira e digo a Odessa:

— Suponho que não vá me dizer para onde estamos indo.

Ela não olha para mim, ainda totalmente absorta em seus pergaminhos do outro lado do salão.

— Supõe corretamente.

— Não dirá nem quanto tempo vai levar para chegarmos lá?

— Não sei por que isso importaria. — Meu olhar se estreita com seu tom cortante. Ela está certa, é lógico. Quer naveguemos por mais cinco minutos ou por mais cinco horas, não posso sonhar em escapar até chegarmos em terra firme. Como se pudesse ler meus pensamentos, Odessa arqueia uma sobrancelha irônica. — Você tem o ar perigoso de desespero e estupidez que sempre precede uma tentativa de fuga. Cheira a fracasso.

Ergo o queixo.

— Você não sabe se vou fracassar.

— Eu sei.

— Está lendo o quê?

Com um revirar de olhos quase imperceptível, ela volta a atenção para os pergaminhos, encerrando a conversa de vez. Controlo a vontade de perguntar de novo, até porque faço pouca... ou melhor, *nenhuma* ideia de como escapar do navio depois de atracarmos. Não sei nada sobre estas criaturas, exceto por uma sensação distante e incômoda no fundo da minha mente. *Já lhes contei a história de* Les Éternels? Quando tento recuperar a lembrança, ela se desfaz devagar em escovas de prata, sardas douradas e cachecóis brancos como a neve. Ela se desfaz na voz de Evangeline em uma noite fria de outubro. *Eles nascem na terra, frios e fortes como ossos. Não têm coração, alma ou mente, apenas impulso. Apenas* luxúria.

Torço a fita desgastada em volta do meu pulso, pensando nos olhos escuros de Michal, em sua pele adamantina, e controlo a vontade de fechar a cara.

Quando o navio enfim diminui a velocidade e lança âncora, Odessa segura meu cotovelo com a mão fria.

— Onde estamos? — insisto, mas ela apenas suspira e me leva para o convés mais uma vez.

O horizonte é cinza quando saímos para o passadiço e um cenário bastante desolador se estende diante de nós: uma ilha feita de rocha, completamente isolada do resto do mundo. De cada lado, a água escura bate contra colunas rochosas e uma praia cheia de pedras. Eu me concentro nas ondas, na espuma de cada crista, para manter a calma. Para *pensar*. Porque Evangeline tinha mais a dizer naquela noite em nosso quarto. As notas musicais de sua canção de ninar ainda estão nos meus ouvidos, mas não consigo ouvi-las direito.

Não sob esse barulho estrondoso.

Arregalo os olhos diante do pandemônio absoluto ao redor.

Logo à frente, os marinheiros disparam pelo porto, com os olhos misteriosamente límpidos, gritando ordens e chamando os entes queridos. Até o homem com a estaca envolve um menino em um abraço apertado. Sou dominada por alívio ao saber que aquele homem viveu para ver outro dia, que não encontrou uma sepultura no mar, mas então Odessa me empurra para a frente, sua presença fria demais. Desumana demais. Evangeline continua sussurrando em minha lembrança.

A primeira veio de uma terra distante para o nosso reino, vivendo nas sombras, espalhando a doença para as pessoas daqui. Infectando todos com a magia dela.

Pelo menos Michal sumiu.

Engolindo em seco, acompanho outra criança enquanto ela passa por entre os adultos, roubando o relógio de pulso de um marinheiro. A pele e o cabelo dela brilham prateados sob a luz pálida, e ela...

Fico boquiaberta.

A criança tem guelras.

— Volte aqui!

Embora o marinheiro se lance sobre ela, a menina ri e passa por baixo dos braços estendidos do homem, mergulhando no mar. Por baixo da saia, suas pernas ondulam e brilham, transformando-se em duas nadadeiras, e ela as sacode, se divertindo, antes de mergulhar mais fundo. Irritado, o homem tenta persegui-la, mas, em vez disso, esbarra em um enorme lobo branco, que tenta mordê-lo, descontente.

— Malditos lobisomens — xinga o homem baixinho, erguendo as mãos e recuando devagar. — Malditas melusinas.

Fico olhando para ele, sem acreditar, antes de me virar para Odessa.

— O que *é* este lugar?

— Você não desiste, hein? — Agitada, ela me empurra para passar pelo homem enquanto ele desaparece dentro de um bar sujo. — Ótimo. Bem-vinda à *L'ile de Réquiem*, apropriadamente batizada por Michal, que se acha muito inteligente. Tente não chamar atenção. Os habitantes daqui gostam de sangue fresco.

A Ilha de Réquiem.

Embora parte de mim estremeça com o nome macabro, uma parte maior não consegue deixar de se maravilhar com o lobisomem e com a mulher que cura o pescoço de um marinheiro com um movimento do pulso. *Uma bruxa*. Abro a boca, incrédula. Bruxas, lobisomens e sereias, todos habitando a mesma ilha. Nunca ouvi falar de algo assim.

Como visconde, meu pai visitava com frequência terras distantes, mas nunca permitia que Pippa ou eu fôssemos junto. Em vez disso, eu me debruçava sobre cada mapa em seu escritório — de Cesarine, de Belterra, de todo o continente — e memorizava todos os pontos de referência, toda a extensão de água.

Não deveria haver nada além de oceano ao longo da costa leste de Belterra.

— É impossível — digo olhando de um lado para o outro, determinada a ver tudo, por um momento distraída por esta ilha que não deveria existir. — Eu... Eu estudei geografia. Meu pai praticamente cobria nossas paredes com mapas, eu nunca...

— É óbvio que não. Este local não existe *nos mapas e nas pesquisas*. — Embora Odessa se esforce para parecer indiferente, sua voz fica mais aguda quando adentramos a aglomeração. Um pouco de tensão. A mão parece aço no meu cotovelo. — Sinceramente, queridinha, seja difícil se quiser, mas jamais seja estúpida. E, por tudo que é mais sagrado, pare de ficar *encarando*.

Ela olha depressa por cima do ombro, assentindo com a cabeça quando dois homens se posicionam atrás de nós. Não, não são homens. *Les Éternels*. A julgar pelos físicos firmes e pelas insígnias pretas em suas capas, eles devem ser algum tipo de… guarda. Mas não faz sentido. Posso confirmar em pessoa a força e a velocidade de Odessa, então por que ela precisaria de proteção extra?

Lanço um olhar de soslaio para ela.

— Quem são eles?

— Ninguém importante.

— Você ficou mais relaxada quando os viu.

— Eu nunca fico relaxada.

Por impulso, dou outra olhada furtiva nos dois, franzindo a testa quando eles se aproximam ainda mais, porque bruxas, lobisomens e sereias não são os únicos que se reúnem para nos observar agora. Não. Doze ou mais *Éternels* saíram das sombras para se juntar a eles. Seus olhos frios brilham sinistros e sombrios à luz do lampião enquanto Odessa passa, com o queixo erguido e indiferente aos olhares alheios. Entretanto, o peitoral de um dos guardas chega a roçar minhas costas quando o *Éternel* mais próximo mostra os dentes para mim.

— Eu… estou segura aqui? — pergunto a ele, incerta.

Uma pergunta ridícula.

Quando Odessa me puxa para a frente, ele e seu companheiro nos seguem sem responder.

— O amanhecer se aproxima, então receio que tenhamos pouco tempo para passear — declara ela. Ainda que caminhe com determinação e confiança, Odessa ainda acompanha os *Éternels* com a visão periférica. — Uma pena, eu sei. Réquiem é uma cidade linda, uma das mais antigas do mundo e repleta de moradores de todos os tamanhos, formas e… Ah, será que pode se *apressar*, por favor?

Ela me afasta do estabelecimento à nossa esquerda, onde espirais de tecido aveludado adornam as balaustradas e uma música inquietante escapa das portas pintadas de preto e dourado. Lá dentro, pessoas dão risadas.

O som é tão horripilante — tão *cativante* — que não consigo deixar de fazer uma pausa para ouvir.

No entanto, meu corpo gela quando o grito de uma mulher se entrelaça com a música.

Um grito penetrante e *de arrepiar*.

Odessa firma o braço ao redor do meu quando corro em direção às portas.

— Nananinanão — ela cantarola de novo, assim que o grito da mulher termina com a música. O silêncio me causa arrepios. — A curiosidade vai matar o gato em Réquiem, e nenhuma satisfação vai te ressuscitar.

— Mas ela...

— Não pode ser ajudada — finaliza Odessa, me puxando para a frente. — *Vamos.* Ou você caminha por vontade própria ou um dos meus guardas irá carregá-la. O Ivan, em especial, teria o maior prazer. — Ela aponta para o homem magro e de pele escura atrás de nós. O olhar dele promete violência. — A escolha é sua, lógico.

Que tipo de magia?

A voz de Evangeline volta para mim quando Ivan e eu nos encaramos. *O pior tipo de magia, pequenas. O pior de todos. O tipo que exige sangue. Exige morte.*

O lábio dele se curva devagar, revelando presas.

Certo.

Engulo em seco e me obrigo a seguir em frente, ignorando o estranho frio na barriga. Porque preciso me concentrar. Porque não estou *fascinada* por este lugar sombrio e assustador, e esta falta de ar... significa que provavelmente estou prestes a desmaiar. Sim. Estou prestes a desmaiar e, se Evangeline estivesse mesmo aqui, ela me diria para botar a cabeça no lugar antes de perder o controle.

Porém, quando dou o próximo passo, receio que seja tarde demais.

Um líquido escuro escorre ao redor da minha bota, surgindo do musgo por entre as pedras do calçamento — um líquido escuro que se parece perturbadoramente com sangue.

Com um grito agudo, salto para longe, colidindo com o peito de Ivan e quase deslocando meu cotovelo. Ele me direciona para a frente sem muita delicadeza, e, quando olho para baixo de novo, o sangue escorre ao redor das botas dele também. Um rastro de nossas pegadas escarlates nos segue pela rua.

— Isto é... O chão está *sangrando*? — indago alarmada. — Como isso é possível?

— Não está — diz ele de repente. — Olha de novo.

De fato, o musgo não sangra mais e a trilha de pegadas desapareceu. Como se nunca tivesse existido.

Quando arquejo, incrédula, ele me empurra para a frente mais uma vez, e não tenho escolha a não ser tropeçar atrás de Odessa, balançando a cabeça e balbuciando. Porque eu vi... estavam *lá...*, mas devo ter imaginado tudo. É a única explicação. Esta ilha pode ser diferente, mas até mesmo aqui o solo não pode ter veias ou vasos sanguíneos. Não pode estar vivo, e eu...

Eu engulo em seco.

Não posso permitir que isso me abale. Os gritos, o sangue, os olhares frios de *Les Éternels* — eles não podem me distrair do meu propósito: proteger a Coco de Michal a qualquer custo.

Odessa nos conduz por uma rua calçada, onde pequenas barracas estranhas se alinham em cada lado. Enormes sapos coaxam em gaiolas douradas, besouros vivos brilham dentro de açucareiros de prata, e suportes de incensos estão em vasos de vidro lapidado, cada pacote amarrado com fita preta. Outra barraca vende frascos com um líquido espesso e escuro. *Loup-garou*, diz uma etiqueta com uma caligrafia pontuda. Está perto de outras escritas *humano*, *melusina* e *Dame Blanche*.

Deslizo devagar os dedos por uma garrafa em que está escrito *dragão* e um arrepio de expectativa retorna. Ou seria de pavor?

Afinal, *são* garrafas de sangue e em toda a minha vida apenas Evangeline falou sobre os Eternos. Desde então, li todos os livros da Torre Chasseur, todos os livros da catedral inteira, e nenhum deles menciona as criaturas. Dames Blanches e *loup-garou*, sim, bem como melusinas e um ou outro *lutin*, mas nunca *Les Éternels*.

Não, esses monstros parecem ser... novos.

Solto a garrafa e me obrigo a continuar andando.

Ou talvez muito, muito antigos.

Durmam sempre ao anoitecer, queridas... façam sempre suas orações...

O verso familiar flutua ao nosso redor na feira de outubro, emaranhando-se com os gatos na rua. Um deles se agacha atrás dos sapos, enquanto outro mia mal-humorado para um lojista. Outros dois observam um corvo de três olhos no poleiro, totalmente imóveis, exceto pelo movimento do rabo. Eu me apresso para alcançar Odessa.

— Vocês têm problema com ratos em Réquiem?

Ela olha com aversão para um gato malhado que está próximo.

— Os ratos não são o problema.

— Esses gatos não são animais de estimação, então?

— São mais para uma infestação. — Quando continuo a encará-la, perplexa, ela suspira e responde: — Eles apareceram na ilha há vários meses. Ninguém sabe como ou por quê... apenas surgiram da noite para o dia e ninguém se atreve a se livrar deles.

Eu me agacho para acariciar a cabeça de um gatinho de pelo comprido.

— Por que não?

— Os gatos são guardiões dos mortos, Célie. Achei que todo mundo soubesse disso.

Fico paralisada no meio do afago. Eu *não* sabia disso, mas, de alguma maneira, admitir tal coisa para Odessa é como admitir uma falha grave de caráter. Tirando depressa a mão do gato, mudo de assunto.

— Estou confusa. Como ninguém sabe desta ilha?

— Michal — retruca Odessa com naturalidade, enxotando o gatinho. — Meu primo adora os próprios segredos e este ele guarda com ciúmes. Ninguém descobre Réquiem a menos que ele queira e, mesmo assim, isso quase nunca dura.

— O que *isso* quer dizer?

Antes que ela possa responder, alguns *Éternels* saem do beco adiante, bloqueando o caminho, e os mercadores de ambos os lados se dispersam. Outros se agacham atrás de suas carroças para se proteger, enquanto alguns fogem para o interior das lojas. O medo brilha nos olhos deles, que são tão límpidos e brilhantes quanto os cristais nas janelas. Meu estômago se revira quando Ivan paira às minhas costas.

— Fique parada — murmura ele.

Sem problemas.

Porém, Odessa ergue o queixo mais uma vez — imperturbável de maneira surpreendente — e faz um aceno breve para os *Éternels*.

— *Bonsoir, mes amis*. Parece que vocês se perderam.

Um *Éternel* alto e aterrorizante, de cabelo ruivo e olhos verdes, inclina a cabeça enquanto nos examina. Ele encara o meu rosto com um olhar que parece frio e antigo, e, atrás dele, seus companheiros permanecem imóveis e em silêncio.

— Quem é ela? — questiona ele em voz baixa.

— Isso não é da sua conta, Christo — responde Odessa.

— Eu acho que é. — Ele aponta um dedo longo e acusatório para trás de nós, o lábio se curvando um pouco. — Os gatos a seguem.

Em sincronia, Odessa, Ivan e eu nos viramos para seguir o olhar do *Éternel* e qualquer desconforto que senti com o musgo encharcado de sangue se multiplica por dez... porque o *Éternel* disse a verdade. Meia dúzia de gatos me segue como uma sombra. Não. Balanço a cabeça com firmeza diante do pensamento ridículo. Eles seguem a *nós* como sombras. *Nós*. Com exceção do animal de estimação de Lou, Melisandre, os gatos nunca me deram muita atenção e tenho poucos motivos para acreditar que isso mudaria de uma hora para outra. Uma explicação muito mais plausível seria Ivan estar escondendo anchovas no bolso.

Odessa me lança um rápido olhar avaliador, rápido demais para ser decifrado, antes de voltar sua atenção para Christo.

— Sua imaginação está correndo solta como sempre, queridinho. Os gatos chegaram muito antes dela.

— Ele trouxe a garota para curar a ilha?

— Tudo o que você precisa saber é que ela pertence a Michal — retruca Odessa. — Qualquer criatura que a tocar estará sujeita à ira dele e à de toda a família real.

Ela pontua a afirmação com um sorriso assustador, suas presas reluzindo afiadas e brancas à luz do lampião. Por instinto, prendo a respiração ao vê-las, tentando chamar o mínimo de atenção possível para mim mesma.

Christo, no entanto, dá um passo à frente, decidido.

— E, mesmo assim, *ma duchesse*, Michal ainda não está aqui. Como pode o pastor proteger seu rebanho quando ele se recusa a andar entre suas ovelhas? — Uma pausa. — Talvez ele seja apenas incapaz de protegê-las.

Antes que eu possa piscar, o outro guarda avança. Pelo pescoço, ele imobiliza o *Éternel* junto à parede do beco. Embora seus companheiros sibilem baixinho na rua, ninguém se move para ajudá-lo; nem mesmo quando o guarda abre a boca do *Éternel* à força. Voltando os olhos azul-claros para Odessa, o guarda espera uma ordem enquanto a criatura se debate e sufoca.

— Ah, Christo… — Como se estivesse desapontada, Odessa caminha em direção a eles, mas o brilho afiado nos olhos dela demonstra a descontração. — Sempre *tão* clichê… E pior: agora preciso ser clichê também. Será que Pasha e eu devemos entregar a sua mensagem pessoalmente a Michal?

Christo rosna, tentando sem sucesso morder os dedos de Pasha.

Os olhos de Odessa brilham de satisfação e ela continua:

— Um "sim" contundente.

Em seguida, com um movimento ágil, ela enfia a mão entre os dentes inquietos de Christo e… e…

Arregalo os olhos, sem acreditar.

… E arranca a língua dele.

O movimento é tão eficiente, tão rápido, que o sangue que respinga da boca de Christo parece brilhante demais — chocante demais, *vermelho* demais — para ser real. Balanço a cabeça, incrédula, e esbarro em Ivan outra vez. Há poucos instantes, Odessa e eu estávamos falando sobre *gatos*, e agora… agora ela segura o órgão murcho e repugnante de uma criatura viva.

— Da próxima vez — ela entrega a língua para Pasha, que solta Christo enojado —, vou fazer você engolir a própria língua, queridinho. Considere a entrega uma gentileza e nunca mais ameace a minha família. — Para mim, ela diz com gentileza: — Vamos, Célie.

Desta vez, ela não finge indiferença enquanto caminha pela rua sem olhar para trás.

E eu… eu estou parada no lugar.

De repente, uma canção de ninar boba não parece uma arma adequada contra essas criaturas. O que Evangeline poderia saber sobre tamanha *violência*? Com a velocidade, a força e, para ser sincera, a beleza dos Eternos, como alguém poderia alimentar a esperança de vencê-los? Como eu poderia? Por instinto, olho depressa por cima do ombro, onde os companheiros de Christo o abandonam para apodrecer na rua.

Da próxima vez, vou fazer você engolir a própria língua.

— Ela... Ela arrancou a língua dele — sussurro, abalada.

Pasha enfia a língua no bolso.

— Ele vai perder mais do que isso. Agora *vamos*.

Sem muita opção, sigo Odessa em direção ao centro da ilha, onde um castelo se eleva acima das outras construções. Nuvens espessas de tempestade obscurecem seus pináculos. No entanto, quando um relâmpago cruza o céu, o raio ilumina duas torres perversamente pontiagudas através da escuridão e eu respiro fundo. O trovão ressoa.

— Bem-vinda ao meu lar — declara Odessa, e olha para a fortaleza escura com mais carinho do que eu já havia visto em seu rosto. — Pode ser seu também, se você for esperta. Hóspedes tendem a aproveitar mais a estada do que prisioneiros.

Sinto um aperto no peito com a insinuação. A própria Odessa admitiu que poucas pessoas fora da população da ilha conhecem a localização. Ela admitiu que Michal escolhe quem vive com essa informação... e quem morre com ela.

— E quanto tempo seus hóspedes passam aqui?

— O tempo que desejarmos.

E aí está: sua verdadeira intenção, reverberando em silêncio entre nós. Tão agourenta quanto o trovão. *Quanto mais precisarmos de você, mais você viverá.* Quase torço as mãos em frustração. Porque eles não precisam de *mim* nem um pouco; eles precisam de Coco e, quanto antes ela chegar, logo ela morrerá. Logo *nós* morreremos. Sou apenas a isca, o peixe pequeno, a *minhoca*, destinada a peixes maiores e melhores. À medida que subimos os degraus do castelo, e enquanto Odessa enfim relaxa, enquanto ela caminha pelo saguão e sobe a grande escadaria, enquanto Pasha e Ivan nos deixam sem dizer uma palavra, tomo uma decisão, tão ardilosa e afiada quanto o gancho nas minhas costas.

Coco não pode pisar aqui de maneira alguma.

CAPÍTULO TREZE

Passeio

Meu quarto fica na ala leste do castelo.

Embora alguém tenha acendido um candelabro no corredor deserto, as sombras se aglomeram tão densas quanto as teias de aranha nas tapeçarias. Uma porta isolada surge adiante. De ambos os lados, ela é adornada por estátuas de anjos esculpidas em mármore preto, só que...

Diminuo o ritmo atrás de Odessa.

Com asas largas e membranosas como as de um morcego, as figuras não são anjos.

Levanto a mão até o rosto de uma delas, sentindo o contorno áspero da bochecha e a angústia palpável em seus olhos. O escultor a capturou no meio da transformação, dividida entre homem e demônio, e os veios dourados e as incrustações brancas do mármore pouco fazem para suavizá-la. Sua expressão torturada parece personificar o próprio castelo.

Enquanto Réquiem é linda, estranha e *viva*, o castelo é austero, sombrio, sem nenhum dos toques excêntricos da cidade. Aqui não há sapos com chifres ou corvos de três olhos, não há beijos roubados entre bruxas e marinheiros, nem reencontros carinhosos entre pais e filhos. Não há gatos bizarros ou música inquietante, nem mesmo gritos de terror.

Há apenas sombras e silêncio. Uma corrente de ar gélida cruzando corredores vazios.

O castelo reflete a casca vazia do seu senhor.

Qualquer criatura que a tocar estará sujeita à ira dele e à de toda a família real.

Reprimo um calafrio, tirando a mão do rosto da estátua. O castelo reflete a casca vazia do seu *rei*.

— Chegamos — anuncia Odessa abrindo a porta, que range as dobradiças. Porém, como não faço nenhum movimento para entrar e espio hesitante o quarto escuro, iluminado apenas por uma arandela de parede, ela suspira e fala para o teto: — Se eu não estiver enclausurada no meu quarto, maravilhosamente sozinha, nos próximos três minutos, vou ter muito prazer em matar alguém. Se tivermos sorte, não será você.

Ela dá um passo para trás.

Eu ainda não me mexo.

— Alguém vai voltar ao entardecer — continua ela impaciente, apoiando a mão fria nas minhas costas e me empurrando para dentro.

— Mas...

— Ah, *relaxe*, queridinha. Como nossa estimada hóspede, você não precisa ter medo de ninguém dentro desta casa. — Ela hesita na soleira da porta antes de acrescentar relutante: — Dito isto, este castelo é antigo e tem muitas lembranças ruins. Seria melhor não perambular por aí.

Eu me viro para encará-la, consternada. Antes que eu possa argumentar, porém, Odessa fecha a porta, e o discreto clique da fechadura ecoa no silêncio profundo do quarto. Retiro a arandela da parede, erguendo o objeto para enxergar melhor minha nova cela. Como no navio, o cômodo se estende diante de mim sem fim. Absolutamente grande demais. Vazio demais. *Escuro* demais. A porta fica no ponto mais alto do quarto; escadas largas feitas do mesmo mármore preto conduzem logo para baixo, desaparecendo na escuridão.

Respiro fundo.

Se vou ficar aqui por tempo indeterminado, não posso ter medo do meu próprio quarto.

Certo.

Porém, assim que dou um passo à frente, o ar parece mudar, ficar mais apurado, parece *acordar*, e, de repente, sinto que o quarto não está mais vazio. Os pelos da minha nuca se arrepiam com a percepção. Estendo minha vela, procurando a nova presença, mas as sombras engolem a luz dourada. Minha mão livre segura o corrimão, deixando a marca da palma na poeira.

— Olá? — pergunto baixinho. — Tem alguém aí?

O silêncio se aprofunda.

Olho para o mármore aos meus pés. Assim como o corrimão, uma poeira espessa cobre a superfície, intacta a não ser pelas minhas próprias digitais. É evidente que ninguém entra neste lugar há muitos, *muitos* anos, e eu de fato estou perdendo a cabeça. *Respire*, digo a mim mesma com firmeza. *Você não está em um caixão. Você não está nos túneis.*

Ainda assim, enquanto me forço a colocar um pé na frente do outro — para baixo, para baixo, para baixo e para as sombras —, não consigo evitar os tremores. Nunca senti uma atmosfera dessa em um cômodo, é como se as paredes estivessem me observando. É como se o chão *respirasse*. Meus dedos formigam ao redor da arandela, e solto uma risada trêmula.

Ela soa semidesesperada.

Porém, eu me recuso a sucumbir agora. Não depois de sobreviver a um sequestro e quase me afogar, não depois de descobrir uma ilha clandestina governada por criaturas que querem me matar. Infelizmente, meu corpo parece discordar: meu peito fica apertado de um jeito tão doloroso que mal consigo respirar, mas fecho os olhos e respiro mesmo assim.

Um pouco de poeira não faz mal a ninguém, e este cômodo também não vai me fazer mal. Só preciso me apresentar, talvez convencê-lo a gostar de mim, a revelar seus segredos.

— Meu nome é Célie Tremblay — sussurro, tensa demais, *exausta* demais para me sentir ridícula por falar para um quarto vazio. Meus olhos ardem. Minha cabeça dói. Não consigo me lembrar da última vez que dormi ou comi, e meu joelho ainda lateja por ter acertado Michal. — Na maioria das vezes não gosto do escuro, mas estou disposta a abrir uma exceção para você. — Meus olhos se abrem trêmulos e respiro fundo, examinando as formas ao meu redor. — Então, se eu conseguisse encontrar uma ou duas velas, fazer amizade, seria muito mais fácil.

Biombos combinando surgem em ambos os lados da escada, escondendo um pequeno espaço para trocar de roupa à minha esquerda e um outro de banho à minha direita. Passo minha mão pela seda fina feito papel de um dos biombos. Ela se estende por painéis de madeira, preta como o resto do quarto, com uma estampa de violetas azul-escuras e gansos dourados. *Bonita.*

— Nossos gentis anfitriões me informaram que ficarei aqui por tempo indeterminado. — Com um dedo trêmulo, contorno um ganso que voa com seu par, ou talvez com sua mãe ou irmã. Pippa e eu costumávamos ficar na janela do nosso quarto observando bandos deles voando para o sul todo inverno. A lembrança provoca uma pontada inesperada de saudade por todo o meu corpo. — Estive no fundo do mar ano passado, mas nunca me senti tão longe de casa — murmuro para o quarto. Então, de maneira mais tranquila, continuo: — Acha que os pássaros se sentem solitários em algum momento?

O quarto não responde, é lógico.

Tentando parar de falar com o quarto, retomo minha busca por velas.

Uma nuvem de poeira me envolve quando puxo os lençóis de uma cama luxuosa, o que me faz tossir e quase apagar minha vela. Levanto-a mais alto, iluminando uma parede cheia de estantes envoltas em teias de aranha, duas poltronas macias perto da lareira e uma escada em espiral no canto. No alto tem um mezanino.

Eu arregalo os olhos.

Janelas.

Três delas, enormes e bem fechadas. Se eu conseguir abri-las, não precisarei de velas; lá fora, com certeza já amanheceu. É fato que os trovões continuam a ressoar, mas sol significa *claridade*, mesmo cercado por nuvens pesadas. Movendo-me depressa, atravesso o quarto e testo a escada em espiral uma, duas vezes, antes de apoiar todo o meu peso nela. Apesar do rangido do metal, ele não cede, e subo apressada os degraus estreitos até chegar ao mezanino, um pouco zonza.

— Obrigada — digo para o quarto.

Em seguida, passo a mão pelas venezianas em busca de um trinco.

Toco apenas em madeira desgastada. Franzindo a testa, tento outra vez — tateando dentro da divisão parede, ao longo da borda inferior, erguendo minha vela para procurar acima da cabeça —, mas não vejo nenhum brilho de metal. Nenhum gancho. Nenhum fecho. Nenhuma ripa. Verifico a janela à direita e depois à esquerda, mas as venezianas das três permanecem firmes. Impenetráveis.

Fico ainda mais irritada enquanto encosto a arandela na parede, perto de meus pés.

Desta vez, usando as duas mãos, forço a junção da janela do meio. Ela se recusa a ceder. Atrás de mim, o ar parece se agitar em expectativa. Ele se aproxima, quase palpável, até que posso *senti-lo* no pescoço, até que uma mecha do meu cabelo de fato se *move*. A dor que sinto na cabeça continua aumentando. Eu ataco as venezianas, arranhando-as até que uma lasca de madeira entra por baixo da minha unha e me faz sangrar.

— Ai! — Afastando minha mão, tropeço para o lado e meu pé derruba a arandela. Arregalo os olhos em pânico. — *Não...*

Embora eu tente agarrar a vela, ela desliza do suporte, rolando pelo mezanino e caindo pela borda até o chão lá embaixo. A chama se apaga de repente.

O quarto mergulha na escuridão total.

— Oh, céus.

Fico paralisada, ainda praticamente agachada, enquanto o pânico familiar sobe pela minha garganta. *Isso não pode estar acontecendo. Meu Deus, meu Deus, meu Deus...*

Eu me levanto antes que o meu corpo inteiro trave, correndo para o corrimão e seguindo-o até a escada em espiral. *Você não está em um caixão. Você não está nos túneis.* Repito as palavras como uma tábua de salvação, mas o *cheiro*... ele me envolve com fúria, como se o próprio quarto se lembrasse do odor fétido do cadáver dela. O odor fétido da *morte*. Esbarro na poltrona, na cama, e quase quebro o dedo do pé no primeiro degrau da escadaria principal. Rastejando de joelhos, arranco o último grampo do cabelo e disparo para a porta. Eu me esqueço dos dentes afiados, dos olhos escuros e das mãos frias. Eu me esqueço do aviso de Odessa, de tudo e qualquer coisa, a não ser *fugir*.

Eu não estou em um caixão.

Preciso sair deste lugar.

Eu não estou nos túneis.

Não posso ficar aqui.

— Por favor, por favor. — Meus dedos tremem com intensidade enquanto enfio o grampo na fechadura. Com *muita* intensidade. Não consigo sentir os mecanismos da tranca, não consigo pensar em nada além do brilho fraco que atravessa o buraco da chave. — Só me deixe sair — imploro ao quarto, ainda cutucando, cutucando, *cutucando* até o meu grampo dobrar... até ele *quebrar*.

Um soluço escapa da minha garganta, e o brilho da luz fica mais forte. Acompanhado pelo acorde mais suave de um violino.

Demora vários segundos para eu ficar consciente dos meus sentidos.

Luz.

Fico mais confusa ao vê-la, ao *ouvi-la*, mas o alívio vem depressa, atingindo-me em uma onda aterradora.

Caio de joelhos e pressiono meu rosto contra o buraco da fechadura. A luz não é de velas; não é quente e dourada, mas fria e prateada, feito o brilho das estrelas, ou... ou feito o brilho de uma faca. Eu não me importo. Eu a sorvo avidamente, forçando-me a respirar enquanto o volume da música estranha aumenta.

Eu não estou em um caixão. Eu não estou nos túneis.

Uma respiração.

Duas.

A tensão nos meus ombros diminui um pouco. A pressão no meu peito se abranda. Devo estar sonhando. É a única explicação. Meu subconsciente, reconhecendo o pesadelo familiar, finalmente ficou lúcido, criando esta música estranha e esta luz mais estranha ainda para me confortar. Ambas parecem vir do final do corredor vazio, virando a esquina. Contudo, ao contrário do meu quarto, não tem janelas nessas paredes compridas e douradas. As velas do candelabro se apagaram. Eu me acomodo junto à porta de qualquer jeito, apoiando minha bochecha na madeira.

Ficarei assim, ajoelhada neste chão duro, até que Odessa volte para me buscar. Se for preciso, vou criar raízes nesta porta por tempo indeterminado.

A luz prateada pulsa mais forte à medida que a música fica mais alta, mais furiosa, e vozes profundas se juntam a ela. Risadas femininas. Tento ignorar aquilo. Tento contar cada respiração e cada batida do meu coração, tentando acordar. *Isso não é real.*

Então, quando a música atinge o auge em uma crescente bizarra, *vultos* aparecem.

Fico boquiaberta.

Em forma humanoide, eles valsam pelo corredor em pares com seus corpos translúcidos e luminosos. Dezenas. A luz prateada emana da pele das figuras, da renda luxuosa do vestido de uma, das algemas grossas nos pulsos de outro, que também arrasta correntes às costas enquanto ergue uma mulher em farrapos acima da cabeça. Dois homens vestidos com túnicas tocam violinos enquanto, atrás deles, uma donzela com cachos perfeitos gira em uma pirueta perfeita.

Nenhum deles me nota enquanto passeiam pelo corredor vazio, aos risos, *celebrando*, antes que o primeiro da caravana rodopie através da parede e desapareça. Observo horrorizada o restante passar, duvidando da lucidez do meu subconsciente. Duvidando que eu esteja sonhando. Eu nunca conjurei espíritos — *espíritos* reais — nos meus sonhos.

A música desaparece com os violinistas, mas o último dos espíritos, que é uma mulher extremamente bonita com nuvens de cabelos translúcidos, continua a girar, rindo com alegria conforme a cauda de seu vestido varre o chão, deixando rastros suaves na poeira no caminho. No entanto, assim que sua mão desliza através da parede oposta, seu olhar se fixa na minha porta. No buraco da fechadura.

Em *mim*.

Seu sorriso desaparece quando eu recuo, *para longe dela*, mas é tarde demais. Abaixando-se, ela preenche o buraco da fechadura com um dos olhos. Minha visão escurece quando o olho dela encontra os meus.

— *Te voilà* — sussurra a mulher, curiosa, inclinando a cabeça.

Suas palavras são as últimas que eu ouço antes de desmaiar.

Aí está você.

<hr>

Ainda estou encolhida em posição fetal quando acordo e um homem estranho agachado paira sobre mim. Assustada, me afasto, mas algo em seu sorriso — no *brilho* de seus olhos escuros, no tom de sua pele marrom-claro — parece familiar.

— Boa noite, brilho das estrelas — cantarola ele. — Espero que tenha dormido bem.

Quando ele estende a mão grande para me ajudar a levantar, encaro o homem, confusa.

— Quem… Quem é você?

— Uma pergunta melhor seria — ele inclina a cabeça, os olhos felinos ainda observando o meu rosto — quem é *você*.

Suspiro, viro o corpo e olho para o teto, resignada. Pelo menos, eu *acho* que olho para o teto. Continua escuro demais para discernir qualquer coisa, exceto a silhueta do homem. No corredor atrás dele, alguém acendeu os candelabros de novo e uma luz dourada se espalha pelo cabelo escuro e ombros largos dele, lançando seu rosto na sombra.

Os trovões terríveis ainda ressoam do lado fora.

Eu nunca mais vou ver o sol.

A frustração me atinge, aguda e repentina com a constatação, com a injustiça de toda esta situação. A desesperança. Pelo menos, a mentira surge na ponta da língua com mais facilidade desta vez.

— Meu nome é Cosette Monvoisin, mas presumo que já saiba disso.

Ele bufa com escárnio.

— Sem brincadeiras, mademoiselle. Nós dois seremos grandes amigos. Com certeza você pode revelar seu nome de verdade.

— Cosette Monvoisin *é* meu nome de verdade. — Como ele não diz nada, apenas ergue as sobrancelhas em uma expressão levemente divertida, continuo: — E então? Eu disse a você meu nome. A etiqueta exige que agora você me diga o seu.

Em resposta, ele ri e envolve meu pulso com dedos frios, levantando-me no ar como se eu não pesasse nada, como se eu não *fosse* nada... não de carne e osso, mas de éter. *Te voilà.* Fico rígida com o pensamento intrusivo, com as palavras sinistras da mulher etérea, e os acontecimentos desta manhã retornam em uma onda nauseante. *Espíritos.*

Eles não eram reais, digo a mim mesma depressa.

Uma covinha perfeita faz um vinco no queixo do homem quando ele me levanta.

— Ora, ora... e Odessa disse que você era um *doce*.

— Você conhece Odessa?

— É óbvio que conheço Odessa. Todo mundo conhece Odessa, mas, infelizmente, eu a conheço melhor que a maioria. — Diante do meu olhar inexpressivo, ele aponta para seu próprio corpo esbelto, inclinando a cabeça em uma reverência majestosa. Por baixo dos cabelos e dos cílios espessos, ele pisca para mim. — Ela é minha irmã gêmea, mademoiselle Monvoisin. Eu sou Dimitri Petrov. *Você*, porém, deve me chamar de Dima. Posso lhe chamar de Cosette?

Gêmeos.

— Não pode.

— Ah. — Ele pressiona o peito, fingindo estar ofendido. — Magoou, mademoiselle.

Quando ele se endireita com um suspiro dramático, ouço Odessa em sua entonação; eu vejo a mulher na postura dele. Embora ele use veludo grená em vez de cetim ameixa, embora os olhos dele brilhem com grande interesse enquanto os dela, em geral, se desviam para outro lugar, o trejeito régio de ambos é o mesmo. Afinal, eles *são* primos do rei, o que os torna... duque e duquesa? Será que *Les Éternels* obedecem à mesma hierarquia social que os humanos?

132

Eu me controlo para interromper as indagações.

— Se você insiste na mentira e na formalidade — continua ele, enlaçando o braço no meu —, é lógico que irei atendê-la. No entanto, devo avisá-la: adoro um desafio. De agora em diante, pretendo incomodá-la até estarmos nos chamando pelo primeiro nome. *Coco* será o único nome na minha mente.

Eu lanço a ele um olhar relutante. Tal qual a irmã — e da mesma maneira que Ivan e Pasha, e até mesmo como Michal —, ele é quase lindo *demais*, o que torna tudo ainda pior.

— Eu o conheço há apenas dez segundos, monsieur, mas já desconfio que o *seu* nome seja o único em sua mente.

— Ah, eu gosto de você. Gosto muito.

— Onde está Odessa? Ela disse que voltaria para me buscar ao anoitecer.

— Humm. Receio que tenha ocorrido uma pequena mudança de planos. — Seu sorriso some enquanto ele me conduz pelo corredor, onde os rastros suaves na poeira desapareceram. *Que estranho.* — Michal… é… *solicitou* sua presença no escritório dele, e Odessa, aquela preguiçosa, ainda não acordou do sono da beleza. Eu me ofereci para vir buscar você no lugar dela.

— Por quê? — pergunto, desconfiada.

— Porque eu queria conhecer você, oras. O castelo inteiro está em frenesi com a sua chegada. Ouvi dizer o nome *Cosette* pelo menos doze vezes a caminho do seu quarto. — Ele me olha por cima do ombro com um brilho dissimulado nos olhos. — Parece que os criados receberam o cobiçado privilégio de usá-lo.

Como se fosse para pontuar suas palavras, uma mulher vestida com simplicidade sai do que parece ser uma sala de estar, carregando um fardo de tecido nos braços. Os olhos dela se estreitam ao me ver e um dos panos cai no chão. Na mesma hora, me curvo para pegá-lo, mas ela se move mais rápido — sobrenaturalmente rápido — e arranca o pano da minha mão estendida.

— *Excusez-moi* — murmura ela, revelando as pontas das presas enquanto fala. Para Dimitri, ela inclina a cabeça e diz, com uma voz estranhamente expressiva: — Eu voltarei, *mon seigneur.*

Em seguida, a mulher dispara pelo corredor e desaparece da vista.

Nervosa, observo o caminho que ela fez. Aquele pano estava encharcado de sangue fresco, a cor escarlate ainda manchava o chão onde ele caiu. Porém, quando me inclino para espiar a sala de estar, ansiosa para encontrar a fonte daquilo, Dimitri está lá, bloqueando a porta com um sorriso aberto demais.

— Não tem nada para ver aqui, queridinha.

Baixo o olhar para a mancha no chão.

— Mas alguém está sangrando.

— Está?

— Isso não é sangue?

— Alguém virá limpar. — Ele faz um gesto apressado com a mão, recusando-se a me olhar nos olhos. — Vamos andando? Infelizmente, Michal tem péssimas maneiras e não gosta de ficar esperando.

Sem me dar tempo para responder, ele mais uma vez enlaça o braço com firmeza no meu e me arrasta consigo.

— Mas... — tento sem sucesso me soltar de seu aperto inflexível — por que ela olhou para mim daquele jeito? E o sangue... de onde veio? — Balanço a cabeça, sentindo-me enjoada, ando de má vontade enquanto ele me puxa para descer a escada e nós atravessamos o castelo. — Era muito sangue. Alguém deve estar ferido...

— Aí está a doçura indescritível. Odessa não mentiu sobre você, afinal. — Embora seja óbvia a tentativa de acalmar a tensão persistente, o braço de Dimitri permanece rígido sob minha mão. Seus olhos estão tensos. Um rubor peculiar subiu pelo seu pescoço, e ele ainda não olha para mim. Mal o conheço, mas, se o conhecesse, poderia dizer que ele parece *envergonhado*. — Outro desafio pessoal — prossegue ele com pesar quando não respondo —: convencer mademoiselle Monvoisin a ser gentil *comigo*. Você me faria um favor, queridinha?

Olho para ele, perplexa.

— Depende.

— Você se importaria de não contar isso a ninguém? Não quero que minha irmã se preocupe... não há nada de errado, é evidente... e Michal e eu, bem... — Ele encolhe os ombros um tanto desesperançoso. — Digamos que não precisamos de mais mal-entendidos, considerando as péssimas maneiras dele e tudo o mais. Não vai contar ao Michal, vai?

— Contar *o quê*?

Dimitri me analisa com atenção por vários segundos, a incerteza nítida em seu olhar.

134

— Nada — diz ele, por fim, e aquela cor estranha em suas bochechas se intensifica ainda mais. — Por favor, me perdoe. Eu nunca deveria ter... Não importa. — Ele cerra a mandíbula enquanto o silêncio se instaura entre nós, e paramos do lado de fora de duas enormes portas de ébano. — Chegamos — declara ele em voz baixa.

Por fim, consigo libertar meu braço do de Dimitri. Ele não resiste desta vez. Em vez disso, abaixa a cabeça, desculpando-se, recuando como se também estivesse interessado em colocar uma distância entre nós. Sinto um pouco de náusea. Não entendo isso, *nada* disso, e não sei se algum dia entenderei. Este lugar, estas pessoas... são todos doentes.

Tem alguma coisa errada, Célie.

Não são só as árvores e as rosas. A própria terra parece... doente de alguma maneira. Minha magia parece doente.

Dimitri se retrai com a minha expressão e se curva.

— Eu a deixei desconfortável. Sinto muito. Isso... bem, imaginei que tudo seria muito diferente e sinto muito.

Minha cabeça começa a doer, mas ainda assim preciso perguntar:

— Por que o castelo está em frenesi com a minha chegada? Por que os criados estão falando sobre mim?

Dimitri não responde e se afasta ao ouvir minha pergunta. No último segundo, porém, ele hesita, e algo semelhante a arrependimento surge em seu rosto.

— Sinto muito — repete ele. — Criaturas doces nunca duram muito em Réquiem.

Em seguida, ele dá as costas e vai embora.

No entanto, fico com um pouco de tempo para refletir sobre seu aviso, por mais ameaçador que seja, porque, no segundo seguinte, as portas de ébano se abrem e Michal aparece. Por vários segundos, ele não diz nada. Em seguida, arqueia uma sobrancelha.

— Não é falta de educação ficar parada na porta? De qualquer modo... — Ele estende a mão pálida, os olhos escuros fixados nos meus o tempo todo. — Venha comigo.

CAPÍTULO QUATORZE

Um jogo de perguntas

Para minha surpresa, o escritório de Michal é pequeno. Íntimo. Painéis de seda verde-esmeralda revestem as paredes, ao passo que uma escrivaninha laqueada escura domina o centro do cômodo. Nela, todos os tipos de objetos curiosos tiquetaqueiam e giram: um relógio de pêndulo dourado no formato de uma linda mulher, um ovo flutuante prateado e perolado, e uma hera com folhas verde-escuras. Abaixo da última folha está uma pilha de livros encadernados em couro. Parecem antigos.

Caros.

Na verdade, tudo nesse quarto parece caro, e eu...

Olho para baixo e vejo meu vestido branco como a neve, mas a renda delicada foi manchada de maneira irreversível, encharcada, *arruinada*, e agora lembra a parte de dentro de um sapato puído. Nem marrom, nem cinza. Muito menos confortável. Ela irrita minha pele enquanto me movo sob o olhar frio de Michal.

— Por favor. — Ele se senta atrás da escrivaninha e apoia os cotovelos na laca, os dedos entrelaçados enquanto me examina. Quando olho para ele, Michal inclina a cabeça em direção ao assento macio à sua frente. As chamas rugem na lareira ao lado, inundando o cômodo com luz e um calor delicioso. Porém, como no meu quarto, persianas bloqueiam as janelas arqueadas atrás dele. Elas nos lacram como relíquias em uma cripta. — Sente-se.

Do meu lugar perto da porta, não me movo um centímetro.

— Não, obrigada, monsieur.

— Não foi um pedido, mademoiselle. Você vai se sentar.

Ainda me recuso a sair do lugar.

Porque, no meio da escrivaninha, entre os livros, a hera e o relógio, está um cálice incrustado de joias cheio de mais sangue. Tento não olhar para o objeto, afinal, se eu pensar no *motivo* para haver sangue naquele cálice, talvez eu grite. É possível que eu grite e grite até não poder mais, ou talvez até Michal arrancar minhas cordas vocais e me enforcar com elas.

Com um sorriso frio, ele inclina a cabeça como se compartilhasse a mesma fantasia sombria.

— Você sempre dá tanto trabalho assim?

— De jeito nenhum. — Levanto o queixo e cruzo as mãos atrás das costas para esconder o tremor. — Simplesmente prefiro ficar de pé. É tão difícil de acreditar?

— Infelizmente, Célie Tremblay, não acredito em uma palavra que sai da sua boca.

Célie Tremblay.

Ainda que eu fique pálida ao ouvir meu nome verdadeiro, ele parece não notar. Com uma das mãos, arrasta devagar uma pilha de pergaminhos até o centro da escrivaninha.

— Que nome lindo esse… *Célie Tremblay.* — Ainda sorrindo, Michal repete meu nome como se saboreasse o gosto dele na língua. — Nasceu em 12 de outubro no reino de Belterra, cidade de Cesarine. Para ser mais específico, na casa número 13 do Boulevard Brindelle, na Costa Oeste. Filha de Pierre e Satine Tremblay e irmã da falecida Filippa Tremblay, que morreu nas mãos de Morgane le Blanc.

Eu arfo profundamente ao ouvir a menção da minha irmã.

— Como você…?

— Mas seus pais não criaram você, não é? — Ele não se incomoda em olhar para a pilha de pergaminhos. Ao que tudo indica, memorizou todas as informações. Memorizou a *mim*. — Não, essa responsabilidade caiu no colo da sua babá, Evangeline Martin, que morreu na Batalha de Cesarine no início deste ano.

Meu estômago se revira como se eu tivesse pisado em falso.

Evangeline Martin. Morreu.

As palavras soam estranhas e desconhecidas, como se fossem ditas em um idioma diferente.

— O que você… — *Ah, meu Deus.* Olho para ele, horrorizada, antes de pôr a mão na minha testa. *Não.* Balanço a cabeça. — Não, deve… deve haver algum engano. Evangeline não…

Minha voz se esvai, fraca e insegura. Nunca li o último registro de óbitos após a Batalha de Cesarine. Na verdade Jean Luc o *escondeu* de mim, mas eu deveria ter me esforçado mais para encontrá-lo, para homenagear os falecidos. Evangeline poderia ter sido um deles.

Michal arqueia uma sobrancelha com ironia.

— Meus pêsames — declara, mas não há nada de empático no seu tom... apenas frieza.

Seria este homem, este *monstro*, capaz de *sentir* compaixão? Respirando fundo, eu duvido que seja.

Eu só preciso... me recompor. Preciso me controlar. Todo este espetáculo — minha história pessoal, a revelação surpreendente, o cálice de *sangue* de Michal — estão ali para me abalar, para me intimidar. Relaxo as mãos na lateral do corpo, eu o encaro com um olhar sombrio antes de marchar para a frente e me acomodar na cadeira que me ofereceu. Não serei intimidada. Ele pode ter todas as cartas, mas, quando exigiu que eu retornasse para um segundo interrogatório, colocou as cartas na mesa: ele precisa de algo de mim. Algo importante.

Cruzo minhas mãos no colo. Eu consigo ser paciente.

— Podemos continuar? — pergunta ele, sem esperar por uma resposta. Seus olhos permanecem fixos nos meus enquanto ele lista os pontos memoráveis da minha vida com uma indiferença cortante: como me apaixonei por Reid, como ele me trocou por Lou, como unimos forças para derrotar a invencível Morgane le Blanc. — Deve ter sido muito difícil — comenta ele, pegando a taça — cooperar com o homem que partiu seu coração.

Quando não digo nada, quase mordendo a língua, ele ri baixinho.

— Mesmo assim, acho que você se vingou de todas as partes quando matou a sogra dele. — Ele gira o cálice, balançando o líquido languidamente, antes de tomar um gole. — E quando aceitou o pedido de casamento do melhor amigo dele.

Meu queixo cai de indignação.

— Não foi bem assim...

— Seu capitão a surpreendeu com um pedido de casamento após a sua iniciação na Torre Chasseur, não foi? — Com um brilho cruel nos olhos, ele inclina a taça em um brinde. — A primeira mulher a passar por aquelas portas *e* uma futura esposa. Você deve estar muito orgulhosa.

Mais uma vez, ele faz uma pausa, como se esperasse uma interferência minha, mas arreganho os dentes em um sorriso furioso, segurando a civilidade por um fio. *Ele quer abalar você. Ele quer intimidar você.*

— Já terminou? — pergunto com firmeza.

— Depende. Esqueci alguma coisa?

— Nada relevante.

— E, ainda assim — ele se inclina para a frente, apoiado nos cotovelos, a voz ficando mais sombria —, de algum modo, parece que esqueci.

Nós nos encaramos por um longo e tenso momento enquanto o pêndulo do relógio entre nós vai de um lado para o outro.

Gosto ainda menos do silêncio que do escuro. Como se quisesse prolongá-lo, Michal se levanta e arregaça as mangas da camisa descontraído, olhando para o ponto em que meu vestido forma uma cascata no chão. Paro de bater o pé no mesmo instante. Com a sombra de um sorriso, ele dá a volta em sua escrivaninha para apoiar o corpo no móvel, cruza os braços e paira sobre mim. A nova posição me coloca em desvantagem no mesmo instante, e ele sabe disso. Seus sapatos lustrosos, tão sombrios quanto a sua *alma*, ficam a poucos centímetros dos meus.

— O que você é? — indaga ele de maneira direta.

Fico boquiaberta, incrédula.

— Sou humana, monsieur, como já sabe pela invasão *bastante* inapropriada do meu espaço pessoal. — Resistindo a todos os instintos de fugir correndo, eu me aproximo para irritá-lo e ergo o nariz fazendo a imitação mais caricata de Filippa. — O que *você* é, Vossa Majestade? Além de ser grosseiro de um modo imperdoável?

Ele descruza os braços e se inclina para a frente, imitando meu movimento. Ao ver o sorriso polido dele, me arrependo no mesmo instante da minha bravata. Estamos praticamente nos *tocando*. Pior ainda: ele não finge mais apatia; em vez disso, Michal me estuda com uma fascinação descarada. Como antes, seu interesse parece de alguma maneira mais letal, como se eu me equilibrasse na ponta de uma adaga. Ele indaga com a voz suave:

— Você é temperamental, Célie Tremblay?

— Não vou responder mais nenhuma das suas perguntas. Não até que responda algumas das minhas.

— Não está em condições de negociar, filhote.

— É óbvio que estou — digo com teimosia —, ou você já teria me matado.

Quando ele se afasta da escrivaninha, fico tensa de apreensão, mas Michal não me toca. Em vez disso, vai até a porta, abre-a e murmura algo que não consigo ouvir. No entanto, recuso-me a dar a ele o prazer de olhar em sua direção. Proíbo meus olhos de o seguirem pelo cômodo.

— Seu plano é ridículo — solto para quebrar o silêncio, sem aguentar mais um segundo sequer. — Posso sugerir que, em vez de se concentrar em mim, foque sua atenção no coitado do Christo? Ele perdeu a língua.

— Acho que ele perdeu mais do que isso.

Michal passa o dedo pelo meu pescoço e eu me sobressalto bruscamente por não perceber que ele tinha atravessado a sala mais uma vez. Ainda não me viro, mas me afasto dele; minha pele formiga onde ele me tocou e minhas pernas se fecham bem com meus punhos.

— Posso ouvir seus batimentos — sussurra ele. — Sabia? Eles aceleram quando você está assustada.

Eu me levanto de supetão, dou a volta na escrivaninha, com as bochechas ruborizadas, e sento em sua cadeira.

— *Quero* saber por que escolheu a Coco. — Seus olhos escuros brilham com uma divertimento cruel. — Quero saber por que não a matou... quer dizer... *me* matou em Cesarine junto com suas outras vítimas. Não direi *nada* até que me responda. Considere este o meu trunfo.

Seu sorriso se alarga.

— Seu... trunfo — murmura ele.

A palavra soa mais sombria quando sai da boca dele, traiçoeira.

— Sim. — Eu me remexo na sua cadeira, grata pela escrivaninha laqueada entre nós. Meu reflexo brilha pequeno e inseguro em sua superfície. Completamente deslocado. — Presumo que entenda o conceito.

— Ah, eu entendo o conceito. *Você* entende?

— Temos um acordo ou não?

Com um sorriso de gelar os ossos, ele senta na cadeira macia que acabei de desocupar. Isso o deixa vários centímetros abaixo de mim. Ainda assim, ele se esparrama — grande demais para a estrutura pequena, *à vontade* demais — e inclina a cabeça, ponderando.

— Ótimo. Vamos brincar desse seu joguinho idiota. Eu farei uma pergunta, a qual você responderá com *sinceridade*, e em troca irei responder

140

a sua. — Ele levanta a mão para bater no peito, como um aviso, e baixa a voz. Seu sorriso desaparece. — Mas nunca mais minta para mim, filhote. Eu saberei se você fizer isso.

Sem perceber, concordo com a cabeça. Os olhos de Michal acompanham o movimento e, outra vez, eu me lembro de suas palavras ameaçadoras no navio: *Devo dizer* exatamente *o que pretendo fazer com você?* No entanto, a pergunta se desvanece em comparação com a próxima:

— Como você invocou os espíritos?

— Eu... O quê? — Fico confusa diante da indagação inesperada, minhas palmas ficam úmidas quando os olhos dele se estreitam. — Que espíritos?

— Resposta errada.

— Não seja ridículo. Eu nem *acredito* em espíritos. As Escrituras deixam evidente que a alma vai direto para o além quando o corpo morre...

— Não estou interessado na relação da Igreja com a vida eterna. Estou interessado na *sua*. — Ele se inclina para a frente, apoiando os cotovelos nos joelhos. Seus dedos se entrelaçam. — Senti uma mudança no castelo hoje de manhãzinha, uma carga peculiar de energia nos corredores. Quando me levantei para investigar, encontrei uma garrafa vazia de absinto — ele aponta para o aparador, onde há uma garrafa vazia — e meus pertences pessoais espalhados pelo cômodo. Alguém desenhou um bigode muito feio no meu tio favorito.

Os olhos dele se movem para a minha esquerda, onde um enorme retrato de um cavalheiro de aparência severa nos encara da cornija. Alguém de fato pintou sobre o lábio do homem um bigode fino com as pontas enroladas.

Em qualquer outra situação, eu poderia ter dado risada.

— *Se* existissem espíritos, eles com certeza não poderiam beber absinto ou segurar um pincel. Lamento muito pelo seu tio, monsieur, mas como não fui eu quem invadiu o seu escritório...

— Ninguém entra no meu escritório sem eu saber, Célie Tremblay. Tem certeza de que não sentiu nada... incomum?

Por mais que eu tente desacelerar meus batimentos cardíacos, não consigo. Ainda sou uma péssima mentirosa. Em vez disso, levanto meu queixo.

— Mesmo que eu *tenha visto* os espíritos que você está falando, com certeza não os *invoquei*.

O corpo dele fica imóvel.

— Você os viu?

— Eu... Eu não sei o que vi. — Enxugo as mãos na saia do vestido, abandonando todo o fingimento. — Eles... *Alguma coisa* desfilou pelo meu quarto esta manhã em uma espécie de dança macabra... uma valsa, eu acho. — Embora os olhos escuros de Michal estejam fixos nos meus, atentos de modo peculiar, quase irritados, ele ainda não se move. Não fala. Enxugo as mãos mais uma vez, e a renda arranha minhas palmas. — Está dizendo que ninguém os viu?

Até eu consigo ouvir meus batimentos neste momento. Eles martelam no meu peito, no meu pescoço, nos meus dedos, enquanto Michal balança a cabeça devagar.

— Ah... — Meu estômago embrulha de maneira horrenda. — Então como você... Espere, essa não é outra pergunta — acrescento depressa.

Ele inclina a cabeça, e o silêncio no cômodo se aprofunda, as palavras que ele disse ecoando entre nós a cada tique-taque do relógio.

Tique...
O que
Taque...
você
Tique...
é?

Ajeito a gola do meu vestido, e me sentindo quente de repente, procuro algo mais para quebrar o silêncio.

— Ce-Certo. É lógico que ninguém viu. De todo modo, é provável que eu os tenha imaginado. Esta ilha faz coisas estranhas com a minha cabeça. — Quando os olhos de Michal se estreitam ainda mais, fico imediatamente na defensiva. — É *verdade*. No mercado, o chão pareceu *chorar* sangue, e os gatos... — Paro de repente, sem vontade de contar o restante.

Afinal, Michal não precisa saber dos detalhes. Apesar do que Christo disse, os gatos *não* me seguiram a lugar algum e com certeza eu não invoquei um *espírito* para destruir este escritório.

— Ouvi dizer que a ilha está doente — digo em vez disso, olhando-o de cima. — Talvez aquilo que aflige Réquiem também seja responsável por desfigurar o retrato do seu tio. Uma amiga minha — não me atrevo a mencionar o nome de Lou — falou de uma doença misteriosa que se espalha por

Belterra. Por que não se espalharia por aqui também? É *de fato* a explicação mais provável. E, como tudo parece ter começado depois que você assassinou aquelas pobres criaturas, sugiro procurar um espelho se quiser botar a culpa em alguém. É óbvio que não tem nada a ver comigo.

Michal junta os dedos das duas mãos, esperando pacientemente que eu termine. O que já fiz. Eu acho.

— *E então?*

— De alguma maneira — murmura ele —, duvido que essa grande doença que você inventou fosse desenhar um bigode no tio Vladimir.

— E um *espírito* faria isso?

A boca dele se contorce como se estivesse resgatando uma lembrança desagradável.

— Consigo pensar em um. Agora...

— Espere. — Antes que eu consiga me controlar, ergo a mão para silenciá-lo. — Tenho mais uma pergunta.

— Acho que não — diz ele em tom suave.

— Mas existem *regras* neste jogo. — Endireito os ombros em desafio, empurrando os espíritos para um pequeno cômodo no fundo da minha mente. Vou visitá-los depois. Ou talvez nunca mais. — O senhor mesmo as estipulou, monsieur. Fez três perguntas e eu fiz duas, o que significa...

Ele cerra os dentes com um *estalo* audível.

— Você está testando minha paciência, filhote.

— Um trapaceiro é o mesmo que um mentiroso. — Entretanto, uma batida forte soa na porta nos interrompendo, e um sorriso verdadeiramente maligno faz os lábios de Michal curvarem. Eu recuo por instinto. Qualquer coisa que provoque uma mudança tão brusca em seu humor não pode ser boa. — Quem é? — pergunto a ele, cautelosa.

Ele inclina a cabeça.

— O café da manhã.

A porta se abre e uma linda jovem entra no escritório.

Pequena e robusta, ela joga o cabelo ruivo por cima do ombro quando me vê, caminhando até onde Michal está sentado. Espantada, observo seus movimentos ágeis, as marcas de garras em um lado do seu rosto. *Loup-garou.* Quando ela se esparrama no colo de Michal, seus olhos brilham amarelos, confirmando minha suspeita.

143

Eu desvio o olhar depressa.

— Boa noite, Arielle — ronrona ele. Ao ouvir o timbre baixo de sua voz, não consigo me segurar, então levanto os olhos e o encontro olhando diretamente para mim. Ele afasta o cabelo volumoso do pescoço dela. Mais duas cicatrizes salpicam a pele naquele ponto. — Obrigado por ter vindo em tão pouco tempo.

Ela inclina a cabeça, animada, passando um braço em volta do pescoço dele e agarrando-se ao seu corpo.

— É sempre uma honra, Michal — diz ela.

Constrangida com a intimidade entre ambos, tento desviar o olhar. Porém, quando ele coloca a mão atrás do joelho dela, quando ela se vira em seu colo para *montar* nele, o calor desliza por mim até minhas bochechas pegarem fogo e minha pele arder. Eu não deveria estar ali. Eu não deveria estar... *assistindo*, seja lá o que aquilo fosse, mas meus olhos se recusam a piscar. Com outro sorriso frio, ele desliza o nariz pela curva do ombro dela, beijando-o com delicadeza.

— Pode continuar — diz ele para mim. — Como disse, ainda tem uma pergunta.

— Eu só... Eu volto mais tarde...

— Faça sua pergunta. — Os olhos de Michal escurecem enquanto ele está próximo do pescoço de Arielle. — Não terá outra chance.

— Mas isso é *indecente*...

— Ou faz sua pergunta — ele aponta a cabeça em direção à porta —, ou vai embora. A escolha é sua.

Seu tom é enfático. Definitivo. Se eu fugir de sua presença agora, ele não me impedirá e eu irei apodrecer na escuridão até que Coco chegue em Réquiem e ele mate nós duas. Embora ele ofereça uma escolha, não é uma escolha coisa nenhuma.

Eu me forço a assentir com a cabeça.

Satisfeito, Michal segue em sua apreciação do pescoço de Arielle, e ela estremece em seus braços.

— O que... — Pigarreio e tento outra vez, tentando organizar meus pensamentos embaralhados, me lembrar dos meus questionamentos *categóricos*, enquanto ele segura a cabeça dela com uma das mãos. — O que você...

No segundo seguinte, ele crava os dentes na jugular de Arielle.

Todos os meus pensamentos desaparecem quando as costas dela se arqueiam junto ao peito de Michal e ela fecha os olhos com um gemido agudo de prazer. Eu me levanto ao escutar o som, derrubando a cadeira com meu ímpeto, e fico boquiaberta para ela, para *ele*, para a maneira como os quadris de Arielle se contorcem contra Michal a cada movimento da boca dele. Uma gota de sangue escorre pela clavícula de Arielle, e a compreensão penetra meu peito como o golpe de uma faca. Meu pior medo foi confirmado.

Michal está bebendo o sangue dela.

Ele está... ele está *bebendo*.

Eu me afasto da escrivaninha aos tropeços, caindo na cadeira, e me levanto com os pés trêmulos enquanto Michal solta o pescoço de Arielle, inclinando a cabeça para trás e deleitando-se com o gosto dela, com a *depravação*. Ele limpa o sangue dos lábios. Eu encosto contra as venezianas. Embora a madeira arranhe as minhas costas, eu não sinto; a *única* coisa que sinto é a intensidade do olhar de Michal quando ele me encara de novo. Quando ele se levanta e ergue Arielle nos braços.

— O-O que...? — balbucio, mas minha respiração está entrecortada, profunda, dolorosa demais para eu conseguir falar.

— A palavra que você está procurando — ele coloca o corpo mole de Arielle na cadeira, onde ela suspira com ar sonhador e fecha os olhos — é vampiro, embora sejamos chamados por muitos nomes. *Éternel*. Nosferatu. Strigoi e moroi. Os mortos-vivos.

Os mortos-vivos.

Éternel.

Vampiro.

Eu me encolho a cada nome como se fosse um golpe físico. Nenhum livro na Torre Chasseur jamais fez menção a *isso*. As marcas de perfuração nos soldados, em Babette e nas outras vítimas... seus corpos drenados de sangue... Fecho os olhos, bloqueando a visão dos lábios escarlates de Michal. Do sangue que ainda escorre pelo peito de Arielle, manchando sua camisa, a cadeira.

Loup-garou.

Humano.

Melusina.

Dame Blanche.

145

Ele não apenas matou suas vítimas. Ele as *consumiu*, e aquelas garrafas de sangue na feira... ele também as consome. Balanço a cabeça, incapaz de recuperar o fôlego. Sinto meus pulmões ameaçarem parar de funcionar. Evangeline não poderia ter entendido a depravação da própria história, ou jamais teria convidado tais criaturas para o nosso quarto, para nossa inocente infância. Já ouvi falar de Dames Rouges bebendo sangue de vez em quando, é óbvio — para certas poções ou feitiços —, mas nunca desse jeito. Jamais como *alimento*.

Exalando um ar de satisfação sombria, Michal volta à escrivaninha, endireita a cadeira e se senta. A respiração de Arielle se aprofunda enquanto dorme.

— Acredito que seja a minha vez — diz ele por cima do ombro. — Você é capaz de invocar os espíritos de novo?

— E-E-Eu eu não invoquei...

Mais rápido do que consigo acompanhar, ele se levanta outra vez, disparando até parar bem na minha frente. Embora Michal não me toque, o efeito permanece o mesmo: estou presa aqui, encurralada, como um *lutin* em uma gaiola.

— Está mentindo de novo — afirma ele.

— N-Não estou *mentindo*. — Uso o que resta da minha coragem e me movo para empurrá-lo, mas seria mais fácil mover uma montanha, o *oceano*, do que o vampiro diante de mim. Ele não está mais sem cheiro. Não. Agora ele exala um odor acobreado e metálico, como sal, como o sangue de Arielle. A bile sobe pela minha garganta e eu empurro Michal com mais força. — Eu não invoquei *nada*! Mas se invoquei, não faria de novo. Não por *você*.

E é verdade.

Através do zumbido nos meus ouvidos, uma percepção começa a surgir. Começa a ficar nítida.

Enfim entendo *por que* ainda estou viva: como isca para a Coco, sim, mas também para os espíritos. Depois desta manhã, ele acha que, de alguma maneira, eu os conjurei e quer, de qualquer modo, repetir o espetáculo por algum motivo horrendo.

Todo mundo tem uma virilha em algum lugar, Célie.

Passando rente a ele, mergulho atrás da escrivaninha com uma determinação ofegante.

146

— Por que você está atrás da Coco? O que *quer* com ela?

Ele se vira para mim devagar e, apesar de sua fachada impassível, algo cruel e perverso permanece na superfície severa de seu rosto. Algo que promete retribuição com a mesma naturalidade com que se comenta sobre o tempo.

— As bruxas de sangue tiraram algo de mim, Célie Tremblay, algo precioso, e pretendo dar o troco na mesma moeda. — Uma pausa. — A *princesse* delas vai servir bem.

Eu o encaro cada vez mais incrédula. Michal mataria uma mulher inocente porque uma bruxa de sangue roubou uma de suas *bugigangas*? Porém, logo após esse pensamento surge outro, também assustador. *Ele mataria muito mais do que uma.* Balanço a cabeça e, horrorizada, digo baixinho:

— Você é um ladrão *e* um hipócrita imundo. Onde está o meu crucifixo?

— Que interessante... Poderiam até achar que você fosse perguntar sobre seu anel de noivado. — Respiro fundo, mas ele apenas acena com a mão em direção à porta. — Saia da minha frente. Nosso jogo terminou. — Depois, completa: — Permaneça em seu quarto até eu chamá-la. Não tente sair deste castelo.

Dividida entre soltar um soluço ou um rosnado, fecho as mãos em punhos.

— Por que me manter aqui, afinal? Por que não resolver tudo em Cesarine? A menos que...

A língua ensanguentada de Christo surge na minha mente.

Como pode o pastor proteger seu rebanho quando ele se recusa a andar entre suas ovelhas?

Talvez ele seja apenas incapaz de protegê-las.

— A menos que você não possa sair — completo enfim percebendo — porque teme as consequências, se o fizer.

— Eu não preciso sair. Cosette Monvoisin virá até mim. — Ele pega um pedaço de pergaminho da escrivaninha, revelando uma carta escrita em tinta verde-esmeralda. As palavras *Baile de Máscaras* se espalham pela parte superior em uma caligrafia ornamentada. — Na verdade, enviei um convite a *todos* os seus amiguinhos, convidando-os a Réquiem para um baile na Véspera de Todos os Santos. Até lá, terei descoberto todos os seus segredos, Célie Tremblay, e você não terá mais utilidade para mim.

❧ 147 ❧

Véspera de Todos os Santos.

Conto depressa os dias e meu coração se contrai quando percebo: falta *pouco mais de quinze dias*. Tenho apenas *dezenove dias* para desfazer tudo isso, para salvar meus amigos e a mim mesma de uma morte brutal e sangrenta. Ele não diz nada enquanto eu me esforço para me recompor, com aqueles olhos escuros frios e indiferentes mais uma vez. E, pela primeira vez desde que pisei em Réquiem, começo a entender a doença do lugar.

O ódio é como veneno, como o pavio chamuscado de uma vela um segundo antes de acender... e ele sempre acende.

— Vou dar um jeito de impedir você — prometo a ele, minha mente em um turbilhão. Tenho dezenove dias para aprender como matar os mortos-vivos, matá-los *de verdade* desta vez. — Você não irá colocar as mãos nos meus amigos.

CAPÍTULO QUINZE

Os gêmeos Petrov

As estantes do meu quarto alcançam o teto, abarrotadas de livros antigos e quinquilharias quebradas. E poeira. Camadas e *camadas* de poeira. Levanto o candelabro do corredor enquanto examino cada volume e tento não espirrar. Por mais que a fome assole meu estômago, tento ignorá-la da melhor forma possível. Pelo jeito, a alimentação é um luxo em Réquiem — a menos que a pessoa beba *sangue* —, e eu preferiria morrer de fome a pedir qualquer coisa a Michal. Limpo a sujeira das lombadas de uma prateleira mais baixa e me agacho para ler os títulos: *O ressurrecionista*; *Necromancia prática: um guia para a arte das trevas*; e *Como comungar com os mortos*.

Recolho minha mão abruptamente.

Necromancia.

Estremecendo, limpo a palma da mão no corpete e sigo pela estante, pegando outro livro aleatório: *Le Voile Écarlate*. Com um suspiro impaciente, enfio o exemplar de volta embaixo do busto de um deus furioso e há muito esquecido. Este quarto abriga *milhares* de livros, mas eu só preciso de um — apenas *um* livro com instruções detalhadas sobre como matar um vampiro. Não é pedir muito.

Como encontrar uma agulha no palheiro.

Meu estômago ronca de novo, mas outro estrondo de trovão ressoa mais alto, sacudindo um jogo de chá lascado no alto. Puxo outro livro da estante. Talvez este seja o verdadeiro plano de Michal: me matar de forma lenta e dolorosa ao longo das próximas duas semanas. Quando penso em Arielle e seu pescoço mordido, em seus *gemidos* ofegantes, não necessariamente me oponho à ideia. A fome é infinitas vezes preferível *àquilo*.

Duas horas depois, porém, estou pronta para rasgar pessoalmente o pescoço de Michal.

Enfio o *Dicionário ilustrado de cogumelos e outros fungos* de volta na prateleira, quase delirando de fome. Meus olhos ardem e lacrimejam, e as

149

velas já derreteram até virarem tocos. Elas lançam uma luz fraca e bruxuleante no texto minúsculo do livro seguinte, que retrata o ciclo de vida de quatro etapas do… mofo.

Solto um xingamento baixinho.

— Mademoiselle? — A voz de Dimitri chega até mim vindo da escada, e eu me assusto, erguendo o candelabro. Ele segura uma bandeja dourada de café da manhã, cheia com o que parece ser *comida*. Eu me esforço para ficar de pé. Inclinando a cabeça com um sorriso travesso, ele pergunta: — Você está… falando com alguém?

— Com ela mesma, eu acho. — Odessa dá a volta nele e passa o dedo na poeira espessa do corrimão. Depois, franze o nariz. — Isso é nojento.

— Sim, é mesmo. — Encontro o irmão dela no meio da escada. — Estava assim ontem quando você me jogou aqui para *apodrecer*.

Até para os meus ouvidos eu pareço petulante, mas meu estômago está ameaçando digerir a si próprio. Quando pego a bandeja de Dimitri, empurrando o candelabro em sua direção, ele leva a mão à boca para esconder o sorriso, olhando de soslaio para a irmã.

— Odessa, isso foi bastante perverso — diz ele.

Dá para notar que ele está tentando compensar algum *mal-entendido* de antes, mas, depois de ver seu primo se deliciar com o pescoço de Arielle, não tenho dúvidas de quem produziu aqueles trapos encharcados de sangue no corredor.

Como se pudesse ler minha mente, ele inclina a cabeça com um sorriso alegre demais.

— Por favor, acredite, mademoiselle, que *eu* nunca teria feito tal coisa. Olhe só, preparei um delicioso café da manhã humano para você.

Ao mesmo tempo, todos nós olhamos para a bandeja: mel e repolho, cinco ovos cozidos e um pote de manteiga.

— Uma delícia — repete Odessa, sem expressão, antes de revirar os olhos e limpar o dedo empoeirado no casaco dele.

Embora Dimitri faça cara feia, eu deixo os gêmeos brigando na escada enquanto enfio um ovo na boca e me acomodo em uma poltrona macia.

Depois de engolir o primeiro ovo inteiro, me forço a mastigar o segundo, antes de fulminar Odessa com o olhar.

— Você ficou de voltar ao anoitecer.

— Eu disse que *alguém* voltaria ao anoitecer, queridinha, não que seria eu.

A cauda do vestido dela passa por cima dos sapatos de Dimitri enquanto ela desce para o quarto. Odessa está usando seda carmesim. O corpete justo e a saia rodada brilham levemente à luz da vela, assim como a tinta preta nos lábios e as joias de ônix no pescoço. Esta é a primeira vez que a vejo com o irmão, e juntos — lado a lado — os dois literalmente me fazem perder o fôlego.

Desvio o olhar e faço uma anotação mental: *Vampiros são lindos*, ao lado de *Vampiros se alimentam de pessoas* e *Você é uma pessoa, Célie.*

— Faz *quatro* horas que anoiteceu — retruco.

— Sim, bem, meu caro irmão insiste que passemos a noite juntos, então… para não estragarmos uma excursão bastante agradável até o monsieur Marc… podemos deixar o passado para trás?

Eu franzo a testa e olho de um para outro, diminuindo a velocidade com que como o terceiro ovo.

— Monsieur Marc?

Vindo atrás da irmã, Dimitri diz:

— Sim, ele…

Mas Odessa fala por cima dele:

— … é modista, lógico. *O* modista. — Ela se abaixa para examinar a pilha de livros ao meu lado, inclinando a cabeça com curiosidade antes de olhar para minhas unhas. — Você possui uma paixão secreta pela horticultura? Eu mesma estive envolvida com a flora por… Quanto tempo foi? — Ela se vira para o irmão sem esperar pela minha resposta. — Vinte e sete anos?

— Sim — concorda ele de modo conciso. — Você perdeu o interesse depois que comprei uma estufa para você.

Ela levanta um ombro, elegante, já ficando na ponta dos pés para inspecionar o conjunto de chá.

— Por que preciso visitar um modista? — pergunto a eles, desconfiada.

Dimitri dá outro sorriso maldoso.

— Nós queríamos…

Contudo, mais uma vez Odessa o interrompe, acenando com a mão na minha direção com desgosto.

— Sem dúvida, não precisamos responder a uma pergunta tão ridícula. Olha o estado do seu *vestido*. Com certeza ele está fedendo, o que me lembra — ela gesticula para Dimitri, que estreita os olhos — que você deveria chamar uma criada para preparar um banho. Não poderemos apresentá-la ao monsieur Marc enquanto ela estiver cheirando a pano de chão sujo.

Eu tento, mas é impossível não bufar.

Ele contorna a mão dela com uma paciência forçada.

— Sinto dizer que esse fedor é o seu perfume, querida irmã. Posso falar? — Quando ela lança a Dimitri um olhar fulminante, ele sorri e continua: — Há rumores de que esta noite é o seu aniversário de dezenove anos, mademoiselle, e minha irmã e eu gostaríamos de presenteá-la com um guarda-roupa novo... às custas do ouro de Michal, é lógico. — Ele pega um pedaço de repolho da bandeja, erguendo-o sob a luz da vela para examinar as nervuras. — Ele com certeza deve *algo* a você pelo estado deste quarto. Qual é o gosto do repolho? — pergunta ele de repente.

Repolho. Uma coisa tão mundana de se contemplar — e bem longe do que pensei que comeria no meu aniversário. Se não fosse pelo meu sequestro, meus amigos poderiam ter preparado um bolo de chocolate para celebrar a ocasião. Poderiam ter decorado a Pâtisserie de Pan com guirlandas cor-de-rosa e bolhas de sabão que duram muito tempo, e minhas velas poderiam ter brilhado e estourado com pó de fada de verdade. Eles fizeram o mesmo no aniversário de Beau em agosto, só que com bolo de rum e fogos de artifício.

É óbvio que, se não fosse pelo meu sequestro, meus amigos ainda estariam guardando segredos.

— O tempero é apimentado — responde Odessa. A contragosto, ela folheia um exemplar chamado *Um livro dos jardins do Velho Mundo.* — Com certeza você se lembra do repolho, Dima. Afinal, já *fomos* humanos.

A declaração me arranca do meu devaneio e olho para ela, incrédula.

— Vocês foram... humanos?

— Há mil anos, mais ou menos. — Dimitri joga o repolho de volta na bandeja enquanto arregalo os olhos. *Mil* anos? Com certeza eu ouvi mal. Ele se surpreende com a minha reação e acrescenta: — Estamos um espetáculo para a nossa idade, não é?

— Para *qualquer* idade — rebate Odessa.

Dimitri a ignora.

— Embora eu me sinta lisonjeado com a sua atenção, mademoiselle, de fato, não posso aceitá-la em sã consciência. Não quando ainda se recusa a me dizer seu nome.

Odessa revira os olhos.

— Sem falar na sua paixão pela *fleuriste* local.

— Ah, Margot — diz ele sonhador, sentando-se ao meu lado. Dimitri deixa a cabeça cair sobre um braço da cadeira e balança as pernas sobre o outro. Com seu sorriso de cabeça para baixo voltado para mim, seus cachos escuros fazem cócegas no meu braço, e seu terno de veludo um pouco amarrotado ele irradia um charme infantil.

Exceto por aqueles trapos no corredor.

Deixo cair o ovo com repulsa e afasto minha bandeja ao ver seus incisivos afiados. Ainda assim, parece tolice continuar a mentir quando Michal já sabe a verdade.

— Se quer mesmo saber, meu nome é Célie Tremblay. Agradeço pelo café da manhã, mas preciso mesmo pedir que…

— Célie Tremblay. — Assim como seu primo fez antes, ele parece saborear as palavras, franzindo a boca em contemplação. — O epíteto mais adequado que já ouvi. Na sua língua, acredito que signifique *paraíso*.

É nesse momento que Odessa perde o interesse na conversa por completo.

— Em línguas mais antigas e precisas, significa *cego*. Agora, podemos ir, ou eu me levantei a esta hora para nada?

Dimitri ri.

— Por mais que eu relute em admitir, Des, você não precisa mais de um sono da beleza. — Para mim, ele pergunta: — O que acha, mademoiselle Tremblay? Gostaria de se juntar a nós para algumas comprinhas de aniversário? Pode ser divertido.

Divertido. Meu olhar se volta para as sombras do meu quarto, para a parede de estantes de livros, e quase choro. Não tenho tempo para *diversão*… se é que tal coisa existe neste lugar. Não. Preciso continuar minha busca e aprender como matar vampiros como Odessa e Dimitri. Preciso de algum modo alertar meus amigos a ficarem longe de Réquiem. Christo não pareceu muito satisfeito com a família real durante a nossa passagem pelo mercado. Talvez, em algum lugar desta ilha, uma bruxa também esteja descontente.

153

Talvez tão descontente que enviará um bilhete mágico para Cesarine ou irá me ajudar a matar seus soberanos.

Sem pensar, meus olhos voltam para o rosto de cabeça para baixo de Dimitri, para a expectativa presente. Ele parece quase *digno*, e uma pontada de curiosidade me cutuca contra minha vontade. *Vampiros se alimentam de pessoas*, sim, mas Odessa estuda horticultura. Dimitri tem *covinhas*.

Tento voltar a mim.

Essas criaturas são monstros e eu as odeio. *Odeio*. Elas mantêm uma *ilha* inteira como refém, fazendo banquetes com o sangue de seus habitantes, e planejam atrair minha amiga para a morte. Elas me sequestraram. Elas me agrediram. Servem a um homem que sem dúvida assassinou Babette, e... e de que outros motivos eu preciso para expulsá-los do meu quarto?

— Por que vocês estão sendo tão gentis? — Franzo a testa enquanto endireito a bandeja do café da manhã. — Ainda sou uma prisioneira aqui. Não deveriam se importar com meu aniversário. Também não deveriam se preocupar com meu guarda-roupa.

Odessa fala em direção às lombadas dos meus livros, passando uma unha afiada por elas:

— Os vampiros vivem para sempre, queridinha, e você é novidade. Meu caro irmão não consegue se conter.

— Diz a vampira conduzindo uma investigação aprofundada nas estantes dela. — Sentando-se, Dimitri entrelaça os dedos entre os joelhos e volta a atenção para mim. — Você continuará sendo uma prisioneira, quer fique emburrada sozinha neste quarto, quer se junte a nós no vilarejo. Eu sei qual cela eu iria preferir.

Ele sorri outra vez para amenizar a alfinetada, e o encaro, dividida pela indecisão.

Uma pequena parte de mim sabe que eu deveria mandá-los embora. Jean Luc teria feito isso em um piscar de olhos.

Ainda assim... a ideia de permanecer ali por duas semanas, tendo apenas tocos de velas, sombras e fileiras e mais fileiras de livros empoeirados como companhia, não é muito atraente, e minha mãe sempre dizia a Pippa que ela apanharia mais moscas com mel do que com vinagre. Embora Pip se ofendesse com a expressão, fazia todo o sentido para mim. Não preciso ficar sozinha nesta ilha. Não preciso apodrecer na escuridão nem perder um tempo precioso com cogumelos e mofo. Como vampiros, Odessa e

Dimitri têm mais conhecimento sobre a própria espécie do que qualquer livro deste castelo.

Existe apenas um problema: *Criaturas doces nunca duram muito em Réquiem.*

No entanto, talvez a doçura não precise ser uma maldição, como dizia minha mãe. Pigarreio, finjo um sorriso hesitante e pisco para Dimitri, decidida a apanhar pelo menos *esta* mosca usando mel.

— Tem razão. É lógico que tem razão, e eu *adoraria* ir com vocês...

— Mas... — diz ele.

— Michal ordenou que eu ficasse aqui — prossigo relutante. — Ele me proibiu de sair do quarto.

Dimitri bufa, fazendo pouco-caso.

— Nosso primo é um morcego velho.

— E *você*, irmão, é um grande mentiroso. — Lançando um olhar exasperado para o irmão, Odessa fecha o livro com um baque, e o som ecoa pelo quarto feito um ultimato. — *Michal concordou*, foi? Não sei por que ainda ouço você. — Ela balança a cabeça e caminha em direção à escada. — Isso foi uma grande perda de tempo.

— *Des.* — Dimitri fica de pé, a voz ao mesmo tempo indignada e suplicante. — Você deixaria mademoiselle Tremblay aqui na poeira e na escuridão? No aniversário dela?

— Faça um *bolo* para ela, então...

Uma pontada forte de arrependimento.

— Não pode estar falando sério...

— Sei que é difícil para você, Dima, mas *tente* usar a inteligência. Se Michal disse que ela não pode sair, ela não pode sair. — Odessa balança a mão rapidamente, seu humor ficando cada vez mais azedo a cada segundo. — Ainda vou providenciar um banho para ela, é óbvio. E talvez possamos providenciar uma visita de monsieur Marc amanhã...

Dimitri vai atrás dela sem a menor compostura, mas, antes que ele possa falar, eu me levanto, falando com uma voz sincera e suplicante.

— Mas eu sou *humana*, Odessa. Michal não pode esperar que eu viva nessas condições até a Véspera de Todos os Santos. Eu poderia pegar uma doença neste breu e nesta umidade, talvez até *morrer*. Isso é mesmo o que ele iria querer? Que eu morresse antes de servir ao propósito dele?

155

— E, tecnicamente — completa Dimitri, que alcança Odessa na base da escada, passa o braço em volta da cintura dela e a gira —, vamos permanecer *dentro* dos limites do castelo. Ela estará perfeitamente segura desde que não ultrapassemos as muralhas internas. Todo mundo sai ganhando. Não é verdade, mademoiselle Tremblay?

Assinto com veemência.

— Você mesma *disse* que estou cheirando a pano de chão sujo.

Odessa estreita os olhos para mim.

— Eu pensei que você fosse inteligente, mas parece que Michal está certo... você tem vontade de morrer e não vou ajudá-la com isso.

— Nossa, não seja tão dramática. — Dimitri envolve o rosto dela com as mãos, lançando a irmã um sorriso encantador. Os dentes dele são muito brancos. Muito afiados. — Michal nunca tem razão e, além disso, jamais saberá que saímos. Ele tem coisas melhores a fazer esta noite do que patrulhar a ala leste.

Com *isso*, uma centena de perguntas chegam à ponta da minha língua, mas eu engulo todas elas, não querendo abusar da sorte tão depressa. Odessa já parece disposta a empalar alguém. Ela olha feio de Dimitri para mim, suas bochechas ainda esmagadas entre as palmas largas dele.

— Esta é uma *péssima* ideia.

Dimitri a solta no mesmo instante, com um sorriso triunfante.

— As melhores sempre são.

— Quero que fique registrado que eu me opus a isso.

— Devidamente registrado, é lógico.

— Quando Michal descobrir, ele vai esfolar você e eu não vou me meter.

— Pode usar minha pele como chapéu, irmãzinha.

— Você é um cretino. — Ela o empurra e caminha em direção a uma das cortinas de seda. Atrás dela há uma banheira enorme. Ela puxa uma borla com franjas e um *gongo* profundo responde de algum lugar do alto. Olhando por cima do ombro, Odessa pergunta: — E então? Você vem, Célie, ou Michal vai seguir o rastro do seu fedor até monsieur Marc?

Eu corro em direção a ela no mesmo momento em que Dimitri faz um som de indignação.

— Por que *ela* pode te chamar de Célie?

Quarenta e cinco minutos depois, usando um vestido e uma capa do guarda-roupa de Odessa, caminho pelo castelo de braços dados com ela e Dimitri. Eles me levam por um pátio amplo, de onde temos uma visão panorâmica da encosta abaixo e do que parece ser um vilarejo escondido.

Fico de queixo caído, de fato admirada.

Muralhas de pedra esculpidas de modo primoroso erguem-se ao norte, leste e sul, protegendo as pequenas casas e estabelecimentos comerciais, ao passo que o próprio castelo forma o quarto e último paredão do vilarejo. Gárgulas se agacham no topo de cada pilar. Elas nos observam, com chamas crepitando em suas bocas abertas e hera subindo por seus corpos de pedra. Embora as folhas e as flores suavizem as feições hostis, não conseguem disfarçar as escamas, os dentes e os chifres das gárgulas. Desvio os olhos para o corvo de três olhos do mercado enquanto ele bica uma das orelhas das estátuas, perde a paciência e salta para o telhado de palha do *l'apothicaire*. Quando um trovão ressoa, ele bate as asas com um grasnido indignado.

Abaixo dele, dois gatos saem das sombras para me observar.

Não. Eu me corrijo mentalmente, com veemência. Para *nos* observar.

Odessa ajusta a sombrinha assim que começa a chover.

— Que maravilha — solta ela com frieza, conduzindo-me pela rua de pedras sem compartilhar o guarda-chuva. Dimitri abre o dele com um olhar de resignação para a irmã. — Não comece, Dimitri. Já estamos atrasados e monsieur Marc detesta atrasos. Significa uma falha de caráter. — Os olhos dela se estreitam de maneira incisiva para nós dois. — E ele é *excelente* em julgar o caráter das pessoas.

Dimitri revira os olhos.

— Você não vai derreter, Odessa.

— Como você sabe? — Ela olha para as nuvens de tempestade e relâmpagos lampejam. Um grande *estrondo* de trovão faz a terra tremer. — A exaustão por água é um problema real. Posso não derreter, mas meus folículos capilares com certeza se expandirão graças à umidade excessiva, gerando opacidade, fragilidade, quebra e...

— ... uma modéstia muito necessária — finaliza ele. Para mim, acrescenta com um sorriso: — Esta é a Cidade Velha. Somente os vampiros têm autorização para viver dentro destes muros sagrados... e apenas as linhagens mais reverenciadas e respeitadas. Estas ruas são quase tão antigas quanto o próprio Michal.

Mesmo aqui, parece que não consigo escapar dele... ou dos gatos. Apesar da chuva, eles nos seguem com pegadas silenciosas e olhos luminosos que não piscam.

Ainda assim, enquanto observo as ruas estreitas e sinuosas, o musgo entre as pedras do calçamento, os pináculos de ferro, um bebedouro de pássaros rachado, não consigo deixar de me animar. Só um pouco. O sabonete de tagete de Odessa lavou *anos* de sujeira da minha pele, e o café da manhã amenizou minha fome. Posso ignorar os gatos. Afinal, pensei que não viveria para ver o pôr do sol poucas horas atrás, mas cá estou, passeando por um povoado sobrenatural milenar com dois seres que o conhecem muito bem. Existe maneira melhor de descobrir as fraquezas dos outros do que caminhar entre eles?

Não parece que você está brincando de se fantasiar?

Frederic achava que meus olhos de corça significavam que eu era incapaz. Ele acreditava que eu jamais poderia ajudar nossa irmandade, que eu jamais poderia *fazer parte* dela, mas os Chasseurs nem sabem que vampiros *existem*. Talvez olhos de corça e vestidos sejam exatamente do que eles precisaram durante todos esses anos.

Estendo a mão com cautela em direção a uma borboleta-monarca adejando em meio à garoa. Não quero assustar a borboleta, ou Dimitri, com a pergunta errada. Não importa que as manchas brancas nas pontas das asas pareçam piscar para mim feito... feito *olhos*. Desvio o olhar depressa.

— E os outros habitantes... eles vieram para cá por vontade própria?

Dimitri captura a borboleta com facilidade e a coloca na palma da minha mão. Ela não pisca mais, *graças a Deus*, mas sua cor alaranjada ainda parece vívida demais em contraste com a renda escura da minha luva, com os tons de cinza suaves do céu e da rua.

— Todos que habitam Réquiem escolheram fazer da ilha um lar, mademoiselle Tremblay.

— Mas eles sabiam de todas as informações? Sabiam que teriam vampiros como vizinhos? Sabiam que vocês se *alimentariam* deles?

— Você faz perguntas de mais — retruca Odessa, lançando um olhar misterioso para Dimitri. — E você não deveria fazer as vontades dela. Michal já vai ficar furioso...

— Ninguém obrigou você a vir, querida irmã.

Ela bufa com escárnio.

— *Alguém* precisa proteger a sua cabeça, já que insiste em se meter onde não deve todas as vezes possíveis.

Dimitri dá risada, inclinando a cabeça para dois *Éternels*, que se curvam com disciplina para os gêmeos.

— E por que não deveríamos responder às perguntas dela? Não é *você* que sempre diz que *a curiosidade matou o gato, mas...*

— ... *ele ficou tão satisfeito que ressuscitou* — finaliza ela irritada. — Isso é diferente, e você sabe.

— Fala sério, Des. Para quem ela vai contar? — Para mim, ele acrescenta, baixando a voz: — Você só pode sair desta ilha de navio, e sentinelas vampiros lotam o cais... eles vão te matar antes que consiga embarcar.

Meu estômago se revira e solto a borboleta ao vento. Ela sobe em espiral em direção ao corvo, que a come no mesmo instante.

— Foi o que presumi — admito.

Ele se vira para Odessa com um sorriso satisfeito.

— Está vendo? Ela sabe que não deve fugir. E, para responder à sua pergunta... — Ele aperta meu braço de um jeito amigável. — Os ancestrais deles imigraram há séculos, mas Michal deu a cada família uma escolha antes de trazê-los para cá.

— Que tipo de *escolha* ele poderia ter dado a eles? E como poderiam ter recusado? Odessa disse que Michal guarda este lugar a sete chaves. Ele teria matado todo mundo que soubesse de sua existência.

Apesar de Odessa ficar um pouco tensa com o meu tom, ela finge observar o próprio reflexo na vitrine do *le chapellerie* quando passamos.

— Nunca ouviu falar em compulsão mental, queridinha? — indaga ela.

— Odessa! — censura Dimitri, as covinhas desaparecendo. Ele fica atrás de mim para caminhar entre nós duas. — Nem pense nisso.

Ela dá de ombros despreocupada, mas a posição de sua mandíbula e de seus ombros demonstra que ela não está nem um pouco à vontade. O reflexo do olhar dela encontra o meu na vitrine e os pelos dos meus braços se arrepiam. *Compulsão*. Mesmo em meus pensamentos, a palavra parece estranhamente proibida, estranhamente... sensual. Mas é apenas uma *palavra*. Balanço a cabeça, me sentindo ridícula, e respondo:

— É óbvio que nunca ouvi falar em compulsão mental. Eu nunca tinha escutado sobre *vampiros* antes.

❊ 159 ❊

Aqueles olhos felinos se voltam para os meus.

— Gostaria de saber o que é?

— Odessa, pare...

— Eu lhe avisei, Dima: irei proteger a sua cabeça, *e* a minha, mesmo que você se recuse a fazer o mesmo. Célie precisa entender o verdadeiro perigo de Réquiem. Se ela planeja continuar provocando Michal, deve entender exatamente o que está colocando em risco. — Ela se aproxima, oferecendo-me a mão. Oferecendo-me uma *escolha*. — Devo compelir você, Célie?

Olho de relance para Dimitri, cujo belo rosto está rígido feito pedra enquanto encara a irmã. Apesar disso, ele não diz nada. Ele não impedirá Odessa de me compelir, seja lá o *que* isso for, também não me impedirá de pedir a ela que o faça. Talvez eu devesse esquecer de tudo. Está nítido que Odessa ainda está irritada e, mesmo com a minha experiência limitada, um vampiro irritado não é um bom presságio. Já conheço o perigo da velocidade e da força deles. Conheço o perigo dos *dentes*. Pode ter mais o quê?

Pode ter mais o quê?

A pergunta pode me matar. Espero que a satisfação de fato me ressuscite, afinal Odessa está certa. Eu *quero* saber. Aceito a mão dela.

— Mostre-me.

Endireitando os ombros, ela inclina a cabeça com um sorriso afiado.

— Excelente.

Olhamos fixamente nos olhos uma da outra.

No início, nada acontece. Insegura, olho para Dimitri, mas Odessa segura meu queixo, sustentando meu olhar.

— Para mim, querida. Olhe somente para mim.

A sensação mais estranha surge na minha mente — como se uma mão espectral se estendesse para tocá-la, acariciá-la, seduzi-la para a tranquilidade. Não. Para a *submissão*. Parte de mim quer ceder a esse toque, enquanto outra quer recuar e fugir para longe o mais rápido possível. Antes que eu possa agir de acordo com uma ou outra, Odessa ronrona:

— Conte para mim como você planeja nos atacar antes da Véspera de Todos os Santos.

— *Des* — diz Dimitri com severidade.

Ela não rompe nosso contato visual.

160

— Pretendo avisar a Coco sobre a armadilha de Michal. — A resposta sai dos meus lábios por vontade própria, suave, segura e serena. A cada palavra, a tranquilidade se aprofunda, me envolvendo em um calor delicioso até que não consigo deixar de sorrir. *Este* é o perigo? Nunca me senti tão contente em toda a minha vida. — Planejo manipular Dimitri para revelar suas fraquezas, pretendo vingar a morte de Babette e dos outros matando vocês, se possível. Pretendo matar todos os *Éternels* desta ilha.

— Droga, Odessa! — Dimitri passa a mão pelo rosto, desfazendo a fachada de pedra. — Por que perguntou isso a ela?

— Não é óbvio? Eu queria ouvir a resposta.

— Mas *por quê*? Você sabe que ela não pode nos prejudicar de verdade...

— Lógico que sei, mas agora ela também sabe disso. — Para mim, ela diz: — Aí está: *compulsão*. Não posso dizer que esperava uma resposta diferente. No entanto, se eu fosse você... — ela se vira para retomar a caminhada pela rua, girando a sombrinha no ombro — não permitiria que Michal descobrisse os meus planos e deixaria meu irmão em paz.

No segundo em que os olhos dela deixam os meus, seu domínio sobre mim se encerra, o calor delicioso desaparece e meus pensamentos se chocam e rodopiam em confusão. Em horror. *Porque ela não... Eu não posso simplesmente ter contado a ela...*

Não.

Embora eu leve a mão à boca, não adianta muito. Não posso pegar as palavras de volta. Elas vivem entre nós agora, tão escorregadias e sombrias quanto a chuva nas pedras da calçada. Bato o queixo enquanto uma onda de frio toma conta de mim, enquanto meu coração despenca violentamente. Acabei de contar tudo a eles. Odessa já sabia que eu desejava mal aos vampiros, é evidente... e eu já sabia que eles eram dotados de algum tipo de hipnose, mas a *facilidade* com que ela extraiu meus pensamentos mais íntimos é... alarmante.

Pior ainda: ela queria que eu soubesse. Odessa queria que eu percebesse o quanto sou fraca quando comparada a eles.

Acho que vou vomitar.

— Eu... — Ainda que eu procure as palavras certas para preencher o silêncio, não encontro nenhuma, e um calor traiçoeiro surge nas minhas bochechas ao ver a expressão cautelosa de Dimitri. — Me desculpe — digo enfim. Mesmo para os meus próprios ouvidos, as palavras soam petulantes. — Eu nunca deveria ter tentado... bem...

Os olhos escuros dele brilham bem-humorados.

— Me seduzir?

— Eu não chamaria *assim*.

— Seus cílios ameaçaram levantar voo.

— Como eu disse — repito com os dentes cerrados —, me desculpe mesmo...

— Não se desculpe. Até que eu gostei. — O sorriso travesso dele logo desaparece ao notar algo em meu rosto. — Minha irmã e eu não lhe faremos mal, mademoiselle Tremblay — declara ele com um suspiro —, mas deveria esquecer os planos de vingança. Você não pode nos matar e só vai irritar Michal se tentar. Podemos seguir?

Quando Dimitri estende o braço feito um ramo de oliveira, eu o encaro com uma incredulidade distante. Acabei de admitir que planejei a morte dele e de toda a sua família e, ainda assim, ele quer que sejamos amigos.

Não consigo decidir se o gesto é reconfortante ou ofensivo.

CAPÍTULO DEZESSEIS

Boutique de vêtements de M. Marc

Embora letras douradas na vidraça indiquem que se trata da *Boutique de vêtements de M. Marc* — e um vestido azul-pavão de tirar o fôlego gire sem pressa na vitrine —, a loja de vestidos parece estar caindo aos pedaços. A hera cobre quase cada centímetro da fachada escura da loja, que foi remendada com pedras diferentes, e o telhado desabou em um dos lados. Uma bétula-branca torta curva-se sobre o buraco, bloqueando a chuva, mas, com isso, folhas acobreadas voam para dentro da loja.

Estico a mão para tocar a guirlanda de lindas flores azuis que enfeita a porta.

— Cuidado! — Com reflexos rápidos como um raio, Dimitri afasta meus dedos enquanto as pétalas começam a tremer. — As grinaldas-azuis começaram a morder.

Recolho a mão, sem acreditar.

— Por que elas morderiam? — pergunto.

— Porque a ilha ficou malcriada — responde alguém. A porta se abre, e um vampiro franzino e carrancudo, com cabelos brancos e ralos e pele fina como papel dá um passo para fora, cruzando os braços ao nos ver. Duas manchas de *rouge* cor-de-rosa colorem suas bochechas, e seus olhos anciãos estão delineados com kajal preto. — Estão atrasados — reclama ele. — Faz *dezesseis* minutos que estou esperando.

Por cima do ombro, Odessa ergue uma sobrancelha presunçosa para o irmão.

Dimitri faz uma reverência impecável.

— Mil desculpas, monsieur Marc. Não contávamos com a chuva.

— Ora! Deve-se sempre contar com a chuva em Réquiem. — Ele inclina o nariz em minha direção, farejando com desdém. — E quem é você? Devo implorar para que se apresente?

Dimitri me empurra para a frente.

163

— Permita-me apresentar a mademoiselle Célie Tremblay, que necessita de um guarda-roupa totalmente novo, condizente com o castelo, bem como um vestido especial para a Véspera de Todos os Santos. Ela é convidada de Michal — explica ele com um sorriso travesso —, então o custo não é um problema, é óbvio.

Com nova determinação, sigo o exemplo de Dimitri, fazendo uma reverência. *Este* é um território familiar. Afinal, já participei de centenas de provas de vestido na vida, fui espetada por todos os alfinetes e vestida com todos os tecidos imagináveis, a pedido de minha mãe.

Monsieur Marc me examina com os olhos semicerrados.

— Infelizmente, não permito atrasos dos meus clientes. Nem mesmo dos convidados de Michal. — Ele tira um relógio de bolso grande e pesado do colete, que é de seda preta com estrelas marfim, e bufa. — Dezessete minutos.

— Já mencionei que é aniversário dela? — insiste Dimitri. — Ela fará dezenove anos em apenas algumas horas e achamos adequado que ela passasse essa ocasião memorável com *o senhor*.

Ele pigarreia e lança um olhar dissimulado para mim; eu endireito a postura, sem saber exatamente o que Dimitri espera que eu faça. Começo com um sorriso exultante. Apenas um pouco forçado.

— Dizem que é um gênio com tecidos, monsieur — comento com gentileza, me dirigindo ao modista. — O melhor de toda a ilha.

Monsieur Marc acena com a mão, impaciente.

— É verdade — confirma ele.

— Seria uma grande honra vestir algo feito por suas mãos.

— Sem dúvidas seria.

— Certo. Sem problemas. — Dolorosamente ciente de seu silêncio, penso em algo mais para dizer, *qualquer coisa*, antes de avistar a guirlanda no alto e desembuchar: — O senhor as alimenta? As grinaldas-azuis. — Quando o silêncio apenas se aprofunda, eu me apresso em preenchê-lo, inquieta. — É que eu... eu nunca tinha ouvido falar de flores carnívoras. É óbvio que não temos esse tipo em Cesarine. Bem, talvez tenhamos e eu nunca tenha visto nenhuma. Meus pais nunca gostaram da flora mágica. Mas plantaram uma laranjeira em nosso quintal — acrescento, triste com as bochechas ficando rosadas.

Forço um sorriso mais animado para compensar o constrangimento. Não funciona.

Dimitri fecha os olhos, soltando o ar devagar, enquanto Odessa observa com uma fascinação intensa. Sua raiva parece ter evaporado, o que é um pequeno ato de misericórdia, pois precisarei usar os vestidos dela pelo resto da minha vida miserável.

O modista, pelo menos, fica com pena de mim.

— Ah, está *bem*. Entre logo e certifique-se de limpar os pés no capacho. Eu sou um *artista*. Não se pode querer que eu suje as mãos com lama, pano de chão e laranjeiras. O que está esperando, *papillon*? — Ele agarra meu pulso e me puxa para dentro quando hesito na soleira. — O tempo não para por nenhuma borboleta!

Abaixando a cabeça, entro depressa atrás dele.

A loja tem apenas um cômodo e dois aprendizes: uma vampira e um vampiro que parecem mais novos do que eu. Porém, as aparências enganam em Réquiem. É provável que os dois tenham centenas de anos de idade. Desvio o olhar deles quando uma folha tremula no topo da minha cabeça.

— Suba no banco, por favor. Depressa! — exclama monsieur Marc, tirando do caminho carrinhos de tecido: musselina cintilante, lã cor de índigo, veludo, seda, linho e até mesmo peles brancas felpudas. As pontas das fibras brilham de um jeito peculiar à luz das velas. — Tire a capa.

Espremidos entre uma mesa entulhada e uma prateleira cheia de penas, botões e barbatanas, Dimitri e Odessa se sentam para nos assistir. O primeiro me dirige um aceno tranquilizador e diz sem emitir som: *Muito bem*. Embora eu tente retribuir o sorriso, sinto que parece mais uma careta. Nem posso confirmar a suspeita, já que não há espelhos nesta loja de roupas.

Estranho.

Balançando o pulso, monsieur Marc desenrola uma fita métrica esfarrapada e cantarola:

— Estamos esperandoooooooo.

Eu me apresso em tirar a capa de Odessa, mas, quando monsieur Marc vislumbra o vestido por baixo da peça, quase desmaia, levando a mão ao peito.

— Ah, não, não, não, não, não. *Non*. Mademoiselle Célie, com certeza deve *saber* que uma cor tão quente não combina com seu tom de pele. *Tons froids, papillon*. Você é *inverno*, não verão. Esta, esta... — ele aponta

165

indignado para o meu vestido de renda âmbar — monstruosidade deve ser queimada. É *lamentável*. Como ousa entrar na minha loja com isto?

— Eu… — Lanço um olhar arregalado para Odessa por cima do ombro. — Peço desculpas, monsieur, mas…

— O senhor criou esta monstruosidade para mim não tem nem seis meses, monsieur Marc — comenta Odessa, parecendo muito entretida. — Chamou de *pièce de résistance*.

— E *foi*. — Monsieur Marc golpeia o ar com o dedo indicador, triunfante. E talvez um tanto desequilibrado. — Foi minha *pièce de résistance* para *você*, o sol amaldiçoando-a a viver na noite eterna, não para *ela*: a lua crescente, brilhante, a luz das estrelas nas asas da borboleta!

Eu o encaro por um instante, me sentindo estranhamente lisonjeada, enquanto um novo calor se espalha pelo meu rosto. Nunca fui chamada de *luz das estrelas nas asas da borboleta*. Isso me faz pensar nos *lutins*. Me faz pensar em Lágrimas Como Estrelas. Me faz pensar em…

— Seu cabelo é lindo — elogio de repente, e desta vez meu sorriso é hesitante, porém verdadeiro. Ele só pisca, surpreso. — Ele… me lembra a neve.

— Neve? — repete ele com delicadeza.

Meu rosto fica ainda mais vermelho com a ávida curiosidade em seu olhar.

Não sei por que falei isso. É muito pessoal, muito íntimo, e acabei de conhecê-lo. Além disso, ele é um vampiro… então por que fiz isso? Talvez por suas presas serem curtas e eu não conseguir vê-las. Talvez porque a loja dele seja aconchegante e aquecida. Talvez seja por ele me chamar de "borboleta".

Ou talvez seja porque sinto falta da minha irmã.

Dou de ombros de modo casual, tentando sem sucesso explicar a situação.

— Minha irmã adorava a neve. Usava branco sempre que podia: em vestidos, fitas, cachecóis, luvas… e todo inverno ela vestia uma capa branca e insistia em construir um palácio de gelo.

Então, eu hesito sentindo-me mais ridícula a cada palavra. Tenho que parar de falar. Preciso pelo menos *fingir* que consigo seguir as convenções sociais. No entanto, na extravagância sombria desta loja, rodeada pelo estranho e pelo belo, quase posso sentir a presença de Filippa. Ela teria adorado este lugar. Ela teria odiado este lugar.

166

— Uma vez ela imaginou a própria vida como um conto de fadas — termino baixinho.

Inclinando a cabeça, monsieur Marc me analisa com uma intensidade perturbadora. Não é mais curiosidade, mas outra coisa. Na verdade, para um homem tão agitado, sua expressão se torna quase… calculista. Embora eu torça a capa de Odessa com os dedos úmidos, mantenho o olhar fixo no dele. Odessa disse que monsieur Marc é excelente em julgar o caráter das pessoas, e este momento parece… um teste. Outra folha flutua até o chão enquanto o silêncio na loja se estende.

E se estende.

Por fim, um sorriso singular ilumina seu rosto cheio de *rouge* e ele se afasta do banco.

— Desculpe-me, *papillon*, mas acho que esqueci minha fita métrica no ateliê. *S'il vous plaît* — ele gesticula para a loja como um todo, a mão misteriosamente vazia agora —, sinta-se à vontade para escolher os tecidos na minha breve ausência. Lembre-se: tons frios — acrescenta, incisivo.

Então, com o mesmo sorriso estranho, ele passa por uma porta que estava escondida atrás de uma arara de fantasias.

Insegura, encaro a porta por vários segundos antes de descer hesitante do banco.

É oficial: deixamos o território familiar.

Não pelo fato óbvio de eu estar em uma loja cheia de vampiros, mas porque minha mãe nunca permitiu que eu escolhesse meus próprios tecidos, e esta loja está repleta deles.

Apenas tons frios.

Ninguém fala quando me aproximo da prateleira mais próxima, passando os dedos por um rolo de lã crua de vicunha. Minha mãe sem dúvida teria salivado com a seda de amoreira ao lado. Mesmo quando crianças, ela insistia que usássemos apenas os tecidos mais luxuosos, sobretudo em prata e ouro. Como lindas moedinhas no bolso dela.

Por instinto, ando pela loja em busca de tecidos naqueles tons.

Há uma prateleira com tons metálicos bem atrás de Odessa e Dimitri. Os olhos deles me acompanham pelo cômodo e um calor formiga pelo meu pescoço quando percebo que eles estavam me observando esse tempo todo.

167

Ou melhor: me *analisando*. Pigarreio no silêncio constrangedor, remexendo nos tecidos sem de fato enxergá-los. *Cobre e bronze. Ouro rosê. Lavanda*.

— Vocês acham que eu... passei no teste dele? — pergunto por fim.

— Ninguém está testando você — diz Dimitri de imediato.

— Ainda não se sabe — responde Odessa ao mesmo tempo.

Dimitri lança um olhar acusador para a irmã.

— *Odessa*!

— O quê? — Dando de ombros, ela examina as unhas com uma indiferença fria. — Ia preferir que eu mentisse? Ela ainda não conheceu D'Artagnan, e todo mundo sabe que ele é o *verdadeiro* teste.

— Quem é...?

Nesse momento, um gato realmente enorme põe a cabeça para fora do cesto de tecido entre eles. Com um pelo espesso da cor do carvão, olhos cor de âmbar protuberantes e focinho achatado, talvez seja a criatura mais feia que já vi — e, se o seu rosnado baixo pudesse ser traduzido, diria que ele pensa o mesmo de mim.

— *Xô*. — Sibilando a palavra, empurro o cesto para longe com a ponta da bota. Afinal, isso já está ficando absurdo. Os gatos desta ilha criaram uma situação desnecessária demais para mim, e agora um deles deu um jeito de me seguir até uma loja de *roupas*. — Saia logo. — Passo a mão por baixo do cesto, virando-o para forçar a criatura a sair e resistindo à vontade de abrir a boca para aliviar a pressão repentina nos meus ouvidos. — Saia daqui. Me deixe em paz.

Se um gato pudesse fazer careta, seria este.

— Bastante convencida, não é?

As palavras caem como tijolos na minha cabeça.

Isso porque este gato... parece tê-las *pronunciado*, e eu devo de fato ter começado a alucinar. Com certeza devo ter imaginado. Com certeza a boca dele não acabou de se mexer como... como a de um *humano*. Ouvir vozes é uma coisa, mas gatos... eles não falam. Eles também não *fazem careta* e... Olho incrédula para Odessa e Dimitri e pergunto:

— Algum de vocês ouviu...?

— Célie — intervém Odessa, com um tom sarcástico —, permita-me apresentar-lhe o magnífico D'Artagnan Yvoire, proprietário original desta encantadora pequena boutique e irmão mais velho de monsieur Marc.

Olho de um para o outro por um instante, convencida de que ouvi mal. Certamente ela não acabou de insinuar que esta distinta criatura de quatro patas já foi proprietária de uma loja de roupas, *certamente* não insinuou que a referida criatura também é *parente* de monsieur Marc.

— Mas... — eu me sinto compelida a afirmar o óbvio — ele é um *gato*.

Esticando-se sobre o tecido esparramado, D'Artagnan me examina com uma apatia mordaz e comenta:

— Que observação inteligente...

Solto um suspiro com força antes de me virar para Dimitri.

— E... E você *consegue* ouvi-lo, né? O gato está... é... ele está falando mesmo? Isso não está acontecendo dentro da minha cabeça? Não é alguma doença nova e estranha da ilha?

— Essas vozes... — diz D'Artagnan, ríspido — há quanto tempo exatamente você as ouve?

Dimitri balança a cabeça, exasperado.

— Apenas ignore o D'Artagnan. É o que todo mundo faz.

Ao som da voz dele, as orelhas de D'Artagnan relaxam e a ponta do rabo começa a balançar. Franzo a testa. É evidente que eu deveria sentir alívio — e graças a Deus os outros também podem ouvir este gato miserável —, mas, em vez disso, um arrepio desce pela minha nuca. É provável que seja por causa do frio da loja. Afinal, *há* um buraco enorme no teto e minha experiência com gatos falantes é limitada para presumir qualquer coisa sobre o comportamento deles; a não ser que este aqui é *muito* mal-educado.

— Como pode ver, ele também não gosta muito de mim — acrescenta Dimitri.

Levantando-se da cadeira, ele lança um olhar de desaprovação na direção de D'Artagnan antes de dar um tapinha no meu ombro em um gesto de solidariedade.

E, neste exato segundo, uma rajada de vento frio sopra através dos galhos acima.

— *Mariéeee...*

A pressão nos meus ouvidos aumenta a ponto de eu sentir dor nas têmporas, mesmo assim me mantenho ereta. Olho ao redor da loja, alerta, em busca de qualquer sinal de luz etérea bruxuleante. *De novo não*. Quase choro com a pressão, com a sensação iminente de que alguém ou alguma coisa permanece fora de vista. *Por favor, de novo não.*

— Mademoiselle Tremblay? — O rosto de Dimitri se contorce de preocupação e na hora ele afasta a mão de mim, curvando-se um pouco para olhar nos meus olhos. — O que foi?

— Nada. — Apesar disso, meus olhos continuam a disparar em busca daquela maldita luz prateada. — Não foi nada.

— Você ficou pálida feito papel.

Os olhos de D'Artagnan brilham, nitidamente se divertindo.

— Ou talvez pálida feito um... espírito? — sugere ele.

Eu me enrijeço com a insinuação e me viro devagar a fim de olhar para o gato.

— Por que diz isso? — indago.

Embora ele apenas lamba a pata, seu silêncio fala alto o suficiente para abafar até mesmo a dor debilitante na minha cabeça. Porque ele *sabe*. Ele *só pode* saber. O uso da palavra não pode ter sido mera coincidência, o que levanta a questão: será que D'Artagnan também os vê?

Os... espíritos?

Os gatos são guardiões dos mortos, Célie. Achei que todo mundo soubesse disso.

Engulo em seco, forçando-me a respirar fundo para me acalmar em meio ao pavor. Seja o que D'Artagnan for, ele não é um simples gato; neste instante tenho certeza *disso*.

— Como... — Um filete de suor escorre no meio das minhas costas enquanto me ajoelho ao lado dele, quase batendo o queixo de frio. — Como exatamente... ficou assim, monsieur?

— Ah, agora é "monsieur", é?

A porta do ateliê se abre e monsieur Marc entra com seus assistentes a reboque. Ainda que não haja nenhuma fita métrica à vista, ambos equilibram vários rolos de tecido nos braços: seda esmeralda, lã preta e cetim lápis-lazúli.

— Eu o envenenei, é lógico — afirma ele, com a voz animada. — Por seduzir minha cônjuge.

— Depois disso, é lógico — completa D'Artagnan, mordaz —, *sua* senhora prendeu minha alma no corpo de um animal miserável por toda a eternidade.

— Ah, Agatha. — Monsieur Marc ri e um olhar sonhador surge em seu rosto cheio de pó. — Nunca conheci uma bruxa com tanta propensão ao tormento eterno. Você jamais deveria tê-la matado. Ser morta por um gato é um jeito *terrível* de partir... muito lento, sabe, e repleto de dor. — Virando-se para mim, ele estala os dedos e continua: — E então? Já escolheu seus tecidos, *papillon*?

— Eu... — Meus olhos se voltam para a prateleira de tons metálicos, onde minhas mãos seguram tanto um magenta cintilante quanto um verde-esmeralda profundo. Depressa, procuro qualquer vestígio de dourado, encontrando um cetim brilhante nessa cor bem no final da prateleira. Eu o pego sem pensar. — Este, é lógico... para um vestido de noite. Concorda?

O olhar distante de monsieur Marc se estreita para o tecido como se ele o tivesse ofendido em pessoa.

— Você sofre de daltonismo?

— Perdão?

— Daltonismo — repete com ênfase. — Você tem? Ou... por acaso vem de um reino onde o *dourado* é considerado um tom frio? — Eu me encolho e devolvo o cetim à prateleira o mais rápido possível, procurando por algo prateado. Antes que eu consiga encontrá-lo, porém, monsieur Marc balança a cabeça com impaciência e estala os dedos mais uma vez, sinalizando a seus assistentes que apresentem o tecido verde, o preto, e o azul. — Acho que cor-de-rosa-claro também — continua ele —, ou talvez um lindo azul-escuro...

— Azul-escuro? — questiona D'Artagnan de seu cesto, soltando um ruído zombeteiro. — Diga-me, irmão, o seu bom senso morreu comigo?

— E o *que* de fato há de errado com a cor azul-escuro? Simboliza transparência, originalidade...

— Não há nada de original nesta jovem.

— É o seu veredito oficial?

— Por acaso isso vai mudar sua opinião?

— Evidente que não — declara monsieur Marc. — Um inimigo do meu inimigo é um amigo. Isso faz de você, *papillon* — ele se vira para mim, batendo palmas de alegria —, minha nova cliente favorita.

Olho boquiaberta de um para outro, pasma. E talvez um pouco indignada.

— Vocês acham que eu não sou *original*?

— Ah, pronto — diz Monsieur Marc em tom gentil. — Se todos fossem originais, ninguém seria. Essa é a questão.

— Perdoe-me, monsieur, mas não pareceu um elogio.

D'Artagnan lambe a pata mais uma vez, completamente despreocupado, no equivalente felino de um dar de ombros, antes de falar:

— A vida é longa, e as opiniões mudam. Se isso a incomoda, prove que estou errado. — Quando abro a boca para retrucar, não *sei* ao certo o quê, ele me dá as costas, cheirando a capa de Odessa. — Por ora, receio ter perdido meu interesse em você. Mas o que *continua* a me interessar são as anchovas que guarda no bolso, mademoiselle Petrov.

Com um sorriso desdenhoso, Odessa saca e abre uma latinha, revelando uma fileira de peixes pequenos e viscosos. Ela os oferece a D'Artagnan, que se acomoda com o ar complacente de quem já fez isso centenas de vezes. De repente paro de procurar na prateleira. Mais uma vez, eu *deveria* sentir um imenso alívio com a revelação, mas a indignação no meu peito só aumenta. É evidente por que D'Artagnan não gosta de Dimitri nem de mim em comparação a Odessa: não carregamos peixes nos bolsos.

— Era por sua causa que os gatos estavam nos seguindo — digo de maneira acusatória.

O sorriso de Odessa desaparece.

— Os gatos não estavam *nos* seguindo, Célie.

— Mas...

— *Papillon!* — Monsieur Marc bufa e coloca as mãos nos quadris. — Concentre-se, *s'il vous plaît*! Minha próxima cliente chega em *onze* minutos, o que nos deixa mais ou menos com dois minutos e trinta e seis segundos para escolher o restante do tecido. Boris, Romi...

Ele acena para os assistentes, que tiram fitas métricas dos aventais e me empurram em direção ao banco. Eles tiram minhas medidas e sinto suas mãos frias.

— Prata — solto com os dentes cerrados, mantendo a paciência com rédeas muito curtas. — Gostaria de pedir um vestido prata, por favor, em vez de um azul-escuro ou cor-de-rosa.

Fico esperando que ele bufe de novo, que talvez revire os olhos claros e aponte para um armário inteiro cheio de tecido prata, mas ele não faz nenhuma dessas coisas.

172

Na verdade, ninguém reage como eu espero.

Os assistentes interrompem seu serviço, ficando imóveis por completo, enquanto monsieur Marc estampa um sorriso amplo e brilhante demais no rosto. Odessa e Dimitri trocam um olhar cauteloso, e D'Artagnan... ele ergue os olhos de suas anchovas, os bigodes se contraindo de leve enquanto ele me observa.

— Sim, irmão — diz ele de maneira polida. — Onde *está* o tecido prata?

Monsieur Marc pigarreia.

— Receio que esteja esgotado.

— É mesmo?

— Você sabe que sim.

Apesar do sorriso, a voz de monsieur Marc soa tensa e, embora não haja nada de intrinsecamente *errado* em sua explicação, ela também não parece certa. Não em uma loja como esta. Não quando ele oferece pelo menos quatro tons diferentes de dourado em uma variedade de tecidos.

— Quando chegará a próxima remessa? — pergunto. — Presumo que tenha feito um pedido para reabastecer seu estoque.

— Infelizmente as fronteiras vão continuar fechadas até a Véspera de Todos os Santos.

Eu pestanejo.

— Por quê?

— Quantas perguntas... — murmura Odessa.

— E justamente as erradas — acrescenta D'Artagnan.

Depois de franzir a testa para os dois, volto minha atenção para monsieur Marc, cujo sorriso está fixo no rosto.

— Talvez um comerciante do vilarejo tenha... — começo.

— Não, não. — Pigarreando de novo, ele balança a mão sem parar antes de enfiá-la no colete para pegar o relógio de bolso. — Acho que não, *papillon*. A prata é um recurso bastante... *finito* em Réquiem e, de fato, não temos necessidade dela. Você ficará deslumbrante de *esmeralda* na Véspera de Todos os Santos. Na verdade, faço questão de transformá-la em uma verdadeira borboleta...

— *Finito?* — Uma sensação estranha domina meu estômago ao ouvir a palavra. Um palpite. Uma suspeita. Em Cesarine, toda loja de roupas abusa da ornamentação: se o tecido não brilha, miçangas e fios metálicos ador-

{173}

nam cada bainha, cada cintura, cada manga, e Réquiem parece promover a mesma moda luxuosa. Não faz muito sentido que os vampiros excluam a prata das suas opções sem uma boa razão. — Me desculpe — peço por fim. — As asas da cor de esmeralda ficarão lindas, é lógico. Entendo perfeitamente.

— *Entende?* — indaga D'Artagnan.

— Acho que sim.

Nós nos encaramos por alguns segundos. O olhar dele, avaliador. O meu, desafiador.

Em seguida, arfando de um jeito abrupto, ele se agacha mais uma vez sobre suas anchovas.

— De alguma maneira, duvido muito disso... — comenta ele —, e escolheria cor-de-rosa, se fosse você. A cor lhe cai bem.

Monsieur Marc fecha o relógio de bolso com o ar definitivo de quem encerra uma conversa.

— Oito minutos.

Ergo o queixo em desafio, sorrindo para D'Artagnan e ignorando a forte pressão nos meus ouvidos. Um novo arrepio sobe por meus braços. Embora um lampejo de luz sobrenatural apareça na minha visão periférica, eu também o ignoro. Porque agora, pela primeira vez desde que cheguei a Réquiem, eu *de fato* entendo.

Os vampiros também têm segredos.

— Então vai ser azul-escuro — concluo, com um tom simpático.

CAPÍTULO DEZESSETE

L'Ange de la Mort

Oito minutos depois, monsieur Marc nos expulsa de sua loja, com o peito estufado por um orgulho inconfundível.

— Excelentes escolhas, *papillon*, excelentes escolhas... Em breve vou chamá-la para fazer sua fantasia de Véspera de Todos os Santos, *oui*? Estou pensando no tom da borboleta pavão-esmeralda. — Ele abre bem os dedos, remexendo-os para dar ênfase. — A borboleta mais linda de todas. Você brilhará como *la lune à vos soleils*.

A pressão na minha cabeça diminui um pouco quando passamos pela porta.

— Isso seria maravi...

— Lógico que seria — interrompe ele. — Agora saia. Não vê que eu preciso trabalhar?

Ele bate a porta atrás de nós sem cerimônia e o alívio, lento no início, fica mais forte a cada segundo, afrouxando o nó no meu peito. Ergo o rosto em direção às nuvens de tempestade, em direção ao trovão, ao relâmpago, ao corvo de três olhos, e fecho os olhos, inspirando fundo. Porque monsieur Marc, pelo menos, parece gostar de mim e é excelente em julgar caráter. Porque os espíritos não são reais e sinto cheiro de tagete. Porque o infeliz D'Artagnan continuará sendo um gato para sempre, e... não há prata em Réquiem.

— Vocês tinham razão. — Solto o ar enquanto outro trovão ressoa. — Passar meu aniversário sozinha teria sido horrível, e eu gosto bastante do monsieur Marc.

Como ninguém responde, abro os olhos e viro para encarar Odessa e Dimitri com outro sorriso...

E congelar.

Michal está apoiado na pedra escura da loja.

De braços cruzados e fingindo estar descontraído, ele nos estuda com uma expressão impenetrável. Ao meu lado, Odessa e Dimitri ficaram imóveis de modo sobrenatural. Eles nem sequer respiram.

— Eu também, Célie — murmura Michal. — Eu também.

Meu Deus.

— Michal — começa Dimitri. Com os ombros rígidos, ele se põe na frente de sua irmã e de mim. — Você não deveria...

Michal ergue a mão pálida.

— Não fale — interrompe ele.

E então um lampejo de... *alguma coisa* se agita no fundo dos olhos de Dimitri. Embora eu não consiga identificar a emoção, ela parece estranha e perturbadora em seu rosto encantador. Sinto os pelos da minha nuca se arrepiarem.

— Deveríamos ter deixado a moça abandonada para morrer de fome? — questiona Dimitri.

Com uma velocidade letal, Michal se afasta da parede para ficar bem na frente do outro. Porém, ele não levanta um dedo. Apenas encara o primo, frio e impassível, e espera.

E espera.

Dou uma espiada em Odessa, que olha direto para a frente, recusando-se a se dirigir a qualquer um deles. Suas pupilas estão dilatadas e ela parou de respirar. Vibrações inexplicáveis surgem no meu estômago diante da cena e eu me movo sem pensar, colocando a mão no peito de Dimitri para... para acalmá-lo, de alguma maneira. Para neutralizar a estranha tensão.

— Eu não morri de fome graças a você — afirmo baixinho para ele.

A mandíbula de Dimitri se contrai. Depois de outro segundo, ele engole em seco e afasta minha mão com um toque gentil. Seus dedos se demoram no meu pulso.

— Lembre-se do que eu disse sobre criaturas doces em Réquiem — pede Dimitri.

Ele se afasta antes que eu possa responder, curvando-se com disciplina para seu primo. Só então Michal desvia seus olhos escuros para mim.

— Se Dimitri acha que você é doce, deveria mesmo tomar cuidado, mademoiselle Tremblay. — Então: — Achou mesmo que poderia sair de fininho e passar despercebida?

O alívio que senti segundos antes se transforma naquele aperto familiar enquanto olho feio para ele.

— Eu não saí de fininho, monsieur. Saí andando pela porta dos fundos.

Os olhos de Michal lampejam de raiva, ou talvez de diversão. Tratando-se dele, as duas coisas são perturbadoramente semelhantes.

— Não. Uma dama nunca sai de fininho, não é? — Arqueando uma sobrancelha, ele leva a mão ao peito em uma polidez exagerada e inclina a cabeça para Odessa e Dimitri. Seu olhar, no entanto, não abandona o meu rosto. — Podem ir, primos.

Embora Odessa me lance um olhar pedindo desculpas, ela não hesita. Enlaça o braço no do irmão e tenta conduzi-lo de volta para a rua, mas Dimitri firma os calcanhares.

— Fui eu que a convenci a sair do quarto, Michal — revela ele, com a voz amarga. — Odessa não participou disso.

O sorriso de resposta de Michal é assustador.

— Eu sei.

— Também não foi culpa da mademoiselle Tremblay.

— Não. — Aqueles olhos escuros enfim deixam os meus, e ele examina Dimitri com uma apatia beirando a repulsa.

— A culpa, como sempre, é toda sua. Discutiremos isso sem pressa antes do nascer do sol. No meu escritório. Às cinco.

— Dima — sibila Odessa, puxando o irmão com mais força desta vez. — *Venha.*

— Mas...

— Por favor, vá — eu peço. — Ele não vai me machucar. Ainda não, pelo menos. — Ainda que a atenção de Michal comece a finalmente focar, eu o ignoro, encontro o olhar de Dimitri e acrescento: — Obrigada pelos presentes de aniversário, Dima, e, por favor, me chame de Célie.

Os lábios dele se curvam por apenas um segundo. Em seguida, ele suspira, com o corpo inteiro relaxando, e permite que Odessa o leve embora com um último olhar indecifrável por cima do ombro. Depressa, os dois ganham velocidade, transformando-se em um borrão ao virar a esquina, desaparecendo de vista. Deixando-me sozinha com Michal.

Ele estende o braço, em uma imitação debochada de um perfeito cavalheiro.

— Podemos ir?

— Se pretende me acompanhar até o meu quarto — eu me afasto dele, cruzando os braços com determinação —, vou precisar de velas. Muitas e *muitas* velas. Não sou uma vampira e não consigo enxergar no escuro.

— Quem disse que os vampiros enxergam no escuro?

— Ninguém — retruco depressa, percebendo que compliquei ainda mais a situação de Dimitri. Então, incapaz de resistir: — É que você me lembra um morcego velho. Eles têm visão noturna, não têm?

Não há dúvidas agora. O humor cintila de maneira sombria nos olhos de Michal quando ele estende a mão acima da minha cabeça para colher um ramo de grinaldas-azuis. Faço uma careta para as flores e me recuso a aceitá-las, até que ele se aproxima e enfia o raminho no meu cabelo.

— Assim como os morcegos, essas flores também já comeram aranhas.

— O que elas comem agora? — indago.

Os dedos dele roçam minha orelha.

— Borboletas — responde.

Sinto o toque dele dos pés à cabeça.

Com dois segundos de atraso, me afasto, chocada com minha própria reação, e atiro as flores no chão.

— Para minha sorte, eu não sou uma borboleta e não estou interessada em ser comida por *nada* nesta ilha.

— Não precisa se preocupar com isso. *Ainda* não, pelo menos. — Diante da minha carranca, ele ri com escárnio. — Venha. Nós dois temos assuntos pendentes, e não vejo a hora de terminar tudo.

Girando nos calcanhares, ele segue atrás de Odessa e Dimitri sem verificar se eu o sigo. O que eu não faço.

Assuntos pendentes.

Tais palavras nunca soaram tão ameaçadoras.

— Eu posso carregar você, Célie — diz Michal, satisfeito, e, ao pensar nele me *tocando* de novo, começo a me mover.

— Está sendo grosseiramente informal, monsieur. — Apressando-me para alcançá-lo, escorrego um pouco nas pedras úmidas. A sombrinha foi esquecida na loja de monsieur Marc, e o céu começou a enevoar mais uma vez. — Só os meus amigos me chamam de Célie, e você *sem dúvidas* não é meu amigo.

— Que curioso… Você acha que Dimitri é seu amigo.

— Dimitri é um cavalheiro…

— Dimitri é um viciado. Ele não tem pensado em nada além do seu sangue desde que a conheceu. Este lindo pescoço se tornou a obsessão dele.

Quase escorrego de novo, boquiaberta de indignação.

— Eu… Isso *não* é verdade…

— Deveria se sentir lisonjeada. — Michal sobe os degraus do castelo e passa por um quarteto de guardas, que se curvam diante dele em sincronia. Eu desvio depressa meu olhar. Depois da afirmação vulgar de Michal, posso *imaginar* a fome nos olhos deles. — Não é comum desejarmos o sangue dos humanos — continua ele, e talvez eu também imagine a maneira como ele se posiciona mais perto de mim, o olhar frio que lança aos outros vampiros. Mas *não* é imaginação minha o toque possessivo que sinto quando ele coloca a mão na parte inferior das minhas costas. — Dimitri é uma exceção, óbvio. Ele deseja o sangue de todo mundo.

Minhas bochechas ficam quentes de modo inesperado com o toque e eu acelero meu passo, disparando pelo saguão.

— Você está mentindo — retruco.

Não faço ideia se ele está mentindo, mas não posso tolerar que Michal fale mal de Dimitri. Não quando Michal é tão completa e terrivelmente *Michal*.

Os lábios do vampiro se contraem enquanto ele acompanha meus passos.

— Acredite no que quiser.

— Ah, pode deixar. — Apesar disso, as palavras dele atingiram o alvo. Minha primeira lembrança de Dimitri mostra sua face hedionda outra vez. Os trapos encharcados de sangue. O comportamento dissimulado. Afasto tudo isso com irritação, passando pelas portas duplas. Dimitri tem sido muito bondoso comigo. Desconfiada, pergunto: — Por que os vampiros não desejam o sangue humano?

— Tem um gosto mais aguado, mais fraco do que o sangue de criaturas mágicas. — Michal estende o braço em direção à cidade, me conduzindo para a frente. — Mas já definimos que você não é humana. Não totalmente.

— Que ridículo.

— Que apavorada.

Meu olhar se estreita.

— Se tem *tanta* certeza de que não sou humana, por favor, me explique: o que eu sou?

O olhar dele vai parar languidamente na pulsação do meu pescoço.

— Só tem um jeito de descobrir.

— Você *nunca* vai me morder.

— Não?

— *Não*.

O sorriso lento de Michal não vacila enquanto ele esbarra em mim sem dizer mais uma palavra.

Quatro das cinco vítimas eram de origem mágica, com exceção de uma humana, e todas foram encontradas com perfurações no pescoço e sem sangue no corpo.

Não é comum os vampiros desejarem o sangue dos humanos. Tem um gosto mais aguado, mais fraco do que o sangue de criaturas mágicas.

Não há mais dúvidas quanto à culpa dele agora. Isso foi praticamente uma confissão.

E eu não tenho escolha a não ser acompanhar um assassino pela cidade.

Os transeuntes saem do nosso caminho sem hesitação, curvando-se em reverência ou recuando com medo. Apesar disso, todos olham para Michal sob as sombrinhas, é como se um deus caminhasse entre nós. O vampiro parece não notar o fascínio deles. Talvez apenas não se importe. Com as mãos cruzadas às costas, ele anda pelas ruas com um ar de indiferença, acenando com a cabeça para alguns e ignorando outros por completo. Arrogante e insuportável.

Michal já me procurou *duas vezes* em poucos dias, o que significa que este nosso *assunto pendente* continua sendo um excelente trunfo. Quer ele goste ou não, chegou a hora de me dar respostas, e, caso se recuse, farei com que ele *lamente* a própria imortalidade. Eu me apresso para não ficar para trás e digo:

— Monsieur Marc contou que a prata é um recurso finito em Réquiem. — Quando Michal não fala nada, quase piso em seu calcanhar na pressa de acompanhá-lo. — Na verdade, ele não tem estoque na loja. Também não tem espelhos.

Michal ainda se recusa a me dar atenção.

— Não é estranho? Não haver espelhos em uma loja de roupas? Porém, agora que parei para pensar nisso… — desta vez piso em seu tornozelo de propósito, lembrando-me de quando Pippa e eu quebramos o espelho de mão de nossa mãe, cobrindo o armário dela com pó de prata — não me lembro de ter visto nenhum espelho no meu quarto. Nem no castelo. Nem em toda a ilha.

— Por isso a palavra *finito*.

— Onde está o meu crucifixo? — questiono de repente. — Você não me respondeu quando perguntei.

Assim que piso em seu calcanhar pela terceira vez, ele me lança um olhar ameaçador por cima do ombro.

— E não tenho a intenção de responder agora. Diga-me, você é sempre assim tão…

Ele para de falar enquanto se esforça para encontrar a palavra certa.

— Irritante? — sugiro. Exibo meu sorriso mais doce e aprecio a maneira como os olhos de Michal se estreitam. — *Sempre*. Então… aonde estamos indo? — Como se esperasse meu sinal, o céu se revela de verdade, derramando grossas gotas de chuva sobre nossas cabeças. — A um fabricante de velas? A alguma loja de sombrinhas?

Ele ri de modo sombrio.

— Não, filhote.

Paramos em frente ao teatro.

Os bandôs de veludo pendem frouxos das balaustradas, encharcados pela chuva, e nenhuma música escapa pelas portas pretas e douradas. Também não há gritos. Pelo jeito, não há espetáculo agendado para esta noite.

Michal passa pela entrada assim mesmo, muito despreocupado, no momento em que um relâmpago cruza o céu. Sua luz ilumina formas indistintas no saguão vazio e, de repente, tenho ainda *menos* interesse em nosso assunto pendente. Hesitando nos degraus, pergunto:

— Por que estamos aqui? O que quer de mim?

— Você sabe a resposta para pelo menos uma dessas perguntas. — Parado na soleira, ele tira o paletó e o joga de lado. Sua camisa é branca e… está *encharcada*. De repente fico com a boca seca, tiro os olhos do seu peito escultural para encontrá-lo sorrindo para mim. Minhas bochechas pegam fogo.

181

— Sinta-se à vontade para entrar — comenta ele com ironia, seus olhos em um tom mais escuro do que antes.

Olho feio para ele através da chuva torrencial, a água escorrendo pelo meu nariz. O retrato da elegância aristocrática.

— Não até me dizer por que estamos aqui.

Ele ri outra vez, arregaçando cada manga com dedos lentos e hábeis.

— Mas está ficando toda molhada.

— Sim, *obrigada* pela observação inteligente. Eu *jamais* teria percebido se não tivesse...

— Entre — diz ele de novo.

Afasto o cabelo molhado do rosto, resistindo à vontade de bater o pé feito criança.

— Diga por que estamos aqui.

— Você é bastante obstinada, não é?

— O sujo falando do mal-lavado.

Michal cruza os braços e apoia um dos ombros na porta aberta para me observar.

— Vamos tentar outro jogo, então? Se eu explicar por que estamos em L'Ange de la Mort, você promete entrar?

L'Ange de la Mort.

O anjo da morte.

Cruzo os braços também, as botas cada vez mais ensopadas, e tento não tremer de frio. Ele se acha perfeitamente razoável... posso ver isso na curva condescendente dos seus lábios, no brilho de satisfação nos seus olhos. Para Michal, eu *sou* apenas uma criança que precisa ser direcionada. Sob circunstâncias diferentes, eu poderia ter tentado mudar a opinião dele, provar que sou capaz, competente e forte, mas, neste momento...

Dou de ombros, espelhando sua atitude despreocupada, e olho ao redor dele para dentro do teatro.

— Não prometo nada. Um pouco de chuva nunca matou ninguém, e não tenho interesse em ajudar você a fazer... seja lá o que me trouxe aqui para fazer.

— Você não deveria deixar a Morte tentada neste lugar, Célie. Pode ser que suas preces sejam atendidas.

— Ah, jura? Me conte mais sobre isso. Não tem ideia de como estou determinada a *não* entrar.

Ele me encara por um longo momento, com uma expressão indecifrável e calculista, antes de seus lábios se curvarem em outro sorriso cruel. Por um instante, receio ter me precipitado, já que Michal poderia me *compelir* a entrar, afinal de contas, poderia me compelir a fazer o que ele quisesse, mas, então, ele inclina a cabeça.

— Está bem — cede ele. — Sou um morto-vivo e, como tal, existo com um pé no mundo dos vivos e outro no mundo dos mortos. Cada um deles chama por mim. Um serve ao outro. Quando desfruto do calor dos vivos, quando me deleito com o sangue deles, seguro a morte fria nas mãos. Você entende?

Qualquer resposta que eu pudesse ter dado fica presa na minha garganta. Sem dúvida, isto não é o que eu esperava e está muito além de qualquer coisa com que estou preparada para lidar. *Cada um deles chama por mim. Um serve ao outro.*

— Não, eu não entendo — respondo com cautela, encarando-o. — Não entendo mesmo.

— Acho que entende, sim. — Ele sai da porta, aproximando-se de mim com as mãos nos bolsos. — Porém, sempre há lugares… fendas no tecido entre os mundos… por onde a Morte escapou e permaneceu. L'Ange de la Mort é um deles. Muitos morreram aqui. O que deve tornar este processo… mais fácil.

— Que processo?

— O de invocar um espírito.

CAPÍTULO DEZOITO

A adaga no véu

Recuo um passo, com os olhos arregalados e as mãos frias.

— Eu já *falei* que não posso...

— Passei as últimas vinte e quatro horas vasculhando esta ilha em busca de qualquer outra explicação, e tudo... *tudo*, até o último cogumelo venenoso coberto de limo, permanece igual a dois dias atrás. — Ele acompanha meus passos com um brilho severo e determinado nos olhos. — Tudo menos *você*. O véu ficou mais fino quando você chegou. Eu senti isso na hora e o mesmo aconteceu esta noite. Pode explicar isso?

O véu ficou mais fino quando você chegou.

Eu não gosto de como isso soa. Não gosto de nada disso.

Exigir respostas é uma coisa, mas isso... isso de *aplicação na prática* é outra bem diferente.

Um pouco de desconforto percorre minhas costas, e olho para a esquerda e para a direita através da chuva, preparada para fugir se isso significar escapar da mudança abrupta no rumo da conversa. Ele vai me perseguir, é óbvio, mas minha fuga poderá distraí-lo. O que sem dúvida me afastará disto — deste *rasgo no tecido entre os mundos*. Michal já tem um pé na terra dos mortos e, por mim, ele pode muito bem seguir direto para o Inferno. Eu não vou ter nada a ver com isto. Não vou *invocar um espírito*.

Como se estivesse lendo a minha mente, ele balança a cabeça devagar e alerta em voz baixa:

— Nunca fuja de um vampiro.

Tarde demais.

Levantando a bainha do vestido, eu disparo atrás de um casal que passa e corro até a loja mais próxima — uma pitoresca *fleuriste* de tijolos pintados com buquês de varas-de-ouro em exposição. Com certeza Michal não pode sobreviver em um lugar tão alegre. Com certeza não é possível

184

invocar espíritos diante da linda florista, que já está na ponta dos pés para nos observar...

Mãos frias me agarram por trás e, antes que eu possa gritar, Michal envolve minha cintura com os braços absurdamente fortes, erguendo-me do chão e me carregando por cima do ombro. Me deixando sem ar.

— Me solt... — Sem fôlego, eu chuto os quadris dele, bato com os punhos em suas costas, mas parece que estou lutando contra uma montanha. Seu corpo é mais duro do que pedra. — Me *solte*! Como *ousa*...? Tire suas mãos de mim, seu *sanguessuga* horroroso!

— Parece que começamos com o pé esquerdo, meu bem. — Seu cotovelo prende meus joelhos, inflexível, indestrutível, enquanto ele me carrega de volta para o teatro. Quando me viro para cima, mirando um soco na orelha dele, Michal segura meu punho com facilidade. — Vamos começar de novo. Irei fazer uma pergunta, e você responderá. Chega de joguinhos e de mentiras.

Ele puxa minha mão que ainda segurava e eu tombo em seus braços. Seu rosto, seus *dentes*, estão perto demais. Embora eu me debata para me afastar, ele se aproxima ainda mais, tão perto que posso ver a chuva em seus cílios, as sombras sob seus olhos.

— Nunca mais fuja de mim — sussurra ele, não mais sorrindo, mas sério de um jeito letal.

Abrindo as portas do teatro com um chute, ele me coloca de pé.

No mesmo instante, corro para trás de um dos pedestais do saguão. O busto de mármore de uma linda mulher olha para mim antes que Michal feche as portas com um estrondo sinistro e nos mergulhe na escuridão absoluta. Não há velas ali. Não há *luz*.

O pânico sobe pela minha garganta.

De novo não.

— Mi-Michal. — Meus dedos procuram a esmo pelo busto, por alguma coisa para me firmar no salão. — Podemos... podemos, p-por favor, acender uma...

Uma luz brilha de imediato à minha esquerda, iluminando Michal ao lado de uma estátua em tamanho real. Ela ergue um candelabro sobre sua forma voluptuosa, semivestida com mantos esvoaçantes de obsidiana. Inclinando a cabeça com curiosidade, Michal apaga o fósforo na mão.

— Você tem medo do escuro, Célie Tremblay?

— Não.

Solto o ar de uma vez, observando o pé-direito alto e os acabamentos dourados do salão. Uma dúzia de outros bustos estão dispostos nas paredes em um semicírculo imponente. *A família real.* Os dois no final, com grandes olhos felinos, parecem bastante familiares, assim como o que está logo ao meu lado. O escultor devia ser parte bruxo; nenhum artista comum conseguiria capturar a ameaça nos olhos de Michal com tanta perfeição. Eu me volto para o vampiro de carne e osso.

— Eu já falei... não sou uma vampira, então não consigo *enxergar* no escuro.

— Só isso?

Meus dedos escorregam do busto, deixando rastros em seu rosto empoeirado.

— Só.

— Então por que seu coração está acelerado?

— Não está...

Ele aparece diante de mim de repente e agarra meu pulso, envolvendo-os com os dedos. Eles pressionam minha pulsação descontrolada.

— Consigo ouvir seu pulso do outro lado do salão, filhote. O som é estrondoso. — Quando fico tensa com o toque, ele inclina a cabeça, e um interesse genuíno brilha nos seus olhos. Um interesse *perigoso.* — Consigo sentir o cheiro da sua adrenalina também, consigo ver que suas pupilas estão dilatadas. Se não é o escuro que deixa você com medo...

— Não é — interrompo.

— ... deve ser outra coisa — finaliza, arqueando uma sobrancelha de modo sugestivo. Seu polegar acaricia a pele translúcida da parte interna do meu pulso e um raio de... *alguma coisa* atravessa o meu âmago. — A menos que não seja medo, afinal, certo? — prossegue ele em uma voz aveludada.

Constrangida, puxo meu pulso, que desliza entre seus dedos sem encontrar resistência.

— Não seja ridículo — esbravejo. — Eu só... Eu não quero me meter com espíritos. Eu nem sei *como* fazer isso. Independentemente do que você sentiu quando cheguei aqui, não fui eu quem *afinou o véu* entre os mundos. Eu sou *humana*... uma mulher cristã temente a Deus que acredita em Céu e em Inferno e não tem o menor conhecimento sobre vida após a morte. Houve um... — eu me movo ao redor dele, incapaz de suportar o fascínio em seu olhar — um terrível mal-entendido.

— Será que são suas emoções que os atraem? Poderia ser *alguma* emoção sentida mais intensamente.

Fico na ponta dos pés e arranco o candelabro dourado da mão da estátua.

— Não tem nada a ver com as minhas emoções.

— Talvez você precise estar com um item pessoal do falecido para fazer contato.

Entrando no auditório, acendo todas as velas ao meu alcance. Deve haver outra saída *em algum lugar*. Talvez nas coxias.

— Seria impossível eu estar com um item pessoal de cada fan... de cada *ser* naquele desfile. Havia dezenas deles.

— Eles falaram com você?

— Não.

— Mentirosa. — Ele entra na minha frente mais uma vez, e sou obrigada a parar e olhar para ele. Ali, iluminado pela luz dourada das velas do teatro, emoldurado pelos demônios esculpidos ao redor do palco, ele parece de fato sobrenatural, como um espírito vingador ou um anjo caído. Como o Anjo da Morte. Exalando devagar, ele me encara de volta, seus olhos escuros se estreitando como se eu fosse um quebra-cabeça que ele não consegue resolver. — Está fazendo de novo.

Desvio o olhar depressa.

— Fazendo o quê?

— Romantizando pesadelos.

Bufando com escárnio, balanço a cabeça fitando minhas botas.

— Não tenho ideia do que está falando.

— Não? Este pequeno lampejo nos seus olhos não é admiração? — Um dedo frio levanta o meu queixo, de modo que sou forçada a olhar para ele mais uma vez. Michal franze os lábios, pensativo. — Você estava com a mesma expressão quando entrou no meu escritório ontem, e outra vez ao sair da loja do monsieur Marc: como se nunca tivesse visto nada mais bonito do que um relógio de pêndulo ou um corte de seda azul-escuro.

— Como *sabe* que era seda azul-escuro?

— Eu sei de tudo o que acontece nesta ilha.

— Consegue ouvir como parece presunçoso? — Retiro meu queixo dos dedos dele. — E você guarda aquele relógio na sua escrivaninha *porque* ele é bonito, então não vou me desculpar por admirá-lo ou... ou *romantizá-lo.*

Ele arqueia uma sobrancelha.

— E quanto aos sapos com chifres da feira? Os besouros carniceiros? Eles são bonitos também?

Fico boquiaberta, dividida entre repulsa e indignação.

— Besouros *carniceiros*? — Então, me recordo: — Você está me *seguindo*?

— Já falei. — Ele dá de ombros sem remorso. — Sei de tudo o que acontece aqui. — Quando abro a boca para dizer *exatamente* o que ele pode fazer com seu grande conhecimento onisciente, ele estala a língua com suavidade e me corta: — Não quero forçá-la, Célie, mas, caso se recuse a me ajudar, não terei escolha. De um jeito ou de outro, vou descobrir como você invocou aqueles espíritos.

De um jeito ou de outro.

Engulo em seco, dando um passo para trás.

Ele não precisa explicar. Odessa teve minha mente nas próprias mãos há apenas uma hora, e a compulsão é uma experiência que jamais esquecerei. Estremeço só de pensar no que poderia ter acontecido se aquelas mãos pertencessem a *Michal*...

Uma corrente de ar nada natural varre o auditório, deixando pequenos pingentes de gelo na minha pele molhada. Meu estômago se embrulha com aquele toque familiar, com a pressão retornando à minha cabeça, e prendo a respiração, rezando para ter imaginado aquilo.

— Os seus olhos — observa Michal em voz baixa.

— O que tem eles? — Depressa, procuro algum tipo de lugar em que possa ver meu reflexo, mas, como em qualquer outro lugar desta ilha miserável, não há nenhum. Minhas mãos se agitam inutilmente perto do meu rosto. — O que é? Tem algo de errado com eles?

— Estão... iluminados.

— *O quê?*

Então outra pessoa começa a falar:

— Quando nos encontraremos de novo? No trovão, no relâmpago ou na chuva?

188

Atrás de Michal, uma mulher espectral caminha pelo palco em vestes escuras e opacas, com correntes nos tornozelos. Na mão, ela segura a própria cabeça decepada. Outra mulher surge ao lado dela, envolta em um peitilho luxuoso e joias de pérolas.

— Quando o tumulto tiver terminado — recita ela, apanhando a cabeça do outro espírito e apresentando-a ao público. — Quando a batalha estiver perdida e vencida.

Mais uma dezena de vultos de repente se materializa nos assentos de veludo, seus sussurros produzem um ruído suave.

Fecho os olhos depressa.

Por favor, não.

— De jeito *nenhum*. — Um homem corpulento com um bigode extravagante sobe ao palco em seguida, empunhando uma caveira como se fosse uma espada. Só que é um crânio *de verdade*, de osso maciço cor de marfim, e não espectral. Meus olhos se voltam para Michal, que ainda me observa de perto. Em seus olhos escuros, vejo o reflexo dos meus: dois pontos prateados sinistros e luminosos. Eles combinam com a luz dos vultos no palco.

— Elaine, sua ridícula, estamos no Quarto Ato, Cena Um…

— Sim, está *certo*. — A cabeça sem corpo faz uma careta, revirando os olhos, antes de continuar: — Pela comichão em meus polegares, algo nefasto vem por este caminho.

— Eu queria a lady de Shalott — resmunga para o companheiro o vulto mais perto de mim, um homem com um monóculo e um machado no pescoço. Ele parece notar o meu olhar no segundo seguinte, pois se vira na cadeira e franze a testa. — Posso ajudar, *mariée*? É muita falta de educação ficar encarando, sabia?

Tento respirar, evitar que o vômito suba pela minha garganta. Porque aquele machado no pescoço, a cabeça decepada da mulher… Como pode haver outra explicação para a presença deles? Se não são espíritos, o que mais podem ser? Demônios? Frutos da minha imaginação? A menos que Michal compartilhe a mesma alucinação, a não ser que o prateado nos meus olhos seja uma mera ilusão de ótica, isso é bastante real. *Eles* são muito reais.

Por fim, começo a compreender e, então, cacos de vidro parecem perfurar meu peito.

189

Ele me chamou de *mariée*.

— Alguém viu o caldeirão? — Com uma carranca, o homem corpulento no palco examina a plateia. — Onde está Pierre? Eu *nunca* deveria tê-lo nomeado aderecista...

Meu olhar salta de volta para Michal que, de maneira repentina e súbita, é o menor mal ali.

— Precisamos ir embora. Por favor. Não deveríamos estar...

Entretanto, ao som da minha voz, todos os espíritos na plateia se viram para mim.

Eles ficam em silêncio enquanto outra corrente de ar percorre o teatro, desta vez mais forte e mais fria. Os cristais do lustre tilintam e uma mecha do meu cabelo se ergue, soprada com suavidade no meu rosto com a brisa anormal. Michal olha fixamente para ela. Seu corpo inteiro fica imóvel, tenso.

— Eles estão aqui agora? — questiona em voz baixa.

A pressão na minha cabeça aumenta até quase explodir, até meus olhos lacrimejarem e arderem. Incapaz de continuar fingindo, tampo os ouvidos com as mãos e sussurro:

— Eles me chamam de *noiva*.

A testa de Michal se franze.

— Por quê?

— Eu... Eu não sei...

— Não é óbvio? — No palco, o homem corpulento coloca as mãos nos quadris e nos observa com reprovação profunda. — Você é a adaga no véu, criança tola... e provavelmente não deveria se demorar. Afinal, ele *está* procurando por você.

— Q-*Quem* está me procurando?

— O homem das sombras, é lógico — responde a mulher do peitilho.

— Não podemos ver o rosto dele — declara o homem corpulento —, mas sem dúvida é possível sentir a ira que ele emana.

Um gemido escapa da minha garganta e tampo os olhos, lutando para me controlar. Eu não vou sentir medo deles. Como Michal disse, este lugar é uma fenda no tecido entre os mundos. A morte permanece aqui. Muitas pessoas morreram, e isso... isso não tem nada a ver comigo. Apesar do aviso deles, nada disso tem *qualquer coisa* a ver comigo. É tudo apenas uma grande coincidência, só que...

— Você não deveria mesmo estar aqui, *mariée* — esbraveja irritado o homem com o machado no pescoço. — Precisa sair daqui e tem que ir agora. Quer que ele te encontre? Sabe o que vai acontecer se ele encontrar você?

Meu coração aperta no peito de modo lastimável.

Só que eles parecem me reconhecer — *a mim*, e não a Michal — e, à medida que se aproximam, suas vozes ficam mais insistentes, ecoando ao meu redor e *dentro* de mim. É impossível ignorar. Exatamente como no caixão de Filippa. De fato, a mulher decapitada logo avança pelo corredor entre os assentos, segurando a própria cabeça. Seus olhos ardem com um fogo prateado.

— Você deve *se parecer* com uma flor inocente, Célie Tremblay, mas ser a serpente que está embaixo dela.

— *Seja a serpente* — ecoa outro espírito.

— Saia, agora! — rosna outro.

— Eu... — Força-me a respirar fundo e engulo meu pânico. — Michal, p-por favor, nós precisamos mesmo...

— Quantos apareceram? — Embora sua voz se eleve, urgente, eu recuo aos tropeços, para longe dele, para longe *deles*, incapaz de responder e de ajudar. Porque os espíritos não me *querem* aqui. Quanto mais tempo eu fico, mais frio se torna o toque deles: mais frio do que o de vampiros, mais frio do que *gelo*. Frio demais para existir neste mundo. Bato o queixo freneticamente. — Onde eles estão? — indaga Michal, mais alto agora. — O que estão dizendo? — Então, de repente, em um tom cruel: — Por que não consigo *enxergá-los*?

Ele não consegue enxergá-los. A constatação esmaga o que resta da minha esperança e minha respiração fica presa, aguda, dolorosa e superficial e... *Ah, meu Deus.* Sem prestar atenção, eu o ouço falar, mas suas palavras não chegam até mim. Não mais. Um som horrível e urgente abafa sua voz, tornando-se mais alto a cada segundo que passa.

Se Michal não consegue enxergar os espíritos, não consegue *escutá-los*, isso significa que ele deve estar certo. De alguma maneira, eu causei isso. Eu os *invoquei* e agora não consigo mandá-los de volta. Eles vieram aqui por minha causa. Eu sou a noiva, e... e...

⚜ 191 ⚜

— Saia deste lugar, *mariée* — sibila o homem do machado.

— Você precisa se esconder — avisa a mulher decapitada.

A voz do diretor de palco se transforma em um grito.

— Precisa se ESCONDER...

Um soluço escapa da minha garganta enquanto coloco os braços em volta da cabeça, enquanto a dor parte meu crânio em dois. Vou morrer neste teatro, onde me obrigarão a recitar poetas mortos até o fim dos tempos. Ao pensar nisso, uma risada histérica aumenta até que eu estremeço com ela, até que não consigo dizer se estou chorando, gritando ou sequer emitindo algum som.

Baixa e tensa, a voz de Michal chega até mim como se estivesse através de um túnel.

— Célie, abra os olhos!

Obedeço à ordem por instinto e me deparo com ele muito mais perto do que antes; e imóvel. Completamente imóvel. O preto de seus olhos parece se expandir enquanto ele olha para o meu pescoço, e sua mandíbula trava, como se... como se estivesse tentando não respirar. Ele fica um tempo sem falar. Então fala, com os dentes cerrados:

— Você está hiperventilando. Precisa se acalmar.

— Eu... Eu... Eu não consigo...

— Se não diminuir sua frequência cardíaca — explica ele com calma —, todos os vampiros num raio de cinco quilômetros vão vir para este teatro. *Não.* — A palavra é cortante, letal, enquanto sua mão agarra a manga do meu vestido. — Não corra. *Jamais* corra. Eles vão te perseguir, capturar e matar. Neste momento, foque na sua respiração.

Focar na minha respiração. Concordo com a cabeça, engolindo ar até minha cabeça ficar inundada com ele, até o breu na minha visão desaparecer aos poucos. Ao redor de Michal, os espíritos recuam, resmungando amargos. Tento explicar e o som sai abafado.

— E-Eles querem que a gente *vá embora...*

— Inspire pelo nariz e expire pela boca, Célie.

Faço o que Michal diz, e me concentro em seu rosto, na linha forte do seu queixo. Ele ainda não respira. Não se move. Quando aceno outra vez, mais calma agora, ele solta minha manga e dá um passo para trás. Respiro fundo de novo enquanto os espíritos aos poucos voltam a se acomodar em seus assentos. Com um olhar rancoroso na minha direção, o diretor de palco pede ordem.

— Por favor, vá embora — solicita o homem, e quase choro de alívio quando Michal se aproxima das portas.

Antes que eu possa segui-lo, porém, outra voz emerge da escuridão do outro lado da cortina de brocado. Mais baixa do que as outras. Tão baixa que posso tê-la imaginado. *Venha aqui, docinho. Seja uma bonequinha adorável.*

Feito um elástico esticado que se solta, a escuridão retorna e eu desabo de cara no peito de Michal.

CAPÍTULO DEZENOVE

Dia difícil

Meu sonho é frio.

O gelo parece grudar nos meus cílios, nos meus lábios, quando me levanto da cama e olho ao redor do quarto estranho. Parece familiar, um lugar que eu deveria reconhecer, mas não é meu antigo quarto. Também não é Réquiem. Um casaco e uma saia elegantes, ambos de um azul intenso, estão pendurados dentro do armário. Uma lareira crepita agradavelmente do outro lado do cômodo, soprando frio em vez de calor e lançando uma estranha luz feérica nas paredes. Levanto a mão e vejo a luz dançar entre meus dedos. Tal como acontece com o ar, essa luz parece cortante ao toque, como mergulhar a mão na neve.

Torre Chasseur.

O pensamento surge de imediato, sem esforço, e logo em seguida surge outra constatação: não estou sozinha neste quarto.

Minha cabeça gira como se estivesse suspensa em uma substância mais leve e mais fina do que o ar, mas não tenho dificuldade para respirar. Ao meu lado, na cama, duas jovens estão sentadas com os rostos tensos e ansiosos. Elas olham para uma terceira mulher, mais velha, com cabelo preto e comprido começando a ficar grisalho nas têmporas, que vasculha uma escrivaninha pequena perto da porta.

— Tem que haver *alguma coisa* — murmura a mulher com amargura, mais para si mesma do que para as outras. — Vocês não devem ter procurado direito.

As jovens trocam um olhar desolado.

— Talvez tenha razão, madame Tremblay — concorda a primeira, girando o anel de pedra da lua no dedo.

A segunda torce as mãos com cicatrizes sobre o colo.

— É provável que tenhamos deixado passar alguma coisa — comenta ela.

Lou e Coco.

Mais uma vez, a percepção apenas se cristaliza, assim como o fato de eu conhecer essas mulheres. Eu as considero minhas amigas. A expectativa ganha vida dentro de mim com a constatação e fico de pé, dando a volta na cama para encará-las. Como se pudesse sentir minha presença, Lou enrijece com uma leve carranca, mas não olha para mim. Nenhuma delas faz isso. Não sei bem se isso deveria me chatear. Na verdade, não sei se deveria sentir qualquer coisa, então, em vez disso, eu me sento, resignada.

Ao pé da cama, uma colcha verde amarrotada quase toca o chão. Ninguém a dobra. Ninguém sequer toca nela.

Devo ter deixado assim, percebo de repente. Mas por que elas não arrumariam aquilo?

Madame Tremblay — não, *maman* — se empertiga com os lábios franzidos de sempre. Eles prometem dezenas de críticas se Lou ou Coco saírem da linha. Por sorte, as meninas permanecem caladas, observando *maman* empilhar livros, joias e duas ferramentas de chaveiro douradas na escrivaninha.

— Os Chasseurs não devem esperar *nenhuma* doação nossa no próximo ano. São todos uns inúteis.

Maman abre a gaveta rápido demais e sibila quando o sangue brota de seu dedo indicador, onde uma lasca de madeira sai de sua pele como uma bandeira branca de rendição.

— Madame Tremblay — murmura Lou baixinho —, por favor, permita que uma de nós a cure…

— De jeito nenhum. — *Maman* endireita a postura, afastando os cabelos do rosto, e o sangue pinta de escarlate os fios grisalhos. — Perdoem minha sinceridade, mas a magia é… bem, é uma coisa *terrível*. Para início de conversa, é por isso que estamos nesta confusão. Uma *semana*! — exclama ela, com raiva. — Minha filha está desaparecida há uma *semana*, e que progressos fizeram para trazê-la de volta?

— Juro que temos mais olhos vasculhando Belterra do que a senhora faria caber nesta bolsa magnífica — afirma Lou.

Ela dá um sorriso fraco, um sorriso tenso, e aperta seu anel de pedra da lua com tanta força que ele começa a derreter sua pele. Coco se estica e agarra a mão dela. A pele de Lou se suaviza na hora, e o anel retorna ao seu formato impecável de antes.

Apesar disso, elas continuam de mãos dadas.

195

A visão de seus dedos entrelaçados me enche de uma sensação de conforto e saudade.

Maman empurra a gaveta de volta para fechá-la, e a escrivaninha chacoalha enquanto os livros — *meus* livros — balançam de um jeito perigoso na prateleira. No entanto, quase como em um passe de mágica, eles se deslocam alguns centímetros para trás, afastando-se da beirada.

Maman percebe mesmo assim, endireitando os ombros e erguendo o queixo indignada.

— Eu não aprovo. Seja lá o que você e suas… *Dames Blanches* estão fazendo, eu *não aprovo*.

— Não precisamos da sua aprovação — afirma Coco. Qualquer outra pessoa teria retrucado baixinho, talvez com um revirar de olhos, mas ela fez contato visual com *maman*. — Queremos encontrar Célie tanto quanto a senhora, madame Tremblay, e faremos *o que for necessário* até conseguirmos. Inclusive usar magia. Não há outra opção.

Encontrar Célie.

Encontrar Célie?

A confusão dança ao redor da minha cabeça como uma rajada de flocos de neve. Não consigo imaginar por que elas precisariam me encontrar se estou aqui. Eu me aproximo das minhas amigas, apoiando minha mão nas delas. Lou ajeita a postura, olhando para Coco com os olhos semicerrados.

Talvez eu não seja a única pessoa que está confusa.

— Estou bem aqui — sussurro para ela.

Minhas palavras ricocheteiam nas paredes e encontram um eco de silêncio agudo. Eu me junto a ele, certa de que também deveria estar fazendo alguma coisa. Procurando por algo? Não, talvez isso não esteja certo. Talvez eu deva estar *triste*. Mas por quê? Por que não consigo me lembrar?

— *Nisto* concordarmos — declara *maman*, e assente uma vez, concisa, mas aparentemente satisfeita. — Quero minha filha de volta. Custe o que custar.

Coco solta Lou, levantando-se. Ela é mais alta do que *maman*, que precisa olhar para cima a fim de encontrar o olhar de Coco.

— Nós *iremos* encontrá-la, madame.

Maman hesita, fico esperando que seus lábios se abram e lancem palavras afiadas como facas. Em vez disso, para minha total surpresa, seus olhos brilham com grande intensidade e uma lágrima escorre pelo seu rosto. Ela a enxuga depressa, mas minhas amigas percebem. Um lenço cor de safira flutua pelo quarto em uma brisa fantasma e pousa como uma borboleta no ombro de *maman*. Ela o apanha e o larga em cima da escrivaninha.

Embora Lou dê de ombros diante da repreensão silenciosa, indiferente, eu a conheço bem o suficiente para perceber a preocupação que escurece seus olhos azul-esverdeados.

— Eu não perco nada que não consiga encontrar, madame Tremblay — assegura ela. — Com sua filha não será diferente. De um jeito ou de outro, *iremos* encontrá-la.

— Obrigada.

Maman desvia o olhar da escrivaninha e, quando alguém bate à porta, vai em direção à entrada. Uma, duas vezes. Depois três, quatro, cinco vezes.

Eu sorrio, em reflexo.

Já ouvi essa batida uma dezena de vezes. Provavelmente uma centena. Jean Luc dizia que precisávamos disso, de um modo de saber quem estava à minha porta, de saber se havia segurança ou não. É lógico que ele era o único que a usava. E Jean Luc sempre significava segurança.

Não significava?

A emoção queima como ácido na minha garganta, mas não consigo discernir ao certo o que estou sentindo. Dói demais refletir a respeito, como uma ferida infeccionada. Não posso tocá-la. Isso só pioraria as coisas.

A porta se abre com um gesto de Lou e...

Ali está ele.

Jean Luc.

Vestido de azul e prata, com uma Balisarda cintilante ao lado do corpo, os olhos dele se arregalam quando ele nota minha mãe.

— Ma-Madame Tremblay! — Ele se curva no mesmo instante. — Eu não fazia ideia de que estava visitando a Torre hoje. A senhora... deveria ter uma escolta. Deixe-me encontrar Frederic. Ele pode ajudá-la...

— Não há necessidade. — *Maman* empina o queixo e, embora seja *muito* mais baixa do que Jean Luc, consegue olhá-lo com superioridade mesmo assim. — E esta *não* é uma visita social. Suas investigações estão fracassando, capitão. Chegou a hora de eu fazer uma por conta própria.

A expressão dele se desfaz.

❧ 197 ❧

— Por favor, madame Tremblay, nós estamos fazendo o possível.

— Ah, acredito que *elas* estão. — *Maman* aponta com má vontade para Lou e Coco. — Mas, da última vez que vi, seus caçadores estavam ciscando em plantações e arbustos como um bando de galinhas inúteis.

Jean Luc se encolhe e desvia o olhar depressa.

— Eles receberam ordem de revistar cada centímetro de Belterra. Isso inclui as plantações.

— Minha filha não foi *escondida* em um campo de *mirtilos*.

A voz dela falha e mais três lágrimas escorrem por suas bochechas. Ainda parado na soleira, Jean Luc arrisca uma olhada rápida para ela. Ele abre a boca quando vê as lágrimas.

Lou tenta romper o silêncio.

— É verdade — comenta em voz baixa. — Célie jamais se arriscaria a manchar suas roupas... uniforme, vestido ou o que fosse.

— Nada a deixaria mais furiosa — concorda Coco.

Jean Luc revira os olhos para elas, parando apenas quando *maman* aponta o dedo na direção dele.

— Eu não ligo para o título que dá a si mesmo. Não me *importo* se é capitão ou noivo. Se não encontrar minha filha, não descansarei até que esta torre seja desmantelada e usada como lenha.

Ela passa por Jean Luc com uma elegância que eu jamais conseguiria imitar, sua raiva afiada como uma adaga. Levantando as saias enquanto se dirige para o corredor, *maman* se endireita outra vez, sua postura impecável e sua coluna rígida feito uma vareta. Uma pose perfeita para um retrato. Ela ergue a sobrancelha para ele.

— E então?

— Sim, madame Tremblay. — Jean Luc se curva de novo, erguendo a mão direita sobre o coração em uma promessa silenciosa. — Quer uma escolta até a sua carruagem?

— Não, eu não quero.

Dito isso, *maman* se retira sem dizer mais nada e, quando ela desaparece virando o corredor, Jean Luc desaba no batente da porta. Ele apoia a testa, escorregadia de suor, no braço.

— Dia difícil? — pergunta Coco com doçura.

Com doçura *demais*. As palavras derretem como algodão-doce na língua.

Jean Luc não se dá ao trabalho de erguer os olhos.

— Não comece.

— Ah, que pena. — Ela estala a língua com suavidade antes de sorrir, exibindo todos os seus dentes brancos perolados. — Olhe só, *nós* passamos o dia convencendo os pássaros a procurar embarcações suspeitas nas fronteiras, encantando os porcos para que reconheçam o cheiro de Célie como se ela fosse uma maldita trufa e... ah, o que mais? — Ela dá um tapinha no próprio queixo. — *Isso* mesmo. Passamos a última hora presas neste quarto com a mãe enlutada de Célie, que simplesmente *apareceu* enquanto procurávamos um item pessoal para usar na vidência!

— Pare com isso. — Jean Luc desliza a mão para a Balisarda, como se a apertasse para ganhar forças. — Não aja como se eu não tivesse feito nada. Não tenho conseguido comer, beber ou dormir na última *semana*. Toda a minha existência gira em torno de encontrar a *minha* noiva.

Coco joga a cabeça para trás com uma risada seca e sem humor.

— *Você* tem sofrido? Tem noção de que ela só fugiu por causa de você e dos seus segredos? — Em seguida, ela avança, ágil feito uma serpente, enquanto Lou se levanta da cama com a cara fechada, que parece estranha no seu rosto sardento. — Nada disso teria acontecido se você tivesse contado a ela a merda da verdade. O que estava tentando provar?

A mão de Jean Luc se fecha no punho da Balisarda.

— Caso não tenha percebido, ela não fugiu. Ela foi *sequestrada*, o que significa que eu tinha todo o direito de tentar proteger...

— Não, não tinha, Jean — discorda Lou. — Nenhum de nós tinha. Estávamos errados.

Eu sei que deveria concordar com ela. Eu deveria abrir a boca e me defender — deveria impor minha presença de alguma maneira —, mas ninguém consegue me ouvir. E, de qualquer modo, eu não tenho energia para lutar. Talvez nunca tenha tido. *É isto*, percebo, por um momento triunfante com a constatação. *É isto mesmo*.

A emoção singular que me atravessa enquanto me sento na cama. Na *minha* cama.

Exaustão.

Eu me sinto exausta.

Agora que a reconheci, outras emoções se estendem como uma tempestade sobre o mar, mas, pela primeira vez, tenho a capacidade de reprimi-las. E é maravilhoso. Sou capaz de apenas observar, em um transe, enquanto as três pessoas com quem mais me importo neste mundo discutem sobre mim, sobre onde eu deveria ou não estar naquela noite, o que deveria ou não estar fazendo. As vozes ficam mais irritadas a cada palavra, mais altas, até que eles não se pareçam em nada com as dos meus amigos, mas com as vozes de completos estranhos. Eu não os reconheço.

Eu não me reconheço.

Uma coisa, porém, é certa: seja lá o que eu estava fazendo, estava fazendo do jeito errado.

— Eu não vim aqui para brigar — declara Jean Luc enfim, balançando a cabeça e olhando com raiva para ambas.

Os músculos de seus ombros e braços irradiam tensão enquanto ele se obriga a encostar na porta. A inspirar e expirar. A se desvencilhar daquela discussão inútil.

— Nem nós. — Lou cruza os braços, e um dos botões salta instantaneamente do casaco de Jean Luc, caindo entre os pés dos dois. — Mas fique sabendo que, se estivéssemos de fato brigando, Coco e eu venceríamos.

— É óbvio que sim. — Jean Luc pega o botão, apertando-o entre os dedos enquanto olha para os dois lados do corredor. Ele não olhará minhas amigas nos olhos agora. Nem vai olhar além delas, para dentro do quarto.
— A colcha — prossegue ele por fim, suspirando. — Célie trouxe do antigo quarto para cá. Deve ajudar vocês na vidência.

Lou olha para trás na direção da colcha.

— Lógico. É a única coisa que não tem aquele tom horroroso de azul.

— Você deveria mostrar mais respeito pelos caçadores. Todos se ofereceram para ajudar na busca. Até os novos recrutas aderiram.

— Vamos fazer um trato. — Lou oferece a mão a ele com deboche. — Mostrarei respeito *depois* que minha amiga for encontrada. Isso serve para você?

— Estou *tentando*. — Jean Luc passa a mão pelo rosto, e a tensão no seu corpo diminui de súbito. — Eu a amo, está bem? Vocês sabem como eu a amo.

Recuando para apanhar a colcha, Coco a segura com força junto ao peito. Seu olhar ainda transmite violência. Ela solta:

— Bem, ela não está neste quarto, então fique à vontade para procurar em outro lugar.

— Sim, não acho que a tática adequada para busca e salvamento seja ficar parado nas soleiras das portas — completa Lou. Ela bate o pé no chão, e soa como um trovão segundos antes de outro raio cair. — O que você *quer*, Jean?

Jean Luc cerra a mandíbula. Seu olhar se demora na colcha nas mãos de Coco. Então responde:

— Houve um novo desdobramento.

— Qual?

Coco cospe a palavra, cambaleando de leve, é a primeira vez que a vejo fazer isso. Ela esbarra em Lou, que a firma com a mão ansiosa e os olhos arregalados.

— Onde ela está? — sussurra Lou. — O que você ouviu?

Jean Luc tira os olhos da minha colcha e enfim encontra o olhar delas. Ele franze a testa.

— Não é sobre Célie. É… — Ele engole em seco. — É sobre o grimório da sua família, Cosette. Está desaparecido. Alguém… o roubou — termina ele em voz baixa.

Coco o encara por vários segundos.

Então ela pragueja, em voz alta e enfurecida, enquanto Lou lança uma onda de raiva pelo quarto. Meus livros caem da prateleira, um por um, e se amontoam no chão. Minhas gazuas rolam para debaixo da cama e desaparecem de vista. Eu fico de pé em um pulo, correndo para apanhá-las, mas eu deslizo a mão por elas, com meus dedos atravessando o metal. Tento de novo. E de novo. A cada vez, minhas mãos se recusam a encontrar resistência e pequenas agulhas de frio perfuram minha pele.

Parece que não consigo tocar em nada neste lugar.

Por que não consigo tocar em nada neste lugar?

E, por falar nisso, por que eles não conseguem me ouvir? Por que não conseguem me *ver*? Por que não consigo falar com eles?

Minha frustração enfim se liberta, e eu chuto a lombada encouraçada de um livro de contos de fadas. Para minha surpresa, o livro se move; só um pouco, apenas o suficiente para agitar as páginas. No entanto, não o bastante para que alguém perceba. E eu… fico furiosa. E *triste*. E… E…

Mais uma dezena de emoções convergem como uma onda quebrando dentro do meu peito, poderosa o suficiente para tirar meu foco. Para estalar como um elástico na minha barriga, me puxando... para outro lugar. Um lugar que *não aqui*. Minha visão fica embaçada até que a cena diante de mim — Lou, Coco, Jean Luc, meu quarto — se transforma em um arco-íris preto e cinza. Luto para me agarrar a qualquer coisa em busca de um ponto de apoio, esticando as mãos para a escrivaninha, para a cama e até para o chão com um grito desesperado. Porque ainda não posso ir embora. Meus amigos estão me procurando, e eu não posso *ir embora*.

— Lou! Coco! — grito e levanto as mãos a fim de acenar para eles, mas é um erro. No instante em que perco o contato com o quarto, a sensação de puxão se intensifica e não consigo encontrá-lo mais. Não sou forte o suficiente. — Estou aqui. Por favor, *por favor*, estou bem aqui!

Minha voz se afasta, baixa demais até para os meus próprios ouvidos, como se eu estivesse gritando debaixo d'água.

A última coisa que vejo são os olhos de Lou quando, de alguma maneira, encontram o meu rosto no escuro, e então sou lançada em um sono profundo e sem sonhos.

CAPÍTULO VINTE

Um aviso

Uma luz dourada dança atrás das minhas pálpebras quando acordo devagar. Aos poucos. Onde quer que eu esteja, é agradável, quente e tem o cheiro da minha irmã: velas de cera de abelha e mel de verão. Sem vontade de abrir os olhos, eu me aconchego ainda mais sob o lençol, esfregando o rosto no que parece ser seda. Uma mecha de cabelo faz cócegas no meu nariz, e dou um suspiro de contentamento profundo.

Então eu me lembro do teatro, dos espíritos, de *Michal*, e meus olhos se abrem de supetão.

Milhares de velas estão espalhadas por todas as superfícies do meu quarto. Elas sobem pela escadaria principal, enfileiram-se nos biombos, circundam as poltronas macias. O fogo crepita de modo agradável na lareira, e braços e mais braços de candelabros de latão se entrelaçam no mezanino, suas velas iluminando uma galeria com molduras douradas. Os retratos, antes ocultados pela escuridão, cobrem cada centímetro da parede ao redor das janelas. Todos têm expressões majestosas e primorosas.

Eu me sento, assombrada, e lençóis pretos, que antes estavam cobertos de poeira, agora deslizam até os meus quadris. Eles cheiram a jasmim. *Eu*, porém, ainda estou fedendo a chuva e mofo. Franzindo o nariz, levanto o lençol para examinar meu vestido úmido: um pouco de lama mancha a bainha, e é provável que a renda amarrotada esteja arruinada para sempre. *Que ótimo.* Eu me jogo de volta no travesseiro e murmuro:

— Odessa vai me matar.

Fico ali deitada por mais alguns minutos, contando cada tique-taque do relógio sobre a cornija, temendo o inevitável: preciso me levantar, preciso seguir em frente, mais cedo ou mais tarde tenho que encarar Michal e sua ilha de vampiros outra vez. A Véspera de Todos os Santos se aproxima cada vez mais, e tudo que aprendi é que os vampiros *talvez* tenham aversão à prata.

❧ 203 ❧

Solto um gemido e me viro de lado para observar a intransponível parede de livros.

Sem Dimitri e Odessa à minha disposição, só me resta uma opção, e eu não deveria mesmo desperdiçar a luz das velas. Porém, a ideia de me debruçar sobre páginas e mais páginas empoeiradas até os meus olhos sangrarem me dá vontade de gritar. Afasto o lençol assim mesmo, fazendo uma careta, e me forço a deslizar para fora da cama. O tapete também foi lavado há pouco tempo. Sinto um pouco de umidade sob os dedos dos pés descalços enquanto me arrasto até as estantes e passo meus dedos ao longo de seus livros infinitos.

E me detenho em *Como se comunicar com os mortos*.

Um arrepio percorre minhas costas enquanto olho para as letras antigas e descascadas do título.

Não seja burra. A parte lógica da minha mente rejeita de imediato a ideia, e minha mão se afasta da lombada. Os espíritos do teatro deixaram seu posicionamento mais do que nítido: eu preciso ir embora, fugir ou sofrer as consequências. Com certeza eles não me ajudariam agora, mesmo que eu pedisse. No entanto...

Puxo o livro da estante, me jogo em uma das poltronas macias e estudo a capa. Seria mais burrice *não* perguntar, certo? Preciso de informações sobre vampiros, algo que os espíritos poderiam me dar. Além disso, não é como se pudessem ir correndo contar a Michal. Ele não consegue vê-los. *Ninguém* consegue vê-los, exceto eu, o que significa que os espíritos seriam os aliados perfeitos. É verdade que desmaiei na última vez que me comuniquei com eles, mas eu não estava preparada para encontrá-los no teatro. Não achava nem que fossem *reais*.

Desta vez poderia ser diferente.

Com esse pensamento vem outra revelação surpreendente: em ambos os encontros, os espíritos não tentaram me machucar. Não de verdade. Tentaram me intimidar, assustar, mas não levantaram um único dedo contra mim. Minha mão se demora nas letras descascadas, passando o polegar pelo M de *mortos*.

Eles *podem* levantar um dedo contra mim? São ao menos capazes de me tocar?

Olho ao redor do quarto, mal ousando ter esperança, mas não há dor de cabeça, nenhuma luz espectral, presença misteriosa ou vozes de qualquer tipo.

— Olá? — Tento baixinho.

Ninguém responde. *É óbvio* que ninguém responde, e por que responderiam? Também deixei meu posicionamento bem evidente.

Será que são suas emoções que os atraem? Poderia ser alguma emoção sentida mais intensamente?

Mas como é possível *forçar* uma emoção intensa?

Descartando a ideia, abro o volume de *Como se comunicar com os mortos* e folheio as páginas, parando no meio do livro.

A teoria dos mundos é muito debatida pelos estudiosos do ocultismo. A maioria concorda que os mundos coexistem em paralelo, ou melhor, sobrepostos como o miolo de uma cebola: em camadas, idênticos, impossíveis de isolar, porém de identidades separadas. Dessa forma, os mundos dos vivos e dos mortos prevalecem um sobre o outro. É raro que os habitantes de qualquer um dos mundos atravessem de um lado para o outro, apesar de compartilharem o mesmo espaço físico, e aqueles que o fazem jamais se recuperam.

Fecho o livro com força sem ler mais uma palavra sequer. Não que eu tenha entendido a maioria. Porém, a frase "Aqueles que o atravessam jamais se recuperam" parece autoexplicativa. Cautelosa, coloco o livro na mesinha lateral, enxugando as palmas das mãos na saia do vestido. Eu me conforto com a ideia de que, de qualquer maneira, tudo não passa de suposição. Nem mesmo os vampiros sabem como funciona essa minha nova e estranha habilidade. É provável que estes *estudiosos* compreendam ainda menos a situação.

Talvez eu possa apenas *pedir* aos espíritos que apareçam.

Pigarreando, sentindo-me ridícula, adoto um tom de questionamento educado.

— Se alguém estiver aí, poderia... é... poderia, por favor, aparecer? Eu gostaria de conversar.

Como ninguém responde, junto as mãos e tento de novo.

— Eu entendo a sua… relutância em aparecer, mas acho que todos queremos a mesma coisa. Com a sua ajuda, poderei deixar esta ilha o quanto antes… esta noite, na verdade, se formos bastante espertos. Só precisamos trabalhar juntos.

Silêncio.

A irritação começa a sobrepujar minha paciência.

— Preciso saber sobre a prata em Réquiem. Todo mundo aqui se mostra bastante evasivo quando toco no assunto, mas presumo que os espíritos não sejam amigos dos vampiros. — Reprimo um estremecimento e acrescento: — É provável que o próprio Michal seja o responsável por aquele machado no seu pescoço. Afinal, ele convenceu você e sua família a virem para cá. — Mais silêncio. — A prata seria uma arma contra ele? Monsieur Marc mencionou ter envenenado o irmão… imagino que isso signifique que vampiros *podem* morrer. A menos que o veneno tenha apenas enfraquecido D'Artagnan de alguma maneira, foi isso? Como alguém *consegue* aprisionar uma alma no corpo de um gato?

Quando *ainda assim* ninguém responde, endireito os ombros, levanto o rosto e faço uma careta para o cômodo vazio. Se os espíritos *estão* aqui, ouvindo sem serem vistos, eles sem dúvida não estão interessados em se envolver na conversa.

— Não tem por que tornar a situação difícil, sabe — digo, irritada. — Tudo o que fizeram desde que cheguei foi me aterrorizar… tagarelando que eu preciso *ouvir* e que preciso *ir embora*. Então, aqui estou eu apresentando uma oportunidade efetiva de atender ao pedido de vocês e escolhem me ignorar. É um comportamento bastante estúpido.

Apenas o relógio soa na cornija. Quando termina de tocar, mergulhando o quarto no silêncio outra vez, minha temperatura sobe a cada tique-taque constante do ponteiro dos segundos.

Perdendo por completo a paciência, pego o livro *Como se comunicar com os mortos* e o atiro para o outro lado do quarto.

Ele não bate na cabeceira da cama como esperado. Na verdade, não faz nenhum barulho. Observo, pasma, enquanto a borda da capa parece *atravessar* o ar, rasgando o éter do cômodo e desaparecendo em uma mão estendida.

— Você beija sua mãe com essa boca? — indaga uma voz suave e feminina, e uma cabeça familiar se abaixa para aparecer na ruptura repentina entre o meu quarto e... algum outro lugar.

Dou um grito e recuo aos tropeços, mas é tarde demais.

A estranha ruptura perto da minha cama continua a se estender, transformando-se em uma boca escancarada e, com isso, a temperatura no quarto despenca. O ar fica mais rarefeito até que mal consigo respirar, até que meus pulmões ameaçam entrar em colapso, até que a realidade se transforma em um delírio onírico com cores suaves e luz tremeluzente e misteriosa. Na verdade, em vez de fumaça, cinzas parecem flutuar das chamas das velas. Elas caem feito neve no meu cabelo.

Um espírito está empoleirado nas espirais de ferro dos pés da minha cama, com as pernas cruzadas, fitando-me com atenção.

— É você — sussurro, meus olhos se arregalando com o reconhecimento antes de dispararem pelo quarto mais uma vez. *Porque funcionou. Deve ter funcionado*, mas não sinto nenhuma pressão crescente nos ouvidos, nenhuma dor lancinante na cabeça. — Foi você quem... quem olhou pelo buraco da fechadura na primeira noite. Você falou comigo.

A risada da mulher é alegre e contagiante, como sinos de vento, e seus olhos escuros brilham com malícia.

— Você faz com que olhar pelo buraco da fechadura pareça uma coisa indecente. Já tentou fazer também? É o meu passatempo favorito.

— O quê? É... não. Nunca experimentei. — Minha respiração está mais fácil, e começo a suspeitar que não preciso respirar aqui. Onde quer que *aqui* seja. — Me desculpe, mas... onde eu *estou*?

— Você atravessou o véu, é evidente.

— Atravessei o quê?

— Não sabe mesmo?

Ela deixa o livro de lado, inclinando a cabeça com curiosidade para me observar. Embora a juventude irradie de sua pele sedosa e de seus cabelos brilhantes e compridos, volumosos e opacos, provavelmente de um castanho intenso em vida, existe algo distintamente elegante nela também. Algo sábio. Ela poderia ter a minha idade, sim, ou talvez ser alguns anos mais velha. *Não.* Alguns anos mais nova? Franzo a testa para ela enquanto tento decidir.

207

— Como isso é possível depois do teatro? — questiona ela. — Ninguém explicou para você?

— Me perdoe por perguntar, mas... quem *é* você? Também estava no teatro?

Ela bufa com desprezo.

— De jeito nenhum, e você também não deveria ter estado lá. L'Ange de la Mort é estridente nos melhores dias, impregnada de todos os tipos de criaturas mal-educadas e repugnantes. E meu nome é Mila. — Ela faz uma pausa com ar de imponência, afastando o cabelo do rosto. — Mila Vasiliev.

Mila Vasiliev.

É evidente que o nome deveria significar algo para mim. Porém, como *não* tenho ideia de quem ela seja, faço uma reverência para disfarçar minha ignorância.

— É um prazer conhecê-la, Mila Vasiliev.

— Igualmente, Célie Tremblay.

Ela exibe um sorriso radiante antes de ficar de pé e fazer uma reverência impecável. Embora eu abra a boca para perguntar *como* ela me conhece, mudo de tática de repente, indo direto ao cerne da questão. Quem sabe quanto tempo ainda tenho antes que Dimitri, Odessa, ou até mesmo — Deus me livre — *outra* pessoa retorne?

— Michal disse que L'Ange de le Mort é uma fenda no tecido entre os mundos. Ele me levou para... para invocar os espíritos de lá, de alguma forma.

O sorriso de Mila se transforma em uma carranca, e, quando ela revira os olhos, sei que avaliei corretamente: este espírito, pelo menos, não é amiga de Michal.

— Você não pode nos *invocar* por aí — retruca ela com desgosto. — Não somos cachorros. Não respondemos a nenhum mestre e não atendemos quando chamados. O motivo para que possa nos ver é porque *você* se aproximou de *nós*, e não o contrário.

Quando ela arqueia uma sobrancelha diante da minha postura rígida, eu me forço a dobrar os joelhos e a me sentar na beirada da poltrona macia enquanto as cinzas continuam flutuando ao nosso redor.

— Mas eu *não* me aproximei de vocês. Na verdade, tenho feito o melhor que posso para *não*...

208

— É lógico que você não *pretendia* rasgar o véu. — Ela gesticula com leveza antes de se acomodar na cama outra vez. Ou melhor, antes de pairar vários centímetros acima dela. — Mas, falando a verdade, o que espera que aconteça quando reprime suas emoções? Elas têm que ir para algum lugar no fim das contas, e este mundo *é* bastante conveniente...

— Espere, *espere.* — Aperto os dedos no colo deixando os nós pálidos, e me inclino para a frente no assento. Embora, por milagre, minha cabeça permaneça sem dor, ela começa a girar com a facilidade com que Mila fala sobre o véu e... e... sobre todo o resto. — Vá mais devagar. O que quer dizer com *este* mundo? Quantos mundos *existem*? O livro mencionou apenas o dos vivos e o dos mortos...

— É provável que os autores do livro citado estivessem vivos no momento em que o escreveram. Como poderiam reivindicar qualquer autoridade sobre as complexidades da vida após a morte? — Ela dá outra risada alegre e contagiante enquanto balança o enorme livro na palma da mão. Quando ele se abre aleatoriamente em uma página, a ilustração de uma caveira com uma boca larga e escancarada nos encara. Desvio o olhar depressa. — Nem *eu* entendo a questão toda e estou morta mortinha. O que sei — ela fala mais alto quando, incrédula, abro a boca para interrompê-la — é que este mundo, o *meu* mundo, atua como uma espécie de intermediário. Ele existe entre o mundo dos vivos e o dos mortos. Assim, nós, espíritos, podemos ter vislumbres tanto do seu mundo quanto do... além.

— Além — repito sem expressão.

Ela assente com a cabeça e examina a caveira como se não estivéssemos discutindo toda a *eternidade*, como se ela não tivesse apenas colocado em dúvida todas as minhas crenças e convicções com duas frases simples.

— O seu mundo é muito mais iluminado, lógico, pois já vivemos nele, e os dois são quase idênticos. — Ela fecha o livro com um baque. — Mas você não veio aqui para falar sobre a vida, não é? Acho que é bem o contrário.

Morte.

Sem dúvida a morte é a razão pela qual solicitei uma reunião com espíritos para início de conversa. *Foco, Célie.* Eu me obrigo a largar a saia, limpar as estranhas cinzas dos joelhos e endireitar os ombros. Apesar de tudo, dessa *distração*, Coco deve continuar sendo minha prioridade e, para protegê-la, preciso primeiro dar um jeito de proteger a mim mesma.

Antes que eu possa encontrar uma maneira inteligente de começar o interrogatório, porém, Mila deixa de lado *Como se comunicar com os mortos* e diz:

— Eu não a culpo por buscar a violência, mas primeiro você deve permitir que eu peça desculpas pelo péssimo comportamento do meu coven. Os vampiros sempre foram criaturas bestiais.

Franzo a testa ao ouvir a palavra. *Coven.*

— Mas isso significa... Você é uma bruxa?

— Uma bruxa? — Ela abre outro sorriso, cheio de dentes, revelando duas pontas afiadas. Eu me encolho um pouco. — Lógico que não. Eu sou uma vampira... ou pelo menos *era*. Tente acompanhar, mocinha, faça o favor. Como já foi mencionado, agora estou morta.

Agora estou morta.

Apesar de sua repreensão, as palavras são tudo o que eu queria ouvir.

Força minhas feições a permanecerem cuidadosamente neutras, indiferentes, enquanto me acomodo na poltrona macia. Na prateleira à minha frente, o bule começa a chiar e a fumegar sozinho, mas eu mal ouço. Mal vejo.

Se Mila já foi uma vampira, isso significa que... Les Éternels *podem morrer.*

Apesar das afirmações de Michal, de Odessa e até mesmo de Dimitri, parece que eles não são *tão* eternos quanto querem que eu acredite que são. A prova da fraude deles está a apenas um metro de distância, afofando o cabelo e aguardando minha resposta. Examino Mila com inocência enquanto o bule começa a chacoalhar. Não há sangue nem ferimentos na pele dela, e, diferentemente dos espíritos no teatro, nenhum machado se projeta de sua cabeça, que permanece firme no pescoço. Na verdade, não existem pistas sobre a causa de sua morte. Se não fosse por sua forma prateada e incorpórea, ela pareceria bastante saudável. Bastante *viva.*

Pigarreio, expressando — *espero eu* — a quantidade certa de sinceridade.

— Lamento muito ouvir isso, mademoiselle Vasiliev. Caso não se importe com a pergunta... Como isso aconteceu?

Seu sorriso se alarga ainda mais, parecendo feliz de verdade.

— Você *é* esperta. Isso eu reconheço.

Meu coração se contrai no peito.

— Não sei o que quer...

— Mas é uma péssima mentirosa. Precisa parar agora mesmo. — Ela aponta o dedo para os meus olhos. — Não é preciso ouvir seus batimentos cardíacos nem sentir o cheiro das suas emoções para saber exatamente o que está pensando. Mas elas têm o tom de verde *mais lindo*. — Com um olhar malicioso para as velas ao nosso redor, ela acrescenta: — Sua Majestade deve concordar.

Aliso a saia enquanto o bule derrama um chá preto como piche em uma xícara lascada.

— O que *isso* significa?

— Significa que você mencionou prata antes — explica ela, com a voz um pouco inocente demais —, o que parece um pedido incomum. Me diga: é mesmo sobre isso que quer conversar? Nesse caso, eu poderia convocar os outros. Eles estão todos muito ansiosos para falar com você e vão *adorar* descrever nos mínimos detalhes como tem sido tola.

— Os outros? — Por impulso, meu olhar se volta para as prateleiras, onde rostos iridescentes começaram a piscar, escondidos entre livros e bugigangas. A xícara lascada não está mais entre eles, no entanto. Não. Agora está na mesa ao lado da minha poltrona, reluzindo inocentemente. — Eu... Eu não entendo. Tive a nítida impressão de que eles queriam que eu fosse embora. Por que agora parece que *vocês* querem me ajudar?

— Você considera o orgulho um defeito ou uma virtude, Célie Tremblay?

Surpresa com a pergunta, desvio o olhar da xícara, que está quase tocando a minha mão. Afasto meus dedos do apoio de braço, e o aroma suave de flores de laranjeira emana do chá.

— Nenhum dos dois, eu acho.

— E quanto a si mesma? Você se considera orgulhosa?

— O quê? *N-Não*. De jeito nenhum.

Embora eu jamais fosse admitir isso, na verdade me considero o exato oposto. Como poderia pensar diferente? Somente as crianças de três anos têm medo do escuro e, mesmo assim, não sucumbem a crises nervosas quando as velas se apagam. Elas não falam com *espíritos*.

211

— Bem, então não deve ser preciso muita imaginação para perceber que até mesmo os que partiram têm entes queridos para proteger — continua Mila.

— É *lógico* que vocês têm, mas o que isso... — Resisto à vontade de gesticular em descontrole na direção das cinzas flutuantes, dos pingentes de gelo ao longo da cornija, e da luz cinzenta e suave. — O que qualquer dessas coisas tem a ver comigo?

— Ora, Célie. Todas as bocas no nosso mundo vêm falando sobre uma noiva há semanas... e eu não beberia esse chá se fosse você — acrescenta de repente.

Eu me sobressalto e percebo que, por puro hábito, minha mão alcançou a xícara estranha.

— Por quê?

— Porque é veneno. — Ela dá de ombros com delicadeza enquanto empurro a xícara com um som estrangulado, derramando o líquido preto na mesa. Ao entrar em contato com a superfície, ele literalmente *devora* a madeira com dentes minúsculos e afiados. — Achou que o seu mundo tinha sido o único afetado por esta praga? — pergunta Mila.

— Mas eu pensei que... me desculpe... como todo mundo aqui já está *morto*...

Mila arremessa o *Como se comunicar com os mortos* para o outro lado do quarto, onde ele cai com um golpe doloroso sobre as minhas pernas. Pesado, real e inquietante.

— Enquanto estiver neste mundo — explica ela, séria —, você é *deste* mundo, o que significa que precisa ter muito cuidado. As cinzas, o bule, o veneno... nada disso é como deveria ser, o que significa que nosso mundo não é mais seguro. Nem mesmo para uma Noiva.

O bule ainda assobia na prateleira, pontuando as palavras dela e ficando mais barulhento, apitando, a cada giro dos pés de porcelana. Eu a encaro atônita, tentando sem sucesso manter minha voz calma.

— Do que você está *falando*? E por que continuam me chamando de noiva? Ainda não me casei...

— Não é esse tipo de noiva. — Mila balança a cabeça, e as cinzas se assentam ao redor dela em uma espécie de véu de noiva macabro. — Você é uma Noiva da *Morte*. — Quando hesito, sem entender, ela solta um suspiro sofrido. — A Morte e a Donzela? *Filles à la cassette*? Ah, vamos lá, Célie, você só folheou aquele maldito livro?

Fico boquiaberta de indignação.

— Você disse que eu não aprenderia sobre a vida após a morte em um livro! Falou que os autores...

— ... podem, é óbvio, supor corretamente de vez em quando! — Ela abre o livro em uma parte perto do final, virando-o para mostrar outra ilustração medonha. Desta vez, é uma mulher com uma serpente na boca. — Veja, eles escreveram uma parte inteira sobre Noivas no final. Não vou fingir que sei o que aconteceu com você, mas obviamente foi tocada pela Morte. Isso acontece às vezes: em ocasiões muito raras, com belas jovens. Em vez de perder a vida, é permitido que elas fujam... que elas *vivam*... Só que a jovem em questão nunca mais é a mesma depois que a Morte a visita. Ela se torna sua Noiva.

Sua Noiva.

Tocada pela Morte.

Deseja morrer, mademoiselle? Ou são os próprios mortos que te chamam?

Eu me levanto depressa.

Eu não queria que a conversa tomasse este rumo.

— Você não se pergunta por que pode atravessar os mundos enquanto ninguém mais pode? — Mila joga as mãos para o alto antes que eu possa responder. — Deixe para lá. Não importa. Bem, *importa*... você de fato deveria ler mais... mas os detalhes não são relevantes para esta conversa em específico. O que *é* relevante é que você encontre um jeito de sair desta ilha antes que ela venha atrás de você.

— Antes que *quem* venha atrás de mim? — Perdendo a paciência de vez, jogo as mãos para o alto porque estou cansada, molhada e com fome de novo. Porque toda vez que dobro uma esquina neste lugar horrível encontro mais perguntas do que respostas. Porque eu queria aprender sobre prata e agora vou sonhar com *serpentes* pelo resto da minha breve vida. — E quero uma explicação concreta desta vez — acrescento com raiva —, ou é melhor você e o resto desses bisbilhoteiros indecentes — levanto a voz, dirigindo-me às estantes de livros — atravessarem essas paredes de volta e caírem fora da minha vida. Eu estou falando sério. Ainda não sei como purificar um ambiente, mas encontrarei sálvia se for preciso. Eu vou... Eu vou costurar essas *fendas*, para que nenhum de vocês possa me incomodar de novo!

Mila me olha com sagacidade por vários segundos.

— As fendas, em geral, cicatrizam sozinhas — afirma ela.

— Estou avisando, Mila...

— Sim, está certo, *tudo bem* — desiste ela, enfim. — Se *devo* dizer... não sabemos na verdade o que se aproxima. Os espíritos não são oniscientes, mas nós... *de fato* vemos coisas, nós as sentimos, de uma maneira que você não é capaz de fazer. — Ela sai flutuando da cama, aproximando-se, e suas palavras seguintes arrepiam os pelos da minha nuca. — As trevas se aproximam, Célie. Elas estão se aproximando de todos nós, e no centro de tudo está um vulto... um homem.

— Quem é ele? — pergunto um pouco sem fôlego. — A Morte?

— Lógico que não. Eu lhe disse que a Morte raramente interfere. — Mila suspira de novo, a frustração dominando sua voz, enquanto bate as cinzas dos ombros. — O homem de quem eu falo... não podemos vê-lo com nitidez através do véu. A tristeza parece encobrir o rosto dele.

Solto uma risada trêmula, de alívio.

— Então como sabem que ele está me procurando? É possível que seja só um grande mal-entendido...

— Ele precisa do seu sangue, Célie.

As palavras caem de modo brutalmente simples, como a lâmina de uma guilhotina. Elas decepam todos os pensamentos da minha cabeça, todas as perguntas, e só me resta olhar para Mila em um silêncio atordoado. Talvez eu tenha ouvido mal. Porque este homem, este... este *vulto sombrio* que até os espíritos temem não pode querer o meu sangue. Talvez ela queira dizer o sangue de Lou, o sangue de Reid, ou até mesmo o sangue do todo-poderoso Michal. Nesse caso eu acreditaria nela. Mas o *meu*? Deixo uma gargalhada escapar no silêncio.

— Houve um erro terrível — declaro.

As sobrancelhas de Mila se juntam.

Antes que ela possa argumentar, porém, alguém bate na porta, e a voz severa de Michal ecoa pelo quarto silencioso.

— Está viva?

Toda a vontade de rir se transforma em um nó de raiva no meu peito.

Como sempre, Michal tem um timing impecável.

No mesmo momento, os espíritos nas prateleiras desaparecem de vista, mas Mila permanece, com os olhos se voltando para a porta. Algo semelhante a medo lampeja por eles, aparecendo e desaparecendo rápido demais para ser identificado. Ela engole em seco, como se estivesse ponderando. Depois de mais alguns segundos, seus ombros relaxam e, como já havia decidido, ela dispara em direção ao teto.

Porém, isso não é justo, *nada* disso é. Por que ela pode fugir quando eu não posso? Gesticulo com raiva em direção à porta e digo sem emitir som: *Ele quer falar com um espírito.*

A sombra de um sorriso pequeno e triste surge nos lábios dela.

— Eu sei.

E não posso fazer nada além de observar enquanto Mila sobe cada vez mais alto, fora do meu alcance, de muitas formas. Outra vez me vejo com mais perguntas do que respostas, é como se a carnificina da guilhotina deixasse uma grande bagunça. *Ele precisa do seu sangue, Célie.*

Que ridículo!

— Célie? — chama Michal.

— Prometo voltar para explicar — diz Mila, hesitando sob o teto com acabamento dourado, bem ao lado do lustre, no momento em que a maçaneta começa a girar. As últimas palavras dela chegam até mim em um sussurro desamparado antes que o espírito desapareça de vez. — Mas não posso dar o que ele quer.

CAPÍTULO VINTE E UM

Um presente

Mila desaparece no mesmo momento em que Michal surge atrás de mim e não consigo conter a forte amargura na minha voz quando me viro para confrontá-lo, caindo de volta no mundo dos vivos. O calor passa por mim em uma onda violenta e meus olhos ardem com a explosão repentina de cores intensas e saturadas.

— Não lhe dei permissão para entrar.

Ele arqueia uma sobrancelha arrogante.

— Eu não pedi permissão.

— Esse é *justamente* o problema...

Eu me assusto quando ele se move na minha frente com uma velocidade sobrenatural, seus olhos escuros disparando para cima, em direção ao lustre. O movimento revela a aparente extensão ampla e pálida do seu pescoço acima do lenço. O tecido era preto, como sempre, embora ele tenha colocado roupas limpas e secas desde a última vez que o vi. Olho com ressentimento para o meu vestido manchado.

— Interrompi alguma coisa? — pergunta ele casualmente.

Não posso dar o que ele quer.

De repente eu percebo: Michal não quer falar com um espírito antigo qualquer. Não. Ele quer falar com apenas uma, e quer muito. Embora eu não saiba por quê, também não me importo.

— Não interrompeu nada — minto.

— Eu poderia jurar que ouvi a sua voz.

— Eu falo enquanto durmo.

— Ah, é? — Cruzando as mãos atrás das costas, ele caminha ao meu redor com uma espécie de autocontrole tranquilo. Seus olhos ainda observam o teto. — Interessante. Você não disse uma palavra quando te coloquei na cama esta manhã. — Minhas bochechas esquentam até quase doerem com a revelação, com a ideia de ter Michal perto do meu corpo adormecido, dos

⚜ 216 ⚜

lençóis e da *cama*. — O quê? — pergunta, com uma curva zombeteira nos lábios. — Não vai nem agradecer?

Na minha visão periférica, a fenda entre os mundos tremula de leve em uma brisa inexistente, suas bordas se unem devagar. *Cicatrizando*, me dou conta, pasma. Como se eu de fato *fosse* uma adaga no véu, como se a minha passagem criasse uma ferida de verdade entre os mundos. Eu me forço a dar as costas à cena.

— Por me largar com um vestido molhado? Sim, Vossa Majestade, sou *eternamente* grata pelo resfriado e pela tosse.

Ele se detém no meio do caminho, lançando-me um olhar de esguelha, curioso.

— Preferiria que eu a tivesse despido?

— *Como é?* — Se é que isso é possível, minhas bochechas ficam ainda mais quentes, mas ele apenas inclina a cabeça, e aquela curva de seus lábios se transforma em um sorriso abertamente malicioso. — Eu… É desprezível, monsieur, por falar esse tipo de coisa. É óbvio que eu não teria *preferido* que… que…

— Eu a despisse? — termina ele, provocante. — É só pedir, você sabe. Não seria nenhum problema.

— Pare de me olhar assim — esbravejo.

Ele finge inocência, começando a me rondar mais uma vez.

— Assim como?

— Como se eu fosse um pedaço de *carne*.

— Está mais para um bom vinho.

— Eu pensei que vampiros não desejassem sangue humano.

Ele se aproxima de um jeito cruel e satisfeito. O olhar de Michal se concentra em meu pescoço mais uma vez. Está tentando me desestabilizar. Eu *sei* que ele está tentando me desestabilizar, mas ainda assim o instinto me prende no lugar. Instinto e… alguma outra coisa, líquida, quente e não tão desagradável. O sorriso de Michal se alarga como se ele soubesse o que é.

— Toda regra tem exceção, Célie.

Consigo sentir o cheiro da sua adrenalina também, consigo ver que suas pupilas estão dilatadas.

Cerro os punhos com força, espantada com a vontade inexplicável e indesejada de estender a mão e tocá-lo. Eu culpo o ar de mistério que ele exala. Michal é real e totalmente terrível, mas… as sombras sob seus olhos são tão frias quanto o restante dele? E qual é a causa delas? Exaustão? Fome? Meus olhos disparam para os seus dentes, para a ponta de cada presa. Elas parecem afiadas o suficiente para perfurar a pele ao menor toque do meu polegar. Será que doeria?

Como se pudesse ler meus pensamentos, ele murmura:

— Você é curiosa demais para o seu próprio bem, filhote.

— Não sei o que quer dizer.

— Não está se perguntando como seria a sensação? De ser beijada por um vampiro?

Os gemidos de Arielle voltam à minha mente, agudos, em primeiro plano, e minha pele fica ainda mais quente.

Não. Não pareceu doer.

— Não seja convencido. — Eu me afasto dele e percebo tarde demais que me desviei em direção à cama e não à lareira. *Mãe de Deus.* Cerro os dentes, esticando os lençóis e ajeitando o cobertor para fazer o erro parecer intencional. — Como eu já disse, não estou interessada em ser mordida por nada nesta ilha... muito menos por você.

A risada de Michal é sombria, repleta de promessas que não compreendo.

— Está bem.

— Por que está *aqui*? Não tem outros prisioneiros para provocar hoje? — Olho com raiva para ele por cima do ombro e acrescento: — Já *é* noite, não é? É impossível saber, já que pelo jeito as venezianas fazem parte da estrutura deste quarto esquecido por Deus.

— São sete horas da noite. — Ele retorna sua atenção para o teto. — Vim me certificar de que você sobreviveu — prossegue ele com ironia. — Depois do seu colapso em L'Ange de la Mort, temi que seu coração pudesse falhar e não posso permitir que isso aconteça. Ainda que tenhamos feito progresso, nosso trabalho permanece inacabado.

— Progresso — repito sem emoção.

— Quando foi que você desenvolveu nictofobia?

— Que importância tem *isso*?

Os olhos escuros se dirigem aos meus.

— Tem importância porque a nictofobia parece ser o seu gatilho. Percebi assim que entrei no seu quarto. Ambas as mudanças que senti ocorreram no instante seguinte a você ter sido deixada aqui no escuro, e a terceira ocorreu no teatro... mais uma vez, no escuro.

218

Eu afofo meu travesseiro com uma pancada violenta.

— Muita gente tem medo do escuro — me defendo.

— Não como você. Eu nunca tinha testemunhado uma reação psicológica tão intensa. — Os olhos de Michal ficam mais brilhantes, mais famintos, enquanto examinam o meu rosto. Aparentemente sem pensar, ele se aproxima da cama. De mim. — Acredito que o seu medo permitiu que atravessasse o véu. Permitiu que você visse os espíritos. Que falasse com eles.

Um segundo de silêncio.

O que espera que aconteça quando reprime suas emoções? Elas têm que ir para algum lugar no fim das contas.

Embora eu abra minha boca para refutar sua afirmação, ela não é... *totalmente* esdrúxula, e parece bater com a explicação de Mila. Todas as vezes que os espíritos apareceram, com exceção da mais recente, eu estava tendo um ataque de pânico. Na verdade, na segurança da luz dourada das velas, posso até admitir que é na escuridão que eu me sinto mais perto da morte.

— É esse o seu plano? — Ergo o queixo e endireito a coluna, fingindo bravata. — Vai me largar na escuridão até conseguir o que deseja? Ou é isso que você *realmente* quer: ver eu me encolher e me ouvir gritar? — Sua expressão esfria de imediato, mas eu continuo mesmo assim, determinada a... *irritá-lo* de alguma maneira. A *desestabilizá-lo* do jeito que ele me desestabiliza. — O nosso medo faz você se sentir poderoso? Foi isso que fez com Babette antes de matá-la?

Todo o interesse nos olhos dele desaparece.

— Você faz muitas perguntas.

— Para que acender estas velas, então? — Eu abro os braços, de modo imprudente, talvez tola, e gesticulo para a luz das velas ao redor. — Não está só prolongando o inevitável?

— Talvez — responde o vampiro com frieza, inclinando a cabeça. — Mesmo assim, sou grato pelos seus esforços no teatro e, por isso, decidi abrir a minha casa para você. A partir desta noite, poderá circular como quiser pelo castelo. Considere isso um sinal da minha boa-fé. No entanto — ele se aproxima, sua voz suavizando daquele jeito horrível e letal —, não abuse da minha hospitalidade, filhote. Não tente fugir. Vai se arrepender se fizer isso.

— Pare de me *ameaçar*...

— Não é uma ameaça. Esta ilha é perigosa, e tenho assuntos a resolver em outro lugar ainda hoje. Não poderei intervir se você se afastar demais.

219

Demora vários segundos para que as palavras penetrem na névoa espessa da minha raiva.

— Que tipo de assuntos? — pergunto desconfiada, visualizando o corpo drenado de Babette e os desenhos a carvão das outras vítimas: humana, Dame Blanche, *loup-garou* e melusina. Cinco espécies no total. Nenhum vampiro.

Todos os corpos sem uma gota de sangue.

Uma forte urgência atiça minha raiva. Se Michal planeja deixar esta ilha, não há dúvida de que um sexto corpo aparecerá em breve em Belterra. Eu preciso... detê-lo de alguma maneira, incapacitá-lo, mas sem achar uma arma letal e mágica...

Fico tensa com a constatação. Se Michal *de fato* planeja partir, posso aproveitar a oportunidade para procurar meu crucifixo. Ele o escondeu em algum lugar e, embora Mila não tenha confirmado minha suspeita sobre a prata, não tenho outra pista a seguir. Não posso salvar esta vítima, meu estômago se revira com pesar, mas talvez consiga salvar a próxima. Talvez eu possa *matar* Michal no momento em que ele retornar a Réquiem. Uma determinação ferrenha se fortalece com a ideia. Se a prata for a solução, eu a encontrarei e o impedirei.

— Que tipo de assuntos? — pergunto de novo, minha voz mais ríspida desta vez.

— Nada que seja da sua conta.

Com outro olhar altivo, ele passa por mim em direção ao armário atrás do segundo biombo. Hesito apenas um segundo antes de ir atrás dele.

— O que está fazendo aí atrás?

— Para você. — Ele joga uma trouxa de renda e seda cor de esmeralda em cima de mim antes que eu dê o segundo passo. O tecido se derrama das minhas mãos, revelando o vestido mais lindo que eu já vi. Delicados diamantes negros reluzem ao longo do decote em coração, descendo pelo corpete justo, tão pequenos que parecem partículas de poeira estelar. — Monsieur Marc mandou lembranças e ordenou que regressasse à loja esta noite com Odessa para buscar o restante do seu enxoval, pelo qual você também não precisa agradecer.

A voz de Michal transborda desdém. Amasso a cauda deslumbrante nos meus punhos fechados. Apesar de sua arrogância *irritante*, eu não deveria continuar a instigá-lo. Ele é um vampiro, um *assassino*, que aprecia o controle acima de tudo. Não irá embora até que recupere o controle sobre esta situação, e preciso que ele saia para poder procurar meu crucifixo. Se preciso expressar minha gratidão para que ele saia logo, é o que vou fazer: sorrir, pedir desculpas, me render. Perder esta batalha para vencer a guerra.

Seria a coisa sensata a se fazer. A coisa lógica.

Bufo com escárnio e giro nos calcanhares.

— Nenhum presente pode redimir as coisas que fez, monsieur. Seu coração é tão sombrio quanto estes diamantes.

Ele passa a mão pela seda, tocando-a — tocando a *mim* — com dedos gelados.

— Perdão. Achei que tínhamos recomeçado. Devo devolver o vestido por você?

— Não. — Puxo o vestido, cuidadosa com o tecido delicado, mas ele não o solta. Em vez disso, move a roupa em sua direção devagar, forçando-me a encará-lo mais uma vez. Fecho a cara e firmo meus calcanhares. Ele continua a puxar, me trazendo cada vez mais perto, até que preciso esticar o pescoço para ver seu lindo rosto. — Você com certeza *não* irá devolver o vestido — retruco com ódio. — Agora ele pertence a mim, e espero que tenha gastado uma *fortuna* com ele.

Com a mão livre, Michal tira luvas compridas e luxuosas do bolso, balançando-as na frente do meu nariz. Não consigo decidir se o brilho nos olhos dele é diversão ou raiva. Talvez seja as duas coisas.

— E gastei — confirma ele.

É apenas raiva, então.

— *Ótimo* — rosno, porque estou com raiva também, estou *furiosa*, e ele... ele...

Ele arranca o vestido das minhas mãos com uma facilidade ridícula. Antes que eu consiga impedi-lo, antes que eu possa proferir impropérios com o susto, Michal o rasga cuidadosamente em dois, deixando cair a linda renda, a seda e os *diamantes* no chão, aos meus pés. Sem tirar os olhos dos meus nem por um instante.

— Meu coração é mais sombrio. Aproveite a liberdade, Célie Tremblay.

Ele sai sem dizer outra palavra.

221

CAPÍTULO VINTE E DOIS

A cristaleira

Espero meia hora antes de colocar a cabeça para fora do quarto, em busca de qualquer sinal de Michal. Outras dezenas de velas iluminam o corredor deserto, que foi limpo com perfeição recentemente — as teias de aranha foram varridas, as tapeçarias lavadas, as estátuas polidas —, sem que eu ouvisse um pio. Pelo jeito, os criados se movem com tanta discrição quanto seu senhor. Dou um passo hesitante para fora e fecho a porta atrás de mim com um clique suave.

Confirmando o que Michal prometeu, nenhum guarda aparece do lado de fora ao ouvir o som.

Nas dobras da saia do vestido de Odessa, meus alfinetes novos tilintam ansiosos enquanto me apresso pelo corredor.

Eu os acalmo com a mão, sigo a luz das velas, e tento repetir os passos de Dimitri naquela primeira noite. Ele me levou diretamente ao escritório de Michal, que parece ser o melhor lugar para iniciar minha busca por coisas escondidas. O *único* lugar para iniciar minha busca, na verdade, já que não visitei nenhum outro no castelo a não ser o saguão. No entanto, se a confiança de Michal na minha capacidade de escapar for algum indicativo, talvez ele nem sequer tenha escondido o crucifixo... ou já o tenha atirado no fogo.

Ao pensar nisso, quase dou risada.

Michal é arrogante demais para destruir um troféu daquele tipo, mas, como dizem, o orgulho antecede a queda. Se o crucifixo ainda existir, se Michal o escondeu em algum lugar, eu o *encontrarei*, mesmo que precise revirar este castelo tijolo por tijolo. Eu vou encontrá-lo e vou usá-lo a meu favor de alguma maneira.

Eu *vou*.

Entretanto, minha confiança murcha depressa quando dobro uma esquina de repente, derrapando e parando em um corredor repleto de armaduras. Seus escudos reluzem escuros e estranhos à luz das velas, e meu próprio rosto pálido é refletido em cada um deles, ao mesmo tempo familiar e... diferente, de alguma maneira. Minhas feições são ferozes e misteriosas. Quando olho por muito tempo, os olhos dos meus reflexos parecem sangrar e... *não*.

Com um arquejo, balanço a cabeça para espairecer antes de refazer os meus passos, voltando pela esquina. Porque esta é apenas mais uma distorção. É lógico que é. Mila, Lou e até mesmo *Christo* falaram de uma escuridão — uma doença — se espalhando pelos mundos, o castelo não permaneceria imune. Eu só preciso... prestar atenção. Tenho que tomar mais cuidado e preciso...

Paro de repente e meus olhos se arregalam para a parede vazia diante de mim.

Preciso manter a calma.

Porque a esquina por onde acabei de chegar... de algum modo, desapareceu, *saiu do lugar*, como se o próprio corredor ganhasse pernas feito uma aranha e fugisse, me deixando ali apenas com armaduras e sombras para me orientar. *Tudo bem*. Engulo em seco e me viro devagar para encará-las. Meu reflexo, pelo menos, voltou ao normal, e decido interpretar isso como um sinal de sorte. Talvez o castelo não esteja tentando me aterrorizar, afinal; pode ser que esteja tentando me *ajudar*, e esse corredor me levará aonde preciso ir.

No entanto, quando o elmo mais próximo se vira para observar enquanto eu passo, largo *esse* pensamento tolo e saio correndo pelo corredor, desaparecendo de vista, parando somente quando chego a uma escada que parece vagamente familiar. Exceto que não é nada familiar. E nem a próxima, e muito menos a outra. Sopro uma mecha úmida de cabelo dos olhos, coloco as mãos nos quadris e olho para o retrato da mulher de vermelho diante de mim. *Com certeza* ele não estava lá um segundo antes e, de fato, num piscar de olhos, ele desaparece de novo, deixando apenas uma parede vazia para trás.

Isso está ficando ridículo.

Se eu ainda não passei por um vampiro sem perceber — e se esse vampiro ainda não entrou em contato com Michal, Odessa ou Dimitri por meio de algum tipo de telepatia macabra —, vou ter que morder a língua. Algum deles pode aparecer a qualquer momento, o que significa que esta pequena excursão tem prazo para acabar. Com um suspiro relutante, dou meia-volta para encarar o corredor todo, me detestando pelo que estou prestes a fazer.

— Mila? Você está aqui?

Ela não responde, mas, depois de sua saída bastante dramática, eu não esperava outra coisa. Então, quando uma fagulha de irritação desabrocha, eu me concentro nela com cada fibra do meu ser. De fato, não deveria ser tão difícil. *Nada* deveria ser tão difícil, mas aqui estou, tentando instigar emoção suficiente para atravessar um véu metafísico e pedir orientações a um espírito. Solto uma bufada de escárnio. Meus amigos jamais acreditariam em mim se eu contasse isso. Há uma semana, *eu mesma* não teria acreditado. E talvez eu devesse ficar envergonhada em admitir que ninguém, incluindo minha pessoa, jamais imaginaria que eu pudesse me meter em um enrascada dessas.

Na mesma velocidade que a constatação se instala, a temperatura despenca, e todas as cores desaparecem do corredor enquanto cinzas familiares começam a flutuar dos candelabros de cada lado. Eu as abano com uma espécie de leve triunfo. Porque eu consegui — *eu atravessei* — e deveria estar satisfeita demais comigo mesma. E *estou* satisfeita, mas ao mesmo tempo... não estou.

E isso faz com que eu me sinta bastante perdida.

Mas não tenho tempo para me concentrar nisso agora. Deixando os pensamentos de lado, sibilo o nome de Mila outra vez, e, ao estilo Célie, um espírito desengonçado e sardento responde, flutuando pela escada com as mãos nos bolsos.

— Como sabe que a prata vai matá-los? — indaga ele.

— Eu não sei. — Passo por ele em busca de Mila e dou apenas dois passos antes de hesitar. Afinal, gostando ou não, não posso me dar ao luxo de desperdiçar esta oportunidade. Não posso me dar ao luxo de sentir pena de mim mesma. Ainda não. — *Você* sabe como matá-los?

Ele aponta para as duas feridas idênticas em seu pescoço com um sorriso tímido.

— Um amigo uma vez me contou que alho matava.

224

— Certo. — Desvio o olhar depressa, fazendo uma careta enquanto guardo aquela informação. — Alho não serve. Será que poderia me levar ao escritório de Michal, então?

Com o sorriso se alargando, ele joga o ombro estreito para a direita.

— Talvez eu possa.

Deslizando para dentro da parede, ele desaparece tão depressa quanto apareceu, e eu paro em uma bifurcação no corredor seguinte. Reprimindo um arrepio, esqueço o alho e examino cada trecho.

À esquerda, as velas continuam acesas, lançando uma luz quente sobre uma passagem que *talvez* leve ao saguão. A tapeçaria ali parece vagamente familiar. Entretanto, não me lembro de Dimitri e eu atravessarmos o saguão para chegar ao escritório de Michal.

Mordendo o lábio, olho para a direita, onde as sombras cobrem as arandelas apagadas.

O menino fantasmagórico não *parecia* ter más intenções. Respirando fundo para me acalmar, pego um candelabro e viro para a direita, lembrando de Jean Luc — e de Lou e Reid, de Coco e Beau. Eles rastejaram pela escuridão daqueles túneis por mim, e posso fazer o mesmo por eles. Posso encontrar meu crucifixo de prata e salvar meus amigos da ira de Michal. Posso salvar a vida das futuras vítimas dele. Michal sabe que eu tenho medo do escuro.

Ele deixou esta passagem no escuro por um motivo.

Levanto o candelabro mais para cima, lançando luz mais adiante pela passagem. Este lugar… também parece familiar. Reconheço aquela tapeçaria caótica, esta extensa árvore genealógica. Passo por elas depressa, descendo outro lance de escadas. Nenhum vampiro surge para me impedir. Porém, as cinzas continuam a se assentar e a temperatura continua caindo. Meus braços ficam arrepiados a cada rangido nas paredes.

— Você está sendo ridícula — murmuro para mim mesma, segurando o candelabro com as duas mãos agora.

Um gemido ecoa e fico tensa ao me lembrar do aviso de Odessa: *Este castelo é antigo e tem muitas lembranças ruins.*

— Ridícula — repito.

Quando uma risada peculiar ressoa atrás de mim, solto um grito estrangulado, brandindo meu candelabro como uma espécie de porrete. No entanto, ele acerta o ar vazio, quase escorregando das minhas mãos e colidindo com portas de ébano já conhecidas. Paro de repente e olho para elas, admirada. As portas se elevam até o teto, em uma extensão igualmente ampla: sinistras, impenetráveis e sombrias feito a noite. Assim como o seu dono.

— Encontrei — sussurro.

Como se o próprio castelo estivesse ouvindo, uma rajada de ar frio varre o corredor.

E apaga cada uma das minhas velas.

— *Não...*

Antes que eu possa entrar em pânico, antes que eu possa exigir que de alguma maneira... sei lá... *reacendam* as chamas, outra cabeça aparece atravessando as portas de ébano, me fazendo cair para trás. Empunho o candelabro contra ela como se fosse uma espada e digo, bufando:

— Poderia, *por favor*, me dar algum tipo de aviso antes de pular em mim desse jeito?

— Eu não pulo. — A mulher fantasmagórica funga e ergue o queixo altivo, com brincos de pérola balançando em meio aos cachos perfeitos de seu cabelo. Tirando a estranha inclinação do pescoço, ela é o retrato da civilidade. — Vocês, sangues-quentes, são sempre muito presunçosos, menosprezando a morte na frente dos mortos. Não é a pior coisa que pode acontecer, sabia?

Ela começa a se retirar.

— Espere! — Eu fico de pé, alisando com pressa a saia do vestido e o cabelo sob olhar crítico do espírito. Para ser sincera, ela me lembra minha mãe, apesar de ser vários anos mais nova. Ou talvez vários anos mais velha? É impossível dizer. — É... Por favor, mademoiselle, eu... peço desculpas pela ofensa. Tem toda a razão, mas, se pudesse ficar só por um instante, eu seria eternamente grata.

Ela franze o nariz erguido com repulsa.

— Por quê?

Aponto para a maçaneta. Sua silhueta prateada fornece luz *minimamente* suficiente para que eu enxergue o buraco da fechadura, e ela deve ter um bom motivo para se demorar no escritório de Michal — é provável que seja por vingança. Ele não me parece o tipo de pessoa que trata as próprias amantes com afeto.

— O senhor deste castelo roubou algo de mim que eu gostaria de recuperar. Mas preciso de luz para arrombar a fechadura.

Uma alegria cruel cintila nos olhos da mulher.

— Você quer roubar de Michal? — indaga ela.

Assinto com cautela.

— Ah, excelente! — exclama. — Onde devo ficar?

Solto o ar aliviada quando ela desliza através da porta, lançando uma luz muito útil sobre a maçaneta. Ripas peculiares revestem a sua extensão. Examino cada uma com cuidado antes de me voltar para o buraco da fechadura, sentindo uma camaradagem inesperada por esta mulher morta. Todos que detestam Michal devem permanecer unidos.

— Perdoe minha franqueza, mas… — procuro a gazua na minha saia — ele matou você também?

— Quem? Michal? — A mulher ri enquanto enfio as ferramentas na fechadura. — De jeito nenhum. Ele partiu meu coração, não meu pescoço, se bem que eu teria torcido o dele com prazer. — Ela leva a mão ao cabelo, enrolando um cacho no dedo, quase sonhadora. — Uma pena. As coisas *imorais* que ele podia fazer com a língua…

Engasgando, eu quase deixo cair as ferramentas.

— Ah, sim — continua o espírito com malícia —, e com os dentes…

A fechadura se abre com um clique e eu me empertigo depressa, com o rosto quente. Pensando melhor, ela *não* me lembra nem um pouco a minha mãe.

— Sim, bom… muito obrigada pela sua ajuda. Depois de encontrar meu colar, prometo dar um beijo em Michal por você.

Ela incha feito um sapo.

— Você não *dará um beijo nele* coisa nenhuma…

Giro a maçaneta e passo pela soleira até o escritório, atravessando o véu e aterrissando com firmeza no mundo dos vivos. Para o meu alívio, o espírito apenas enfia a cabeça pela fenda antes de mostrar a língua e desaparecer por onde veio. E, como essa fenda é menor, quase mais bem-feita, ela cicatriza rápido demais para que a mulher mude de ideia.

Deixando-me sozinha.

A escuridão completa, entretanto, não toma conta do lugar, pois um fogo baixo ainda arde na lareira e uma vela tremeluz fracamente em sua escrivaninha. Ela pinga cera preta na superfície laqueada.

Tudo bem.

Reunindo o que resta da minha coragem, dou a volta na cadeira de Michal e abro cada uma das gavetas de sua escrivaninha.

Ao contrário do cômodo em si, elas permanecem destrancadas, cheias de suprimentos convencionais e organizados: uma pena de águia, um pote de tinta cor de esmeralda e uma adaga fina como agulha em uma gaveta; uma bolsa de veludo com moedas em outra. Derramo um punhado na palma da mão. Eles não trazem a coroa das *couronnes* de Belterra, mas a silhueta bruta de um lobo em ouro e bronze. Nada de prata. Recoloco a bolsa no lugar com cuidado e passo para os próximos itens.

Uma caixa de fósforos e um maço de incenso.

Um molde de selo em forma de caveira e cera preta.

Um anel de ferro em forma de garra, que coloco no polegar, observando a ponta letal com um fascínio mórbido e, por último, um desenho a carvão de Odessa e Dimitri. Reconheço as ondas espessas de seus cabelos, o formato felino de seus olhos, embora eles pareçam ser mais jovens ali do que os vampiros que conheci. Talvez tivessem a minha idade. Mesmo a lápis, seus sorrisos — seus sorrisos *humanos* — transcendem a página. Nenhuma presa surge das linhas retas e brancas dos dentes. Eles parecem... felizes.

Ponho o desenho de volta debaixo de um peso de papel de jade, cerrando os dentes.

O crucifixo não está aqui.

Embora uma nova garrafa de absinto esteja em cima do aparador, o crucifixo também não está lá. Não está entre as taças de vidro lapidado ao lado, nem perto dos livros grossos na prateleira. Não está enfiado debaixo do tapete ou atrás dos retratos, tampouco escondido dentro da enorme cristaleira.

Não está aqui.

Engolindo um grito de frustração, eu quase jogo meu candelabro na lareira. Ele não está *aqui*, e estou ficando sem tempo. Michal já pode estar retornando para o castelo. Graças à sua *maçaneta* carnívora, ele saberá da minha invasão no instante em que pisar neste cômodo. Ele me deu permissão para explorar o castelo, sim, mas não para invadir seu escritório particular e vasculhar seus pertences pessoais. Tem que estar aqui.

Tem que estar.

Abro a cristaleira mais uma vez.

Mesmo que eu fuja, Michal vai me encontrar e, sem prata ao meu alcance, poderá me punir, me trancar na escuridão e jogar a chave fora. Preciso continuar procurando. Preciso...

Sem querer, bato meu candelabro no assoalho da cristaleira com um baque surdo.

Mal ousando respirar, fico de joelhos e vasculho as reentrâncias sombrias da cristaleira com dedos desajeitados. A madeira fica encostada no chão e... *ali está*. Um pequeno botão escondido bem na parte de trás. Quando eu o pressiono, com os olhos arregalados, engrenagens são acionadas nas profundezas da parede e o assoalho da cristaleira se abre.

— Um alçapão — sussurro.

Isso mesmo.

Abaixo, uma escada impossivelmente estreita mergulha direto na escuridão, o ar é denso e terroso, misturado com o cheiro doce e metálico de sangue. Meu estômago se contrai com o cheiro. Minha boca fica seca com a completa ausência de luz. Seja lá o que esteja no fundo deste túnel, não pode ser bom. Ainda assim... eu deveria investigar. Com certeza foi aqui que Michal guardou meu crucifixo de prata — neste *covil* úmido e escuro sob o castelo. Antes que eu possa mudar de ideia, corro de volta para a escrivaninha dele, remexendo na caixa de fósforos e reacendendo as velas do meu candelabro.

Estou na metade da escada quando percebo o que fiz.

O pânico sobe pela minha garganta.

Não. Respirando fundo, eu me concentro em contar cada passo. Reid sempre conta até dez quando está prestes a perder a cabeça. Infelizmente, a minha raiva sumiu, me deixando tão fria e vazia quanto o cômodo cavernoso que adentro. Aperto o candelabro. Na última vez que me aventurei no subsolo, Morgane me deixou inconsciente e acordei nas catacumbas. Acordei em um caixão.

Balanço minha cabeça para afastar a lembrança. *Isto aqui é diferente*. Embora Michal tenha escavado seu covil na rocha do subsolo do castelo, estas paredes não são as de uma cripta ou de um caixão. Elas brilham com veios de minérios e partículas de mica e, do outro lado do ambiente, uma água escura se estende lisa feito vidro para além da luz das minhas velas.

Se é uma piscina ou uma enseada secreta, não posso afirmar, mas um barco simples está amarrado à margem. Meu coração vai parar na boca diante da visão.

Dimitri disse que eu só poderia sair de Réquiem de navio. Disse que sentinelas vampiros me matariam antes que eu chegasse à plataforma de embarque.

Ele, muito conveniente, se esqueceu de mencionar este pequeno barco a remo escondido sob o castelo.

Forçando meus pés a se moverem, desço um segundo lance de escadas mais largo que leva ao nível principal antes de pegar uma pedra na beira da água. Com uma rápida olhada por cima do ombro, eu a atiro o mais longe que consigo, segurando meu candelabro no alto para observar a trajetória. No entanto, não adianta muito; mesmo com o respingo distante, não tenho como avaliar se a água desemboca no mar. A não ser que…

Eu me agacho de repente, mergulhando os dedos na água antes de levá-la aos lábios.

É salgada.

Lágrimas de um alívio esmagador surgem em meus olhos enquanto todo o meu corpo cai para a frente. Porque esta gruta *deve* levar ao mar, o que significa que… *acabou*. Mal me permito pensar na palavra, ter *esperança*, mas lá está ela, materializando-se tão nítida e brilhante quanto a luz da minha vela na água. Michal saiu e eu posso escapar.

Posso ir embora.

Estou no meio caminho de subir no barco quando entendo a realidade da situação depressa, despencando sobre a minha cabeça e me atordoando. Posso fugir de Réquiem hoje, sim — cada instinto do meu corpo grita para que eu vá embora —, mas minha fuga não vai deter Michal. Ele não vai desistir. Ainda irá me caçar, e pior: caçará *Coco*. Mais cedo ou mais tarde, vai nos encontrar e não serei capaz de impedir que ele a machuque.

Não como eu posso agora.

Agarro com força a borda do barco, e olho determinada para a água escura, ponderando. Michal não precisa saber que descobri o alçapão, a câmara secreta e a gruta particular. Para todos os efeitos, ele acredita que estou presa, indefesa, ou nunca teria me permitido perambular pelo castelo sem vigilância. No momento, se eu *de fato* encontrar uma arma contra ele, terei um meio de escapar. Um meio *real*. Se eu o matasse, ninguém pensaria em me procurar aqui. Iriam para o cais e, quando percebessem que eu desapareci, eu já poderia estar a meio caminho de volta para Cesarine. Será que tentariam *mesmo* vingar a morte de Michal?

Isso pode dar certo.

Com cuidado, volto para a margem e me viro para examinar a gruta com uma urgência renovada. Precisarei ter muita cautela, é óbvio. Michal não pode saber que estive aqui, ou todo o meu plano estará arruinado. Avançando devagar, me aproximo da ampla cama de madeira de ébano e seda cor de esmeralda brilhante no centro da caverna antes de hesitar, relutante em tocá-la. Não consigo imaginar Michal *dormindo*.

Foco, Célie.

Rápida e com delicadeza, passo as mãos pela colcha e pelos travesseiros em busca do meu crucifixo de prata. *Nada*. Eu me afasto novamente. Embora um tapete grosso suavize meus passos, Michal usou poucos objetos na decoração: nada de estátuas, almofadas ou poltronas, nada de castiçais. Uma fileira aleatória de quadros está encostada na parede oposta, mas ele os cobriu com um pano preto. Incapaz de resistir, descubro um deles, dando de cara com dois rostos que reconheço em partes: o nariz dele e os olhos dela, o queixo dele e a boca dela. Os pais de Michal.

Seus pais humanos.

Um sentimento de inadequação arrepia meu couro cabeludo enquanto olho para eles. Não consigo imaginar Michal como humano. A imagem simplesmente não faz sentido, como uma Coco feia ou um Beauregard tímido. Sem a força sobrenatural, a imobilidade, a intensidade, o Michal que conheço não existe, embora aqui esteja a prova de que ele existiu. Michal nasceu humano.

Corro os dedos pelos olhos da mãe dele enquanto imagino os soldados coagidos no navio, os dentes de Michal cravados no pescoço de Arielle. As sombras em seu olhar e o sangue em seus lábios. Ele sempre foi tão perturbado? Tão sádico? Como alguém *se torna* um vampiro?

Como um homem se torna um monstro?

Afastando os pensamentos estranhamente pesarosos, noto os nomes escritos no canto inferior direito do retrato: *Tomik Vasiliev e Adelina Volkov*.

Eu estreito os olhos.

Vasiliev.

Sinto um frio na barriga como se eu tivesse dado um passo em falso. Não pode ser coincidência.

Com as mãos trêmulas, passo para o próximo retrato, soltando o ar devagar ao ver os rostos familiares me fitando, os nomes correspondentes rabiscados no canto. *Michal e Mila Vasiliev.* Ele está em pé atrás dela, a mão pálida apoiada em seu ombro, enquanto ela se senta majestosa em uma cadeira de veludo. Representados em cores vibrantes e intensas, os olhos dela não são mais translúcidos, mas brilham no tom mais perfeito de castanho. O cabelo — castanho-escuro, exatamente como imaginei — cai longo e volumoso por cima do vestido verde-claro, e suas bochechas têm um tom rosado escuro. A beleza de Mila é de tirar o folego.

Meu peito se contrai de dor.

Ela é irmã de Michal.

Os olhos dela são maiores e mais suaves do que os dele, a pele, mais escura, mas não há como confundir o arqueado marcante das sobrancelhas, a linha reta do nariz, o contorno destacado do queixo. Eles pertencem a Michal também. Pertencem ao pai deles. E, de repente, a cruzada obsessiva de Michal para falar com ela faz sentido. A irmã dele morreu. Ele está... sofrendo por sua perda.

Recoloco o pano às pressas, me sentindo enjoada. A menos que Michal tenha escondido meu crucifixo de prata debaixo do colchão, ele não está neste lugar, o que significa que não devo permanecer mais tempo aqui. Vasculhar a escrivaninha dele é uma coisa; entrar sorrateira no seu quarto e conhecer o rosto de seus familiares é outra bem diferente. Meus instintos me dizem que, se Michal me encontrar neste lugar, ele não vai apenas me trancar até a Véspera de Todos os Santos. Ele vai me matar, e não posso dizer que o culparia.

Dou uma última olhada rápida pelo lugar, com auxílio do candelabro, e deixo os segredos dele na escuridão.

CAPÍTULO VINTE E TRÊS

Os celestiais

Meus pais contrataram um especialista quando voltei das catacumbas. Minha mãe logo percebeu que não tinha o necessário para ajudar, e meu pai se cansou de acordar todas as noites com meus gritos. *Meus pequenos ataques*, era como ele os chamava. E o especialista, um curador da mente chamado padre Algernon, com zelo, confirmou minha condição, me diagnosticando com histeria.

— Uma queixa exclusivamente feminina — explicou ele aos meus pais que, por sua vez, pagaram o homem, com zelo, por prescrever um tônico em vez de um manicômio, ou pior: um exorcismo.

Mesmo assim eu ainda os ouvi sussurrando no escritório de meu pai sobre possessão demoníaca.

— Não é incomum entre os tocados pela feitiçaria — contou o padre Algernon, sério. — Vemos isso muitas vezes nas vítimas: uma corrupção da alma. Uma semente sombria plantada nos fracos e imorais. O senhor precisa saber que não é culpa sua, milorde, já que frutas podres crescem até mesmo nas famílias mais saudáveis e vigorosas.

Minha mãe expulsou o padre Algernon de nossa casa depois disso, porém, quase um ano mais tarde, ainda não esqueci suas palavras. *Fracos. Imorais.*

As palavras parecem girar com as folhas quando Odessa e eu nos aproximamos da *Boutique de vêtements de M. Marc* mais tarde naquela noite.

No alto, morcegos de papel pendem da bétula prateada em homenagem à Véspera de Todos os Santos, as asinhas tremulando com o vento frio. No chão, abóboras e cabaças se espalham pela soleira da porta. Alguém esculpiu bocas largas e medonhas nelas, além de olhos que lampejam por causa das pequenas velas em seu interior. Aranhas deslizam pela vitrine, que agora exibe um deslumbrante vestido de crepe cor de berinjela, e guirlandas de

❄ 233 ❄

rosas pretas serpenteiam ao redor do poste do outro lado da rua. Acima da porta, um crânio humano está pendurado por um rosário.

Odessa, que me vê olhando para ele, diz:

— A caveira é uma tradição da Véspera de Todos os Santos em Réquiem... o rosário também.

— Por quê?

Por que Mila não quer ver Michal? Por que ela não quer falar com ele? E, mais importante, por que ela não fala comigo agora?

Tentei atravessar o véu de novo. Depois de voltar do escritório de Michal de mãos abanando, eu me concentrei em cada emoção que brotava dentro de mim: confusão e raiva, até mesmo esperança e expectativa.

Medo.

Por mais que eu tenha implorado para que Mila aparecesse, ou para as dezenas de espíritos que espiaram por entre as prateleiras para assistir ao espetáculo, ela se recusou a responder. Me deixou ansiosa e só restou estudar o *Como se comunicar com os mortos* até que Odessa chegasse. *Deixou-me um passo mais perto do meu fim*, penso com amargura.

Meu plano não funciona sem uma arma.

— Acho que se pode dizer que os vampiros têm um senso de humor sombrio — comenta Odessa.

Os olhos dela permanecem por tempo demais no meu rosto. Eu poderia até pensar que ela parece estar preocupada. Talvez eu pareça muito pálida, muito abatida, desde que descobri o segredo de Michal. Pode ser que eu não esteja fazendo perguntas suficientes. Como ainda não consigo me forçar a responder, ela se antecipa com um ar determinado:

— A primeira Igreja tentou assimilar o antigo ritual pagão do Samhain escolhendo 31 de outubro e 1º de novembro para a Véspera e o Dia de Todos os Santos... explicaram que era para facilitar a conversão. Um hábito bastante desagradável que eles desenvolveram. É lógico que nunca esperaram que os mortos-vivos participassem também.

Ela dá um sorrisinho e ergue as sobrancelhas, mas, quando eu apenas assinto, ela solta um suspiro. Então, em um tom de quem prefere arrancar os próprios olhos e pregá-los na porta, pergunta:

— Quer conversar sobre isso? Sobre o que está incomodando você?

O que está me incomodando. Quase dou risada, mas me forço a indagar:

— A primeira Igreja sabia da existência dos vampiros?

— Por alto. — Com os lábios franzidos, ela me estuda por mais um segundo antes de acariciar a face da caveira e entrar na loja. — Olá de novo, padre Roland. Você está ótimo.

E aí está: *exatamente* o motivo pelo qual Mila não quer falar com a família. Meu estômago se revira enquanto observo o crânio do padre Roland balançar de um jeito perigoso para a frente e para trás. Resisto à vontade de removê-lo, de colocar a cabeça do pobre padre para descansar. Michal pode sofrer pela perda da irmã, mas quantos outros sofrem por causa dele?

— Arrá!

A exclamação de monsieur Marc ressoa pela loja quando sigo Odessa, e levo vários segundos para encontrar o cabelo branco e ralo do vampiro em meio aos corpos amontoados lá dentro. Ele está ajoelhado ao lado da bainha da calça de um belo vampiro no banco do meio, enquanto Boris e Romi andam de um lado para outro entre a mesa de trabalho dele e dois outros clientes vampiros, medindo, prendendo com alfinetes, cortando e dobrando com velocidade sobrenatural.

— *Bonjour*, monsieur — cumprimento, mas ele passa depressa por Odessa e por mim, pegando um pedaço de corrente dourada da parede atrás.

— Chegaram *cedo*, damas! — Ele dispara até uma caixa de contas próxima. — Que falta de educação. Não percebem que a Véspera de Todos os Santos se aproxima? Não percebem que toda a Cidade Velha clama pela minha atenção? Não entendem o conceito de pontualidade? Faltam *dez* minutos para o horário de vocês…

— E ficaremos felizes em esperar, monsieur. Não é, Célie? — Odessa desliza a mão pelo corpete grená de tecido adamascado perto da porta. Uma luxuosa capa azul, feita de um veludo tão escuro que parece preto, está pendurada ao lado dele, com um diadema de ouro e pérolas. Todo o conjunto parece familiar de um jeito estranho, embora eu não consiga identificar onde o vi antes. — Entendemos que a verdadeira genialidade requer tempo. Isso é deslumbrante — acrescenta ela, levantando a capa para que eu veja. — Ele nunca deixa de superar todas as expectativas.

— Fico lisonjeado. — Apesar de monsieur Marc fingir um resmungo, uma alegria marota cintila em seus olhos com o elogio, e ele estufa o peito

com orgulho inconfundível. — A bajulação abre todas as portas. Boris! —
Ele estala os dedos para seu assistente. — Termine os ajustes de monsieur
Dupont para mim, por favor? Preciso preparar nossa Madona para sua
última prova antes de entregar o enxoval a mademoiselle Célie.

— Madona? — questiono. Olho chocada de Odessa para a capa preto-
-azulada e o corpete grená. *Azul do divino. Vermelho do sangue de Cristo.*
Bufo da maneira menos feminina possível. Minha mãe ficaria envergonhada. — Você vai se vestir de *Madona* para a Véspera de Todos os Santos?
Como em Madona e o Menino? A Mãe de Deus e Jesus Cristo?

— Acredita que Dimitri se recusa a participar? — Com a fantasia a ti-
racolo, Odessa joga o cabelo enquanto monsieur Marc a conduz para a sala
dos fundos. Ela pisca para mim de maneira conspiratória. — Você precisa
convencê-lo de que ele ficará adorável como bebê recém-nascido quando
chegar com a carruagem. Com o intelecto aguçado dele, já está quase lá.
Imagine-o de fralda.

Rindo, monsieur Marc fecha a porta, encerrando nossa conversa.

E me deixa sozinha em uma loja cheia de vampiros silenciosos.

Movendo-se como um raio, Boris estende a cauda do traje de monsieur
Dupont — ouro derretido, o tecido é tão lustroso que parece líquido — até a
porta da loja. Dou a volta com cuidado, muito consciente dos olhos escuros
de monsieur Dupont sobre mim. No topo de sua cabeça lisa há uma coroa
em formato de raios de luz.

Nunca fui capaz de aguentar o silêncio por muito tempo.

— Sua fantasia é linda — elogio para ele com um sorriso hesitante. —
Parece o sol. — Como ele não responde nada, apenas me encara, pigarreio
e começo de novo. — É evidente que o senhor não tem ideia de quem eu
sou, o que torna meu elogio um tanto inapropriado, não é? Me desculpe.
Por favor, permita que eu me apresente. Meu nome é Célie Tremblay e…

Com uma voz tão profunda e aveludada quanto sua pele escura, ele diz:

— Eu sei quem você é.

Boris e Romi trocam olhares cautelosos.

— Ah. — Meu olhar vai do vampiro para seus companheiros e meu
sorriso desaparece aos poucos. — Entendo…

— Ele permite que você entre na Cidade Velha? — indaga a segunda
vampira, pálida, alta e esbelta, de cabelos loiros platinados e lábios ver-

melho-sangue, inclinando a cabeça com curiosidade. Romi reajusta uma prega em seu vestido branco e sedoso. O tecido parece reluzir de leve, e um adorno delicado preto brilha em sua cabeça. Ele desce em um pingente de lua crescente acima da testa dela. — O filhote humano dele?

Eu me enrijeço um pouco.

— O *filhote* dele? — indago.

Não gosto do apelido quando ele sai dos lábios de Michal. Gosto menos ainda quando sai dos dela.

— Um Chasseur — solta monsieur Dupont, com uma expressão indecifrável. — Uma caçadora.

— Por que ele trouxe uma *caçadora* para Réquiem? — sibila a terceira vampira.

Cachos pretos feito corvos caem revoltos pelo corpo arredondado e voluptuoso, e o corpete de seu vestido é justo e transparente. O tecido tem um tom cinza-claro iridescente, com pontinhos de diamante costurados no tecido. Parecem estrelas.

Porque são *estrelas*, percebo com um interesse irritante e irracional.

Juntos, estes vampiros formarão os três corpos celestes na Véspera de Todos os Santos. Ademais, eles parecem querer me matar. E, de repente, me recuso a admitir que sou uma prisioneira, um *animal de estimação*, enquanto eles bancam os superiores com seus trajes lindos e rostos mais lindos ainda. Forço outro sorriso para cada um deles.

— Michal me convidou como hóspede no castelo. Voltarei para casa depois do baile de máscaras da Véspera de Todos os Santos.

Foi a coisa errada a dizer.

De imediato, a vampira de cabelos pretos feito corvos sibila, e os lábios de sua companheira loira platinada se curvam. Eu me forço a permanecer exatamente onde estou. *Nunca fuja de um vampiro.*

— Ele convidou você para as celebrações da Véspera de Todos os Santos? — indaga o primeiro, indignado.

— Ele não deveria ter feito isso? Já vi humanos no mercado — comento.

— Como escravizados — rosna uma das vampiras. — Nunca como convidados.

— Priscille. — Monsieur Dupont pousa a mão larga no ombro dela antes de voltar aqueles olhos insondáveis para mim. Embora não sejam abertamente hostis como os de Priscille, não chegam a ser muito gentis. — Tome cuidado, *humaine*, pois não somos o rei Vasiliev nem a família dele. Não recebemos autorização para celebrar com nossos parentes esta Véspera de Todos os Santos.

Engulo em seco e olho para a sala dos fundos.

— Ah, é?

— *É* — retruca Priscille, irritada, a mão de monsieur Dupont ainda em seu ombro. — Vampiros de todo o mundo já deveriam estar chegando a Réquiem, porém, este ano Michal fechou nossas fronteiras. Sem a autorização dele, ninguém entra e ninguém sai.

— Exceto você, é evidente — cospe a loira com frieza. — Sua irmandade tentará segui-la até aqui?

— Eu... Eu não sou de fato um Chasseur, mademoiselle.

— Mesmo assim, será que teria o sabor de um?

— Juliet — censura monsieur Dupont. — Aqui não.

Aqui não. Minha boca fica seca. Ele não proibiu *outros lugares*.

Porém, com certeza Odessa e monsieur Marc ainda podem nos ouvir; com certeza eles vão intervir se eu estiver em perigo real. Meu olhar se volta de novo para a porta da salinha. Embora uma loja cheia de vampiros furiosos não seja a melhor coisa do mundo, talvez o ódio deles por Michal possa funcionar a meu favor. Afinal, o inimigo do meu inimigo é um amigo.

— Por que ele fechou as fronteiras? — pergunto.

Monsieur Dupont balança a cabeça devagar e responde:

— Não discutimos essas coisas com humanos.

— Por que não? — questiona Priscille, e tira a mão dele do próprio ombro. — Michal desrespeita a própria regra apesar do perigo para o povo dele, mas espera que o sigamos sem questionar? Acho que não. — Ela ergue o nariz, com as narinas dilatadas. — Se quer a minha opinião, ele não é o mesmo. Os serviçais dele começaram a espalhar rumores, Pierre. Estão falando de acontecimentos estranhos no castelo, de como está recluso e inquieto. Estão falando de *espíritos*.

— *Você* não deveria falar deles, Priscille.

— Meu primo até ouviu que ele convidou La Dame des Sorcières e La Princesse Rouge para o baile de máscaras na Véspera de Todos os Santos. Dá para imaginar? Bruxas andando pelas ruas de Réquiem, pensando que são iguais a nós? O que aconteceu com nosso santuário, com o nosso *segredo*? — Ela me encara com um desdém fulminante. — Eu não queria acreditar, mas agora temo que seja verdade: Michal está de fato desequilibrado, e não me sinto mais segura aqui.

Juliet balança a cabeça com desgosto.

— Os Chasseurs seguirão a caçadora. Anotem o que eu estou falando. Quando o encantamento for suspenso na Véspera de Todos os Santos, eles chegarão com suas espadas de...

Monsieur Dupont usa um tom mais incisivo agora.

— *Juliet!*

— E como Michal pode nos proteger? — O lindo rosto de Priscille se contorce com desprezo. — Ele não conseguiu proteger nem a própria irmã...

A porta dos fundos se abre com um estrondo poderoso e Odessa fica parada na soleira, imóvel, delicada e totalmente aterrorizante. Ela não está mais sorrindo. Monsieur Marc aparece sério e silencioso atrás dela.

— Ah, queridos, não liguem para mim — zomba ela, com a voz leve e enganosamente simpática, arrepiando os pelos da minha nuca. — Por favor, continuem. Estou muitíssimo interessada em ouvir mais dessa conversa *fascinante.*

Monsieur Dupont inclina a cabeça em uma reverência, mostrando os dentes para Priscille e Juliet quando elas não o imitam no mesmo instante. Juliet faz uma careta como se estivesse com dor antes de se curvar. A atenção de Odessa se volta para Priscille, que ainda está no banco com as costas eretas e a postura orgulhosa. Boris e Romi se afastam dela devagar, com os olhos fixos no chão.

— Você o está desafiando, Priscille? — questiona Odessa. — Devo convocar nosso rei?

Com os olhos arregalados, observo a mandíbula de Priscille travar enquanto ela se recusa a quebrar o contato visual com Odessa. Tudo parece muito importante, muito *tolo*, como se eu estivesse assistindo aos últimos momentos da vida desta criatura imortal. Se Michal estivesse aqui em vez de Odessa, Priscille já estaria morta. Ecoando meus pensamentos, ainda curvado, monsieur Dupont murmura:

— Não seja imprudente, *mon amie*. Renda-se agora.

Priscille engole em seco, com raiva.

239

— Michal não é bom o bastante para nos liderar — declara ela.

— E você é? — pergunta ele.

— Talvez.

O sorriso de Odessa fica mais afiado.

— Cuidado com o que falam, celestiais. Centenas desafiaram Michal em seu reinado de mil anos, mas apenas Michal permanece: pois o sol, a lua e as estrelas não existem em Réquiem. Aqui só há escuridão, e a escuridão é eterna.

Um inexplicável calafrio percorre meu corpo. Talvez eu *seja* imoral. Porque não consigo desviar o olhar de Priscille, de Odessa, e da ameaça palpável de violência entre ambas. Se a situação se agravar ainda mais, Odessa poderá não esperar por Michal. Ela seria capaz de se livrar de Priscille com as próprias mãos, e eu... bem, simplesmente não consigo sentir o devido horror diante da perspectiva.

Eu me inclino para a frente e espero ansiosa pela resposta de Priscille.

Quando em vez disso uma mão pequena segura meu cotovelo, fico tensa e meu coração pula até a boca. Monsieur Marc tosse de propósito.

— Vá, *papillon* — diz ele, com a voz estranhamente baixa. — É melhor não ouvir certas conversas. Além disso, separei seu enxoval nos fundos. Por favor, espere por mim lá.

Ele não permite que eu argumente e me empurra para a frente com uma força que não condiz com seus cabelos brancos. Nenhum vampiro no cômodo me dirige o olhar conforme passamos. Odessa e Priscille permanecem travadas em um desafio silencioso, mesmo quando monsieur Marc fecha a porta atrás de mim.

◆◦◆◦◆

Resistindo à tentação de encostar o ouvido na porta, olho ao redor da salinha minúscula. *O escritório dele*, percebo. Dezenas de caixas de roupas estão espalhadas na escrivaninha, embaixo da cadeira, no tapete em um caos organizado, e uma fita cor de esmeralda adorna cada uma delas com um lindo laço. Uma onda inesperada de afeto me invade enquanto olho atônita para elas. Combinam perfeitamente com a fita no meu pulso.

— Meu irmão sofre daquela única maldição que não tem cura — comenta D'Artagnan de um cesto meio escondido atrás da porta. Tomo um susto e giro no momento em que ele boceja, espreguiça-se com calma, totalmente despreocupado, e se senta para lamber a pata. A ponta do rabo balança —: sentimentalismo.

Eu estreito os olhos, mas controlo a vontade de puxar a manga do vestido para baixo, por cima da minha fita. Porque não tenho nada do que me envergonhar. Além disso, não gosto muito dessa criaturinha desdenhosa nem de suas opiniões. Eu sempre soube que os gatos eram um tanto antissociais, admito — com exceção daqueles desta ilha —, mas este aqui merece uma medalha.

— Não é o pior dos pecados, sabia? Se importar com alguém — retruco.

Ele para de lamber a pata traseira a fim de olhar para mim.

— É isso que acha que está acontecendo? Vampiros se importando com você?

— Não seja ridículo...

— Ah, que bom. Então estamos de acordo. — Ele volta a se lamber de maneira bastante ofensiva, tendo o cuidado de me presentear com seu traseiro. — Fiquei preocupado por um momento, mas seria mesmo um tanto ridículo... até mesmo delirante... um de nós fingir que um vampiro quer o melhor para você. Até o seu adorado monsieur Marc me envenenou em um acesso de raiva, e nós compartilhamos o mesmo útero.

Sem pensar, meus olhos se voltam para a porta da loja, mas nenhum som sai de lá. Nem passos. Nem vozes. Nem gritos de agonia ou de rebelião. Talvez os vampiros celestiais tenham saído da loja em paz, ou talvez, e mais provável, eu apenas não consiga ouvi-los. Afinal, monsieur Marc *admitiu* ter namorado uma bruxa. Talvez haja um encantamento nesta porta e eles também não possam me ouvir, o que significa que...

Eu me aproximo sorrateiramente da escrivaninha gasta, empurro as caixas para o lado da maneira mais discreta possível.

Não faria mal nenhum dar uma olhada. Embora minha busca no escritório de Michal não tenha me levado ao meu crucifixo de prata, ela ainda assim se mostrou útil, e monsieur Marc não parece tão escrupuloso com seus pertences quanto o benevolente governante de Réquiem. Afinal, ele *envenenou* o próprio irmão vampiro. Será que ainda possui o que usou? Arsênico em pó? Bagas de beladona?

Excrementos de rato?

Por favor, que sejam excrementos de ratos.

— Você seduziu a esposa do seu irmão — solto. Determinada a manter um ar despreocupado, passo a mão pelo tinteiro de cristal, pela pena de pavão, em busca de algo fora do comum. Um retrato rudimentar de duas adolescentes, provavelmente filhas de monsieur Marc, está emoldurado com orgulho por trás de um portfólio encadernado em couro abarrotado de esboços. — Ele tinha todos os motivos para ficar furioso com você.

— Sim, mas ele roubou meu lenço favorito.

Minha mão para no puxador da gaveta da escrivaninha, e ergo o pescoço para encarar D'Artagnan, incrédula.

— Você não pode estar falando sério.

— Qual é o problema?

— Você destruiu o casamento do seu irmão porque ele roubou seu *lenço* favorito? — Balanço a cabeça e retomo minha busca, vasculhando a gaveta de monsieur Marc. — Isso é desprezível, D'Artagnan. Deveria ter vergonha de si mesmo tanto como vampiro quanto como gato.

— Olho por olho... Mas, se quer *mesmo* saber, não foi o casamento dele que eu destruí. A esposa humana do meu irmão morreu muito antes de qualquer um de nós fazer a transição para vampiro, e ela nunca permitiu esse tipo de liberdades.

D'Artagnan pisca seus grandes olhos cor de âmbar para mim com desgosto e, embora ele não tenha como saber — ele não consegue ler *mentes* —, uma sombra de dúvida ainda se espalha pelo meu peito. Não. De *vergonha*. Há poucos instantes, apreciei a ideia de Odessa machucar aquela vampira celestial, então quem sou eu para julgar D'Artagnan por seu comportamento?

Minha garganta se aperta com a constatação.

Preciso escapar desta ilha o mais rápido possível.

Como se de fato detectasse meus pensamentos sombrios, D'Artagnan diz:

— Falando em comportamento desprezível, meu irmão guardou o seu enxoval na escrivaninha? Por acaso tem um vestido de noite dobrado também?

Quase prendo os dedos na gaveta da escrivaninha quando a fecho com pressa.

— É lógico que não — retruco rápido... rápido *demais*... e odeio a mim mesma enquanto exibo um sorriso largo, enquanto dou um tapinha na caixa de roupas mais próxima com uma das mãos e enfio a folha de pergaminho em branco no bolso com a outra. Ela farfalha no tinteiro e na pena de pavão que já estão lá. — Eu só estava esperando conseguir dar uma olhada na minha fantasia antes da Véspera de Todos os Santos. Está aqui na loja? Ele terminou?

Se um gato pudesse revirar os olhos, este o faria.

— Pelo menos tenha o bom senso de roubar mais do que uma pena.

— Como é?

— A burrice não combina com você. — Ele enfim termina o banho, concedendo-me sua atenção total e, para ser sincera, inconveniente. — Vá em frente, então. Eu não vou deter você. Imagino que sua intenção seja conseguir uma arma para alguma tentativa de fuga estúpida... sem perceber, é óbvio, que nenhuma arma nesta loja pode ajudar.

Agora é a *minha* vez de voltar toda a minha atenção para ele. Porque D'Artagnan não disse *nenhuma arma em geral*; ele disse *nenhuma arma nesta loja*, e não me parece o tipo que fala sem pensar.

— Para sua informação, eu *tenho* um plano — conto a ele. — Ou, pelo menos — abandonando qualquer tentativa de ser discreta, abro o armário ao lado da escrivaninha para ampliar minha busca —, estou no processo de elaborar um, e não é nada estúpido. É bastante simples, na verdade.

— Envolve a pena e a tinta no seu bolso?

— Talvez.

— Então, lamento informar, menina tola, que não há nada de simples em enviar uma carta em Réquiem.

Ando depressa até a estante e puxo cada livro na esperança de desprender alguma coisa. Um pacote de pólvora, talvez, ou uma alavanca secreta.

— Que besteira. Vocês não têm um aviário?

— É lógico que temos um aviário, mas ele fica na costa norte da ilha, a qual, caso assuntos triviais como revolta e rebelião tenham passado despercebidos por você, não é mais segura. As ruas estão em polvorosa, e os cidadãos anseiam por um mártir. Sem Michal como proteção, você será um alvo.

243

Alvo.

A palavra deveria arrepiar os pelos da minha nuca, mas coloco o último livro na estante antes de me virar para examinar o resto da sala, vasculhando o espaço exíguo com ansiedade. Apesar do aviso bastante inesperado de D'Artagnan, não existem garantias reais aqui. Michal me marcou como alvo no instante em que viu a capa escarlate de Coco. Não estou mais *segura* com ele do que nas ruas.

De joelhos, começo a tatear as tábuas do piso com um desespero crescente.

Monsieur Marc e Odessa podem interromper esta conversinha a qualquer momento, e, mesmo que não o façam — meus olhos se voltam para a porta da entrada de serviço, onde o primeiro organiza as entregas —, Dimitri estará aqui em breve. Meus dedos arranham a madeira enquanto a decepção toma conta de mim. Talvez D'Artagnan nem tivesse a intenção de aludir a uma arma secreta, ou talvez *tivesse* e agora se deleita em me ver rastejar de quatro no chão.

— Você está estragando seu vestido — comenta ele com desdém. — E também parece A Pequena Vendedora de Fósforos. Conhece o conto? Eu costumava lê-lo para minhas sobrinhas todas as noites. É sobre as esperanças e os sonhos de uma criança moribunda...

— Embora eu aprecie a preocupação, D'Artagnan — eu o interrompo entredentes —, não me importo com o meu vestido e não preciso do seu incentivo. Eu *vou* avisar aos meus amigos sobre o que os aguarda aqui. Não espero que você entenda, é lógico, mas...

Algo claro cintila na minha visão periférica e eu paro, virando-me de repente para a parte debaixo da escrivaninha de monsieur Marc. Estreitando os olhos por um, dois segundos, eu chego mais perto para investigar. *Que estranho.* Longo, afiado e estreito, parece ser algum tipo de... de *alfinete*, só que...

Não.

Meus olhos se arregalam quando me levanto, bato minha cabeça na escrivaninha e quase caio de joelhos mais uma vez, segurando o topo da cabeça em meio às lágrimas. Porque não é um alfinete.

É uma *estaca.*

E não é qualquer estaca. É uma estaca de *prata*! Não sei se choro de dor ou de vertigem, de preocupação ou de alegria. Pouco importa, na verdade.

Tirando a arma do lugar, resisto à vontade de beijar todo o focinho rabugento de D'Artagnan. Porque agora não há mais dúvidas: se monsieur Marc teve tanto cuidado em esconder esta estaca, ela deve ser perigosa. A *prata* deve ser perigosa.

— Eu sabia. — Ainda um pouco tonta e segurando a cabeça, rodopio entre as caixas antes de me lembrar da tinta, da pena e do pergaminho no bolso, derrubando-os todos na escrivaninha. — Eu *sabia*.

— Ah, querida. — Para minha surpresa, porém, D'Artagnan não faz nenhum movimento para arrancar a estaca da minha mão ou alertar os vampiros do outro lado da porta sobre minha arma recém-descoberta. Em vez disso, ele apoia as patas dianteiras na borda do cesto sem qualquer emoção. — Parece que você encontrou a minha estaca.

— *Sua* estaca?

— Você me insulta, mademoiselle. Se meu irmão não tivesse me envenenado naquela manhã, eu teria enfiado a estaca nele naquele dia mesmo. Na verdade, os planos já estavam em andamento.

— Desprezível — repito, balançando a cabeça, mas minha atenção não está mais nisso.

Não. Minha atenção agora percorre o pergaminho com a minha mão enquanto eu *enfim*, coloco meu plano em ação.

> *Coco,*
>
> *Você não deve vir a Réquiem. O assassino está aqui. É um vampiro chamado Michal Vasiliev. Ele bebe o sangue das vítimas e pretende matar você na Véspera de Todos os Santos. Armada com prata, eu não corro perigo iminente. Quero que saiba que escaparei deste lugar miserável e em breve verei todos em Cesarine.*
>
> *Com todo o meu amor,*
> *Célie.*

Com o último movimento da minha pena, D'Artagnan sai preguiçosamente de seu cesto, bocejando mais uma vez, e caminha devagar em direção à entrada de serviço.

245

— O que está fazendo? — pergunto desconfiada, dobrando o pergaminho em quatro antes de enfiá-lo no meu espartilho junto com a estaca. — Você não vai comigo.

— É lógico que eu vou. — Ele se estica para alcançar a maçaneta da porta, e o ar fresco da noite se espalha entre nós enquanto ela se abre para as sombras do beco. — Uma vez vampiro, sempre vampiro.

Franzindo a testa atrás dele, eu o sigo em silêncio para fora da loja.

— O que *isso* significa?

Seu rabo balança na escuridão como o *feu follet* das lendas. Como um presságio.

— Adoro o cheiro de sangue — responde ele.

CAPÍTULO VINTE E QUATRO

Ma douce

A expectativa cresce no meu peito enquanto D'Artagnan me conduz em direção à gárgula de sete caudas, abrindo a hera abaixo dela e enfiando-se pela fenda na parede. Talvez seja tolice eu me sentir tão... *animada* após o aviso dele, mas a cidade parece diferente agora. Uma risada áspera, quase dolorida, me escapa enquanto subimos pelos arbustos do outro lado do muro, enquanto disparamos para a rua mais larga depois. As cores, o amarelo das cabaças, o âmbar dos olhos de D'Artagnan, se mostram mais intensas do que antes, saturadas de um jeito primoroso, ao passo que o sal no ar tem um sabor mais acentuado e um trovão distante promete outra tempestade.

Mas não agora.

As ruas estão bastante silenciosas esta noite. Tranquilas, até. A lua aparece por trás das nuvens, brilhando sobre as pedras molhadas do calçamento, e uma gata preta nos segue enquanto atravessamos para outra rua. Quando ela ronrona, esfregando-se na saia do meu vestido, sei no meu coração que chegou a hora. Este é o meu momento. Coloco a mão no bolso da saia e confiro duas vezes a carta dobrada ali. Quando D'Artagnan arqueia as costas e sibila, afugentando a pobre criatura, checo três vezes a estaca no meu espartilho.

— Você não precisava fazer isso — sussurro para ele. — Ela não estava fazendo nada de mais.

Ele responde com soberba:

— Eu sei.

Balançando a cabeça, olho ao redor da paisagem para me orientar, e agradeço a Deus pelo fato de a Cidade Velha ficar no ponto mais alto da ilha. Daqui, do lado de fora do muro, posso ver Réquiem inteira estendendo-se abaixo de nós. D'Artagnan disse que o aviário fica na costa norte, o que significa... — giro o corpo e aperto os olhos sob o luar — *ali*. Consigo vê-lo se erguendo ao longo da praia rochosa. Soltando o ar devagar, memorizo as estrelas acima: uma constelação chamada *Les Amoureux*. A mesma estrela forma a ponta da cauda da serpente e a asa da pomba. Deixo que ela me guie enquanto mergulho na cidade e perco de vista o aviário.

Beau renomeou a constelação como um presente de casamento para Lou e Reid no verão passado.

Sinto uma pontada de saudade com a lembrança, mas a deixo de lado. Enterro-a profundamente. Nada pode enfraquecer o meu ânimo esta noite; nem a chuva, muito menos o arrependimento.

Este é o meu momento.

Depois de enviar esta carta, vou voltar à gruta de Michal e esperar.

Embora a luz das velas brilhe nas lojas de cada lado da rua, abaixo a cabeça e resisto à tentação. Passo depressa pela livraria e pela perfumaria, olho apenas duas vezes por cima do ombro para os colares de diamantes e pérolas expostos na joalheria. Os celestiais podem estar distraindo Odessa por enquanto, mas *em algum momento* ela notará minha ausência. Acelero o passo e aceno com educação para um cavalheiro passando, que tira o chapéu para mim com uma expressão curiosa. Seu rosto é pálido feito osso.

Mantendo meu ritmo calmo e controlado, eu me recuso a olhar para ele. Eu me recuso a dar um motivo para estacar, para falar comigo. Até onde ele sabe, não fiz nada de errado; sou um simples animalzinho de estimação humano passeando ao luar, perfeitamente comum e monótona. O que Priscille disse? *Como escravizados.* Espero mais alguns segundos. Já que nenhuma mão fria segura o meu braço, viro o queixo um pouco, soltando o ar aliviada ao ver a rua vazia atrás de mim.

— Mudando de ideia? — murmura D'Artagnan. — Ainda não é tarde para dar meia-volta.

— É o que você quer, não é?

— Nem um pouco. — Ele esfrega a lateral do corpo em uma gárgula com satisfação. — Por que me privar do entretenimento? Não há nada mais satisfatório do que ver um plano dar errado... não que o seu possa ser qualificado como plano, é óbvio. Uma carta e uma estaca estão mais para uma despedida. — Ele se lança para cima de uma folha suspensa. — Sempre imaginei o meu próprio canto do cisne com muito mais pompa e circunstância... talvez vestido com elegância, segurando as amígdalas do meu irmão nas mãos.

248

— Que fofo.

Nenhuma outra criatura cruza o nosso caminho enquanto seguimos pelas ladeiras.

Tenho a impressão de que as multidões das feiras evitam perambular muito perto da Cidade Velha. *É uma vantagem*, digo a mim mesma, assentindo com a cabeça e andando ainda mais depressa. Seria muito mais difícil manter o sigilo se eu perambulasse pela agitação de bruxas, lobisomens e sereias perto do cais. Ainda assim... olho ao redor. Segundo Odessa, os vampiros despertam com a lua. Não deveria haver mais deles ali fora hoje, examinando aquelas lojas luxuosas perto do muro? Sem dúvidas nem *todos* os vampiros residem na Cidade Velha, certo? Dimitri afirmou que apenas as linhagens mais reverenciadas e respeitadas moram do lado de dentro do muro.

Um instinto frio acaricia minha nuca.

Pensando bem... talvez os vampiros *estejam* aqui. Talvez eu apenas não consiga vê-los.

Como que em resposta, surge um movimento nas reentrâncias sombreadas do outro lado da rua e eu fico tensa, tirando a estaca de prata do meu espartilho. Mas... não é nada. Relaxo de novo com as bochechas esquentando. O casal, um homem e uma mulher, parece estar agarrado em um abraço apaixonado. Estão ocupados demais um com o outro para nos notar. Seus quadris se movem em sincronia. Mesmo para meus ouvidos humanos, a respiração do homem soa difícil e irregular e, quando a mulher se afasta, ele geme e cai de lado, sangue escorrendo pelo peito. Meu coração vai parar na boca. Eles não estão se abraçando. A mulher está *se alimentando* dele, e o homem parece estar morrendo.

— *Quelle tragédie* — ronrona D'Artagnan.

Prendendo a respiração, eu o empurro para a frente e passo na ponta dos pés o mais quieta possível. Preciso de vários segundos para desacelerar meus batimentos cardíacos e recuperar minha determinação. Não posso salvar aquele homem, não posso salvar a vítima de Michal esta noite, mas posso salvar Coco. Eu *vou* salvar Coco e vou salvar a mim mesma também.

Sinto a estaca ficar escorregadia na palma da minha mão quando outro cavalheiro passa a caminho da cidade. Ele limpa o sangue do canto da boca com um lenço de seda e um sorriso lascivo, os dentes longos e brancos reluzindo.

— *Bonsoir, ma douce* — cumprimenta ele.

— Boa noite, monsieur. — Agarro a estaca com mais força, escondendo-a na saia, enquanto passo por ele. Quando o vampiro continua a me encarar, com a brisa despenteando seus cabelos escuros feito corvos, forço um sorriso agradável e murmuro: — Linda noite, não é?

— De fato é.

Ele observa quando viro a esquina, mas, felizmente, não me segue.

— Viu? — pergunto a D'Artagnan com um otimismo forçado. Mas os arrepios sobem ao longo dos meus braços e pernas, e a pressão começa a aumentar nos meus ouvidos com cada batida errática do meu coração. Eu me esforço para controlar o medo, para estabilizar a respiração, enquanto a cor desaparece da rua ao nosso redor. — Se algum vampiro quisesse me morder, teria sido aquele, e ele foi um perfeito cavalheiro...

— A não ser pelo sangue no colarinho — completa Mila com a voz cortante.

Eu me assusto de repente quando ela se materializa ao meu lado, com os olhos estreitados e... *raivosos.*

— Mila! — Meus olhar dispara ao redor conforme o mundo espiritual se assenta por completo, e eu recuo um passo, escorregando um pouco nas cinzas e tentando não parecer muito desapontada. *Agora* ela se digna a falar comigo. — O que você está...?

— A pergunta melhor é: o que *você* está fazendo, Célie Tremblay? Acha que está sendo *corajosa*, fugindo dos outros? Acha que está sendo esperta? — Quando me movo para contorná-la, ela se joga na minha frente, e eu me encolho com a sensação desagradável e gelada da sua pele contra a minha. — E pensar que achei que você fosse inteligente.

— É maravilhoso ver você também. — Erguendo o queixo e ignorando a faísca quente de raiva em reação às suas palavras, abro um sorriso antes de continuar descendo a rua. À frente, a sombra do aviário fica mais próxima, maior. Fixo meu olhar no local, recusando-me a olhar para Mila. Ela não pode estragar tudo. Coco, Lou, Jean Luc, Reid: eles estão quase a salvo. *Estou quase lá.* — A propósito, obrigada por me contar sobre o seu *irmão*. Apreciei muito a pequena mentira por omissão.

As sobrancelhas dela se juntam em surpresa. Eu a surpreendi. *Ótimo.*

— Eu não menti — defende-se ela e se recupera depressa, endireitando os ombros. — Eu te disse o meu nome. Não é culpa minha se você não o reconheceu.

— Quanta *humildade*. Deve ser uma qualidade de família. — Apresso o passo, ansiosa para escapar dela. — Mas estou bastante ocupada no momento, então, se me permite...

— Sem dúvida, *não* vou permitir. O que está fazendo aqui sozinha?

D'Artagnan pigarreia, destacando-se das sombras e assustando a nós duas.

— Olá, de novo, Mila.

— D'Artagnan.

Se é que é possível, a expressão de Mila endurece ainda mais, ela agora parece feita de pedra, mas o cumprimento frio entre eles apenas confirma minhas suspeitas: D'Artagnan *consegue* ver espíritos, o que significa que não estou tão sozinha aqui quanto temia. Nem tão *errada*. Essa constatação me enche de um estranho sentimento de afinidade com a criaturinha bestial.

— De todos os intrometidos, eu deveria saber que você estaria aqui. — O tom de voz de Mila transborda acusação. — Suponho que foi *você* que a convenceu a fazer isso, não foi?

D'Artagnan se esfrega preguiçoso em um poste de luz.

— Ela tem seus próprios motivos — rebate ele.

Jogando as mãos para o alto, Mila dispara até mim, exasperada, e indaga:

— *E então?* Quais são eles?

— Eu preferia não discutir meus motivos com você.

— E eu preferia não estar morta, mas aqui estamos — retruca ela. — Michal não foi enfático sobre o perigo deste lugar? Quando combinamos que você deixaria a ilha, presumi que quisesse fazer isso *viva*.

— Escute só, Mila — digo ríspida, quase correndo para longe dela. — Michal pode ser seu irmão, mas isso de verdade não tem nada a ver com você. Não posso deixá-lo matar meus amigos, e pensei que você, de todas as pessoas, entenderia isso. É óbvio que ele quer falar com a irmã... e eu poderia ter sido a intérprete... mas você se recusou a vê-lo antes. Deve ter tido seus motivos.

Mais irritada agora, ela aparece na minha frente mais uma vez.

— Isso não é sobre mim e Michal. É sobre *você*. — *Resposta errada*. Eu desvio dela, cerrando a mandíbula, mas ela apenas me segue feito um morcego saído do Inferno. — Vampiros *se alimentam* de pessoas, Célie. Só porque a minha família a tratou com gentileza — eu solto uma exclamação de escárnio — não significa que os *vampiros* sejam gentis. Se esbarrar no tipo errado, nem mesmo meu irmão será capaz de salvá-la. Entende *isso*? Entende como é desagradável morrer?

— Eu posso fazer isso. — Ergo ainda mais o queixo com teimosia. — Eu *preciso* fazer isso. — Então, incapaz de esconder a frustração em minha voz, pergunto: — Por que se importa? Nem me conhece, e seu irmão planeja me matar em menos de duas semanas. É evidente que ainda tem algum tipo de lealdade a ele, e... — A compreensão surge rápida, cruel e... e, *ah, meu Deus*. — É isso? Está preocupada que meus amigos não cheguem se eu morrer antes da Véspera de Todos os Santos? Que Michal nunca consiga se vingar?

Os olhos de Mila se estreitam de novo. Desta vez, quando ela se move para me deter, o espírito se ergue em toda a sua altura, pairando sobre mim com um olhar tão frio e tão familiar que quase tropeço.

— Você é mesmo uma idiota se acha que estou aqui por vingança — esbraveja ela, igualzinha ao irmão.

Eu paro e a fulmino com o olhar.

— Por que *está* aqui então? Para ajudar seu irmão a escolher as próximas vítimas? Para arrastar essas pobres almas para o Inferno?

— Meu irmão não matou aquelas criaturas. Você acha que não há salvação para ele, mas está errada. Michal ainda pode ser salvo. Eu *sei* que pode.

Você acha que não há salvação para ele.

Nenhum presente pode redimir as coisas que fez, monsieur.

D'Artagnan estala a língua em desaprovação.

— Você estava *bisbilhotando* a nossa conversa? — pergunto indignada, mas, quando ela abre a boca para responder, percebo que não quero explicações.

Mila era irmã de Michal; é óbvio que ela acha que ele merece ser perdoado; é óbvio que ela não quer acreditar que ele seja capaz de uma maldade tão irreparável. Se os papéis fossem invertidos, eu também jamais acreditaria que Pippa pudesse ser capaz de tal coisa. Mas... não. Eu não tenho tempo para isso. Odessa pode chegar a qualquer momento.

Ergo a estaca de prata e declaro com firmeza:

252

— Deixe-me ser mais específica. Mesmo que *fosse* possível, o que não é, eu jamais ajudaria você a redimir Michal. Se eu pudesse, enfiaria esta prata direto no peito dele para livrar o mundo do coração sombrio dele.

— O coração do meu irmão é muitas coisas — rebate ela com veemência —, mas não é sombrio.

Eu me recuso a tolerar Mila *ou* o irmão por mais um segundo que seja. Com um impulso cruel e instintivo, eu manejo a estaca para a frente, tomada pela raiva, sentindo-me justificada... sentindo-me *legitimada*... pela primeira vez em muito tempo. Sentindo que talvez eu *conseguisse* enfiar esta prata no peito de Michal caso ele aparecesse. O queixo de Mila se abre em choque quando o véu se rompe em um corte rápido e brutal atrás de mim, e eu salto através dele, para longe do espírito, juntando as pontas e forçando-as a se unirem de novo.

Com os olhos arregalados, ela avança dois segundos tarde demais.

— O que está fazendo?

— Sinto muito, Mila. Eu gostaria que pudéssemos ser amigas.

Ela balança a cabeça, tenta forçar a mão pela fenda, mas o véu cicatriza em alta velocidade, alimentado pelo fogo no meu peito.

— Não faça isso, Célie, *por favor...*

— *Vá embora.*

Com um gesto definitivo e implacável, forço o véu a se fechar por completo, deixando o caminho livre para o aviário. Respiro fundo — reprimindo minha culpa — e inalo o ar mais quente antes de andar em direção ao meu objetivo. Para meu inexplicável alívio, D'Artagnan me segue.

— Por mais que eu deteste admitir — murmura ele —, isso correu... bem.

— Você não me contou que podia ver espíritos.

— Nem você.

Um silêncio pesado se prolonga enquanto cruzamos a porta juntos.

Diferente do aviário de Cesarine, este não foi construído como uma gaiola enorme. Não. Foi elaborado como uma torre, alta, estreita e ligeiramente torta, com teto côncavo e paredes de pedra. Um cheiro peculiar toma conta do lugar, um odor que não consigo identificar, mas deve ser dos pássaros. E há *centenas* deles: falcões, corujas, pombos e corvos, cada face iluminada pela bacia de fogo no meio do espaço. Alguns deles piscam para nós dentro das gaiolas, enquanto outros ficam empoleirados ao longo da

253

escada instável que circunda as paredes até o topo da estrutura. Acima, as correntes chacoalham de leve antes de silenciarem.

Olho para o teto escuro com cautela. Embora a luz do fogo não alcance o topo do aviário, presumo que o tratador prenda suas aves mais mortíferas no alto, longe das demais. Meus dedos já estão coçando para libertar todas elas. As gaiolas e as correntes sempre pareceram particularmente cruéis para criaturas com asas.

Infelizmente, só posso libertar uma hoje.

Sigo D'Artagnan em silêncio pela escada, em busca de um pássaro maior para fazer a viagem através do mar. Até D'Artagnan parece relutante em falar neste lugar. Janelas rudimentares recortam as paredes à medida que subimos e um vazamento escorre de algum lugar do alto. O ruído de gotejamento constante junta-se ao suave bater das asas, ao leve crepitar do fogo.

Um grasnado agudo e repentino vindo de cima quase para o meu coração. D'Artagnan sibila, subindo a escada em disparada e desaparecendo de vista enquanto meu rosto se vira em direção ao som. O corvo de três olhos do mercado me espia em uma gaiola perto do teto sombreado. Inclinando a cabeça com curiosidade, ele agita as penas e salta de um pé para outro. *Que estranho.* Franzo a testa e vou em direção a ele, sussurrando:

— Como você chegou aí? Achei que fosse o animal de estimação de alguém.

Em voz baixa, D'Artagnan indaga:

— Devo me sentir insultado por você achar que o pássaro vai falar?

— Por que não falaria? Você não se cansa de falar.

O corvo grasna outra vez, soando estranhamente insistente à medida que subo mais alto na escuridão. À medida que o gotejar de água fica mais alto.

— Você está fazendo um barulho terrível, sabia? — comento. — Não foi à toa que aquele comerciante se livrou de você.

A única resposta do pássaro é grasnar e atacar as barras da gaiola. Hesito ao lado da criatura agitada.

Existem outros pássaros, pássaros *melhores*, que poderiam entregar a minha carta, mas sinto uma simpatia inexplicável por *este*.

— Pare com isso — ordeno com firmeza, tirando o pergaminho dobrado e cutucando seu bico com a ponta. — Vai se machucar, e eu tenho um trabalho para você.

254

Embora ele bique minha carta com irritação, também parece entender minhas palavras, ficando imóvel e quieto em seu poleiro. Observando-me. *Estudando-me.*

— Certo. — Olho para ele com apreensão antes de enfiar a estaca de prata de volta no decote. — Vou destrancar sua gaiola agora, e você *não* vai me atacar. Combinado?

— Essa é boa — comenta D'Artagnan.

— Ignore o gato — digo ao pássaro.

Ele agita suas asas com certa imponência.

Interpretando isso como um *sim*, levanto a trava e abro a porta. Quando o pássaro não se move, solto um suspiro de alívio.

— Viu? É muito fácil ser civilizado. Agora — coloco a carta na bolsinha em volta das patas dele — preciso que entregue isto para Cosette Monvoisin. — O pássaro inclina a cabeça. — La Princesse Rouge, sabe? Você pode encontrá-la no número 7 da Alameda dos Teixos, em Cesarine... ou no castelo — acrescento, me sentindo mais estúpida a cada segundo. No entanto, se bruxas, sereias e *vampiros* podem existir, sem dúvida este pássaro pode entregar uma carta. — Ela costuma ficar com Sua Majestade por lá. Ou... Ou ela também pode estar ao norte de Amandine. Já ouviu falar do Château le Blanc? Não *acho* que ela esteja lá nesta época do ano, mas vai que...

O pássaro grasna três vezes para acabar com meu sofrimento e, antes que eu possa me abaixar, ele passa voando perto do meu rosto e sai pela janela mais próxima. Observo sua partida com um misto de triunfo e desconforto. Tem algo errado com aquele pássaro; e não me refiro apenas ao seu olho extra. Na verdade, tem algo errado com este *lugar.*

Tento afastar a sensação, subindo até a janela e me forçando a apreciar a vista. Afinal, eu consegui mandar a carta. *Eu consegui.* Com alguma sorte, o pássaro encontrará Coco o quanto antes e meus amigos vão acatar o meu aviso. Consegui uma estaca de prata para acabar com o reinado maligno de Michal e em breve estarei remando para casa, para Cesarine. Tudo terminará da maneira mais perfeita possível. Todos viverão felizes para sempre, assim como nos contos de fadas que Pip e eu líamos na infância. *Todos ficaremos bem.*

No entanto, quando o corvo de três olhos desaparece, meu sentimento de esperança se recusa a retornar. Em vez disso, uma sensação peculiar toma conta da minha pele. Quanto mais tempo permaneço neste lugar, mais forte ela fica. Meu olhar se volta para as corujas em ambos os lados da janela. Embora suas asas tremam, elas se mantêm imóveis por completo em seus poleiros. Os animais, até mesmo os pássaros, não deveriam fazer mais barulho do que isso? E onde está Odessa? Ela não deveria ter me encontrado a esta altura?

— Vamos — sussurro para D'Artagnan e me viro para a escada. — Devíamos voltar para a loja de monsieur Marc...

No entanto, um suave som de lambida juntou-se ao constante gotejar da água. Franzo a testa e olho para os meus pés, onde D'Artagnan está agachado, lambendo uma poça de...

Meu corpo inteiro fica paralisado.

Uma poça de sangue.

Por instinto, minha cabeça se ergue para encontrar a fonte e, da escuridão do teto, os olhos arregalados de um cadáver me encaram. Por um segundo, minha mente se recusa a aceitar a cena que vejo: os membros do cadáver estão enroscados em correntes, seu pescoço, rasgado, sua boca ainda retorcida em agonia e *medo*. Então uma gota de seu sangue cai na minha bochecha. Então na minha pálpebra, nos meus *lábios*...

Percebo a realidade da situação no mesmo instante e eu me engasgo e me afasto aos tropeços, colidindo nas gaiolas ao longo das paredes. As corujas guincham de terror. Elas pegam minha capa com as garras, meu cabelo com os bicos, mas não consigo sentir dor, não consigo sentir *nada*, porque o sangue do cadáver... está na minha boca. Está na minha *língua*, e seu sabor é amargo. Eu... eu...

Caio de joelhos, arfando, mas há sangue aqui também. Ele cobre as palmas da minha mão enquanto fico de pé. Infiltra-se na minha visão e pinta o aviário de vermelho enquanto meus olhos instintivamente retornam para o corpo.

Não.

Atrás dele, quase invisível nas sombras, um vampiro está agarrado ao teto, com o corpo e a *cabeça* contorcidos de modo anormal para me observar. *Só porque a minha família a tratou com gentileza não significa que os vampiros sejam gentis. Se esbarrar no tipo errado...*

Um sorriso de dentes afiados se alarga pelo rosto do vampiro. Ainda tem pedaços do homem em seus dentes, e o sangue escorre pelo seu queixo em uma camada de vermelho-escuro.

Este é o tipo errado.

Consigo destravar meus joelhos e agarro D'Artagnan, virando-me e correndo escada abaixo.

— O que você está *fazendo*? — Ele se contorce sem parar nos meus braços, sibilando e cuspindo, indignado. — Me solte agora mesmo...

— Não seja *burro*...

Embora eu tente pegar a estaca no meu espartilho, só o que consigo é fazer um corte no meu peito antes que o vampiro pouse silenciosamente na minha frente. Seus olhos claros cintilam de fome ao ver a linha de sangue no meu decote, e ele lambe os lábios avidamente, voltando seu olhar para o meu em uma provocação lenta e perversa. O simples movimento — a visão de sua luxúria, de sua *língua* — me faz cambalear para trás, quase delirando de pânico.

— Não terei pressa — promete ele, com a voz gutural e profunda.

E eu acredito nele. Meu *Deus*, eu acredito nele, e deveria ter dado ouvidos a Mila, a D'Artagnan, a Odessa e Dimitri, até mesmo a *Michal*.

Entende como é desagradável morrer?

Quando ele dá o bote, não paro para pensar.

Eu apenas pulo.

A queda é rápida demais, mas dobro os joelhos, juntando os pés para me preparar para o impacto. Jean Luc me ensinou a cair durante o treinamento. Ele me ensinou a relaxar os músculos, a inclinar os dedos dos pés primeiro, a fazer uma centena de outras coisas que esqueço no instante em que meus pés encontram o chão. A dor explode pelas minhas pernas, e eu me lanço para a frente, rolando e caindo com força sobre o cotovelo. O osso quebra na hora. Aos berros, D'Artagnan salta dos meus braços e sai correndo pela porta aberta. Embora a risada cruel do vampiro ecoe, eu me obrigo a levantar, o chão oscilando sob os meus pés.

Meu cotovelo está quebrado. Meu tornozelo esquerdo também. O impacto da colisão empurrou a estaca mais fundo no meu peito, e o sangue escorre livremente pelo corpete. Por algum milagre, porém, ainda estou viva: eu *sobrevivi*. Apoiando-me na bacia de fogo, puxo a estaca da pele com o braço bom. Não posso correr, mas não vou morrer aqui. *Ainda não*.

— Você prefere onde, monsieur? — pergunto com os dentes cerrados, erguendo a estaca. Manchas pretas brotam na minha visão. Sinto gosto de sangue na boca. — Olhos, orelhas, nariz ou virilha?

Ele pousa no chão perto da bacia. Embora eu me prepare para o ataque, ele nunca acontece.

Em vez disso, seus olhos disparam por cima do meu ombro, e seu sorriso lascivo se desfaz ao ver algo atrás de mim. Aperto a estaca ensanguentada. Mal me atrevo a ter esperança. Mal me atrevo a *respirar*. Virando-me devagar, sigo seu olhar pelo aviário, mas não é Odessa quem entra pela porta. Também não é monsieur Marc, Dimitri ou Michal.

Não.

Os dois cavalheiros que encontrei na rua e que tiram o chapéu para mim, devastadoramente bonitos, seguidos pela mulher que estava com o amante. Os três olham para o sangue no meu peito com uma fome palpável.

— Minha nossa! — Estendendo o lenço com dedos compridos e graciosos, o vampiro de cabelos escuros feito corvos solta um muxoxo com pena. Contudo, seu sorriso é pura maldade. — Parece que você está sangrando.

CAPÍTULO VINTE E CINCO

Um afrodisíaco natural

O vampiro ao meu lado rosna, cada músculo do corpo dele está tenso.

— Eu a encontrei primeiro — diz ele aos outros, sua voz gutural em um tom mais baixo. Quase ininteligível agora. O sangue ainda escorre pelo queixo da criatura, e eu engulo bile com a visão. Com o *cheiro*. — Ela é minha.

Os olhos do vampiro de cabelos escuros nunca deixam o meu rosto. Seu lenço permanece estendido.

— Que absurdo. Eu a coloquei como alvo na rua há meia hora. — Para mim, ele ronrona: — Ignore os outros. Venha até mim, *ma douce*, antes que perca mais uma gota deste adorável icor. Eu vou acabar com a sua dor.

Ele vai acabar com a minha dor.

As palavras são deliciosas, amáveis, calorosas e… e estão me *compelindo*. Quando minha cabeça começa a se esvaziar e meus pés ameaçam se mover, desvio o olhar e agarro a borda da bacia. A dor irradia pela minha perna, pelo meu braço, mas me forço a senti-la, a permanecer no controle. Olho com determinação para os nós dos meus dedos arranhados. Eu não consigo correr. Não consigo nem *andar*. A estaca ainda arde na minha palma, mas a possibilidade de empalar só um vampiro com ela era mínima; a ideia de empalar quatro deles é nula. Quando me dou conta da situação, meus joelhos ameaçam ceder.

Eu vou morrer aqui, no fim das contas.

Só posso rezar para que Coco receba meu bilhete.

— Odessa estará aqui a qualquer momento — minto sem hesitação, cambaleando. — Ela só precisava resolver alguns assuntos com monsieur Marc, mas disse que logo se juntaria a mim. Vocês não querem deixá-la irritada.

Pronuncio a última frase com o máximo de coragem que consigo. É o que Jean Luc faria. Lou, Reid e Coco fariam o mesmo. Eles encarariam a

Morte de frente, talvez dariam risada na cara dela, antes de caminharem para a vida após a morte de cabeça erguida.

Eu me forço a erguer ainda mais o queixo enquanto a testa da mulher se franze.

— Felizmente para mim, isto levará apenas um segundo — afirma o segundo cavalheiro, que tira o chapéu e as luvas, apoiando-os na jaula mais próxima. — Infelizmente, para todas as outras partes, porém, a etiqueta diz que você pertence ao primeiro vampiro que a marcou. Estou te rastreando desde que se esgueirou por aquele buraco na Cidade Velha. No que *estava* pensando?

O vampiro selvagem se agacha antes que eu possa responder.

— Eu não me importo com etiqueta — declara ele.

O segundo cavalheiro olha para o teto, para o cadáver mutilado ainda pendurado acima de nós, com desgosto.

— É evidente.

— Cavalheiros — intervém a mulher com cautela —, ela não parece disposta.

— Eu não me *importo* — repete o vampiro selvagem com um grunhido, agachando-se ainda mais.

O vampiro de cabelos escuros suspira, resignado, e se manifesta:

— Sejamos civilizados. A etiqueta é subjetiva, é óbvio, mas eu detestaria destruir outros vampiros mesmo assim. A menina não passa de um prato de entrada, dificilmente seria o bastante para satisfazer qualquer um de nós... Então, talvez possamos *compartilhá-la*. Por mim, prefiro a artéria femoral na coxa. — Ele lambe os lábios, olhando para minhas pernas, e se aproxima alguns centímetros. — O que deixa as axilas e o pescoço sem ninguém, bem como aquela ferida *deliciosa* acima do coração.

— Creio que o sangue *seja* muito mais doce debaixo do braço — declara o segundo cavalheiro a contragosto. Ele olha para o vampiro selvagem. — O que diz, Yannick? Vamos até permitir que você dê a primeira mordida.

O vampiro selvagem sibila em concordância.

Os três se voltam para a mulher.

— Madeleine? — questiona o vampiro de cabelos escuros.

No entanto, a mulher, Madeleine, desloca-se em direção à porta, balançando a cabeça com um medo mal disfarçado.

❧ 260 ❧

— Se o que ela diz for verdade, se Odessa rastreá-la até nós, Michal não estará muito atrás. — Ela acena com a mão marrom em minha direção, inspirando fundo. — Não conseguem sentir o cheiro do castelo nela? A menina é hóspede de Michal.

O vampiro de cabelos pretos caminha na minha direção com um elegante encolher de ombros.

— Ele ainda não a mordeu — aponta ele. — Ela não foi reivindicada.

Hesitante, Madeleine engole em seco e olha mais uma vez para o meu peito sangrando.

— Michal não vai gostar disso — insiste ela.

— Michal não está *aqui* — retruca o outro cavalheiro com impaciência —, mas, se você tem tanto medo dele, por favor... deixe a jovem para nós. Estou com fome. Yannick?

Mãos frias agarram meus ombros por trás, e não posso evitar: fecho os olhos, com o que resta da minha bravata desaparecendo. Porque não sou Jean Luc, nem Lou, nem Reid, e não consigo rir na cara da Morte, não posso fingir ser corajosa enquanto o vampiro selvagem desce a boca até o meu pescoço. Seu hálito é fétido.

Não terei pressa, ele prometeu.

Fico tensa, esperando pela primeira pontada brutal de dor, mas, em vez disso, alguma coisa passa veloz pela minha orelha.

E se crava no crânio de Yannick.

Meus olhos se abrem de supetão quando ele me solta e sua cabeça literalmente *explode* em uma chuva de sangue. Ela encharca meu rosto, meu pescoço, meu peito com vísceras frias. Giro o corpo com a boca bem fechada, agarrando a bacia de fogo como se minha vida dependesse disso —, vejo uma estaca de madeira cair da carnificina para o chão, seguida pelo cadáver decapitado do vampiro. Diante dos meus olhos, o corpo de Yannick começa a envelhecer, a definhar, até se parecer não com um homem, mas com uma carcaça murcha de centenas de anos. *Sua verdadeira idade.*

Olho para o vampiro morto como se eu estivesse debaixo d'água, com um zumbido terrível nos ouvidos. Suas entranhas permanecem na minha pele. Não posso olhar para elas. Não posso olhar para *ele*. A cena inteira é tão familiar, tão *horrenda*, que minha mente apenas... se afasta. Em um

261

piscar de olhos, o mundo exterior se acalma, e eu me encolho naquele lugar pequeno e tranquilo que descobri no caixão da minha irmã. Aquele lugar onde deixo de existir.

Ninguém está vindo salvá-la.

Os outros vampiros ficam paralisados no mesmo instante, seus olhos disparam em sincronia para a porta do aviário, contra a qual Michal se inclina de modo casual.

— Me perdoem. — Com a túnica de couro escuro de antes, nem um fio de cabelo fora do lugar, as botas lustrosas e o lenço de pescoço impecável, ele se afasta do batente da porta com a graça e a tranquilidade de um aristocrata. Se não fosse pelo brilho letal em seus olhos, poderia se passar por um. — Por mais que eu deteste estragar a festa, preciso dizer que me senti bastante chateado por não ter recebido um convite. — Ele faz uma pausa para tirar uma sujeirinha inexistente da manga. — Afinal, eu sou o anfitrião. E, como tal, um anfitrião *pode* ficar ofendido ao ter uma convidada perseguida, encurralada e aterrorizada na rua como uma presa qualquer. Um anfitrião pode querer... vingança.

Devagar, os vampiros começam a se afastar dele, de mim, de uns dos outros. Os olhos de Madeleine voam para a janela mais próxima, enquanto o vampiro de cabelos escuros levanta as palmas das mãos, pedindo calma.

— Não quisemos ofender, Michal, de jeito nenhum — defende-se ele. — Jamais *sonharíamos* em fazer mal à sua estimada convidada.

— De jeito nenhum — repete Michal com suavidade, acompanhando os passos dele.

O segundo cavalheiro faz uma reverência, com o cuidado de não quebrar o contato visual, e argumenta:

— Quisemos apenas salvá-la das garras de *Yannick*, Michal. A pobre criatura estava transtornada. — Ele aponta para o teto, balançando a cabeça com pesar. — Você de fato prestou um serviço a todos nós ao livrar a ilha de tamanha incivilidade.

Michal assente com a cabeça quase que com prazer.

— Ninguém sentirá falta do Yannick — concorda ele.

— *Exatamente...*

— Mas você está errado sobre uma coisa, Laurent.

Os olhos do segundo cavalheiro se arregalam.

— Eu... Eu estou?

— É na curva entre o pescoço e o ombro — de repente, Michal está bem na frente dele, levantando a mão para acariciar a curva do pescoço do cavalheiro — que o sangue tem o sabor mais doce.

Laurent vai morrer.

A percepção vem devagar no início, depois se espalha de uma só vez, enquanto o rosto pálido de Laurent perde o que resta de cor. Ele também sabe. O predador se tornou a presa, e Michal aprecia este momento, aprecia o brilho selvagem de pânico nos olhos do vampiro mais fraco. Parte de mim também aprecia. Na verdade, algo sombrio surge no meu subconsciente quando observo Laurent ficar completamente imóvel.

Parte de mim espera que Michal não tenha pressa.

— Michal. — Embora a voz de Laurent diminua até se tornar um sussurro, o aviário ficou em silêncio suficiente para se ouvir cada palavra. Até os pássaros pressentem o perigo iminente. — Por favor, *mon roi*. Nós só queríamos brincar com ela.

Nós só queríamos brincar com ela.

Brincar com ela.

As palavras são como agulhas, espetando meu subconsciente e me trazendo de volta ao corpo. O sangue de Yannick escorre dos meus dedos enquanto aperto a estaca com mais força.

— Eu não sou uma boneca — digo baixinho.

Franzindo a testa, Michal vira seu rosto em direção ao meu — com apenas uma leve inclinação do queixo —, e, naquela fração de segundo, Laurent se move. Ele ergue os braços na velocidade da luz, desfazendo o aperto de Michal em seu pescoço, e avança com os dentes à mostra. Michal, porém, se move mais rápido. Ele enfia o punho no peito de Laurent feito uma faca na manteiga, torcendo-o, e, quando o puxa de volta, segura o coração de Laurent, ainda batendo.

Observo a cena com um pavor silencioso. Sem acreditar no que vejo.

O vampiro de cabelos escuros corre para a porta, mas Michal de alguma maneira também está lá, repetindo o processo com eficiência brutal. Ambos os corpos, encolhendo e definhando, caem no chão em sincronia. Os pássaros mais próximos a eles gritam e fazem força contra as correntes, colidindo com as barras das gaiolas, mas Michal ignora todos eles. Jogando

263

os corações de lado, ele se volta para a vampira remanescente, Madeleine, que ainda permanece no aviário. Talvez ela saiba que não deve fugir. Talvez saiba que já está morta.

Com uma facilidade assustadora, Michal arranca um degrau de madeira da escada, partindo-o ao meio com as próprias mãos e formando duas estacas grosseiras.

— Por favor — implora Madeleine, recuando até a parede. — Eu sinto muito…

— Eu também, Madeleine. — Ele balança a cabeça, desapontado. — Eu também.

Sinto a apreensão vibrar no meu estômago.

Porque Madeleine… ela não é Laurent.

— Espere! — exclamo.

Antes que eu perceba o que estou fazendo, parto na direção dele, fazendo uma careta pela nova pontada de dor na minha perna. Ela se dobra no mesmo instante. Caio com uma velocidade absurda, mas de repente Michal está ali, me segurando. Ele não olha para baixo, nem sequer toma consciência do nosso abraço. Em vez disso, estreita os olhos para Madeleine, que arrisca um passo rápido em direção à porta.

— Não se mexa — avisa ele para a vampira. Ou talvez para mim.

Minha visão escurece enquanto tento, mas não consigo escapar de seu aperto. Meu braço quebrado pende inútil ao meu lado; o outro está preso entre nós. Minha cabeça lateja no ritmo do meu coração. Admitindo a batalha perdida, desmorono contra ele e aceno sem forças com a cabeça para Madeleine, murmurando:

— Esta mulher… ela disse para os outros não me machucarem. Ela respeitou sua… sua *reivindicação* sobre mim. Ela disse a eles que haveria consequências.

Seus braços apertam de leve minha cintura.

— Ela estava certa — afirma ele.

— Você mataria uma súdita leal a sangue-frio? Uma inocente?

Os lábios de Michal se movem com um toque de crueldade.

— Você sabe que sim.

Mila não poderia estar mais errada sobre ele. Até *Morgane* se preocupava com a vida de seu povo. Este homem — esta *criatura* — perdeu por completo tudo o que uma vez o tornou humano.

— Se você quer mesmo enviar uma mensagem — rebato entredentes —, precisa de um mensageiro.

— Um mensageiro — repete ele com frieza.

Por fim, Michal se digna a olhar para mim, seus olhos passando do meu tornozelo e cotovelo quebrados, até o corte sangrento acima do meu peito. A mandíbula dele trava quase de modo imperceptível, e, tarde demais, percebo que seu peito não se move próximo ao meu. *Ele não está respirando.*

— Ela não causou nenhum destes ferimentos? — indaga ele.

Nego com a cabeça e outra onda de pontos pretos invade minha visão.

— Você quer que ela viva?

— Quero.

— Por quê?

— Porque — luto para manter os olhos abertos, a cabeça erguida — ela não merece *morrer.*

Michal me encara, incrédulo.

Eu não sei se Madeleine matou aquele homem; espero que não. Torço para que ele tenha consentido ser sugado, assim como Arielle fez. *Torço.* Embora os lábios de Michal se curvem ao ver alguma coisa na minha expressão, ele enfim aponta o queixo para Madeleine.

— Está bem. Vá. Conte aos outros o que viu aqui hoje. Conte-lhes que o rei deles ainda protege esta ilha, dos perigos internos e externos. E conte a eles que Célie Tremblay poupou a sua vida miserável.

A boca de Madeleine se abre, confusa, mas ela não hesita. Curvando-se com pressa, ela me lança um último olhar agradecido antes de passar sem dizer uma palavra. Ao contrário de seus companheiros, ela teve a vida poupada hoje. Escapou da morte certa.

Assim como eu.

Solto o ar com alívio e relaxo meus braços e pernas, mas Michal não me solta. Na verdade, a tensão que irradia do corpo dele parece apenas aumentar. Ele se esforça para neutralizar sua expressão, para transformar suas feições naquela máscara fria de calma, mas não consegue. Seus olhos brilham mais frios do que nunca enquanto ele encara a porta. Ficamos assim, imóveis e em silêncio, por mais alguns segundos antes de ele falar:

— Eu disse para você não sair do castelo.

Franzindo a testa, tento me desvencilhar de novo.

— Pensei que você tivesse assuntos em outro lugar hoje.

— Voltei ainda há pouco.

— Que sorte para todos nós.

— *Sorte* que Odessa sentiu o cheiro de Yannick — corrige ele, tenso — e correu para me encontrar. Se ela não tivesse feito isso, esta noite teria terminado muito mal para você. Os gostos de Yannick eram mais sombrios do que os da maioria.

A informação não deveria me surpreender, não *mesmo*, mas a repulsa ainda se revira na minha barriga. *Farinha do mesmo saco.*

— Você sabia que Yannick torturava e mutilava as próprias presas e mesmo assim não fazia nada para impedi-lo? — questiono. — Permitia que ele perambulasse sem controle pela ilha?

Sem aviso, Michal me pega nos braços, atravessa o aviário e me coloca na escada com cuidado antes de tirar o casaco. Embora cada um de seus movimentos ainda seja cautelosamente *controlado*, sua mandíbula parece tensa o suficiente para quebrar vidro.

— Não era minha função controlar Yannick. Onde você foi ferida?

— Você é o *rei*. Sua *única* função era controlar Yannick. Deveria garantir a segurança e o bem-estar dos seus súditos, manter a lei e a ordem…

— Vampiros não são humanos. — Seu tom não dá abertura para discussão. — Não temos nenhum dos seus sentimentos delicados e obedecemos a apenas uma lei, uma lei que você sem dúvida quebrou hoje. Agora, onde você foi *ferida*? — Quando o encaro com teimosia, seus olhos lampejam, e ele arregaça a manga da camisa, agachando-se diante de mim. — Seu tornozelo e seu pulso esquerdos estão quebrados e você cortou o peito, as palmas das mãos e oito dedos. Devo fazer um exame mais aprofundado, mademoiselle, ou responderá à minha pergunta?

Fazemos cara feia um para o outro por um instante.

— Meus joelhos — digo com má vontade. — Ralei os joelhos também.

Os olhos dele se voltam para a saia rasgada do meu vestido.

— Seus joelhos.

Não é uma pergunta, mas eu respondo assim mesmo.

— Sim.

— Como ralou seus joelhos, Célie Tremblay?

266

— Pulei da escada fugindo de Yannick.

— Entendo. — Suas mãos, ainda ensanguentadas, frias e *erradas*, se erguem até o meu queixo com uma leveza surpreendente, examinando os ossos ali, afastando meu cabelo emaranhado do rosto. Eu me encolho com o pequeno calombo que ele encontra no topo da minha cabeça, com a dor que explode atrás dos meus olhos. Sua boca forma uma linha sombria.

— E a sua cabeça?

— Eu pulei a escada — repito estupidamente, as palavras um pouco arrastadas enquanto minha adrenalina diminui. A dor aumenta para valer sem ela. — Acha que tive uma concussão?

— É provável que sim.

Vou perder a consciência em breve. Tenho tanta certeza disso quanto tinha de que Laurent morreria. Como se sentisse o mesmo, Michal tira uma adaga de sua bota lustrosa, deslizando a lâmina por seu pulso, e sangue carmesim brota da pele branca, nítido e chocante. Recuo instintivamente quando ele o leva à minha boca.

— O que você está…? — começo.

Embora eu tente me afastar, subindo as escadas, para *longe*, ele se move como um raio para se sentar no degrau acima de mim, bloqueando minha fuga. Seu braço ileso envolve os meus ombros e ele me prende com as pernas. Sua boca faz cócegas no meu cabelo.

— Beba.

— Eu *não* vou…

— Meu sangue vai curar você.

— Eu… *O quê*? — Balanço a cabeça, certa de que ouvi mal, apenas para tombar de lado enquanto uma dor delirante invade minhas têmporas. — Não posso… Eu não vou… beber seu sangue — termino de falar, fraca.

Embora Lou, Reid e Beau tenham bebido algumas vezes o sangue de Coco misturado com mel para se curarem — uma magia exclusiva das Dames Rouges —, isso não é a mesma coisa. Não estou com Coco; estou com *Michal*, e a ideia de ingerir uma parte tão vital dele, de levá-lo para dentro do meu corpo, é impensável. Sórdido. Observo o sangue escorrer devagar pelo antebraço dele, reprimindo um arrepio. *Não é?*

— Não temos curadores em Réquiem, Célie. Se não beber o meu sangue, seus ossos poderão se calcificar do jeito errado e as feridas poderão infec-

267

cionar, resultando em uma morte lenta e tediosa... isso se o ferimento em sua cabeça não a matar primeiro.

Ainda que eu abra a boca para discutir, para recusar, em vez disso, caio em seu ombro. O mundo inteiro se inclina, e olho para o sangue enquanto a ferida começa a fechar. Eu não quero morrer. Eu nunca quis morrer.

Jean Luc não vai gostar disso.

— Dou-lhe uma... — começa a contar Michal, baixinho, segurando seu pulso ao meu alcance. — Dou-lhe duas...

No último segundo, eu me esforço para me inclinar para a frente e agarrar o pulso dele. Apesar disso, não preciso me dar ao trabalho. No instante em que ele percebe a minha intenção, encosta o braço nos meus lábios, e o gosto estranho e metálico do seu sangue explode na minha língua. Minha cabeça dá uma guinada na hora. Estrelas irrompem nos meus olhos enquanto a dor nas têmporas desaparece, junto com a dor no cotovelo. No tornozelo. Nas mãos, no peito e... e...

Um ruído baixo e despudorado escapa da minha garganta.

Minhas pálpebras se fecham com o som e puxo o braço de Michal para mais perto, bebendo com mais vontade. A cada sugada, um calor delicioso sobe pela minha barriga até quase me fazer delirar, até quase me fazer *pegar fogo*. Quando faço força para trás, contra o seu peito, contra as suas coxas — desesperada por sua pele fria —, o corpo de Michal se move de modo sutil, contraindo-se feito uma cobra prestes a atacar.

— Célie — avisa ele, mas eu não o ouço.

Eu não me sentia tão leve há semanas... há anos! Porém, também me sinto mais pesada, ansiando, formigando e *necessitando* de algo que não consigo nomear.

Frustrada, deixo a pele de Michal toda molhada, e ele pragueja, com a voz mais baixa e mais áspera do que antes.

Apesar de ele se levantar, eu me movo junto, a boca ávida em sua pele. Incapaz de parar. Ele afasta o braço, murmurando:

— Chega.

No entanto, eu me viro para fitá-lo com um arquejo, minhas bochechas coradas e minha pele tensa. *Muito* tensa. Sinto uma pulsação latejar profundamente na minha barriga enquanto eu o encaro. Enquanto ele me encara.

Ele ainda não respira.

A visão deveria ter me assustado. Ainda que meus ferimentos tenham se curado, o sangue ainda escorre pelo meu peito, e Michal é um vampiro. Ele consegue ouvir meus batimentos cardíacos. Consegue farejar minhas emoções. Porém, quando seus olhos se estreitam, disparando quase com relutância para o meu decote, a visão não me assusta nem um pouco. Não... Em vez disso, me enche de uma estranha e inebriante sensação de poder. Como se, caso eu não o beijasse naquele instante, eu pudesse entrar em combustão.

Então, eu me coloco na ponta dos pés e faço exatamente isso.

CAPÍTULO VINTE E SEIS

Reunião

Michal coloca as mãos nos meus ombros antes que eu consiga tocá-lo, e ele me força a descer um degrau. Dois. Com os dentes cerrados, pergunta:

— O que havia no seu bilhete?

— Que bilhete? — pergunto sem fôlego, lutando contra seu aperto de ferro. Franzo a testa, confusa. *Desesperada*. Embora minhas mãos ainda busquem seu peito rígido, ele me mantém com firmeza à distância de um braço, então me contento em acariciar seus antebraços. Seus cotovelos. Seus bíceps. — Por favor, me toque, Michal. Por favor.

Aqueles olhos escuros ficam incrivelmente ainda mais escuros.

— Não.

— *Por quê?*

— Porque você não quer que eu a toque de verdade. O sangue de um vampiro é um afrodisíaco natural... facilita a transição. Quanto mais velho o vampiro, mais forte é o efeito. — Um sorriso amargo surge em sua boca, mas não tem humor. — Eu sou... muito velho, o que torna meu sangue mais poderoso que o da maioria. — Quando ele volta a falar, sua voz é fria, quase sem emoção, e seu olhar se afasta de mim. — A reação no seu corpo vai passar logo.

As palavras estranhas invadem a névoa espessa dos meus pensamentos. *Afrodisíaco. Transição.* Como um raio, o rosto de Jean Luc surge em seguida, queimando minha mente com sua incredulidade, seu *desgosto* por eu ter agido de modo tão egoísta. Ergo uma das mãos, trêmula, até os meus lábios inchados. Ainda posso sentir o gosto do sangue de Michal na minha língua.

A reação no seu corpo vai passar logo.

— Não. — Solto a palavra em um sussurro e fecho os olhos com repulsa, incapaz de olhar para ele por mais um segundo. Incapaz de olhar para *mim*. Deixo as mãos caírem frouxas nas laterais do corpo. — Isso... Isso não aconteceu. *Não pode* ter acontecido.

— Diga de novo. Talvez você torne isso realidade.

Soltando meus ombros, ele passa por mim descendo as escadas, mas mesmo o mais leve toque do seu braço envia uma nova onda de calor pelas minhas entranhas. E de vergonha. Uma vergonha repugnante e *aterradora*. Ela revira meu estômago quando me forço a abrir os olhos, vendo a pele lisa e recém-cicatrizada das palmas das mãos. Visualizando Jean Luc, Balisardas quebradas e Babette. Eu respiro fundo.

Babette.

A estaca de prata esquecida brilha aos meus pés.

— Neste meio-tempo — diz ele, então desenrola a manga sem olhar para mim e enfia os braços no casaco de couro —, vai me contar *exatamente* o que estava no bilhete. Você escolheu o aviário por um motivo. — Seu autocontrole cuidadoso não vacila enquanto ele se abaixa para recuperar o lenço do corpo ressequido do vampiro, enquanto calmamente limpa o sangue das mãos. — O que contou aos seus amigos sobre nós, Célie Tremblay?

Eu me inclino devagar para pegar a estaca. Meu coração bate implacável nos meus ouvidos. Michal planeja assassinar meus amigos, e eu simplesmente... bebi o sangue *dele*. Acabei de lamber a sua *pele* e, *pior ainda*, eu queria... eu queria...

Uma aversão visceral corre nas minhas veias e eu me recuso a concluir o pensamento. Minhas mãos tremem sem parar enquanto desço as escadas, enquanto minha visão se estreita nas costas largas e vestidas de couro de Michal.

No local bem atrás de seu coração.

— Eu disse a eles como matar você — rosno, atacando enquanto ele se vira.

Durante apenas um segundo, talvez menos, eu me deleito com a surpresa em seu rosto lindamente cruel quando a prata atinge seu peito. A estaca perfura sua camisa fina com facilidade e, onde ela toca a pele nua, sai uma fumaça em uma impressionante nuvem em espiral. A dor lampeja por um breve momento nos olhos dele. Depois a raiva.

Uma raiva intensa e mordaz.

Michal agarra o meu pulso antes que eu consiga enfiar a prata no seu coração, arrancando a estaca do peito e a jogando do outro lado do aviário, onde ela se estilhaça de imediato contra a porta. A determinação no meu peito se estilhaça com ela. *Merda*. Recuando aos tropeços, eu o encaro com os olhos arregalados.

Ele mostra suas presas em um sorriso feroz.

Merda, merda, *merda*.

Ainda que eu tente fugir, ele se move rápido demais, e o aviário inteiro vira um borrão até pararmos em uma guinada nauseante pouco antes da porta. Girando-me com aquelas mãos muito fortes, uma agarrando meus pulsos e a outra, minha nuca, ele me conduz com calma até encostar na porta. O pó prateado da estaca ainda está grudado na madeira. Ele irrita minha bochecha.

— Garota esperta — elogia, sua voz bem próxima à minha orelha, sombriamente contente —, mas não deveria brincar com objetos pontiagudos, ainda mais tendo sangue de vampiro no seu organismo. Você pode se machucar.

— Me *solta* — esbravejo, mas ele apenas se aproxima mais, seu corpo me pressionando com mais força.

— Não.

— Eu juro que se você não me soltar, eu vou... eu vou...

— Vai o quê? — A fumaça ainda ondula entre nós. Ela se enrola em volta do meu cabelo e dos meus ombros. Muito mais preocupantes, porém, são os *dentes* dele. Eles permanecem logo acima da minha cabeça, me provocando, enquanto seu peito ressoa com uma risada de escárnio. Sinto cada centímetro do som na minha coluna. — Qual é *exatamente* o seu plano, mademoiselle? Sua estaca se foi. Não tem outras armas e, mesmo que tivesse, você é uma humana em uma ilha cheia de vampiros. O cheiro do seu sangue já atraiu atenção indesejada. Neste exato momento, uma dúzia de *Éternels* espera do outro lado desta porta, cada um deles ansioso para saber seu destino. Cada um deles *faminto*. — Ele solta a mão que estava nos meus pulsos, assim como a que estava na nuca. — Devo deixar você para eles?

Colo ainda mais na porta, reprimindo um estremecimento. Meus braços estão arrepiados. As mesmas mãos que me tocaram com gentileza rasgaram o tórax de Laurent apenas alguns momentos atrás. *Para protegê-la*, uma vozinha na minha cabeça argumenta, mas não é suficiente. E, no final, não importa o que acontece comigo.

272

— O que ela tirou de você? — pergunto baixinho e me apoio na madeira. Meus dedos se curvam. O pó prateado gruda no sangue que ainda está ali, cobrindo a ponta das minhas unhas. — A Coco.

— Algo que ela nunca poderá devolver.

— Você vai matá-la?

— Talvez.

Uma respiração.

Duas.

Eu me viro, raspando as unhas em sua bochecha, mas, quando ele recua, rugindo de dor, a porta se abre de repente, derrubando-me em seus braços abertos. Marcas de garras vermelhas e raivosas queimam e fumegam em suas feições enquanto ele agarra meus braços e rosna.

— Michal Vasiliev. — A voz furiosa e *inesperada* de Mila preenche o aviário no segundo seguinte. — Você não pode me ouvir, mas, se não libertar Célie *agora* mesmo, vou arrastar seu cadáver enorme para a vida após a morte para sempre.

Eu solto um arquejo, virando minha cabeça para fitá-la, e ela desce o aviário como uma tempestade, a expressão sombria e os olhos faiscando, enquanto as gaiolas ao redor chacoalham. Os pássaros guincham. No entanto, ainda posso ouvir a inspiração alta de Michal. Consigo sentir suas mãos me apertando. Sem notar nada, Mila gira em torno de nós, soprando meu cabelo em todas as direções.

— Ele machucou você, Célie? Juro por tudo que é mais sagrado, se esse sangue for *seu*...

— Não é — afirmo depressa, seguindo com os olhos seus círculos frenéticos, mas paro quando a cabeça de Michal se vira para segui-la também. Toda a emoção desaparece do rosto dele. Ele pisca uma, duas vezes, enquanto ela se detém ao seu lado para inspecionar o sangue no meu peito. Eu fico boquiaberta. Porque isso não deveria ser possível. Eu não atravessei o véu... *Sem dúvida* ainda estamos no mundo dos vivos. Nada disso faz sentido. — Como você está...?

— Você remendou *uma* fenda no véu, Célie, não todos elas. — Mila fala por cima de mim sem respirar. — Elas existem em todos os lugares, por toda a parte. Algumas se fecham mais depressa do que outras. De que outra forma Guinevere poderia ter destruído o escritório de Michal na semana passada? Não responda. — Ela ergue uma das mãos. — Não importa. Faz *ideia* da sorte que teve por Yannick não ter devorado você? Não? Porque eu vou assombrá-la até que entenda que ações têm consequências reais...

— Mila. — Chamo o nome mais alto agora e ela hesita, seus olhos se fixando nos meus. De propósito, inclino minha cabeça na direção de Michal, que a encara através da fumaça que sobe entre eles. As queimaduras no rosto dele saltam em alto relevo, mas ele permanece imóvel o suficiente para ter sido esculpido em pedra. — Acho que ele consegue ver você — continuo com um sorriso tenso — e sei que ele pode me ouvir.

Ela franze as sobrancelhas.

— Mas isso é impossível. Ele não está... Ele consegue...? — Ela balança a mão na frente do rosto dele, recuando um pouco quando os olhos do irmão acompanham o movimento. — Michal? — sussurra ela.

Os lábios dele mal se mexem ao pronunciar as palavras:

— Olá, irmãzinha.

Os olhos de Mila se arregalam, incrédulos, e os dois se encaram por agoniantes e longos segundos. O resto do aviário parece desvanecer sob a intensidade do olhar deles: as corujas já não gritam, o fogo não estala mais. Até mesmo o vento parece parar, apreensivo, como se temesse o que vem a seguir. Tento não respirar. Talvez eles se esqueçam de que estou aqui.

Por fim, Mila solta o ar.

— Como isso é possível? — pergunta ela, com a voz ainda baixa, como se o momento pudesse ser quebrado a qualquer instante. — Você nunca conseguiu me ver.

A mão de Michal ainda agarra a pele descoberta do meu braço. A manga de renda que deveria estar ali pende frouxa em volta do meu cotovelo, rasgada pela queda. Devagar, ele alivia a pressão dos dedos, com o rosto ainda parecendo granito, antes de cerrar a mandíbula e pressionar meu braço de novo.

— Parece — comenta ele, olhando de modo fixo para sua mão na minha pele — que temos uma conhecida em comum a quem agradecer por isso.

— Ah. — Mila segue seu olhar até onde nos tocamos. — Faz sentido, eu acho.

— Nada disso faz sentido — comenta Michal, seco.

E o momento se foi.

274

Os olhos de Mila se estreitam.

— Tente acompanhar, irmão, pode ser? Sem dúvidas, a esta altura você já percebeu que Célie é uma Noiva. — Embora Michal abra a boca para responder, ela fala por cima dele depressa, determinada, como quem tenta desviar do assunto. Ou talvez fugir por completo do assunto. — Ela foi tocada pela Morte, por isso consegue atravessar o véu... e também por isso pode me ver aqui. Se este momento servir como uma dica, o truquezinho dela se estende temporariamente a quem *ela* escolhe tocar. — Mila resmunga, lançando um olhar fulminante para a mão dele me apertando. — Ou *não* escolhe tocar. Por favor, me diga que você não é responsável pelo sangue espalhado nela, Michal. Se for, estas marcas no seu rosto serão a menor das suas preocupações.

— Mila.

Ele fala o nome dela com uma paciência surpreendente, mas, de novo, ela o ignora, virando-se e jogando o cabelo opaco.

— Se for, vou ter que levar esta novidade a Guinevere, e, cada vez que você tocar em Célie, mesmo que seja o mais leve roçar no braço dela, Guin estará lá, respirando em cima de você feito um cachorro raivoso.

— Mila — tenta ele de novo, a voz um pouco mais profunda —, você está desviando do assunto.

Eu o observo com fascinação extasiada. Embora ele tente permanecer durão e impassível, seus olhos começaram a arder com uma emoção desconhecida enquanto ele olha para a irmã. Há exasperação, sim, mas também há suavidade. Nunca o vi parecer tão... *humano*. A constatação teria me feito recuar um passo se ele não estivesse segurando meu braço. Faço uma careta para ele, tentando sem sucesso me soltar do seu aperto. Sou o pior tipo de idiota por tentar humanizar um monstro.

Porém, até os monstros se importam com suas irmãs.

— Ela vai desenhar outro bigode no tio Vladimir — continua Mila, acalorada, flutuando de um lado para outro perto da escada. — Eu juro que vai. Talvez ela desenhe chifres e também pinte os dentes dele. Talvez eu arrume a tinta para ela. — Michal exala profundamente, mas não diz o nome dela outra vez. Em vez disso, aguarda com uma impaciência mal disfarçada até que ela faça uma pausa para respirar. O que não acontece. — Guin é o espírito que ajudou você a arrombar o escritório de Michal —

ela me conta, e eu fico tensa com a traição, lançando um olhar rápido para Michal. Ele não se distrai, no entanto. Seu olhar permanece fixo apenas em Mila. — Michal partiu o coração dela e a coitada nunca o perdoou, nem após a morte. Ainda fica vagando pelo escritório dele, enfurecendo-se, choramingando e adulando-o na mesma medida, embora ele não consiga ouvir uma palavra do que ela diz. É de *partir o coração*.

— Já terminou? — indaga Michal.

Mila ergue o queixo.

— Não.

No entanto, parece que enfim Mila ficou sem ter o que dizer. Sem se abater, ela abre a boca para tentar de novo, mas Michal balança a cabeça devagar.

— Chega, Mila. — As palavras são mais uma súplica do que uma ordem, mas o espírito ainda assim para de flutuar perto da porta, com os ombros curvados. Derrotada. — Me conte o que aconteceu. Diga por que você foi para Cesarine.

Ela se recusa a olhar para ele, fitando o degrau da escada mais próximo em vez disso.

— Você sabe por que fui para Cesarine.

Cesarine? Com as sobrancelhas franzidas, olho de um para outro enquanto os lábios de Michal se curvam.

— Dimitri — percebe ele.

— Você fala o nome dele como se fosse uma praga.

— Porque *é* uma praga. Ele nunca deveria ter lhe pedido...

— Pare com isso, Michal. — Mila se vira, gesticulando com raiva para o céu além da porta. Pesadas nuvens escuras surgiram desde que saí da loja de monsieur Marc, e trovões ressoam. — Você age como se nunca tivéssemos procurado a ajuda de bruxas. Não foi *sua* a ideia brilhante de pedir a elas pela noite eterna?

— Centenas de anos atrás. Desde então, temos extinguido com cuidado nossa existência das memórias delas. Você ameaçou expor toda a nossa raça por causa de *um* vampiro.

— Por Dimitri. Pelo bem de Dimitri. Ele é seu *primo* e precisa da sua ajuda...

— O que ele precisa é de moderação, não de uma cura mística das mãos de nosso inimigo. — As narinas de Michal se dilatam quando seu cuidadoso autocontrole começa a escapar. — Ele a abandonou lá. Sabia disso? Meio escondida no lixo atrás da Saint-Cécile, onde suponho que você tenha pensado em encontrar La Dame des Sorcières. Ele a *abandonou*.

— Não foi culpa dele. — Mila se ergue em toda a sua altura agora, lançando a força de sua rebeldia sobre Michal. Lágrimas opacas cintilam em seus olhos. — Ele estava *com medo...*

— Quem foi, Mila? — Em um piscar de olhos, Michal agarra minha mão, me arrastando atrás dele enquanto avança em direção à irmã. Sua expressão fica mais sombria do que as nuvens de tempestade do lado de fora. — Quem fez isso com você? *Me conte.*

Contudo, não consigo mais ficar calada. Cesarine, Saint-Cécile, La Dame des Sorcières: as palavras são familiares para mim. *Revoltantemente* familiares, mas de alguma maneira incompletas, como tentar montar um quebra-cabeça sem ter todas as peças. Meu peito aperta com a confusão de todas as informações, e eu estaco, tentando e não conseguindo retardar a aproximação dele.

— O que Lou tem a ver com isso? — indago, descontrolada. — Por que você estava em Saint-Cécile? E quem fez *o que* com você?

Michal se detém, olhando com a cara fechada para a irmã, e uma pergunta silenciosa é trocada entre eles. Mila suspira.

Então, com relutância, ela afasta o cabelo e puxa a gola para baixo, revelando dois furos perfeitos em seu pescoço.

Iguais aos de Babette.

Olho para as marcas como se estivessem através de um túnel, incapaz de entender. Elas parecem *deslocadas* de alguma maneira, absurdas, e até eu posso sentir que não deveriam estar ali. Vampiros podem morrer, sim. Acabei de ver Michal matar três. Mas drenar o sangue de um deles? Como isso poderia acontecer? Eles são fortes, rápidos e *letais* demais para serem caçados do mesmo jeito que caçam. Uma sensação estranha e pegajosa se desenrola no meu estômago enquanto me agarro à única outra explicação, à única possibilidade que ainda faz sentido. Eu me afasto de Michal e sibilo:

❈ 277 ❈

— Você matou sua irmã? — Depois, para Mila, agora mais alto, pergunto: — Foi por isso que se recusou a vê-lo? Ele *matou* você? Ele bebeu seu sangue?

— Não seja nojenta. — Mila solta a gola para esconder de novo as marcas repugnantes. — Vampiros só bebem de vampiros em situações *nem um pouco* consanguíneas...

— Você se recusou a me ver? — questiona Michal em voz baixa.

Ele soa quase *magoado*.

— Mas ele *matou* você, não foi? — pergunto por cima dele.

Ela faz um gesto breve e impaciente com a mão para nós dois.

— Eu já lhe falei, Célie... Meu irmão não matou aquelas criaturas nem me matou. — Seus lábios se franzem e ela fita mais uma vez o degrau da escada, evitando de propósito o olhar de Michal. — Mas também não posso contar quem foi.

Michal de imediato diminui a distância entre eles.

— *Por quê?*

— Porque eu não me lembro. Minhas últimas lembranças... elas simplesmente... se perderam.

— Bruxaria — rosna Michal.

E aí está. A última peça. A busca dele por vingança enfim se encaixa. Tentando em vão desvencilhar meu braço de seu aperto, eu me contento em olhar feio para ele.

— Coco não matou aquelas pessoas. Ela amava Babette e, mesmo que não amasse, uma bruxa de sangue jamais *drenaria* o sangue de uma criatura. — Meus olhos se voltam enfáticos para Yannick, para Laurent. — Não como um vampiro faria.

— Um vampiro — rebate ele, com a voz transbordando desdém — não teria matado um membro da família real.

— Como você sabe? Eu ouvi os celestiais conversando na loja de monsieur Marc...

— Porque Mila não sou *eu*. — Michal diz a última palavra com os dentes cerrados. — Todos os que batiam os olhos nela se apaixonavam na mesma hora.

Eu bufo para ele com ceticismo, e pena.

≈ 278 ≈

— Você está sendo influenciado pela opinião pessoal que tem sobre sua irmã. Mesmo que o assassino não tivesse um rancor contra Mila, saberia que a morte dela afetaria você. — Olho para Mila, que nos observa com uma expressão peculiar. — Você não consegue se lembrar dos seus momentos finais, mas talvez outra pessoa possa se lembrar dos dela. Babette está além do véu? Você consegue trazê-la para nós?

— Nem toda alma escolhe permanecer perto do mundo dos vivos, Célie — revela ela. Pela primeira vez desde que a conheci, algo parecido com arrependimento surge nas belas feições de Mila. — A maioria escolhe... seguir em frente.

— Ah...

Por alguma razão inexplicável, as palavras parecem um soco no meu peito. Não deveriam. É lógico que não. O local de descanso final dos espíritos não deveria *importar* agora, não com um vampiro sedento por sangue me segurando, porém, é mais forte que eu. *Pippa*. O nome dela ecoa na minha mente como uma mão fantasma, como se ela mesma tivesse atravessado o véu para me tocar.

Mas ela não fez isso.

Nem vai fazer.

Porque se alguém já teve coragem suficiente para seguir em frente, essa pessoa seria minha irmã.

Como se pudesse ler meus pensamentos, Michal aperta com leveza os dedos em volta dos meus.

— Eu arriscaria dizer — diz ele, em voz baixa — que Babette não está disponível para interrogatório nem neste mundo nem no outro. — Diante da minha cara fechada, ele explica: — Duas noites atrás, o corpo dela desapareceu do necrotério.

— *O quê?* — Mila e eu perguntamos ao mesmo tempo.

Michal inclina a cabeça, observando-me com uma expressão indecifrável.

— Você disse que ela era namorada de Babette, certo?

— A Coco *não fez isso* — respondo, perdendo totalmente a paciência, mas ele não me permite me afastar.

— Isso é o que vamos ver. — Ele estende a mão livre em direção à porta e faz sinal para que Mila saia antes dele. — Venha. Precisamos discutir os próximos passos, nós três, e as paredes têm ouvidos.

279

Contudo, Mila não se move.

— Michal — chama ela em voz baixa.

Ao contrário da irmã, o vampiro não perde tempo fugindo do assunto.

— Não faça isso, Mila.

— Você perguntou por que eu não quis vê-lo.

Ela se aproxima, estendendo a mão para tocar a bochecha do irmão. Se ele consegue senti-la ou não, eu não sei, mas ele se apoia na porta mesmo assim, a mão firme e fria em volta da minha. Uma coleira. *Ou, talvez*, percebo com um sobressalto desagradável, *eu seja a coleira dele*.

— Você sabe muito bem, Michal — continua Mila, seu olhar estranhamente sério. — Eu estou morta. Morta *de verdade* desta vez, o que significa que não há mais nada para discutirmos. Não sou Guinevere; eu me recuso a assombrá-lo, e nenhuma vingança me trará de volta. As trevas estão se erguendo, aproximando-se a cada momento, e este mundo precisará de você... de vocês *dois* — os olhos dela disparam por um instante para os meus — para sobreviver a elas. Você precisa me deixar partir, irmão. Por favor.

— *Não*. — Com os olhos brilhando com uma intensidade que nunca vi, ele levanta nossas mãos unidas, e a mão de Mila passa direto pelo rosto dele. — Porque eu *trouxe* você de volta... duas vezes... e não tenho intenção de perdê-la de novo. Eu *não vou* te perder de novo.

Mila olha para ele, triste.

— Por mais relutante que eu esteja em admitir isso — intervenho, colocando-me entre eles antes que Michal possa fazer algo muito estúpido, como tentar sequestrar a irmã —, eu concordo com ele. Você e os outros espíritos veem coisas do outro lado que podem nos ajudar a encontrar o assassino.

Então eu hesito, sem saber como expressar a pressão estranha e perturbadora no meu peito. Ainda tem alguma coisa me incomodando em relação à morte de Mila, à de Babette, a este assassino misterioso e às trevas iminente. Algo sobre meus próprios poderes estranhos me incomoda. Não podem ser casos isolados, mas também não consigo encontrar nenhuma conexão imediata. Expiro fundo. Nada disso faz *sentido*. Como uma ferida que não cicatriza, faço pressão nesta sensação, mas não alivia.

Talvez eu esteja imaginando coisas. Talvez não haja nenhuma conexão, no fim das contas.

Talvez eu apenas não queira ficar sozinha com Michal.

— E se… e se ele for a mesma pessoa? — pergunto a Mila, insegura. *Por favor, não vá embora.* — O assassino e o homem que me persegue? O vulto sombrio?

Michal olha para mim, incisivo.

Por sua vez, Mila balança a cabeça, resignada. O fogo que ela alimentou durante o confronto com Michal desapareceu, deixando apenas uma mulher pequena e derrotada em seu lugar.

— Já contei tudo que sei, Célie. Acredito que o resto depende de você.

Em seguida, ela flutua para cima, onde nem mesmo Michal pode segui-la, subindo cada vez mais até se esvanecer na sombra e desaparecer de vista.

CAPÍTULO VINTE E SETE

A promessa de Michal

Meia hora depois, Michal serve para si mesmo uma taça de absinto em seu escritório.

Ele não fala nem olha para mim enquanto abre a garrafa de cristal, derrama o líquido asqueroso e bebe tudo de um só gole. Observo com uma fascinação relutante seu pescoço pálido se mover. Eu não sabia que vampiros podiam ingerir bebidas alcoólicas, mas aqui está ele, sugando a taça feito uma cobra.

As queimaduras no rosto dele brilham furiosas à luz do fogo.

Não consigo me sentir culpada.

Seu silêncio se estende por muito tempo, no entanto, e eu me remexo na cadeira, o farfalhar suave da minha saia juntando-se ao tique-taque constante do relógio na escrivaninha. Cruzo e descruzo os tornozelos. Entrelaço meus dedos no colo. Finjo tossir para limpar a garganta. Mesmo assim ele me ignora. Por fim, sem aguentar por nem mais um segundo o desconforto, pergunto:

— Por que me trouxe aqui? E por que suas feridas não cicatrizaram?

Ele se serve de outra taça de absinto.

— Prata.

Espero, paciente, que ele explique; como não o faz, resisto à vontade de revirar os olhos.

— Elas vão apenas... ficar no seu rosto para sempre, então? Por toda a eternidade vai aparentar ter sido atacado por um urso?

Não lembro a ele que *eu* fui o urso, não quando sua postura parece tão tensa e ameaçadora.

Depois que Mila nos deixou, ele me conduziu do aviário até seu escritório sem dizer uma palavra, recusando-se a me tocar de novo.

— Ela vai voltar — resmunga ele, com um tom sinistro. — A tentação de se intrometer é grande demais.

※ 282 ※

Apesar da certeza de Michal, Mila não reapareceu. Nem naquele momento, nem neste.

— Minhas feridas permanecerão até que eu beba algo mais forte do que absinto. — Michal lança um olhar expressivo por cima do ombro. — Está se oferecendo?

As olheiras dele parecem mais escuras depois do encontro com Mila; os contornos do seu rosto mais acentuados. Mais severos. Ele parece... cansado.

— Não — respondo.

Porque não sinto compaixão por ele. A irmã o dispensou completamente — e *a mim*, penso com raiva —, mas nem assim ele merece minha compaixão. Mesmo que não seja *o* assassino, ele sem dúvida é *um* assassino, e... e não sei ao certo como estamos em relação a isso.

Nem por que ele está me obrigando a me sentar com ele.

— Por que Mila quis curar Dimitri? — Mexo na fita presa ao meu pulso, sem vontade de olhar para ele. — Por que eles precisavam encontrar Lou? *E na Igreja, dentre todos os lugares?*

Por fim, Michal se vira para se apoiar no aparador, me observando. Eu o vejo girar devagar o absinto na taça pela minha visão periférica. Minha mãe sempre chamou essa bebida de líquido do diabo. Faz sentido que ele goste.

— Dimitri sofre de sede de sangue — responde ele depois de outro longo momento.

Não espero pelo silêncio constrangedor desta vez.

— E o que é *sede de sangue*? — indago.

— Uma aflição exclusivamente vampírica. Quando Dimitri se alimenta, ele perde a consciência. Muitos vampiros se esquecem de si mesmos durante a caça, mas um vampiro afetado pela sede de sangue vai além: ele não se lembra de nada, não sente nada e é inevitável que mate sua presa de maneiras repugnantes e absurdas. Se for deixado à própria sorte, ele se torna um animal como Yannick. — Não consigo evitar e olho para Michal. Sombras escurecem suas maçãs do rosto enquanto o olhar dele baixa para a taça mais uma vez. Ele encara de modo fixo o líquido esmeralda. — Em geral, lidamos com os infectados de maneira rápida e silenciosa. Vampiros com sede de sangue são um risco para todos. Eles não são capazes de guardar nosso segredo.

283

— Mas Dimitri é seu primo.

Um sorriso severo e autodepreciativo distorce as feições de Michal.

— Dimitri é meu primo.

— Você o ama — digo. — Você o culpa pela morte de Mila, mas ainda o ama, caso contrário ele já estaria morto.

Os lábios de Michal se curvam, e torço o tecido da saia com as mãos enquanto outro pensamento, muito indesejável, se intromete no espaço entre nós. O amor fez com que Michal não enxergasse a irmã — ele ainda não consegue entender por que alguém iria querer machucá-la —, mas... e se também fez com que não enxergasse Dimitri? Michal pode não ter matado a irmã e os outros, mas *alguém* o fez. Alguém drenou o sangue das criaturas e largou os corpos por toda a Cesarine. Quanto tempo exatamente Dimitri e Mila tinham passado em Cesarine antes de ela morrer? Uma semana? Mais do que isso?

Tempo suficiente para se alimentar de um humano, de uma Dame Blanche, de uma Dame Rouge, de uma melusina e de um *loup-garou*?

Sob o olhar sombrio de Michal, não ouso expressar minhas suspeitas, não depois de Mila, mas lá está ela, ficando mais forte a cada tique-taque do relógio.

Dimitri tem sede de sangue.

E ele foi a última pessoa que esteve com Mila antes de ela morrer.

Embora Mila afirme que os vampiros só se alimentam de outros vampiros em situações nem um pouco consanguíneas — seja lá o que *isso* signifique —, Dimitri saberia de quem ele se alimentava em meio à sua sede de sangue? O próprio Michal acabou de dizer que os vampiros com essa doença muitas vezes perdem a consciência, então é lógico que Dimitri não saberia.

Dimitri é um viciado. As palavras sinistras de Michal voltam para mim em um sussurro arrepiante. *Ele não tem pensado em nada além do seu sangue desde que a conheceu. Este lindo pescoço se tornou a obsessão dele.*

A voz de Mila logo se junta à dele. *No centro de tudo está um vulto. Um homem.*

A tristeza parece encobrir o rosto dele.

Ele precisa do seu sangue, Célie.

Um arrepio percorre as minhas costas e me sento rígida na cadeira, apertando a saia. *Dimitri sabe que eu sou uma Noiva?* Mas... não. Michal não sabia até Mila ter contado há pouco, e ele sem dúvida não compartilhará essa informação com seu primo viciado tão cedo. Relaxo um pouco, soltando o ar aos poucos. Por enquanto, meu segredo está seguro.

— E o que você sabe sobre o amor, Célie Tremblay? — questiona Michal em voz baixa.

Eu me assusto com a pergunta e minha consciência volta para a sala de repente. Nada de bom acontece quando Michal usa este tom de voz. Na verdade, um brilho frio e perspicaz surgiu em seus olhos e, sem aviso, ele vai até a escrivaninha. Quando coloca o copo vazio sobre ela com um tilintar enérgico, recuo um pouco na cadeira.

— Os humanos sempre falam como se fossem especialistas no assunto, mas, pela minha experiência, nada é tão volúvel quanto o coração humano — declara.

Em um movimento rápido, ele abre a primeira gaveta, toca em algo dentro e retira…

Meu coração sai pela boca.

Ele retira o meu anel de noivado.

A joia brilha entre nós à luz do fogo como mil pequenos sóis, reluzentes, puros e eternos, e minha garganta fica seca só de olhar para ele. *Jean*. Com as bochechas coradas, me levanto para pegá-lo, mas, é óbvio, Michal se move mais rápido. O anel desaparece de novo antes que eu consiga dar um passo sequer.

— Prove que estou errado, mademoiselle — insiste ele, erguendo-o no ar.
— Me diga por que você não estava usando-o, e terei prazer em devolvê-lo.

A pressão queima atrás dos meus olhos, mas me recuso a chorar na frente deste homem desgraçado. Michal não precisa saber que não pensei em Jean Luc, não *de verdade*, desde que cheguei aqui. Não precisa saber da discussão com Jean na biblioteca, dos fracassos dele como parceiro, nem dos meus próprios fracassos terríveis. Ele não precisa saber que eu não estava usando o anel porque eu… porque…

Não consigo nem pensar nas palavras.

— Eu não sei — respondo, em vez disso, cruzando os braços com força. — Por que *se importa* tanto, aliás? Já é a segunda vez que menciona o meu noivado. Não tem nada melhor para fazer do que se intrometer no relacionamento de duas pessoas que nem conhece? Você não é o *rei* de todos os vampiros?

285

O brilho cruel no olhar de Michal desaparece ao ver algo na minha expressão, e, depois de outro instante, ele balança a cabeça, desgostoso. Talvez comigo. Talvez consigo mesmo. E eu o odeio — eu o *odeio* —, porque parte de mim também me odeia.

Quando ele joga o anel para mim logo depois, eu me sobressalto e quase o deixo cair. Ele finge não notar.

— Fique com ele. Não tenho utilidade mesmo para uma bugiganga tão boba.

Minha mão treme um pouco enquanto olho para o anel, dilacerada por uma indecisão terrível. Se eu colocar o anel no dedo, estarei admitindo algo para Michal. Se não o fizer, estarei admitindo algo completamente diferente. Apesar de tudo, ele me poupa da humilhação de uma plateia, virando-se e voltando a andar até o aparador, ocupando-se com algo que não consigo ver.

O desprezo por mim mesma percorre minhas veias enquanto empurro o anel para dentro do espartilho e para fora de vista.

— Onde está meu crucifixo de prata? — pergunto a ele, surpresa com a firmeza da minha voz.

Ele não se vira.

— Isso depende só de você.

— Então me dê. Quero de volta.

— Não — diz ele com calma, tirando o crucifixo de prata do bolso e balançando-o no alto pela corrente. Seus dedos fumegam de leve com o contato, e o pingente gira e pisca à luz do fogo como uma miragem. — Não até chegarmos a um acordo.

— Que tipo de *acordo*?

Enfim, ele se vira, apertando o crucifixo com uma das mãos e me oferecendo uma taça de absinto com a outra.

— Um acordo bem simples. Você está comigo, Célie Tremblay, ou está contra mim?

Meus olhos disparam atônitos do rosto dele para o punho cerrado, onde a prata continua a chiar e fumegar na sua pele. Parte de mim quer prolongar esse momento. Quer ver quanto tempo levará para ficar com mão inteira pegando fogo. A outra se enche de um pavor inexplicável diante da perspectiva. Nunca vi alguém pegar fogo antes e não quero necessariamente mudar isso, nem mesmo com Michal.

— Você ainda planeja matar Coco? — indago sem fôlego, ignorando por completo o absinto.

— Se a situação exigir.

Fico ainda mais séria.

— Não exige.

— Ainda não estou convencido.

— E *eu* não estou convencida de que você não seja um desequilibrado sádico e de coração sombrio com a intenção de destruir tudo o que há de bom no mundo. Pode não ter matado sua irmã, mas com certeza matou outras pessoas. É mais fácil eu confiar em uma víbora do que em você.

— Hum. — Michal me observa por um momento, com a expressão fria, calma, apesar da mão fumegante, antes de beber de uma vez o absinto da taça que me ofereceu e guardar o crucifixo de prata no bolso de novo. Depois, ele balança a cabeça, decepcionado. — Que pena. E pensar que eu ia levar você comigo.

Afasto meu olhar de sua palma carbonizada.

— Para onde? — pergunto, desconfiada. — *Por quê?*

— Isso não importa agora, não é? Sou um desequilibrado sádico e de coração sombrio em quem não se pode confiar. — Ele inclina a cabeça. — Embora seja engraçado que eu não tenha tentado destruir *você*. Não se considera uma das coisas boas do mundo, Célie Tremblay?

— Pare de distorcer minhas palavras.

— Eu jamais faria isso — retruca ele. Então exige: — Me conte tudo o que você sabe sobre Cosette Monvoisin e Babette Trousset.

Estreito os olhos com a mudança inesperada.

— Como é?

— Cosette Monvoisin e Babette Trousset — repete ele com os olhos brilhando cheios de malícia súbita. — Você queria saber por que eu a trouxe aqui, por que quero que me acompanhe para fora da ilha. Preciso de informações sobre o relacionamento delas. Para ser mais específico, preciso saber por que Cosette roubaria o corpo de Babette do necrotério.

— Você acha… que Coco roubou o corpo de Babette…? — Mas paro de falar no mesmo instante e acabo compreendendo. — Você é mesmo um desequilibrado. Coco *jamais* atrapalharia uma investigação de assassinato fugindo com o cadáver de Babette…

— Os bruxos de sangue têm ritos funerários peculiares, não têm? Chamados de ascensão?

— Sim, eles queimam os mortos e penduram as cinzas em bosques secretos por toda La Forêt des Yeux, mas *repito*: Coco não levaria o corpo de Babette sem autorização.

— É verdade que acreditam que a alma de uma bruxa permanece presa à terra até ascenderem? Será que Coco desejaria submeter a alma de Babette a esse tormento, mesmo que temporariamente? Você disse que elas foram amantes.

Fecho a cara e ergo o queixo.

— *Qualquer um* pode ter levado o corpo de Babette — argumento. — Só porque você quer se vingar de Coco, por um motivo pessoal e muito equivocado, não significa que ela seja culpada. Talvez o *verdadeiro* assassino tenha voltado para buscar o corpo. Já pensou nessa hipótese? Talvez os curadores tenham deixado passar algo na autópsia, algo que incriminaria o assassino, então ele voltou para destruir as provas.

Michal abre os braços, inclinando-se sobre a escrivaninha.

— Me diga, por favor, mademoiselle. Se não foi Coco, então quem foi?

Encaro Michal com raiva, abrindo e fechando a boca feito um peixe. Porque é lógico que não sei *quem* foi. Ninguém no reino sabe *quem*, nem mesmo ele, e esse é *todo* o maldito problema.

— Tenho dois caminhos, Célie Tremblay. — Michal se endireita, cruza as mãos atrás das costas e caminha de modo casual ao redor da escrivaninha. Exceto que não há nada de casual em Michal. Nunca. Cada passo é preciso, ameaçador, até que ele para diante de mim. — Posso investigar Cosette Monvoisin, ou posso investigar Babette Trousset. — O rosto dele permanece enganosamente calmo. — Talvez seus amigos sejam inocentes. Talvez não sejam. De qualquer modo, *vingarei* a morte da minha irmã, e tenho pena de todos aqueles que se colocarem no caminho dessa vingança. Agora — diz ele, ainda mais suave —, qual será o caminho?

Um instante de silêncio.

Dimitri, eu quase digo, mas seguro o nome dele na ponta da língua. Não tenho nenhuma evidência real de que Dimitri tenha matado Mila ou qualquer outra pessoa, e, até que eu tenha, não posso trair a amizade dele. Michal tolera o envolvimento secundário de Dimitri na morte de Mila; mas, se eu contar a ele que Dimitri de fato a *matou*, Michal não hesitará. Ele arrancará o coração ainda batendo do peito do primo sem esperar por provas.

Também não posso trair Coco.

Michal continua à espera, é visível que aguarda uma resposta.

— Você não precisa de *mim* para saber algo sobre Babette Trousset. — A frustração aumenta, forte e de repente, diante de sua completa e absoluta obstinação. — Pode compelir qualquer um dos bruxos do coven dela a te contar tudo o que quer saber... não que isso importe. Temos mais chances de encontrar uma agulha num palheiro do que de encontrar o corpo dela agora.

— Que sua irmandade ridícula encontre o corpo dela. Isso não é importante. O que precisamos saber é por que o assassino voltou para buscar o corpo de Babette e não o dos outros.

— Eles *não* são ridículos — retruco, irritada.

Ele faz um gesto de desdém com a mão.

— São ineptos. Há meses eles vêm andando em círculos, procurando pelo nosso misterioso assassino sem chegar a um suspeito sequer. Em uma semana, você conseguiu se posicionar no centro desta investigação... também aprendeu como matar vampiros, atravessar o véu e se comunicar com os mortos. Além disso, tem um conhecimento único sobre bruxos, sereias e... a menos que eu esteja muito enganado... lobisomens, sendo que todos eles a consideram uma amiga.

Fico enrubescida com as palavras inesperadas. Eu o encaro, confusa, enquanto seu elogio me envolve feito uma onda quente. Não tenho certeza se estou boiando ou me afogando. Ninguém foi tão... tão *lisonjeiro* comigo, ainda que vindo de Michal, de alguma maneira isso não seja nem um pouco lisonjeiro. Pelo seu tom direto e pragmático, poderíamos estar falando sobre o clima.

— Eu... — Pestanejo, estúpida, sem saber como responder. — Eu não penso que...

— Pensa, sim — interrompe ele. — Você *pensa*, e por isso é duas vezes mais valiosa do que qualquer caçador da Torre Chasseur. Mas não vou compelir você. Se não quiser se juntar a mim, eu a levarei de volta ao seu quarto e garantirei pessoalmente que ninguém te perturbe até a Véspera de Todos os Santos. — Uma pausa. — É o que você quer?

❖ 289 ❖

O *tique-taque* suave do seu relógio é o único som que pontua o silêncio, além dos meus batimentos cardíacos. Meu coração martela em um ritmo traiçoeiro, ameaçando explodir e estragar tudo. *É o que você quer?* Ninguém me fez *essa* pergunta antes, e eu... eu apenas fico olhando para ele, impotente. Em poucas horas, passei de conspirar para matar Michal para... para *o quê?* Absolvê-lo da culpa? Buscar sua aprovação? Quase choro de frustração com a escolha impossível diante de mim.

Se eu concordar em me juntar a Michal, poderemos encontrar o assassino.

Se eu concordar em me juntar a Michal, estarei ajudando um assassino também.

— Prometa que não vai matar ninguém — sussurro. — P-Prometa que vai deixar os Chasseurs pegarem o assassino caso o encontremos e que não vai interferir na sentença final.

Sua resposta é rápida e instantânea. Os olhos dele ficam sombrios.

— Prometo que não vou matar *você*, Célie Tremblay, e essa é a única promessa que farei. Temos um acordo?

Fecho os olhos por uns instantes.

No final das contas, não é uma escolha coisa nenhuma. Não posso apenas voltar para o meu quarto, para a minha estante, e acumular poeira enquanto um assassino está à solta. Não posso mais voltar para aquele lugar. E *não irei* voltar.

— Temos um acordo — eu cedo, baixinho, abrindo os olhos e esticando a mão em direção à dele, tremendo apenas um pouco.

Um sorriso pequeno e perigoso aparece no canto da boca de Michal, e ele aperta minha mão com a mão chamuscada, seus dedos envolvendo os meus com firmeza. Nenhum espírito aparece para nos encontrar desta vez. Não. Este toque, este *vínculo*, é somente nosso.

Quando ele se afasta, o crucifixo prateado repousa na palma da minha mão, tão brilhante e familiar como sempre, e franzo a testa ao ver as iniciais quase apagadas gravadas em um dos lados. Não tinha notado essas marcas antes... na verdade, nem mesmo agora as teria notado se não fosse pelo ângulo exato da luz do fogo, mas lá estão elas, piscando para mim. *BT*.

Se vamos trabalhar juntos, Michal precisa saber de tudo.

— Não sei por que o assassino voltou para buscar Babette e não os outros, mas Babette... ela foi a única vítima encontrada com um destes. — Juntos, olhamos para o crucifixo. — Ela não adorava o deus cristão.

Os olhos de Michal se voltam para os meus.

— Você acha que ela sabia de algo.

— Acho que ela temia alguma coisa. — *Como um vampiro.* Coloco o crucifixo no bolso do vestido, onde ele jaz pesado junto à minha perna. Ele me ancora ao chão do escritório de Michal; me ancora a *Michal*. Mas não posso voltar atrás agora. — Assassinos em série em geral escolhem vítimas que se enquadram em determinado perfil, mas os caçadores não encontraram nenhum padrão perceptível entre os mortos. Talvez este escolha as vítimas de um modo diferente. Pode ser que ele tenha uma... conexão pessoal com elas.

Michal não precisa de mais explicações. Sua mente dispara, seus olhos escuros cintilam de expectativa.

— Onde Babette morava? Em Cesarine?

— Não. — *E graças a Deus por isso.* Balanço a cabeça, com lágrimas de alívio brotando. Graças a Deus que Babette se mudou para muito, muito longe de Coco após a Batalha de Cesarine. Graças a Deus que Michal se esqueceu da minha amiga por enquanto. Só posso rezar para que isso permaneça dessa maneira. — Ela morava em Amandine — revelo depressa. — Eu a ouvi contar... contar para alguém sobre um lugar chamado Les Abysses, mas não sei o endereço. Meus pais venderam nossa casa de verão em Amandine quando eu era criança.

— Duvido que seus pais tivessem aprovado. — Michal se afasta de mim com um sorriso frio. — O Abismo não é lugar para damas refinadas e educadas.

— Você conhece?

— Ah, eu conheço. — Ele aponta para a porta, que se abre sozinha, espalhando sombras profundas pelo cômodo. Fico em pé depressa. — E em breve você também conhecerá. Vamos para Amandine, filhote. Se houver alguma ligação entre Babette e o nosso assassino, iremos encontrá-la. Mas fique sabendo — sua mão desliza pelo meu braço enquanto passo pela porta —, que, se não houver nada para encontrar, restará somente um caminho. Combinado?

291

Nossos olhos se encontram na penumbra, o nome dela passando entre nós sem ser dito.

Coco.

Resisto à vontade de queimar um crucifixo na bochecha dele para sempre.

— Sim — respondo com amargura.

— Ótimo. — Michal me solta com um aceno para me dispensar. — Partiremos para Belterra amanhã à noite, então. Às sete. Vista alguma coisa... verde.

PARTE III

L'appétit vient en mangeant.
O apetite vem com a comida.

CAPÍTULO VINTE E OITO

Para baixo

Eu me visto de vermelho escarlate em um ato de rebeldia. É uma coisinha pequena, talvez trivial, mas só porque estou trabalhando *com* Michal não significa que estou trabalhando *para* ele. Parece importante começar em pé de igualdade, lembrá-lo de que ele não pode apenas sair me dando ordens por aí como se eu fosse sua criada ou, pior — puxo o corpete de seda, irritada —, seu *animal de estimação*.

Quando o encontro em seu escritório às sete horas em ponto, ele analisa meu vestido com um olhar irônico, como se tentasse não sorrir. Estreito os olhos.

— Vermelho é minha cor favorita — digo com altivez.

Emoldurado pelo vão da porta, ele fecha a capa preta de viagem com dedos hábeis.

— Mentirosa.

— *Não* estou mentindo. — Uma pausa. — Como *sabe* quando estou mentindo?

— Você faz muito contato visual. É desconcertante. — Ele apanha outra capa preta grossa de um gancho perto da porta, segurando-a no alto e gesticulando para que eu passe os braços pelas mangas. Surpresa, apenas obedeço, hesitando quando ele diz: — Não há nada que eu possa dizer para você mudar de ideia?

As queimaduras do rosto dele desapareceram, assim como as da mão, deixando no lugar apenas a pele lisa e pálida. Meu estômago revira ligeiramente com a visão. *Minhas feridas permanecerão até que eu beba algo mais forte do que absinto.* Talvez Arielle o tenha visitado de novo. Talvez outra pessoa. O pensamento traz bile à minha garganta, e eu me afasto do seu toque, repreendendo-me por dentro. Não pensei em trazer minha própria capa, uma bela peça de lã marfim com botões prateados. Eu estava determinada demais a fazer com que Michal visse o tom escarlate.

❧ 295 ❧

— Nada — respondo.

Incapaz de esconder o sorriso afetado por mais tempo, ele esbarra em mim e sai para o corredor.

— Como quiser.

— Por que você queria que eu usasse verde? — pergunto, desconfiada.

Sua única resposta é uma risada sombria.

━◆◈◆━

Tal como quando chegamos a Réquiem, apenas um navio está atracado no porto. Michal não se detém para ver se o sigo enquanto ele sobe pela plataforma e segue até os marinheiros que empilham caixas simples de madeira na proa. Sentindo uma pontada na lateral do corpo, amaldiçoando Michal e sua velocidade sobrenatural, eu me apresso em segui-lo. Meus dentes doem por causa do vento cortante.

— Michal! Você poderia, *por favor*, diminuir...?

Contudo, a pergunta morre à medida que as caixas de madeira ganham forma à luz do lampião. Paro no convés principal e fico olhando para elas.

— Caixões — murmuro.

Eles estão empilhando caixões.

A capa de viagem de Michal ondula atrás dele quando o vampiro se vira.

— Sim. A Réquiem Ltda. é o principal fornecedor de caixões para Belterra. — Quando ele sorri, suas presas reluzem friamente quando a luz do relâmpago a ilumina. A névoa congelante já cobre as roupas e o cabelo. A tempestade desta noite promete ser terrível. — Temos praticamente o monopólio no mercado. Ninguém consegue competir com nossos preços. Venha. — Seu olhar se volta irritado para o céu. — A tempestade está quase chegando.

Um trovão ensurdecedor soa em resposta e eu salto para a frente, agarrando a manga de Michal enquanto ele dá uma ordem a um dos marinheiros. Eles trabalham da mesma maneira ritmada de antes, visivelmente sob compulsão, empilhando os caixões sem parar até que mal consigo ver além do convés.

— M-Michal. — Meus dentes estão batendo agora e todo o meu corpo treme. Não é por causa do frio. — Por que vocês precisam exportar c-caixões?

— Não precisamos — responde ele, conciso, e franze a testa e me leva para o salão de baile abaixo do convés.

Embora alguém tenha acendido outro lampião no cômodo, a claridade pouco faz para aliviar o nó no meu peito. Ela apenas ilumina mais caixões: estes mais grandiosos do que os lá de cima, esculpidos em ébano e sândalo com detalhes dourados e forros de seda e cetim.

— Nós os exportamos com o objetivo de contrabandear vampiros para Cesarine. É raro que os inspetores examinem *dentro* dos caixões. — Uma parte distante da minha mente registra que ele diz *raro* em vez de *nunca*, mas não posso me preocupar com esses inspetores. Não agora. — É muito mais simples assim. Mais limpo. Depois que o navio passa pela inspeção, entramos na cidade sem que nos notem. Mas só precisaremos entrar daqui a umas duas horas. Quando chegarmos perto da cidade. — Ele tira luvas de couro do bolso e as entrega para mim. — Aqui. Coloque estas.

Mas as luvas são inúteis contra o frio que toma conta de mim.

— Michal, eu não posso... — As palavras morrem quando meu olhar recai sobre o caixão mais próximo a ele. É igual ao de Filippa: de jacarandá, com dois cisnes em tamanho natural esculpidos na tampa, cada um com uma coroa de louros. *A Réquiem Ltda. também produziu o caixão dela?* Com o pensamento, um enjoo sobe pela minha garganta, e fecho a boca para não vomitar nas botas imaculadas de Michal. — Eu... Eu simplesmente não posso entrar em um caixão. Não posso.

— Eu me lembro. — Com isso, ele tira outra coisa do bolso: uma estranha pedra preciosa reluzente. Perfeitamente redonda, parece quase opalina, com veios de um branco luminoso e tons iridescentes de azul, verde e roxo. — Aqui. A última das luzes de bruxa. Uma demonstração de boa-fé da Dame des Sorcières anterior. — Ele coloca a joia na minha mão e outro estrondo de trovão abafa os gritos dos marinheiros enquanto o navio dá uma guinada para o mar. Quando tombo de lado, Michal firma meu braço, lançando um olhar sombrio para o teto. — Assim como o clima.

Empurro a pedra de volta para ele com as mãos trêmulas. Porque a luz não vai ajudar dentro de um *caixão*. Nada afastará o cheiro da morte, a sensação do cabelo quebradiço de Pippa na minha boca. No mesmo instante, começo a engasgar, recuando com um passo frenético e batendo no caixão atrás de mim. Com um ruído estrangulado, salto para o lado, para *longe*, mas tropeço na minha capa e quase caio de joelhos.

Michal me segura pelos cotovelos a tempo.

Ele franze as sobrancelhas quando afundo no chão do mesmo jeito. Ele desce comigo, de joelhos, seus olhos acompanhando o rápido subir e descer do meu peito. Eu sei que minhas pupilas estão dilatadas. As narinas dele se abrem e sei que ele fareja o meu medo. Porém, não posso fazer nada para impedir, nada para combater a reação do meu corpo quando tudo que consigo ver são *caixões*. Quando tudo que posso sentir é cheiro de mel de verão e *podridão*.

— O que foi? — pergunta ele, confuso. — O que há de errado?

Ninguém está vindo nos salvar.

— Eu não p-posso entrar em um caixão, Michal. Por favor, tem que haver outra maneira.

Sua carranca fica mais severa.

— Seu noivo colocou navios por todas estas águas procurando por você — explica ele. — O rei ordenou inspeções em todas as embarcações. Esquadrões de soldados patrulham o reino neste instante, e tanto caçadores quanto bruxas vasculham as ruas de Cesarine sob as ordens do arcebispo e de La Dame des Sorcières. Você é a pessoa mais procurada de toda a Belterra... e isso sem falar no visconde, que ofereceu uma recompensa de cem mil *couronnes* pelo seu resgate. Acredito que esteja familiarizada com ele.

Uma risada trêmula sacode o meu corpo.

Sim, estou familiarizada com ele.

Lorde Pierre Tremblay, humilde servo da Igreja e da Coroa, marido e pai dedicado, e um homem com quem não falo há quase um ano. Sob circunstâncias diferentes, a recompensa de cem mil *couronnes* pelo resgate da filha poderia ser comovente. Na realidade, o visconde não tem um tostão furado, e ainda me lembro das últimas palavras que ele me dirigiu, sussurradas e furiosas: *Nenhuma filha minha vai desonrar a si mesma com os Chasseurs. Eu não vou permitir. Está me ouvindo? Você não vai se juntar...*

— Posso compelir homens comuns a esquecerem o seu rosto — declara Michal, substituindo na minha visão os olhos verdes malignos do meu pai pelos seus pretos —, mas, se um Chasseur ou Dame Blanche a identificar, terei que matá-los.

— Não. — Ofegante, eu me esforço para ficar de pé, e Michal me solta no mesmo instante. — Sem matança.

Em qualquer um dos casos, o risco é grande demais; não temos ideia de quem irá inspecionar este navio. E mais, se alguém me reconhecer, irá me arrastar de volta para casa, na Costa Oeste. Se isso acontecer, nunca descobrirei a verdade sobre o assassino. Nunca entenderei minha estranha nova habilidade nem as trevas iminentes. Nunca terei outra chance de provar meu valor para meus pais, Jean Luc e Frederic. Serei de novo colocada em uma redoma de vidro — ou melhor, *trancafiada* —, e desta vez meus pais jogarão a chave fora.

Não. Isso não pode acontecer.

Meus olhos disparam frenéticos em busca de outra solução e param na escrivaninha de Odessa no centro do salão de baile. A montanha de pergaminhos ainda está ali, mas, ao lado deles, brilhando fracamente à luz do lampião...

Outra garrafa de absinto.

Graças a Deus. Meu coração dá um salto, corro em direção ao líquido verde e desagradável como se minha vida dependesse disso. Porém, assim que minha mão se fecha em torno da garrafa, a mão de Michal envolve meu pulso. Ele balança a cabeça com um movimento sádico dos lábios.

— Acho melhor não.

— Me *solte*. — Ainda que eu me sacuda e me contorça para diminuir o aperto, ele permanece inabalável. Surpreendentemente leve, sim, mas inabalável do mesmo jeito. Ergo o queixo. — Mudei de ideia. Eu *consigo* fazer isso. Consigo entrar em um caixão.

Ele bufa, irônico, e pergunta:

— Com absinto?

— *Você* bebe.

— Eu bebo várias coisas que você não bebe, e posso garantir que o absinto talvez seja o *mais* nojento de todos. Já experimentou?

— Não. — Firmo os pés, determinada, teimosa, e, por fim, ele me permite arrancar a garrafa dele. Aperto-a contra o peito. — Uma vez, escondida, tomei um gole do vinho da minha mãe. Não pode ser muito diferente.

Michal me encara como se eu tivesse perdido a cabeça, como se a tivesse arrancado do pescoço e jogado pela janela. E talvez eu tenha feito isso. Pode ser que eu não me importe. Brigo com a rolha da garrafa sob seu olhar crítico, conseguindo destampá-la quando um estrondo distante soa do lado de fora.

Nossos rostos se voltam para cima.

— O que foi…? — começo a perguntar.

Em um piscar de olhos, porém, Michal desaparece subindo a escada. Eu me apresso em segui-lo, desajeitada e lenta em seu encalço, e um pouco do absinto respinga nas minhas mãos. Seu aroma de especiarias — anis, erva-doce e algo mais — faz meu nariz se franzir enquanto subo as escadas e derrapo até parar no convés, deslizando um pouco na chuva. Agora ela cai com força, como se o próprio Deus derramasse baldes de água nas nossas cabeças. Em segundos, fico completamente encharcada, mas afasto o cabelo ensopado do rosto para seguir a linha de visão de Michal.

Ao Norte, pouco visível através do vendaval, outro navio luta para não tombar enquanto enfrenta ondas de quinze metros. O mastro dianteiro se estilhaçou com o vento e o navio inteiro está inclinado para o lado, muito perto de virar. Todo o meu corpo gela com a constatação.

— Michal!

O vento leva meu grito embora, porém, e eu me abaixo depressa quando outro relâmpago brilha. Os caixões deslizam em todas as direções. A tripulação encharcada corre para protegê-los, mas nem mesmo a compulsão é páreo para a tempestade. Com outro estalo ensurdecedor, uma caixa de madeira bate na outra, e ambas são arremessadas por cima da amurada e caem no mar.

— Michal! — Com o vento açoitando minha capa e meus cabelos, luto para alcançá-lo, para agarrar seu braço. — Aquele navio… Toda a tripulação vai se afogar se não fizermos…

— Não podemos ajudá-los.

Neste instante, o mastro estilhaçado do outro navio se parte por completo, e uma onda violenta arrasta a proa para baixo, junto com metade da tripulação. Os outros homens gritam e se lançam para a frente a fim de proteger o navio, mas é tarde demais. A embarcação afunda para valer. No segundo seguinte, um raio atinge outro mastro, e as velas faíscam e pegam fogo. Ao ver a cena, meu estômago se revira de horror, e minha mão agarra a manga da capa de Michal.

☙ 300 ❧

— Mas temos que ajudá-los! Michal!

No entanto, ele apenas gesticula com frieza para a água agitada ao redor. Fragmentos pontiagudos de outros navios perfuram as ondas feito lápides erguendo-se em um cemitério. E percebo que é justamente isso: um cemitério.

— Não há como salvá-los — declara Michal. — Ninguém encontra Réquiem exceto aqueles que nasceram ou foram criados lá.

— *O quê?*

— A ilha é secreta, Célie — continua Michal com a voz rouca. Ele dá as costas ao navio afundando, aos homens morrendo, mas não consigo desviar os olhos. Ele agarra meu cotovelo e me conduz até a alcova protegida perto da escada. — A ancestral de sua preciosa Louise lançou um feitiço de proteção em torno da ilha há muitos anos. A maioria dos viajantes apenas se desvia do curso quando se aproxima de Réquiem, mas outros... como nossos amigos ali... são habilidosos demais para serem dissuadidos. Então, o encantamento os mata. Eles nunca chegam à ilha.

— O encantamento... os *mata*? — repito, sem acreditar.

— Exceto nos dias sagrados para as bruxas. — Um raio tinge o cabelo de Michal de branco, lançando sombras sob seus olhos e maçãs do rosto. Quando sua boca se torce em uma linha cruel, ele parece de fato um habitante do Inferno. — É uma brecha inteligente. La Dame des Sorcières reivindicou isso como uma proteção para o seu povo, uma moeda de troca pelo encantamento. Durante três semanas por ano, Réquiem fica exposta por completo e vulnerável ao mundo exterior. — Ele arqueia uma sobrancelha de maneira expressiva. — O Samhain é um desses dias.

Aperto a garrafa de absinto com tanta força que meus dedos doem. O mar já engoliu tudo, menos a popa do navio. Meu estômago afunda conforme os gritos dos homens desaparecem sob o vento forte, sob o trovão estrondoso. Embora eu cambaleie para a frente, determinada a... a *ajudá-los* de alguma maneira, a baixar o bote salva-vidas, dou apenas três passos antes de Michal segurar minha capa e me arrastar de volta para a alcova. Uma onda surge acima da altura do corrimão meio segundo depois. Eu me agarro a ele, impotente, enquanto nossa embarcação se inclina.

— Então Lou e os outros... não conseguirão passar pelo encantamento até a Véspera de Todos os Santos?

— Para ser mais exato, à meia-noite.

— E se eles chegarem mais cedo?

Juntos, nossos olhos seguem o último homem enquanto o mar o engole de uma vez só.

— Reze para que não cheguem — responde Michal com indiferença.

Quando ele termina de falar, todo o navio e sua tripulação desaparecem. Simplesmente... desaparecem. Meu coração bate em um ritmo intenso e doloroso no peito. É como se eles nunca tivessem existido.

Ficamos assim por mais um longo momento, olhando para as ondas enquanto o vento e a chuva castigam tudo ao redor. Só percebo que ainda agarro Michal quando ele se desvencilha de uma vez e se vira para descer até o interior do barco. No último segundo, porém, ele hesita, lançando um olhar indecifrável por cima do ombro.

— O bote salva-vidas não teria salvado ninguém.

Meu peito dói porque é verdade.

Quando ele desce a escada e desaparece, levo a garrafa de absinto aos lábios e bebo.

CAPÍTULO VINTE E NOVE

La fée verte

Tomo uma dose para cada pessoa que já vi morrer.

Michal, que aparentemente ganhou escrúpulos nos cinco minutos desde que me juntei a ele, me interrompe após a terceira.

— Como *ousa*? — reclamo. Oscilando para lá e para cá com as ondas turbulentas, afasto meu cabelo molhado das bochechas, indignada. Elas já estão quentes e coradas, como se eu estivesse deitada ao sol há horas em vez de me ensopando no convés. Minha garganta queima como se eu estivesse bebendo ácido. Olho com desconfiança para a garrafa que agora está na mão de Michal, semicerrando os olhos para a fada verde no rótulo. O sorriso dela parece bastante inofensivo. — Estou *tentando* homenagear os mortos, mas você... — Uma onda bastante violenta balança todo o navio, e eu cambaleio até ele. — Você não entenderia, não é?

Ele revira os olhos e me firma pelo cotovelo.

— É provável que não.

— Típico. — Eu me afasto dele para me segurar na escrivaninha de Odessa e tiro a capa pesada antes que ela me sufoque. — A morte não te afeta mais. Você já matou pessoas demais.

— Se é o que você diz...

— Sim. É o que eu digo *mesmo*. — Uma pausa. — Só por curiosidade... quantas pessoas você *matou*?

O canto de sua boca se eleva, mais para uma careta que para um sorriso, e ele caminha ao meu redor, guardando a garrafa de absinto dentro da mesa de Odessa. Michal fecha a gaveta com força.

— Essa é uma pergunta muito pessoal, Célie Tremblay.

— Eu gostaria de uma resposta. — Ergo o queixo. — E da minha garrafa de volta. Só bebi por Ansel, Ismay e Victoire, mas ainda preciso beber por...

— E eu gostaria que você não vomitasse na minha bota.

Os olhos dele se estreitam quando eu oscilo de novo, piscando conforme o calor das minhas bochechas se espalha pelo resto do meu corpo. Acontece de repente, de maneira bastante inesperada e... eu hesito, olhando surpresa pelo salão de baile mal iluminado. Parece distorcido de um jeito agradável nas extremidades, quase como se eu estivesse em um sonho, ou... ou talvez enxergando-o através de um lindo vidro embaçado. Michal faz uma careta para algo na minha expressão. Agarrando meu pulso, ele me arrasta e dá a volta na escrivaninha de Odessa e faz com que eu me sente na cadeira.

— Parece que nós dois vamos ficar desapontados — diz ele.

Levanto uma das mãos na minha frente, examinando-a com curiosidade à luz bruxuleante do lampião.

— Eu estou... estranha. Já vi outras pessoas embriagadas, sabe, mas nunca imaginei que fosse me sentir tão... tão *bem*. — Eu fico de pé e me viro para encará-lo, cambaleando um pouco. Ele segura meu cotovelo mais uma vez. — Por que as pessoas não fazem isso o tempo todo?

Impaciente, ele expira fundo e me empurra de volta para a cadeira.

— Um gole do vinho da sua mãe não fez você se sentir *bem*? — questiona ele. Balanço a mão no ar.

— Ah, eu menti sobre isso.

— Você o quê?

— Eu menti. — Um músculo na minha bochecha começa a se contrair enquanto a expressão dele fica mais severa. Ignorando-o, abro a gaveta da escrivaninha de Odessa para roubar de volta a garrafa de absinto. Michal quase fecha a gaveta nos meus dedos. — Você disse que eu não conseguiria mentir, mas consigo e *menti*. E você nem percebeu. — Não consigo evitar: uma risadinha escapa dos meus lábios enquanto me viro na cadeira para cutucar a barriga de Michal, que afasta minha mão. — Eu falei que experimentei o vinho da minha mãe, mas nunca provei. Ela não bebe vinho. Nem nenhuma bebida alcoólica... ela é contra... então eu nunca tinha tomado um *gole* em toda a minha vida até hoje. — Junto as mãos, alegre. — Mas é *maravilhoso*, não é? Por que ninguém me disse que é tão maravilhoso? *Você* já ficou bêbado?

Ele olha para o teto com uma expressão de dor, como se questionasse como exatamente um vampiro milenar e todo-poderoso pôde se colocar em uma situação dessas.

— Já.

Olho para ele, atenta.

— *E?*

— E o quê?

— Bem, *tudo.* Quantos anos você tinha? Como aconteceu? Foi com absinto também, ou...?

Ele balança a cabeça depressa.

— Nós não vamos falar sobre isso.

— Ah, por favor. — Embora eu me vire para cutucá-lo outra vez, ele se esquiva depressa e sou forçada a apenas apontar o dedo para ele. — Isso *não* é justo — reclamo. — Você pode ser capaz de... correr por aí com sua *velocidade superespecial,* Michal Vasiliev, mas *eu* posso ser superirritante, principalmente quando rejeitada, o que é bastante lamentável para você, porque estou *sempre* sendo rejeitada — balanço meu dedo para dar ênfase —, o que significa que me sinto bastante confortável em ser irritante, e apenas continuarei perguntando e perguntando e *perguntando* até que você me conte o que eu quero...

Ele agarra meu dedo antes que eu o cutuque nos olhos por acidente.

— Isso ficou *dolorosamente* óbvio. — Exasperado, ele joga minha mão de volta no meu colo. — Eu tinha quinze anos — revela Michal irritado quando tento cutucá-lo de novo. — Dimitri e eu roubamos um barril de hidromel do meu pai e da minha madrasta. A vila inteira saiu para comemorar o décimo aniversário de casamento dos dois e eles nem deram falta do barril.

Ele tinha quinze anos.

— Vocês beberam tudo? — sussurro, admirada.

— Não. Mila e Odessa ajudaram.

— Vocês quatro eram melhores amigos?

Ele bufa com escárnio, embora o som não seja tão frio e distante quanto ele gostaria. Na verdade, Michal quase soa *afetuoso,* e eu me controlo para esconder um sorriso.

— Quase colocamos fogo no celeiro e passamos o resto da noite vomitando no palheiro. Nossos pais ficaram furiosos. Eles nos fizeram limpar os estábulos por horas no dia seguinte.

Apesar do vômito e do estrume de cavalo, não posso deixar de suspirar com a história — inexplicavelmente melancólica —, e entrelaço os dedos no colo.

305

— Seu pai amava muito sua madrasta?

— Sim. — Ele me lança um olhar demorado e intenso. — Ele também amava minha mãe.

— Ele parece ótimo.

— Sim — afirma Michal, após outra pequena pausa. Depois, mais relutante: — Ele era... muito parecido com Dimitri nesse aspecto.

Hum.

Franzo os lábios, observando o vampiro com grande interesse por vários segundos. O absinto ainda borra as feições de Michal em uma espécie de pintura sombria, toda em alabastro e obsidiana, até que ele não parece completamente real. Balanço a cabeça, confusa. Porque ele *é* real, é lógico, mesmo que imaginá-lo aos quinze anos, com pais irritados, primos travessos e um barril cheio de hidromel me encha de uma inexplicável e inesperada sensação de perda.

Dou risada, sem pensar.

— E pensar que... quando *eu* tinha quinze anos, ainda dormia com minha irmã e brincava de boneca. — Solto uma risada de novo, incapaz de me conter, e me inclino de repente para me equilibrar nas pernas traseiras da cadeira. Embora ele abra a boca para dar uma resposta contundente, falo por cima dele, mais depressa agora: — Lou, Reid e Beau jogaram verdade ou consequência com uísque no ano passado, mas eu estava dormindo no outro quarto. Eu preferia ter estado acordada para jogar também. Gostaria de brincar de algo assim um dia... E você pode achar que foi esquisito, todos nós viajando juntos, mas não foi nada esquisito. Sabe por quê?

Faço uma pausa dramática, esticando o pescoço para olhar para ele de cabeça para baixo, esperando que seus olhos se arregalem, fascinados, ou talvez que ele se incline para a frente e balance a cabeça, ansioso.

— Não — responde ele, a voz estranhamente baixa. — Não sei.

— Quer que eu te conte?

Os lábios de Michal se torcem enquanto ele empurra minha cadeira, apoiando-a nos quatro pés outra vez.

— Eu tenho escolha?

— Não. — Eu me levanto mais uma vez, e ele dá um passo para trás a fim de evitar a trombada. — Não foi esquisito porque Lou e Reid são *almas gêmeas*. Assim como seus *pais*, Michal.

— É mesmo?

Eu assinto, entusiasmada.

— Você já sabe que Reid e eu namoramos, porque você... bem, não sei como sabe, exatamente... mas aposto que não sabe como eles são feitos um para o outro. Aposto que não sabe que Lou toca quatro instrumentos. Aposto que não sabe que Reid dança *magnificamente* em volta do pau de fita quando pensa que ninguém está olhando. — Eu cutuco de novo o peito de Michal, desafiando-o a me contradizer. — Ele dança melhor do que você, tenho certeza. *E* ainda é mais alto.

Os lábios dele se contraem.

— Um deus entre os homens.

— Reid jamais encorajaria essa comparação. Ele é muito humilde. — Ergo o nariz, me viro e pego a garrafa de absinto da gaveta. Desta vez, Michal nem tenta me impedir. Em vez disso, ele se inclina contra o caixão mais próximo, cruzando os braços e me observando. — E não se esqueça do irmão dele, Beau — ressalto, destampando a garrafa para dar outro gole. Nem sinto mais minha garganta queimar. Na verdade, minha língua ficou totalmente dormente. — Beau pode ser a pessoa mais engraçada do mundo. Ele é um cavalheiro *e* um malandro, e, quando sorri, parece igualzinho como eu imagino que um pirata impetuoso seria: cheio de charme, covinhas e perigo. E Coco... *Coco*... — Sacudo a garrafa para dar ênfase, sem conseguir me conter. — Coco é muito *mais* do que um rostinho bonito, sabia? Ela tem uma inteligência aguçada e uma casca grossa, mas é só porque ela não gosta de se sentir vulnerável.

Apoio a garrafa junto ao peito, encostando-me na escrivaninha e delineando as asas verdes da fada com o polegar. Talvez eu pinte meu cabelo de esmeralda igual ao dela para o baile de máscaras na Véspera de Todos os Santos. Talvez monsieur Marc costure asas iguais para todos nós. Suspiro, feliz com a ideia.

— Eu amo muito todos eles.

— Jura? — Ele arqueia uma sobrancelha irônica. — Eu jamais teria adivinhado.

Assustada, olho para Michal e franzo a testa. Porque eu tinha me esquecido de que ele estava ali. Porque, a julgar pelo seu tom, ele não ama meus amigos como eu, e porque ele... ele planeja...

306 307

Sinto a sala girar de um jeito perigoso quando pego um abridor de cartas na gaveta da escrivaninha de Odessa e a brando para ele como se fosse uma adaga. É muito mais leve do que as lanças e espadas compridas da Torre Chasseur. Muito mais satisfatória.

— Eu não vou deixar que os mate, monsieur — afirmo, ríspida.

Ele revira os olhos, mas não se mexe.

— Largue isso antes que se machuque.

Meus olhos faíscam com o menosprezo.

— Você não pode me dizer o que fazer. Todo mundo está *sempre* tentando me dizer o que fazer, mas somente um deles é meu capitão... *você* não é meu capitão, o que significa que não preciso ouvir nenhuma palavra do que diz.

À menção de Jean Luc, todo o humor na expressão de Michal desaparece.

— Ah, sim. — Cruzando as mãos atrás das costas, ele olha para a ponta do abridor de cartas contra seu peito. Por azar, é feito de aço e não de prata. — Célie, a caçadora. Por um momento, eu me esqueci. Quantas pessoas *você* teria matado, eu me pergunto, se tivesse ficado na Torre Chasseur? — Ele se aproxima incisivamente do abridor de cartas, e... meus olhos se arregalam, incrédulos... pois o abridor se curva contra o peito de Michal. O abridor *se curva*. Eu deixo o objeto cair, dou um passo para trás e colido com a escrivaninha de Odessa. Ele caminha na minha direção sem parar, diminuindo aos poucos a distância entre nós. — Você de fato nunca hesita em *me* atacar. Por que?

— Porque você é um monstro. — Ainda recuando, jogo a garrafa de absinto nele para impedir sua aproximação. Eu nem sei *por que* quero detê-lo. Ele prometeu que não me machucaria, mas alguma coisa na firmeza decidida de sua mandíbula faz um tremor delicioso percorrer minhas costas. Ele pega a garrafa com uma das mãos e a joga na gaveta da escrivaninha de Odessa. — E eu *não* sou um Chasseur — rebato, teimosa, correndo para trás de um caixão. — Não mais.

— Você sem dúvida pensa como um Chasseur. Seu amado capitão sabe que você quebrou seus votos?

— Não, ele... — Franzo as sobrancelhas, confusa, e me encolho, piscando com força. Esqueci de contar a ele sobre Jean Luc. Contei a ele tudo sobre os outros, mas, de alguma maneira, esqueci de mencionar como Jean

308

é motivado, como é firme, capaz e dedicado. *Seu amado capitão sabe que você quebrou seus votos?* Um zumbido baixo invade meus ouvidos, tornando impossível pensar. — O que... O que quer dizer com isso? — pergunto desconfiada.

Ele apoia as mãos em cima do caixão.

— Me diga você.

Mas... não. Eu não gosto da pergunta dele. Não gosto nem um pouco. Na verdade, a conversa se tornou irremediavelmente enfadonha.

— Eu... Eu não vou contar nada e não quero mais falar com você.

Decidida, me afasto dele e entro no corredor. Michal não vai estragar este momento, por mais que tente. Não importa que eu tenha dezenove em vez de quinze, que minha única companheira aqui seja *la fée verte*: eu também posso colocar fogo em um celeiro metafórico. Olho em volta desesperada procurando algo para fazer. O navio parou de balançar, o que significa que devemos ter saído da tempestade, e, para além das escadas, em algum lugar no convés encharcado, um marinheiro toca uma música animada com sua gaita. *É isso.* Pulo um pouco na ponta dos pés com o som. Afinal, *estamos* em um salão de baile, e eu não danço há séculos.

Não ouço Michal se aproximar por trás.

— Tomara — diz ele, a voz baixa de um jeito que não espero — que monsieur Diggory não tenha ensinado você a dançar.

Surpresa, giro de novo, desta vez para afastá-lo. Porém, paro no último segundo. Ele está muito perto. Perto *demais*, e ainda assim meus pés parecem criar raízes enquanto o encaro. Assim tão perto, tão imóvel, eu poderia contar os cílios dele, se quisesse. Poderia passar meu polegar por eles, percorrer com o indicador a linha da maçã do rosto até o canto da boca.

Poderia roçar as pontas dos seus dentes.

Prendo a respiração com o pensamento inesperado e, sem pensar, meu olhar desce para os lábios de Michal. Embora a expressão dele permaneça cuidadosamente vazia, ele também não se move. Não respira.

Ele prendeu a respiração no teatro quando sentiu o cheiro do meu medo. E no aviário quando sentiu o cheiro do meu sangue.

Porque ele é um monstro, minha mente repete, debatendo-se inquieta. *Um monstro.*

Com um frio na barriga, levanto a mão hesitante de todo modo.

Neste exato instante, porém, ouve-se uma batida na porta, e um marinheiro enfia a cabeça dentro do cômodo.

— Vossa Majestade — cumprimenta ele, e a tensão enervante entre nós se desfaz. *Vossa Majestade.* Minha reação é bufar bem alto e dar um passo para trás. Michal se vira com rigidez para encarar o marinheiro, que se encolhe sob seu olhar sombrio. — Me desculpe, Majestade, mas três navios se aproximam com a bandeira de Belterra. Eles sinalizaram que querem realizar uma inspeção de carga.

Uma inspeção de carga.

As palavras zumbem nos meus ouvidos como abelhas: urgentes, desagradáveis e indesejáveis. É evidente que elas significam algo importante para Michal e sua tripulação, o que significa que é provável que deveriam significar algo importante para mim. Apesar disso, não consigo lembrar bem *o quê*, não com todo esse zumbido, nem por que elas começaram a picar. Então, deixo as palavras de lado, saltando pelo salão e indo até o marinheiro.

— Qual é o seu nome, monsieur? — pergunto a ele com entusiasmo.

Quente e calejada, a mão dele aceita a minha após uma breve hesitação. Quando eu a aperto, o marinheiro devolve a pressão com um pequeno sorriso e uma testa franzida.

— Meu nome é Bellamy, mademoiselle.

— Você tem um nome *excelente*, Bellamy. — Eu me inclino para ele de modo conspiratório. — E é muito bonito também. Sabia disso? Você tem uma família em casa? Você dança com eles? Eu *adoro* dançar e, se quiser, posso ensiná-lo a gostar também.

Ele hesita, desconcertado, e olha para Michal.

— É...

— Apenas ignore Michal — sugiro. — É o que sempre faço. — Quando giro para trás, fazendo piruetas debaixo do braço dele, o vampiro me agarra e me puxa em sua direção. Seus lábios estão apertados em uma linha severa e reta, mas não me importo; eu giro debaixo do braço dele também, ainda rindo e falando com o belo marinheiro. — Se *eu* fosse uma vampira, iria compelir todo mundo na ilha a ignorar Michal. Seria maravilhoso.

— Sorte que isso nunca vai acontecer — comenta Michal, dando um breve aceno para o marinheiro, que sai apressado. — Agora — ele inclina a

310

cabeça em direção a algo atrás de mim —, pare de lançar feitiços em minha tripulação e entre no caixão.

Instintivamente, olho por cima do ombro, e meu coração vai parar em algum lugar perto do umbigo. Um familiar caixão de jacarandá me encara de volta. Pisco depressa. As abelhas nos meus ouvidos zumbem sem parar, e o cômodo fica quente de modo abrupto e insuportável. Eu me desvencilho de Michal, levo as mãos às minhas bochechas febris. Por que *está* tão quente aqui? De alguma maneira passamos batido por Cesarine e navegamos direto para o Inferno?

— Entre no caixão, Célie — pede Michal de novo, agora com mais suavidade.

Seus olhos pretos brilham, com impaciência. E com algo mais. Algo que não consigo discernir.

Eu bufo de novo.

— Vossa Majestade, *queridinho*, alguém alguma vez já te disse "não"?

Ele dá um passo em minha direção, decidido.

— Nunca.

— Não vou entrar naquele caixão.

— Bebeu meio litro de absinto à toa, então?

— Uma dama nunca beberia *meio litro* de absinto. Bebi com moderação, e, além disso, eu disse que não entraria *naquele* caixão. Eu nunca disse que não entraria em um diferente. — Forçando um sorriso sereno, dou um tapinha no caixão de ébano laqueado ao lado dele. O chão começa a se mover sob meus pés quando a quarta dose de absinto chega ao meu estômago. — Eu vou entrar *neste* aqui, obrigada.

— Este é o meu caixão.

— *Era* o seu caixão. Agora é o meu. — Ainda sorrindo, ainda instável, eu me atrapalho com os fechos de latão e abro a tampa enquanto gritos soam de novo acima de nós. A frota real deve estar quase aqui. Levanto a saia do vestido e entro no caixão antes que possa hesitar, virando-me para estender a mão suplicante. — E vou aceitar aquela luz de bruxa agora.

— Vossa Senhoria, *queridinha*, alguém já te disse "não"?

Para minha surpresa, para meu *horror*, Michal apaga o lampião antes que eu possa responder, nos mergulhando na escuridão total, e entra no caixão comigo.

— O que está *fazendo*? — Agarro seu braço enquanto ele se move para se sentar, ao mesmo tempo me afastando e me agarrando a ele. Não consigo ver nada além do giro nauseante da escuridão. — Você não pode simplesmente... *Michal* isso é bastante inapropriado, então vá para outro lugar! E eu fico com a luz de bruxa!

— Eu me recuso a passar a próxima hora apertado em outro caixão quando construí este especificamente para me acomodar. Se prefere não compartilhar, fique à vontade. — Ele tira a luz de bruxa do bolso e a coloca nas minhas mãos. — Escolha outro.

Eu o encaro sob a misteriosa luz branca, com os olhos arregalados de perplexidade, mas ele não espera pela minha decisão. Não. Ele afunda no caixão como uma pessoa afunda em lençóis de seda, e *essa* é uma comparação que eu não preciso fazer agora. Volto a mim e quase caio no chão. É uma comparação que eu não preciso fazer *em momento algum*. É lógico que não posso compartilhar um espaço tão pequeno e íntimo com um vampiro, ainda por cima um tão dominador como Michal. Além disso — dou uma olhada para dentro do caixão —, não tem nem espaço para eu me deitar ao lado dele. Se eu for compartilhar, terei que me deitar, bem... *colada nele*. Minhas bochechas ficam mais quentes.

Entretanto, se eu não fizer isso, passarei a próxima hora sozinha na penumbra, tentando não me lembrar daquelas coisas que *la fée verte* manteve afastadas.

A perspectiva é uma coisa maravilhosa.

Antes que eu possa mudar de ideia, caio feito uma pedra no peito de Michal, acomodando-me sobre a frente do seu corpo; ou tentando, pelo menos. Quase bato na testa dele com minha luz de bruxa e meus joelhos cutucam primeiro sua barriga, depois seu quadril, na batalha para ajeitar minha saia. A seda vermelha e a chemise se amontoam no espaço apertado, expondo minhas panturrilhas, e eu me contorço para cobri-las, alarmada, e sem querer acerto Michal no pescoço com o cotovelo.

— Me desculpe! Me desculpe mesmo!

Em seguida, viro meu joelho para a esquerda, roçando o lugar entre as pernas dele, e ele inspira fundo. Eu arquejo, horrorizada.

— Me *desculpe* mes...

— *Pare* — ele me agarra pela cintura e me ergue no ar acima dele — *de se mexer.*

Sem mais uma palavra, ele me muda de posição, me pressionando junto à parede do caixão, e coloca a mão entre nós para puxar a saia do meu vestido de volta para o lugar. As pontas dos dedos dele roçam minhas pernas nuas. Meu cabelo beija seu rosto furioso. Nenhum de nós reage, porém, e, quando ele me abaixa junto a si, tenho vontade de pular do caixão e fugir.

Como se pudesse ler meus pensamentos, Michal fecha a tampa do caixão com um clique definitivo, e graças a Deus ele faz isso; em questão de segundos, a porta do salão de baile se abre, e pés pesados andam pelos tapetes.

❧ 313 ❧

CAPÍTULO TRINTA

Confessionário

— Está vendo alguma coisa? — pergunta uma voz rouca.

Imagino um idoso encurvado erguendo uma tocha ou lanterna, a luz dourada iluminando fileiras e mais fileiras de caixões.

O companheiro dele soa enojado. E bem mais jovem.

— Caixões. Só pode ser azar.

— Não sei o que ele acha que vamos encontrar com estas inspeções. — Os passos do primeiro homem se aproximam e eu fico tensa, fechando bem os olhos quando ele bate os nós dos dedos na tampa do nosso caixão. A luz de bruxa pisca e gira em contraste com a escuridão das minhas pálpebras, e engolir ficou mais difícil. A mão de Michal desliza pelas minhas costas.

— Repare só que *ele* não está aqui no meio da noite, congelando as bolas com o resto de nós.

— Antes ele que o outro lá em cima — resmunga o segundo —, vestindo aquele casaco azul e agindo como um rei. Se ele me chamar de *garoto* mais uma vez, eu juro que vou pegar aquele bastão de prata e enfiar na bunda dele. Espere só. Eu juro. — Uma pausa. — Devemos abrir os caixões?

Mais uma pancada forte na tampa.

— Não. A única coisa que encontraremos aqui é um defunto, e não serei eu quem contará a Toussaint que a noivinha dele bateu as botas.

— Acha que ela morreu?

O homem responde em tom de descaso:

— Para mim, bem lá no fundo, ele também acha. É raro mulheres que desaparecem reaparecerem, não é mesmo? Pelo menos, não vivas. Olha só a irmã dela. Ouvi dizer que as bruxas a capturaram e a amaldiçoaram para envelhecer até o coração dela parar. É só uma questão de tempo até encontrarmos a outra morta também.

Dedos frios e gentis tocam meu cabelo, deslizando pelo volume pesado até minha nuca. Demoro alguns segundos para perceber o motivo, para perceber que o meu corpo inteiro começou a tremer, que minhas mãos agarram com força as lapelas da capa de Michal. Eu não sabia que o estava segurando. Achava que nem fosse capaz de me mover.

— Sei não — murmura o mais jovem. — Ela já desapareceu uma vez. Na época, ninguém sabia para onde ela tinha ido também. Meu pai acha que ela fugiu. Acha que ela o havia deixado... que havia deixado Toussaint. A garota não estava usando o anel dele quando saiu da Torre. Minha mãe diz que Toussaint merece alguém melhor como esposa. — Ele ri de mau humor. — Ela ofereceu minha irmã.

O zumbido nos meus ouvidos aumenta a cada palavra, agudo e doloroso.

Antes que eles possam continuar comentando sobre as minhas falhas de caráter, a porta do salão de baile se abre mais uma vez e um terceiro par de passos se junta a eles.

— Cavalheiros.

Um estremecimento intenso percorre meu corpo ao ouvir a palavra, e desisto de fingir, enterrando meu rosto na capa de Michal. Porque *esta* voz eu reconheço. É uma voz que eu daria cada *couronne* da recompensa do meu pai para nunca mais ouvir.

— Frederic — resmunga o primeiro homem. Parece que ele desencosta do nosso caixão, empertigando-se com relutância. O mais jovem não diz nada. — Ela não está aqui.

— Vocês verificaram todos os caixões.

Não é uma pergunta, e os dois homens, sem saber como reagir, hesitam por uns segundos antes que o homem mais jovem pigarreie e minta com prazer.

— É óbvio.

— Ótimo. — A palavra transborda desdém, e posso visualizar Frederic andando pelo corredor, passando a mão pelos caixões ornamentados. Talvez olhando para os dedos em busca de poeira. — Quanto mais cedo encontrarmos o corpo dela, mais cedo Toussaint renunciará.

— Acha que ele vai renunciar, monsieur? — pergunta o primeiro, em dúvida.

Frederic ri. É um som curto e sem humor que faz meu estômago revirar.

— Como pode não renunciar? Um capitão incapaz de proteger não só a sua subordinada como também sua noiva? É humilhante.

— Não é culpa dele a garota ter fugido — murmura o segundo.

— E é aí, garoto — retruca Frederic, com a voz mais cortante —, que você se engana. A culpa é dele. A porra desta bagunça *inteira* é culpa dele. Ele trouxe uma mulher para uma irmandade de homens. Deu a ela uma Balisarda *e* um anel de noivado. — Ele bufa com amargura. — Você não é um Chasseur, então não entenderia.

O segundo homem, o *garoto*, fica ainda mais ofendido.

— Ah, é? Tente me fazer entender, então.

Outra risada sem alegria; outra pausa.

— Pois bem. Vou tentar. Você lembra do derramamento de sangue em dezembro e janeiro? Depois que aquele Chasseur ruivo se aliou a uma *bruxa*? — Ele grunhe a palavra como se fosse uma maldição, e, para Frederic, é mesmo. — O reino perdeu toda a fé na nossa irmandade quando ele matou o arcebispo na véspera de Natal, e de novo quando a sogra dele massacrou o nosso rei no Ano-Novo. Toussaint era amigo do rapaz. Toussaint ficou do lado de Diggory e sua bruxa na Batalha de Cesarine, e o reino sofreu com isso.

Uma pontada de raiva percorre meu estômago, que se agita com o absinto. Ele sobe pela minha garganta, mas eu o engulo de volta, enquanto minha respiração fica mais ruidosa. Mais difícil. Como Frederic *ousa* criticar Jean Luc e Reid? Como ele ousa ter *qualquer* opinião sobre a Batalha de Cesarine, uma batalha em que centenas de pessoas inocentes perderam a vida, uma batalha da qual ele nem sequer participou? Os dedos de Michal apertam minha nuca como um alerta. Ele murmura algo em minha orelha, mas não consigo ouvir nada além daquele zumbido infeliz, não consigo *ver* nada além do rosto detestável de Frederic no pátio de treinamento.

Este pedaço de madeira não vai incapacitar uma bruxa.

O sorriso malicioso de Basile.

Bastam dois pedaços de madeira para isso! Uma estaca e um fósforo!

As risadas dos meus irmãos, todas as risadas cruéis, enquanto eu me esforçava para erguer uma espada longa.

— Não precisa contar a *nós* sobre Reid Diggory — retruca o segundo homem. — Meu irmão perdeu vários dedos naquela batalha.

— Eu não era caçador naquela época — pontua Frederic. — Se fosse, seu irmão talvez tivesse ficado com todos os dedos. Independentemente, trabalhei muito pesado para restaurar a confiança no reino, mas as atitudes de Toussaint lançaram dúvidas sobre a nossa irmandade mais uma vez. — Ele solta um ruído baixo e de desgosto enquanto seus passos recuam. — Talvez seja melhor assim. Mesmo que Toussaint não renuncie, ele não terá escolha a não ser voltar a se dedicar à nossa causa sem a mademoiselle Tremblay como distração.

Ele para ao pé da escada e, por uma fração de segundo, menos ainda, quase posso sentir seus olhos azuis intensos pousarem no nosso caixão. A bile sobe pela minha garganta e, dessa vez, um movimento violento agita meu estômago, meu peito. Michal recua alarmado. Cubro a boca com a mão e vejo o rosto dele desfocado em linhas trêmulas em preto e branco. Minha mãe estava certa. O absinto *é* a bebida do diabo.

— É uma pena mesmo — comenta Frederic com um suspiro. — Ela teria sido uma ótima esposa.

Com isso, seus passos recuam para o convés, e o salão de baile fica em silêncio.

Ela teria sido uma ótima esposa.

As palavras pulsam com uma dor aguda nas minhas têmporas feito um poema doentio. Não. Eu engulo a bile, e ela desce queimando. Feito uma profecia.

Uma ótima esposa.
Ela teria sido
ótima
se tivesse sido a esposa dele.

— Achei que você fosse enfiar aquele bastão de prata no rabo dele — grunhe o primeiro homem depois de um momento —, *garoto*.

O segundo xinga, seguido pelo baque surdo de seu punho acertando o outro. Eles riem amigavelmente por mais um instante antes de saírem marchando atrás de Frederic.

E nos deixam sozinhos.

— Célie? — murmura Michal.

Mas não consigo falar. Cada vez que abro a boca, vejo o rosto de Frederic, a jaqueta azul, e minha garganta se contrai. Na terceira tentativa, consigo sussurrar:

❧ 317 ❧

— Eu odeio todos eles. — Tiro as mãos da boca e esfrego os olhos e as bochechas com força até meu rosto queimar. Qualquer coisa para conter o veneno que corre nas minhas veias. No meu *estômago*. — Todos eles, e *odeio* odiá-los. Eles só... eles são tão...

Os dedos de Michal voltam a massagear minha nuca, me distraindo. Parecem gelo na minha pele superaquecida.

— Respire para a náusea passar, Célie. Inspire pelo nariz. Expire pela boca. — Então, ele pergunta: — Quem é Frederic?

— Um *Chasseur*.

Digo a palavra com veneno, depois estremeço, lembrando de como Frederic disse *bruxa*. Respiro fundo. Inspiro pelo nariz e expiro pela boca, assim como Michal disse. Não ajuda. Não ajuda porque eu *não* sou como Frederic e não posso, não *vou*, condenar todos os caçadores junto com ele. Jean Luc é gentil, bom e corajoso, assim como muitos dos homens que residem na Torre Chasseur. Ainda assim...

Reprimo outra onda de bile. A menos que cheguemos à terra firme em breve, há uma possibilidade muito real de eu vomitar em Michal.

Só espero que seja na bota dele.

— Isso eu entendi. — A mão dele passa da minha nuca para o meu cabelo. Uma pequena parte da minha mente se admira com o gesto, se pergunta por que Michal está tentando... tentando me *acalmar*. Mas a outra parte, maior, se recusa a reclamar. — Quem é Frederic para você?

Embora eu não consiga fechar os olhos diante da frustração, pelo menos não enquanto o mundo gira, sinto a luta se render no meu peito de repente, e meus ombros relaxam contra Michal. Quem *é* Frederic para mim? É uma pergunta válida, que de imediato suscita outra: por que ainda permito que ele me afete? Minha voz fica fraca com a verdade.

— Não é ninguém. De verdade. Ele gostava de me provocar na Torre Chasseur, mas isso pouco importa agora. Eu nunca vou voltar.

A mão de Michal ainda está no meu cabelo.

— Não vai?

— Não. — A palavra sai livre, sem hesitação, como se sempre houvesse estado ali, esperando permissão. Talvez houvesse. E, agora, escondida em um caixão com um vampiro meio sádico, enfim me permito. — Ninguém avisa como será difícil abrir caminho, como é solitário. — Encosto minha bochecha no peito coberto por couro de Michal e me concentro na minha respiração. E as palavras continuam vindo, mais destrutivas do que a bebida no meu estômago. — Eu só queria fazer algo de bom depois do que aconteceu com Filippa. Foi por isso que eu disse a Reid que se concentrasse nos Chasseurs no funeral dela; foi por isso que ele me deixou para se apaixonar por Lou. Foi por isso que os segui até aquele farol em janeiro e por isso lutei contra Morgane na Batalha de Cesarine.

Suspirando, percorro com o indicador a gola da capa dele para ter algo a fazer com as mãos. Porque não posso olhar para ele. Porque eu não deveria admitir nada disso, muito menos para ele, mas não consigo parar.

— Eu disse a mim mesma que foi por isso que me juntei aos Chasseurs... eu queria ajudar a reconstruir o reino. Na verdade, acho que eu só queria reconstruir a minha vida.

Após uma breve hesitação, ele volta a acariciar meu cabelo. Deveria parecer estranho, ninguém tocou meu cabelo assim desde Filippa, nem mesmo Jean Luc. Apesar disso, de alguma maneira, não sinto estranheza.

— Conheci Morgane le Blanc há muitos anos, em um circo noturno. — Como antes, Michal parece relutante em continuar, mas este é o nosso joguinho. Uma pergunta por uma pergunta. Uma verdade por uma verdade. — Ela tinha acabado de completar dezoito anos e sua mãe, Camille le Blanc, havia lhe transmitido espontaneamente o título e os poderes de La Dame des Sorcières. Ela amava a filha. Morgane não tinha ideia do que eu era, é lógico, mas, mesmo naquela época, o sangue dela tinha o cheiro... errado. Eu vi quando ela roubou uma bugiganga de uma vendedora ambulante idosa. Assim que foi confrontada, ela incendiou a carroça da mulher.

Engulo em seco. Não preciso de muito esforço para imaginar a cena.

Ela também me encurralou com fogo quando me levou, com um círculo de fogo ao redor da minha cama no meu antigo quarto. O cheiro da fumaça ainda me sufoca à noite. O calor daquelas chamas queima minha pele. Pigarreio e sussurro, a voz rouca:

— Ela... ela entrou escondida no meu quarto enquanto eu dormia e me levou do mesmo jeito que levou Filippa, só que na verdade ela não me queria. Ela queria Lou e Reid. — As palavras ficam emboladas na minha garganta, alojando-se ali e recusando-se a sair, mas eu preciso botá-las para fora. Eu *quero* dizê-las. Michal não tenta preencher o silêncio; ele apenas espera, com o toque firme e calmo da mão. — Ela me usou como isca e me trancou em um caixão com a minha irmã morta. Fiquei lá no escuro com ela por mais de duas semanas antes de Lou me encontrar.

As palavras saem pesadas e quebradiças entre nós.

Por vários segundos, não acho que Michal vá responder. *Como* responder a algo tão horrível, algo tão completamente cruel? Nem Jean Luc, nem meus amigos, nem mesmo os meus pais... ninguém nunca sabe o que dizer. Nenhuma pessoa sabe como me consolar. Na maioria dos dias, nem eu sei como me consolar, então, também não digo nada.

Sinto a pressão atrás dos meus olhos enquanto o silêncio se prolonga e, de fato, acho que vou passar mal.

É quando Michal desliza um dedo sob o meu queixo e ergue meu rosto para olhar para ele. Seus olhos não parecem mais frios e impassíveis; eles ardem com fogo preto, e a violência pura em seu olhar deveria me fazer sair correndo. Por que não faço isso? É provável que Frederic e o grupo de busca já tenham desembarcado, o que significa que não há mais motivo para continuarmos... *agarrados* assim. Eu me afasto sem muita convicção ao perceber, mas Michal se recusa a soltar o meu queixo.

— Você disse que lutou contra Morgane na Batalha de Cesarine. Como ela morreu?

Encaro o ombro dele.

— Você sabe como ela morreu. Todo mundo sabe como ela morreu. Lou cortou o pescoço dela.

— Me conte o que aconteceu.

— Não há nada a contar — repito sem vontade, olhando para ele. Uma vez cometi o erro de... exagerar o meu envolvimento para Jean Luc, e não pretendo repetir isso com Michal. A ideia de *ele* zombar de mim, balançando a cabeça, ou pior, sentir *pena*, traz uma nova pressão aos meus olhos. — Lou confrontou Morgane e elas lutaram. Foi horrível — sussurro. — Nunca vi uma pessoa tão decidida a matar outra, muito menos uma mãe e a própria filha. A magia que Morgane usava era letal, e Lou... ela... ela não teve escolha a não ser se defender.

— E?

— E... — resisto à vontade de chorar, ou talvez de bater nele — e nada. Lou cortou o pescoço da mãe, assim como Morgane cortou a da própria mãe dela em seu aniversário de dezesseis anos.

❧ 320 ❦

Michal estreita os olhos, como se percebesse a meia-verdade.

— Como?

— Como *o quê*?

— Como Lou cortou o pescoço da mãe? Morgane le Blanc foi uma das criaturas mais temíveis que já existiram na terra. Como Lou fez isso?

Eu solto o ar, um pouco impotente, meus olhos disparando entre os dele.

— Ela... Michal, ela é La Dame des Sorcières. A magia de Lou... é...

— *Como*, Célie?

— Eu a acertei! — As palavras irrompem em voz alta e inesperadamente, mas não posso retirar o que disse. Uma nova raiva explode: porque as palavras são verdadeiras, porque eu não deveria *querer* retirá-las, porque não deveria importar o que Jean Luc pensa, mas importa. Importava. — Eu espetei uma injeção de cicuta nela, e isso a debilitou por tempo suficiente para que Lou terminasse o trabalho. Eu também teria feito isso — prossigo com amargura, enxugando as lágrimas furiosas — se Lou tivesse hesitado. Eu teria deslizado aquela adaga no pescoço da mãe dela e não teria me arrependido nem por um segundo sequer.

Embora minhas lágrimas caiam grossas e velozes sobre a mão de Michal, ele não se move para enxugá-las. Em vez disso, inclina-se para a frente até que nossos rostos quase se toquem.

— Ótimo — rosna. Então ele abre a tampa do caixão e nos ergue para o salão de baile, acendendo o lampião e retirando minha capa do chão antes que eu possa piscar. — Aqui. Pegue. Atracamos em Cesarine e temos por volta de sete horas até o nascer do sol. Serão necessárias pelo menos quatro para chegarmos a Amandine.

O movimento repentino, no entanto, faz minha visão girar em espiral. Minha boca está salivando, e meu estômago se revira com força quando agarro o braço de Michal para me firmar. Tonta e desorientada.

De repente, não importa que Amandine esteja do outro lado do reino, que não seja possível alcançá-la antes do nascer do sol. Não importa que minhas bochechas ainda brilhem com as lágrimas. Na verdade, nem importa que eu tenha compartilhado coisas demais com meu inimigo mortal, que ele tenha *acariciado* meu *cabelo*.

Não. Tapo a boca com a mão. A situação se tornou catastrófica.

Se você está ouvindo, Deus, peço com fervor, fechando os olhos em uma concentração ferrenha, *por favor, não me deixe vomitar na frente de Michal.*

Nunca mais beberei uma gota de álcool, mas, por favor, por favor, não me deixe vomitar na frente de...

— Célie? — Assustado, Michal desvencilha seu braço do meu aperto. — Você vai...?

Mas Deus *não* está ouvindo, e eu sou uma *idiota*, e... e... um gemido escapa por entre meus dedos. Eu nunca deveria ter fechado os olhos. Eu me forço a abri-los, mas é tarde demais: vejo o salão se inclinar, minha garganta aperta e o meu corpo inteiro convulsiona. Antes que eu consiga me impedir, antes que eu consiga me virar, ou talvez me jogar no mar, lanço o vômito verde na bota de Michal.

Exatamente como ele disse que eu faria.

CAPÍTULO TRINTA E UM

Éden

Michal não mente sobre chegar a Amandine em quatro horas. Deveria ser impossível, mas estou começando a entender que não existe mais essa história de *impossível* — não quando *Les Éternels* governam a noite. Depois de limpar a sujeira de sua bota em um silêncio sofrido, Michal suspira e faz um gesto para que eu suba em suas costas, o que recuso veementemente. Até que ele me pega em seus braços e me transporta depressa por Cesarine.

— *Espere!*

O vento leva meu grito e Michal só avança mais depressa, a cidade passa em um borrão de marrons, pretos e cinza. Pelo menos não está chovendo aqui; nesta velocidade, as gotas teriam machucado meu rosto. Assim, Michal faz duas paradas, me virando pouco antes de eu esvaziar meu estômago na rua.

— Terminou? — pergunta ele, seco.

Eu mal havia limpado a boca na segunda vez quando ele partiu de novo.

Reprimo outro gemido baixo e deplorável, e a boca de Michal se contrai como se ele quisesse rir. Esta noite inteira tem sido humilhante, *degradante*, e juro por tudo que é mais sagrado que nunca mais beberei uma *gota* de álcool.

Meu estômago se acalma aos poucos à medida que atravessamos La Forêt des Yeux e seus pinheiros sussurrantes. Quase não percebo como eles adoeceram, os galhos ficaram pretos e curvaram para dentro. O que deu em mim para beber *absinto* na minha primeira experiência na terra do vício? Por que raios concordei em entrar em um caixão com Michal? E por que, *por que*, ele me tratou com tanta gentileza lá dentro? Por que ele me *consolou*? Meu estômago revira de novo quando me lembro da delicadeza com que ele tocou meu cabelo. A visão da ferocidade em seu olhar quando ele me forçou a admitir a verdade: Lou não teria conseguido matar Morgane sem mim, precisávamos fazer juntas ou jamais faríamos.

Teria sido muito mais fácil se ele tivesse sido cruel.

Um tipo diferente de mal-estar se espalha pelos meus pensamentos, e eu tento não pensar mais naquele momento. Porque não importa se ele mostrou gentileza comigo hoje. Ele ainda planeja matar Coco, atrair meus amigos para a morte... Michal me *sequestrou*, no fim das contas, e um ato gentil não compensa uma vida inteira de atos horrendos. Michal ainda é Michal, e esquecer disso seria meu erro derradeiro. Ele não é meu amigo, ele nunca *será* meu amigo, e quanto mais cedo encontrarmos o verdadeiro assassino, mais cedo poderemos seguir caminhos separados de uma vez por todas.

Respiro fundo e aceno com a cabeça.

Será melhor assim.

Michal não pega nenhuma estrada para atravessar a floresta. Ele não precisa disso. Embora meu cabelo fique cada vez mais revolto com o vento, que arranca lágrimas dos meus olhos e dificulta minha respiração, Michal nunca diminui a velocidade e nunca se cansa. Seu ritmo nunca vacila à medida que as árvores ficam mais espaçadas e as colinas ao nosso redor se transformam em montanhas.

Em algum lugar depois de Saint-Loire, eu sucumbo à exaustão e adormeço.

❖◦✦◦❖

Ele me acorda no limite da cidade com um murmúrio:

— Chegamos.

Cansada, pisco para o poste de luz mais próximo de nós. Ele marca o início de Amandine, uma cidade gloriosa e grande nas montanhas. O calor desabrocha em mim ao avistá-la, ao sentir o cheiro familiar: líquen, musgo e terra úmida, o aroma marcante dos ciprestes. Cesarine pode ser a capital política e industrial de Belterra, mas sempre preferi as bibliotecas, os museus e os teatros de Amandine. Antes de meu pai vender nossa propriedade aqui, minha mãe organizava festas repletas de artistas — artistas de verdade que pintavam, escreviam e atuavam —, e Filippa e eu adormecíamos na escadaria ouvindo suas histórias. Eles sempre pareciam tão mágicos... Tão *fantásticos*.

Michal me coloca de pé.

Desconfio que esta noite ele me mostrará um lado bem diferente da cidade. Babette era cortesã em Cesarine. Faz sentido que ela tivesse continuado seu trabalho em Amandine. Meu coração acelera um pouco com as possibilidades e, pela inclinação irônica dos lábios de Michal, ele o escuta.

— Faltam três horas para o nascer do sol — avisa Michal antes de entrar na rua escura.

Com a boca seca, aliso meu vestido amassado e corro atrás dele. Nunca pisei em um bordel antes, meus pais não permitiriam, muito menos em um bordel chamado Les Abysses. Soa deliciosamente *empolgante*.

— Tente não pular de alegria. — Embora seja evidente a tentativa de soar superior, o brilho divertido no olhar de Michal desfaz o efeito. — Estamos aqui para uma missão de reconhecimento, nada mais.

— Como ele é? — pergunto, ardendo de curiosidade. — O bordel? *É* um bordel, não é?

Ele me lança um olhar penetrante e indaga:

— O absinto não foi aventura suficiente para você?

Meu rosto fica vermelho e me lembro de repente que parece que algo morreu na minha boca.

— Você não tem hortelã, tem?

Quando ele nega com a cabeça, agarro seu braço e o conduzo para a esquerda, em direção a um boticário que eu conhecia. Então paro. Porque o lugar não estará aberto às três da manhã. Na verdade, espio a rua em uma desesperança crescente, a cidade se transformou em um cemitério. Não há uma criatura sequer perambulando. Nem mesmo um gato. Deixo escapar um gemido de frustração. O que eu vou *fazer*? Não posso conhecer Les Abysses cheirando a vômito.

Michal solta um suspiro profundo e me arrasta em direção à loja de toda maneira. Fico parada no lugar.

— O que você está…?

Antes que eu possa terminar a pergunta, porém, ele quebra a fechadura da porta com um movimento rápido do pulso. Fico boquiaberta enquanto ele entra e reaparece segundos depois com uma escova de dentes e pasta de hortelã. Michal entrega os dois para mim, fechando a porta .

— Feliz? — indaga ele.

— Eu... — Seguro os itens. — Bem, sim... isso foi muito... muito... — Ele revira os olhos e se afasta vários metros. Para me dar privacidade, e tomo um susto quando percebo. — Obrigada — digo sem jeito. — Você... é... por acaso pagou por isso?

Devagar, ele se vira a fim de olhar para mim.

— Está bem... — Assinto apressada, fazendo uma anotação mental para reembolsar o boticário na minha próxima viagem a Amandine. De preferência sem Michal no meu cangote. *Adicione ladrão à lista*, diz uma vozinha arrogante na minha cabeça, *juntamente com sequestrador e assassino em potencial*. Meus olhos, no entanto, não conseguem deixar de vaguear por seu perfil perfeito; e é aí que eu o vejo. Meu próprio rosto me encarando da loja do outro lado da rua. Com uma caligrafia grande e nítida, o anúncio diz:

DESAPARECIDA
CÉLIE FLEUR TREMBLAY
19 ANOS
VISTA PELA ÚLTIMA VEZ EM 10 DE OUTUBRO

Eu me viro depressa, fingindo não ter visto, e escovo os dentes com um pouco mais de força. É óbvio que existem anúncios. Meu pai não pode fingir que vai distribuir uma recompensa ridícula sem colar os anúncios. Porém, a rua permanece escura e vazia, nenhum caçador de recompensas à vista, e, cinco minutos depois, sigo Michal por um beco lateral e por um alçapão no calçamento de pedras.

Tento não estremecer com o ar denso e sufocante da escada abaixo. Sempre me sinto assim no subsolo, como se as paredes e o teto pudessem desabar sobre mim a qualquer momento, como se a própria terra quisesse me engolir inteira. Graças a Deus tochas se alinham no corredor. Graças a Deus diminuímos a velocidade quase de imediato, parando diante de uma porta carmesim sem identificação. Não há aldrava, nem buraco de fechadura, nem mesmo maçaneta. Apenas a madeira lisa e pintada.

Exatamente na mesma cor do meu vestido.

— É aqui? — Sussurrando, resisto à vontade de me mexer. De endireitar meu corpete e arrumar meu cabelo emaranhado. Uma coisa é ler sobre o desconhecido nos livros e sonhar em explorá-lo algum dia. Outra bem diferente é encará-lo de frente. — Les Abysses?

— É. — Michal arqueia uma sobrancelha para mim. — Pronta?

— Eu... eu acho que sim.

Michal assente com a cabeça uma vez antes de erguer a mão para a porta, que se abre em silêncio. Sem outra palavra, ele entra, e não me deixa escolha a não ser segui-lo. Fico boquiaberta quando atravesso a soleira, e meu fôlego desaparece em um assobio súbito.

O desconhecido é um mundo totalmente novo.

O piso de mármore branco polido dá lugar a um reluzente corrimão dourado, onde trepadeiras rastejam ao longo da escadaria mais magnífica que já vi. Resisto à vontade de arquejar, de ficar de boca aberta, de apontar e fazer papel de boba. Passei minha infância cercada de riqueza, é óbvio, mas este único ambiente, que se assemelha a um tipo de patamar, faz todo o patrimônio do meu pai parecer nada. À minha esquerda, escadas levam até as sombras lá embaixo. À minha direita, elas se curvam para cima e desaparecem em uma esquina, mas isso pouco importa... não quando um afresco de nuvens brilhantes e céus azuis se abre no teto. Duas árvores enormes se estendem a partir do centro, e querubins voam entre seus galhos. Cada um carrega uma grande espada flamejante.

— Bem-vindos ao Éden — cumprimenta uma voz leve e feminina.

Eu me assusto, segurando o cotovelo de Michal, quando uma mulher de pele branca com olhos peculiares de fumaça cinza se materializa na nossa frente. Nas mãos, ela segura uma linda maçã vermelha, e as peças enfim se encaixam. As trepadeiras, as árvores, os querubins...

Éden...

Minha respiração fica presa.

... como no *Jardim* do Éden.

Sorrindo para a mulher, falo em voz baixa para Michal:

— Pensei que íamos para Les Abysses.

Ele inclina a cabeça em direção à minha e responde com um sussurro debochado:

— Isso só depende de você. Primeiro as damas.

— O quê?

Ele deixa bem evidente sua intenção ao me empurrar para a frente sem cerimônia. A mulher volta o olhar para mim e, após uma inspeção mais detalhada, percebo que seus olhos não têm nem pupilas nem esclera. Tento,

327

mas não consigo deixar de fitá-los. A fumaça cinzenta simplesmente gira, sem parar, em seu lugar, cada pálpebra emoldurada por cílios claros. Seu olhar se demora, curioso, no meu vestido carmesim enquanto faço uma reverência.

— *Bonjour*, mademoiselle — digo, observando-a através dos meus próprios cílios, fascinada.

Ela parece quase uma melusina com sua pele monocromática, mas nunca vi uma melusina com olhos como os dela. Entretanto, *ouvi* falar sobre melusinas que possuem o dom da Visão. Embora raras, elas devem existir; afinal, a rainha delas é um oráculo — *o* Oráculo —, uma deusa do mar que vislumbra as marés do futuro.

Eu me empertigo e abro um sorriso ainda mais largo.

— É um prazer conhecê-la.

Com um sorriso discreto e enigmático, ela diz a Michal:

— Você conhece as regras, *roi sombre*. A donzela não é bem-vinda aqui.

— A donzela está comigo. Isso a torna bem-vinda.

Ele fala as palavras com frieza e segurança, do jeito que só um rei poderia fazer, e meu peito aperta de modo inesperado enquanto a máscara cruel de Michal volta ao lugar. Enquanto os olhos dele retomam o preto aterrorizante, enquanto seu rosto endurece como o do vampiro que conheci a bordo do navio e no aviário. A centelha de interesse e a diversão relutante desapareceram. Este é o Michal que eu conheço. Não, este é o Michal que ele *é*.

Demoro vários segundos para assimilar o que a mulher disse. *A donzela não é bem-vinda aqui*. Uma atitude estranha, já que não a conheço. Será que ela quis dizer que os *humanos* também não são bem-vindos aqui?

Os olhos misteriosos dela estudam Michal por mais alguns segundos, pelo menos, acho que o fazem, antes de se voltarem de novo para mim.

— Muito bem. — Ela inclina a cabeça, cedendo. — *Bonjour*, Eva. — Quando ela me apresenta a maçã com as duas mãos, seus dedos têm nós demais. *Sem dúvida é uma melusina*. Na água, membranas crescerão entre esses dedos compridos. Suas pernas se transformarão em nadadeiras. — Você comerá a maçã e obterá o Conhecimento do Bem e do Mal, ou resistirá à tentação e buscará o Paraíso?

Desvio o olhar, piscando. Porque algo simplesmente se *moveu* nos olhos dela; algo disforme e sombrio no início, porém tornou mais nítido

❧ 328 ❧

a cada segundo. Algo familiar. Não. Alguém familiar. Mas... não pode ser. Balanço a cabeça para voltar a mim e, quando arrisco outro olhar, os olhos da melusina ficam nublados mais uma vez. Devo ter imaginado o rosto que vi ali.

— Você comerá a maçã — repete ela, com a voz um pouco mais alta agora — e obterá o Conhecimento do Bem e do Mal, ou resistirá à tentação e buscará o Paraíso?

É evidente que ela espera uma resposta.

Concentre-se, Célie.

Olho com determinação para a maçã, em vez de olhar para os olhos dela. Conheço esta história, é óbvio, ela não termina bem: *Ora, a serpente era o mais astuto de todos os animais selvagens que o Senhor Deus tinha feito.* A melusina inclusive usa faixas de tecido preto furta-cor para completar o efeito; elas brilham como escamas à luz de velas, contrastando com a pele branca. Ela é mais pálida do que Michal.

— Isso é uma blasfêmia — sussurro para ele, ignorando a vibração ansiosa na minha barriga.

Estamos em um Éden metafórico, o que significa que as escadas à minha esquerda devem levar a Les Abysses, ao passo que as escadas à minha direita devem levar ao Paraíso. Tudo que preciso fazer é comer a maçã como Eva, que amaldiçoou toda a humanidade em um momento de fraqueza, e poderemos seguir nosso caminho.

Para o Abismo.

Hesito e estico o pescoço para espiar as sombras lá embaixo. *É apenas uma metáfora perspicaz*, lembro a mim mesma depressa. *Não é o inferno de verdade.* Mas, ainda assim...

— O que ela *quer dizer* com "obter o Conhecimento do Bem e do Mal"? — indago a Michal.

— Exatamente o que ela disse. Se você comer a maçã, obterá a verdade, mas perderá a eternidade. Se resistir à tentação, entrará no Paraíso.

— Você não tinha como ser *mais* vago, não é? Eu entendo algumas partes disso.

Ele estala a língua, impaciente.

— Está enrolando, filhote. Decida-se.

— Mas a decisão já está tomada, não está? Precisamos ir para baixo. — Solto um suspiro trêmulo, ainda hesitando em aceitar a maçã. Esta situação, embora diferente, me lembra de outra nas margens do L'Eau Melancolique. Se aprendi alguma coisa com aquelas águas misteriosas, foi que a verdade nem sempre é útil. Nem sempre é gentil. — Eu só... eu quero entender. O que acontecerá depois que eu morder a maçã? O que significa "obter a verdade"?

— Significa uma coisa diferente para cada pessoa. — Quando continuo olhando para ele, com expectativa, seu tom fica um tanto mordaz, e a irritação invade meu peito. — Depois que você morder a maçã, nossa adorável pitonisa, Eponine — ele gesticula para a melusina, que ainda nos observa —, lhe contará uma verdade sobre você. Está bem explicado?

Ah, está bem explicado agora, e eu não gosto nem um pouco disso.

— *Você* já comeu a maçã? — pergunto, com um tom acusador.

— Muitas vezes. — Como antes, seus lábios se retorcem em um quase sorriso. — Por exemplo, nossa pitonisa certa vez previu que eu tomaria uma noiva, uma mulher mortal com cabelo cor de ônix e olhos esmeralda, não muito diferente de você.

Sinto as bochechas queimarem no mesmo instante com a imagem ridícula de nós dois, *juntos*, unidos para sempre no sagrado matrimônio. Em seguida ele estende a mão sem qualquer aviso e coloca uma mecha de cabelo quase carinhosamente atrás da minha orelha. Os olhos escuros de Michal cintilam, maliciosos.

— Ela também previu que eu iria matá-la — completa ele.

— *O quê?*

Quando me afasto dele, horrorizada, ele abaixa a mão e ri sombriamente.

— Por outro lado, quinhentos anos atrás, ela disse a Odessa que ela se apaixonaria por um morcego. Que eu saiba, isso ainda não aconteceu. Agora, vamos ficar aqui discutindo os truques de Eponine pelo resto da noite, ou já tomou sua decisão?

O sorriso de Eponine não vacila.

— Não são truques, *roi sombre*, e não foi apenas isso que lhe falei sobre sua noiva.

A última risada de Michal desaparece.

— E como *eu* lhe falei — murmura —, isso não vai acontecer.

— O futuro, muitas vezes, se revela de maneiras estranhas e inesperadas.

— Aceite a maçã, Célie — ordena Michal de modo abrupto —, e vamos acabar logo com isso.

Estreitando os olhos, encaro um, depois o outro. É óbvio que eles não querem discutir em voz alta o restante da previsão de Eponine, mas, como a previsão diz respeito a *mim*, o sigilo não parece muito justo. E o que poderia ser pior do que ele me *matar*? Não. Reprimo um arrepio. Isso não pode ser verdade. Odessa não se apaixonou por um morcego e, além do mais, Michal prometeu que não me machucaria. Na verdade, foi sua *única* promessa, e não tenho escolha a não ser acreditar nele no momento. Ademais, sua desconfiança faz sentido. Aprendi, durante o meu tempo em Le Présage, que as melusinas podem ser ardilosas, dissimuladas. Toda palavra delas, em geral, tem duplo sentido. Michal encontrou uma noiva mortal, sim, mas não no sagrado matrimônio. Ele encontrou uma Noiva da Morte, o que é algo bem diferente. Talvez a segunda parte da previsão de Eponine esteja relacionada a isso.

O que não significa que Michal vai me *matar*.

Ou, talvez, diz a voz arrogante outra vez, *a previsão dela nem seja sobre você.*

Estranhamente agitada, ignoro a voz, e seguro a maçã instintivamente.

— À sua saúde — digo a Michal e, sem mais delongas, levo a fruta doce aos lábios.

Tem gosto de uma maçã normal.

Mastigo depressa, ignorando o modo como o sorriso de Eponine se alarga: como um gato que encurralou um rato especialmente suculento. A impressão só se intensifica quando ela começa a me rodear, suas vestes longas e cintilantes se arrastando atrás dela.

— Retire o que está no seu bolso — ordena.

Hesito apenas por um segundo antes de pegar o crucifixo de prata e pendurá-lo na ponta dos dedos, e ele gira e reluz à luz da lamparina. Eponine observa o objeto em silêncio por um longo momento. Ao nosso lado, Michal acompanha cada passo dela. Não consigo discernir se ele não gosta ou apenas não confia nela; de um jeito ou de outro, eu não queria estar no lugar da pitonisa.

— Me diga o que você vê — declara ela finalmente.

Franzo a testa para ela. Para ser franca, eu esperava coisa muito pior.

❧ 331 ❧

— É um crucifixo de prata.

— E?

Entrego a maçã para Michal.

— E é... ornamentada, brilhante, com filigranas nas bordas. Pertenceu a Babette Trousset. — Prendo o pingente de crucifixo na palma da mão, estendendo-o para ela. — Ela gravou as próprias iniciais na lateral. Está vendo? Bem aqui.

Uma risada leve e radiante escapa da boca de Eponine.

— Tem certeza? — indaga ela.

Franzindo mais a testa, inclino o crucifixo em direção à lamparina mais próxima e uma luz dourada se derrama sobre as inscrições.

— Absoluta. As iniciais são tênues, mas estão aqui, gravadas na prata, como eu disse. BT.

Por fim, Michal desvia o olhar de Eponine e levanta meu pulso para examinar o crucifixo. Apesar de seu acesso de raiva com a profecia, seu toque permanece cuidadosamente leve.

— Não é BT — declara ele.

— Lógico que...

— Alguém tentou entalhar por cima das letras originais, mas os traços são diferentes. — Ele me olha quase com cautela. — Não acho que Babette fosse a dona original deste colar.

Puxo meu pulso, inexplicavelmente ofendida.

— Que ridículo. Do que você está falando?

— Por que você não deu o colar aos seus irmãos depois que encontrou o corpo de Babette?

— Eu... — Minha carranca se aprofunda enquanto olho de Michal para Eponine. — Só não parecia certo entregar algo tão pessoal. Era óbvio que o colar significava algo para Babette, ou ela não o carregaria por aí. Eu ia dar para Coco — acrescento na defensiva. — Ela iria querer ficar com ele.

— Mas você não deu para Coco. Você guardou. Por quê?

— Porque *alguém* me sequestrou antes que eu tivesse a chance. — Minha voz ecoa um pouco mais alta do que o necessário na quietude do patamar. Talvez porque eu tenha desenvolvido um estranho vínculo com este crucifixo e não goste da ideia de que pertença a outra pessoa. Talvez porque eu não devesse ter guardado comigo, para início de conversa. Ou, talvez o mais perturbador, porque não consigo deixar de ver o rosto da minha irmã nos olhos esfumaçados de Eponine. — Por que o motivo para eu o ter guardado *importa*? Não deveríamos estar descendo para Les Abysses agora? Eu comi a maçã, o que significa que estamos livres para ir.

— Importa muito — retruca Michal com firmeza, agarrando a manga do meu vestido quando me movo para passar por ele — porque as iniciais originais são FT.

FT.

FT.

Ah. Ele quer dizer...

FT.

As letras me atingem feito uma enxurrada, mas, em vez de me carregarem, elas congelam minhas entranhas.

— Filippa Tremblay — sussurro, virando-me devagar para encará-lo. — Você acha que o colar pertencia à minha irmã.

Ele responde com um pequeno aceno de cabeça.

— Não — rebato, e balanço a minha cabeça de repente, com força, o gelo no meu peito derretendo em uma convicção escaldante.

Enfio o crucifixo no bolso e tiro a maçã da mão dele. Pelo jeito, o *impossível* existe, e nos deparamos com ele neste exato momento. Michal não vai matar ninguém, não se eu puder evitar; e não é possível que este crucifixo tenha sido de minha irmã, minha querida e *falecida* irmã antes de Babette. Sem dúvidas, Eponine é uma charlatã e Michal precisa de um exame de vista.

— Parece que você já se esqueceu do nosso aconchegante confessionário. Deixe-me lembrá-lo: Filippa morreu há mais de um ano. Os assassinatos começaram no mês passado. Ela não está envolvida nisso.

— Célie — diz Michal baixinho, mas me recuso a ouvir outra palavra.

Não sobre isso. Até onde eu sei, essa conversa nunca aconteceu, e nossa pitonisa é uma sereia em uma fantasia tosca. De forma impulsiva, mordo a maçã mais uma vez, mastigando a fruta doce sem saboreá-la.

— *Pronto.* — Ergo a maçã para mostrar à pitonisa minha segunda mordida. — Comi sua maldita maçã de novo, então exijo outra verdade... uma verdade *verdadeira* desta vez, e que não seja sobre mim. Quero saber sobre Babette Trousset.

333

Eponine inclina a cabeça, calma de um jeito irritante, apesar das circunstâncias.

— Só pode comer a maçã uma vez por noite, Célie Tremblay.

— Você me reconheceu pelos anúncios lá fora. Parabéns. — Cruzo os braços na minha melhor imitação da minha irmã, de Lou, de Coco e de todas as outras mulheres teimosas que já conheci. — No entanto, está prestes a aprender muito mais do que apenas o meu nome. Posso ser bastante teimosa quando quero.

Embora ele não diga nada, Michal se move para ficar atrás de mim. Para *pairar* atrás de mim.

Eponine finge não notar. Com outro sorriso curioso, ela comenta:

— Minha própria irmã, Elvire, fala muito bem de você, *mariée*. Acredito que a conheceu em janeiro, quando visitou Le Présage. Você foi bondosa com ela.

Talvez não fosse pelos anúncios, então.

— Não foi difícil. Elvire é adorável.

— Há muitos humanos que discordam. — Uma pausa. — Porém, pelo bem da minha irmãzinha, preciso perguntar: tem certeza de que deseja entrar em Les Abysses? Não sou a primeira pitonisa a avisar que a descida ao inferno é fácil, e não serei a última. Se continuar por este caminho, não terá mais volta.

— Babette *morreu* — afirmo enfaticamente. *Como se alguma parte disso tivesse sido fácil.* — Qualquer um de nós pode ser o próximo, se não encontrarmos o assassino dela.

— Hum. — O sorriso de Eponine desaparece enquanto me encara, mas ela parece não me *ver* mais; seu olhar ficou diferente, quase voltado para *dentro*, como se olhasse para algo que não podemos ver. Sua voz assume um tom estranho e etéreo. — Você procura alguém, sim, mas se esquece de que alguém também a procura. Se você for bem-sucedida, o assassino também será.

Meu coração despenca como uma pedra.

— O que você disse? — pergunto.

Atrás de mim, Michal irradia tanto frio que praticamente posso senti-lo *queimar* minhas costas.

— Você sabe o nome do assassino, Eponine? — indaga ele.

Ela levanta o rosto em direção ao teto, ainda perdida no além. Suas mãos também disparam para cima e seus dedos se contraem como se procurassem alguma coisa, dedilhando cordas invisíveis.

— Não... não é do nome dele que você precisa. Ainda não.

Michal dá um passo para ficar ao meu lado.

— No entanto, é o nome que eu *quero*. Você vai revelar para mim.

— Não vou.

— Tenha muito cuidado, pitonisa. — Ainda que ela não possa vê-lo, o olhar de Michal faísca com a promessa de violência. — Não posso compelir você, mas existem outras maneiras de extrair informações.

Devagar, ela abaixa as mãos, e seus olhos parecem desanuviar, devolvendo-a ao presente. Quando enfim param em Michal, eles se estreitam, e ela se eleva até sua altura total e considerável.

— Como você é tolo, *vampiro*, em arriscar a ira de minha rainha. Você mora em uma ilha, não é?

Michal reprime um rosnado, mas até ele parece relutante em provocar a deusa do mar. Depois de alguns segundos, força as próprias feições a exibirem uma máscara de indiferença, mas eu sei — eu *sei* — que, se Eponine invocasse qualquer outro nome, esta noite teria terminado de modo muito diferente para ela.

O que deixa a questão para mim.

— Não vou sair daqui até que você explique. — Abro um pouco mais as pernas, coloco a mão no quadril e fulmino a melusina com o olhar. — Explique *direito*. Chega de enigmas. — Quando ela arqueia as sobrancelhas claras, nem um pouco impressionada, resisto à vontade de me encolher sob seu olhar. Porque não me importo se a paciência dela se esgotou. A minha acabou horas atrás. — Ficarei aqui a noite toda se for preciso. Vou botar todos os seus clientes para correr. Apesar de toda a sua pompa e ostentação, você ainda precisa de clientes, não é? Este *é* um local de negócios. Vou dizer a todo mundo que os dois bordéis estão *cheios* de humanos como eu, ou que... — a inspiração me acerta feito um raio — que os Chasseurs estão a caminho! — Empurro a maçã na direção dela para dar ênfase. — É isso que você quer? Caçadores furiosos?

Ela faz uma careta para mim e para Michal.

— Você ousa convocar até mesmo o nome deles para este lugar sagrado?

— Ah, eu ousaria muito mais do que isso. Talvez eu os convoque em pessoa. — *Uma mentira.* — Neste exato segundo, metade do reino está me procurando. Tenho certeza de que um ou dois caçadores atenderão meu chamado. Não é... não é verdade, Michal?

Embora ele não olhe para mim, apesar de seu olhar permanecer frio e distante enquanto fita Eponine, há quase uma... satisfação na linha travada de sua mandíbula. Talvez triunfo.

— Ela está falando sério — comenta ele baixinho, caminhando até a parede ao lado da escada para se apoiar nela.

Michal acena a cabeça para mim quase de maneira imperceptível antes de puxar um fio vermelho da manga.

— Isso mesmo. — Seu consentimento provoca um frio na minha barriga. — Posso ser *muito* irritante.

Sem aviso, a maçã voa da minha mão para a de Eponine, que a aperta com força.

— Percebi. — A voz dela perdeu a característica leve e etérea, e ela soa muito desagradável agora. Muito desagradável mesmo. — Embora nem eu consiga ver por que Elvire a estima, não lhe darei o nome que procura, mas... se sair daqui neste instante, darei outro: Pennelope Trousset. Ela é prima e confidente de Babette e guiará vocês até onde precisam ir.

Pennelope Trousset. Memorizo o nome e, pelo bem de Elvire, obrigo-me a respirar fundo para me acalmar e faço uma reverência mais uma vez.

— Obrigada, Eponine. Foi... interessante te conhecer. Por favor, diga à sua irmã que irei visitá-la em breve.

— Não vou mentir para minha irmã, Célie Tremblay. Agora vá. — Ela balança a mão esquelética, nos dispensando. Seu olhar misterioso queima no meu mesmo enquanto o restante dela começa a desvanecer, a se dissipar feito fumaça ao vento. No entanto, a voz de Eponine permanece depois que seu corpo desaparece. — E cuidado com as companhias. Não nos encontraremos de novo.

Enquanto sigo Michal escada abaixo, o verdadeiro significado do que ela quis dizer ressoa nítido e ameaçador atrás de mim: *Porque você estará morta.*

CAPÍTULO TRINTA E DOIS

Les Abysses

Muitas vezes eu entendo por que meu pai foi vítima da magia.

Ainda que eu o odeie por isso, embora o culpe totalmente pela morte da minha irmã, entendo a atração que ela exerce. É como uma dor de dente que persiste quando está cercado por pessoas extraordinárias, ao passo que você mesmo é completa e irreparavelmente comum. Quando Lou conclama as estrelas curvando o dedo, não consigo deixar de arquejar e controlar meu fascínio. Quando Reid as captura em um buquê cintilante, eu mordo com força, de novo e de novo, até que a dor de dente domine todo o meu corpo. Até que eu não consiga pensar em mais nada, não consiga *fazer* mais nada além de querer.

Às vezes, acho que o "querer" vai me matar.

Sem dúvidas, matou minha irmã.

— Você está com medo? — indaga Michal em voz baixa.

Ele me puxa em direção a outra porta carmesim. Esta fica no final de uma estreita escada em espiral de pedra preta e, quando ele a abre, eu me forço a passar por ele, a entrar primeiro no cômodo de cabeça erguida.

— Não — minto, sem fôlego.

Michal dá um sorriso debochado e me segue.

Subimos em uma plataforma de metal que percorre toda a circunferência do cômodo. Enormes lareiras curvam-se ao longo das paredes, construídas com a mesma pedra preta e bruta do corredor; dentro delas, um estranho fogo preto crepita, lançando uma luz mais estranha ainda no centro do lugar. *O poço*, percebo com uma pontada súbita e arrebatada. Vários metros abaixo da plataforma externa, ele se estende, largo e profundo; almofadas de veludo escuro se espalham pelo chão entre espreguiçadeiras e namoradeiras, e, em cima delas, criaturas que eu nunca vi. A maioria se torce e retorce tão perto uma da outra que não consigo dizer onde termina um corpo e começa

337

outro, mas algumas apenas se refestelam e observam. Minhas bochechas ficam mais quentes a cada segundo. Há bruxas, lobisomens e melusinas, sim, mas também há... outros seres. Como eu disse, criaturas que nunca vi.

Você conhece as regras. A donzela não é bem-vinda aqui.

Qualquer dúvida sobre o que Eponine quis dizer desaparece quando uma mulher pálida lambe a palma ensanguentada de um cortesão com cicatrizes. Quando um homem parecido com um dragão mexe a língua bifurcada na orelha de outro. Quando uma mulher com chifres crava unhas afiadas nos quadris do mesmo homem. Atrás deles, um lobisomem em sua transformação completa joga a cabeça para trás, uivando enquanto um homem com escamas acaricia a cauda dele. Nenhum ser humano, pelo menos nenhum que eu consiga discernir, participa da festa.

Espere.

Meus olhos levam vários segundos para ver além das... *relações* que ocorrem abaixo de nós, mas, quando isso acontece, eles disparam entre as diferentes criaturas com um pânico crescente. Em um mar de tecidos pretos, os cortesãos brilham feito faróis à noite... porque cada um deles usa trajes de um carmesim resplandecente.

Meus olhos se arregalam com a constatação e eu oscilo sem sair do lugar.

Cada cortesão usa um vestido carmesim, um terno carmesim ou uma capa carmesim. Duas melusinas usam rosas carmesim no cabelo prateado, enquanto joias da mesma cor pendem do pescoço de um *loup-garou* de ombros largos. Na verdade, o carmesim é a única cor em toda a sala além do preto, o que é *bastante* perturbador para qualquer um que o esteja usando.

Ou seja, *eu.*

Giro o corpo na direção de Michal, e me sentindo um tanto zonza, sibilo:

— Por que você não me *contou*? — Aperto a saia do vestido e reprimo a vontade de enrolá-la em seu pescoço firme como mármore. — Me dê a sua capa! — exijo, apalpando a capa preta de viagem. Infelizmente, deixei a minha no navio. — Me dê logo!

Um sorriso ainda brinca nos lábios de Michal, e os olhos escuros dele cintilam quase travessos enquanto se esquiva do meu ataque.

— Eu falei para você usar verde.

— Não me falou que as cortesãs usam *vermelho*.

— De acordo com suas próprias palavras, nada que eu pudesse ter dito a faria mudar de ideia.

— Se alguém aqui achar que sou uma cortesã, vai — estremeço e balanço a cabeça — vai...

— Vai *o quê*?

Encaro minhas botas, o couro desgastado no bico. Encaro qualquer coisa que não seja Michal, que vê demais e ao mesmo tempo não vê nada.

— Ficar muito decepcionado — sussurro, minha voz diminuindo a cada palavra. Eu o odeio por me fazer dizê-las. Por me fazer *pensar* nelas. — Porque eu sou... eu não saberia como ajudá-los, porque eu sou... eu sou... — minha voz é quase inaudível — virgem.

Ainda assim Michal consegue ouvir. Quando me atrevo a olhar para ele, seu sorriso debochado desapareceu. Para minha surpresa, porém, nenhuma piedade surgiu em sua expressão. Não. Aquela estranha intensidade como no momento do caixão arde em seu olhar e ele levanta a mão como se fosse tocar meu rosto, antes de fechá-la e deixar a mão cair ao lado do corpo.

— Ninguém ficaria decepcionado — solta ele. Em seguida, acena para um cortesão próximo, um homem lindo com olhos violeta luminosos e pele negra e brilhosa. Com o peito nu, ele usa adornos de rubi em forma de flores nos mamilos. — Precisamos falar com Pennelope Trousset — declara Michal.

O homem inclina a cabeça com orelhas pontudas em direção ao poço.

— Entendo, monsieur, mas Pennelope parece já estar ocupada esta manhã. Também estou atrasado para um compromisso, mas posso sugerir Adeline? Disseram-nos que o sangue dela é mais doce. — Ele tira do cinturão um relógio de bolso incrustado de joias e verifica a hora, antes de voltar aqueles lindos olhos violeta para mim. Eles percorrem o meu vestido com curiosidade. — Hoje é sua primeira vez, *chérie*?

Engulo em seco.

— Hã... não, monsieur.

— Não? — Ele pestaneja, confuso. — Como assim? Nunca esqueço um rosto. — Inclinando-se para mais perto, ele fareja com delicadeza, e sua confusão só se intensifica com o que quer que ele sinta. Faço uma fervorosa

❧ 339 ☙

oração de agradecimento por ter escovado os dentes. — Um rosto *humano*, ao que parece. Como convenceu Eponine a deixá-la entrar?

Desamparada, olho para Michal em busca de uma resposta, mas ele apenas cai na gargalhada e segue em direção ao poço.

— Os cortesãos sabem o que você é? — pergunto a Michal. Tentando não hiperventilar, desço as escadas atrás dele. — Você disse que já esteve aqui, e aquela mulher — jogo a cabeça para a esquerda — está bebendo o sangue daquele homem.

— Eles não têm um nome para a nossa espécie, mas conhecem e respeitam os nossos gostos. — Em meio aos corpos no poço, um casal dançando ameaça nos separar, mas a mão de Michal serpenteia para trás e agarra a minha. Ele me puxa para perto, murmurando: — Achei que você não estivesse com medo.

— Eu *não* estou com medo. Estou… estou… — Mas as palavras ficam presas na minha garganta quando olho para a direita e o homem dragão se move, proporcionando-me uma visão livre do seu… do seu… Viro meu rosto depressa, com a respiração presa, e levo uma mão trêmula à minha testa. O que eu *estou* é completamente despreparada para uma situação como esta. Justo como minha mãe e meu pai queriam que eu estivesse, assim como Evangeline e minhas governantas queriam também. Em todos os meus anos de vida, com toda a minha educação, nunca aprendi… nunca sequer *vi*…

Filippa escapava pela janela do nosso quarto todas as noites, sim, mas ela nunca me contou o que *fazia* com o amante misterioso. Já ouvi falar sobre sexo, é lógico, li todos os livros sobre o assunto que consegui levar escondida para casa, mas imaginar é muito diferente de ver com os próprios olhos. *Ver* faz com que o cômodo pareça muito menor do que é, muito mais quente, como se eu estivesse em pé sobre chamas, sendo queimada viva aos poucos.

De repente, me sinto fraca.

Quando tropeço, Michal me segura e me puxa pelo cômodo em direção a uma cortesã que se arqueia no colo de um *loup-garou*, sua forma a meio caminho entre o homem e o lobo. Os olhos dele brilham amarelos. Os dentes cintilam afiados. Embora não estejam exatamente no *ato*, pelo menos eu não acho que estejam, ainda assim parecem estar se divertindo.

340

— Quer esperar lá fora? — pergunta Michal, o *polegar* dele... desliza pelo meu pulso para acalmar minha pulsação acelerada. — Eponine lhe deu a permissão. Ela não vai incomodá-la de novo.

— Não. — Balanço a cabeça com fervor e me afasto. — Não, eu tenho que fazer isso. Eu *quero* fazer isso. — Então, porque não consigo segurar, questiono: — Eponine é proprietária daqui?

— Ela é a dona, sim.

— E o Paraíso?

— É dela também.

— Como é lá em cima?

Ele aponta ao nosso redor.

— Muito semelhante a isto. Os cortesãos se vestem de branco em vez de vermelho, e um coro de melusinas põe todos os que entram em uma espécie de transe. — Ele faz uma pausa. — Confesso que só visitei o Paraíso uma vez. Ele... parecia muito um sonho.

Parecia muito um sonho.

Esta noite inteira tem parecido um sonho.

Quando fico em silêncio, Michal se senta em uma namoradeira próxima, estendendo um braço ao longo do encosto arredondado enquanto fico parada, sem jeito, ao lado dele. Sem pensar, olho para o lobisomem e a cortesã. Esta deve ser Pennelope. Ela tem o mesmo rosto em formato de coração e o cabelo dourado da prima, a pele branca é marcada por cicatrizes. E a maneira como ela se *mexe*... Sinto um grande peso dominar meu peito enquanto a observo. Eu jamais conseguiria me mexer dessa maneira.

Eu me obrigo a desviar o olhar, para dar privacidade aos dois. Como o cortesão de olhos violeta comentou, ela parece... um tanto ocupada no momento e incapaz de responder a perguntas. Talvez devêssemos ter marcado um horário. Quem sabe quanto tempo eles levarão para... terminar? Michal parece disposto a esperar, mas, como ele disse, o amanhecer chegará logo. Será que eu poderia apenas... dar um tapinha no ombro dela? Apoio o peso no outro pé, considerando minhas opções. Talvez eu possa apenas pigarrear, e os dois se separarão como mágica.

Com o tom casual, Michal comenta:

— Não é uma palavra obscena, sabia?

— Que palavra? — pergunto, distraída.

— *Virgem*. — Ele arqueia uma sobrancelha para mim. — Ninguém aqui se importa, então não precisa sussurrar como se fosse uma maldição.

Minha boca se abre em choque, humilhada, e minhas mãos se fecham em punhos ao meu lado. De repente, me esqueço por completo de Pennelope e seu companheiro movimentando-se sinuosos atrás de nós.

— Eu nunca deveria ter contado isso a você. Jamais *teria* contado se soubesse que iria querer... *discutir* o assunto.

— Por que não podemos falar sobre isso? — Ele inclina a cabeça com curiosidade. — Você se sente desconfortável ao falar sobre sexo?

— E se for o caso? Você vai deixar a conversa para lá?

— É falta de educação responder uma pergunta com outra, filhote.

— Não sou seu *filhote*, e é mais falta de educação ainda continuar me tratando dessa forma.

Ele me analisa com interesse redobrado.

— Os amigos não trocam apelidos? Se me lembro bem, você chamou meu querido primo de *Dima*.

— Você só pode estar brincando. — Eu o encaro incrédula, tanto por ele se lembrar da *única* vez que abreviei o nome de Dimitri quanto por considerar, mesmo nas profundezas perturbadas de sua mente, *filhote* um termo carinhoso. — Você não é meu amigo, Michal Vasiliev.

Ele levanta uma sobrancelha.

— Não?

— Não — afirmo com ênfase. — O fato de ao menos *pensar* em amizade enquanto planeja mutilar e assassinar meus entes queridos prova que você é totalmente incapaz disso.

Ele faz um gesto de desdém com a mão.

— Todo relacionamento tem problemas.

— *Problemas*? Você me sequestrou. Você me chantageou. — Indignada, levanto um dedo por cada ofensa, contando. — Você me trancou em um quarto e me instigou a invocar espíritos. Apenas alguns instantes atrás, revelou uma *profecia* na qual...

Antes que eu possa terminar, porém, um cavalheiro de queixo quadrado se aproxima de nós... não, se aproxima de *mim*... e estende a mão grande. O cheiro pungente de incenso e de magia deixa um rastro por onde passa.

— Olá — ronrona ele sem delongas, beijando meus dedos. — Posso saber seu nome, *humaine*?

Fico rígida com a palavra, ciente de maneira repentina e dolorosa de que não deveria estar ali — e que o meu rosto e o meu nome estão espalhados pela rua. Eu me amaldiçoo por ter esquecido minha capa, por usar este vestido ridículo, então abaixo a cabeça e respondo:

— Fleur — digo, puxando minha mão da dele o mais educadamente possível. — Meu nome é Fleur... Toussaint.

Eu me encolho por dentro com o deslize.

— Toussaint? — O bruxo franze a testa, tentando identificar o nome, antes de deixá-lo de lado e inspirar profundamente. Um sorriso largo e adulador se espalha pelo rosto dele ao sentir o meu cheiro. *Humaine.* — Podemos passar algum tempo juntos esta manhã, mademoiselle Toussaint? Eu estou... ansioso para conhecê-la melhor.

— Hã... não. — Balanço a cabeça, me desculpando. — Não será possível. Na verdade, eu não trabalho aqui, monsieur.

O sorriso do bruxo desaparece.

— Como é?

— Eu não trabalho aqui. Este vestido... é...

— ... é carmesim em Les Abysses — termina ele, carrancudo agora. — Como está de pé sozinha no poço, só posso presumir que busca companhia. — O bruxo faz uma pausa sombria. — A menos que os bruxos sejam de alguma maneira ofensivos para você. É isso, madame Toussaint?

— Não, *não*, de jeito nenhum! Este vestido — dirijo um olhar acusador para Michal, e ele olha de volta, completamente à vontade — foi uma piada de muito mau gosto, e peço desculpas por qualquer mal-entendido que possa ter causado.

— Hunf. — Embora os olhos do bruxo se estreitem, seu rosto relaxa um pouco após ouvir a sinceridade de minhas palavras, e ele se aproxima para tentar de novo. — Nesse caso... tem *certeza* de que não posso convencê-la a deixar seu companheiro pelo resto da manhã? Prometo que não se arrependerá.

Agora *eu* controlo a vontade de fazer uma carranca. Aparentemente, ele não ouviu a parte em que mencionei *não trabalhar aqui*, ou então teve uma

343

amnésia conveniente nos últimos trinta segundos. De má vontade, olho de novo para Michal, que mais uma vez, de alguma maneira, tornou-se o menor dos males. Parecendo estar se divertindo bastante, ele reprime um sorriso debochado, ainda reclinado no sofá, e, nos olhos pretos, vejo meu próprio reflexo retrucando: *Você não é meu amigo, Michal Vasiliev.*

Perfeito.

Solto o ar com força pelo nariz e digo:

— Peço desculpas, monsieur, por não me explicar direito — o bruxo se inclina ansioso para a frente —, mas já marquei um encontro com *este* cavalheiro. — Deixo-me cair ao lado de Michal na namoradeira e forço um sorriso que acredito ser convincente. O bruxo observa com desconfiança o espaço entre nós. Chegando um pouco mais perto, dou um tapinha sem jeito no joelho de Michal. — Passarei o resto da manhã com... com ele.

— Então vá embora — ordena Michal ao bruxo com frieza.

Por um segundo, parece que o bruxo vai discutir, mas, com um último olhar descontente em nossa direção, ele dá as costas e parte. Retiro minha mão do joelho de Michal no mesmo instante.

— Acho que eu vou matar você — solto com um tom agradável.

— Acho que eu posso gostar disso — rebate Michal enquanto outra cliente, uma criatura escamosa com olhos redondos e vidrados, se aproxima.

Quando ela pergunta meu nome, minha mão vai direto para o joelho de Michal. Quando ela me chama para me juntar a ela perto do fogo, a mão sobe mais, apertando a coxa dele como se minha vida dependesse disso. Quando ela descaradamente pede um beijo, eu subo no colo de Michal, e ele treme de tanto rir debaixo de mim.

— Você é *insuportável* — sussurro enquanto a mulher suspira e se afasta. Apoio meu ombro no peito dele, incapaz de encará-lo, já que é provável que este seja o momento mais humilhante da minha vida. E, ainda assim, por mais *revoltante* que seja admitir, ele de fato me sugeriu que usasse verde. — Você se importa se eu apenas... é... ficar sentada aqui até Pennelope terminar o compromisso dela? — Depois, incapaz de esconder o tom de desespero na minha voz: — Ela *terminou*?

A risada de Michal vai diminuindo aos poucos.

— Não.

Droga.

Sigo ali sentada por um momento, e tento não notar o frio da pele dele através do meu vestido, antes que ele se mexa um pouco, com mão livre deslizando pelas minhas costas.

— Estamos começando a chamar a atenção — avisa.

Lanço um olhar em pânico ao redor e, de fato, mais de um par de olhos nos encarou. Talvez por eu ser humana, talvez por não estarmos grudados em um abraço apaixonado como todos os outros casais. Sem pensar, coloco a cabeça no ombro de Michal, rezando para que meu cabelo esconda meu rosto. Será um milagre se eu deixar este lugar sem ser reconhecida. Meu estômago se revira enquanto minha mente imagina as consequências: Chasseurs abarrotando o lugar, Jean Luc gritando, Frederic agarrando meu braço...

— Seria tanta falta de educação assim você interromper Pennelope? — pergunto de supetão.

Seria mesmo tão terrível ver Jean Luc de novo?

— Ninguém aqui vai denunciar você aos caçadores, Célie.

— Cem mil *couronnes* é muito dinheiro, Michal.

Eu mais sinto do que ouço seu murmúrio baixo de concordância, e seu braço se firma de modo sutil em volta de mim, virando meu rosto ainda mais sobre o seu peito. *Me protegendo*, percebo com um sobressalto.

— Os *loup-garou* são territorialistas por natureza, às vezes agressivos e, se eu interromper, ele pode entender isso como um insulto. Pode atacar. — No mesmo instante, imagino o enorme *loup-garou* atacando Michal, que fica parado e em silêncio, esperando, antes de rasgá-lo ao meio. — Sim — continua, interpretando corretamente meu estremecimento. — Duvido que alguém aqui iria nos ajudar depois disso.

Sinto a garganta se apertar com a nossa evidente falta de opções.

— Então... só nos resta esperar.

— Só nos resta esperar.

<hr>

É a hora mais longa da minha vida.

Nunca estive tão consciente da proximidade de um homem, de suas coxas duras sob as minhas ou de sua mão fria nas minhas costas. Tento não pensar em nada disso, não me dar conta de como meus batimentos cardíacos descem devagar até minha barriga. Os gemidos de prazer ao redor não ajudam nem um pouco. Se é assim que eles se satisfazem em público, não consigo imaginar o que acontece nos quartos dos cortesãos... a menos que a exposição torne a coisa *melhor* para alguns, será? Eu me contorço um pouco com o pensamento, ainda corada e inquieta, até que a mão nas minhas costas agarra uma mecha do meu cabelo e puxa. Com força. Eu arquejo e me afasto para encará-lo.

— O que foi isso?

— Fique parada.

— Por quê? — Viro a cabeça na direção de Pennelope, que geme no mesmo ritmo do lobisomem. — *Ela* não está parada.

Os dedos de Michal envolvem meu cabelo com firmeza e ele puxa com mais força, inclinando meu rosto para cima e expondo meu pescoço. Seus olhos brilham feito cacos de vidro enquanto ele sustenta meu olhar.

— Exatamente. — Quando abro a boca para dizer *exatamente* onde ele pode enfiar aquela arrogância, ele move os quadris contra mim, e eu quase me engasgo. Alguma coisa... alguma coisa *dura* pressiona minha perna. — Devemos fazer o que eles estão fazendo? É isso que você quer?

O calor inunda minhas bochechas, mas não respondo. Eu não *preciso* responder. É lógico que não preciso responder, e lógico que não *quero*...

— Interessante.

Os olhos dele descem para a pele pálida do meu pescoço, e o braço que estava esticado de um jeito casual ao longo da namoradeira se move até os meus joelhos. Ele o pousa sobre eles, seus dedos roçando com leveza a parte de trás da minha coxa; arrepios descem pelas minhas pernas. Eu me remexo no seu colo outra vez, incapaz de evitar. Incapaz de *respirar*. Porque este é Michal. Eu deveria temer a fome escancarada em seu olhar, afastá-lo de mim. Deveria fazer isso *agora*... mas a tensão na minha barriga não parece medo. Parece outra coisa: algo tenso, urgente e poderoso. A constatação fica presa na minha garganta enquanto olho para ele. Eu me sinto *poderosa*.

— Estão quase terminando — murmura Michal.

Ele pendurou você sobre o mar, lembro a mim mesma com fervor. *Ele ameaçou afogar todos os marinheiros.*

Apesar disso, minhas mãos ainda anseiam por tocá-lo, não muito diferente de como me senti quando bebi seu sangue. Só que não bebi o sangue dele desta vez, e isso... *isso* deveria me fazer fugir para o sol do lado de fora.

— Como você sabe? — pergunto em vez disso.

— Quer mesmo que eu diga?

— Sim.

Embora eu hesite, percebo que é verdade: eu *quero* saber mais sobre esse mundo estranho e secreto que tem sido escondido de mim. Quero entender, quero *aprender*, mas acima de tudo, quero...

Não.

Não me atrevo a admitir o que quero, nem para mim mesma.

Porque, se eu admitir que quero que Michal continue me olhando daquele jeito, terei que admitir outras coisas também, como o modo que o nome "madame Toussaint" me dá urticária.

Não deveria, é lógico. Algum dia, ele será meu. Madame Célie Toussaint, esposa, mãe e caçadora dedicada. Um futuro tão ordenado quanto bonito. Porém, como contei a Michal, não tenho intenção de retornar à Torre Chasseur, de ansiar pelo respeito que já fiz por merecer. O que significa...

A culpa perfura a tensão no meu estômago.

Seria mesmo tão terrível ver Jean Luc de novo? A resposta está escondida na parte mais sombria da minha mente, esperando que eu olhe para ela. Que eu olhe para mim mesma. Fiquei com muito medo de admitir, de perder o único lugar que tenho neste mundo, mas aqui, enfrentando o desconhecido, a verdade surge das sombras. É feia, sim, é a coisa mais feia que já fiz, mas impossível de ignorar.

Eu não quero me casar com Jean Luc.

Meu coração acelera e se parte ao mesmo tempo quando enfim reconheço a verdade.

— Célie?

Michal tira o olhar do meu pescoço quando levanto sua mão até a pele febril da minha bochecha. Seus dedos são frios. Agradáveis. A culpa perfura mais fundo.

— Isso não é real. Estamos só fingindo.

Parecia um sonho.

Ele inclina a cabeça languidamente para me observar.

— É óbvio que estamos — afirma.

O polegar dele roça meu lábio inferior no segundo seguinte, abrindo minha boca e permanecendo ali. Desafiando-me, eu me dou conta, a dar o próximo passo. Eu deveria recuar diante do desafio. Aquela vozinha odiosa na minha cabeça grita para eu parar, parar, *parar,* mas, em vez disso, coloco o polegar de Michal na minha boca. Se é que é possível, os olhos dele ficam ainda mais escuros, e aquela mesma sensação inebriante de poder irrompe em mim feito uma onda, lavando todo o resto. Sem saber por que, sem nem entender o impulso, chupo seu dedo com suavidade, minha língua lambendo sua pele com uma confiança que eu não deveria sentir. Tem um sabor frio e doce por causa do sumo da maçã. Eu chupo com mais força.

— Calma — pede ele entredentes.

Com relutância, solto seu polegar.

— Por quê?

— *Porque* — ele pressiona o dedo com força meu lábio inferior — tenho imaginado como é o seu sabor desde que a conheci.

Engulo em seco, e ele acompanha o movimento com avidez.

— Achei que os vampiros não gostassem do sabor de sangue humano.

— Acho que eu iria gostar do seu.

Sem dúvida, eu gostei do sabor *dele*. Nós nos encaramos e, pela expressão dele, estamos nos lembrando da mesma coisa: de como subi no seu corpo no aviário, bêbada com seu sangue e desesperada para beijá-lo. Ele me deixaria beijá-lo agora? Eu deixaria ele me *morder*? Como em um reflexo, os quadris de Michal se movem com a lembrança, e o calor me atravessa feito uma adaga. Capturo seu polegar entre os dentes e mordo com força.

Um instante depois, sei que cometi um erro.

O corpo inteiro dele se contrai e ele tira o polegar da minha boca com uma velocidade sobrenatural. Seu tom volta a ser gelado quando ele diz:

— Nunca mais faça isso.

— O-O quê?

≼ 348 ≽

Com essa única ordem fria, a realidade desaba sobre minha cabeça, e eu pisco para ele, confusa e desorientada. Os gritos e grunhidos ao nosso redor aumentam quando volto para o salão, para *mim mesma*, e percebo o que fiz. *Ah, meu Deus*. Olho depressa para seu polegar imaculado.

— Eu... Eu machuquei você?

A expressão de Michal se suaviza um pouco.

— Não.

Uma pressão repentina queima atrás dos meus olhos, mas me recuso a ceder. Porque não mereço chorar, porque isso é culpa minha, *tudo* isso é culpa minha, e meus ombros se curvam enquanto a culpa retorna dez vezes maior, retorcendo minhas entranhas até que não consigo olhar para nada nem para ninguém. Estávamos só fingindo, sim, mas nós ainda... *eu* ainda...

— Me desculpe — sussurro para ele.

Para Jean Luc.

Jean Luc.

Enterro meu rosto nas mãos.

— Célie. Olhe para mim. — Quando não respondo, com o corpo inteiro tremendo, Michal me segura pelos pulsos, afastando-os, e me obriga a encontrar os olhos dele. Eles queimam nos meus, austeros e brutais com emoções que não conheço, e eu não gosto disso. Não gosto do que me faz *sentir*: como se minha pele tivesse apertada, revelando meu formato exato, e ele pudesse ver cada imperfeição. — Você não pode morder um vampiro. Está entendendo? Não pode tomar o meu sangue, nem *qualquer* sangue de vampiro, nunca mais. É muito perigoso.

— Mas no aviário...

Ele balança a cabeça freneticamente.

— Foi uma emergência. Você poderia ter morrido sem ele. Mas, se algo acontecer enquanto houver sangue de vampiro no seu organismo, seu destino será pior do que a morte.

— O que vai acontecer?

— Você será como nós. Como eu. — Ele trava a mandíbula e olha determinado por cima do meu ombro. — Isso não pode acontecer.

— Michal...

— Isso *não vai* acontecer, Célie.

Sem mais uma palavra, ele me ergue do colo e me coloca na namoradeira. Fico em silêncio, olhando para as feições severas dele, e assinto com a cabeça. Porque não sei o que mais posso fazer. Eu não conseguiria *de fato* perfurar a pele de Michal, não sem madeira ou prata, mas até mesmo a possibilidade disso o perturbou mais do que qualquer outra coisa que eu tenha visto.

Acima de tudo, porém, porque ele está certo: isso não pode acontecer de novo. Isso *jamais acontecerá* de novo.

Enxugo uma lágrima e olho para trás a fim de dar uma olhada em Pennelope, até que a encontro parada bem atrás da namoradeira. Ela arqueia uma sobrancelha dourada, nos observando, enquanto um sorriso brinca em seus exuberantes lábios vermelhos.

— Parece que perdi a parte divertida — diz ela. — Que pena.

CAPÍTULO TRINTA E TRÊS

Uma rápida entrevista

— Pennelope! — Eu me levanto de um salto e faço uma reverência, rezando para que ela não estivesse ali há muito tempo. Apesar disso, a julgar pelo brilho divertido nos olhos dourados, ela ouviu cada palavra entre mim e Michal. Eu gostaria que o chão se abrisse e me engolisse inteira. — É um prazer conhecê-la.

— É mesmo? Parece que estou interrompendo alguma coisa.

Ao meu lado, Michal se põe de pé em um silêncio sepulcral.

— De jeito nenhum — continuo, e aliso meu vestido em um gesto acanhado, meus braços e pernas ainda tremendo. O dela é muito mais simples, com um tecido carmesim diáfano, porém muito mais bonito; ele desce pelo corpo tipo ampulheta de Pennelope como uma nuvem, cintilante e transparente. Apesar das garras de seu amante, o tecido permanece intacto, provavelmente enfeitiçado; o cheiro pungente da magia de sangue emana dele. Enxugo outra lágrima. — Estávamos esperando por você, na verdade.

— Ah, eu sei.

— Você... sabe?

Ela acena com a mão em um gesto irreverente. Ao contrário da prima, ela não tenta cobrir as cicatrizes com cosméticos, deixando-as expostas para brilhar à luz do fogo. Elas se enroscam pelos seus dedos, pulsos e braços de maneira proposital, como se Pennelope planejasse a localização exata de cada marca, antes de terminar em uma delicada marca sobre seu peito.

— Posso não ser uma criatura da noite como seu *amigo* aqui — ela olha para Michal com apreço —, mas tenho ouvidos. Vocês dois não têm sido lá muito discretos. Não que a culpa seja só sua, é óbvio — acrescenta ela. — Sempre notamos quando os filhos da noite nos fazem uma visita. Mais duas acabaram de chegar lá em cima.

O tom de Pennelope não é uma bronca, apenas um intenso interesse. Embora bonito, o rosto dela é quase feérico, com olhos penetrantes e nariz

351

pontudo. Quando Pennelope mexe as sobrancelhas com malícia, a impressão só se intensifica.

— Mas, se quiserem marcar um horário — continua ela —, terá que ser para amanhã à noite. O querido Jermaine já está esperando no meu quarto, e ele gosta de exclusividade.

Olho ao redor, procurando a escada que leva aos aposentos dos cortesãos, mas não há nenhuma. Também não há portas. Apenas pedra preta bruta e fogo crepitante da mesma cor. E sombras: formas incorpóreas que se contorcem junto às paredes do cômodo externo, imunes à luz do fogo. Eu não as tinha notado antes. *Não consigo imaginar por quê*, penso com amargura.

— Não estamos aqui para marcar horário — intervém Michal, seu tom imperioso retorna. — Queremos fazer algumas perguntas sobre sua prima.

— Minha prima? — De imediato, o sorriso travesso desaparece do rosto de Pennelope, e o brilho dourado que a rodeia se transforma em prata dura. Seus olhos se estreitam para nós dois. — Que prima?

— Babette Trousset.

Seus lábios pressionados formam uma linha.

— Queremos dar nossas condolências — começo depressa, mas Michal me interrompe:

— Conte para nós sobre os dias antes da morte dela.

Ignorando minha carranca, ele dá a volta na namoradeira para diminuir a distância entre eles. Se a intenção é intimidação, não funciona; Pennelope se recusa a se encolher diante da aproximação. Em vez disso, seus olhos dourados faíscam em um desafio silencioso. A reputação de Michal como *criatura da noite* aparentemente não significa quase nada para ela; o que indica que a mulher deve saber muito pouco sobre ele. Ainda assim, resisto à vontade de me colocar entre os dois. Testemunhei apenas uma vez a verdadeira ira de uma bruxa de sangue, não é uma experiência que eu gostaria de repetir.

— Ela disse algo que possa ter lhe causado desconforto? — pressiona Michal. — Talvez tenha apresentado você a um novo amante ou a um antigo?

Fecho a cara ainda mais. Este tipo de conversa exige tato, e Michal está demonstrando tanta delicadeza quanto um machado cego.

— Pedimos desculpas, mademoiselle — peço antes que ele possa falar de novo. — Sabemos que falar de Babette deve ser difícil...

No entanto, Michal interrompe mais uma vez, a voz ficando mais fria a cada palavra.

— Talvez ela tenha falado de um acordo comercial que deu errado ou de um membro da família que precisava de ajuda.

Com isso, a expressão de Pennelope muda, e eu me apresso para aliviar a tensão, contornando a namoradeira também. Entrelaço os dedos para não torcer as mãos. Ou estrangular Michal.

— Estamos investigando a morte dela — declaro —, então qualquer informação que possa nos dar sobre os últimos dias de Babette... qualquer comportamento incomum ou rosto novo que tenha visto... seria muito útil.

— Seria? — Pennelope faz pouco-caso e até eu sei que a expressão não combina com seu rosto alegre. — Vou lhe dizer o mesmo que disse a seus irmãos, Célie Tremblay: eu não sabia nem que Babette tinha *ido* até Cesarine, que dirá quem roubou o corpo dela.

Solto um suspiro conformado. *É lógico* que ela sabe quem eu sou. Minhas chances de ser descoberta aumentam cada vez mais.

— Os Chasseurs vieram a Les Abysses? — pergunta Michal de repente.

Pennelope zomba.

— Eles bem que tentaram, graças a uma denúncia dos *seus* amigos, devo acrescentar — ela rosna para mim —, mas você conhece Eponine. Ela viu os idiotas se aproximando e todo mundo deixou o local antes de eles chegarem. Menos eu. — Ela ergue o queixo com orgulho, desafiadora. — Fiquei e respondi às perguntas deles porque ninguém, *ninguém*, quer se vingar do desgraçado que machucou Babette mais do que eu. Ela e Sylvie são como irmãs para mim, e eu vou estripar qualquer um que tiver feito mal a elas.

— Sylvie?

Pennelope desvia o olhar depressa, amaldiçoando o deslize em voz baixa.

— A irmã mais nova de Babette.

Franzo a testa reagindo à revelação.

— Eu não sabia que Babette tinha uma irmã.

— Talvez você não conhecesse Babette tão bem quanto pensa.

— Onde podemos encontrá-la? — pergunta Michal. Uma melusina bêbada esbarra nele, que a afasta sem piscar. — A Sylvie?

Um misto de triunfo e pesar surge nos olhos de Pennelope.

353

— Não será possível. Sylvie morreu há três meses. — Antes que possamos perguntar, ela acrescenta, sucinta: — Doença do sangue.

Ah.

Só ouvi falar da doença do sangue uma vez: ela tirou a vida de um menino chamado Matthieu, cuja morte transformou a mãe em uma das criaturas mais malignas do mundo. Ela morreu na Batalha de Cesarine com sua amante, La Voisin, também conhecida como tia de Coco, que já governou as Dames Rouges com mãos de ferro.

— Sinto muito, Pennelope — digo baixinho. — Perder as duas primas em tão pouco tempo...

Mas Pennelope recua como se eu tivesse batido nela.

— Não precisamos da sua *piedade*.

— É óbvio que não.

Franzindo a testa, ergo as mãos em um gesto apaziguador. Embora meu coração sofra por ela, precisaremos adotar uma abordagem mais direta, caso Pennelope se recuse a cooperar. Estremeço ao pensar no que Michal poderia fazer.

— Existe algum lugar onde possamos conversar a sós? — pergunto. — Algum lugar mais confortável? — Afasto o pufe que está aos meus pés e examino o chão abaixo com a maior discrição possível. Talvez seus aposentos fiquem embaixo e as almofadas escondam com engenhosidade qualquer porta. Se bem que... Reprimo um gemido de frustração. Também não há portas aqui. — Jermaine está no seu quarto, mas talvez possamos nos retirar para o de Babette. — Uma pausa cautelosa. — Você já limpou os aposentos dela?

— Isso não é da sua conta, verme.

Franzo a testa com a ofensa. Dada a situação, uma explosão emocional é bastante compreensível, mas esta parece de algum modo... exagerada. Excessiva. Pennelope não parecia ter problemas comigo ou com Michal até mencionarmos Babette, e ela sabia da minha conexão com os Chasseurs desde o início.

— Não precisa ser hostil, Pennelope. Estamos apenas tentando ajudar. Se pudesse responder nossa...

— Já contei tudo o que há para saber. — Ela fala com um tom cortante para encerrar o assunto, a voz quase constrangida por nos agredir. — Já

❧ 354 ❧

terminamos? Jermaine odeia esperar tanto quanto odeia não ser exclusivo. Quem sabe *o que* ele poderá fazer se eu o deixar sozinho por muito mais tempo? — Um sorriso ameaçador. — E todos nós sabemos como Eponine abomina a violência... o sangue nunca sai de verdade dos móveis, não é?

— Vinagre branco resolve.

Longe de ser dissuadido, Michal continua a observá-la, cruzando as mãos atrás das costas e recusando-se a se mover. Embora despreocupado, seu corpo ficou completamente imóvel outra vez.

— Presumo que os caçadores tenham revistado o local durante o interrogatório, certo?

Pennelope bufa com indiferença.

— É óbvio.

— O lugar inteiro?

— Tudo. — Ela estende os braços para abarcar todo o cômodo, olhando direto nos olhos de Michal para dar ênfase. Quase ênfase *demais*. — Não encontraram nada de interessante. Agora, esta conversa acabou, e estou de saída. — Ela avança em direção às escadas, mas se detém pouco antes de subir. Seus lábios se curvam. — E Eponine *vai* ficar sabendo disso, criatura da noite. Espero que você goste de nadar.

CAPÍTULO TRINTA E QUATRO

Uma mágoa antiga

Nós ficamos olhando para ela por um instante. Então...

— O que foi isso? — pergunto, virando-me para encará-lo, incrédula. — Você perdeu a noção? O *objetivo* de vir aqui era conseguir a ajuda de Pennelope, solidarizar-se com ela e conquistá-la, aplicar uma pressão *leve* só se todo o restante falhasse...

Ele revira os olhos e passa por mim.

— Estamos investigando um assassino, Célie, não o convidando para o chá.

— E agora? — Correndo atrás dele pelo poço, quase piso em seus calcanhares, e então *piso* em seus calcanhares, e ele rosna, virando-se com uma velocidade letal e me pegando em seus braços mais uma vez. Perfeito. Melhor ainda para cutucá-lo bem no seu peito idiota, o que passo a fazer. Com mais insistência. — E agora, ó Implacável? Eponine nos mandou para Pennelope por um motivo e, por *sua* causa, é possível que ela e Jermaine estejam planejando nosso doloroso e prematuro fim neste exato momento. — Cutuco ele de novo. E de novo, só para garantir. — E então?

Ele olha para mim enquanto subimos as escadas.

— E então *o quê*?

— O que você esperava conseguir a intimidando daquela maneira? O que ganhamos com isso?

— Muito mais do que você imagina — responde ele com frieza —, ó Brilhante.

— Estou magoada, de verdade — pressiono o peito fingindo estar ofendida —, mas, como os cortesãos esconderam os próprios quartos, duvido que consigamos apenas entrar no de Babette sem permissão, muito menos fazer uma busca completa nele. Precisávamos de Pennelope para isso também.

— Você se esqueceu depressa de que já estive aqui.

❧ 356 ❧

— E como isso é relevante?

— Eu sei onde ficam os quartos dos cortesãos.

— Ah. — Hesito, e um calor toma conta do meu rosto ao entender o significado do que ele disse. — *Ah.*

— Por mais delicioso que eu ache este olhar — seus olhos escurecem quando paramos ao lado de uma das enormes lareiras de pedra —, é muito perturbador, e temos apenas uma hora e meia antes do nascer do sol. — Colocando-me de pé, ele acena com a cabeça para o fogo preto diante de nós. — Os quartos dos cortesãos ficam atrás das chamas, uma das medidas de segurança mais engenhosas de Eponine. Ninguém pode entrar sem a permissão de um cortesão. — Sua ênfase sutil na palavra *permissão* me fez franzir a testa, mas Michal prossegue antes que eu possa questionar. — Quem se atreve a tentar, morre queimado em segundos. Este é o Fogo Infernal, o fogo eterno, lançado há muitos anos pela própria La Voisin.

— Eu sei o que é o Fogo Infernal. — No início deste ano, as mesmas chamas pretas devastaram toda a cidade de Cesarine, incluindo a cripta da minha irmã. Observo os braços mortais apreensiva e, no mesmo segundo, o cortesão de olhos violeta sai da lareira ao lado da nossa: passando *direto* pelas chamas, como se a parte de trás da chaminé fosse algum tipo de porta. *E é*, percebo, retribuindo o aceno perplexo do cortesão. Uma maçaneta dourada pisca para nós por trás das chamas. Meu olhar se volta para Michal. — Que tipo de *permissão* poderia nos deixar passar ilesos pelo Fogo Infernal?

— Não é de fato uma permissão. É uma brecha na magia. — Ele passa a mão ao longo da cornija da lareira como se estivesse procurando poeira, mas seus dedos se demoram sobre suas espirais e figuras rebuscadas por tempo demais para ser por acaso. Seus olhos as examinam com muita atenção. Algumas eu reconheço, como a serpente e a boca larga e escancarada de Abadom, demônio do abismo; outras, não. — Como todas as bruxas, La Voisin inseriu uma lacuna em seu encantamento: os cortesãos podem passar pelas chamas sem se machucarem, assim como qualquer pessoa que eles permitirem com um beijo.

Um beijo.

Ecoo as palavras fracamente.

— Você… Você está dizendo que, para entrar nos aposentos de Babette, um cortesão precisará… nos beijar. — Ele assente com a cabeça uma vez, brevemente, antes de passar para a próxima lareira. Mas isso não é resposta suficiente. Não está nem *perto* de ser, e, de repente, este é o plano mais burro que já ouvi. Mais cem perguntas surgem nos meus lábios enquanto sigo atrás dele. — Somente o cortesão a quem pertence o quarto pode conceder a permissão, ou todos eles têm acesso a todos os quartos? Se for o primeiro caso, como diabos conseguiremos a permissão de Babette, que está, por acaso, *morta*? — Quando piso nos calcanhares de Michal de novo, ele se vira para me encarar. Talvez aquele olhar já tivesse me paralisado em outra época, mas agora só me motiva mais rápido. — Pedir para entrar no quarto dela não vai levantar suspeitas? E o que você está *procurando*, exatamente? Porque, se for o último caso, não precisamos localizar os quartos individuais. Poderíamos só *pedir* a permissão de alguém para entrar em qualquer uma dessas lareiras...

— Faça o favor — a tensão irradia de seus ombros, pescoço, mandíbula — e vá pedir um beijo a um cortesão. Tenho certeza de que farão isso sem questionar e que ninguém correrá até Pennelope quando você pedir para entrar no quarto da prima falecida dela.

— Sarcasmo é o modo mais baixo de humor, Michal. — Erguendo o queixo, inclino a cabeça em direção ao fosso, onde umas cortesãs fingem não nos observar e mais duas nos encaram, os rostos tensos cheios de suspeita e raiva. Ou elas ouviram nossa conversa com Pennelope, ou não gostam de um homem pálido e arrogante rondando seus quartos. — Nós não estamos sendo de fato discretos no momento, e... — eu abaixo a voz — você não poderia apenas *compelir* uma cortesã a nos dizer para onde ir?

— Meus ouvidos me enganam ou a-mais-virtuosa-das-damas, mademoiselle Célie Tremblay, acabou de sugerir que joguemos fora o livre-arbítrio? — Ele me lança um olhar de soslaio. — Eu não tinha ideia de que você era tão malvada, filhote. Que encantador.

Embora eu enrubesça ao ouvir suas palavras, envergonhada, ele continua apalpando cada cornija, tão meticuloso e sereno quanto antes. O suor escorre entre minhas omoplatas. Mas se o calor do fogo o incomoda, ele não demonstra.

— Não quero dizer que *devemos* compelir alguém — defendo-me apressada. — Estou apenas perguntando, *hipoteticamente*, o que aconteceria se o fizéssemos.

— Hipoteticamente — repete ele, seco.

— Com certeza. Na verdade, eu jamais poderia sugerir *mesmo* que forçássemos alguém a fazer algo contra a própria vontade. Eu não sou... — procuro a palavra certa, sem conseguir encontrá-la — eu não sou *má*.

— Não, não. Apenas hipoteticamente má. — Ele revira os olhos de novo enquanto eu gaguejo indignada. — A compulsão exige um esforço muito maior com criaturas sobrenaturais do que com humanos. Eles são protegidos por seu tipo próprio de magia. Quando um vampiro passa pelo escudo mental, ele com frequência o quebra, e isso destrói a mente do compelido. É necessário um autocontrole extremo para deixar uma criatura intacta, e, mesmo assim, a compulsão pode falhar.

Sem conseguir resistir, pergunto:

— Mas *você* conseguiria? Como última opção?

— Está insinuando que estou além do hipoteticamente mau?

Fazendo uma carranca, tento não parecer tão nervosa quanto me sinto.

— E funcionaria? Você não destruiria a mente de ninguém e a compulsão não falharia?

— Hipoteticamente.

— Se você disser a palavra *hipoteticamente* de novo... — solto o ar com força pelo nariz, endireitando os ombros e recuperando o controle sobre mim mesma mais uma vez. Picuinhas não nos levarão a lugar nenhum. — Quantas horas até o nascer do sol? — indago outra vez.

— Uma hora e quinze minutos.

Com o pescoço ainda formigando por causa dos olhares dos cortesãos, eu me viro para contar cada lareira. Mais de uma dúzia ao todo, quase vinte.

— E... o que acontece se ficarmos até depois do amanhecer?

— Os clientes não podem permanecer em Les Abysses depois que amanhece. — Um ruído baixo e frustrado reverbera na garganta dele, seus dedos se curvam sobre a cornija como foices. Um pedaço de pedra se desfaz em sua palma, espalhando poeira preta na lareira. — Todas as lareiras são idênticas — murmura ele. — Sem marcações que dê para distinguir.

— Consegue sentir o cheiro da magia de sangue através da fumaça? — Reprimo a vontade de ficar me mexendo, inquieta, de me balançar na ponta dos pés. Precisaremos de pelo menos uma hora para revistar direito os aposentos de Babette, isso se encontrarmos o cômodo, e isso só se

Pennelope não se lançar sobre nós e estragar tudo, o que ela pode fazer a qualquer momento. Agora começo a me balançar, entrelaçando os dedos e apertando-os com força. — Babette não confiava nas pessoas. Ela pode ter colocado proteções extras na porta, ainda mais depois de se deparar com alguém perigoso.

Mas Michal apenas balança a cabeça.

— Muitos cheiros — responde.

Ele caminha até a próxima lareira. E até a próxima. A cada uma, parece mais inquieto, mas sua agitação se mostra diferente da minha; em vez de ficar nervoso e aflito, fica frio e quieto. Sucinto. Nenhuma emoção atravessa sua expressão enquanto ele examina cada curva da pedra, e se recusa a se apressar. Cada passo é deliberado. Calmo e controlado. Parte de mim quer sacudi-lo, só para ver se ele cede, enquanto a outra parte sabe que é melhor não. Esta pode ser a nossa única oportunidade de saber mais sobre o assassino, e não podemos desperdiçá-la.

Ando para lá e para cá atrás dele, procurando por qualquer coisa que possa ter deixado passar, mas é evidente que não há nada: o trabalho em pedra de cada cornija *é* idêntico, assim como as sombras dançando nas paredes entre elas. Olho uma de cada vez. Parecem ter forma humanoide, quase como espíritos, só que...

O pensamento faz eu me empertigar. *Espíritos.*

O que Michal disse sobre a irmã? *Ela vai voltar. A tentação de se intrometer é grande demais.* Uma esperança inesperada cresce no meu peito. Nada poderia ser mais intrometido do que justamente esta situação. E, se Mila morreu em Cesarine, mas escolheu assombrar Réquiem, é evidente que os espíritos não estão confinados à terra em que morreram. Será que ela poderia ter nos seguido até aqui? Será que *ela* saberia nos dizer qual lareira pertencia à Babette?

Lançando um olhar furtivo para as costas de Michal, eu me concentro com intensidade total naquela bolha de esperança, que cresce a cada segundo. No castelo, no teatro, e até mesmo na Cidade Velha, perseguida por vampiros, minhas emoções me permitiram atravessar o véu. Elas me permitiram banir Mila em um momento de ressentimento. Talvez me permitam invocá-la de novo.

Só tem um jeito de descobrir.

— Mila? — sussurro, o tom ansioso. — Você está aqui?

Ao som do nome dela, o rosto de Michal se volta de súbito em direção ao meu, e ele aparece ao meu lado em um piscar de olhos. Estendo minha mão sem olhar para ele, que quase esmaga meus dedos em seu ímpeto.

— Mila? — Tento de novo, vasculhando as paredes, o teto, até mesmo o poço, esperando que ela surja com um *tsc* e uma expressão altiva. — Por favor, Mila, precisamos da sua ajuda. É só um favorzinho simples: rápido e fácil.

Nada acontece.

— *Mila*. — Sibilando o nome dela agora, giro devagar. A irritação alfineta minha esperança como agulhas. Ela não teve problema nenhum em me seguir até o aviário e me repreender, *duas vezes*, mas, quando eu mais preciso dela, cadê? Silêncio. — Ah, *vamos lá*, Mila. Não seja assim. É muita falta de educação ignorar uma amiga, sabia?

Michal aperta minha mão e minha atenção se concentra na parede mais próxima de nós. As sombras ali continuam a se contorcer, mas uma delas parece diferente das outras. Prateada em vez de preta, com uma forma mais opaca. Sorrio triunfante quando o espírito se materializa, entrelaçando os braços sobre a cabeça de modo peculiar. Meu sorriso vacila. Com os olhos fechados e o rosto contorcido pela paixão, ela balança os quadris de maneira um tanto desajeitada e balança a cabeça ao som de uma música que não consigo ouvir. Cachos perfeitos balançam de um lado para outro com o movimento, e ela joga um deles com o ar experiente de um ator de teatro.

Infelizmente, ela não é Mila.

— Guinevere. — Ponho o sorriso de volta nos lábios, rezando por um milagre. — Que bom ver você.

Seus olhos se abrem com a minha voz, e ela finge se assustar.

— Célie! — Apertando o peito, ela diz: — Que *coincidência*, queridinha. Mila mencionou que você poderia estar aqui, é lógico, mas nunca esperei que *Michal* estivesse junto. — Uma mentira óbvia, acompanhada por um sorriso meloso. — Vocês dois são... oficialmente um casal, então? — Antes que eu possa responder, ela estala a língua, simpática. — Ótima escolha para um primeiro encontro, não é? A *mim* ele levou para um jantar à luz de velas no Le Présage, com um coro de melusinas... que vozes angelicais, que noite arrebatadora... Mas não se desespere, queridinha. Não se desespere. — Ela se aproxima para dar um tapinha na minha cabeça, talvez no gesto mais condescendente de todos os tempos. — Pouquíssimas pessoas experimentarão um amor tão cósmico quanto o nosso. Destinado, você sabe.

— Que... legal.

Arrisco um olhar para Michal, que parece ter levado uma pancada na cabeça. Com as sobrancelhas franzidas, incrédulo, ele recua e tenta desvencilhar os dedos dos meus, mas eu o agarro como uma prensa. Embora ele me fulmine com o olhar, meio furioso e meio suplicante, eu giro e agarro sua outra mão, entrelaçando nossos dedos com força. Se eu não posso escapar, ele também não pode.

— Acredito que vocês dois já se conheçam — digo agradavelmente —, mas permitam-me fazer as apresentações: Michal, conheça o espírito de Guinevere, e Guinevere, conheça Michal Vasiliev, Sua Majestade Real e rei de Réquiem.

Os olhos de Guinevere disparam entre mim e ele em uma compreensão cada vez maior, arregalando-se mais e mais até...

Ofegante, ela se aproxima do rosto de Michal, pairando a alguns centímetros de seu nariz.

— Consegue me *ver*, anjo? — indaga ela.

Ele olha determinado para o fogo, para o teto, para qualquer coisa que não seja o espírito tremulante à sua frente; o que é uma coisa boa. Sem dúvida ele teria ficado estrábico se tentasse encontrar os olhos dela. Sem se importar com a reação dele, Guinevere acrescenta, alegre:

— Depois de todo este tempo, você consegue me ouvir?

Michal faz uma careta quando ela faz cócegas na orelha dele.

— Olá, Guinevere.

— Uau, você *consegue*! — Sem fôlego de tão triunfante, ela entrelaça depressa vários cachos no dedo, belisca as manchas prateadas escuras nas bochechas e alisa seu vestido imaculado. — Ah, que dia feliz! Feliz, feliz de verdade! — Então, com a eficiência de um jardineiro na primavera, ela se planta entre Michal e eu, que estica nossas mãos entrelaçadas através da barriga dela. Arrepios sobem pelos meus braços. — Você não precisa mais se preocupar com *ela*, Michal, meu amor. — Ela joga o cabelo na minha cara antes de encostar a bochecha no peito firme dele, ronronando de contentamento feito um gato. — Não agora que enfim nos reencontramos.

Afinal, por que se preocupar com bijuteria, quando você pode ter ouro de verdade? A propósito, eu perdoo seu comportamento grosseiro — ela diz para ele, me empurrando ainda mais para o lado com o cotovelo. — Sei que não teve a *intenção* de trocar as fechaduras de todas as portas do castelo, assim como sabe que *eu* não tive a intenção de quebrar todas as janelas do primeiro andar.

Curvando os lábios, Michal a encara com um olhar sombrio.

— E algumas no segundo.

Ela pisca os cílios com doçura.

— Vamos deixar o passado para trás?

— Depende. Você também destruiu o retrato do tio Vladimir no meu escritório?

Ela incha instantaneamente, como se ele tivesse insultado sua mãe ou talvez chutado seu cachorro em vez de fazer uma pergunta bastante razoável.

— Se eu…? Como *ousa*…? — Pressionando o peito mais uma vez, ela recua em minha direção, e agora é minha vez de fazer uma careta. A sensação é de que um balde de água gelada caíra sobre a minha cabeça. — É uma pergunta muito abusada vinda do homem que destruiu meu *coração*! Mas, ah, não, o pobre tio Vladimir agora tem um bigode! Vamos todos ficar de luto, afinal, a pintura no rosto dele significa mais para Michal Vasiliev do que o amor puro e duradouro no peito da sua amante!

Michal balança a cabeça, exasperado.

— Nunca fomos *amantes*, Guinevere…

— Ah! — Guinevere desmaia como se ele a tivesse esfaqueado. Sem saber o que fazer, mas certa de que preciso fazer alguma coisa antes que ela perca a cabeça completamente, solto uma das mãos de Michal e passo meu braço em volta dos ombros dela; ela murcha de modo drástico com o contato, virando a cabeça para soluçar alto na curva do meu pescoço. — E agora ele joga o sal! Abrir a ferida nunca foi suficiente para ele, Célie, minha querida. Ele *sempre* nega nossa conexão, a *pulsação de nossas almas*. Eu imploro a você que corra, e rápido, para longe desta criatura miserável antes que ele parta seu coração em dois como fez com o meu!

Quando Michal começa a retrucar, lanço um olhar ameaçador para ele e digo sem emitir som: *Pare de falar.* Ele trava a mandíbula com impaciência.

— Não precisa temer nada disso, Guinevere — tranquilizo o espírito, em um tom delicado, acariciando seu cabelo prateado. — Meu coração está bastante seguro. Afinal, Michal me sequestrou para usar como isca e, assim que eu cumprir meu propósito, é provável que ele tente me matar.

Tarde demais, lembro-me do acesso de raiva de Guinevere do lado de fora do escritório de Michal. *Vocês, sangues-quentes, são sempre muito presunçosos, menosprezando a morte na frente dos mortos.* Mas ela não parece mais se importar em menosprezar qualquer coisa, exceto Michal. Consigo me identificar.

— Está vendo? — insiste ela.

Seus soluços ficam de alguma maneira mais altos e, pela primeira vez desde que descobri meu dom, eu me sinto muitíssimo grata por ninguém poder ver ou ouvir espíritos, exceto eu. Embora uma ou duas cortesãs no poço ainda nos observem, confusas, provável que por causa do meu braço suspenso de modo peculiar e da nossa conversa com o ar, o restante perdeu o interesse ou deu a manhã por encerrada e se retirou. Como se sentisse que minha atenção começou a se desviar, Guinevere finge respirar com dificuldade e continua:

— Ele não se importa com os sentimentos de ninguém, só com os dele mesmo!

Assinto como quem sabe das coisas.

— Não estou totalmente convencida de que ele tenha sentimentos — declaro.

— *Ou* amigos.

— Ele não tem nem a compreensão básica do que significa amizade.

— Ah! — Guinevere se endireita e bate palmas de alegria, com os olhos misteriosamente secos, e olhamos uma para a outra com uma estranha afinidade. — Eu sabia que gostava de você, Célie Tremblay — comenta ela, estendendo a mão para alisar uma mecha do meu cabelo. — E decidi que, daqui por diante, seremos melhores amigas, você e eu. Melhores amigas de verdade.

Inclino a cabeça em uma meia reverência.

— Eu ficaria honrada em chamá-la de amiga, Guinevere.

Michal parece estar a segundos de se atirar no fogo. Com ar de quem tenta e não consegue recuperar o controle da situação, ele pergunta com voz comedida:

— Quão habituada você está com Les Abysses, Guinevere? Visita aqui com frequência?

Ela rodopia até Michal em um instante.

— Por quê? Está insinuando que eu te segui até aqui? É isso que você acha? *Coitadinha de Guinevere, ela deve ter chorado por mim durante todos estes séculos...* — Ela estala os dedos sob o nariz dele, os olhos em chamas, brilhantes e prateados. — Uma mulher tem *necessidades*, Michal, e não terei vergonha de buscar companhia no além. Está me ouvindo? Eu não terei vergonha!

Toco o braço dela de leve antes que ela possa arrancar os olhos de Michal. Ou antes que Michal abra a boca de novo.

— Ninguém está tentando envergonhar você, Guinevere. — Apesar disso, fico intrigada para saber como exatamente um espírito busca companhia entre os vivos. Pretendo perguntar sobre isso depois. — Nós apenas... precisamos de um favor.

Ela arqueia uma sobrancelha fina.

— Ah, é?

— Precisamos saber qual destas lareiras dá acesso aos aposentos de Babette Trousset.

— Aaaah — repete ela com gosto, parecendo incontáveis vezes mais intrigada. — E o que você quer *lá*? Há muitos rumores de que a menina está morta.

Com isso, ela lança um olhar malicioso e significativo para Michal, enrolando outro cacho no dedo. O gesto emana indiferença, mas, assim como a performance de Michal com as lareiras mais cedo, não há nada de indiferença naquilo. Estreito um pouco os olhos.

Guinevere sabe algo que não sabemos.

Pior ainda: se eu a conheço minimamente, ela vai tentar nos atrair com seu segredo pelo maior tempo possível, deleitando-se com nossos esforços. Não temos tempo para isso e, mesmo que o tivéssemos, Michal precisaria rastejar no chão e implorar para que Guinevere lhe contasse alguma coisa. Ela ia querer que ele se contorcesse. Que sofresse. Minha amizade com ela tem três segundos; não poderá curar um rancor de séculos.

A expressão no rosto de Michal se fecha com a mesma constatação.

— Queremos revistar os aposentos dela para ver se deixou alguma coisa que possa nos levar ao assassino — explico. Observo o rosto de Guinevere com atenção, franzindo a testa ao ver como os lábios dela se curvam de leve nos cantos. Seus olhos brilham de malícia, ou talvez de alegria; talvez os dois sejam a mesma coisa, tratando-se de Guinevere. — Pode nos dizer qual caminho seguir?

— Óbvio que posso, minha querida. Qualquer coisa por uma *amiga*. — Ela torce a palavra na boca como uma coisa bárbara, e eu fico tensa, esperando a alfinetada. Em vez disso, ela bate na ponta do meu nariz com o dedo antes de apontar para a lareira bem ao nosso lado. — *Esta* é a entrada, embora eu deteste informar que nenhum cortesão aqui concederá a permissão para que entrem. Dá má sorte se intrometer nos assuntos dos mortos. Para bom entendedor, meia palavra basta, querubim — acrescenta ela para mim, piscando com maldade.

— Qualquer cortesão pode conceder a permissão? — pergunto.

Ela encolhe os ombros delicadamente.

— O encantamento ficou um pouco complicado quando a bruxa malvada tentou personalizá-lo para cada lareira... sem contar a rotatividade de pessoal, sabe? Tornou-se um pesadelo logístico. Então, só um encantamento para todos é mais adequado, e qualquer um que use a cor vermelha pode conceder...

Ela para de repente, apertando os lábios e piscando depressa para nós. O pensamento não precisa ser finalizado.

Michal faz isso por ela.

O olhar dele desce para o meu vestido carmesim amarrotado e, ao vê-lo, o vampiro sorri. É um sorriso letal, triunfante, e faz um arrepio percorrer pelas minhas costas como se fosse um dedo frio. O dedo frio *dele*. Embora Michal levante as sobrancelhas para mim, em expectativa, ele não faz nenhum movimento em minha direção. *Esperando*, percebo com uma onda de calor familiar. Ela colide com o frio do olhar dele em uma tempestade.

Qualquer um que use a cor vermelha pode dar a permissão. Bufando de uma maneira bastante apavorada, Guinevere dispara entre nós.

— Não sei o que deu em você para usar uma cor tão berrante, Célie, ela de fato não combina...

— Com licença, Guinevere.

— Mas Célie, *minha querida*, você não deveria...

Dou a volta no espírito, mal o escutando, e caminho com determinação em direção a Michal. Embora meu coração retumbe no peito, também não consigo ouvi-lo. Não consigo ouvir nada, exceto o rugido estrondoso nos meus ouvidos. *Você está sendo ridícula*, digo a mim mesma com firmeza. *É só um beijo. É pela investigação.* Ele não se move. Não fala. O sorriso de Michal se alarga, porém, quando o bico de nossas botas se toca, quando fico na ponta dos pés, quando levanto meu rosto até o dele. Ninguém deveria ser tão bonito de perto. Os cílios grossos e escuros cercam os olhos dele enquanto abaixa o olhar para meus lábios.

— Tenho que beijar você — sussurro.

Mais uma vez, ele coloca uma mecha de cabelo atrás da minha orelha com um carinho surpreendente.

— Eu sei.

No entanto, ele não vai fazer isso por mim. Ele não pode. E, se eu esperar muito tempo, perderei a coragem; ou pior, Guinevere vai me arrastar pelos cabelos e nós dois nunca saberemos o que há nos aposentos de Babette. *É pela investigação*, repito para mim mesma em desespero, e, antes que mude de ideia, encosto meus lábios nos dele.

Por um segundo, ele não se move. Eu não me movo. Nós apenas ficamos ali parados, a mão dele segurando meu rosto, até que a humilhação arde rápida e quente na minha barriga. Embora minha experiência seja limitada, eu *já* beijei um ou dois homens antes, e sei que não deveria ser tão... tão parado e estranho e... e...

Faço um movimento para me afastar, as bochechas queimando, mas a mão livre de Michal dispara depressa para segurar minha cintura, puxando-me junto a ele. Quando arquejo, assustada, sua mão desliza pelo meu cabelo e ele inclina meu rosto para trás a fim de aprofundar o beijo. Minha boca se abre instintivamente em resposta e, no instante em que nossas línguas se tocam, um calor intenso e potente se espalha dentro de mim... mais lento do que antes, porém mais forte, me tomando. Uma aflição em vez de um latejar. Fecho os olhos para a sensação, *impotente*, e envolvo meus braços em seu pescoço, me aproximando mais e me deleitando com a sensação estranha do corpo dele. Sua respiração é mais fria do que a minha. Seu corpo, maior e mais firme, letal o suficiente para matar. Embora eu force o meu contra o dele, desesperada para encontrar atrito, para abraçar seu peso, não consigo me aproximar o suficiente para aliviar a aflição, não consigo persuadi-lo a me envolver por completo. Não, ele me segura como se eu fosse feita de vidro até eu achar que vou gritar. E talvez já *esteja* gritando. Porque este é Michal. *Michal*. Eu não posso... Eu não deveria estar...

Arquejando de novo, afasto meus lábios e olho para ele em estado de choque. Porém, ele não me solta; em vez disso, me encara por um breve momento. Dois. O cômodo desaparece enquanto Guinevere gagueja atrás de nós, indignada, até que só restamos Michal e eu. Suas mãos apertam minha cintura de leve. Assim, tão perto, eu deveria ser capaz de sentir os batimentos cardíacos dele, deveria ser capaz de ver um rubor em suas bochechas, mas é óbvio que ele continua tão pálido e estranho como sempre. Nem um fio de cabelo fora do lugar. Por fim, com um sorriso meio brincalhão, ele passa o polegar pela minha bochecha e diz:

— Ninguém ficaria decepcionado, Célie.

Sem outra palavra, sem olhar para trás, ele entra na lareira sem mim.

CAPÍTULO TRINTA E CINCO

Um feitiço para ressuscitar os mortos

Levo meus dedos trêmulos aos lábios enquanto Michal avança. Ainda estão frios. Doem e formigam. Solto a respiração que eu estava prendendo, com um peso estranho se instalando sobre mim, e abro a boca para dizer algo a Guinevere antes de fechá-la de novo, balançando a cabeça.

— Não foi bem como você esperava? — Embora Guinevere pareça fazer pouco-caso, seus olhos brilham: não de saudade, exatamente, mas talvez de tristeza enquanto ela também observa Michal desaparecer em meio às chamas. — Com ele nunca é. As pessoas muitas vezes sentem pena de mim... eu sei que sentem — acrescenta ela, como se esperasse uma contradição minha. — Mas, na verdade, não é em mim que devem pensar. É nele. — Ela suspira e começa a arrumar os cachos em uma cascata prateada descendo pelos ombros. — Amei muitas vezes e amei profundamente ao longo da minha existência, mas Michal... Eu o conheço há muito tempo, querubim, e seu coração... se é que ele tem um... bate de um modo diferente do seu e do meu. Houve momentos em que me perguntei se ele de fato tinha um.

— Ele ama a irmã. — Minha voz soa mais aguda que o normal. — E os primos.

Ela acena com desgosto.

— Um tipo de amor distante e eterno. O amor de um guardião. De um patriarca. — Ela arqueia a sobrancelha fina de novo, fitando-me com um olhar de desdém. — É esse o amor que você deseja? Um que a transforma em gelo em vez de incendiar?

Mais uma vez abro a boca para discutir e, de novo, fecho-a sem encontrar palavras. Porque não havia nada de gelado no modo como ele acabou de me beijar. Na maneira como ele me tocou no poço. Nem na resposta do meu próprio corpo.

Ninguém ficaria decepcionado, Célie.

❧ 369 ❧

Tirando a mão dos lábios, entro na lareira antes que possa hesitar. Porque, se eu fizer isso, posso dar meia-volta e fugir de Les Abysses e desta situação horrível, sim, mas também de Michal. Desta culpa furiosa no meu estômago.

— É evidente — prossegue Guinevere devagar, com malícia, como se estivesse jogando sal em uma ferida — que Michal nunca olhou para mim do jeito que olha para você.

— Adeus, Guinevere. — As chamas fazem cócegas na minha pele, inofensivas e agradavelmente quentes, enquanto me viro e faço uma reverência de despedida. Ainda não sei se gosto muito de Guinevere, mas ela sem querer nos *ajudou*; um dia, talvez venhamos a nos chamar de amigas de fato. Uma parte de mim espera que sim. — Obrigada pela ajuda.

Ela flutua para a frente para beijar minha bochecha. Dando um tapinha outra vez no meu nariz, ela diz:

— Cuide-se, minha querida, e lembre-se do que eu disse: carmesim não é mesmo a sua cor. Da próxima vez, escolha um lindo tom de verde.

As palavras familiares me detêm no meio do caminho.

— Por que verde?

Seu sorriso enquanto responde é malicioso.

— Para combinar com seus olhos, lógico.

<hr />

Diferente da metáfora austera do poço, com a pedra preta e os cortesãos vestidos de vermelho, os aposentos de Babette parecem saídos de um chalé de contos de fadas. Meus olhos se arregalam quando passo pela porta — o aroma que sinto é de lavanda? —, e me junto a Michal no meio do primeiro cômodo. Acolhedor e circular, tem piso de madeira encerado e uma charmosa lareira com bugigangas ao longo da cornija: rosas secas e tocos de velas, um espelho quebrado e uma caixa de vidro cheia de cartas, conchas e pedras. Uma escada dourada à esquerda sobe em espiral até uma porta pintada no teto.

— Aonde acha que isso leva? — pergunto a Michal, hesitante. — Ao Paraíso?

Ele não responde e a culpa inexplicável no meu peito fica mais forte. No entanto, não temos tempo para remoer sobre um beijo estranho e suas

≼ 370 ≽

consequências, e é provável que a porta no teto seja uma prática padrão, algum tipo de saída de emergência no caso de uma cortesã mudar de ideia no meio do encontro.

Certo. *Foco.*

Estamos aqui para revistar o quarto da falecida, para encontrar pistas que possam apontar para o assassino. Cartas, desenhos, talvez objetos destoantes, como o crucifixo de prata. Tento pensar como Jean Luc ou Reid, até mesmo como Frederic; tento inspecionar a cena através dos olhos deles, mas é difícil. O ar cheira *mesmo* a lavanda. Um lindo buquê dessas flores está pendurado perto da lareira para secar e, de repente, minhas pálpebras ficam maravilhosamente pesadas. Acho que nunca pisei em um cômodo tão encantador. Ao lado da escada em espiral, vários livros estão espalhados de modo desordenado sobre uma mesa baixa entre duas poltronas floridas, junto com uma xícara de chá fumegante. A porcelana tem até uma pequena lasca fofa perto da alça.

Por impulso, vou em direção às poltronas florais. Não para *dormir*, é óbvio; só para descansar um pouco a cabeça.

— Espere — diz Michal.

Com a voz baixa, ele toca minha lombar e eu me viro, temendo o que ele possa dizer. Mas não está olhando para mim. Não. Seus olhos escuros se estreitaram na direção da mesa, no vapor que sai da xícara de chá lascada, e ele franze a testa. Uma parte distante da minha mente se dá conta de que o chá ainda está quente. E... meus olhos voltam para a lareira, para suas chamas agradáveis crepitantes e para a lavanda ao lado dela. Evangeline costumava colocar lavanda no meu chá quando eu não conseguia dormir à noite. Um mal-estar me invade com a lembrança. Pensando bem, isto não se parece em nada com os aposentos de uma pessoa falecida, e...

Belisco meu braço, com força. A dor aguda espairece minha cabeça e, antes que ela fique confusa de novo, arranco a lavanda da parede e a jogo no fogo, onde ela escurece e se transforma em cinzas.

— Faz pouco tempo que alguém cuidou do fogo. — Limpo as mãos depressa no vestido. Minhas palmas ardem onde tocaram os ramos, e as notas persistentes de lavanda não conseguem esconder o cheiro inconfundível da magia de sangue. — Pennelope?

Michal nega com a cabeça.

— Posso ouvi-la com Jermaine no quarto ao lado.

— Tem mais alguém aqui?

— Se tem, não consigo ouvir.

— Então quem...?

Meu olhar se fixa na pilha de livros ao lado da xícara de chá, e reparo no menor deles, aberto e separado dos demais. As páginas amarelaram um pouco com o tempo, curvando-se nas bordas, e algumas das palavras desbotaram a ponto de ficarem quase irreconhecíveis. Uma sensação peculiar repuxa meu estômago quando olho para ele. Porque este livro... tem uma aparência quase familiar, e a sensação que provoca é mais familiar ainda.

— Michal.

Curvo-me para examiná-lo mais de perto à luz do fogo, relutante em tocá-lo por algum motivo. Com certeza imagino os sussurros fracos que emanam das páginas, mas *dificilmente* imaginaria as palavras na caligrafia antiga rabiscada na página aberta.

UM FEITIÇO PARA RESSUSCITAR OS MORTOS

E, abaixo, apenas um ingrediente, escrito com a mesma caligrafia:

Sangue da Morte

— Olhe isto. — Uma pontada de medo invade o meu peito com os acréscimos feitos à página; ela toma conta da minha voz e da minha respiração, enquanto me detenho nas palavras. — Michal. — Digo o nome dele com mais insistência, minhas mãos tremendo enquanto aponto para o livro. A capa preta parece ter sido feita de algum tipo de... *pele*. — Olhe o que está escrito abaixo.

Eu mais sinto do que o vejo agachado ao meu lado, o peito frio e firme junto ao meu ombro, porque não consigo desviar o olhar da página. Do ponto de interrogação recém-escrito à tinta após *Sangue da Morte*.

— O que é isso?

— É o grimório de La Voisin. — A resposta vem automaticamente, meu subconsciente reconhecendo o livrinho maligno antes que minha consciência o faça. Coco o tirou do corpo da tia após a Batalha de Cesarine e, mesmo na época, o grimório me encheu de uma estranha sensação de pavor. Ela deve tê-lo dado aos Chasseurs para ajudar na investigação. — Eu o vi pela última vez na Saint-Cécile, com o padre Achille. Ele o escondia nas costas a caminho de uma reunião com Jean Luc e os outros sobre o... o assassino.

— *Lutin*. Melusina. — Michal lê a lista com uma voz cautelosa perto do meu ouvido. Assim como o ponto de interrogação, a tinta usada para escrevê-la é mais escura do que o feitiço original. Recente. Cada criatura foi riscada com uma linha grossa e raivosa. — Dame Blanche, dragão, Dame Rouge. *Loup-garou*. *Éternel*. — A voz dele endurece na última palavra e ele passa por mim para pegar o livro. O último acréscimo é só um nome, circulado com o mesmo traço grosso.

Michal pragueja com raiva.

— Célie Tremblay.

Então é isso.

Ele precisa do seu sangue, Célie.

Antes de pegar o grimório, encaro as letras e os traços feitos à tinta que formam meu nome. Folheio as páginas, entorpecida — *para Invisibilidade, para Clarividência, para Lua Cheia* — até que meus dedos param em uma página marcada: *para Luxúria de Sangue*. Fecho o livro com um baque.

— Você acha que o padre Achille trouxe...?

— Não. — Franzindo os lábios, Michal encara o grimório como se também sentisse uma sensação desagradável no estômago. — Não acho.

— Então como veio parar aqui? Ele poderia ter dado à... à Pennelope ou à outra cortesã?

Meus pensamentos giram descontrolados para preencher as lacunas, para dar sentido a tudo isso. O antecessor dele teve um relacionamento secreto com Morgane le Blanc. Será que o padre Achille frequentava Les Abysses e o deu a uma amante para que o guardasse? Porém, mesmo enquanto penso nas palavras, sei que não fazem sentido. O padre Achille não é o tipo de pessoa que tem uma amante e, mesmo que fosse, por que ele traria um livro assim para cá? Sem dúvida estaria mais bem protegido pelas centenas de caçadores que vivem na Torre Chasseur. E por que — meus dedos apertam a lombada do grimório — ele escreveria uma lista de criaturas mágicas apenas para riscar os nomes, como se estivesse eliminando uma por uma? E por que *naquela* página?

※ 373 ※

Em resposta, o título do feitiço surge na minha mente.

Um feitiço para ressuscitar os mortos.

Meu corpo inteiro gela.

As trevas se aproximam de nós, Célie. O restante do aviso de Mila ecoa no silêncio do cômodo. *Elas estão se aproximando de todos nós, e no centro de tudo está um vulto... um homem.*

Este livro não deveria estar aqui.

Não há mais dúvidas: o assassino e o homem de quem Mila falou estão ligados de alguma maneira, talvez até sejam a mesma pessoa. Estas mortes não são obra de um simples assassino, mas de trevas que ameaçam todo o reino. Não. Que ameaça os mundos dos vivos e dos mortos.

— Alguém deve ter roubado o grimório do padre Achille — sugiro. Ao meu lado, Michal fica imóvel de novo, o rosto ligeiramente voltado para a porta à nossa frente. Presumo que leve ao quarto ou à cozinha de Babette.

— Talvez a mesma pessoa que roubou o corpo de Babette do necrotério. Não pode ser mera coincidência ambos terem desaparecido na mesma época.

De novo, ele não responde.

A agitação domina meu peito e não consigo suportar o silêncio.

— Então... o assassino roubou o corpo dela *e* o grimório, e ele... o quê? — Gesticulo freneticamente para a lareira crepitante e para a xícara de chá fumegante. Mais de perto, consigo ver uma marca de batom vermelho na borda. — Escondeu-se nos aposentos de Babette e pediu a Pennelope que o acobertasse? Por que Pennelope *faria* isso? Ele matou a prima dela!

Michal se levanta devagar.

— É uma excelente pergunta — responde ele.

— A não ser que ele a tenha ameaçado.

É isso. Lógico. O assassino deve ter ameaçado Pennelope, por isso ela não nos contou sobre ele na hora e por isso ela...

Meu olhar recai outra vez no batom vermelho na borda da xícara de chá.

E por isso ela está tomando chá com ele.

— Você disse que Pennelope está no quarto ao lado com Jermaine. — Franzo a testa com a percepção e também me levanto. — Este chá não é dela.

— Michal balança a cabeça sem falar, ainda observando a porta interna. Instintivamente, eu me aproximo dele. *Nada* disso faz sentido. — Mas Mila

❧ 374 ❧

disse que o assassino... ela falou que tudo isso gira em torno de um *homem* envolto em trevas. Acha que ele usa batom?

— Acho que — declara Michal enfim, com a voz mais suave que já ouvi — cometemos um erro grave. — Ele se coloca entre mim e a porta, com as mãos em uma calma fingida ao lado do corpo, e levanta um pouco a voz. — Você pode sair agora, bruxa.

Fico paralisada atrás dele quando a porta se abre e uma mulher conhecida, de cabelos dourados, entra na sala. O horror em forma de bile sobe pela minha garganta. Porque não é Pennelope quem sorri para mim agora.

É Babette.

CAPÍTULO TRINTA E SEIS

Hora do chá

Babette segura uma adaga de prata em uma das mãos, e o sangue já escorre da dobra do outro cotovelo, onde — engulo em seco — o que parece ser uma pena de coruja se projeta do corte, com a haste enfiada logo abaixo da pele.

— Olá, Célie — cumprimenta ela em voz baixa. — Fiquei me perguntando se iria aparecer. — Ela faz uma pausa enquanto a encaro. — Você sempre foi mais inteligente do que seus irmãos.

O silêncio entre nós se estende por um bom tempo. Em algum lugar atrás de mim e de Michal, um relógio tiquetaqueia até que um toque anuncia as sete e meia da manhã. *Faltam trinta minutos para o amanhecer.* Embora minha garganta se esforce para falar, minha boca parece ter esquecido como formar palavras. Minha mente simplesmente não compreende o que meus olhos veem: Babette, sã e salva, *viva*, sem a pele pálida ou marcas de mordida no pescoço. Por fim, consigo sussurrar:

— Encontrei você morta no cemitério.

— Você me encontrou enfeitiçada no cemitério. — Ela dá um passo mais para dentro do cômodo, e minha mão procura o braço de Michal. Apesar disso, ele não se move. Não respira. Cada fibra de seu ser sobrenatural se fixa em Babette. Apontando com a cabeça para o livro que tenho em mãos, ela diz: — Basta misturar um raminho de beladona com o sangue de um amigo e a pessoa cai em um sono parecido com a morte por vinte e quatro horas. É um feitiço inteligente, na verdade... bastante raro e sem precedentes. Um dos melhores da La Voisin.

Uma dormência se espalha por minhas pernas e braços. O fato de Babette estar aqui, livre e calma, admitindo que fingiu a própria morte como se estivesse falando sobre o clima, não pode ser um bom sinal. Engulo em seco e olho disfarçadamente para a porta no teto. Poderíamos fugir pela lareira, lógico, mas os cortesãos estarão lá, talvez a própria Pennelope. Não.

Se conseguirmos passar por Babette de alguma maneira, teremos uma saída melhor para escapar. Mas primeiro...

— La Voisin está morta — comento. — Eu a vi morrer na Batalha de Cesarine.

— A obra dela segue viva.

— Você... — Eu me obrigo a contornar Michal, retesando meus membros com força a fim de parar de tremer — Você matou aquelas criaturas, Babette? — Meus olhos baixam sem querer para o grimório. Ele ainda sussurra para mim coisas horríveis que reconheço, mas não entendo direito. — Para... Para homenagear sua mestra? Está tentando trazê-la de volta?

Babette ri, um som radiante e animado que não combina com as circunstâncias. *Definitivamente não é um bom sinal.* Vestindo uma capa preta, ela não usa maquiagem, exceto nos lábios, vermelhos, e suas cicatrizes se destacam em relevo sem o pó. Com o cabelo dourado longe do rosto, as maçãs do rosto dela parecem mais proeminentes, quase descarnadas. Olheiras profundas marcam seus olhos.

— Conheço pouquíssimas bruxas que desejam homenagear nossa *mestra*. A maioria espera que ela ainda queime no inferno. — Ela dá outro passo. Eu me movo para a esquerda. — E eu não matei ninguém, meu bem. Nunca quis sujar as mãos com violência. Deixo isso para ele.

— Ele quem? — indaga Michal com uma voz glacial.

Babette dirige o olhar dourado para o rosto dele.

— O Necromante, é lógico.

Com isso, o grimório se *move* de verdade nas minhas mãos, tremendo de excitação, e eu o deixo cair com um gritinho, chutando-o para longe. Ele pousa em silêncio no tapete e se abre na página de *Um feitiço para ressuscitar os mortos.*

— Ah, meu Deus — murmuro enquanto as peças se encaixam.

Embora as palavras *Sangue da Morte* me encarem, minha visão se concentra no meu próprio nome, circulado mais de uma vez.

Ele quer o seu sangue, Célie.

O Necromante.

— É bem o oposto, eu acho — diz Babette com calma —, se alguém acredita nestas coisas. — Com uma careta, ela arranca a pena da carne, pingando sangue do cotovelo para o chão. Gira a pena entre dois dedos, contemplando-a. — É de uma coruja comum. Faz com que meus movimentos fiquem silenciosos, indetectáveis, até mesmo para os ouvidos de um vampiro.

— Quem é o Necromante? — pergunto.

— Não sei o nome dele. Não preciso saber.

Michal se desloca na minha frente de novo, em um movimento sutil. *Ótimo.* Isso nos deixa mais perto da escada.

— Você quer trazer sua irmã de volta — afirma ele. — Sylvie. A que morreu de doença do sangue.

Por uma fração de segundo, o rosto de Babette se contorce, igual ao de Pennelope.

— Entre outros. — Então as feições dela se suavizam mais uma vez — A doença do sangue se desenvolve devagar. Ela se demora nas vítimas, envenenando primeiro o corpo e depois a mente. Rouba a saúde, a própria juventude, até que o ar se torna denso nos pulmões e o vento dói na pele, parecendo adagas. Elas sufocam e definham. Sentem o sangue fervendo nas veias e não conseguem detê-lo porque não há cura. Apenas morte. Muitos tiram a própria vida para acabar com o tormento. — O olhar de Babette se fixa em mim. — Morgane le Blanc moldou a dor que infligiu à sua irmã de acordo com a dor que a minha Sylvie sofreu.

Aperto a manga da capa de Michal com uma das mãos e me esqueço completamente do meu plano de fuga.

— O quê? — indago.

— Filippa era uma carcaça depois que Morgane acabou com ela, não era? Assim como Sylvie.

Arregalo os olhos e fico de boca aberta, chocada. Porque ela está certa. Embora os meus pais tenham insistido em um caixão fechado para o funeral de Filippa, ninguém sabe mais intimamente do que eu o quão desfigurada ela estava quando a encontraram. Seus membros estavam retorcidos, a pele, amarelada e flácida; seu cabelo, branco. *Uma carcaça.*

— Minha irmã não merecia morrer daquele jeito — continua Babette com uma voz estranhamente calma, quase serena. Ela deixa a pena cair no chão. — E a sua?

Minha garganta ameaça fechar e, com as palavras dela, tudo o que consigo ver é a Filippa dos meus pesadelos: metade do rosto faltando, um sorriso largo e malévolo enquanto ela enfia o punho esquelético no meu peito. Seus dedos se fecham em volta do meu coração. Como se eu também sofresse da doença do sangue, de repente sinto dificuldade para respirar e, quando olho para baixo, a pele da minha mão parece enrugar.

Você gostaria disso, docinho? Gostaria de morrer?

— Nós vamos trazê-los de volta — declara Babette secamente.

Michal pode ouvir meu pulso disparar. Sei que pode. Ele move a mão para as costas, e olho para a sua palma lisa voltada para fora sem entender por um segundo, antes de perceber que Michal a está me oferecendo. Entrelaço meus dedos nos dele na mesma hora, com força. Pela primeira vez, meu toque parece igualmente frio.

— E você fingiu sua própria morte por quê? — questiona ele.

Babette o examina por tanto tempo que temo que ela não responda. Então...

— Porque a teoria de Jean Luc sobre um assassino de bruxas de sangue deixou o Necromante nervoso. — Ela se abaixa para apanhar o grimório do chão e o enfia no bolso da saia. — Porque Cosette nunca *acreditaria* que bruxas de sangue são capazes de matar umas às outras, nem mesmo depois do que aconteceu com a tia. Porque ele conhece tudo sobre *Les Éternels*, seu gosto por sangue, e acha que o mundo deveria saber sobre eles também. — Erguendo a adaga de prata quando Michal se move, ela diz: — Porque o rei deles é o suspeito perfeito. Depois do bilhete de Célie — ela aponta o queixo para mim com uma gratidão repugnante —, os Chasseurs se armaram até os dentes com prata. Estão convencidos de que *você* matou todas aquelas pobres criaturas, *roi sombre*. Então, você estar aqui com Célie se encaixa perfeitamente... quase perfeitamente demais. Vocês deixaram muitas testemunhas.

Como antes, não há satisfação em sua voz. Não há prazer. Apenas uma sensação tranquila de confiança, de calma, como um padre lendo as escrituras no púlpito. Já ouvi pessoas convictas assim antes, e nunca acaba bem. Gotas de suor frio grudam os fios de cabelo na minha nuca. Nós precisamos mesmo fugir agora. Olho de novo para a porta no teto.

— Testemunhas de *quê*? — indago.

Ela me olha quase com tristeza.

— Eu preferia que não fosse desse jeito, Célie. Preferia que pudesse ser qualquer outra pessoa, menos você. Sempre foi gentil e, por isso, gostaria que fosse qualquer um, menos eu... mas você viu a lista. — Embora ela não

379

ouse enfiar a mão no bolso de novo, não com Michal posicionado feito um lobo preparado para atacar, ela inclina a cabeça em direção ao grimório que guardou ali. — O feitiço clama pelo Sangue da Morte, e o Necromante tentou de tudo em busca dele. As bruxas são mortíferas o suficiente, com certeza, mas meu sangue não funcionou para o feitiço. Nem o sangue de um *loup-garou* ou de uma melusina. Até mesmo o sangue de uma vampira, por mais letal que ela fosse, não foi eficaz.

Neste momento Michal rosna e todos os planos de fuga caem por terra. Ele não vai fugir depois de ouvir aquilo.

— O Necromante quase desistiu depois disso — prossegue Babette. — Ele não percebeu que La Voisin havia colocado a palavra "Morte" com inicial maiúscula por um motivo. *A Morte.* — Ela sussurra a palavra com uma espécie de reverência macabra para alguém que planeja profaná-la. — Como a própria entidade, a criatura que existe além de toda crença e religião, além de todo espaço e tempo, que rouba a vida com um simples toque. Como o Necromante poderia saber? A Morte nunca foi vista por ninguém. Bem, aqueles que a viram não sobreviveram. — Ela inclina a cabeça para mim, curiosa. — O Necromante encontrou seu sangue por acaso, talvez por intervenção divina, e nós o testamos por impulso. Não podem imaginar a satisfação dele quando funcionou.

A satisfação dele.

Eu me forço a respirar. A *pensar.*

— O pátio de treinamento — recordo-me.

Os olhos dourados de Babette brilham ainda mais enquanto ela assente com a cabeça e dá outro passo em nossa direção.

— Não se aproxime — rosna Michal e, pela primeira vez desde que o conheci, ele parece totalmente desumanizado. Seu braço se move para trás, envolvendo minha cintura de maneira protetora, e eu me imobilizo por instinto. — Ou eu corto seu pescoço.

— Ele está falando sério, Babette — sussurro, a verdade das minhas palavras são um toque frio no meu peito. — Seja lá o que estiver planejando, não faça. Mesmo que *consiga* ressuscitar sua irmã, o feitiço vai te despedaçar. Olhe em volta! — Abro os braços, impotente, e imploro que ela entenda. Que ela *veja.* — Não percebeu? Nosso reino já adoeceu com a magia do Necromante, e os outros, até mesmo os mundos dos espíritos e dos mortos, também estão se corrompendo. Estão *apodrecendo*, se tornando algo tão sombrio e estranho quanto ele. É esse o mundo para o qual você quer trazer sua irmã?

Babette apenas se curva de novo, desta vez para pegar a xícara de chá lascada que já não solta vapor. Ainda assim, ela a leva aos lábios com a mesma compostura exagerada.

— Por que você, Célie? — Ela faz uma careta após engolir o chá frio. — Sabe me dizer por que o seu sangue completa o feitiço?

Eu hesito em responder, desconsolada, mas, se este Necromante já sabe que meu sangue completa o feitiço, o motivo não importa.

— Sou uma Noiva da Morte. A Morte... me tocou no caixão da minha irmã, mas me deixou ir. Eu não sei por quê.

Ela repete as palavras baixinho.

— Uma Noiva da Morte. Mas que... romântico. — As mãos dela tremem um pouco enquanto ela estende a xícara de chá para mim. — Aceita?

Eu franzo a testa.

— Hum... Não, obrigada.

Ela não abaixa a xícara.

— Peço desculpas pela lavanda. Foi um truque barato, mas não tive muito tempo de me preparar. Quando Pennelope me avisou da sua chegada, precisei tomar uma decisão rápida. Eu poderia ter fugido, lógico, mas você teria percebido quase de imediato que tinha gente nos meus aposentos. E o Necromante... ficaria furioso comigo. Ele pensou que precisaria esperar até a Véspera de Todos os Santos para te levar, Célie, cercada por seus amigos poderosos. Mas, em vez disso, aqui está você com o rei vampiro. As circunstâncias... são boas demais. Perfeitas. Não posso deixar você fugir agora. — Um líquido prateado enche os olhos demasiadamente brilhantes de Babette, se parece com lágrimas. Engolindo em seco, ela pisca para contê-las. — Quando encontrarem seu corpo sem sangue, todos saberão que ele matou você.

O braço de Michal me aperta e ele parece dividido entre atacar Babette e me carregar porta afora.

— Encontre outra pessoa — rebate ele com a mesma voz sombria.

De qualquer outra criatura, poderia soar como um apelo, mas Michal nunca foi uma presa. Ele é o predador, mesmo aqui, diante da bruxaria e da prata.

Porém, Babette não se acovarda.

— Não há outra pessoa.

— Célie não pode ser a única Noiva da Morte neste mundo. Encontre outra para ressuscitar sua irmã, ou irei caçá-la quando ela acordar. Infligirei tanta dor que ela vai desejar ficar doente de novo, e a Morte irá até ela de bom grado. Quando você tentar seguir pelo mesmo caminho, eu vou te transformar em vampira. Terá que viver como uma criatura morta-viva por toda a eternidade, para nunca mais poder olhar no rosto de sua irmã. Está me entendendo?

Surgem manchas avermelhadas na pele pálida de Babette após a ameaça — não, com a *promessa* —, e o remorso em seus olhos se transforma em fúria.

— Nós dois sabemos que vampiros podem morrer, *mon roi*. Você pode ameaçar minha irmã o quanto quiser, mas foi prata que ele usou na *sua* irmã para extrair cada gota de sangue. — O corpo de Michal estremece com o esforço físico para não se mover. A adaga de prata de Babette se junta à xícara de chá entre nós. As mãos dela não tremem mais. — Não tenho dúvidas de que você é mais rápido do que eu. Mais forte do que eu. É bem provável que esta adaga seja inútil contra você.

Michal fala entredentes:

— Vamos descobrir?

Apesar disso, ele não me solta.

— Foi por isso — continua Babette com um tom como se encerrasse a conversa — que eu quebrei o espelho da minha mãe e transformei os cacos em pó.

Tudo acontece muito rápido.

No mesmo instante em que meus olhos disparam para a lareira, para o espelho quebrado ali, ela joga a xícara de chá na cara de Michal. Apesar da expectativa de Babette, ele não se move rápido o suficiente — não *consegue* se mover tão rápido com um braço ainda em volta da minha cintura. Em vez disso, ele se vira parcialmente para se apoiar em mim. Para me *proteger*. O chá frio encharca o seu lado direito. A pele do rosto e do seu pescoço de Michal sibila com o contato, formando bolhas vermelhas enormes, mas é muito pior do que quando o arranhei no aviário. Arregalo os olhos, horrorizada. O sangue de Babette também devia estar naquele chá, porque a carne dele parece estar queimando, *derretendo*, e chamas de verdade tomam seu rosto, crepitando com risadas perversas. Embora eu agarre sua capa para abafá-las, as chamas só aumentam, e ele desaba sobre mim. Um de seus joelhos bate no chão.

— Célie — ele geme. — Para cima... *corra*.

— Michal!

Eu desmorono sob seu peso, enganchando meus braços sob seus ombros. Porque não posso simplesmente deixá-lo ali. *Não vou* fazer isso. Enquanto eu tento colocá-lo de pé, Babette vem em nossa direção com uma expressão determinada. Minha boca fica seca quando vejo o brilho de sua lâmina prateada.

— Não! — grito e agarro Michal com mãos frenéticas e desajeitadas, tentando rolar, tentando me levantar, mas não há nada que eu possa fazer a não ser gritar: — Babette, não, *por favor*!

Ela enfia a adaga fundo na lateral do corpo dele.

— Pare com isso! — Parcialmente soterrada sob Michal, soluçando, eu me aproximo dela, tentando alcançar a adaga, mas ela a enfia nas costelas dele de novo, e de novo, e de novo, até que a respiração dele sai como um guizo assustador em seu peito. — Babette, *pare*!

— Não quero machucar você, Célie. Eu nunca quis machucar ninguém. — Soltando a adaga, ela respira fundo, estremecendo, chorando de novo. Depois, Babette chuta Michal para longe de mim. A cabeça dele bate no chão de madeira com um baque, e as chamas finalmente se apagam. — Eu sinto muito. Gostaria que pudesse ser qualquer um em vez de você.

Ela passa um dedo pela ferida no cotovelo, então se ajoelha ao meu lado e leva esse dedo aos meus lábios. *Não*. Minha boca se fecha quando enfim entendo. A magia de uma Dame Rouge jaz em seu sangue; se eu ingerir o de Babette, ela conseguirá me controlar, de modo muito parecido com a compulsão de um vampiro. Sob a influência dela, deixarei Michal morrer sem pensar duas vezes e irei direto para os braços do Necromante.

Não. Não, não, não...

Grunhindo, eu agarro o pulso dela e a empurro com todas as minhas forças. Meus braços tremem com o esforço; meu peito arfa. Mas eu nunca fui muito forte e logo posso sentir o cheiro pungente do sangue dela debaixo do meu nariz. O cheiro de suas lágrimas.

383

— Você não precisa fazer isso, Babette...

— Sinto muito, Célie.

A voz de Babette chega a falhar ao pronunciar o meu nome e, nesse instante, quase acredito nela. A bruxa repete as palavras até que elas se fundem, ecoando de um jeito delirante nos meus ouvidos. *Sinto muito, sinto muito, sinto muito, Célie, sinto muito.* Quando ela empurra com mais força, eu caio para trás, desabando pesadamente no tapete perto de Michal. Os lindos olhos pretos me encaram sem enxergar. Travo a mandíbula e balanço a cabeça com mais lágrimas amargas e sem esperança. Elas escorrem pelo meu cabelo e embaçam minha visão, até que a escada em espiral escoa para o teto, que escoa para a porta, que se abre de repente.

Babette se vira, incrédula, quando dois rostos idênticos aparecem na sala.

Sempre notamos quando os filhos da noite nos fazem uma visita, disse Pennelope. *Mais duas acabaram de chegar lá em cima.*

Dimitri e Odessa.

Embora eu queira gritar de alívio — porque eles estão aqui, eles estão aqui, *eles estão aqui* —, não ouso abrir a boca. Acima de mim, os olhos de Babette se arregalam com um medo genuíno.

— Não — murmura a bruxa.

Sua força vacila quando Dimitri e Odessa avançam, eu tiro o máximo de proveito disso, lançando meu joelho na barriga de Babette. Ela grita quando Dimitri a agarra, quase arrancando o braço dela e jogando-a do outro lado do cômodo. Ainda gritando, ela colide com a poltrona florida, que estala ameaçadoramente embaixo dela. Odessa se agacha ao lado de Michal. A vampira passa as mãos sobre os ferimentos dele por meio segundo, os olhos dela arregalados e chocados, antes de o pegar no colo e subir a escada correndo. Um alívio renovado toma conta de mim quando eles desaparecem, enquanto luto para ficar de pé e apanho a adaga de prata do chão. As lágrimas ainda escorrem sem parar pelo meu rosto.

Odessa irá ajudá-lo. Ele está seguro agora.

— Você está machucada? — pergunta Dimitri sem olhar para mim.

— Eu... Eu acho que estou bem, mas...

— Precisa ir com os outros. — As mãos dele se fecham em punhos enquanto ele encara o corpo prostrado de Babette. — Está quase amanhecendo.

Olho ansiosa para as costas dele, para a linha tensa de seu pescoço. Babette quer me matar, sim, ela fez o possível para matar Michal, mas... mas...

— Ela tem prata na corrente sanguínea — aviso a ele depressa. — Estava no chá.

Ele não diz nada.

— E o sangue de uma Dame Rouge é veneno para os inimigos. Se você beber, vai...

— Eu disse para *ir embora* — rosna ele com uma mordacidade surpreendente, indicando a escada com a cabeça. — *Agora!*

Embora eu me sobressalte um pouco, magoada, corro para obedecê-lo, passando por Babette e atravessando o cômodo. Por uma fração de segundo, os olhos dela disparam até mim como se quisesse me seguir. Porém, Dimitri observa meus passos esperando até que eu empurre a porta no teto antes de murmurar:

— Foi muita burrice deixar Michal vivo. Você fez um inimigo poderoso hoje.

Deixar Michal vivo.

Minha cabeça se volta de súbito para ele. Por alguma razão, as palavras eriçam os pelos da minha nuca. O *rosto* dele... assim como aconteceu com Michal, eu nunca vi Dimitri parecer tão *cruel*. Seus lábios se contorcem sobre as presas e a luz do fogo lança sombras profundas em seus olhos intensos. Eles parecem famintos. Estranhos. O rapaz doce e charmoso com covinhas se foi; em seu lugar está um vampiro em sua forma plena.

Com os braços trêmulos, mantenho a porta aberta e fico ali, contra o meu bom senso, observando Babette se levantar da poltrona quebrada. Quando o olhar dela vai de Dimitri para a porta atrás dele, para a porta que leva a Les Abysses, um novo pânico toma conta de mim. Alguém pode ter ouvido seus gritos. A qualquer momento, Pennelope e os outros cortesãos podem nos atacar. Eu deveria ir embora; seguir Odessa até o Paraíso; ajudá-la com Michal da melhor maneira possível. E mesmo assim...

— Ele já era meu inimigo — revela Babette com a voz trêmula enquanto Dimitri começa a rodeá-la.

Franzo a testa. Ela teme Dimitri de uma maneira que não temia Michal. Ela não segura mais a adaga de prata ou o chá de prata, lógico, mas ainda é uma bruxa de sangue. A dobra de seu cotovelo continua sangrando livremente.

❧ 385 ❧

— Agora ele também sabe disso — retruca Dimitri. — Depois que Michal se curar, vai caçar você e não vai parar até que esteja morta.

Ela ergue o queixo.

— Ele não vai me encontrar de novo.

— Não posso correr esse risco. — Ele fica parado na frente dela. — Me dê o livro, Babette.

Solto o ar com força, porque *Dimitri sabe sobre o grimório*, mas nenhum dos dois parece notar minha presença. Meus braços doem com o peso da porta acima de mim.

— Você nunca vai ter o livro — sussurra ela, desesperada. — *Nunca.*

Quando Dimitri dá um passo à frente em uma ameaça silenciosa, ela endireita os ombros e inspira fundo, preparando-se para fazer a única coisa que pode...

Ela grita outra vez. Um grito estridente e penetrante que corta paredes e portas como uma faca na manteiga. Ao ouvi-lo, escorrego e despenco vários degraus, e a porta que estou segurando se fecha.

Se ninguém a ouviu antes, com certeza ouviu *aquilo.*

— Dimitri! — exclamo.

Jogando a cautela para o alto, desço os últimos degraus, derrapando e parando bem perto dele. Relutante em chegar muito perto. Achei que ele quisesse beber o sangue de Babette, punir uma bruxa por prejudicar sua família, mas agora... agora eu não sei. É óbvio que ele a conhece de outra maneira e, pior... ele também sabe sobre o grimório. Dimitri não apenas sabe sobre ele, como também o *quer*, e... e... eu aperto a adaga dela como um escudo na minha frente, sem querer pensar no restante. Eu não estou entendendo nada. Não faz *sentido*, e eu deveria ter ido embora quando tive a chance. Pennelope chegará a qualquer instante e, juntas, ela e Babette conseguirão dominar Dimitri. Elas irão me perseguir, me capturar e... *não.*

Dimitri é minha maneira mais rápida de escapar. A *única* maneira de escapar. Aponto a adaga com ênfase para a escada.

— Precisamos ir embora. Por favor.

Ele não diz nada por mais alguns segundos, seus olhos cravados nos de Babette com uma promessa de violência. Ele ainda não a ataca, porém, nós tampouco fugimos.

— Dimitri — chamo de novo, desta vez, implorando. Quando mesmo assim ele não se move, preso em uma batalha silenciosa com Babette, eu me

❖ 386 ❖

forço a tocar seu braço. *Este é Dimitri*, penso intensa e desesperadamente. *Ele levou repolho e ovos para mim, e deve haver uma explicação para tudo isso.* — Por favor, *por favor*, Dima, vamos embora.

Como se fosse uma deixa, a maçaneta atrás de nós começa a girar e a voz abafada de Pennelope ecoa de repente pelo cômodo.

— Babette? Você está bem?

Por fim, Dimitri solta o ar, rangendo os dentes, e fecha os olhos, deixando sua expressão vazia. Quando ele os abre outra vez, o brilho familiar voltou, mas agora parece diferente. Parece calculista. Talvez sempre tenha sido assim. Talvez eu quisesse tanto um amigo que não reparei.

— Minhas desculpas, mademoiselle. — Ele pisca e me oferece a mão, e hesito apenas um segundo antes de segurá-la. Ele me pega em seus braços no momento em que Pennelope irrompe no cômodo. Os olhos dela assimilam a cena de imediato. Rosnando, ela levanta as mãos sangrando, mas já estamos no alto da escada, no teto. Dimitri dirige a ela um sorriso encantador com covinhas enquanto abre a porta. Depois, ele olha para Babette. — Espero que você fuja para longe e depressa, *chérie* — diz a ela, e a visão de suas covinhas me provoca um novo arrepio. — Porque se Michal não a encontrar, eu vou.

❧ 387 ❧

CAPÍTULO TRINTA E SETE

O beijo de um vampiro

O Paraíso passa em uma torrente de nuvens sedosas e pisos de mármore. Consigo captar as últimas notas da canção das melusinas antes que todo o edifício pareça se contrair, como um elástico sendo puxado e liberado, e nos expulsar por outra porta estranha perto do teto. Dimitri pragueja e aperta os braços em volta de mim enquanto cambaleamos pelo telhado. A porta desaparece atrás de nós como se nunca tivesse existido.

Os clientes não podem permanecer em Les Abysses após o amanhecer.

No segundo seguinte, os primeiros raios de sol surgem no horizonte.

Assim que tocam Dimitri, eles queimam sua pele e ele xinga de novo, palavrões de baixo calão desta vez, escondendo-se na sombra de uma parede próxima.

— Segure-se — pede ele, e consigo jogar os braços em volta de seu pescoço antes que ele salte para a parede lateral de um telhado ao lado.

O vidro de uma janela estreita está quebrado. Dimitri passa por ela assim que sua pele começa a fumegar.

Lá dentro, Odessa se agacha sobre Michal, que está deitado completamente imóvel no que parece ser o piso de um sótão.

Metade de seu rosto permanece queimada e escurecida de um jeito horrível, e sangue brilha nos cortes em sua capa de couro. Também encharca as tábuas empoeiradas do assoalho, manchando a madeira velha no formato de uma auréola. A luz cinza-claro difunde toda a cena em uma espécie de pesadelo etéreo. Mesmo queimado e destroçado, Michal parece um anjo caído depois que Deus arrancou suas asas.

Eu me desvencilho dos braços de Dimitri, ansiosa para fugir dele, eu me agacho no chão ao lado de Odessa.

— Por que ele não está se curando? — pergunto.

— Você não disse que a bruxa colocou prata no chá? — Dimitri me segue como se estivesse preocupado e franze a testa quando eu me afasto

❈ 388 ❈

dele. *Tudo bem.* Ele vai fingir que a conversa que teve com Babette nunca aconteceu. De fato, ele ergue as mãos em um gesto apaziguador e força uma risada confusa. Seu olhar recai sobre a adaga de prata no meu punho. — E esta lâmina não é de algodão-doce, Célie.

— Mademoiselle Tremblay — corrijo.

Os olhos dele se arregalam.

— Está revogando nossos privilégios de amizade?

— Podemos não falar sobre isso agora?

— Bem, eu *acabei* de salvar sua vida...

— Michal precisa de sangue — declara Odessa, ríspida, ignorando nós dois. Através da janela quebrada, a luz do sol penetra de maneira gradual ao longo do piso. — Esta casa pertence a humanos... dois humanos. Consigo ouvi-los dormindo lá embaixo. Dima, traga-os para nós e esconda-se no porão. — Ela fixa os olhos nos dele. — Eu chamo quando acabar.

O sorriso de Dimitri vacila e ele desvia o olhar de mim para fazer uma careta para sua irmã.

— Eu consigo me controlar...

— Não, não consegue — Odessa nega com a cabeça de forma enérgica — e não temos tempo para discutir. Se você tiver um ataque e matar essas pessoas, Michal também morrerá. Ele não vai resistir até o anoitecer, até encontrar algo fresco.

Até encontrar algo fresco. Meu estômago se revira.

— Vocês vão... entregá-los ao Michal? Os moradores desta casa? — Quando Odessa assente, eu pergunto estupidamente: — Ele vai beber o sangue deles?

Ela aponta o queixo em direção à porta. Cadeiras de madeira estão empilhadas contra as paredes, junto a caixas de chapéu e baús cobertos de teias de aranha.

— Pode se juntar a Dimitri no porão, se desejar. Isto aqui não é para quem tem coração mole.

— Eu não tenho *coração mole*. Eu só... Ele vai matá-los?

— Provavelmente.

— Mas eles são inocentes. — De modo inconsciente, imagino as pessoas dormindo lá embaixo, talvez um casal de idosos, jovens e apaixonados, ou talvez nem seja um casal, mas uma mãe e o filho. A bile sobe na minha garganta. Vou até o baú, agitada, incapaz de ficar parada por mais tempo, e o abro. Há travesseiros e cobertores bem dobrados dentro dele. Agarrando um de cada, corro de volta pelo cômodo. — Eles não fizeram nada de errado, nada que merecesse um destino tão... cruel e bizarro.

— Cruel e bizarro? — repete Odessa, incrédula. — Somos *vampiros*, Célie. Prefere que Michal morra?

— Lógico que não, mas...

— Tem outra sugestão, então?

Incapaz de olhar para ela, para Dimitri, ou para *qualquer pessoa*, enfio o cobertor na fresta acima da janela, mergulhando o sótão escuro de novo. Em silêncio. Aperto o travesseiro entre as palmas úmidas, e as palavras que se acumulam no meu peito explodem em uma expiração dolorosa.

— Ele pode beber o meu — declaro.

Os gêmeos Petrov me encaram com expressões idênticas de descrença.

— Você não me ouviu? — As sobrancelhas de Odessa sobem cada vez mais. — Você poderia morrer.

Nossa pitonisa certa vez previu que eu tomaria uma noiva não muito diferente de você.

Ela também previu que eu iria matá-la.

Endireito minha postura, decidida.

— Não vou deixar Michal matar ninguém.

— Não seja estúpida — rebate Dimitri, de repente com a voz séria, e corre para se postar entre mim e Michal, bloqueando meu caminho. — Você não tem chance alguma. Se Michal beber o seu sangue, o instinto dele assumirá o controle e ele sugará cada gota do seu corpo. Quando ele acordar, segurando seu cadáver nos braços, vai arrancar nossos corações em vingança e matar os humanos por puro ódio. É isso que você quer? Uma casa cheia de cadáveres?

Ele não é você, quero gritar, mas mordo a língua. Não sei nada sobre Dimitri, não de verdade, exceto que ele tem muitas faces. Talvez esta seja a verdadeira. Talvez o frenesi por sangue não seja culpa dele. Pelo que sei, pode ser hereditário, o que significa que Michal *pode* perder o controle ao provar meu sangue.

— Não vou deixar pessoas inocentes morrerem — insisto. Erguendo a adaga de prata, acrescento com veemência: — E também não vou deixar Michal perder o controle.

— Acha que pode parar o Michal? — Dimitri aperta a ponte do nariz como se estivesse com dor. — É evidente que nunca deu sangue a um vampiro. Você não vai *querer* parar o Michal, Célie. Vai implorar para que ele sugue com tudo e, quando perceber que está morrendo... *se* perceber... será tarde demais.

— Saia do meu caminho. — Passo por ele, tomando cuidado para manter a prata entre nós, fico de joelhos ao lado de Michal e ponho o travesseiro sob sua cabeça pálida. — Já me decidi.

Odessa agarra meu pulso antes que eu possa cortar a palma da mão.

— Tem certeza de que quer fazer isso, Célie? — Embora seus olhos sejam astutos, escuros e idênticos aos de seu irmão, eu me obrigo a encará-la. Ela não é Dimitri. Ela não deixou o corpo de Mila no lixo, não exigiu o grimório de uma bruxa de sangue, da mesma bruxa que tentou matar Michal, que admitiu ter trabalhado com o assassino de Mila. — Dima tem razão. Nenhum de nós será capaz de parar o Michal se ele perder o controle. Ele *poderia* matar você. Está mesmo preparada para se sacrificar?

— Não vou deixar pessoas inocentes morrerem — repito com teimosia.

Odessa me encara por mais um segundo.

— Tudo bem — cede ela. — Mas use isto para fazer o corte, ou a prata vai envenenar o seu sangue. — Ela tira um grampo dourado afiado do cabelo e o joga para mim antes de se levantar depressa e arrastar Dimitri até a porta. Ele estaca. — Ainda quero que você espere no porão — pede ela em voz baixa. — Vou compelir os humanos a irem embora antes de me juntar a você. — Como se antecipasse meu argumento, ela acrescenta exasperada: — Não podemos voltar a Réquiem antes do anoitecer, e duvido que fossem gostar de ter vampiros rastejando no sótão deles o dia todo. Além disso, Michal precisará descansar. — Ela esfrega a têmpora com uma das mãos, arrastando Dimitri para fora com a outra. — Ele teve muita sorte de termos seguido vocês. Caso contrário, os dois estariam mortos.

— Por que você nos seguiu?

— Eu não segui — responde ela com franqueza. — Foi meu irmão, e eu *o* segui contra meu bom senso.

Ao mesmo tempo, olhamos para Dimitri, que balança a cabeça em uma decepção amarga e para de resistir.

— Somos amigos, mademoiselle Tremblay, e Michal... ele não está pensando direito. — Ele me dirige um olhar sombrio. — Nenhum de nós está.

— Um fato comprovado quando Michal permitiu que uma bruxa de sangue o vencesse — comenta Odessa. Parecendo indignada, ela abre a porta. — Se alguém em Réquiem ficar sabendo disso, haverá motins nas ruas. Espero que Michal esteja preparado para sofrer as consequências dos próprios atos.

Meu coração se revira no peito. Quando eu abro a boca para contar exatamente o que aconteceu, para explicar, ela empurra Dimitri para fora do cômodo antes que eu consiga forçar as palavras a saírem. Porque... Meu olhar se volta para o rosto desfigurado de Michal, para as manchas de sangue que envolvem seu corpo... e afrouxo o aperto na adaga. Porque ele não teria sido vencido se não fosse por mim.

— Você é um idiota — digo a ele, apoiando sua cabeça no meu colo. — O chá dela não teria *me* machucado.

Se bem que, na verdade, teria.

Babette batizou o chá com o próprio sangue e, se Michal não tivesse se virado, poderia ter sido a minha pele em chamas em vez da dele. Será que ele sentiu o cheiro do veneno? Se sentiu, por que *raios* me protegeu? Posso ser uma Noiva, sim, e a única conexão que ele tem com Mila, mas sua irmã já se recusou a ajudá-lo, e ele não *precisaria* da ajuda dela se tivesse capturado Babette em vez disso.

— Um idiota — repito com a voz rouca, mas meu peito traiçoeiro se aquece mesmo assim.

Respirando fundo, passo a ponta do grampo dourado no meu pulso.

O sangue jorra de imediato, intenso e brilhante mesmo na escuridão, e eu faço uma careta. Quantas vezes vi Coco e Lou tirarem o próprio sangue? Nenhuma das duas jamais disse como *dói*. Ainda assim, fecho a mão em punho, permitindo que o fluxo de sangue aumente. Mais depressa. Preparando-me para a onda de sensações que está por vir. Não acho que vá doer... Arielle não gemeu de *dor*. Porém, a ansiedade aperta minha garganta mesmo assim. Estou prestes a cruzar mais uma linha.

Ele não vai resistir até o anoitecer.

Soltando o alfinete e pegando a adaga, abaixo meu pulso até a boca de Michal.

Quando ele não se move, forço seus lábios a se abrirem e empurro o sangue mais fundo em sua língua.

— Vamos, Michal. — Fecho o punho de novo e me inclino para mais perto, puxando-o mais para cima do meu colo. Procurando por qualquer sinal de vida. O tremor de um olho sob a pálpebra ou o movimento de um dedo. Nada acontece. Odessa teria superestimado quanto tempo lhe restava? Franzindo a testa, afasto o pensamento depressa. Os vampiros no aviário... eles meio que definharam e envelheceram quando Michal os matou, e ele continua perfeito, exceto pelos ferimentos. Eu o embalo de leve. — Vamos, Michal. Beba o sangue e acorde. Acorde, acorde, *acorde*...

A mão dele agarra meu pulso.

Arquejando com a pressão repentina, resisto à vontade de me afastar, mesmo quando sinto duas pontadas de dor enquanto seus dentes afundam na minha pele.

— *Ah.* — Meus olhos se arregalam quando a outra mão se junta à primeira. Ele me puxa para mais perto, morde com mais força, e isso... definitivamente dói. — Michal. — Empurro sua cabeça de leve, hesitando quando as queimaduras no seu rosto começam a cicatrizar. As bolhas vão clareando, desaparecendo na pele fria. — *Michal*...

Seus olhos se abrem de súbito — pretos, vazios e totalmente estranhos — e, no instante em que eles se conectam com os meus, a dor latejante no meu pulso se dissolve em um calor líquido. *Ah, meu Deus.* Minha adaga cai no chão enquanto um gemido sobe aos meus lábios e a boca dele suga com mais força ao ouvir o som. Meus músculos se contraem agitados. Meus quadris se movem para a frente. Em um movimento suave, quase lânguido, ele se vira no meu colo, esticando minhas pernas com um braço e me pressionando no chão, subindo devagar por cima do meu corpo.

— M-Michal...

Com a respiração baixa e irregular, ele interrompe a sucção no meu pulso para me observar com atenção.

— Célie.

Meu sangue mancha sua boca de um vermelho intenso. Ele escorre pela minha mão e se mistura com o dele no chão. Com um suspiro de satisfação, ele acaricia a curva do meu ombro com o nariz, sentindo o gosto da minha pele ali também. Seus lábios roçam minha pulsação frenética até que eu es-

≈ 393 ≈

tico meu pescoço para cima, até me arquear contra ele, para ele, desesperada para aliviar essa grande *ânsia* pulsante dentro de mim.

Se ele não me tocar logo, me tocar *de verdade*, acho que posso morrer.

— Michal, por favor, *por favor...*

Eu arranho suas costas, incapaz de parar e, ao ouvir minha voz falhar, ele se afasta para me observar mais uma vez, fascinado. Um soluço sai da minha garganta. Embora seus olhos permaneçam profundos e diferentes, ele leva meu pulso à boca, beijando-o com suavidade e murmurando:

— Não chore, *moje sunce*. Nunca chore.

Mesmo que eu entendesse, não conseguiria responder. Eu não consigo falar. Não consigo me lembrar do meu próprio *nome*.

Erguendo-me para beijá-lo, esmago seus lábios contra os meus e sua boca é quente e fria ao mesmo tempo — e em todos os lugares. Ele está em *todos os lugares*. Seus quadris pressionam os meus, seus dentes mordiscam meu lábio inferior e suas mãos envolvem meu rosto, meu pescoço, meus ombros, seguindo para baixo até que eu me afasto, me contorcendo e ofegando. Algo muda nos olhos de Michal. Com um estrondo baixo e possessivo em seu peito, que sinto da cabeça até os dedos dos pés, ele crava os dentes no meu pescoço.

CAPÍTULO TRINTA E OITO

Santa Célie

O branco explode como estrelas na minha visão. Brilhante. Ofuscante. Não consigo mais ver nada, não consigo nem respirar. Sou apenas uma sensação, quente e abrasadora, enquanto a palma da mão de Michal desliza pela pele lisa da minha coxa. No entanto, as estrelas desaparecem depressa com cada movimento de sua boca, e a escuridão se espalha feito um bálsamo refrescante pelos cantos dos meus olhos. Suspiro de alívio. De contentamento. Eu me arqueio mais uma vez contra ele, deslizo a mão pelo seu cabelo sedoso antes de deixá-la cair no chão ao meu lado. Ela encosta em algo frio. Duro.

Acha que pode parar o Michal? Embora eu faça uma carranca diante do pensamento intrusivo, ele dança para longe de mim, sendo substituído por outro muito mais lento e sonolento. Muito mais fácil de capturar. *Você não vai* querer *parar o Michal, Célie.*

Outro gemido sobe aos meus lábios.

Acima de mim, Michal enrijece com o som e solta minha perna como se eu o tivesse queimado. Erguendo-se para trás, com os joelhos em cada lado de mim, ele pisca depressa. Por uma fração de segundo, a confusão brilha crua e nítida em seus olhos escuros. Incredulidade. Choque. Embora eu sorria para tranquilizá-lo, minha mente permanece agradavelmente embaralhada, e seu olhar desce para o meu pescoço antes que eu possa pensar em pará-lo. Seu rosto se contorce de repulsa.

Meu sorriso vacila um pouco.

— Algo errado?

— *Errado?* — A garganta de Michal se move como se ele não fosse capaz de falar. Ele levanta as mãos como se estivesse com medo de me tocar. — Por acaso eu...? Diga-me que eu não forcei...

Percebo o que está acontecendo com dois segundos de atraso e meu sorriso desaparece por completo quando a realidade despenca com tudo na minha cabeça.

— Ah, meu Deus, não! *Não*. Você não me forçou a fazer nada. Eu... Eu me *ofereci*.

Embora eu coloque a mão sobre o ferimento para escondê-lo, isso pouco contribui para reduzir o estrago, e eu não conseguiria esconder todo o sangue de qualquer maneira. Ele ainda brilha fluido e escuro no meu vestido. Mancha as mãos dele, a minha pele, o chão ao nosso redor e... e o cômodo começa a girar enquanto olho para todos os lados. A expressão de Michal fica mais severa quando ele também assimila a cena.

— Como... Como *você* está? — pergunto depressa, me apoiando no cotovelo. O movimento faz a adaga de prata sair rodando e me encolho quando Michal acompanha sua trajetória pelo sótão. — Está se sentindo melhor? Não me leve a mal, mas você ficou péssimo por um momento. Mas o que *estou* dizendo? É óbvio que ficou. Babette deve ter esfaqueado você mais de dez vezes...

Mas Michal está se recuperando agora. Seus olhos começam a se fechar, e ele luta para recuperar o controle de suas feições, para forçá-las a voltar àquela máscara horrível e indecifrável. Como se eu não tivesse falado nada, ele pega minha mão do meu pescoço, o que infelizmente revela a marca de mordida no meu pulso.

— Não é nada — solto apressada, puxando a manga para baixo a fim de esconder o ferimento. — Também não d-doeu. Você não perdeu o controle.

— Como é que é?

Recuo um pouco diante do lampejo nos olhos dele.

— Eu... Eu disse que você não perdeu o controle. Foi um elogio.

— Ah. Foi um elogio. — Ele se inclina para a frente agora, os músculos no pescoço se esticando. Apesar da nossa proximidade, sua voz fica tão baixa que quase não consigo ouvi-lo. — Você tem ideia de como é sortuda, Célie? Tem a mínima ideia de como é *estúpida*? — Ele rosna a última palavra, e fico parada, assustada. — Eu poderia ter matado você... poderia ter feito *pior* do que matar você... E quer elogiar meu autocontrole? Acha que eu nunca iria machucá-la? Eu sou um *vampiro* e você se ofereceu como um cordeiro para o abate. E se eu não tivesse parado? E se eu tivesse tirado mais do que você queria dar?

Diante do tom e da expressão de Michal, meu olhar se volta por instinto para a adaga, que jaz completamente inútil ao lado de um manequim comido pelas traças, não que a adaga tenha ajudado para início de conversa. Meu estômago revira em náuseas com o aviso de Dimitri, com minha própria confiança imprudente de que eu poderia subjugar um vampiro, ainda mais um vampiro como Michal. *Você não vai* querer *parar o Michal, Célie. Vai implorar para que ele sugue tudo.* O último resquício da névoa agradável em meus pensamentos se dissipa, deixando-me com frio e humilhada no chão sujo do sótão. Como Michal ainda me olha, na expectativa, murmuro:

— Eu estava preparada.

— Preparada?

Ele se levanta de repente e atravessa o cômodo com uma velocidade sobrenatural, agarrando a adaga e empurrando-a na palma da minha mão. Quando hesito em aceitá-la — porque, sério, de que adianta? —, ele fecha meus dedos em torno do cabo prateado e frio e me coloca de pé.

— E como essas *preparações* funcionaram para você? — pergunta ele.

Eu me forço a levantar o queixo, a encontrar seus olhos.

— Como eu disse, você não perdeu o controle.

— Eu poderia...

— Mas *não* fez.

Como antes, do lado de fora da lareira de Babette, estamos frente a frente, mas Michal não sorri mais. Não... com a adaga de prata ainda entre nós, ele parece pronto para me jogar por cima do ombro e navegar direto para Réquiem, onde imagino que uma cela úmida infestada de ratos me aguarda. Na verdade, os lábios dele se repuxam sobre os dentes com a minha obstinação, e suas *bochechas* — em geral, pálidas — ficam coradas com fúria e sangue fresco. *Meu* sangue. Desvio o olhar depressa, determinada a esquecer os últimos dez minutos, ou talvez as últimas dez *horas*, da minha vida. Por mim, elas nunca aconteceram.

— Espero que possamos encontrar vinagre branco na despensa. Se diluirmos o sangue antes que coagule, poderemos até evitar deixar manchas no piso deste pobre casal.

Michal deixa cair meu pulso com desgosto, caminhando até a janela como se estivesse louco para se afastar de mim.

— Como escapamos de Les Abysses?

Reprimo a vontade de dar uma resposta atravessada.

— Odessa e Dimitri — respondo.

397

— Eles nos trouxeram aqui?

— Sim.

— Pediram que você me curasse?

— Não. — Novas estrelas surgem na minha visão quando balanço a cabeça e enfio a adaga no bolso com tanta força que rasgo o tecido. — Eles queriam que você bebesse dos humanos lá embaixo, mas eu não deixei.

— *Por que não?*

— Odessa disse que você poderia matá-los — encaro suas costas rígidas, recusando-me a me sentir mais tola do que já me sinto — e eles não mereciam morrer só porque caímos em uma armadilha.

Com uma velocidade surpreendente, ele agarra o lençol com os punhos, os braços retesados e contidos.

— Então, *óbvio*, você preferiu que eu a matasse.

— Lógico que não, mas...

— Você tem mesmo um desejo fodido de morrer.

Há um instante de silêncio. Então...

O sótão se inclina enquanto avanço em direção a ele, o choque se mistura com a raiva nauseante no meu estômago. Ele acabou de... ele falou um *palavrão* para mim. Ninguém nunca falou palavrão para mim, e... como Michal ousa falar assim comigo? Não fiz nada de errado, exceto salvar sua vida maldita. Como ele ousa me tratar como se eu tivesse cometido algum crime hediondo? Embora eu pretenda agarrá-lo, sacudi-lo, cambaleio precariamente depois de apenas dois passos e, em vez disso, preciso agarrar um baú próximo para me equilibrar.

— Pare com isso — esbravejo. — Se não fosse por mim, você estaria morto, jogado no chão. Poderia demonstrar um pouco mais de gratidão.

— Não estou grato — retruca ele com rispidez. — Se você fizer isso de novo, eu mato você só de raiva.

— Essa é uma ameaça vazia, Michal Vasiliev, e nós dois sabemos disso. Agora, se já parou com a *pirraça*, eu agradeceria se você pudesse retribuir o favor e me curar. Sei como se sente em relação a humanos beberem sangue de vampiro, mas dadas as circunstâncias...

— Dadas as circunstâncias, você merece mais do que tontura. — Ele respira fundo como se tentasse se acalmar, mas depois pragueja de novo, arrancando a capa de couro e atirando por cima do ombro. Ela cai com um estalo molhado aos meus pés. Sangue fresco... provavelmente meu... respinga por toda a barra do meu vestido. A voz de Michal é baixa e cruel quando volta a falar: — Afinal, o povo apedrejou Santo Estêvão até a morte, e São Lourenço enfrentou um braseiro ardente. Eu poderia providenciar um dos dois quando voltarmos a Réquiem, mas talvez você prefira pular as preliminares e ir direto para a crucificação, certo?

Minhas unhas cravam fundo na madeira.

— Você acha que eu quero ser uma *mártir*?

— Acho que é o seu maior desejo.

— Você não sabe nada sobre mim.

— Nem você, pelo jeito — ele rosna para a janela —, se acha que se sacrificar por aqueles humanos tinha alguma coisa a ver com eles. Como aconteceu com seus antecessores, tinha tudo a ver com *você* e com o seu desejo de provar que é digna de algum prêmio imaginário... neste caso, a *morte*. Será necessário chegar a esse ponto? Vai ter que morrer para que eles a vejam como algo mais do que apenas uma linda boneca de porcelana?

Minha boca se abre com indignação. Com *perplexidade*.

— Como você...? *O que* acabou de dizer?

— Não foi por isso que você fugiu sozinha para o Parque Brindelle? Para encontrar o assassino à solta antes dos outros? — Ele ainda se recusa a me encarar, com as mãos fechadas no lençol. — Se não fosse para salvar seus amigos com bravura, por que outro motivo se esgueiraria por ruas infestadas de vampiros para enviar uma carta? Eles sequer ficariam de luto por você se o pior acontecesse?

— É lógico que meus amigos ficariam...

— Tem certeza? — Enfim, ele se vira, movendo-se tão depressa que o lençol forma um turbilhão atrás dele. Seus olhos escuros penetram os meus. — Você já provou ser bondosa o suficiente? Altruísta o suficiente? Talvez devesse enfiar a cabeça na boca de um *loup-garou* faminto da próxima vez. Afinal, o coitado está com dor de dente, e isso mostraria a todos como você é corajosa, não é? Como é competente.

Eu recuo um passo.

— Isso não é...

— E, se ele a morder... porque, no fundo, você sabia que ele iria morder, bem, pelo menos tentou ajudar alguém necessitado. — A voz de Michal fica

399

mais alta a cada palavra, mais irritada, e ele caminha na minha direção como uma tempestade se formando no horizonte. — Talvez seus amigos se lembrem disso no seu funeral. Talvez chorem e percebam como foram burros por subestimar você. É isso que você quer, não é? A aprovação deles. — Embora eu abra a boca para negar uma alegação tão *ridícula*, ele fala por cima de mim mais uma vez: — Ou talvez seja a *sua* aprovação que você está tão desesperada para merecer. Talvez seja *você* quem se vê como uma linda bonequinha, não eles.

— Pare com isso! — Bato minhas panturrilhas no baú e deslizo minhas mãos pela madeira, úmidas e frias, enquanto o ódio venenoso percorre meu estômago em ondas. Nunca me senti assim: como se uma criatura maligna tivesse se escancarado dentro de mim e, se eu não atacar, se eu não revidar, morder, *ferir*, o veneno dela me matará. — Você não vai me tratar assim — sibilo. — Todo mundo me trata assim... como se eu fosse pequena e estúpida... mas eu não sou. Se a escolha for entre a minha vida ou a vida de um amigo, sempre escolherei o meu amigo. *Sempre.* Mas você não entenderia isso, não é? Você nunca teve um amigo em toda a sua *existência* porque é frio demais, cruel demais, poderoso demais para se preocupar com alguém além de si mesmo. É *patético*... e aonde isso te levou? Seu reinado é fraco, sua irmã está morta e é bem provável que seu primo tenha a matado.

Ele para a poucos centímetros de distância, encurralando-me com eficiência contra o baú.

— Meu primo?

— Sim, seu *primo.* — Eu saboreio a mordacidade na minha voz, o fato de saber mais sobre a família dele que ele próprio: *eu*, a pequena e boba Célie, a boneca, a tola, a mártir cujos maiores desejos são pedras duras e um braseiro ardente. — Dimitri tentou roubar o grimório depois que Odessa levou você embora. De alguma maneira, conhecia Babette. Ele está envolvido nisso... bem debaixo do seu nariz arrogante... mas você está ocupado demais arrancando corações para notar.

— Diz a mulher cuja irmã deu aquele crucifixo para Babette — rosna ele.

— Pela última vez, minha irmã não...

— *Chega*, Célie. Aquele crucifixo pertencia à sua irmã...

— Não há nenhuma prova disso...

❧ 400 ❧

— ... e de alguma maneira acabou nas mãos de Babette, a bruxa de sangue que fingiu a própria morte, admitiu ter matado a *minha* irmã e tentou te sequestrar para um homem chamado Necromante, que precisa do seu sangue para ressuscitar os mortos. — As mãos de Michal se contraem, como se ele reprimisse a vontade de me sacudir. — *FT.* Filippa Tremblay. Aquele crucifixo chama por você por uma razão, e, como temos poucas chances de encontrar Babette de novo, sua irmã se tornou nossa próxima suspeita.

Com toda a minha força, eu o empurro com as duas mãos, golpeando seu peito, mas Michal permanece parado feito pedra. Adamantino. Ele não se move, o ataque nem sequer desloca seu peso, enquanto eu bato nele de novo, de novo e *de novo*, quase gritando de frustração.

— Minha irmã está *morta*.

Ele agarra meus pulsos quando faço um movimento para pegar a adaga no bolso.

— Babette também estava.

— O corpo de Pippa não desapareceu de um *necrotério*, Michal. — Embora eu me contorça e me debata para me libertar, ele se recusa a me soltar. Lágrimas quentes e amargas ardem nos meus olhos diante do meu completo e total desamparo, mas eu não posso... e não vou... enxugá-las. *Deixe que ele as veja*, penso com raiva. Deixe que ele veja o quão boba eu sou, o quão *estúpida* sou por perseguir vampiros, espíritos e *magia* quando sou apenas Célie. — Nós a enterramos... *eu* a enterrei... e fiquei deitada ao lado cadáver de Pippa por duas semanas como prova. Não se lembra por que tenho medo do escuro? Por que tenho medo de *tudo*?

As sobrancelhas de Michal se juntam ao ver algo na minha expressão, e seu aperto relaxa um pouco.

— Célie...

Mas assim como aconteceu com Babette, aproveito minha vantagem e me afasto dele.

— *Nunca* mais toque em mim. Está entendendo? Se me tocar, eu... eu...

Entretanto, a força da minha raiva me sufoca e não consigo finalizar a ameaça. Para ser sincera, não sei o que farei. Como Michal provou de forma tão sucinta, não possuo armas naturais, nenhuma grande habilidade ou força além do descaso com a minha própria vida. Minha garganta se contrai até ficar do tamanho de uma agulha ao admitir aquilo, e, sem mais uma palavra, eu me viro em direção à porta, incapaz de suportar a presença de Michal por mais um segundo.

Para defesa de Michal, ele não me toca. Apenas reaparece entre mim e a porta, bloqueando meu caminho.

— Aonde você está indo?

Minhas lágrimas escorrem tão espessas e rápidas que não consigo enxergar suas feições.

— Para longe d-daqui.

Para longe de você.

— Você não deveria sair da casa, Célie.

— Ou *o quê*? — Esfrego os olhos com as palmas das mãos, desesperada para deixar de vê-lo de alguma maneira. Desesperada para escapar daquela situação, apenas por um instante, porém tragicamente incapaz de fazê-lo. E eu odeio isso, *odeio* mesmo, mas o odeio ainda mais por fazer eu me sentir desse jeito. Como se todas as coisas que disseram sobre mim fossem verdade. — O que você vai fazer, Michal? Vai me arrastar de volta para Réquiem algemada? Vai me trancar e jogar fora a chave? Você é *desprezível*.

Ele não fala por um longo momento e, quando enfim tiro as mãos dos olhos, enxugando as lágrimas do rosto, ele parece ter se aproximado com um passo. Seus braços estão relaxados ao lado do corpo.

— Não — sussurra ele.

— Como assim "*não*"?

Ele não responde de imediato. Apenas me encara, sua expressão um tanto perdida, e tiro proveito desta hesitação. Corro ao redor dele. Embora Michal não faça nenhum movimento para me impedir, posso sentir seus olhos nas minhas costas enquanto passo pela porta e desço as escadas, quase tropeçando em Odessa e Dimitri no corredor. Pela expressão no rosto deles, ouviram cada palavra entre Michal e eu, mas não consigo diminuir o ritmo.

— Célie! — exclama Dimitri e tenta pegar meu braço, mas Odessa o arrasta de volta enquanto corro em direção a mais um lance de escada. — Célie, *por favor*, preciso falar com você!

— Deixe, Dima — murmura ela.

— Mas ela precisa entender que…

No entanto, perco o restante da conversa deles, correndo pela entrada e desaparecendo de vista. A porta da frente se fecha atrás de mim antes que alguém possa me seguir e, pela primeira vez em quase duas semanas, a luz do sol desce do céu cristalino, pintando as pedras do calçamento de um dourado reluzente e lustroso. Ela aquece minhas bochechas úmidas, meu cabelo revolto, e traz lágrimas frescas e ardentes aos meus olhos. Inspiro dolorosamente diante da visão pouco familiar. *Luz solar.*

Então caio de joelhos e choro de soluçar.

CAPÍTULO TRINTA E NOVE

Lágrimas Como Estrelas

Choro nos degraus por tanto tempo que meus joelhos começam a doer e meus olhos, a arder. Quando meu corpo se recusa a derramar outra lágrima, esgotado e exausto por completo, mudo de posição para me sentar com mais conforto, olho com desânimo para a rua ao meu redor pela primeira vez. Embora Les Abysses deva estar em algum lugar sob meus pés, este parece um bairro de classe média bastante comum. Casas modestas de tijolos se alinham em ambos os lados da rua calçada, com jardins pequenos, mas bem cuidados, e um ou outro gato tomando sol da janela. Mais adiante, um menino com um casaco de lã brinca com um cachorro, mas, fora isso, os moradores dali já começaram o dia: os homens em suas escrivaninhas, as mulheres em suas tarefas domésticas. É tudo muito confortável. Muito silencioso.

Não consigo suportar.

Houve um tempo em que eu imaginaria uma dessas casas como se fosse minha. Eu sonharia em ter um cachorro, um pequeno terrier cheio de energia, e um jardim, onde plantaria rosas que subiriam em torno de uma porta de carvalho, e minha irmã seria minha vizinha. Eu beijaria meu marido todos os dias e, juntos, faríamos algo útil com nossas vidas; talvez ter uma padaria, uma galeria ou apenas um barco. Navegaríamos pelo mundo vivendo aventuras maravilhosas com nosso cachorro, ou talvez com nossas dezenas de filhos. Seríamos felizes.

A vida não é um conto de fadas, Célie.

Fungando, eu me encolho para me proteger do vento forte do outono. Ainda que ninguém passe por mim em sua caminhada matinal, e nenhum cartaz de recompensa tremule nestas portas, não posso ficar aqui para sempre. Quem sabe quantas pessoas espiaram pelas cortinas e me viram? Talvez já tenham alertado os Chasseurs. Para ser franca, eu não os culparia; não estou sendo lá muito discreta. Na verdade, eu me sinto chamativa sob a luz do sol forte: pálida, exposta e coberta de sangue. Como uma carcaça deixada para apodrecer na neve fresca.

Talvez seja a sua aprovação que você está tão desesperada para merecer.

Como um disco arranhado, fico remoendo as palavras de Michal várias e várias vezes. *Talvez seja você quem se vê como uma linda bonequinha.* Ele falou com muita convicção, muita impaciência, como se não conseguisse guardar as palavras por nem mais um segundo. Como se me conhecesse melhor que eu mesma... porque foi isso que ele insinuou, não foi? Que eu não entendo minhas próprias emoções, meus próprios desejos. Tremendo um pouco, enfio meus dedos rígidos nos bolsos. Apesar do sol, sinto mais frio que o normal, desconfortável na minha própria pele.

Eu deveria voltar para dentro. Independentemente do que Michal tenha dito sobre mim, não posso retornar à minha vida na Costa Oeste, *disso* eu tenho certeza. Nunca terei um barco, nem um jardim de rosas, nem uma porta de entrada de carvalho, nunca serei vizinha da minha irmã. Pensar na expressão presunçosa do meu pai quando ele perceber que eu falhei, ou na preocupação tensa da minha mãe, traz bile à minha garganta. Não posso encará-los. Não posso encarar *ninguém*, muito menos Michal, mas que escolha eu tenho? Mais uma vez, ele é de alguma maneira o mal menor, e... *como* eu vim parar nesta situação? Como foi que me vi tendo que escolher a companhia de um *vampiro* arrogante e soberbo em vez do meu próprio sangue?

Diz a mulher cuja irmã deu aquele crucifixo para Babette.

Relutante, tiro o crucifixo prateado do bolso para examiná-lo mais uma vez. O objeto brilha quase ofuscante à luz do sol, mais resplandecente do que nunca. Se eu incliná-lo de uma certa maneira, meu estômago se contrai, parece *mesmo* que as iniciais poderiam originalmente ser *FT*. As curvas do *B* parecem mais leves do que as outras linhas. Mais recentes. Assim como os acréscimos ao grimório da La Voisin. Meu polegar percorre as bordas recortadas do crucifixo sem de fato vê-las. Porque... como minha irmã poderia ter sido dona deste colar? Ela esteve *realmente* envolvida com Babette e esse Necromante, ou Babette roubou o crucifixo dela de alguma maneira? Meu polegar pressiona as bordas com mais força. Impaciente. Talvez o FT que possuía este colar não fosse Filippa Tremblay, mas outra pessoa. Talvez Michal não tenha *ideia* do que está falando e esteja se agarrando a qualquer esperança como todos nós.

Você não sabe nada sobre mim.

Nem você, pelo jeito, se acha que se sacrificar por aqueles humanos tinha alguma coisa a ver com eles.

Infeliz, faço menção de me levantar, mas, neste exato segundo, meu polegar toca uma borda mais afiada do que as outras. Bem ao longo do braço horizontal da cruz. Baixo o olhar para ele, distraída, então solto um arquejo. Inclinando-me para mais perto, olho para o mecanismo adornado escondido entre as espirais, convencida de que devo estar enganada. Afinal, *parece* ser uma espécie de… uma espécie de *fecho*, o que significaria que o crucifixo não é um crucifixo, mas um medalhão. *Um medalhão.* Prendo a respiração e levo o crucifixo até a altura do nariz. Sem dúvida Michal teria percebido se o crucifixo se abrisse; sem dúvida ele teria visto tão nitidamente quanto viu as iniciais verdadeiras, mesmo assim… Inclino o crucifixo sob a luz do sol mais uma vez. O fecho está escondido de maneira muito inteligente e, se eu não tivesse apalpado esta borda exata, nunca teria notado.

Sinto um frio na barriga.

Um compartimento tão pequeno e escondido seria o lugar perfeito para guardar um segredo.

Ansiosa, de repente com a boca seca, abro o fecho com o polegar, e um minúsculo pedaço de pergaminho cai no meu colo. Minha respiração fica suspensa ao vê-lo. Amarelado e rasgado, o pergaminho foi dobrado no tamanho da minha unha, mas é evidente que devia ser importante se o dono o usava tão perto do coração. Com dedos trêmulos, desdobro o pergaminho e começo a ler:

> *Minha querida Filippa,*
> *Parece Frost esta noite. Encontre-me debaixo da nossa árvore à meia-noite, e nós três ficaremos juntos para sempre.*

Três linhas. Duas frases simples. Fico encarando as palavras como se a mera concentração fosse torná-las falsas, relendo duas, três, quatro vezes. O restante da carta foi rasgado, provavelmente descartado. Meu coração dá um pulo cada vez que vejo o nome dela no topo, tão nítido e incontestável quanto o céu: *Filippa*.

Não há a menor dúvida agora.

Este crucifixo pertencia a ela.

Este bilhete... ela também o leu, segurou-o nas mãos, antes de guardá-lo dentro do medalhão por segurança. Seu amado também lhe teria dado o crucifixo? Será que ele gravou as iniciais dela na lateral como se fossem uma promessa, como o anel que Jean Luc me deu?

Encontre-me debaixo da nossa árvore à meia-noite, e nós três ficaremos juntos para sempre.

Engulo em seco para desfazer o nó na garganta. Me pergunto quanto tempo ele esperou debaixo daquela árvore antes de perceber que ela nunca apareceria? Antes de perceber que o sonho deles sempre tinha sido apenas isso: um sonho. E quem é a terceira pessoa misteriosa que ele mencionou? *Nós três ficaremos juntos para sempre.* Franzo a testa para essa linha, a primeira pontada de desconforto percorrendo minha coluna. Sem dúvida, ele não se referia a Babette. Filippa teria recebido este bilhete em vida, então Babette estaria muito ocupada cuidando da irmã doente para fugir com alguém. E por que ele mencionou a palavra *Frost* com inicial maiúscula? Na verdade, quanto mais eu olho para a carta, menos ela faz sentido.

Parece Frost esta noite.

Frost significa geada. Quebro a cabeça tentando entender a palavra, mas tudo que consigo imaginar são tufos de grama reluzindo ao luar, talvez uma torre no palácio de gelo imaginário de Filippa. Será que ele mencionou a geada para alertar Filippa sobre possíveis rastros? Solto uma risada pelo nariz com o pensamento, imaginando meus pais seguindo os rastros de minha irmã à meia-noite, examinando suas pegadas na grama... mas a verdade é que nada disso tem graça. Não, eu me sinto um pouco pior do que antes de encontrar o bilhete, e parte de mim gostaria de ter deixado tudo como estava. Dobro a carta de novo, com dedos frios.

Pippa não queria que eu soubesse desta parte da vida dela. Deve ter tido seus motivos, e eu...

Eu não a conhecia nem um pouco.

Aperto os lábios com força e curvo os ombros contra o vento, então enfio a carta de volta no medalhão, fechando outra vez a portinha prateada. Não vou contar a Michal sobre o bilhete. Não contarei a ele nada sobre Filippa. Ele vai querer... estudá-la, rastrear seus últimos movimentos, e o que poderíamos encontrar? Minha irmã não matou ninguém, não *mataria* ninguém. Além disso, mesmo este medalhão sendo uma tênue conexão com Babette e o Necromante, como Filippa poderia tê-los conhecido de fato? Como ela poderia ter trabalhado com eles? Morgane a matou antes de os assassinatos em Cesarine começarem. *Não.* Balanço a cabeça com determinação e veemência e me levanto. *Minha irmã não estava envolvida nisso.*

Quase não ouço o pequeno *"Psiu"* do outro lado da rua.

Parando no meio do movimento, eu me viro, quase certa de que ouvi mal, e me assusto ao ver olhos na cerca-viva. Estreito os olhos e me viro para a esquerda e para a direita antes de espiar mais de perto os galhos dos arbustos de azevinho. Os olhos são grandes, grandes demais para serem humanos, castanho-escuros, quase familiares. Parece que pertencem a... bem, a um *lutin*. No entanto, Amandine possui poucas fazendas e ainda menos plantações, pois o terreno é montanhoso demais e o solo infértil... o que significa que este *lutin* viajou para bem longe de casa ou está muito, *muito* perdido.

— Olá? — pronuncio a saudação baixinho, erguendo a mão apaziguadora como fiz na plantação do fazendeiro Marc há um tempo. Na verdade, se passaram apenas duas semanas. Parece uma vida inteira. — Com licença? Você está... bem?

O *lutin* se mexe um pouco na cerca-viva, sem piscar os olhos enormes. *Mariée?*

Fico instintivamente rígida com a palavra, com a intromissão esperada, porém indesejada, na minha mente.

— Esse não é o meu nome. — Então, sentindo que seria melhor fazer isso direito, prossigo: — Eu sou Célie. Quem é você?

Você me conhece, Mariée, e eu te conheço.

Franzo a testa com a voz familiar. Não pode ser...

— Lágrimas Como Estrelas?

Ele concorda com a cabeça, gesticulando para que eu me aproxime, e os galhos de azevinho estremecem ao seu redor com o movimento. *Preciso falar com você, Mariée. Nós precisamos conversar.*

— Eu... — Estranhamente relutante em atravessar a rua, desço o último degrau da porta, esperando que ele saia das sombras do mato e se aproxime de mim. Como ele não o faz, paro na beira do calçamento. — Como você me achou? — pergunto, incapaz de disfarçar um tom cauteloso em minha voz.

Será que ele de alguma maneira sentiu meu cheiro em La Forêt des Yeux e me seguiu até Amandine? E, nesse caso, como Michal não percebeu? Levo

408

a mão com delicadeza ao nariz, meus olhos lacrimejando de novo. Mesmo do outro lado da rua, posso sentir que Lágrimas Como Estrelas tem um cheiro... ainda mais estranho que antes. O forte aroma floral de seu perfume é novo, mas mesmo assim não consegue disfarçar o cheiro mais desagradável por baixo. Na verdade, ele cheira quase como...

Deixando cair a mão, eu me sacudo de leve e me recuso a concluir o pensamento. O cheiro dele não pode ser o que penso que é. Não aqui. Não agora. Não em uma manhã de outono tão agradável.

Preciso de sua ajuda, Mariée. Ele gesticula com mais ênfase e não consigo deixar de me aproximar. Parece estar muito agitado, com movimentos inquietos e estranhos, como se fosse necessário um esforço consciente para usar seus membros. Uma mosca grande e gorda zumbe nos galhos ao redor dele, alta e anormal no silêncio da rua. Com um sobressalto, percebo que o menino e seu cachorro entraram.

Preciso de sua ajuda.

— Por que você me chamou de Noiva? — Apesar do toque frio de medo na minha nuca, ergo o queixo, falando mais alto e pronunciando bem as palavras sob o sol forte da manhã. — Aconteceu alguma coisa com você?

Mais perto. Chegue mais perto.

— Não até você explicar. Tem algo errado?

Ele balança a cabeça, aflito. *Preciso da sua ajuda, Mariée. Frio como geada. Ele precisa da sua ajuda para nos consertar.*

Paro de repente no meio da rua vazia, ao mesmo tempo tomada de aversão e preocupação.

— Quem precisa da minha ajuda? — Sem pensar, minha mão desliza para dentro do bolso e seguro o cabo prateado da adaga. — Quem é *ele*? — Então, jogando a cautela ao vento, pergunto: — É o Necromante? É ele quem precisa da minha ajuda? *Diga-me*, Lágrimas Como Estrelas!

No entanto, o *lutin* apenas joga a cabeça e range os dentes afiados, gesticulando e *gesticulando* para que eu diminua a distância entre nós. Mais duas moscas logo se juntam à primeira. Embora elas voem em torno de seu rosto sombreado, ele não as afasta. Ele nem sequer pisca; em vez disso, balança para a frente e para trás entre os galhos, segurando os cotovelos nodosos e recitando: *Frios como geada. Errado. Estamos frios como geada. Socorro.*

Vê-lo ali, com a mente visivelmente perturbada, é tão tocante, tão comovente, que repreendo a mim mesma por estar enojada. Isso não é culpa dele. *Nada* disso é culpa dele, e ele precisa desesperadamente da minha ajuda, não da minha condenação. Se o Necromante o machucou de alguma maneira, talvez eu possa curá-lo. No mínimo, posso devolvê-lo à sua família em La Forêt des Yeux, e eles cuidarão do *lutin* de maneira adequada. *Está bem*. Endireitando os ombros, começo a andar direto para os arbustos de azevinho, mas a porta se abre atrás de mim no exato segundo.

— Célie — chama Michal em voz baixa. Ele está parado no vão da porta, do lado de fora do retângulo de luz solar que chega ao piso da entrada, com as mãos cruzadas atrás das costas. — Por favor, volte para dentro agora.

Ao lado dele, estão Odessa e Dimitri, altos e em silêncio, observando. Embora eu não consiga ver a expressão deles na penumbra da entrada, se a tensão nos olhos de Michal servir de indicação, os três estiveram me observando. A constatação dá um nó no meu estômago. Para o azar deles, porém, não podem fazer nada *além* de observar, não com o sol tão alto e lindo no céu. Eu empino o queixo, me esforçando para parecer calma e assertiva. Se ele pode ser civilizado, eu também posso.

— Um amigo está com problemas e pretendo ajudá-lo — explico.

Dimitri avança, mas Michal o bloqueia com um braço, flexionando a mão na moldura da porta.

— Esta criatura não é mais sua amiga — retruca ele.

Engulo uma resposta irritada, porque isso não é mais sobre Michal. Isso nem é sobre mim, não de verdade, e, se não ajudarmos Lágrimas Como Estrelas logo, ele pode se machucar involuntariamente.

— Ele precisa da nossa ajuda, Michal. Tem algo errado com…

O restante das palavras morre, no entanto, quando me viro e percebo que Lágrimas Como Estrelas não está mais escondido na cerca-viva. Não. Ele está de pé bem na minha frente agora, e aquele *cheiro* — eu não o imaginei antes. Meus olhos começam a lacrimejar no mesmo instante e preciso de toda a minha força de vontade para não dar um passo para trás. De perto, é inegável que o *lutin* cheira a podridão, a decomposição, mas pior ainda: sua pele, antes escura, parece anormalmente pálida à luz do sol, fina como papel e um pouco flácida em seu rosto fino. Uma estranha película branca cobre seus olhos grandes enquanto ele me encara.

❧ 410 ❦

No mesmo instante, dou um passo para trás aos tropeços.

— O que... O que *aconteceu* com...?

Antes que eu consiga terminar a pergunta, ele agarra meu pulso com seus dedos longos. Parecem gelo.

Venha comigo, Mariée. Você precisa vir comigo.

Sufocando com o cheiro, com os olhos ainda lacrimejantes, tento me desvencilhar, mas o aperto só fica mais forte, como uma prensa, até que quase grito de dor.

— Me solte, Lágrimas Como Estrelas. — Embora eu tente manter minha voz comedida e calma, uma nota de desespero irrompe e Michal pragueja com ferocidade na porta atrás de mim. — Por favor. Você não... Você não quer me machucar. Somos amigos, lembra? Eu lhe dei vinho de sabugueiro, um *delicioso* vinho de sabugueiro.

Ele continua balançando a cabeça, como se não pudesse me ouvir. E talvez ele não possa. Talvez ele só consiga dizer o que o Necromante lhe manda dizer, só consiga *fazer* o que o Necromante lhe manda fazer.

Meu mestre precisa de ajuda. Ele ordena que eu o ajude e que você me ajude.

— Quem é o seu mestre? — Eu me agacho para fitar impotente seus olhos infelizes, e uma *mosca* pousa direto na esclera dele. Engolindo a bile, eu a afasto com a mão livre. — Qual é o nome dele? Ele... — Uma nova ânsia surge quando a mesma mosca voa para o meu cabelo — Ele matou você, Lágrimas Como Estrelas? Seu mestre tirou sua vida?

Uma gota não é suficiente. Precisamos de tudo.

— Tudo *do quê*? Meu sangue? Ele precisa — engulo em seco — de t-todo o meu sangue para... para ressuscitar os mortos? Foi isso que ele fez com você?

Ele convulsiona de novo e de maneira lenta, porém firme, começa a me rebocar pela rua de pedras, murmurando o tempo todo: *Frio como geada. Algo está errado. Eu estou errado.*

— Célie — chama Michal, rispidamente. — Sua adaga.

Resisto ao puxão do *lutin*, com o pânico subindo pela minha garganta. A adaga ainda está no meu bolso, sim, mas não vai... não acho que vai... Lágrimas Como Estrelas está *morto*, e alguma coisa deu muito errado

411

mesmo. A constatação vibra no meu peito, chocante e terrível demais para ser ignorada por mais tempo. Ele está *morto*, mas ainda segura meu braço, anda e fala entre os vivos, e cumpre as ordens do mestre com a força de uma criatura com o dobro do seu tamanho. O que Babette disse em Les Abysses?

O Necromante encontrou seu sangue por acaso, e nós o testamos por impulso.

Eles testaram uma só gota do meu sangue em Lágrimas Como Estrelas? Esta... esta criatura diante de mim é o resultado das experiências? O verdadeiro Lágrimas Como Estrelas ainda existe ali dentro, ou sua alma já partiu deste mundo, deixando apenas uma carcaça para trás? Ele ainda pode sentir dor? Torço meu pulso com mais força, esfolando a pele, mas ele ainda não me solta.

— Diga-me como posso ajudá-lo — peço em desespero. — Não posso lhe dar o meu sangue, mas... mas eu poderia esconder você dele. Gostaria disso? Eu poderia levá-lo de volta para sua família.

Meu mestre está próximo. Precisamos ir até ele. Precisamos encontrá-lo.

— Onde ele está? — Olho em volta em descontrole, em parte esperando que o Necromante pule da cerejeira do vizinho. — *Onde* está o seu mestre? *Diga-me*!

Errado, errado, algo está errado.

Em algum lugar atrás de nós, Michal está gritando agora — Dimitri e Odessa também —, mas não consigo ouvi-los; não posso atender às ordens letais. Afinal, não sou uma vampira, e isso não é culpa de Lágrimas Como Estrelas. Não posso machucá-lo e, mesmo que pudesse... Rangendo os dentes, cravo as unhas em sua mão fundo o suficiente para feri-lo, mas nenhum sangue escorre das minúsculas luas crescentes. Nada de sangue nem de gritos de dor. Fico cada vez mais desesperada.

Mesmo que eu *pudesse* machucar Lágrimas Como Estrelas, uma simples adaga não resolveria. Não, eu vou precisar... de...

Uma adaga.

Meus pensamentos se fixam na lâmina prateada no meu bolso, na lâmina que brilhou tão intensamente antes e quase me cegou. Lutins *apreciam as coisas boas da vida*. Pintei vinte gaiolas de dourado para atrair Lágrimas Como Estrelas e seus parentes na propriedade do fazendeiro Marc. Talvez eu também não precise machucá-lo agora. Talvez só precise distraí-lo.

Enfiando a mão livre no bolso, retiro a lâmina e a aponto para o sol da manhã, que brilha ainda mais forte e mais alto no céu do que antes. A prata reluz quase branca, resplandecente, deslumbrante, e, quando os olhos de Lágrimas Como Estrelas pousam sobre ela, eles se arregalam um pouco.

— Gosta disto? — Balanço a adaga acima da cabeça dele quando ele se estica para agarrá-la. Ela lança luzes brilhantes sobre as pedras do calçamento. — É linda, não é? Você pode ficar com ela se conseguir alcançá-la.

Ao som de minhas palavras, ele estala os dentes e fica na ponta dos pés, mas sou muito mais alta; ele não consegue nem tocar o cabo enquanto ainda segura meu pulso, que, com esforço, mantenho abaixado ao meu lado.

— Vá em frente — incito a ele, balançando a cabeça de forma encorajadora. Ele se estica um pouco mais, com os braços frágeis tremendo agora. — Você está quase lá.

Por fim, seus dedos escorregam apenas alguns centímetros do meu pulso, mas é toda a folga de que preciso. Arremesso a adaga na rua, eu me solto dele, virando-me e correndo em direção a Michal e aos outros sem olhar para trás. Suas mãos compridas não me encontram de novo enquanto pulo nos braços estendidos de Michal, Odessa bate a porta atrás de mim, e Dimitri espia a rua através das cortinas.

— Ele se foi — diz ele, incrédulo. — A criatura desapareceu!

Ainda ofegante, me desvencilho de Michal e empurro Dimitri para fora do caminho, olhando pela abertura nas cortinas para onde Lágrimas Como Estrelas estava. Restam apenas o sol e as folhas de bordo alaranjadas. Até a adaga de prata se foi... sumiu... como se eu tivesse imaginado a cena toda.

CAPÍTULO QUARENTA

A galinha cacarejante

Naquela noite, nós nos reunimos nos limites de Cesarine, espiando o cais a partir de um beco úmido e pútrido. Tem cheiro de peixe. Ou dejetos. Enrugo o nariz de nojo. Mas nenhum dos vampiros comenta, exceto Odessa, que faz uma careta como se alguém tivesse enfiado alfinetes em seus olhos, então também não digo nada. Se eles conseguem suportar tanto fedor, eu também consigo.

— Ponha o capuz — murmura Michal na minha orelha. — Estão quase terminando a inspeção.

Ele me emprestou a capa de viagem antes de partirmos de Amandine. Embora Dimitri tenha oferecido a dele, nós dois o ignoramos, e uma trégua silenciosa foi estabelecida entre nós naquele momento, por uma desconfiança mútua por Dimitri, é óbvio, mas também por um entendimento mútuo de que nenhum dos dois mencionaria o que aconteceu entre nós no sótão. Não consigo decidir se estou grata. Agora que minha raiva diminuiu, resta apenas uma espécie de vergonha vazia da qual não consigo me aproximar.

Muito menos agora.

Puxo a capa sobre o cabelo e ela oscila na brisa da meia-noite junto com os anúncios de recompensa. Rasgados pelo vento e descoloridos pela chuva, eles ocupam cada centímetro disponível do beco, em maior quantidade do que em Amandine. Como se meu pai suspeitasse que um dia eu voltaria para casa, ou talvez que nunca tenha deixado Cesarine. Incapaz de evitar, volto a andar de um lado para outro, a capa ondulando em volta dos meus pés na lama do beco. Comprida demais. Grande demais. Arregaço as mangas com irritação, sentindo-me como uma espécie de ceifador, um eterno arauto da má sorte. Só me falta uma foice.

Tomo cuidado para não olhar para o cais.

— Este retrato falado não tem nada a ver com você — comenta Odessa, puxando um anúncio da parede suja e examinando meu rosto de perto. — Você parece muito... majestosa. Como uma imperatriz viúva um tanto excêntrica que eu conheci. — Quando arranco parte do anúncio de seus dedos enluvados, rasgando meu rosto em dois, ela arqueia uma sobrancelha, confusa, e larga a metade que segurava com um movimento desanimado. — Ei, Célie, qual é o problema? Você parece triste.

— Que tal eu observar o *seu* rosto a um centímetro de distância?

— Eu adoraria, queridinha. Não tenho nada a esconder. — Com um sorriso maroto, ela encolhe um ombro e dá as costas. — Mas você deveria saber que a raiva crônica desestabiliza o corpo humano por dentro: causa pressão alta, problemas cardíacos e digestivos, dores de cabeça e até mesmo distúrbios de pele. — Ela estica os dedos para suavizar as rugas entre os meus olhos, enquanto os seus reluzem com malícia. Embora ela ainda não tenha tentado me encurralar em uma conversa sobre o irmão, Odessa parece mais determinada a interagir comigo do que antes, mais disposta a *gostar* de mim, mas eu *sei* que ela ouviu minhas suspeitas. — Estudei medicina há muitos anos.

— Você é praticamente uma curadora, então.

Afasto a mão dela, irritada, mas ela apenas ri e atravessa o beco até Dimitri, que vem tentando sem sucesso chamar minha atenção há quase quatro horas. Quando olho na direção dele, sem querer, ele avança com uma determinação fervorosa.

— Célie...

Eu lhe dou as costas com um gemido, incapaz de encará-lo, e o bilhete da minha irmã parece abrir um buraco no meu corpete. Resisto à vontade de balançar a cabeça e ranger os dentes como fez Lágrimas Como Estrelas, porque o que eu quero dizer é *nem agora nem nunca*. Dimitri pode ser um suspeito mais provável do que minha irmã, mas, se Filippa conhecia Babette — e é um grande *se* —, isso significa que ela o conhecia também? Poderia *ele* ter sido seu amante misterioso? Quero mesmo saber?

— Apenas pare, Dimitri — peço a ele com cansaço quando ele abre a boca de novo. — Me deixe em paz.

Apenas pare, Célie. Deixe isso em paz.

Sem se abalar, ele reaparece na minha frente, enfiando a mão na capa e retirando um pequeno saco de linho.

— Sei que não quer falar comigo agora, mas quando foi a última vez que você comeu? Tomei a liberdade de arranjar pão quando cruzamos a cidade...

Reagindo instintivamente, derrubo o saco da mão dele, que cai na rua imunda entre nós. Eu me recuso a pedir desculpas.

— E o que *mais* você tomou a liberdade de arranjar?

Ele hesita, confuso.

— Não sei do que você...

— Ainda tem sangue no seu colarinho, monsieur Petrov.

O rosto de Dimitri endurece por uma fração de segundo antes de se transformar em um sorriso luminoso mais uma vez. Em seguida, ele retira uma pera de sua capa, balançando-a na frente do meu nariz.

— Não fique assim, queridinha. Apesar do que acha que ouviu em Les Abysses, não sou um assassino... bom, não *aquele* assassino... e você deve estar faminta. Faz sentido passar fome?

— Chega, primo. — Com a voz baixa, Michal se encosta na entrada do beco, observando a agitação no cais e se misturando à escuridão como se tivesse nascido sombra em vez de homem. — Não é hora nem lugar.

— Mas ela suspeita...

— Eu sei do que ela suspeita, e confie em mim — ele fixa em Dimitri um olhar cheio de significado por cima do ombro —: nós dois vamos ter uma longa conversa quando voltarmos para Réquiem. Embora eu não concorde que você tenha matado Mila, eu *vou* querer ouvir todos os detalhes de seu relacionamento com Babette Trousset e saber sobre o conteúdo do grimório dela também. Em especial sobre a página escrito PARA SEDE DE SANGUE. — Ele faz uma pausa sombria. — Presumo que você tenha conhecimento disso.

Dimitri olha feio para ele em um silêncio rebelde.

Embora eu não concorde que você tenha matado Mila...

Eu me afasto depressa, tentando não xingar Michal por sua súbita e inconveniente sensatez. Se ele não suspeita de Dimitri, deve suspeitar de outra pessoa. Se o bilhete no crucifixo de Filippa pudesse arder ainda mais, começaria a soltar fumaça.

Colocando-o sob a gola em um gesto supostamente casual, começo a andar de um lado para outro mais uma vez, meus pensamentos correndo soltos. Porque esta não é a hora, nem o lugar para pensar em Dimitri; não é hora, nem lugar, sequer para pensar em Filippa, e... Além disso, minhas melhores botas estão arruinadas. Estão *manchadas* por causa da nossa pequena aventura em Amandine, e é provável que o sangue nunca mais saia delas. Eu deveria tê-las mergulhado em vinagre branco, esfregado até que o couro parecesse novo e lustroso outra vez. O casal de idosos que morava na casa da cidade mantinha uma despensa *cheia* de coisas como vinagre branco e sabão, e nunca ficariam sabendo se eu tivesse pegado um pouco. Balanço a cabeça enquanto ando, ficando cada vez mais agitada. Eles também nunca ficariam sabendo se eu tivesse colocado fogo nas minhas botas, ou se tivesse tirado este maldito vestido e corrido nua aos berros para La Forêt des Yeux, para nunca mais ser vista...

— Célie. — Mais uma vez Michal se vira na entrada do beco, seus lábios se curvando em um sorriso irônico. Novos gritos soam do cais atrás dele. — Seu coração começou a palpitar.

Levo a mão até meu peito.

— Jura? Não sei por quê.

— Não?

— *Não.*

Ele suspira e balança a cabeça, desencostando da parede para ficar ao meu lado. Como sempre, cruza as mãos pálidas atrás das costas, e o gesto familiar me traz um pouco de um estranho conforto, apesar da maneira como ele parece me olhar com ar de superioridade.

— Você escapou de uma criatura morta-viva hoje.

Endireito a postura.

— Sim, escapei.

— Você enganou uma bruxa de sangue apenas algumas horas antes disso.

Odessa examina, distraída, uma unha afiada.

— Com ajuda — complementa ela.

— Ambos eram muito mais espertos do que aqueles que você chamava de irmãos — continua ele sem se dirigir a ela. Embora eu queira olhar por cima do ombro dele ao ouvir a menção dos Chasseurs, me obrigo a me concentrar no seu rosto. Algo parecido com orgulho brilha forte nos olhos dele. — Eles não vão verificar os caixões de novo, Célie. Até os caçadores têm medo da ideia da morte e, mesmo que jamais venham a admitir, também têm medo da proximidade com ela. Depois que o capitão do porto terminar a inspeção, entraremos em nosso estoque sem sermos vistos e meus marinheiros nos carregarão a bordo do navio sem interferência. Estaremos de volta a Réquiem antes do amanhecer.

Como que em resposta, o capitão do porto, um homem atarracado de pele negra e olhos penetrantes, bate com a mão enrugada no último dos caixões e grita que está tudo liberado. A equipe dele segue para a próxima carga prevista para desembarcar, deixando os empregados de olhos vazios da Réquiem Ltda. vagando até que Michal comece a compelir cada um deles. Ao que parece, este carregamento de caixões foi fabricado a partir de uma conífera rara encontrada apenas em La Forêt des Yeux — pelo menos é o que Michal me diz. Tem sido bastante difícil ouvir os detalhes de seu plano quando atrás dele, para além do beco, dos marinheiros e dos caixões, Chasseurs infestam o cais, seus casacos azuis parecendo pequenos sinalizadores de memória na escuridão. Vívidos, dolorosos e intrusivos.

Uma voz familiar se ergue de repente entre eles.

Fecho os olhos com o som.

— Dito isto — murmura Michal —, ainda posso providenciar para que você fale com ele.

Sem pensar, meus olhos se abrem e passam por cima do ombro de Michal antes que eu possa contê-los, procurando desesperadamente pela única pessoa que não desejo ver.

Eles o encontram no mesmo instante.

Lá, andando em meio aos seus homens, Jean Luc chuta um barril de grãos, frustrado. O conteúdo cai nos pés de um fazendeiro irado, que grita até ficar roxo pela perda do estoque. Porém, Jean Luc já pulou para endireitar o barril. Ele logo apanha os grãos da rua com as próprias mãos, balançando a cabeça e se desculpando por cima da reclamação do fazendeiro. Quando Frederic se ajoelha para ajudar, Jean Luc pragueja com amargura e o empurra.

Dou um pequeno e involuntário passo à frente.

Jean Luc.

Meu peito parece apertar ao vê-lo: tão perto de mim, tão *querido* para mim, mas tão longe também. Já fomos muito parecidos. Ainda me lembro do brilho feroz e determinado nos olhos dele durante a Batalha de Cesarine. Passamos a maior parte da noite levando crianças para a relativa segurança de Soleil et Lune. Apesar do horror das circunstâncias, nunca me senti tão conectada com outra pessoa. Nós dois trabalhando juntos com um propósito comum: ajudar àquelas crianças, sim, mas também ajudar um ao outro. Tínhamos formado uma parceria naquela noite — uma parceria verdadeira — e, na manhã seguinte, quando Jean enxugou em segredo as lágrimas do rosto de Gabrielle, eu soube que o amava.

Meu coração dói com a lembrança.

Olhar para ele esta noite é como olhar para um espelho quebrado; seu reflexo está de algum modo mais acentuado do que antes. Fraturado. Embora seu cabelo escuro permaneça o mesmo, seus olhos agora brilham com uma espécie de luz desesperada e olheiras profundas surgiram sob eles, como se ele não dormisse há semanas. Por ordem dele, os Chasseurs apreendem bagagens para serem revistadas enquanto a polícia faz vários bloqueios ao longo do cais, inspecionando com cuidado o rosto de cada indivíduo que passa. Um deles agarra o braço de uma mulher inocente de cabelos escuros, recusando-se a soltá-la até que o marido dela, que segura um bebê aos berros com uma das mãos e uma criança aos gritos com a outra, ameaça processá-lo.

Do outro lado, Basile soltou sem querer um bando de galinhas. Dezenas de homens correm pela beira da água, tentando apanhá-las antes de um cachorro, pertencente ao capitão do porto, que late feliz e morde os calcanhares dos transeuntes. Charles segura um vestido carmesim da bagagem de outra mulher à luz da tocha, enquanto Frederic tenta acalmar o furioso capitão do porto, que vai pisando duro em direção ao fazendeiro e Jean Luc com vários de seus funcionários a reboque.

— Você é um idiota desastrado! — Ele dá um soco forte no peito de Jean Luc e todos os que estão mais próximos dele murmuram sua revolta, concordando com o capitão. — Administro este cais há *cinquenta anos* e nunca vi uma ação tão desleixada...

— *Tudo estragado!* — berra o fazendeiro, furioso, e chuta seu barril de grãos sujos de volta para a rua. Jean Luc observa em silêncio enquanto os grãos se derramam sobre suas botas. — Vou reportar isso ao rei, *caçador*. Você me deu um prejuízo de mais de cem quilos, anote o que estou falando: vai pagar por cada *couronne* que me fez perder...

— E onde *está* o velho Achille, hein? — pergunta o capitão do porto, virando-se em busca do arcebispo enquanto Jean Luc engole em seco e cerra a mandíbula, ainda olhando para os pés. Atrás dele, Reid emerge da multidão de curiosos, com o rosto tenso e sério enquanto conduz o cachorro do capitão do porto por um pedaço de corda. — Duvido que ele saiba o que você anda fazendo. Pode ter certeza de que falarei com ele também e exigirei algum tipo de indenização. *Olhe* só para o meu porto. Cargas se acumulando, crianças chorando, titica de galinha por toda parte...

— E tudo isso *por quê*? — O fazendeiro empurra Jean Luc, e Reid e eu damos um passo à frente ao mesmo tempo. Quando Reid coloca a mão no ombro do homem, carrancudo, sua resposta é rir de maneira desagradável e cuspir nos pés de Jean Luc. — Porque a sua putinha pode estar escondida na minha safra? — Ele se afasta de Reid e chuta grãos em direção a Charles, que ainda segura o vestido carmesim nas mãos. — Ah, todos nós ouvimos a história. Sabemos tudo sobre o encontro amoroso dela no Norte. Meu irmão é amigo de um de seus caçadores. E pelo jeito ela não está morta. Também não foi sequestrada. Em vez disso, parece que ela fugiu com alguma *criatura*.

Solto um suspiro doloroso enquanto todo o corpo de Jean Luc enrijece.

— Mademoiselle Tremblay é procurada para interrogatório em uma investigação de assassinato — declara Reid calmo, entregando a corda do cachorro para Frederic. — Ela pode fornecer as evidências necessárias para identificar e levar o assassino à justiça. — Dando um passo para ficar ao lado de Jean Luc, Reid dirige-se ao restante do porto, com a voz mais alta, forte e firme. — Pedimos desculpas pelo inconveniente e agradecemos por cooperarem em nossos esforços para localizar mademoiselle Tremblay, que, apesar das especulações, ainda acreditamos ter sido sequestrada. Ela foi vista pela última vez em Amandine fugindo de um lugar chamado Les Abysses...

— Um bordel — rosna o fazendeiro.

— ... e pode estar embarcando a qualquer momento em um navio partindo de Cesarine — continua Reid, determinado, ignorando a explosão de sussurros escandalizados.

420

Em seguida, ele olha para Jean Luc, que balança a cabeça uma vez e apruma os ombros. Embora os olhos de Jean permaneçam tensos e sua respiração um tanto entrecortada, sua voz carrega um tom de autoridade quando ele se dirige à multidão:

— Se isso acontecer — diz ele —, nossas chances de resgatar mademoiselle Tremblay desaparecem com a maré. Pedimos só um pouco mais de sua paciência enquanto tentamos proteger uma mulher inocente de um mal indescritível.

Resgatar.

Proteger.

As palavras ficam presas na minha garganta quando o fazendeiro cospe de novo e o capitão do porto bufa. Jean Luc ignora os dois, virando-se de forma abrupta para capturar a galinha mais próxima. *A conversa terminou.* Balançando a cabeça, Reid segue atrás dele e, para o meu horror, a galinha corre diretamente em direção aos caixões enquanto os Chasseurs e a polícia retomam a busca.

Prendendo a respiração, tento imitar Michal e me fundir às sombras, infinitamente grata por sua capa preta.

— Jean Luc, espere. — Reid começa a trotar para alcançá-lo, assustando a galinha, uma ave pequena e gorda com um cacarejo estridente em especial, na direção do caixão de Michal e do meu. — Fale comigo.

— Não há nada para falar. — Jean Luc avança, estendendo os braços em descontrole e errando a galinha. — Aquele fazendeiro cretino disse tudo, não foi? Célie está viva e boatos dizem que ela estava em um bordel mágico a centenas de quilômetros daqui. Não apenas como cliente — acrescenta com amargura —, mas também, ao que parece, como funcionária.

Reid se aproxima da galinha com cautela.

— Não sabemos por que ela esteve lá.

— Os relatos das testemunhas foram bem explicativos, Reid.

— Célie não faria isso com você, Jean.

Meu coração desaba, estilhaçando-se nas pedras do calçamento. Eu não deveria estar ouvindo aquela conversa. Como antes, as palavras não são dirigidas a mim, mas o que posso fazer para escapar delas? Recuando o mais silenciosamente possível, eu me viro, determinada a dar privacidade aos dois, ou talvez a fugir, e colido com o peito de Michal. Suas mãos se estendem para firmar meus braços e uma nova humilhação, uma nova *vergonha*, toma conta de mim quando encaro sua expressão fria. Quando olho para onde Odessa e Dimitri estão parados feito estátuas no beco — também imóveis, frios e silenciosos — percebo que eles também conseguem ouvir cada palavra. Eu *sei* que conseguem, e eu... eu acho que vou vomitar na bota de Michal de novo.

Porque a sua putinha pode estar escondida na minha safra?

Parece que ela fugiu com alguma criatura.

E então, para completar a minha vergonha, duas palavras.

Resgatar.

Proteger.

— Onde ela está então? — Ao som da voz de Jean Luc, eu me viro mais uma vez, e ele estende os braços em uma súplica impotente, gesticulando para os caixões, para o cais, para a cidade como um todo com uma agitação crescente. O rosto dele se contorce. Suas mãos começam a tremer. — Se ela pode visitar um bordel em Amandine, se pode praticamente se *despir* para um estranho, por que não pode visitar o noivo na Torre Chasseur?

Reid, porém, balança a cabeça de maneira brusca e impaciente, enquanto as mãos de Michal soltam meus braços.

— Não entendemos nada sobre vampiros. Pelo que sabemos, ela *poderia* ter sido compelida...

— Ela não estava usando o anel de noivado. — A galinha cacareja esquecida entre eles, bicando os grãos derrubados. — Lou te contou essa parte? Todos os relatos diziam o mesmo: vestido carmesim de cortesã e sem anel no dedo.

— Isso não significa nada. *Nada*. Me escute, Jean. — Reid agarra o braço de Jean Luc quando ele bufa e começa a se afastar. — *Escute*. Vocês dois brigaram na noite do sequestro de Célie e ela também não estava usando o anel na época. Ela não o estava usando no Parque Brindelle. — Embora Jean Luc resmungue, Reid não o solta. — O próprio vampiro pode tê-lo tirado dela, ou pode ser que ela tenha o perdido na luta durante o sequestro. Há centenas de explicações possíveis...

Jean Luc consegue se afastar.

— E não saberemos qual é a verdadeira até encontrar Célie — completa ele.

Reid suspira profundamente e observa Jean passar direto pela galinha.

— Você está determinado a pensar o pior.

— Não, o que estou *determinado* a fazer é encontrá-la — vocifera Jean Luc por cima do ombro. — Encontrá-la, prender a maldita *criatura noturna* que a levou e nunca mais perdê-la de vista outra vez.

Depois de outro longo instante, Reid segue Jean de volta ao tumulto. O capitão do porto e Frederic quase chegaram às vias de fato por causa do cachorro, deixando-me no doloroso silêncio do beco.

— Célie? — chama Dimitri baixinho, mas levanto a mão para silenciá-lo, sem conseguir falar.

Resgatar.

Proteger.

Eu sabia que aquelas palavras tinham um gosto errado, um gosto amargo e ressentido na minha boca. O julgamento de Jean Luc serpenteia entre elas com suavidade, deixando o rancor ainda mais intenso.

Não é como se eu pudesse dispensá-la. Célie é delicada.

Ambos sabemos que Morgane teria cortado seu pescoço.

Nunca mais perdê-la de vista outra vez.

Engolindo aquelas palavras, eu me forço a olhar para Michal, a encontrar seus olhos pretos.

— Não — digo a ele, tentando imitar sua compostura, adotar o semblante frio e distante de um vampiro. Eu também posso ser feita de pedra. Não vou desabar, não vou me estilhaçar. — Não quero falar com ele.

Embora a boca de Michal se contraia como se ele quisesse protestar, em vez disso ele dá um leve aceno com a cabeça, reajustando o capuz sobre o meu cabelo. Quando dá um passo para trás, oferecendo-me a mão, seu significado parece gritar em alto e bom som: desta vez, a escolha de ir com ele é minha.

Aceito a mão dele, sem hesitar.

Não falamos enquanto ele me puxa para dentro de nosso caixão, enquanto Odessa e Dimitri entram nos deles, enquanto seus marinheiros nos rebocam através do porto em direção ao navio. Mesmo assim, prendo a respiração, contando cada batimento cardíaco e rezando para que nada dê errado. Todas as estátuas são tão ocas por dentro como me sinto agora? Tão frágeis? Todas elas sofrem em segredo desta sensação de pavor? Pelo menos o cachorro do capitão do porto parou de uivar e as crianças se aquietaram.

Até o fazendeiro parou de praguejar. Restam apenas as ordens firmes dos Chasseurs, os resmungos dos mercadores e da equipe do capitão do porto.

Pisco para conter as lágrimas de alívio.

No momento em que solto o ar, certa de que chegamos à plataforma de embarque, um marinheiro perto da minha cabeça solta um grito de pânico. Uma galinha grita e o caixão inteiro tomba, guinando para o lado. O braço de Michal envolve minha cintura no segundo seguinte, mas, antes que eu possa respirar de novo, batemos na parede do caixão, despencando para as pedras do calçamento quando a tampa se abre. Embora Michal pragueje com raiva, girando no ar para se posicionar embaixo de mim, meus dentes ainda se chocam quando caímos no chão.

Quando rolamos até um par de botas familiares salpicadas de grãos.

— Meu Deus — sussurro.

Meu Deus, meu Deus, meu Deus...

— Confie em mim. — Suspirando e olhando para as estrelas com aceitação, a cabeça de Michal bate nas pedras do calçamento enquanto Jean Luc, horrorizado, olha para nós boquiaberto e o silêncio absoluto recai sobre o porto. — Ele não vai ajudar em nada.

CAPÍTULO QUARENTA E UM

Nosso último

Eu me levanto devagar.

Nunca tive tantas pessoas me encarando, chocadas. Mas, pela primeira vez na minha vida, não fico vermelha sob a atenção delas. Não tropeço e gaguejo diante da incredulidade ou da indignação crescente. Não. Meus membros parecem feitos de gelo e minhas mãos tremem enquanto aliso meu vestido carmesim, afasto o cabelo do rosto e levanto o queixo. Porque não sei mais o que fazer. Com certeza não consigo olhar para Jean Luc, não suporto ver a acusação crua em seus olhos. Toda a cor sumiu de seu rosto e, embora ele abra a boca para falar, não sai uma palavra sequer. Ele não entende. É lógico que não, ninguém entende. Sem controle, meu queixo começa a tremer.

Isso é tudo culpa minha.

De repente, eu me abaixo para pegar a galinha, mas ela cacareja e salta por entre os meus dedos antes de sair em disparada. Rápida demais para ser apanhada. Eu a persigo por reflexo, meus passos ecoando altos e pomposos no silêncio do porto, mas isso não importa; a galinha pode se machucar e, se isso acontecer, esses ferimentos também serão culpa minha. Eu tenho que... pegá-la de alguma maneira, talvez amarrar sua pata. Meus pés se movem mais rápido, desajeitados. Odessa estudou medicina, então talvez saiba como...

A galinha vai direto até Jean Luc.

Perdendo completamente a cabeça, salto sobre ela, determinada a *ajudar* de alguma maneira, mas, com um grito estridente de pânico, ela muda de direção e se choca com os tornozelos de Reid. Paro por uma fração de segundo antes de fazer o mesmo. Cauteloso, ele se abaixa para pegá-la e diz em voz baixa:

— Olá, Célie.

— Reid! Como você está? — Empertigo-me de imediato, ainda tremendo feito vara verde, e forço um sorriso hesitante. Antes que ele possa responder, acrescento apressada: — Será que devemos... dar uma olhada na asa dela? Suas penas parecem um pouco eriçadas, como se ela pudesse... pudesse tê-la quebrado ou...

Contudo, Reid balança a cabeça com um sorriso aflito.

— Acho que a galinha está bem.

— Tem certeza? — Minha voz fica cada vez mais aguda. — Porque...

No entanto, nesse instante, Jean Luc agarra meu pulso — bem acima da mordida de Michal — e me vira para encará-lo, seu rosto ardendo com mil perguntas não ditas. Embora eu tente não me encolher diante da dor, não consigo evitar. Isso *dói*. Quando inspiro fundo, Michal, Odessa e Dimitri surgem ao meu lado no mesmo instante, e o olhar de Jean Luc dispara do rosto sobrenatural deles para o meu pulso e as óbvias marcas de dentes. Para o sangue agora vertendo com suavidade entre seus dedos. Seus olhos se arregalam e, quase por instinto, ele afasta a capa do meu pescoço para revelar as feridas mais profundas e escuras ali. Com a mandíbula cerrada, ele arranca a Balisarda do cinturão.

— Jean — começo depressa.

— Fique atrás de mim. — Com a voz urgente, ele tenta me afastar de Michal e dos outros, mas firmo os pés e balanço a cabeça com a garganta se fechando a ponto de doer. Ele me encara sem acreditar. — *Agora*, Célie.

— N-Não.

Quando giro o corpo para afrouxar seu aperto e recuo para Michal — quando Michal desliza um braço protetor em volta de minha cintura —, a compreensão atinge Jean Luc com a força de uma guilhotina caindo. Posso ver o segundo exato em que isso acontece: ele pisca e sua expressão se esvazia de repente. Em seguida, ela se contorce em algo desconhecido, *feio*, quando ele solta meu pulso.

— Você deixou que ele... Ele *mordeu* você.

Aperto meu pulso contra o peito.

— Não é o que você está pensando.

— Não? — Embora ele tente disfarçar suas suspeitas, uma nota de apreensão ainda transparece em sua voz. — O que é, então? Ele... Ele forçou...?

— Ele não me forçou a fazer nada — respondo depressa. — Ele estava... Jean, ele estava ferido e precisava do meu sangue para curá-lo. Teria morrido sem isso. Dar sangue a vampiros nem sempre é... não precisa ser...

426

— Não precisa ser *o quê*?

Os olhos de Jean Luc se concentram no meu rosto e, amaldiçoando minha própria burrice, eu o encaro, desamparada. Não consigo dizer a palavra. *Não consigo*. Ainda segurando meu pulso, rezo com mais intensidade do que jamais rezei; para quem ou qual entidade, não sei, pois é evidente que Deus me abandonou.

— Célie — insiste ele quando o silêncio se estende por tempo de mais.

— Não precisa ser... sexual — completo em voz baixa.

Ele recua como se eu tivesse lhe dado um tapa. Quando sussurros percorrem a multidão, sua mandíbula trava e eu me preparo para o pior.

— Então é verdade — diz ele com frieza. — Você é mesmo uma prostituta.

Um ruído baixo e ameaçador reverbera no peito de Michal. Posso senti-lo percorrendo toda a minha coluna enquanto me apoio nele, balançando minha cabeça de novo. Desta vez como uma advertência. Não posso permitir que Michal ataque Jean Luc e não posso permitir que Jean Luc ataque Michal. Porque, se um deles machucar o outro, não sei o que farei. Porque... eu mereço a raiva de Jean Luc. Eu mereço. Mereço sua mágoa. E porque, como Lou e Coco uma vez me disseram, prostituta não é a pior coisa que uma mulher pode ser.

— Você não está falando sério — digo a Jean baixinho.

Ele gesticula com amargura para o vestido carmesim sob a capa de Michal e pergunta em tom de escárnio:

— Como você chamaria? Durante *duas semanas*, o reino inteiro esteve procurando por você, temendo o pior, com *pavor* do que poderíamos encontrar, e onde você estava? — Os nós dos dedos dele apertam com força a Balisarda. — Entretendo os moradores locais.

Por fim, os olhos de Jean se voltam para Michal, que ri sombriamente.

— Eu não moro aqui, capitão, para sua sorte.

Odessa lhe dá uma forte cotovelada nas costelas.

Jean Luc olha furioso de um para outro por vários segundos, o desgosto e o desconforto travando uma guerra em seu rosto, antes de se virar para mim e vociferar:

— Quem *é* ele?

Minha boca se abre para responder antes de se fechar de pronto mais uma vez. Como *raios* posso explicar quem é Michal sem revelar seu segredo não apenas para centenas de pessoas boquiabertas, mas também para todo um contingente de Chasseurs inconvenientemente empunhando espadas de prata?

Sentindo minha hesitação, Michal dá um passo adiante com toda a calma.

— Como estou bem na sua frente — diz ele com aquela voz fria e supostamente simpática —, é falta de educação não perguntar isso a mim de modo direto. Sem dúvida qualquer noivo de Célie deveria se portar melhor do que isso. No entanto — a pele de Jean Luc cora com o insulto —, para encerrar esta conversa o mais rápido possível, você já sabe quem eu sou. Célie contou a você. — Ele inclina a cabeça de leve, seus olhos pretos são frios e fixos. — Eu sou Michal Vasiliev e estes são meus primos, Odessa e Dimitri Petrov. Contratamos os serviços de Célie para vingar o assassinato de minha irmã, que acredito ser apenas um nome em uma longa lista de vítimas. — Aprumando-se, ele acrescenta: — Não deveria ser nenhuma surpresa que Célie já tenha localizado o corpo *e* o grimório desaparecidos, ambos encontrados em Les Abysses enquanto trabalhava disfarçada.

O silêncio se aprofunda com a declaração de Michal, e posso *sentir* os olhos de todos no porto pousarem no meu vestido carmesim.

— Michal — sussurro, piscando depressa.

Ninguém nunca... eles nunca nem sequer *pensaram* em mim dessa maneira, muito menos expressaram isso para centenas de pessoas ouvirem. Não deveria significar tanto para mim, ele não está dizendo nenhuma inverdade, mas mesmo assim meus joelhos ameaçam ceder sob o olhar curioso da multidão.

Eu não vou desabar. Eu não vou me estilhaçar.

— Neste bordel — continua Michal, impassível, cruzando as mãos atrás das costas e andando ao meu redor —, Célie descobriu que Babette Trousset não está morta, mas viva e muito bem. A bruxa de sangue simulou a própria morte antes de roubar o seu precioso grimório e fugir para os braços da prima Pennelope Trousset, que a abrigou em segredo por dias. Aparentemente, ambas as mulheres têm agido sob as ordens de um homem que se autodenomina Necromante. Tudo isso, é lógico, Célie investigou enquanto estava *fora da sua vista*.

Jean Luc, que se mostrou momentaneamente atordoado com a revelação, parece voltar a si com sua vergonhosa escolha de palavras.

— Porque você a *sequestrou*...

Porém, antes que qualquer um possa fazer mais do que bufar com escárnio, Reid surge entre eles, ainda segurando a galinha ressentida em seus braços. Para minha surpresa, ele não se dirige nem a Jean Luc nem a Michal, fitando-me com atenção.

— Está machucada, Célie? — Seus olhos pousam no sangue por todo o meu vestido, pulso e pescoço. — Você está bem?

— Eu estou...

Como se não pudesse me ouvir, Jean Luc enfia a Balisarda de volta na bainha com brutalidade.

— Que tipo de pergunta é essa? É óbvio que ela não está *bem*. É nítido que Célie não é ela mesma, não *tem sido* há muito tempo.

Ele pronuncia as palavras como um decreto, como se sua percepção do meu bem-estar fosse mais verdadeira do que a minha, e um filete de chama lambe o gelo no meu peito.

— Ele não estava perguntando a você, Jean. Estava perguntando *a mim*. E, só para constar, *é* falta de educação, sim, falar indiretamente sobre uma pessoa quando ela está bem na sua frente.

Ele me encara boquiaberto, como se eu tivesse perdido a cabeça.

— Você consegue ouvir o que está dizendo? — pergunta ele. — A Célie que *eu* conheço jamais concordaria com alguém como...

— Talvez a Célie que você conhece nunca tenha existido. Já pensou nisso? — Instintivamente, minha mão se fecha no crucifixo em volta do meu pescoço até que as bordas machuquem a minha palma. Acendendo aquele fogo no meu peito. — Pode acontecer sem que a gente perceba: nos apaixonamos por uma ideia em vez de por uma pessoa. Damos um ao outro partes de nós mesmos, mas nunca o todo e, sem o todo, como é possível conhecer alguém de verdade?

E você nunca conhecerá um mundo sem luz do sol, não é? Não a nossa queridinha Célie.

Ela também nunca me conheceu de verdade.

— Célie, do que você... do que você está *falando*? — Desta vez, Jean Luc agarra minha mão ilesa, apertando-a desesperadamente em busca de algum tipo de certeza. — Isso é sobre os Chasseurs? Escute, se você não quer mais ser um caçador... uma *caçadora*... não precisa ser. Eu... Célie, eu falei com o padre Achille no mês passado e ele concordou que eu posso comprar uma casa nos arredores de Saint-Cécile sem revogar os meus votos. Podemos nos *mudar* da Torre Chasseur. — Quando minha outra mão cai do crucifixo, ele a segura também, com os olhos brilhando de emoção, ou talvez de lágrimas não derramadas. Ele se aproxima ainda mais e baixa a voz. — Já procurei algumas... inclusive uma na mesma rua de Lou e Reid. Tem uma laranjeira nos fundos e... eu queria que fosse uma surpresa para o seu aniversário. — Ele leva minhas mãos aos lábios, dando um beijo suave nos nós dos meus dedos. — Quero construir um *lar* com você.

Encaro Jean Luc por um longo momento, me esforçando para manter a compostura. Então...

— O que você ia querer que eu fizesse lá, Jean? Espremer laranjas todas as manhãs antes de você ir para o trabalho? Ensinar nossa meia dúzia de filhos a bordar e a colocar a biblioteca em ordem alfabética? É isso o que você quer?

Ele torce minhas mãos como se tentasse trazer o bom senso de volta para mim à força.

— Achei que era isso que *você* queria.

— Eu não *sei* o que eu quero!

— Escolha qualquer coisa, então! — As lágrimas com certeza brilham nos olhos dele agora, e eu odeio vê-las. Eu me odeio ainda mais. — Escolha qualquer coisa, e eu farei acontecer...

— Eu não *quero* que você faça acontecer, Jean. — É preciso cada centímetro da minha força para não me afastar, para não fugir e humilhá-lo na frente de toda aquela gente. Ele não merece isso. Ele não merece o que está *acontecendo*, mas eu também não. — Não consegue entender? Eu quero fazer acontecer. Eu *preciso* fazer acontecer por mim mesma...

— Foi por isso que você fugiu com ele? — Desesperado de novo, seu olhar dispara outra vez para o meu pescoço e, após mais um segundo angustiante, Jean fecha os olhos como se não conseguisse suportar vê-lo, soltando o ar com dificuldade. — Você fugiu para me punir? Para de alguma maneira... *provar* a si mesma?

A palavra penetra direto pelas minhas costelas e chega ao meu coração, familiares e verdadeiras demais para serem ignoradas. Jean Luc não sabe o que está dizendo, é óbvio. Ele não tem a *intenção* de me magoar, mas há poucos momentos ele cuspiu a palavra *sequestro* como uma maldição.

— Eu não fugi — confesso entredentes —, mas agora gostaria de ter fugido. — Os olhos dele se arregalam. — Pense em todas as reuniões das quais participou, nos segredos que guardou… pode dizer, com honestidade, que se arrepende de tudo? Que faria algo diferente se pudesse?

Embora eu faça a pergunta a Jean Luc, minha resposta surge rápida e segura entre nós.

Isso tudo é culpa minha, sim, mas não consigo me arrepender das escolhas que fiz. Elas me trouxeram até aqui. Sem elas, eu nunca teria notado esse profundo desconforto no meu peito ao olhar para Jean Luc, para Reid, para Frederic e para minha antiga irmandade. Eu nunca teria escutado este silêncio retumbante sem fazer interrupções.

Posso não saber ao certo o que quero, mas sei que não está mais aqui.

— Tudo o que eu fiz — diz Jean Luc, enfim — foi para proteger você.

Agora sou eu quem aperta as mãos *dele*, tentando transmitir cada último resquício do meu amor e do meu respeito naquele toque. Porque é isso que ele é: o último.

— Sinto muito, Jean, mas não preciso que você me proteja. Nunca precisei que me protegesse. Eu precisava que você me amasse, confiasse em mim, me confortasse e me incentivasse. Eu precisava que se abrisse quando tivesse um dia ruim e risse comigo quando eu tivesse um dia bom. Eu precisava que você esperasse eu pegar aqueles *lutins* na plantação do fazendeiro Marc, assim como precisava que quebrasse as regras e me *beijasse* quando o supervisor desviasse o olhar.

Com o rosto corado, ele olha ao redor rapidamente, mas eu seria o pior tipo de hipócrita se protegesse os sentimentos dele naquele momento.

— Eu precisava que você quisesse meus conselhos quando encontrou o primeiro corpo, mesmo que não pudesse pedir minha ajuda. Eu precisava que valorizasse minhas ideias. Eu precisava que você implicasse comigo, me provocasse e acariciasse meu cabelo quando eu chorasse; eu precisava de centenas de coisas de você, Jean Luc, mas sua proteção nunca foi uma delas.

Tomo fôlego antes de prosseguir:

— E, agora... agora não preciso de nada que venha de você. Aprendi a sobreviver sozinha. — Engolindo em seco, me forço a dizer o restante, a reconhecer a verdade daquelas palavras. — Nas últimas duas semanas, atravessei o véu e dancei com espíritos. Bebi o sangue de um vampiro e vivi no escuro. Ainda estou viva. — Minha voz fica mais alta com a afirmação, mais forte. — Ainda estou *viva* e muito perto de encontrar o assassino. Ele está atrás de mim, Jean... ele *me* quer... e sei que posso pegá-lo com um pouco mais de tempo.

Embora eu tente me afastar, as mãos de Jean Luc prendem as minhas.

— O que quer dizer com "ele *me* quer"? — pergunta Jean, repetindo minhas palavras. — Do que está falando?

— Você está mesmo me *ouvindo*? Prestou atenção em mais alguma coisa do que eu...

— Lógico que estou te ouvindo! Esse é o problema. Eu estou *prestando atenção* em você, e acabou de dizer que um lunático que se autodenomina *Necromante* está te perseguindo! — Ele joga minhas mãos longe como se elas o tivessem queimado. — Célie, você sumiu há menos de duas semanas e de alguma maneira conseguiu atrair o interesse de um assassino. Não vê como isso é perigoso? Não *percebe* como precisa estar perto de pessoas que...

— Me trancam na Torre Chasseur? — Por mais que eu me esforce, lágrimas quentes e raivosas brotam dos meus olhos. Eu não posso acreditar nisso. Não posso acreditar *nele*. Achei que, se pudesse me explicar direito, Jean Luc entenderia, talvez até sentisse remorso, mas é evidente que Filippa não é a única pessoa sobre quem me enganei redondamente. Jean está *magoado*, lembro a mim mesma com firmeza, segurando os cotovelos, mas não é o único. Dando mais um passo para trás, acrescento: — Que me dizem para ser uma boa caçadora e esperar no meu quarto enquanto os homens cuidam das coisas?

Seus olhos lampejam de modo perigoso e ele endireita os ombros com o ar de um homem que se prepara para fazer algo desagradável.

— Chega, Célie. Você vai voltar para a Torre Chasseur comigo, gostando ou não, e poderemos terminar esta conversa em particular. — O olhar dele vai de Reid para Frederic e então para a multidão de curiosos antes de enfim se fixar em Michal. — Não faça com que isso seja pior do que precisa ser — avisa ele.

Michal não parece mais frio e impassível.

— Ah, você já fez isso — declara ele.

— Não vou a *lugar nenhum* com você — esbravejo.

— Você vai, sim.

Jean Luc se adianta para agarrar o meu braço e eu reajo sem pensar; reajo até mais rápido do que os vampiros atrás de mim, desviando para o lado e arrancando a Balisarda de seu cinturão enquanto ele dá um passo em falso para evitar colidir com Michal. O restante da cena acontece como se eu estivesse em câmera lenta. O pé de Jean se dobra, escorregando um pouco no calçamento, e ele exagera no movimento para se recuperar, girando para me encarar e perdendo o equilíbrio no processo.

Com um baque degradante, ele cai no chão aos meus pés, e risadinhas irrompem pelo porto. Uma pessoa até aplaude.

É como se meu coração parasse de bater.

— Ah, meu Deus. — Qualquer fúria que senti desaparece de imediato, e eu me ajoelho, empurrando a Balisarda para ele enquanto também tento colocá-lo de pé, limpar a sujeira de seu casaco. — Você está bem? Sinto muito, Jean, eu não quis... — Mas ele afasta minhas mãos, seu rosto frio e irritado como jamais vi. Agarrando sua Balisarda, ele se levanta rígido e eu me ergo depois, sentindo-me pior a cada segundo. — Por favor, acredite, eu nunca quis...

— Vá.

Ele pronuncia a palavra simples e definitivamente, e minhas mãos estendidas congelam entre nós. Sem olhar para mim, ele pega a galinha de Reid, que está pálido e imóvel, e a coloca de volta na gaiola com as outras. Por cima do ombro, ele diz:

— E não volte.

PARTE IV

Quand on parle du loup, on en voit la queue.
Falando do diabo, aparece o rabo.

CAPÍTULO QUARENTA E DOIS

A princesa invisível

Para falar a verdade, não me lembro de quase nada da viagem de volta a Réquiem.

Lembro-me ainda menos de ter saído do navio, de ter tropeçado na plataforma atrás de Michal e dos outros. Ele deve ter nos conduzido através do mercado movimentado até o castelo (um pé deve ter enroscado no outro), mas nunca saberei ao certo como fui parar no meu quarto, como tirei o meu vestido sujo de sangue e desmaiei na poltrona macia perto do fogo.

Michal não me acompanhou.

Talvez ele tenha percebido que eu precisava ficar sozinha, que precisava pensar, e não poderia fazer isso se ele estivesse por perto. Além disso, eu o vi levando Dimitri em direção ao seu escritório para a longa conversa deles, o que significa que estou perdendo um tempo precioso olhando ociosamente para estas chamas. Eu deveria estar vasculhando os corredores em busca do quarto de Dimitri, arrombando a fechadura e procurando por qualquer coisa que o conecte à minha irmã. Talvez Michal consiga arrancar toda a verdade do primo, mas talvez não consiga, o que significa que a hora de agir é *agora*. Quem sabe quando terei outra oportunidade?

Infelizmente, meu corpo se recusa a se mover.

Odessa estala a língua, irritada, e remexe no armário atrás do biombo. A umidade do lado de fora ainda está grudada em sua capa de lã e em suas botas lustrosas, e sua sombrinha úmida está apoiada na balaustrada.

— Você não precisava me seguir — digo a ela.

— Eu não *segui* você, queridinha. Eu *acompanhei*.

— Você não precisava me *acompanhar*, então. — Enxugo as gotas de umidade do crucifixo de Filippa e passo os dedos pelas bordas lisas com o polegar. Quando minha unha prende na trava secreta, suspiro e recoloco tudo sob a gola, sentindo-me enjoada, confusa e exausta. Preciso me levantar; preciso revistar o quarto de Dimitri. Em vez disso, um arrepio percorre

❊ 437 ❊

meu corpo e meu estômago ronca. — Michal prometeu que nada de ruim aconteceria comigo aqui e, mesmo que não o fizesse, duvido que alguém esteja disposto a me atacar depois do que aconteceu no aviário.

— Você subestima a agitação deles no momento. A Véspera de Todos os Santos é amanhã, e Michal de fato prendeu todos nós aqui feito ratos na gaiola... palavras de Priscille, não minhas — acrescenta ela, completamente despreocupada, quando lhe lanço um olhar desconfiado. Ela pega um vestido de cetim cor-de-rosa. — Além disso, você está agindo de maneira estranha.

— Como é?

— Você é sempre um *pouco* estranha, é lógico... com toda esta maluquice de Noiva e Necromante... mas o seu comportamento tem sido mais estranho que o normal desde que partimos de Amandine. Você não disse quase nada em nosso retorno a Cesarine, e menos ainda no navio de volta para Réquiem. A menos que conte aquele encontro horrível com seu noivo entre uma coisa e outra, e eu preferia nem o ter conhecido. O homem é um completo imbecil e acho mesmo que você tomou a decisão certa ao romper o noivado.

Olho para ela sem acreditar. Em *choque*. Desconsiderando o fato de que *Odessa* tenha a cara de pau de chamar alguém de estranho, nunca esperei que ela fosse tão... tão observadora. Talvez porque ela fale demais sobre o globo ocular humano e a primeira Igreja, ou talvez porque ela, em geral, exibe uma expressão de tédio absoluto.

— Ele não é um imbecil — murmuro na defensiva.

Agora, ela parece qualquer coisa menos entediada. Fitando-me com aqueles olhos espertos e felinos, ela pergunta:

— É por isso que está tão quieta? Por causa do seu noivo podre?

Desvio o olhar depressa.

— Ex-noivo.

— Sim. Ele. — Como não respondo, ela caminha em minha direção e estala os dedos, fazendo sinal para que eu fique de pé. Obedeço com relutância. — Ou... talvez você tenha se arrependido da acusação hedionda que fez contra meu irmão. — Ela franze os lábios cor de ameixa antes de passar o vestido cor-de-rosa pela minha cabeça. — Não, também não é isso. *Talvez* você continue acreditando que ele assassinou nossa prima e ainda esteja tramando o fim de toda a raça dos vampiros. Estou chegando lá?

438

— Droga. Você me descobriu.

Fazendo uma carranca, ela aperta bem forte o corpete do vestido.

— Acho que está escondendo alguma coisa, Célie Tremblay.

Sem forças para discutir, rastejo de volta para a poltrona e levanto os joelhos até o peito, envolvendo-os com os braços. Olho fixamente para o fogo.

— Você a matou? — pergunto em vez disso. — Priscille?

— E se tiver matado? Ela sem dúvida teria matado *você*. — Então, antes que eu consiga pressioná-la por uma resposta com a verdade, ela se senta na outra poltrona e pergunta: — Você falou mesmo com Mila? — Embora seu tom permaneça casual, casual *demais*, seus olhos entregam seu interesse quando assinto, incapaz de conseguir energia para mentir ou desviar do assunto. Ela pega um livro da mesa entre nós sem verificar o título. — E ela... ela disse se iria aparecer de novo? Não é que eu *sinta falta* dela, por assim dizer, mas, se *por acaso* eu a visse...

— Na última vez que falei com Mila, ela deixou nítido que não poderia nos ajudar.

Odessa revira os olhos.

— Encantadora como sempre a minha prima, mas não *preciso* da ajuda dela. Eu só quero... bem, conversar com ela, eu acho.

Um trovão ressoa no silêncio que se segue.

Ah. Apoio o queixo nos joelhos. Embora eu nunca tenha pensado muito na morte de Mila fora do ponto de vista de Michal, ele não foi o único que perdeu um familiar naquela noite. É lógico que Odessa também sentiria a ausência dela. Na verdade, eu não a vi passar tempo com ninguém sem ser Dimitri; ela não tem nenhuma mãe amorosa ou tias espalhafatosas, nenhuma mulher da nobreza com quem dar risada ou amigas disfarçadas de damas de companhia. A constatação provoca uma palpitação inesperada no meu peito. Ter apenas o irmão como companheiro... deve ser extremamente solitário.

— Michal disse que ela não conseguiria ficar longe por muito tempo — comento quando o silêncio entre nós continua a se estender. Um ramo de oliveira. — Ele disse que a tentação de se intrometer seria grande demais.

Um sorriso relutante perpassa os lábios dela.

— Isso é bem a cara dos meus dois primos.

— Quer que eu veja se ela está aqui?

⊰ 439 ⊱

Ela deixa o livro na mesa enquanto finge refletir, tentando desesperadamente permanecer indiferente.

— Acho que... se não for muito difícil.

Suspirando com sua teimosia, fecho os olhos e me concentro na dor oca no meu peito. *Saudade*, eu percebo. Mais do que tudo, anseio por saber a verdade sobre minha irmã, assim como Odessa anseia ver a prima de novo. Enquanto o primeiro desejo permanece fora de alcance, a apenas alguns dedos de distância, eu tenho o outro em minhas mãos. Posso fazer isso por Odessa. Posso fazer isso por Mila e posso fazer isso por *mim*. Ainda não estou pronta para revistar o quarto de Dimitri nem para descobrir mais sobre Filippa. Talvez eu nunca esteja.

Como que em resposta, o frio se aprofunda ao meu redor, e a pressão aumenta a ponto de causar dor nos meus ouvidos. Quando abro os olhos, Odessa arqueja de leve diante da luz prateada recém-descoberta, aproximando-se para examiná-los.

— Michal me contou sobre a luminosidade, sim, mas o jeito que ele descreveu está longe de fazer justiça. Que *deliciosamente* sinistro! Diga-me... isso afeta sua visão? Por exemplo, lança um brilho mais suave no seu campo de visão?

— Tire a luva.

Com um sorriso pesaroso, estendo a palma da mão descoberta na direção de Odessa. Ela olha com curiosidade, mas mesmo assim puxa a luva dos dedos. Quando sua pele toca a minha, ela arqueja de novo, com os olhos arregalados e assustados com nossas temperaturas semelhantes.

— *Fascinante*...

A palavra parece ficar grudada em sua garganta, porém, quando ela segue meu olhar e avista Mila, que paira no mezanino, olhando de cima para nós com uma expressão um tanto tímida. O calor floresce junto à dor no meu peito ao vê-la. Pelo jeito, Odessa não é a única que sente falta da prima.

— *Mila?* — Odessa praticamente me arrasta até a escada em espiral. — É você mesmo?

Um pequeno sorriso se espalha pelo rosto de Mila e ela levanta a mão opaca em uma saudação.

— Olá, Dess. — Com os olhos se voltando para mim, ela pigarreia com um risinho constrangido. — Célie.

Não consigo segurar meu próprio sorriso relutante. Odessa só pisca depressa, tentando em vão controlar o choque e a alegria.

— Por um momento — comento —, achei que você tinha morrido sem se despedir... toda aquela bobagem no aviário sobre se *recusar a nos assombrar* e deixar as coisas para lá. Mas você esteve nos seguindo esse tempo todo, não é?

Mila joga o cabelo comprido por cima do ombro e flutua até o andar de baixo para se juntar a nós.

— O que foi uma coisa boa, pois de outra forma Guinevere nunca teria *me* seguido, e ela se mostrou bastante útil em Les Abysses. — Uma pausa maliciosa. — Ouvi dizer que vocês duas são melhores amigas agora. Que especial.

— Guinevere? — Odessa vira o rosto de uma para outra, é visível que ela tenta decifrar nossa conversa. — A mesma Guinevere de *Mimsy*, aquela vadiazinha audaciosa que quebrou as janelas do meu laboratório? — Antes que alguém possa responder, como se Odessa não conseguisse se conter, ela acrescenta: — E espíritos não podem *morrer*, Célie. Após a morte de seus corpos físicos, eles devem escolher entre passar para o mundo dos mortos ou permanecer perto do mundo dos vivos. Nem mesmo você pode alcançar aqueles que escolhem o primeiro, e os últimos — ela lança um olhar pesaroso para Mila — permanecem presos entre os dois mundos por toda a eternidade, incapazes de existir de verdade em qualquer um deles.

Mila revira os olhos em direção ao lustre e retruca:

— Você fala como se tivesse devorado o livro *Como se comunicar com os mortos*.

— Talvez eu tenha dado uma olhada — afirma Odessa — depois que Michal me contou que falou com você. — Porém, à menção de Michal, o humor nos olhos de Mila desaparece, e seu rosto se contrai de modo quase imperceptível. Odessa nota mesmo assim. — Ah, vamos lá. Você não pode estar chateada com ele depois de todos esses anos.

— Para sua informação, não estou *chateada* com ele. Eu apenas não quero...

Odessa interrompe com uma bufada de escárnio, lançando um olhar exasperado em minha direção.

— Michal transformou Mila em vampira quando eles eram jovens e ela nunca o perdoou por isso. — Para Mila, ela diz com severidade: — Você estava *doente*. O que esperava que o coitado fizesse? Se eu tivesse visto Dimitri definhando daquele jeito, sofrendo uma morte lenta e dolorosa, eu teria feito coisa muito pior para salvá-lo.

Franzo a testa com a nova informação. Pela primeira vez na vida, não consigo pensar em nada para dizer. Afinal, Michal nunca mencionou nada disso para mim, e por que faria isso? Eu o considerava um sádico até a semana passada e não tive nenhum escrúpulo em dizer isso a ele. Ainda assim, um calor inexplicável sobe pela minha gola, que puxo inutilmente para longe do pescoço. Compartilhei muito sobre minha irmã em Amandine. Ele poderia ter feito o mesmo. Eu não o teria deixado falando para o vento.

Como se sentisse meu desconforto, Odessa aperta minha mão, mas não tece comentários.

— Ela ficou sem falar com Michal por anos... *anos*... e tudo porque também entregou o coração a um imbecil indigno como o seu caçador.

Mila bufa, ofendida, e cruza os braços com determinação.

— Isso não tem nada a ver com Pyotr.

— Não? Ele não tentou cortar sua cabeça quando você lhe mostrou suas lindas presas novas? — Quando Mila faz uma careta, recusando-se a responder, Odessa acena com uma satisfação sombria, a epítome da irmã mais velha. A dor no meu peito aumenta dez vezes. — Michal não transformou nenhuma criatura desde aquele dia — conta-me ela. — Em toda a sua existência, ele transformou somente a sua ingrata irmãzinha, que ainda o castiga por isso todos os dias.

A compreensão é como um soco no meu estômago e a insistência de Michal — ou melhor, *beligerância* — para que eu nunca bebesse o sangue dele ou de qualquer outro vampiro faz sentido de repente. Ainda assim, franzo a testa para Odessa, confusa.

— Quem transformou *você* então? — indago.

Ela olha de modo incisivo para Mila, que, apesar de toda a sua sabedoria, parece bem mais jovem na presença da prima. Seus braços ainda estão cruzados. Sua mandíbula, travada. Exatamente do mesmo jeito como se comportou no aviário com Michal, a quem ela parece defender e condenar na mesma medida.

442

— O quê? — esbraveja Mila para nós duas. — Você não poderia esperar de verdade que eu vivesse por toda a eternidade apenas com a companhia de *Michal*. Eu amo meu irmão... *de verdade*... mas ele tem tanta personalidade quanto aquela pedra. — Ela aponta o queixo em direção ao penhasco atrás de nós. — Só que a pedra não tenta controlar todos os meus movimentos.

O calor no meu pescoço fica mais intenso — não é mais um desconforto, mas uma irritação repentina e alarmante. Minha boca se abre antes que eu possa pensar melhor, antes que eu possa impedir que a acusação contundente seja cuspida.

— Não parece justo guardar rancor de Michal se você *também* transformou um parente em vampiro, Mila.

Um som de incredulidade escapa de Mila.

— Como se você soubesse alguma coisa sobre isso! Só porque *você* agora está apaixonada não significa que todo mundo esteja, e... e... — Ela solta um gemido de frustração e seu corpo inteiro parece desmoronar enquanto o meu se enrijece. — *Sinto muito*. Foi uma coisa horrível de se dizer, e *é óbvio* que não estou falando sério. É só que... Michal é Michal, e ele escolheu por mim. Ele *sempre* escolhe por mim, e agora nem sou mais uma vampira. Sou uma *morta*. Todos vocês ficam perambulando pelo mundo, vivendo uma aventura maravilhosa, e eu não posso acompanhar ninguém. Não de verdade. Ninguém consegue me *ver*, exceto através de você, Célie, e apenas... não é...

Seja o que for, Mila não consegue articular, mas eu entendo mesmo assim: *justo*. Não é justo. O que Michal disse sobre sua irmã?

Todos os que batiam os olhos nela se apaixonavam.

E agora ela é invisível.

Suavizando a expressão, Odessa se eleva à altura de Mila ao subir no primeiro degrau.

— Você sabe que todos nós sentimos sua falta, Mila. Até mesmo os aldeões... ninguém te culpa pelas decisões de Michal. Eles se ressentem das medidas de segurança reforçadas em torno da ilha, sim, mas nunca se ressentiram de você.

Mila enxuga as bochechas com raiva.

— Eu sei disso. É lógico que sei. Só estou sendo boba.

Uma espécie de aceitação silenciosa toma conta de mim. Mesmo na morte, Mila não fez as pazes com o irmão, nem consigo mesma. Se eu não agir com cuidado, o mesmo será dito sobre mim. Quer eu me esconda da verdade quer não, o Necromante ainda tentará me matar. Nada que eu encontre sobre a minha irmã vai mudar isso, então o que de fato eu tenho tanto medo de encontrar? O pior já aconteceu; minha irmã está morta, e eu me recuso a segui-la para o além.

Ainda não.

— Quanto a *você* — diz Odessa, puxando minha mão até eu me juntar a ela na escada. — Precisa conversar com o meu irmão. Por mais que eu não queira admitir, a ideia de você tramando morte e destruição não condiz... você não faz esse tipo... e Dimitri merece a chance de se defender.

— Talvez você esteja certa. — Puxando Odessa da escada, atravesso o cômodo até minha capa verde-escura que está pendurada no gancho ao lado do armário. — Onde posso encontrá-lo? No quarto dele?

Odessa e Mila trocam um olhar rápido e furtivo.

— Não tenho certeza se o quarto dele é o melhor lugar para se encontrarem — responde Mila depois de vários segundos. — Talvez no escritório de Michal...

— Esta é uma conversa que prefiro ter em particular — declaro.

Odessa força um sorriso aflito.

— É óbvio que sim, queridinha, mas dadas as circunstâncias...

Pego a adaga de prata na capa de viagem de Michal, que Odessa deve ter pendurado ao lado da minha. O sorriso dela vacila quando enfio a arma na bota.

— Dadas as circunstâncias, ele não tem nada a esconder, certo? Por que não deveríamos nos encontrar no quarto dele?

As duas não dizem nada por um longo momento. Então, quando temo ter exagerado, Mila enfim fala:

— A porta dele é a terceira à esquerda na torre norte, mas... tente não julgar muito o Dimitri, Célie. Ele precisa de toda a ajuda que pudermos oferecer.

CAPÍTULO QUARENTA E TRÊS

A história de Dimitri

O que quer que eu esperasse encontrar no quarto de Dimitri — quiçá corpos, ou algemas ensanguentadas e potes com dentes — não tem nada a ver com o aposento iluminado e colorido que me aguarda. Aliás, quando atravesso a porta pela primeira vez, recuo quase na mesma hora, certa de que parei no quarto errado. Uma grande lareira ilumina todo o cenário. Lenços em tons de água-marinha, magenta e amarelo-limão pendem do teto e das venezianas, ao passo que uma variedade de chapéus repousa nas colunas da cama e se empilha precariamente na mesa de cabeceira.

De volta ao corredor, balanço a cabeça para afastar a confusão e conto as portas com mais atenção.

Uma. Duas. Três.

Abro a porta para o mesmo zoológico estranho em forma de tenda, o que significa que Dimitri deve ser... bem, algum tipo de *acumulador*. Respirando fundo, passo pela soleira e fecho a porta.

Chaves brilham nas paredes curvas de pedra, junto com cestos e mais cestos de livros. Livros *peculiares*. Com cuidado, chego mais perto e pego o de cima: uma edição de bolso da Bíblia Sagrada. Abaixo dela está *Gatos da moda e as pessoas que os costuram*. Devolvo os dois livros com uma careta.

Será preciso um milagre para encontrar alguma coisa da Filippa nesta bagunça.

Em seguida, vou até a escrivaninha, porque, se havia uma carta, deve haver mais, e, se foi Dimitri quem as escreveu, sem dúvida as teria guardado. *Ou*, diz uma vozinha esperançosa na minha cabeça, *ele nem sequer conhecia Filippa*.

Esse seria o melhor cenário, é lógico.

E também o pior.

Sem uma conexão entre Dimitri e Filippa, e, portanto, Babette, não tenho nenhuma direção a seguir para encontrar o Necromante.

445

A escrivaninha, ao que parece, rivaliza até mesmo com o acúmulo de tralha nas paredes: frascos de perfume, botões e rolos de moedas diferentes ocupam sua parte superior e, dentro das gavetas, há caixas de fósforos e relógios de bolso, uma caneta-tinteiro e até mesmo uma boneca velha e esfarrapada. Coisas comuns. Coisas mundanas.

Centenas delas e nenhuma carta à vista.

Fechando a gaveta com frustração e alívio, suspiro profundamente e me viro para observar o quarto como um todo. Para além de Filippa e seu amante secreto, para além de Dimitri, Babette e até mesmo do Necromante, este quarto não faz sentido. Era *isso* que Odessa e Mila temiam que eu visse? A coleção de lixo de Dimitri?

— O que você está fazendo aqui?

Com um pequeno grito, eu salto para longe da escrivaninha e me viro para a porta, onde Dimitri está de pé com os braços cruzados e os lábios apertados com desconfiança.

— Dimitri! Você voltou!

— E você está bisbilhotando meu quarto.

— Eu não estava... Se *quer* mesmo saber, eu não estava bisbilhotando lugar nenhum. Eu estava apenas esperando por *você*. Na última vez que nos falamos, você queria conversar e agora... bem, estou pronta.

Ele desencosta do batente e entra no quarto, fechando a porta com um clique suave. Tento não estremecer com o som.

— Não, você não está.

— Do que está falando?

— Não está pronta para conversar. Agorinha mesmo, estava vasculhando minha escrivaninha, também posso sentir seu cheiro em todos os meus livros. — Os olhos dele se estreitam enquanto ele me observa. — Você está procurando alguma coisa.

Nós nos encaramos por vários segundos. A cautela parece surgir em sua expressão à medida que o silêncio entre nós se aprofunda, ou melhor, uma espécie de *tensão*. Com isso, me pergunto o quão ruim foi a longa conversa com Michal. Por fim, aponto para as bugigangas que nos rodeiam.

— O que *é* tudo isso?

Seus olhos se voltam para a fileira de sapatos sob a beira da cama.

— Eu não matei a Mila, Célie.

446

— Não foi isso que eu perguntei.

— E você também não acha *de fato* que a matei, ou não teria se arriscado a vir aqui sozinha. Eu não sou o Necromante. Eu não... — ele hesita, engolindo em seco — quero seu sangue para algum ritual sombrio.

Contudo, algo na voz de Dimitri muda com as palavras e os pelos da minha nuca se arrepiam quando mais uma vez me lembro do aviso de Michal. *Dimitri é um viciado. Ele não tem pensado em nada além do seu sangue desde que a conheceu.*

De repente, me sinto absurdamente tola por ter ido até ali e, de repente, não tenho mais nada a perder. Tirando a adaga da bota, eu a brando entre nós e esbravejo:

— Você conhecia minha irmã?

Ele não recua diante da prata, nem sequer parece reconhecer o metal; em vez disso, Dimitri hesita, como se eu tivesse falado em outra língua.

— Quem?

— Minha *irmã* — repito entredentes. — Filippa Tremblay. Morgane a assassinou ano passado, mas eu quero saber... eu preciso... você *vai* me contar se a conhecia.

Os olhos dele se arregalam um pouco com o que quer que tenha visto na minha expressão, e ele levanta as mãos em uma postura conciliadora.

— Célie, nunca vi sua irmã na minha vida.

— Mas você não está exatamente vivo, está? E eu não perguntei se a tinha visto, perguntei se a *conhecia*.

— Existe alguma diferença? — pergunta Dimitri, desamparado.

Meus nós dos dedos ficam brancos ao redor da adaga enquanto estudo o rosto dele, enquanto procuro por alguma coisa — *qualquer coisa* — que possa revelar um possível subterfúgio.

— Você pode conhecer uma pessoa sem nunca tê-la visto... por cartas, por exemplo.

— Não conheci *nem* escrevi para sua irmã. A única pessoa para quem escrevi uma carta foi La Dame des Sorcières. — Ele encolhe os ombros sem forças e abaixa os braços. — Ela é sua amiga, não é? Louise le Blanc? Escrevi para ela no mês passado.

Agora é minha vez de hesitar sem entender.

— Você escreveu uma carta para Lou?

447

Com os ombros curvados, Dimitri avança ao meu redor — levanto a adaga mais alto quando ele passa por mim — e desaba em uma poltrona de couro perto da cama. Um colar de ouro pende do braço dele. Ele toma cuidado para não o tirar do lugar enquanto esfrega a mão cansada no rosto.

— Você tem que me ouvir, Célie. Eu sei que você... que você pensa o pior, mas não poderia estar mais longe da verdade. Não sou o Necromante — repete ele, desta vez com mais ênfase. — Não estou em conluio com ele... não matei nenhuma daquelas criaturas... e a única coisa que quero de Babette é o grimório. Eu *preciso* daquele grimório.

— Você deixou isso mais do que evidente.

— Você ainda não entendeu. — Com um gemido de frustração, ele inclina a cabeça para trás, olhando para os ramos de flores perto do teto e procurando as palavras certas. — Michal lhe contou sobre a sede de sangue — diz ele por fim. Embora não seja uma pergunta, mesmo assim assinto com a cabeça, e a boca dele forma uma linha triste. — Então você sabe que sou um viciado. Pode ser que eu não mate a sangue-frio como o Necromante, mas minhas mãos estão sujas da mesma maneira... não, minhas mãos estão *piores*.

Ele fecha os olhos como se as palavras lhe tivessem custado alguma coisa, como se tivessem causado a ele uma dor imensa.

— Eu mereço sua suspeita, seu ódio — continua ele. — Embora eu nem sempre tenha sido assim, o distúrbio fica cada vez mais difícil de controlar a cada ano que passa... Perdi a conta de quantas pessoas matei. Mas ainda consigo ver o rosto delas — acrescenta ele, amargurado, gesticulando para o quarto em volta. Minha boca fica seca. — Ainda consigo sentir o gosto do medo delas no instante em que percebem que não vou parar, que não *consigo* parar, e esse... *esse* é o verdadeiro vício.

Quando os olhos de Dimitri se abrem de repente, dou um passo para trás, derrubando vários frascos de perfume. Eles se quebram no chão.

— Você quer dizer... está dizendo...? — Olho freneticamente para a desordem ao redor, meu estômago se revirando com a constatação. Mas isso não pode ser verdade. Isso não pode estar acontecendo. — Dimitri — minha voz se torna um sussurro horrorizado enquanto levanto a boneca esfarrapada —, estas coisas são *souvenirs*?

448

— Para me lembrar das pessoas. — Um brilho perturbador surge em seus olhos enquanto ele encara a boneca sem piscar. — De cada uma delas.

— Mas são *centenas*...

— Você tem razão em ter medo de mim — declara ele, sombrio. — Se não fosse por Michal, eu a teria matado no momento em que entrei no seu quarto. Não teria sido capaz de me controlar. Você tem um cheiro... delicioso.

Algo na expressão de Dimitri me força a lembrar de Yannick, e recuo mais um passo, lembrando-me do restante do aviso de Michal.

Quando Dimitri se alimenta, ele perde a consciência. Muitos vampiros se esquecem de si mesmos durante a caça, mas um vampiro afetado pela sede de sangue vai além disso: ele não se lembra de nada, não sente nada e é inevitável que mate sua presa de maneiras repugnantes e absurdas. Se deixado à própria sorte, ele se torna um animal como Yannick.

— Fique longe de mim. — Minha voz treme um pouco enquanto meu olhar se dirige para a porta, e Dimitri se levanta devagar. — Não chegue mais perto.

— Não quero machucar você, Célie. — Sua voz falha no final e, tão depressa quanto a sombra cruzou suas feições, ela desaparece, deixando-o vulnerável, sozinho e infeliz. — Eu *não vou* machucar você. Prometo que não vou.

— Essa não parece uma promessa que você possa fazer.

— Mas você não entende? — Embora ele torça as mãos em desespero, não faz nenhum movimento para diminuir a distância entre nós, e eu relaxo um pouco. — É por isso que preciso do grimório. Aquele feitiço é a única coisa que pode curar a sede de sangue. Sem ele, matarei de novo, de novo e de novo até que Michal seja forçado a arrancar o meu coração. E eu vou merecer. Célie, eu vou *merecer* isso por toda dor que já causei. Quando você me conheceu, eu... o sangue no corredor... eu simplesmente...

— Pare. — Balanço a cabeça freneticamente, recuando para a porta. — Por favor, eu não quero saber...

— Mila tentava me manter sob controle. Ela era a única que se compadecia. Nem mesmo Odessa conseguiu entender por que eu apenas não conseguia me *controlar*. Ela leu todos os seus livros em busca de uma explicação, de uma cura, mas, no fim das contas, foi Mila quem sugeriu que visitássemos La Dame des Sorcières.

❧ 449 ❧

Minha mão congela na maçaneta. Não sei o que dizer, o que *pensar*, enquanto minha mente luta para compreender *vampiros* indo atrás de Louise le Blanc em busca de ajuda, a mesma mulher que cambaleia por aí imitando a Anciã, gargalhando e beliscando o traseiro de Reid. Mas talvez faça sentido. Lou é a bruxa mais poderosa do reino e *de fato* derrotou a mulher mais maligna da história.

— Ela teria te ajudado — sussurro sem querer.

— Escrevi para ela contando sobre o meu distúrbio. — Dimitri balança a cabeça com desgosto, ainda cuidadosamente imóvel. — Ou, pelo menos, escrevi para Saint-Cécile.

— Você *o quê*?

— Eu não sabia onde mais encontrá-la e, até mesmo em Réquiem, ouvimos falar do casamento dela com o Chasseur.

— Michal conseguiu cada detalhe de toda a minha *vida* em uma só noite. Com certeza ele poderia ter encontrado o endereço dela. Por que *raios* você enviaria uma carta para a Torre Chasseur pedindo informações sobre magia? Eles podem ter evoluído desde a Batalha de Cesarine, mas nem tanto.

Dimitri levanta o queixo com um traço de teimosia retornando ao seu olhar.

— Eu não queria envolver Michal. Ele não nos teria deixado ir... e, quando La Dame des Sorcières respondeu informando a hora e o local do encontro, Mila insistiu em ir junto.

— Isso não faz sentido. — Franzindo a testa, aos poucos afrouxo o aperto na maçaneta. — Lou se mudou de Saint-Cécile no ano passado. Ela não teria recebido nenhuma carta entregue lá.

— Não. — Com cuidado, como se estivesse apaziguando um animal selvagem, Dimitri enfia a mão no casaco e tira um pedaço de pergaminho dobrado. Estende-o com uma única mão, me forçando a cruzar o quarto para pegá-lo. — Ela não recebeu.

Pego o pergaminho às pressas antes de voltar para sua escrivaninha.

Não assimilo as palavras em si enquanto desdobro o pergaminho. Não. É a caligrafia. Meus olhos se fixam nela e meu coração despenca feito uma pedra com os traços familiares da caneta, masculinos e totalmente aterrorizantes. Porque só os vi uma vez: na carta de amor dobrada dentro do medalhão da minha irmã.

— Não foi Louise le Blanc quem nos encontrou nos arredores de Saint-Cécile naquela noite — continua Dimitri. — Um homem vestindo uma capa com capuz atacou das sombras, e eu... eu perdi o controle. — Seus olhos se distanciam com as palavras, e sei que eles veem uma cena diferente de seu quarto macabro. — Eu deveria ter sentido o cheiro da magia nas veias dele, deveria ter reconhecido o homem como um bruxo de sangue, mas, em vez disso, eu apenas... reagi.

— O que aconteceu? — pergunto num sussurro.

— Eu o mordi. — Ele se encolhe um pouco como se revivesse o momento exato, o gosto exato do sangue do Necromante. — E, como você ficou sabendo em Les Abysses, o sangue de uma Dame Rouge... ou, no caso dele, de um Seigneur Rouge... age como um veneno em seus inimigos. Mesmo nos vampiros. Eu mal escapei com vida.

— E Mila?

Ele balança a cabeça.

— Babette se juntou ao homem encapuzado com algum tipo de injeção. Devia conter mais sangue deles, porque Mila tombou de imediato. Eu não consegui fazer nada além de observar enquanto eles lançaram um feitiço do grimório e extraíram todo o sangue de Mila. — A voz dele falha, e uma pressão horrível aumenta na minha garganta enquanto também imagino a cena, que não deve ter sido indolor nem rápida. — Quando terminaram com ela, vasculharam o beco, me incitando com o grimório deles. Prometendo que poderiam trazê-la de volta, que poderiam me dar o feitiço que eu precisava para curar a sede de sangue. Eu só tinha que... Eu precisei abandonar Mila ali, Célie. Precisei deixá-la ou teria morrido. Eles teriam me matado também. Nós três fugimos assim que os Chasseurs chegaram.

Minha garganta fica apertada demais para falar.

Simplesmente não é justo.

Mesmo morta, Mila não quis falar a verdade. E *não* é justo: ela sofreu uma execução horrível enquanto procurava uma cura para o primo, e Dimitri escapou ileso. Ele abandonou o cadáver dela no lixo atrás de Saint-Cécile, ele assassinou *centenas* de inocentes, mas sobreviveu para viver o luto da morte dela. Para viver o luto por si mesmo. Se eu tivesse alguma coisa no estômago, teria colocado para fora ali mesmo.

Com cautela, devolvo a carta e murmuro:

— Sinto muito.

Não consigo olhar para Dimitri. Não consigo pensar em mais nada para dizer.

— Eu amava minha prima. — Em um piscar de olhos, Dimitri está diante de mim, o fogo ardendo nos olhos castanhos. Ergo a adaga, por instinto. — Eu a amava, Célie, e farei o que for preciso para vingar a morte dela. Vou arrancar o coração do Necromante com minhas próprias mãos. Vou acender a pira para Babette. — Derrubando a adaga e agarrando meus ombros, ele me obriga a encarar aquele olhar em chamas. Me obrigada a *vê-lo* de verdade. — Mas primeiro preciso do grimório deles. Preciso recuperar o controle e garantir que o ocorrido em Saint-Cécile nunca mais se repita.

O rosto dele parece tão sincero, tão *feroz* — o casamento perfeito do Dimitri que conheci e do Dimitri que encontrei em Les Abysses —, que percebo que aquele é seu eu verdadeiro. Sei disso no fundo do meu coração. Ele fez coisas horríveis, sim, coisas imperdoáveis, assim como todo mundo.

Até Filippa.

Se alguém não o ajudar, *de verdade*, Dimitri continuará matando. Então, aquela coleção horrenda continuará crescendo até que ele seja esmagado.

— Vou te ajudar a encontrar o grimório — digo a ele.

Espero que eu viva o suficiente para me arrepender disso.

CAPÍTULO QUARENTA E QUATRO

Uma borboleta de prata

Meus pais nunca embrulharam presentes para Filippa e para mim; essa tarefa sempre coube a Evangeline, que tinha o infeliz hábito de esperar até a Véspera de Natal para começar a embrulhar o primeiro presente. Isso deixava minha mãe irritada, mas, para mim, tornou-se uma tradição anual: quando o relógio marcava meia-noite, eu acordava Pippa e, juntas, em geral fingindo ser piratas, entrávamos escondidas no escritório do meu pai para conferir o tesouro. Eu até improvisava tapa-olhos e um papagaio meio torto para empoleirar no ombro dela. Ela o chamava de Fabienne e insistia em carregá-lo para todos os lugares até que um dia minha mãe interveio, reclamando sobre imundície e jogando-o no lixo. Filippa e eu choramos durante uma semana.

É óbvio que, com o passar dos anos, Pippa ficou cada vez mais relutante em brincar de faz de conta comigo. Seus sorrisos tornaram-se menos generosos, desaparecendo por completo no ano em que Evangeline nos deixou. No ano seguinte, nossa nova governanta, uma mulher de rosto macilento e pele amarelada que detestava crianças, guardou nossos presentes em um armário trancado do lado de fora de seu quarto. Quando acordei Pippa, determinada a manter nossa brincadeira, ela puxou o cobertor sobre a cabeça e se virou com um gemido.

— Vá embora, Célie.

— Mas está todo mundo dormindo!

— E você deveria estar também — resmungou ela.

— Ah, *vamos*, Pip. Papai viu o lenço azul mais *lindo* de todos no mercado na semana passada e quero ver se comprou para mim. Ele disse que eu fico bonita de azul.

Ela abriu uma brecha para me fulminar com um olho sonolento.

— Você fica horrível de azul.

— Não tão horrível quanto você. — Cutuquei as costelas dela com um pouco mais de força do que o necessário. — E então? Você vem? Se o lenço não estiver lá, vou comprá-lo como um presente antecipado para mim mesma. — Sorri para ela à luz da vela entre nossas camas. — Reid vai vir na manhã de Natal este ano, quero estar combinando com o casaco dele.

Ela jogou o cobertor para longe, estreitando os olhos.

— Como *você* vai comprar? Não tem dinheiro.

Dei de ombros, completamente despreocupada, e fui valsando até a porta do nosso quarto.

— Papai vai me dar um pouco, se eu pedir.

— Você sabe onde ele consegue o dinheiro, não sabe? — Mas eu já tinha me esgueirado na escuridão do corredor, forçando Pippa a pegar a vela e sussurrar *"Célie!"* antes de correr atrás de mim. — Você vai nos meter em apuros, sabe disso. — Ela esfregou os braços por causa do frio. — E tudo por causa de um lenço feio. *Por que* você precisa estar combinando com Reid, afinal? Ele precisa mesmo usar o uniforme de Chasseur para adicionar um tronco de Yule à nossa fogueira?

Eu me virei para encará-la do lado de fora do quarto da governanta.

— Por que você está tão determinada a odiá-lo?

— Eu não o *odeio*. Só acho que ele é ridículo.

Depois de puxar os grampos do meu cabelo, eu me abaixei para enfiá-los na fechadura da porta do armário.

— Bem, o que *você* quer de Natal? Uma bela pena e um maço de pergaminhos? Um frasco de tinta? Você tem escrito um montão de cartas...

Ela cruzou firmemente os braços.

— *Isso* não é da sua conta.

Lutei para não revirar os olhos, torcendo os grampos mais fundo na fechadura e soprando uma mecha de cabelo do meu rosto. O livro que li sobre arrombamento fazia a coisa parecer bem mais simples...

— Ah, chegue *pra lá*. — Empurrando a vela para mim, Pippa pegou os grampos e se agachou na altura do buraco da fechadura. Com alguns giros rápidos e precisos, o mecanismo fez um clique, e ela virou a maçaneta com facilidade. A porta se abriu. — Pronto. — Ela se levantou e apontou para o lenço azul dobrado na prateleira do meio. — Não precisa se humilhar. Você vai estar combinando com seu amado caçador na manhã de Natal, e o mundo continuará girando.

454

Eu a encarei maravilhada.

— Como fez isso?

— De novo, não é da sua conta.

— Mas...

— Célie, arrombar uma fechadura não é uma tarefa hercúlea. Qualquer um pode fazer isso com um pouco de paciência... o que, pelo que estou vendo, pode ser de fato difícil para você. Tudo o que sempre quis lhe foi entregue em uma bandeja de prata. — Em seguida, recuei magoada, com a mão a meio caminho do lenço, e Pippa se curvou para a frente, balançando a cabeça. — Sinto muito, *ma belle*. Eu não deveria ter dito isso. Eu... Eu vou lhe ensinar a arrombar fechaduras amanhã cedo.

— Por quê? — perguntei, fungando. — É óbvio que você acha que não consigo.

— Não, *não*. — Ela agarrou minha mão quando a afastei do lenço. — É só... tudo isso. — Seus olhos se moveram com relutância para o armário, onde laços de cetim para o cabelo e caixinhas de joias de veludo estavam empilhados em fileiras organizadas. *Père* tinha comprado para ela um planetário em miniatura; os planetas cintilavam ligeiramente à luz das velas. — Nossos pais não são boas pessoas, Célie, e nem... — Ela parou de maneira abrupta, largando minha mão e desviando o olhar. — Bem, eles apenas trazem à tona o que há de pior em mim. Isso não significa que eu deva descontar em você.

De um jeito que não pude explicar, senti minhas bochechas quentes quando desviei meu olhar dela e apontei para as pilhas de presentes. Filippa podia ter me achado mimada, talvez até fútil, mas pelo menos eu não estava determinada a ver o mundo com pessimismo.

— Eu sei que nossos pais podem ser... difíceis, Pip, mas isso não significa que sejam ruins por inteiro. Estes presentes... são o único jeito que conhecem de nos mostrar amor.

— E quando o dinheiro acabar? Como eles vão nos amar depois disso? — Balançando a cabeça, Pippa pegou a vela de mim e deu as costas, voltando pelo corredor. Com isso, entendi sua mensagem em alto e bom som: *conversa encerrada*. Meu peito afundou um pouco enquanto eu a observava partir, até que ela olhou por cima do ombro, me surpreendendo, e disse: — Nada vem de graça, Célie. Tudo neste mundo tem um preço... até o amor.

455

Na época, eu não tinha como saber onde ela tinha escutado tal expressão.

Eu só sabia que era verdade... porque minha irmã tinha dito, e minha irmã nunca mentiria para mim.

Eu não usei o lenço azul naquela manhã de Natal, e Filippa jogou seu planetário na mesma lixeira em que nossa mãe havia jogado Fabienne.

<hr />

— Tenho um presente para você.

Michal está de pé com as mãos cruzadas para trás, estranhamente vulnerável em seu quarto, com as mangas da camisa enroladas e sem o paletó. Olho ansiosa para a pequena mesa ao lado dele. Alguém, provavelmente o criado mal-humorado que me buscou, colocou em cima dela frutas, queijos, carnes e itens de confeitaria. Minha boca saliva no mesmo instante com o que parece ser *pain au chocolat* e, relutante, desço o restante da escada contra o meu bom senso. Não há folhas de repolho à vista.

— Você não precisava...

— Sim, eu precisava. — Pigarreando, ele puxa uma das duas cadeiras da mesa e faz um gesto para que eu me sente. — E este não é o presente. Isto é *comida*, que você deveria estar recebendo desde que chegou a Réquiem.

Eu me acomodo na cadeira e dobro o guardanapo no colo sem pensar antes de esticar o braço para a travessa mais próxima: ovos com cogumelos selvagens e queijo. Se Michal quer algo de mim, preciso estar alerta o suficiente para perceber o que é. Isso exige comida. Meu estômago geme em concordância.

— Uma copeira levava comida de vez em quando. E Dimitri também — acrescento depois. — Uma bela refeição de repolho, manteiga e ovos cozidos.

— Repolho e manteiga — repete Michal.

Assentindo com a cabeça, quase gemo com a primeira garfada e os olhos dele se voltam para a ferida parcialmente cicatrizada no meu pescoço. De repente, ele se senta na cadeira à minha frente.

— Odessa disse que você conversou com ele.

— Boas notícias correm rápido *mesmo*.

— Estou certo em presumir que você acreditou na história dele? Considera Dimitri inocente?

Pego um crepe do topo de uma pilha pouco firme.

— Não sei se usaria a palavra *inocente*, mas, sim, não acho mais que Dimitri seja o Necromante.

Embora meu peito se aperte ao admitir, eu me recuso a dar importância, concentrando-me no magnífico banquete diante de mim, acrescentando várias fatias de maçã e *fromage blanc* ao meu prato. Michal acompanha cada movimento com grande interesse. Interesse *demais*. Eu sei o que ele está pensando, é lógico. Sem Dimitri como suspeito, só nos restam dois suspeitos para investigar: Coco e, agora, Filippa. Com o baile de máscaras de amanhã à noite, Coco seria sem dúvida o rastro mais fácil a seguir, mas, se Coco Monvoisin soubesse alguma coisa sobre o Necromante — *em especial* após ele ter aliciado Babette —, ele já estaria morto.

O crucifixo de Filippa continua apertando meu pescoço.

Enfio uma colherada enorme de geleia de morango na boca, adiando o inevitável. Então, engolindo com força, declaro:

— Deveríamos voltar a Les Abysses.

Michal empurra um pedaço de brioche por cima da mesa antes de servir o café em um cálice de cristal. Também o desliza casualmente na minha direção, dizendo:

— Babette sumiu, é provável que com o próprio Necromante. Ninguém a viu nem ouviu falar dela desde que fugiu.

— Mas Pennelope...

— ... desapareceu com todo o Éden. O prédio agora está vazio e abandonado, só sobrou poeira. — Há uma pausa enquanto ele me observa cheirar o café. — Eu sabia que Eponine não ficaria lá depois do nosso encontro infeliz com Babette. Apesar das ameaças, ela teme demais os vampiros para se expor à minha ira... ou à do Necromante. Tenho certeza de que ele também não ficou satisfeito com os acontecimentos.

— Ah. — Assinto com uma sensação horrível de decepção e tento não fazer uma careta. De súbito, o café fica amargo na minha boca. — Isso... Isso *é* bastante inoportuno.

— De fato.

Ficamos em silêncio, exceto pelo som do meu garfo tilintando no prato. O silêncio se torna mais difícil a cada momento que passa, retumbante,

※ 457 ※

enervante, até que não consigo mais fingir que estou cutucando meus ovos com a consciência tranquila.

— Terminou? — indaga Michal em voz baixa.

Concordo com a cabeça sem falar, sem olhar para ele tampouco. Em vez disso, fito as paredes salpicadas de mica de sua gruta. A maré deve ter recuado em algum momento da noite; uma ilhota de pedra agora brilha no centro da caverna, pequena e distante demais para ser vista totalmente.

— Só é visível durante a maré baixa — murmura Michal, seguindo meu olhar. — Em ocasiões especiais, Mila sempre arrastava Dimitri, Odessa e eu até lá para festejar no jardim. Ela colhia buquês de flores e trazia garrafas de sangue batizadas com champanhe. Ela insistia que Dimitri e eu usássemos punhos de renda.

Posso ouvir o sorriso na voz de Michal com a mesma nitidez com que consigo imaginar a cena em sua memória: um quarteto de vampiros etéreos remando para o mar ao luar, cada um carregando uma cesta de rosas e uma garrafa de sangue.

— Isso parece… maravilhoso — digo enfim.

E é verdade. Uma festa no jardim com vampiros parece uma página arrancada diretamente de um conto de fadas, e eu… não sei o que isso diz sobre mim.

Preciso contar a ele sobre o bilhete de Filippa.

Preciso contar a ele sobre a caligrafia igual, tenho que traçar algum tipo de plano caso o Necromante ataque de novo. Torcendo o guardanapo no colo, respiro fundo e digo:

— Michal…

— Venha aqui.

Com um sobressalto, olho para cima e vejo que Michal não está mais sentado à mesa, mas de pé e em silêncio ao lado de sua cama. Sobre a colcha há uma caixa de roupas preta amarrada com um laço verde-esmeralda. Letras douradas estampadas na frente mostram as palavras BOUTIQUE DE VÊTEMENTS DE M. MARC cintilando à luz das velas. Eu me levanto, hesitante.

— É a minha fantasia para a Véspera de Todos os Santos?

— Monsieur Marc entregou há cerca de uma hora, com cumprimentos. — Michal pigarreia de novo e, a menos que eu esteja muito enganada, parece estar quase... *nervoso*. Mas isso não pode estar certo; este é Michal e, se o rei dos vampiros alguma vez sentiu uma *pontada* de incerteza, eu me casarei com Guinevere. — Pedi algumas alterações no vestido original — comenta ele, enfiando as mãos nos bolsos. — Eu... espero que goste.

Com a curiosidade despertada contra o meu bom senso, dou um passo à frente e puxo a fita esmeralda.

— O que havia de errado com o vestido original? Você não gosta de borboletas?

— Pelo contrário.

— Então o que você...? — A resposta, porém, me deixa sem palavras por um momento enquanto levanto a tampa da caixa e afasto o papel de seda preto. — Ai, meu Deus — sussurro.

Em vez do vestido de borboleta pavão-esmeralda, como prometido, monsieur Marc costurou um vestido prateado, luminoso e resplandecente. Mesmo dobrada dentro da caixa, a organza parece fluir e refluir como água. Quando eu levanto a peça, incrédula e impressionada, a saia se espalha para revelar milhares de diamantes intrincados costurados em cada prega. Meu coração vai parar na boca. Esses diamantes refletirão a luz de todas as velas do salão de baile quando eu andar, e a *cauda*... do comprimento usado em uma catedral, no mínimo, é dividida ao meio para se parecer com duas asas de borboleta que se prendem no pulso de mangas transparentes.

Completando o conjunto, um *capelet* de diamantes, maiores do que os da saia, mas igualmente perfeitos.

São necessárias várias tentativas para encontrar palavras.

— Eu não posso... Este é o mais... Como ele...?

Ao me ver balbuciar, o rosto de Michal relaxa um pouco e os cantos de sua boca se abrem em um sorriso.

— *Un papillon.* — Do bolso, ele tira um lenço de seda e afasta com cuidado o *capelet* para revelar uma meia-máscara bordada com delicadas asas feitas de organza. Ele toma cuidado para não tocar em nada com a pele nua. — Embora eu ache que tenha ampliado a definição quando pedi a monsieur Marc que criasse uma de metal.

Minhas mãos deslizam sem pressa sobre o tecido enquanto o coloco de volta dentro da caixa. Não posso aceitar um presente desses. Lógico que não posso. As palavras que saem da minha boca, porém, são bem diferentes.

— Ele costurou isso com prata de verdade? *Como?*

Michal dá de ombros, seu sorriso se alarga, e minhas mãos se atrapalham um pouco com a tampa da caixa. Não sei se já o vi sorrir antes, pelo menos não desse jeito. Um sorriso aberto. Natural. O gesto suaviza todo o seu rosto, atenuando suas feições cruéis em algo quase humano... e tornando-o, de modo impossível, mais bonito por causa disso.

— *Ele* lhe diria que transformou palha em ouro. Mas a verdade é que ele me devia um favor e gosta de você o bastante para costurar com luvas.

Quando Michal me entrega a fita esmeralda, seus dedos sem querer roçam a palma da minha mão. Eles permanecem lá por mais um segundo. Dois. Então, devagar e de propósito, Michal contorna as linhas ali, e um arrepio desce pelas minhas pernas. Seu tom fica irônico.

— Ele também pediu uma dança amanhã à noite.

Eu ergo as sobrancelhas.

— Ele *pediu?*

— Acho que seria grosseiro recusar.

— Seria mais grosseria com os meus pobres dedos dos pés aceitar sem antes perguntar *como* ele dança.

Seus dedos continuam subindo, subindo, subindo. Minha respiração falha quase dolorosamente quando eles roçam a pele fina do meu pulso, deslizando sob a fita desgastada ali.

— Não tão bem quanto Reid Diggory. — Seus olhos cintilam enquanto tento e não consigo ignorar a sensação de formigamento no meu braço. — Também não é tão alto. Embora eu deva dizer, filhote, que depois de vê-lo, acho que você está enganada em sua impressão sobre monsieur Diggory.

— Você se acha mais alto?

— Eu sei que sou mais alto. — Seus dedos rastejam por baixo da minha manga, subindo pelo meu antebraço até chegar à dobra do meu cotovelo. Ele o segura na mão. — E... um dançarino muito melhor.

Quando seu polegar pressiona uma veia, o calor dispara pelo meu âmago, e isso... isso não deveria estar acontecendo. Michal mal está me *tocando.* Com a voz trêmula, consigo dizer:

— Não tem como você... você saber disso só de vê-lo.

— Nem você, a menos que dance comigo também.

O mínimo indício de presas lampeja no sorriso dele agora. Mas elas não me assustam mais. Não depois do sótão. *Principalmente* depois do sótão.

Meu pulso e meu pescoço parecem pulsar como coisas vivas com a lembrança… sofrendo não de dor, mas de outra coisa. Algo intenso e carente.

— Eu… — *Preciso colocar a cabeça no lugar. Tenho que sair deste quarto antes que faça algo realmente estúpido.* — Não sei se é uma boa ideia, Michal.

— Por que não?

— Porque… — Olho para ele sem fôlego. Como posso responder a essa pergunta sem me humilhar completamente? Porque não consigo pensar quando você me olha desse jeito? Porque sou uma tola por corresponder ao olhar? Porque é muito cedo, e porque meus amigos estão vindo, e porque… *meus amigos.* Ao lembrar é como se meus pulmões fossem perfurados por faca. — Você ainda está planejando punir Coco por causa do Necromante e de Babette? Acho que dificilmente teremos tempo para dançar, se esse for o caso.

A mão de Michal solta meu cotovelo. O sorriso dele desaparece com isso, devolvendo-o instantaneamente ao vampiro frio e senhor de si que sempre conheci. Meus músculos ficam fracos de alívio. Já vi sua ira, sua elegância, seu *poder*, e sobrevivi a todos eles, mas seu charme? Não creio que alguém possa sobreviver a isso.

— Você tem a minha palavra, Célie Fleur Tremblay — assegura ele, pontuando as palavras com uma reverência simples —, que nenhum vampiro fará mal aos seus amigos quando eles chegarem amanhã, inclusive eu. Se eu achasse que isto ajudaria, cancelaria o baile de máscaras, mas eles virão atrás de você de qualquer maneira. Acredito que nem o próprio inferno poderia manter Louise le Blanc longe de Réquiem agora — um lampejo perverso em seus olhos —, mas o inferno é exatamente o que ela encontrará se tentar levá-la à força.

Apesar da ameaça, meu coração parece aumentar duas vezes de tamanho. *Ele não vai machucá-los.* Porém, com a mesma rapidez, ele é perfurado mais uma vez — porque se Coco, Lou e Reid vierem para Réquiem, Jean Luc também virá. Apesar de suas últimas palavras, ele não perderá a oportunidade de investigar uma ilha de vampiros. Enxugo as palmas das mãos na saia da maneira mais discreta possível.

Só posso esperar que ele e Michal não se matem.

— Célie? — chama o vampiro.

— Lou nunca faria isso.

Ele dá um breve aceno com a cabeça.

— Ótimo. Isso facilita uma coisa. — Antes que eu possa perguntar o que é, ele diz: — Preciso que você faça algo por mim, mas, se concordar, estará se colocando em perigo.

As palavras de Filippa retalham o que resta da minha euforia. *Nada vem de graça, Célie.* É óbvio que Michal quer algo em troca da comida e do vestido magnífico. *Tudo neste mundo tem um preço.*

Meus olhos se estreitam para ele.

— Que tipo de perigo?

— Do tipo que envolve o Necromante.

— Ah. — Uma pontada fria de compreensão percorre minha coluna enquanto nos encaramos. Todo o calor na expressão dele congelou mais uma vez, e seus olhos brilham feito lascas de gelo preto. — Isso é tudo?

— Seus amigos não são os únicos que chegarão quando o encantamento cair na Véspera de Todos os Santos. O Necromante não será capaz de resistir à tentação. Se você decidir permanecer em Réquiem, esta pode ser a única oportunidade dele de alcançá-la antes do Yule. Ele não vai querer correr esse risco.

— Como você sabe?

— Porque eu não ia querer. — Ele dá um passo para trás, para longe de mim, e volta para a mesa do café da manhã, descobrindo o único prato que não toquei. Ele revela um solitário cálice de sangue. Michal bebe metade com um só gole, e eu observo, dividida entre a repulsa e o fascínio, enquanto sua garganta engole o líquido e sua mão se fecha em torno do cristal. Parte de mim se pergunta qual é o sabor de sangue para um vampiro. Parte de mim se detesta por pensar nisso. — O Necromante está tão desesperado pelo seu sangue — diz ele depois de outro instante — que matou pelo menos seis criaturas em busca dele... e uma delas bem ao lado da Torre Chasseur. Ele não se preocupou em esconder os corpos das vítimas, o que significa que ou é tolo ou é destemido. Devemos presumir que é o último caso. Ele não vai esperar mais dois meses para agarrar o prêmio.

Com um tilintar suave, ele devolve o cálice à bandeja dourada. No entanto, não se aproxima de mim de novo.

— Você quer me usar como isca — declaro, por fim.

Sob circunstâncias diferentes, poderia ter doído mais, no entanto isto é importante demais. Se o Necromante tiver sucesso, não só *morrerei* como ele também rasgará o véu entre os vivos e os mortos. Quem sabe quais são as consequências disso? E se, uma vez rasgado, o véu permanecer aberto de forma permanente?

Michal inclina a cabeça.

— Eu entendo se você estiver com medo, mas...

— Seria bastante idiota não estar, não é? O homem quer usar o meu sangue para ressuscitar os mortos... e ele vai tentar fazer isso de qualquer maneira, esteja eu dançando como uma borboleta ou encolhida no meu quarto. — Pego a caixa de roupas, seguro-a junto ao peito como uma espécie de escudo, ou talvez apenas para ter algo o que fazer com as mãos. O dia de amanhã de repente fica próximo demais. — De um jeito ou de outro, estarei em perigo, então, quando ele aproveitar a suspensão do encantamento, nós também devemos aproveitar. Devemos estar prontos.

Michal não diz nada por um longo momento, apenas me encarando. Então, flexionando a mandíbula, promete:

— Não vou permitir que nada aconteça com você, Célie.

— Nem eu.

As palavras surpreendem até a mim mesma e, instintivamente, aperto a caixa com mais força. Mas elas são verdadeiras: não ficarei parada esperando o Necromante chegar e, se ele acha que poderá me capturar sem uma luta, será o último erro que cometerá. Eu não sou uma boneca. Sou uma Noiva da Morte e usarei todas as armas do meu arsenal contra ele. Cada segredo.

Nada vem de graça, Célie.

Se eu quiser derrotar o Necromante, também precisarei da ajuda de Michal.

— Michal — marcho até ele com um novo propósito —, tem mais uma coisa que você deveria saber. Encontrei um bilhete dentro do crucifixo da minha irmã, de um amante secreto. Os dois planejaram fugir, mas Morgane a matou antes que conseguissem. — Empurrando a caixa de roupas contra o peito dele, puxo o crucifixo por baixo da gola e revelo o pedaço de pergaminho que está ali dentro. Uma ruga aparece entre as sobrancelhas de Michal quando desdobro o papel e ele lê as palavras rapidamente. — A caligrafia é a mesma da carta que Dimitri recebeu do Necromante.

463

O olhar dele se volta para o meu.

— Você acha que ele era o amante secreto dela.

— Sim.

Ele solta um suspiro alto e incrédulo.

— Mas isso significa…

— Eu sei. — Dobro o bilhete no crucifixo mais uma vez, guardo ambos em segurança e recupero a caixa de roupas dos braços fortes de Michal. Não podemos fazer nada agora a não ser esperar. — O Necromante planeja me matar para ressuscitar a minha irmã.

CAPÍTULO QUARENTA E CINCO

Baile de Máscaras — Parte I

Duas semanas atrás, eu pensei que morreria na Véspera de Todos os Santos. De alguma maneira, tudo mudou desde então; tudo e nada ao mesmo tempo. Aliso o corpete prateado do meu vestido, ajusto a máscara de organza, e respiro fundo antes de sair do meu quarto para o corredor. Os acordes fracos de um violino inquietante já ecoam pelo castelo, junto com o suave murmúrio de vozes. De acordo com Odessa, a festa só vai começar de verdade à meia-noite, mas não consigo andar de um lado para outro no quarto por mais tempo.

Coco e Lou estarão aqui em breve. Elas estarão *aqui*, em Réquiem, e eu vou poder vê-las, abraçá-las e conversar com elas. Reid e Beau também, espero.

E Jean Luc.

Meu peito se contrai de um jeito que não tem nada a ver com meu espartilho. Depois do modo como nos separamos em Cesarine, não acredito que ele ficará satisfeito em me ver. *Vá*, disse ele com aquela voz horrivelmente vazia, *e não volte*. Mas isso... isso foi no calor do momento. Resisto à vontade de roer as unhas, que Odessa pintou com esmalte transparente. Talvez Jean tenha mudado de ideia desde que o deixei; talvez, depois que a raiva se abrandou, ele tenha percebido que não me odeia, afinal. Belisco minhas bochechas. Será que ele vai querer falar comigo sobre o que aconteceu? Será que vai tentar mudar minha opinião?

Pior ainda... meu peito se aperta ainda mais, de um jeito impossível: como ele contou aos outros o que aconteceu no porto? Eles ficarão com raiva de mim por ter ido embora com Michal? Ele *de fato* ameaçou matar Coco, e ninguém têm como saber que ele mudou de ideia. Será que importa *mesmo* que Michal tenha mudado de ideia? Não sei a resposta, não sei *nenhuma* das respostas. Quando a próxima pergunta surge, acho que vou passar mal de novo.

465

E se ninguém vier?

Aos olhos de meus amigos, talvez eu tenha escolhido Michal em vez deles, escolhido Réquiem em vez de Cesarine. Já devem saber que quebrei meus votos com os Chasseurs. Talvez considerem minhas ações imperdoáveis, uma ruptura irrevogável em nossa amizade. Sim. Sem dúvidas eu vou passar mal. Só que...

O Necromante.

Apesar de tudo que eu fiz para magoar Jean Luc, ele ainda é o capitão dos Chasseurs e não ignorará o que Michal disse no porto. Não pode se dar a esse luxo. Se eu conheço mesmo Jean Luc, ele insistirá em tomar as devidas precauções, e um contingente inteiro de caçadores invadirá a ilha esta noite. Porque, se Michal disse a verdade, estamos mais perto do que nunca de capturar o Necromante, e, se *eu* disse a verdade, o Necromante está me perseguindo.

Jean Luc trabalhou muito para perder a ação. A glória. Meu coração afunda miseravelmente no peito.

Talvez meus amigos se juntem a ele pelo mesmo motivo.

Odessa me segue pelo corredor, afastando minhas mãos antes que elas cheguem ao meu cabelo. Então diz:

— O Necromante não poderá matá-la se você já estiver morta. Toque em outro fio da minha obra-prima e eu mesma vou frustrar os planos dele.

Ela passou as últimas duas horas fazendo cachos no meu cabelo com ferro quente, prendendo de modo meticuloso metade deles na minha nuca. O resto cai em cascata pelas minhas costas para se juntar às minhas asas, que ela agora dobra com agilidade para reajustar. Luvas compridas de cetim azul-escuro cobrem suas mãos, pulsos e braços. Combinam perfeitamente com sua capa em tom de safira, complementam o diadema de pérolas em sua testa e o tecido adamascado grená de seu corpete: escandalosamente sem mangas e ousadamente decotado, estando mais para um espartilho do que qualquer outra coisa. Seus seios quase saltam do tecido quando ela se endireita com um aceno de cabeça satisfeito. Sem dúvida, é a Madona mais sensual que eu já vi e, a julgar pelo sorriso maroto em seus lábios vermelho-sangue, ela sabe disso.

— Tem *certeza* de que ele vai conseguir me reconhecer?

— Célie, queridinha — diz ela, simpática —, você será o único ser humano presente até que seus amiguinhos cheguem e, mesmo depois disso, não haverá nenhum vampiro, humano *ou* necromante que vá deixar de notar você neste vestido. Agora pare de se preocupar. Vai estragar a maquiagem.

Apesar da minha máscara, Odessa passou outra meia hora espalhando pó iridescente nas minhas pálpebras, sobrancelhas e bochechas; cada centímetro da minha pele brilha à luz dos candelabros do corredor. Ela até colou pequenos diamantes nos cantos externos dos meus olhos.

— Ele estará... Haverá sangue lá embaixo? — pergunto nervosa.

Ela arqueia uma sobrancelha sob uma máscara bastante peculiar feita de fios de ouro tricotados em uma trama aberta de pontos diamante, de modo que a máscara não é de fato uma máscara, mas outra joia.

— Somos vampiros, Célie. Sempre haverá sangue.

Com isso, ela agarra minha mão e me arrasta pelo corredor.

Eu me concentro naquele feixe de nervosismo no peito e atravesso o véu para encontrar Mila, que flutua ao nosso lado com um sorriso travesso.

— Alguma coisa incomum até agora? — pergunto a ela para me distrair.

— O encantamento só se desfaz à meia-noite — responde ela com gentileza. — Ou estava falando do meu irmão?

— Ah, cale a boca.

— O que foi? — Odessa se volta para mim, estreitando os olhos através da máscara. — É a Mila? Ela viu alguma coisa?

Se um espírito consegue saltitar, Mila o faz agora, batendo palmas e praticamente gargalhando de alegria.

— Eu nunca vi Michal tão agitado... quase arrancou a cabeça de Pasha com uma mordida quando o idiota sugeriu esperar do lado de fora do seu quarto. Ele e Ivan se juntarão a você no salão de baile. Você está *mesmo* linda hoje, Célie — acrescenta ela, com a voz um pouco melancólica. — Os vampiros costumam cobiçar coisas lindas.

O calor se espalha pelas minhas bochechas com o elogio, mas eu o deixo de lado. Deixo os pensamentos sobre *Michal* de lado.

— Nunca tão linda quanto você.

— O sentimentalismo... — comenta Odessa enquanto Mila sorri radiante — chega a me sufocar.

≫ 467 ≪

Na verdade, ambas parecem quase surreais esta noite — lindas demais para existirem —, e sinto como se estivesse flutuando em um sonho. O castelo também parece diferente com a música, com as vozes suaves e incorpóreas e com a luz bruxuleante de velas em todos os corredores. Não é menos assustador, lógico, porque as sombras, as teias de aranha e a *senciência* permanecem, mas de alguma maneira é ainda mais misterioso. Como se eu pudesse errar uma curva e ir parar em algum outro lugar... largada em La Forêt des Yeux em uma noite de neve e luar, ou presa em um pesadelo disfarçado de quarto.

A impressão apenas se intensifica quando entramos no salão de baile, e eu suspiro, rompendo a ligação com Mila e voltando através do véu. Vampiros de todas as formas, tamanhos e cores rastejam pelo enorme salão, não apenas na pista de dança de ônix, mas também pelas paredes douradas, até o *teto*. Minha boca se abre enquanto minha cabeça cai para trás para olhar para eles.

— Eu não faria isso se fosse você — murmura Odessa, fechando minha mandíbula com um dedo enluvado e reajustando o *capelet* em volta do meu pescoço. — Não há necessidade de cutucar a onça, por assim dizer.

Eu mal a escuto.

Do outro lado do salão, Pasha e Ivan vêm em nossa direção abrindo caminho pela multidão com expressões determinadas. Um quarteto de cordas toca uma canção triste no palco atrás deles, e os casais acima de nós valsam entre os lustres com graça e beleza sobrenaturais. As velas lançam uma luz dourada sobre a pele pálida deles. Mais mil velas cercam o palco, os músicos, e as mesas compridas e elegantes ao longo das extremidades do salão. Cálices de cristal com sangue erguem-se em pirâmides sobre cada uma delas. Odessa segue meu olhar, seus olhos brilhando mais forte do que o habitual. Eufórico.

— Nós batizamos a bebida com champanhe. Mas arranjei champanhe *puro* para você, se quiser beber.

Balanço a cabeça, impressionada.

— Não, obrigada.

De qualquer modo, ela me conduz em direção às mesas, contornando um canteiro de abóboras enormes esculpidas com olhos estreitados e maliciosos. Mais velas tremeluzem na parte de dentro, e o que parecem ser esqueletos *reais* descansam entre elas, alguns pendurados no alto. Alguém vestiu os ossos com largos chapéus de veludo com plumas e suntuosas vestes de sacerdotes e fariseus. Um deles até usa o vestido de crepe marfim e uma tiara dourada de rainha. Com a estranha sensação de estar despencando, lembro da caveira do lado de fora da loja de monsieur Marc.

Olá de novo, padre Roland. Você está ótimo.

Desvio o olhar depressa e encontro Odessa examinando os cálices de sangue, selecionando um e bebericando com delicadeza.

— Ah… melusina — afirma. — Mesmo frio, o sangue delas é o meu favorito.

Um trio de vampiros se junta a nós à mesa para escolher os próprios cálices. Joias ornam o pescoço deles, que me encaram sombriamente por trás de suas máscaras cintilantes. Um deles veste uma capa de pele de *loup-garou*, com acabamento de renda nas mangas, ao passo que seus dois companheiros se pintaram como esculturas. O corpo inteiro deles brilha com tinta dourada.

E estão nus.

— Como é o gosto do sangue para você? — pergunto a Odessa, de repente.

Pasha e Ivan surgem atrás de nós, rígidos e imponentes, e o trio de vampiros lança mais um olhar desdenhoso em minha direção antes de se afastar.

— Hum. — Odessa franze os lábios, pensando, e toma outro gole. — Acho que para mim o gosto é o mesmo que para você, exceto, é óbvio, que as terminações nervosas na minha língua o recebem de forma diferente. Ele nutre o meu corpo e, por isso, meu corpo passa a desejá-lo. O gosto metálico ainda está lá, mas não me causa repulsa como faz com você. E o sabor salgado… torna-se viciante. O sangue de uma melusina possui um vigor particular, provavelmente por causa do tempo que passaram na água do mar de L'Eau Melancolique. — Ela inclina o cálice em minha direção. — Quer experimentar?

— Não. — Reprimindo um arrepio, olho para além dela em direção a outro vampiro vestido como uma rosa sangrenta. Atrás dele, um casal fantasiado de antigos deuses da floresta está valsando. Um deles inclusive usa os enormes chifres de veado do Homem Selvagem. — Acho que o sangue batizado pode ser mais forte do que o próprio champanhe, e deveríamos estar procurando pelo Necromante.

Apesar dos meus esforços, as palavras saem como uma repreensão sutil.

— Na verdade — ela me corrige com voz irritada —, nós *deveríamos* estar nos misturando aos convidados. Não podemos fazer isso se você continuar olhando para todo mundo de boca aberta parecendo um bacalhau.

— Eu não pareço um bacalhau.

Odessa faz um gesto vago com a mão, me ignorando.

— Além disso, vamos sentir o cheiro dele quando ele chegar. Os bruxos de sangue possuem um aroma muito característico por causa da magia.

Mordo o lábio e olho ao redor da sala.

— Me desculpe, Odessa, mas você *me* confundiu com uma bruxa de sangue quando nos conhecemos. O cheiro deles não pode ser *tão* característico assim, ou eu nem estaria aqui. — Acima da música, o relógio do campanário bate onze e meia. Quando estremeço com o som, quase derrubando o cálice de Odessa, ela o leva aos lábios com um sorriso afetado. — Michal não deveria estar aqui agora? — pergunto na defensiva. — Onde ele *está*?

— Michal chega à meia-noite — responde Dimitri, caminhando ao nosso lado, sorrindo, e uma jovem bastante alta e bonita agarra seu braço. Eles se vestiram de flora e fauna para a ocasião; ele usa a pele e a máscara alongada de um lobo, ao passo que o vestido cor-de-rosa dela flutua com graciosidade a seus pés. Galhos e botões de flores de verdade adornam sua máscara. Embora eu não consiga ver muito de seu rosto de pele marrom, ela parece ser… humana. — Esta é Margot Janvier — declara ele com orgulho para mim, e a jovem oferece um sorriso hesitante. — Ela é dona da Le Fleuriste na Cidade Velha. — Ele aperta o cotovelo dela. — Margot, esta é mademoiselle Célie Tremblay, nossa convidada de honra desta noite.

— *Bonsoir*, mademoiselle Tremblay — cumprimenta ela suavemente.

Retribuo o sorriso dela, tentando não trair minha incredulidade. *Esta* é a florista de Dimitri? Uma mulher humana? Sem dúvida, até *ele* sabe o quão irresponsável foi trazê-la hoje, fixar-se nela. Meu estômago embrulha ao pensar na linda máscara de seda dela indo parar no quarto dele. Apesar disso, me forço a fazer uma reverência.

— É um prazer conhecê-la, mademoiselle Janvier. Sua fantasia é deslumbrante… São flores de violeta e açafrão?

— Você conhece bem as plantas. — O sorriso de Margot se alarga em aprovação, e ela ergue a mão livre até as delicadas flores sobre seu rosto. — E, por favor… me chame de Margot.

❧ 470 ❧

A música termina com uma longa nota nostálgica e, quando a próxima começa, os dois se despedem de nós, Dimitri conduzindo Margot para a pista de dança. Eu os observo, ansiosa, por vários segundos antes de me voltar para Odessa.

— Margot sabe da sede de sangue dele?

Para minha surpresa, a expressão de Odessa reflete a minha.

— Não. Já perdi a conta de quantas vezes pedi a Dimitri que ficasse longe dela. Ele não me escuta — revela ela, colocando o cálice meio vazio na bandeja de um criado que passa. A boca dela se contorce como se tivesse perdido o apetite. — Ele diz que a ama.

— É verdade?

— Na mente dele, talvez. — Ela desvia o olhar quando Dimitri joga a cabeça para trás e ri de algo que Margot disse. — Quem é que sabe? Meu irmão tende a se apaixonar por todo mundo que conhece.

Ficamos em silêncio enquanto o relógio avança e, passado um tempo, meus pensamentos se desviam de Dimitri e Margot para Ivan e Pasha, que ainda pairam atrás de nós. Para os vampiros ao redor que lançam olhares rápidos e afiados em nossa direção. Apesar disso, ninguém se aproxima, e agradeço a Deus por isso. Meus nervos estão à flor da pele, ficando cada vez mais tensos a cada música. Não sei se quero que o relógio acelere ou desacelere... porque, quando Michal chegar, o encantamento ao redor da ilha terá sido quebrado e o Necromante virá logo em seguida.

◆◈◆

Sinto o exato instante em que o encantamento se quebra.

Acontece um segundo antes de o relógio bater meia-noite, o próprio ar parece se agitar, *despertar*. Quando a primeira badalada ressoa pelo castelo, ela repercute como uma onda em direção ao mar. Agarro o braço de Odessa para me equilibrar quando o chão parece estremecer e os lustres tilintam com suavidade no alto. Os músicos param de tocar de repente e, olhando para o cristal acima com uma expressão impassível, Odessa murmura:

— Começou.

Michal aparece sobre o tablado do palco quando a última badalada silencia.

Embora ele não faça nenhum som, todas as cabeças no salão se voltam para ele, o silêncio que segue parece mais profundo do que o normal. Sobrenatural. Demoro vários segundos, longos e enervantes, para perceber a razão: Margot e eu somos as únicas no local que precisamos respirar. O restante permanece frio e imóvel feito estátuas. Mesmo aqueles no teto parecem ter sido esculpidos no afresco, talvez criados como parte do próprio castelo. Duradouro, antigo e sinistro. Eles nem piscam. Arrepios percorrem minha coluna com o pensamento e não solto o braço de Odessa.

Os olhos de Michal encontram os meus instantaneamente em meio à multidão. Eles me examinam de maneira lenta e minuciosa, como se ele não se importasse nem um pouco com o fato de todas as criaturas no salão estarem esperando que fale. Não, é como se ele *presumisse* que todos os outros vão esperar. E os vampiros obedecem. Ninguém interrompe enquanto ele me encara, e eu...

Não consigo evitar. Meu *Deus*, não consigo evitar.

Eu o encaro também.

Com exceção do peito despido, ele usa seu característico couro preto em todas as outras peças: botas, calças, máscara, e até nas tiras duplas sobre os ombros largos. Elas sustentam as asas colossais que surgem de suas costas, com centenas de milhares de penas cor de obsidiana em cada uma. Minha boca fica seca com a visão delas. Ao contrário das asas do corvo, essas penas não refletem luz; não, elas parecem absorvê-la, lançando Michal em uma perversa aura de escuridão. Ele se parece quase com... Inclino a cabeça e solto um suspiro lento ao perceber.

Ele *é* o Anjo da Morte.

E ele não consegue tirar os olhos de mim.

O calor aumenta na minha barriga à medida que ele olha, uma espécie de fogo líquido que se espalha pelo meu peito e bochechas. As narinas dos vampiros mais próximos se dilatam. Odessa lança a eles um olhar cortante, e Pasha e Ivan aparecem depressa de cada lado de nós. Ivan está tão perto que posso *sentir* o frio que emana de seu braço; ele não usa fantasia como os outros. Nem mesmo uma máscara conseguiria esconder a ameaça em sua expressão.

— Boa noite — diz Michal enfim, cruzando as mãos atrás das costas. Embora ele fale com suavidade, quase num sussurro, cada palavra soa com precisão letal. — E sejam bem-vindos à minha casa nesta Véspera de Todos os Santos. Todos vocês estão magníficos. — Seus olhos se voltam brevemente para mim antes de examinar a multidão mais uma vez. — Entendo que a festa está diferente este ano. Não pude trazer seus entes queridos a Réquiem e não vou me desculpar por isso. A ameaça do mundo exterior nunca chegou tão perto, e não podemos colocar o nosso lar em risco por causa de uma noite de bebedeira de sangue. — Uma pausa significativa. — No entanto... nem mesmo eu consigo impedir que o encantamento em torno de Réquiem se dissipe. A magia que protege esta ilha é inquebrantável e eterna, mas, esta noite, se os seus entes queridos assim o desejarem, não poderei proibi-los de se juntarem a vocês.

Embora os vampiros permaneçam imóveis, a insinuação de... alguma coisa parece se agitar dentro deles com as palavras de Michal. Expectativa? Não. *Desafio.* Arrepios descem pela minha nuca.

— Dito isso — continua Michal, com a voz ainda enganosamente suave —, peço que se lembrem de que também sou inquebrantável e eterno. Não perdoarei aqueles que puserem em perigo o nosso lar e também não os esquecerei. — Soltando as mãos, ele abre bem os braços em súplica, e os músculos do peito se estiram longos e poderosos com o movimento. Uma estranha pontada atinge meu estômago com a visão. Tensa, solto o braço de Odessa e mantenho os meus grudados ao lado do corpo. — Com isso, desejo que aproveitem o baile de máscaras e os convido a ficar até o amanhecer.

Ele sai do palco sem dizer mais nada, e a multidão se abre instintivamente enquanto ele passa por ela.

Direto em minha direção.

— Ah, meu Deus — sussurro enquanto os músicos retomam a música e os vampiros aos poucos voltam a beber e socializar. — Devo uma dança ao monsieur Marc — deixo escapar de repente, *em voz alta.*

Estremecendo, dou um passo para trás e procuro desesperada por qualquer sinal de um cabelo de algodão-doce. *Ali.* No outro lado do salão, ele conversa animado com um jovem robusto e sua companheira de seios fartos. Monsieur Marc usa a máscara de pavão mais extravagante que eu já vi.

Odessa não segue meu olhar; em vez disso, sorri com algo que vê na minha expressão.

473

— Monsieur Marc parece bastante ocupado, não é? — Em seguida, ela enrola um cacho do meu cabelo no dedo e diz: — Boa sorte.

Ela se mistura à multidão antes que eu possa implorar que fique.

Michal aparece um segundo depois, não tenho escolha a não ser retribuir sua leve mesura com uma reverência.

— Olá, Michal — cumprimento meio esbaforida.

De perto, ele parece ainda mais inatingível — seu peito é de alguma maneira mais largo sem camisa, seu corpo é menos refinado e mais primitivo. É *óbvio* que é menos refinado. Ele não está usando *camisa*, e eu... eu...

Balanço a cabeça, amaldiçoando meus olhos curiosos, enquanto ele inclina a dele para me examinar. Quando os lábios dele se levantam nos cantos, agarro o delicado tecido da minha saia para esconder o tremor das mãos. Por que raios estou olhando para os *lábios* dele? Não estamos aqui para babar um pelo outro, eu preciso me concentrar. Eu preciso me *concentrar*. Porque estamos *aqui* para emboscar o Necromante, para atraí-lo para uma falsa sensação de...

— Olá, filhote. — O sorriso de Michal se alarga e, impossivelmente gentil, ele persuade uma das minhas mãos a se acomodar na sua antes de dar um beijo na parte interna do meu pulso. Meus joelhos ameaçam ceder. — Você parece... nervosa.

— Nervosa? Eu não estou nervosa.

— Seu pulso está mais alto do que a música.

— Pare de ouvir meu *pulso*, então, e não teremos problemas. É invasivo, sabe, ouvir coisas assim. Talvez eu tenha bebido várias taças de champanhe antes de você chegar e meu coração esteja acelerado por *isso*. Já pensou na possibilidade? Talvez eu estivesse dançando muito com Odessa...

Ele ri, e o som vibra na minha pele até que eu estremeço.

— Minha prima detesta dançar — comenta ele, em voz baixa — e, a menos que eu esteja muito enganado, vai demorar um bom tempo até que você se embriague de novo. Afinal, *me* pediu uma dança da última vez. — Seus olhos cintilam à luz das velas. — E que pena seria se pedisse de novo. Quem sabe como eu poderia responder?

Meu olhar traiçoeiro vai do prateado do meu vestido até a pele nua dos braços e tórax de Michal. Se... *Se*... eu concordar em dançar com ele, não será como se precisássemos... nos tocar mais do que o estritamente necessário. Na verdade, nem *poderíamos*, e seria melhor assim, não é? Afinal, não conseguiremos nos misturar aos convidados se continuarmos aqui olhando um para o outro.

Está bem.

Endireito minha postura.

— Gostaria de dançar, Michal?

Minha respiração fica um pouco presa com o sorriso que surge em seu rosto. Quando ele olha para mim desse jeito, a sensação é a mesma de chamar a atenção de um lobo faminto... como se ele ansiasse por perseguir sua presa e, a qualquer momento, pudesse ceder à tentação e atacar.

— Achei que você nunca fosse perguntar.

Com cuidado para não tocar meu vestido, nossas mãos são o único ponto de contato, Michal me conduz para a pista de dança no momento em que o quarteto de cordas começa uma valsa lúgubre.

— Como você vai fazer...? — começo a perguntar, mas ele passa um braço pelas minhas costas, me puxando para perto.

Sua pele queima de imediato ao entrar em contato com minhas asas. Esticando o pescoço horrorizada, eu digo:

— Michal, *não*...

— Está voltando atrás em sua oferta?

— Lógico que não, mas você está... Você não deveria ter que... — Balanço a cabeça para organizar as ideias, virando-a para encará-lo, incrédula. — Você está *queimando*. Sem dúvida podemos encontrar uma... uma luva ou um paletó...

— Relaxe, Célie. — Na verdade, seu aperto em torno de mim aumenta, e seu sorriso desaparece com o que quer que ele vê na minha expressão. — Não tenho medo da dor.

— Não? Qual é o seu medo, então?

Os olhos dele se demoram por vários segundos no meu cabelo, na minha máscara, nas minhas bochechas.

— Filofobia — responde ele, por fim. — Se você pudesse viajar para qualquer lugar do mundo, para onde iria?

A pergunta me pega de surpresa, mas respondo sem pensar duas vezes:

— Onirique. — Como ele não diz nada, esperando que eu continue, explico apressada: — É uma aldeia em L'Eau Melancolique... menor do que

Le Présage, sim, mas famosa por suas luzes misteriosas. Elvire me contou que também é onde está a biblioteca mais antiga do mundo. Ela disse que preservam pedras com escritos de milhares de anos atrás. — Agora hesito, olhando para ele com desconfiança. — Por quê?

Sem responder, ele me conduz pelo centro da pista de dança, e seu corpo se move com tanta habilidade, tão firme contra o meu, que, em segundos, me esqueço completamente da pergunta. Me esqueço de suas queimaduras. Me esqueço do que *filofobia* poderia significar e do nosso plano, do Necromante e das varandas. Na verdade, tudo desaparece, exceto minha mão sobre o ombro dele; o modo como seus músculos flexionam sob meu toque, a graça com que Michal guia cada movimento meu. Até que...

— Me fale sobre sua mãe — pede ele.

Quase tropeço com o pedido, mas sua mão permanece firme na minha cintura.

— Mas você não respondeu minha pergunta. Não... Não é assim que o nosso jogo funciona.

— Quem disse que ainda estou jogando?

Fico o encarando por um segundo, com os olhos arregalados, antes de deixar escapar:

— Me conte sobre a *sua* mãe, então.

— Se é o que deseja... — Ele levanta um ombro, me girando em torno de Dimitri e Margot. — Ela morreu quando eu era jovem, então me lembro muito pouco dela... a não ser de sua voz. Ela era uma cantora maravilhosa. *Você* canta, mademoiselle?

Resisto a fazer uma careta.

— Só se for forçada.

— E se eu pedir com jeitinho?

— Vou achar que você tem questões psicológicas complexas.

— Muito justo. — Ele mostra as presas, afiadas e surpreendentemente brancas, e uma gargalhada explode no seu peito. — Você prefere reencarnar como canino ou felino?

— *Muitas* questões psicológicas complexas. — Ele me inclina para trás de repente, aproximando nossos rostos, aproximando demais, de modo que eu posso ver o castanho escuro em seus olhos. Quando Michal levanta nossas mãos para colocar uma mecha do meu cabelo atrás da orelha, minha cabeça começa a girar um pouco. *Bastante.* — Cachorro — murmuro, olhando para seus lábios. — Mas eu não acredito em reencarnação.

— Interessante. Qual raça?

— Nunca aprendi sobre raças. Minha mãe detesta animais. — Quando ele me puxa para cima, eu cambaleio no seu peito, tonta, nervosa e confusa. Esta é a conversa mais bizarra que já tive na minha vida. Se eu não o conhecesse melhor, poderia pensar que está tentando saber mais sobre mim. Tentando fazer *amizade.* — Por que tantas perguntas, monsieur? Esta não é a hora nem o lugar para uma conversa dessas.

— Talvez você esteja certa. Quando *será* uma boa hora?

Apesar do tom sarcástico em sua voz, não consigo sentir raiva para fulminá-lo com o olhar. Na verdade, eu nem *quero* fulminá-lo com o olhar, e isso... isso deveria me aterrorizar. Em vez disso, eu me aproximo mais, entrelaçando meus dedos nos dele.

— Costuma conversar enquanto dança? — indago.

— Somente sob circunstâncias extraordinárias.

Meu rosto fica vermelho com isso — pelo esforço, pela *euforia* —, e, quando a música atinge seu auge, eu giro para trás no peito dele, com o meu próprio cor-de-rosa e febril. Ele passa o nariz pela curva do meu pescoço antes de beijá-lo. Depois, me gira para longe quando tento me virar.

Já dancei com muitos parceiros na minha vida: meu pai, meus instrutores, Jean Luc, até mesmo Reid, e nenhum deles — *nenhum* mesmo — pode ser comparado a Michal.

Eu não quero parar nunca mais.

A música logo chega ao fim, com uma nota assombrosamente comovente. Então, com relutância, Michal e eu nos separamos.

— Isso foi... — Meus olhos são atraídos para as queimaduras em seus braços e peito. São impressões do meu corpo deixadas em sua pele. Ele vai precisar de sangue para curá-las e, só de pensar nele bebendo de Arielle de novo... bebendo de *qualquer pessoa*... o fogo queima todo o meu ser. — Inesperado — termino fracamente.

Ele me encara como um homem faminto.

— Foi mesmo?

— Michal, eu...

Porém, ele balança a cabeça e tira um pedaço de fita prateada do bolso. Suas palmas — já irritadas e vermelhas — chiam com suavidade quando ele a oferece a mim.

— O que eu disse antes — declara ele em voz baixa — sobre você ficar em Réquiem… eu estava falando sério. — Ele fecha meus dedos em volta da fita, engolindo em seco. — Você é bem-vinda aqui pelo tempo que quiser permanecer.

Incapaz de sustentar o olhar dele, olho para a fita. A ponta dela ondula de leve, uma, duas vezes, quando eu a aperto contra o peito. É evidente que ele estava falando sério. Michal *sempre* fala sério, mas *morar* em Réquiem de verdade… Volto meu olhar para os vampiros ao redor. Embora eles mantenham distância de Michal, seus olhos cruéis ainda parecem me seguir pelo salão, brilhando com fome. Com violência.

A vida aqui seria mesmo possível?

Suspirando profundamente e balançando a cabeça, abro a boca para agradecer a Michal…

E as portas do salão de baile explodem em uma esfera de luz ofuscante.

CAPÍTULO QUARENTA E SEIS

Baile de Máscaras — Parte II

O pandemônio se instala.

Vampiros se espalham por todas as direções, gritando, sibilando e se abaixando para se protegerem, enquanto Michal me empurra para trás dele e Dimitri coloca Margot debaixo do braço para fugir para trás do palco. Odessa aparece de imediato ao nosso lado, protegendo o rosto com os braços, enquanto a fumaça ondula de sua pele.

— O que é isso? — grita ela, em pânico. — O que está acontecendo?

Não sei, não posso responder, e Michal também está soltando fumaça, mais rápido do que os outros por causa do meu vestido. Tento me colocar à frente dele, para protegê-lo da luz absurda dentro do salão. Porém, mesmo queimando, seu corpo é forte demais. Impenetrável.

— Michal, *saia*!

— Fique atrás de mim.

Com os olhos semicerrados, ele olha para a esfera de luz, que se divide perfeitamente em duas enquanto Louise le Blanc caminha entre elas, segurando cada uma na palma da mão.

— *Bonsoir* — cumprimenta ela com prazer para o salão como um todo, seus cabelos ondulando com a pulsação das esferas.

O calor emana delas em ondas até que, com um arquejo horrorizado, percebo o que elas são.

Sóis.

Lou segura *sóis* incandescentes em miniatura em cada mão, os vampiros estão encolhidos embaixo das mesas agora, agarrando-se desesperados às sombras do palco. Ela passa por eles sem olhar duas vezes, completamente despreocupada. O cheiro terroso de magia segue seu encalço.

— Estou procurando — continua ela — por Michal Vasiliev. Um passarinho me contou que ele deseja falar com uma querida amiga minha, mas, infelizmente... ele terá que se contentar comigo.

Isso... Isso é ruim. Isso é *péssimo*. Com aqueles sóis nas mãos, Lou poderia causar danos indescritíveis, e ela nunca sequer saberia que ele... que Michal...

Eu me movo para saltar para a frente, mas os pés de Odessa ainda estão pisando na minha cauda e o impulso me puxa para trás. Tropeçando, eu giro o corpo para me endireitar, só que Odessa também se move, ainda protegendo o rosto, e eu perco o equilíbrio de vez. *Meu Deus*. Rodando, caio em seus braços, que me envolvem por instinto para impedir que nós duas desabemos no chão. Sua pele forma bolhas com o contato. Embora ela abafe seu grito de dor, estamos completamente emaranhadas, e Michal...

Ele dá um passo à frente, abrindo os braços para proteger Odessa e eu de sermos vistas.

— Bem-vinda ao meu lar, Louise le Blanc, e feliz encontro. *Eu* sou Michal Vasiliev.

Lou diminui a velocidade até parar no meio do salão, seu sorriso se alargando enquanto ela o observa. Seus olhos se demoram por um momento no couro das calças e nas magníficas asas nas costas dele.

— Lógico que é — diz ela.

Ela levanta as esferas entre eles, e elas brilham ainda mais, quase nos cegando agora. Até Michal se encolhe. Com sua inspiração dolorosa, meu autocontrole se despedaça; afastando-me de Odessa — *ela vai ficar bem, ela vai ficar bem, ela vai ficar bem* —, corro para o espaço aberto no centro do salão.

— Lou, espere! *Espere!* — Seus olhos se arregalam um pouco enquanto eu derrapo diante dela, agitando os braços como se tivesse perdido o juízo e arfando. — Você não precisa machucá-lo. Ele prometeu não tocar em Coco... não tocar em *nenhum* de vocês. — Embora eu olhe para trás dela em busca de Coco, Reid ou até mesmo Jean Luc, nenhum deles está no corredor. Não tem ninguém lá. A passagem permanece vazia, exceto por lascas da porta e pedaços de metal. — Você... Você será tratada como uma convidada de honra — digo com voz mais fraca agora. *Pelo menos Lou veio. Pelo menos ela não me incinerou ali mesmo.* — Minha convidada de honra. Ele prometeu. Ele prometeu que não machucará ninguém.

Os sóis nas mãos de Lou suavizam um pouco. Seus olhos se estreitam e ela estuda meu rosto por vários segundos.

— E você acredita nele?

— Acredito.

— Você *confia* nele?

Assentindo, freneticamente, com a cabeça, abaixo os braços e prendo a respiração. *Por favor. Por favor, por favor, por favor...*

Embora Lou incline a cabeça, refletindo, os sóis ainda ardem quentes e luminosos em suas mãos. Tento não olhar para trás. Não sei quanto tempo um vampiro pode resistir à luz solar, mesmo à sua imitação, antes de explodir em chamas.

— E você está me dizendo isso por vontade própria? Não está sob compulsão?

Hesito diante de Lou, espantada. Porque eu nunca contei a ela sobre compulsão. Pensando bem, eu também nunca contei a ela sobre a luz solar, mas... mas isso pouco importa agora. Preciso *provar* de alguma maneira que Michal é confiável antes que este lugar inteiro vire fumaça. Olho para trás dela de novo.

— Coco veio com você? Ela está aqui em algum lugar? — indago.

Os olhos de Lou se estreitam.

— Por quê?

— Porque o sangue de uma Dame Rouge é venenoso para os inimigos. Se o sangue dela não fizer mal a ele, você saberá que estamos dizendo a verdade. Por favor, Lou — acrescento baixinho quando ela ainda não se move. — Deixe-nos provar.

— Está pedindo que eu arrisque a vida da minha melhor amiga.

— Estou pedindo que confie em mim.

Depois de vários longos segundos, Lou acena com a cabeça — é apenas uma inclinação mínima do queixo —, e Coco, Reid, Beau e Jean Luc parecem derreter das paredes do corredor. Fico boquiaberta, incrédula, com o coração na boca, e mal registro a pontada aguda da magia de sangue.

— Você decide — Lou murmura para Coco, mas esta já apertou a ponta da unha afiada no polegar.

Ela extrai apenas uma gota de sangue.

O salão inteiro parece inspirar.

Ignorando a reação dos vampiros, Coco se move para passar por mim, mas eu agarro sua manga no último minuto, de súbito, aterrorizada.

— Se *você* pensa nele como um inimigo, ainda assim...?

— Não quero que ele seja meu inimigo, Célie. — Ela tira minha mão de seu braço com uma expressão cautelosa, mas compassiva também. — Você disse que confia nele — diz ela com sinceridade.

Não posso fazer nada além de observar enquanto ela atravessa a terra de ninguém entre nós e Michal, com o dedo estendido por todo o caminho. Quando ela para diante dele, em expectativa, os olhos dele se voltam para os meus. Sua pele brilha ferida e rosada sob a luz artificial do sol de Lou, mas, se isso o incomoda, ele não diz. Ainda olhando diretamente para mim, ele limpa o sangue do dedo de Coco. Sua pele não ferve, não forma bolhas, mas, para garantir, ele leva o sangue dela à boca em seguida, sugando-o suavemente enquanto aguardamos prendendo o fôlego.

Nada acontece.

Todo o meu corpo relaxa de alívio porque *nada acontece*, e, quando Coco se vira para mim e sorri, os sóis em miniatura nas mãos de Lou desaparecem no mesmo instante. Pisco na penumbra repentina, lutando contra as lágrimas, enquanto Lou avança e passa o braço pelo meu cotovelo.

— Bem, neste caso... — diz ela com simplicidade. — Tudo muda, não é? *Sim, muda.*

Quando Lou me puxa para um abraço, não consigo evitar que a primeira lágrima caia. Ela escorre pelo cabelo dela enquanto minha amiga ri e me aperta com mais força, enquanto Coco corre para se juntar a nós duas e passa os braços ao nosso redor.

— Sentimos sua falta, Célie — sussurra Coco.

Um soluço cresce na minha garganta enquanto nos abraçamos.

— Também senti falta de vocês.

❖━◆◆◆━❖

Odessa leva Lou, Coco, Reid, Beau e Jean Luc para uma antessala fora do salão de baile alguns momentos depois, e Michal faz o possível para apaziguar seus convidados parcialmente curados. Sob suas ordens, os músicos esvaziam vários cálices de sangue antes de retornarem aos seus postos no tablado e tocarem uma melodia animada. Dezenas de criados atravessam a multidão revoltada com ainda mais cálices — este sangue de alguma maneira é fresco, de algum modo é *quente* — e as distribuem apressados.

Dentro de quinze minutos, todos os vampiros no salão parecem felizes e radiantes de novo.

Exceto pelo olhar.

Penetrantes e rancorosos, eles acompanham Michal enquanto ele também aceita uma taça, enquanto esvazia seu conteúdo em um único gole. Quase no mesmo instante, as queimaduras em sua pele desaparecem e ela volta a ficar lisa. Antes que eu possa me aproximar dele, porém, Lou e Coco saem da antessala com suas novas fantasias: Lou é um esbelto gato preto e Coco é a fada verde.

Não posso deixar de sorrir quando elas vêm na minha direção.

Monsieur Marc não teve tempo de costurar fantasias para eles, é óbvio, mas as improvisou da melhor maneira que pôde com base nas minhas descrições. A meia-calça preta e o vestido de Lou caíram nela como uma luva, assim como o vestido esmeralda cintilante arranjado para Coco. Michal suspeitava que meus amigos fossem querer fazer uma entrada triunfal quando chegassem a Réquiem, e ele estava certo. A entrada deles não poderia ter sido mais chamativa.

Com essas fantasias, porém, nossa armadilha não deu completamente errado.

Se o Necromante — *onde quer* que esteja — testemunhou a chegada calorosa demais deles, também teria presenciado nossa reconciliação. Para quem estiver assistindo, podemos parecer amigos distantes se reencontrando para um baile de máscaras na Véspera de Todos os Santos… e, para todos os efeitos, é o que nós somos. Somos amigos reunidos para um baile de máscaras na Véspera de Todos os Santos e que, *por acaso,* estão planejando a queda de um assassino sádico. Por instinto, meu olhar percorre o salão, procurando por qualquer sinal de um convidado novo e desconhecido, o que é uma tarefa impossível, infelizmente, já que eu precisaria ter memorizado todos os rostos do salão antes que o encantamento fosse suspenso.

— Mi-au — diz Lou, me rondando e examinando meu vestido com seriedade. — E a gente pensando que você tinha sido levada como refém. Esses diamantes são *verdadeiros*?

Meu rosto esquenta quando Coco se aproxima para inspecionar meu *capelet.* Um sorriso malicioso surge em seu rosto e ela força um suspiro melancólico.

❊ 483 ❊

— E pensar que ele poderia ter *me* sequestrado no seu lugar — comenta ela.

— Você é hilária, Cosette — intervém Beau, que monsieur Marc vestiu com a fantasia de arlequim de um bobo da corte. Ele faz uma careta enquanto se aproxima de nós, puxando sua manga curta demais e cheia de lantejoulas. Sininhos tilintam em seu chapéu a cada passo. — Dá para acreditar nisso? Rei de toda a Belterra, tendo um *leão* como brasão, e me vestem com roupa de palhaço. — Irritado, ele aponta o queixo para um vampiro que passa e usa a cota de malha dourada de um cavaleiro. — Agora essa... *essa* sim é uma fantasia para a realeza. Não *acredito* nisso...

Rindo, Coco dá um beijo na bochecha dele.

— Você não é rei aqui, Beau — comenta ela.

— Não, com certeza, você não é. — Lou levanta as sobrancelhas com admiração enquanto Michal se aproxima. Pelo jeito, toda a cautela dela desapareceu quando ele bebeu o sangue de Coco e sobreviveu para contar a história. Mexendo as sobrancelhas, ela me cutuca nas costelas e completa: — Mandou *bem*, Célie.

Se é que é possível, minhas bochechas ficam ainda mais quentes.

— Não sei do que você está falando.

— Ah, não?

Apesar de toda a sua insinuação, um sorriso verdadeiramente encantado surge no rosto sardento dela quando ela avista Reid no meio da multidão. Ele segue Michal, vestindo a máscara e o traje escuro de um autômato. As mangas da camisa e as pernas da calça, porém, foram enroladas várias vezes, como se o traje antes pertencesse a um gigante. Estreito os olhos para Michal, que olha de volta com um ar de satisfação suprema.

— Quer que eu explique? — pergunta Lou, inocente.

Contudo, atrás de Reid está Jean Luc.

Ele não usa fantasia alguma, portando apenas uma máscara dourada simples feita de gesso.

— Tenho caçadores cercando o castelo todo — resmunga ele para Michal antes de se posicionar entre Lou e Coco.

Ele não olha para mim. Não olha para ninguém. Cruzando os braços, encara o chão cor de obsidiana como se sua vida dependesse disso. Meu coração se contorce com a imagem dele parado ali, rígido, cercado por todos os nossos amigos, mas sozinho mesmo assim.

484

Lou tosse sem jeito em meio ao silêncio que se instala.

Sem me aguentar, eu murmuro:

— Olá, Jean Luc.

Seus lábios se curvam de leve, a única indicação de que me ouviu. Pelo menos ele deixou o casaco de Chasseur na antessala; a camisa impecável brilha branca à luz das velas. Ao meu lado, Michal diz em voz baixa:

— Podemos continuar?

Embora ele dirija as palavras a mim, os outros o escutam. Lou inclina a cabeça em uma pergunta silenciosa, enquanto Reid e Coco franzem as sobrancelhas. Beau fecha a cara, quase tão mal-humorado quanto Jean Luc. Os sininhos de sua roupa ainda soam com cada um de seus movimentos.

Quando concordo com a cabeça, Michal estende a mão pálida para Lou, que a observa fascinada.

— Me daria a honra de uma dança, *ma Dame*?

Depois de um olhar curioso para Reid, que assente com a cabeça, ela aceita a mão de Michal, hesitante.

— Não sei *o que* vocês dois estão tramando, mas eu mal posso *esperar* para descobrir. Coco? Beau?

Ela pega a mão de Coco enquanto Michal a leva, e Coco pega a de Beau por sua vez. Juntos, os quatro caminham para a pista de dança, acompanhados no mesmo instante por Dimitri e Odessa. Margot desapareceu — espero que tenha ido para casa —, deixando Dimitri para interceptar Coco e se apresentar; Odessa faz o mesmo com Beau.

Dou um rápido suspiro de alívio. Esta parte do plano, pelo menos, correu bem. Eu sabia que isso aconteceria. Meus amigos sempre temeram pouco e enfrentaram muito.

Infelizmente, eles me deixaram sozinha com Reid e Jean Luc.

Com um pigarro, viro-me com cautela para Jean.

— Estou muito feliz que você esteja aqui. Temos muito o que conversar e...

— Não foi por isso que vim aqui, Célie — interrompe ele.

— Mas você *está* aqui — insisto, talvez de modo um pouco desesperado.

— Você se lembra de quando eu não conseguia acender uma fogueira no início do meu treinamento? Estávamos cercados por nossos irmãos em La Forêt des Yeux, e eu não quis tentar porque pensei que todos iriam rir de mim. Mas você não me deixou desistir. Disse que não há momento melhor do que o presente... que às vezes a gente *precisa* fazer certas coisas, mesmo que não queira.

— Pare. — A palavra fica presa na garganta de Jean Luc enquanto ele levanta a cabeça, seu olhar é a única arma de que ele precisará esta noite. Sua dor, sua raiva, sua mágoa: elas me atravessam tão velozes quanto uma espada. — Pare de fingir que ainda nos conhecemos.

Antes que eu possa dizer qualquer outra coisa, ele dá meia-volta e se afasta para se postar ao lado dos esqueletos e das abóboras. Desolada, observo-o partir sem segui-lo, sem protestar. Uma parte pequena e secreta de mim esperava um perdão que eu não fiz por merecer, mas é óbvio que isso não aconteceu. E pode *nunca* acontecer. Jean Luc nunca foi de perdoar com facilidade, e ele jamais esquece.

— Ele contou tudo para eles? — pergunto a Reid, incapaz de esconder o tom queixoso da minha voz. — Para Lou, Coco e Beau? Eles sabem o que aconteceu no cais?

— Sim. — Suspirando profundamente, Reid também observa seu amigo, que se irrita com um criado que passa e mostra sua Balisarda. — Dê um tempo a Jean Luc, Célie. Ele vai acabar aceitando.

— Vai?

— Ele quer pegar o Necromante mais do que ninguém.

Ao ouvir suas palavras, o crucifixo de Filippa parece pesar mais no meu pescoço, e eu me forço a dar as costas para Jean Luc. Com o tempo, talvez ele perceba que nós dois merecemos algo melhor, mas isso não importa agora. Isso *não pode* importar agora. Não quando nosso plano está em ação.

— Não vai me convidar para dançar? — pergunto.

Reid hesita, surpreso, com um pequeno sorriso aparecendo no canto de sua boca.

— Gostaria de dançar, mademoiselle Tremblay?

— Evidente que sim, monsieur Diggory.

Aceitando sua mão, permito que ele me guie até a pista de dança antes de me aproximar e sussurrar:

— Seria uma pena se alguém nos ouvisse. — Da forma mais discreta possível, inclino minha cabeça em direção aos vampiros ao redor, posicionando meu braço livre sobre o dele, minha mão no seu ombro. — Temos muito papo para colocar em dia.

Por sorte, ele entende o que quero dizer de imediato, seus olhos se distanciam enquanto ele procura um padrão. Sua magia se comporta de maneira diferente da de Coco, diferente até mesmo da de Lou desde que ela se tornou La Dame des Sorcières. Ele e sua espécie são capazes de enxergar e manipular os padrões do universo; essa manipulação é o modo como Dames Blanches e Seigneurs Blancs lançam feitiços: eles abrem mão de pedaços de si mesmos para ganhar algo em troca. Justamente como Filippa disse.

Nada vem de graça, Célie.

Aquele peso familiar se instala de novo em meu peito ao pensar em minha irmã, observo Reid de modo um tanto distante enquanto ele procura o encantamento certo, seus olhos azuis movendo-se para a esquerda e para a direita. Ele também conhecia Filippa. Durante toda a nossa infância, ele a conhecia melhor do que ninguém, exceto talvez Evangeline e eu. O que Reid pensaria se soubesse do relacionamento dela com o Necromante? Ele entenderia esta *dor* profunda na boca do meu estômago? Será que ainda lamenta a perda dela também?

Se eu lhe contar o segredo de Filippa, ele não lamentará apenas por *ela*. Ele vai lamentar a memória dela também, e isso... isso seria muito egoísta da minha parte.

Não seria?

— Posso tirar a audição deles — murmura Reid depois de vários segundos —, mas não poderei falar durante a nossa conversa. — Seus olhos retornam aos meus. — Preciso falar?

Fiquei de explicar o plano para ele, assim como Michal, Odessa e Dimitri estão explicando o plano para os outros. É a minha *função* explicar o plano. Achamos que seria melhor, que chamaria menos atenção... dividir para conquistar na pista de dança, em vez de nos reunirmos em um canto e cochicharmos. E ainda assim...

— Talvez seja melhor se você não falar — respondo.

Ele franze a testa, porém, sem dizer mais nada, balança o pulso na minha cintura. À medida que o cheiro da magia nos envolve, Reid acena para que eu continue. Ainda relutante de um jeito estranho em falar em um volume normal, abro a boca para lhe contar sobre a nossa armadilha, sobre Beau me levar para a varanda norte, mas as palavras que saem são completamente diferentes.

— Você se lembra... daqueles últimos anos da vida de Filippa?

Seja lá o que Reid esperava que eu dissesse, nitidamente não era isso. Sua carranca se aprofunda enquanto ele examina meu rosto, mas, mesmo assim, ele faz que sim com a cabeça, deixando evidente o que quer dizer. *Sim, eu me lembro.*

— Ela andava... distante, quase reclusa, e mais de uma vez a peguei fugindo do nosso quarto, sempre na calada da noite. Sei que ela também tratava você diferente. — Suas mãos me apertam de forma imperceptível enquanto me giram para longe e depois para trás. Por instinto, sei que está se lembrando da mesma coisa que eu: da última vez que os dois se falaram, Filippa o chamou de soldado cabeça-dura e saiu furiosa de casa. Antes que eu possa reconsiderar, deixo escapar: — Reid, acho que ela estava tendo um caso com o Necromante.

Ele recua ligeiramente com o choque, estreitando os olhos.

— Ela podia não saber que ele era um necromante na época, sim, mas os dois... eles estavam envolvidos de alguma maneira — continuo, desamparada. — Eles... eles planejaram fugir juntos, e eu apenas não consigo... não sei como... — Respiro fundo, estremecendo. — Eu não entendo como ela pôde ter um relacionamento com uma pessoa assim. Como ela pode tê-lo *amado.* — Então, porque ele não pode falar e eu posso, porque não há nada que qualquer um de nós possa de fato dizer, prossigo: — Você também a conhecia. Você a *conhecia.* Alguma vez suspeitou que ela pudesse fazer algo assim? Eu simplesmente... não percebi, Reid? Será que eu de fato a conhecia?

Perguntas demais, percebo com um lamento. *Não há como ele responder a todas elas...*

Apertando minha mão, Reid me puxa para um abraço esmagador e, com isso, incrivelmente, a tensão em todo o meu corpo é liberada. Eu me engasgo com um soluço. Faz muito tempo desde que alguém me abraçou assim, não como amigo ou amante, mas como família. Como irmã, como irmão. Como alguém que me conhece, me conhece *de verdade*, e entende minha dor, confusão e culpa por também sentir o mesmo.

Mas isso não é tudo.

— Você me magoou, sabia? — digo baixinho quando nos separamos. — Todos vocês partiram meu coração. O que entreouvi na sala do conselho... Eu não merecia ser tratada daquele jeito, Reid. Ninguém merece ser tratado como se seus pensamentos, sentimentos e experiências não tivessem importância, ainda mais pelos amigos mais próximos. — Apesar das palavras, minha voz não contém acusação ou repreensão, e, para minha surpresa, também não sinto mais raiva. Talvez porque isso não seja mais um confronto, mas apenas a constatação de um fato. — Eu não sou secundária.

Reid para de dançar de repente, bem ali no meio da pista, e segura meus ombros, curvando-se para olhar direto nos meus olhos. *Eu sei*, ele faz com a boca sem emitir som, sua expressão solene e cheia de arrependimento. *Me desculpe.*

Ao nosso redor, os outros casais continuam a dançar e girar, mas Michal e Lou nos observam pelo canto dos olhos. Os outros também terminaram suas conversas e é nítido que esperam que Reid e eu passemos para a segunda fase do nosso plano. A armadilha em si.

Segurando a bochecha de Reid, eu sussurro:

— Eu perdoo você. Agora... o que vamos fazer é o seguinte...

CAPÍTULO QUARENTA E SETE

A armadilha

Meia hora depois, Beau e eu estamos encolhidos juntos contra o vento na varanda mais ao norte do salão de baile. Um pátio pitoresco se estende abaixo de nós, parcialmente encoberto por dois carvalhos antigos, bem como Michal disse que seria. Um deles cresceu sobre a balaustrada de pedra, com seus galhos se esticando em direção ao castelo, ao passo que o outro oculta o restante do pátio. O efeito é quase de privacidade total... e graças a Deus por isso, já que Beau parece determinado a arruinar nosso plano antes mesmo que ele comece.

— Deixe eu ver se entendi. — Beau cruza os braços. Em parte, é provável que seja para manifestar seu desagrado, mas também para se proteger do frio terrível. — *Você* se ofereceu como isca para esse tal de Necromante.

Esfregando os braços sobre as mangas do vestido, eu sussurro:

— Ele precisa do meu sangue para fazer a parte de necromancia, sim, mas pode falar baixo? Você deveria estar me consolando.

— Está bem. — Nossa respiração forma pequenas nuvens brancas entre nós enquanto ele obedece, dando tapinhas nas minhas costas de má vontade. — E, por causa dessa decisão um tanto infeliz, eu também, de alguma maneira, fui oferecido como isca. — Enquanto ele fala, as onipresentes nuvens de Réquiem se abrem para revelar uma lua brilhante de outono, banhando as lantejoulas ridículas de sua fantasia com uma luz prateada suave. — Eu — repete ele, incrédulo, sacudindo o sininho do chapéu para dar ênfase. — A única pessoa aqui sem qualquer meio de contribuir caso o Necromante, de fato, se revele e tente *pegar o seu sangue*.

— Foi exatamente por isso que escolhemos você e não os outros. — Eu me inclino para ele, ansiosa e trêmula, e fungo o mais alto possível. Talvez eu não devesse ter tirado minha máscara tão cedo; pelo menos manteria meu nariz aquecido. Quando Reid fingiu me insultar no final da nossa valsa, no entanto, eu precisei removê-la para fingir que estava chorando,

※ 490 ※

fugindo em direção a um Beau revoltado, que visivelmente não gostou nem um pouco do nosso esquema. — Precisamos iludir o Necromante com uma falsa sensação de segurança. É muito mais provável que ele ataque *nós dois* do que se Michal, Lou ou mesmo Jean Luc tivessem me escoltado até aqui. *Me console*, por favor.

— Estou lisonjeado, de verdade. — Passando um braço rígido em volta dos meus ombros, ele força minha cabeça na curva de seu pescoço e dá um tapinha na minha orelha. — Pronto, pronto.

— Ah, pare com isso. Você mesmo disse que é a pessoa menos ameaçadora do grupo.

— E estou sendo punido por isso, pelo jeito. Quanto tempo isso vai *levar*? — Depois, ele fala mais alto: — Não chore, Célie, querida. Meu amado irmão está *obviamente* tentando compensar alguma coisa.

Ignorando sua carranca, sopro ar quente nas palmas das mãos e tento sem parar arrancar alguma emoção do meu peito. Eu só preciso de uma, *uma* emoção intensa, para atravessar o véu e conferir as coisas com Mila, que provavelmente já está esperando por mim lá. Não deveria ser difícil. Até este momento, fui capaz de entrar e sair do além quando quisesse. Porém, esta noite, meus nervos estão gastos quase a ponto de rasgar, e suas pontas esfarrapadas pairam sem controle ao vento. Não consigo me concentrar em uma só emoção. Na verdade, não consigo me concentrar em *nada*, a não ser no barulho *incessante* da fantasia de Beau enquanto ele treme. Levanto a cabeça de seu ombro e sibilo:

— Você pode parar de *tilintar* por um momento? Estou tentando me concentrar.

— Ah, me desculpe. Isso é frustrante para você? — Revirando os olhos, Beau pega o chapéu e o joga sobre a balaustrada, só que, em vez de desaparecer de vista, ele se prende a um galho de árvore. O chapéu fica ali pendurado, ressoando freneticamente com outra rajada de vento, até que Beau parece muito propenso a pular da varanda. — Gostaria de deixar registrado — diz ele com os dentes cerrados — que *não* foi assim que imaginei que esta noite seria.

— Não? — Pressiono minha orelha no ombro dele em um esforço para abafar o tilintar horroroso. Neste exato momento, o Necromante pode estar escondido lá embaixo, esperando a oportunidade de atacar, de *matar*,

❧ 491 ❧

mas... não. Batendo o queixo, eu balanço a cabeça. Não posso pensar assim. Michal também está escondido em algum lugar e não vai deixar nada acontecer conosco. Nós só precisamos esperar. — Que parte da noite não está correspondendo às suas expectativas?

— Para começar — Beau envolve meus ombros com a ponta de sua capa de cetim —, eu teria preferido uma noite com um pouco menos de referência à necromancia. Ninguém disse nada sobre um necromante quando embarquei naquele navio. Ajudar você a escapar de uma ilha de vampiros? Sim, sem questionar. — Um músculo treme em sua mandíbula. — Ainda mais depois que Lou mencionou a compulsão e Jean Luc nos convenceu de que essa *devia* ser a razão pela qual você escolheu voltar para este lugar terrível. — Recuo instintivamente diante da imagem que ele pinta: Jean Luc discutindo com os outros, desesperado para convencê-los de que eu estava sob compulsão. Desesperado para convencer a si mesmo. Até mesmo admitir que fui embora teria sido custoso, e eu... minha mente se afasta do resto do pensamento. — Mas agora que sabemos que você sem dúvidas *não* está sob compulsão...

— Você me largaria com o Necromante?

Faz sentido, é óbvio. Beau não é como eu; ele não é nem como Reid ou Jean Luc. Ele é da realeza, o rei de toda a Belterra, e seu povo com certeza sentirá sua ausência enquanto ele sai por aí perseguindo fugitivos e assassinos.

— Lógico que não. — Beau suspira, derrotado, com os ombros curvados sob a capa. — É que... hoje é o aniversário de Coco. Você sabia disso? Ela nasceu na Véspera de Todos os Santos.

— *O quê?* — Meu estômago dá uma cambalhota, e eu me endireito para fitá-lo, boquiaberta. Porque é óbvio que sei quando é o aniversário de Coco. Como eu poderia ter esquecido? Pior ainda: em vez de comemorar, ela passou a noite arriscando sua provável morte, eu devo ser a pior amiga do mundo. — Ah, não — sussurro horrorizada. — Eu não dei um presente a ela.

— Diante das circunstâncias — diz Beau, com sarcasmo —, acho que ela vai perdoar você. Eu tinha planejado um presente muito especial antes de perceber que passaríamos a maior parte da noite atraindo um bruxo assassino para uma varanda glacial. Realmente está mais frio do que a teta de uma bruxa aq... *Por que os seus olhos estão assim?*

Beau salta para longe de mim, aterrorizado, e a temperatura despenca enquanto meu arrependimento amarra cada nervo desgastado em um pequeno laço. Ele me puxa mais e mais para baixo, até que atravesso o véu para o outro mundo, onde Mila descansa no galho de árvore mais próximo, com a saia e o cabelo ondulando ao vento.

Sorrindo, ela dá petelecos nos sinos do chapéu de Beau em um ritmo aleatório.

— Por que demorou tanto? — questiona ela.

Meu olhar vai de Mila para o chapéu, arregalando-se de indignação.

— Não era o vento. Era *você*.

Beau me encara como se eu tivesse duas cabeças antes de se virar em direção à árvore, onde Mila abre um sorriso mais largo e muda no meio da batida para um hino de Natal muito irritante.

— Com quem você está falando? — pergunta ele, de olhos esbugalhados. — E por que… por que esses sinos de repente estão tocando uma canção natalina?

— Pare com isso, Mila. — Marcho até a balaustrada, esticando-me na ponta dos pés para arrancar o chapéu dela, mas não consigo alcançá-lo. — Você está assustando o Beau.

— É você quem está falando com o nada, Célie.

— Só me dê o chapéu!

— *O que* está acontecendo? — Beau avança e agarra minha mão, me afastando do galho da árvore com uma expressão alarmada. — E quem é *Mila*? É… É a árvore? A árvore se chama Mila?

Suspirando, solto minha mão e olho feio para o espírito.

— Não, a árvore não se chama *Mila* — explico. — O nome pertence à irmã morta de Michal, Mila Vasiliev, e, se ela não parar de tilintar aquele chapéu, talvez eu precise matá-la outra vez.

Beau fica parado.

— Como é que é?

— Você perguntou com quem estou falando… o nome dela é Mila, e o Necromante a matou há vários meses. — Os olhos dele ameaçam saltar das órbitas, mas eu o ignoro, cruzando os braços e tentando voltar a mim. Porque a versão de Mila da canção natalina importa ainda menos que o chapéu ridículo de Beau. *Deveríamos* estar agindo como se eu precisasse

❄ 493 ❄

de um momento ali fora para me recompor, e não discutindo sobre sinos e espíritos. Baixando a voz, pergunto a Mila: — Você já viu... alguém?

Seu sorriso desaparece, e ela para de tocar os sinos no mesmo instante.

— Mais de um, infelizmente. Espero que Michal esteja preparado para reforçar seu pequeno alerta, porque mais de cem criaturas chegaram a Réquiem esta noite... incluindo dezenas de bruxos de sangue... e qualquer um deles pode ser nosso necromante.

— Tem *certeza* disso? — A voz terrivelmente familiar de Guinevere a precede, vinda do salão de baile. Mila e eu nos viramos no momento em que ela passa pelas portas de mogno para se juntar a nós. Eu me esforço para não gemer. — Achei que você tivesse dito que o Necromante era *um bruxo* de sangue, no masculino. Isso restringe bastante os candidatos, Mila, querida.

Os espíritos vão acabar comigo, tenho certeza.

Embora, de imediato, eu abra a boca para *mandá-la embora*, mudo de ideia no mesmo instante. Afinal, quem sou eu para recusar informações? Sem elas, Beau e eu não podemos fazer nada além de se sentar aqui e esperar pelo pior.

— Você viu mais ou menos quantos deles, Guinevere? Algum está no castelo?

— Guinevere? — pergunta Beau baixinho.

Os olhos dela se voltam para ele neste momento e brilham com um interesse jovial.

— Espere um momento. Quem é *este*? — indaga ela.

Ai, não.

Antes que eu possa responder, ela avança para bem perto dele e inclina a cabeça, analisando-o desde a raiz do cabelo preto até a sola da bota de couro. Nem mesmo a fantasia dele a desanima. Na verdade, parece aumentar a atração. Soltando um ruído de apreciação, ela passa o dedo pela manga de lantejoulas de Beau.

— Este é uma ajuda bem-vinda — diz ela.

Afasto a mão dela enquanto Beau recua diante do toque frio e invisível.

— Nem pense nisso, Guin.

Soltando o ar com força, Beau recua em direção às portas e me arrasta com ele.

— Célie, meu bem, você parece estar se sentindo *muito* melhor. Talvez nós dois devêssemos voltar para a festa e...

A mão dele aperta meu cotovelo e, em seus olhos escuros, eu enfim vejo as formas flutuantes e peroladas de Mila e Guinevere refletidas.

— Puta merda — murmura ele, apontando um dedo trêmulo. — Elas são... Célie, elas são...

— Espíritos — completo, resignada. — Se serve de consolo, você só consegue enxergá-las porque está me tocando. No instante em que Guinevere passar dos limites — lanço a ela um olhar cortante —, você pode me soltar e nunca mais precisará vê-la.

Guinevere bufa com escárnio e flutua ao nosso redor em um círculo.

— Ora, por que *raios* ele iria querer fazer isso? — Para Beau, ela ronrona: — Guinevere de Mimsy, ao seu dispor. Não há necessidade de perguntar quem *você* é, óbvio. Mesmo forçado a vestir uma roupa de palhaço, ninguém confundiria este cabelo ondulado despojado e este queixo esculpido com outra coisa que não fosse a nobreza.

Embora Beau esteja boquiaberto diante dela, sem acreditar, ele não consegue deixar de murmurar:

— Realeza.

Se pudesse, Guinevere sem dúvida saltaria na ponta dos pés com a revelação, mas, em vez disso, sua forma incorpórea a obriga a inchar para o triplo do seu tamanho.

— Vossa *Majestade*. — Ela leva a mão ao peito. — Estou muito *honrada* em conhecê-lo.

Com um ar de impaciência, Mila avança, tirando uma caixinha de veludo do fundo do bolso de Beau. Eu não a tinha notado antes, e até Beau se sobressalta um pouco quando ela balança o objeto debaixo do nariz de Guinevere.

— Sabe o que é isto, Guin? — Ela avança antes que Guinevere possa responder. — *Isto* é todo o incentivo de que você precisa para deixar o pobre homem em paz.

Abrindo a caixinha, ela revela um anel de ouro com um magnífico rubi no centro. Ele brilha com tanta intensidade, tanta *beleza*, que eu arquejo e o arranco das mãos de Mila, examinando-o em todas as direções sob o luar.

— Isto é...? — Eu me viro para encarar Beau, e agora é a *minha* vez de pular na ponta dos pés, com um sorriso enorme se espalhando em meu rosto. — Beauregard Lyon, isto é um anel de *noivado*?

Ele o pega, verificando depressa se há algum dano antes de enfiá-lo no bolso mais uma vez. Agora envergonhado, responde:

— Pode ser.

— Pergunte a ele como pretendia propor. É possível dizer muito sobre um homem pelo modo como ele escolhe propor casamento — declara Guinevere, afastando-se de nós.

Ela levanta o nariz arrebitado no ar e percebo que Beau soltou meu cotovelo na pressa de recuperar o anel. Se possível, eu sorrio ainda mais com a constatação. Ele planejava pedir Coco em casamento no *aniversário* dela, e deve ser por isso que está agindo de maneira tão mesquinha hoje. Ele queria tornar a noite especial. Queria que fosse só deles. A coisa toda é tão absurdamente romântica que eu poderia chorar de novo, só que desta vez não estaria fingindo. Porque…

O calor no meu peito esfria com uma rajada de vento gelado.

Porque ele não conseguiu fazer isso. Apesar de seus planos grandiosos, ele perdeu o aniversário dela; por *minha* causa, ele perdeu a chance.

— Ah. — A palavra sai de mim com uma expiração dolorosa, e seguro meus cotovelos, tremendo de frio de novo. Embora a parte racional da minha mente saiba que isto não é culpa minha… eu não pedi ao Necromante para me marcar como alvo… ainda me sinto responsável de alguma maneira. — Sinto muito, Beau.

Ele acena com a mão sem olhar para mim.

— Sem problema. Sério, você… você provavelmente me poupou de um grande constrangimento. Coco nunca foi do tipo sentimental.

— Ela teria dito "sim" — digo com firmeza. — Ela *vai* dizer "sim".

Embora ele dê de ombros, não diz mais nada. Se o Necromante *estiver* em algum lugar ouvindo, espero que ele se sinta um completo e absoluto *lixo* por causar tamanho estrago em nossas vidas.

E… bem… por ter acabado com várias outras.

Guinevere solta um suspiro dramático em meio ao silêncio e volta a falar:

— Certa vez, um amante *meu* me pediu em casamento no beco fedorento atrás de uma taverna, bem ali, no meio de onde ele tinha acabado de vomitar.

— Que nojento — reage Mila.

— Sim. Bastante. — Guinevere lança a Beau um olhar malicioso pelo canto do olho. — Eu o troquei pelo irmão na manhã seguinte.

Embora Beau não consiga mais vê-las ou ouvi-las, parece perceber que a conversa continuou sem ele, e *sobre* ele. Passando a mão cansada pelo cabelo, ele murmura:

— Sério, Célie, acho que está na hora de voltar para dentro. Se o Necromante fosse atacar, já teria feito isso, e…

Os sinos do chapéu dele tocam outra vez.

Com as sobrancelhas franzidas, olho de Mila para Guin, mas nenhuma delas está flutuando perto da árvore. Além disso, o ar ficou parado e silencioso de um jeito estranho. *Que esquisito.*

— Alguma de vocês…? — começo a perguntar, mas Mila balança a cabeça.

— Deve ter sido o vento — sussurra ela, mas os pelos da minha nuca se arrepiam mesmo assim. Mila é um espírito. Ela não tem motivos para sussurrar, nem para temer algo. Ninguém consegue ouvi-la, a não ser eu e Guinevere, que franze a testa e espia para baixo da varanda para investigar.

Seus olhos se arregalam. Voltando-se para mim, ela diz:

— Célie, *corra…*

No entanto, é tarde demais. Dedos compridos aparecem na balaustrada e, antes que Beau e eu possamos fazer qualquer coisa além de recuar aos tropeços e agarrados um ao outro, uma silhueta pálida desliza por cima do parapeito e chega à varanda com uma elegância letal. Minha boca se abre e o choque percorre o meu corpo como uma injeção de cicuta, prendendo-me no lugar. Porque não é o Necromante que sorri para mim com seu vestido cinza salpicado com o brilho das estrelas.

É Priscille.

CAPÍTULO QUARENTA E OITO

O rei e sua corte

— *Bonjour, humaine* — cumprimenta ela, alisando o corpete de tecido fino.

Antes que Beau e eu possamos nos virar e *correr*, Juliet me agarra por trás, enquanto outro vampiro desconhecido puxa os braços de Beau para trás e arrasta o nariz pelo pescoço dele. Embora Beau se debata, sua força não é nada comparada à de um vampiro. A criatura pressiona os dentes na jugular de Beau até que o rei de Belterra paralisa, fecha os olhos e prende a respiração.

— Deixe-o em paz — esbravejo.

Eu me estico na direção deles, mas Juliet envolve o meu pescoço com a mão fria.

— Eu não me preocuparia com seu amigo, se fosse você — murmura ela no meu ouvido. — Não quando o seu sangue tem o sabor mais doce de todos.

Sem pensar, atravesso o véu de novo antes que ela note Mila ou Guinevere. A julgar pelo brilho frio e cristalino nos olhos de Priscille, estes vampiros estão em busca de sangue: *meu* sangue. As palavras de Yannick no aviário me perfuram como pequenas adagas: *Não terei pressa*. Se Juliet ou Priscille perceberem que posso ver os mortos, que consigo me comunicar com eles, quem sabe o que mais farão?— Não precisam nos machucar — imploro. A mão de Juliet quase esmaga meu pescoço enquanto engulo em seco, procurando algum sinal de Michal. Ele deveria estar aqui a esta altura. Os nós dos meus dedos ficam brancos ao redor do braço dela, porém, por mais que eu crave minhas unhas com força, elas não perfuram sua pele. De repente, meus pulmões não conseguem puxar o ar. Afinal, se Michal *pudesse* me alcançar, ele o faria, mas ele não está aqui. *Ele não está aqui.* — Ainda dá tempo de mudar de ideia. Vocês podem sair, se esconder, nunca mais voltar a este lugar e rezar para que Michal nunca os encontre.

Priscille mostra os dentes em um sorriso com presas afiadas, longas demais, e mais três vampiros sobem na varanda atrás dela.

☩ 498 ☩

— Que sorte que nem mesmo Sua Majestade conseguiu impedir que o encantamento em torno de Réquiem se dissipasse esta noite — declara ela, zombando das palavras de Michal com uma risada rouca. Priscille lança um olhar malicioso e de soslaio para o vampiro ao seu lado, que compartilha o mesmo cabelo cacheado e revolto, o mesmo corpo, o mesmo rosnado. Um irmão, talvez, ou um primo. — Ele também não conseguiu impedir que nossos parentes se juntassem a nós, posso dizer que eles aguardaram com muita paciência por este momento.

Luto em vão contra o aperto de Juliet, incapaz de alcançar a adaga de prata na minha bota. Eu não me preparei para isso. Tola e *estupidamente*, não me preparei porque o ataque esperado era o do Necromante, não de uma facção de vampiros rebeldes. Embora eu tente me impelir para trás, forçar a prata do meu vestido em seu peito, ela me mantém longe de si com a força de uma prensa.

— Por favor — sussurro. — Michal pode perdoar seus parentes por terem vindo a Réquiem, mas ele não vai perdoar *você* se algum mal acontecer conosco. Por favor, *por favor*, deixe-nos ir.

— Ela se dirige a ele como *Michal* — rosna Juliet, apertando até que minha visão periférica fica embaçada. Até que eu sufoco e luto por ar. — Ele permite que a humana diga seu nome, que traga seus companheiros imundos para nossa ilha, nosso *lar*, e os prestigia em detrimento de todos os outros. Um deles até usa o casaco de um caçador. — Quando meu ombro consegue roçar o braço de Juliet, ela chia e rasga o *capelet* ao meio, jogando para o lado a peça de valor inestimável. Os diamantes se espalham em todas as direções. — Um rei com lealdade dividida não é rei.

Os outros vampiros sibilam em concordância.

Eu praticamente grito de frustração.

— Mas a lealdade dele *não* está dividida...

— Acha que devemos pedir perdão ao nosso rei, *humaine*? — Diante do meu desamparo, o sorriso de Priscille se torna decididamente letal. — Acha que devemos rastejar de joelhos e implorar a ele que esqueça? Nós somos *vampiros*. Não pediremos permissão ou perdão a alguém tão *fraco* e não aceitaremos mais o regime dele. — Com o olhar em chamas e o peito arfando, ela se vira para se dirigir aos outros em um arroubo passional. — Amigos, o reinado de Michal Vasiliev termina *esta noite*...

Com os olhos arregalados, Priscille para de repente e, por uma fração de segundo, minha mente não consegue processar a velocidade com que Michal se move para ficar diante dela. Porém, quando isso acontece, quando reconheço seu cabelo claro e liso e sua pele branca, eu quase soluço de alívio, relaxando nos braços de Juliet. Não importa que escorra sangue de marcas de dentes em seu pescoço. Embora uma das asas esteja pendendo meio rasgada em suas costas, Michal está aqui, ileso, e sua mera *presença* aterrorizou Priscille e a deixou em silêncio.

Então, eu vejo o sangue escorrendo da mão dele, a víscera entre seus dedos, e percebo que Michal arrancou as cordas vocais dela.

Ao meu lado, Beau quase vomita ao ver a cena e se curva para a frente; o vampiro que o segurava fugiu, apenas para ser agarrado por Ivan, que salta sobre o parapeito e quebra o pescoço do vampiro. Ele cai feito um saco de tijolos. Sufocando, Priscille arranha o pescoço e gira, desesperada para escapar, para *viver*, mas Odessa surge para bloquear seu caminho. Dimitri também, e Pasha. Um por um, eles debilitam os vampiros insurgentes em um borrão de movimento liquefeito: quebram os joelhos deles e agarram seus cabelos, arrastando todos em direção às portas de mogno do salão de baile.

Lou, Reid, Coco e Jean Luc sobem pelo galho do carvalho alguns segundos depois, com os rostos pálidos e sombrios. Ninguém parece estar com uma ferida grave, graças a Deus, mas um hematoma já está inchando na bochecha de Reid por causa de algo que aconteceu lá embaixo; e Coco tem um corte no antebraço. Beau corre em direção a ela, e Dimitri...

Seu rosto se volta para ela também. Para o *sangue* dela. Por apenas um instante, seus olhos cintilam com ferocidade, mas Pasha rosna, empurrando-o pelas portas e desaparecendo de nossa vista.

Resta apenas Juliet, ainda com a mão no meu pescoço.

— Solte-a — rosna Michal.

Embora ele se aproxime lenta e cuidadosamente de onde Juliet nos arrastou junto à balaustrada, o corpo inteiro dela fica tenso e algo parece estalar em seu interior. Com um rosnado, ela tenta cravar os dentes na minha jugular. *Devagar demais.* Michal chega até nós em um instante, com os olhos brilhando de raiva, e agarra a vampira pelo pescoço, empurrando-me para o lado com a outra mão. Giro sem controle na direção de Jean Luc, que me segura contra o peito. Em vez de arrancar as cordas vocais dela como fez com Priscille, Michal arrebenta as portas do salão de baile.

Ele quase voa ao subir ao palco com Juliet a reboque.

Todos nós corremos atrás dele, Beau e eu tropeçando um pouco, e descobrimos que o salão inteiro ficou em silêncio.

Exceto Juliet. Ela ainda se contorce e chuta, sibilando, cuspindo e dilacerando a mão de Michal, usada para segurá-la no alto pelo pescoço. Apesar do esforço da vampira, ele não a liberta. Ele nem se mexe. Com uma expressão fria e cruel, de olhos sem qualquer humanidade, ele se dirige ao salão em um sussurro.

— Existem alguns entre vocês que questionam a minha força.

Pasha, Ivan, Dimitri e Odessa formam uma espécie de barricada em torno dos companheiros debilitados de Juliet. Quando algum deles luta para se levantar, com os joelhos cicatrizando, Pasha quebra sua tíbia e o vampiro grita de dor. O irmão ou primo de Priscille ainda range os dentes para mim, com os olhos queimando em ódio, até que Dimitri arranca as presas da boca dele à força. O sangue respinga no chão de obsidiana, e eu desvio o olhar depressa, aproximando-me de Coco e Beau, cujas expressões aflitas refletem a minha. De alguma maneira, isso parece muito pior do que o ocorrido com Yannick no aviário. Parece uma exibição, uma *performance*, só que os atores e atrizes rastejam e sangram pelo chão, em vez de tomarem o palco. Instintivamente, meu olhar retorna para Priscille e seu pescoço aberto.

Isto é… isto é *doentio*.

— Alguns de vocês acreditam que fiquei fraco demais para governar esta ilha. Acreditam que me tornei inapto, talvez incapaz de protegê-los dos perigos fora de Réquiem. — Ele faz uma pausa. — É isso que você pensa, Juliet? — pergunta Michal em voz baixa. — Você se imagina como monarca? Como rainha? Acha que o verdadeiro poder vem de atacar aqueles mais fracos do que você?

Ela mostra os dentes para ele em resposta.

— Entendo. — Assentindo para si mesmo, Michal a ergue mais alto, fazendo seus pés arranharem o chão do palco. — Por favor… me deixem tranquilizar suas preocupações. — Levantando a voz, ele fala para todo o salão agora. — Me deixem tranquilizar *todas* as preocupações de vocês e, finalmente, acabar com seus temores sem fundamento.

Com um mero movimento do pulso, ele separa a cabeça de Juliet de seus ombros, todo o corpo dela definha, ressecado até os ossos, antes que ele o deixe cair no chão com um baque. Olho fixamente para o cadáver dela, incapaz de piscar. Incapaz de *pensar*. Cada pensamento se esvai da minha cabeça até restar apenas Michal. Parado acima dela, ele olha para o seu povo com uma expressão tão diferente, tão *vazia*, que também não consigo olhar para ele.

— Minha nossa! — sussurra Beau, e eu sigo seu olhar até a multidão.

Não sei o que esperava... que os vampiros gritassem, talvez, ou sibilassem como Priscille sibila. Talvez eu tenha pensado que eles fossem se dispersar com medo diante de tamanha demonstração de domínio, ou então que correriam até o palco para atacar. Afinal, eles nos superam em número. Poderiam fazer isso.

No entanto, nada poderia ter me preparado para o prazer em cada olhar que contempla Michal.

Murmurando ansiosamente, eles se separam para formar uma espécie de círculo malfeito no meio do salão de baile, e, quando os vampiros aprisionados começam a se debater, aterrorizados, o pavor gelado sussurra um alerta que desce pelas minhas costas. O círculo que eles estão formando... parece uma rinha. Uma *jaula*. Incrédula, dou um passo em direção a Michal, mas tanto Beau quanto Coco agarram a parte de trás do meu vestido, e Lou balança a cabeça em um movimento lento e enojado.

— Isto não é para nós, Célie — declara ela.

Reid assente com seriedade e completa:

— Devemos partir.

Porém, não podemos simplesmente *partir*, e olho de um para outro desesperada, porque o Necromante ainda está por aí. Apesar de todo o nosso planejamento cuidadoso, ele não apareceu, e eu quase morri nas mãos de vampiros vingativos. Eu só... eu não entendo este lugar. Minha garganta se fecha quando me dou conta de todos os desdobramentos da noite. *O Necromante não apareceu*. Ele não *apareceu*, e como... como eu vou dormir esta noite? Minha respiração sai curta e dolorosa. Como eu vou *viver* se o Necromante pode estar à espreita em cada esquina? Talvez esteja escondido no meu quarto agora mesmo, e, se não estiver, poderia ser monsieur Dupont. Poderia ser Ivan, Pasha ou até mesmo Dimitri. A bile sobe na minha garganta ao pensar neles, espreitando nas sombras, esperando e, inconscientemente, meu olhar busca Michal.

O sangue de Juliet ainda mancha sua mão.

Ela teria me matado. *Todos* eles teriam me matado de uma forma brutal e horrível se Michal não tivesse intervindo. O que mais ele poderia ter feito, além de contra-atacar e usar toda a força? O que mais *eu* poderia ter feito para evitar isso?

Não.

Balançando a cabeça, ando para trás, para Lou, para Reid, para Coco e Beau e até mesmo para Jean Luc, e, com o movimento, o olhar de Michal dispara para o meu. Uma pergunta não formulada surge em seus olhos. No entanto, não posso lhe dar a resposta que ele deseja; não posso mais fazer isso, não posso suportar tamanha *violência*. Ele acha mesmo que eu poderia viver em um lugar assim? Ele acha mesmo que eu poderia sobreviver a isto?

Lou aperta minha mão, me confortando em silêncio, mas mesmo a presença dela pouco me tranquiliza neste momento. Quando Odessa aparece ao nosso lado, segurando minha outra mão, Michal pigarreia no palco.

— A festança está encerrada oficialmente — anuncia ele. — Saiam e não voltem. — Virando a cabeça na direção de Pasha e Ivan, ele declara: — Façam com eles o que quiserem.

Michal dá as costas e desaparece por uma porta sem identificação na parede de trás. Odessa puxa minha mão com mais insistência, sussurrando para que eu me apresse, enquanto Pasha e Ivan colocam os vampiros aprisionados em pé. Enquanto eles arrastam os corpos caídos para o centro da rinha.

— Célie, *anda logo...*

Agora com força, Odessa me leva depressa para a varanda, descendo a árvore e chegando ao pátio abaixo... mas não antes de eu ouvir os gritos.

CAPÍTULO QUARENTA E NOVE

Chá derramado

Uma grande lareira crepita no meu quarto, onde Lou, Coco e eu nos aconchegamos nas poltronas macias perto do fogo, com xícaras fumegantes de chá de limão nas mãos. O relógio sobre a cornija marca três horas da manhã. Trocamos de roupa assim que entramos, e logo em seguida ouvimos uma batida à porta. Ivan e Pasha estavam no corredor, carrancudos, segurando a bandeja de chá. Antes de entregá-la, explicaram que ficariam de vigia na porta naquela noite.

Observo entorpecida a parede de livros. Fileiras e mais fileiras de lombadas quebradas. Ao meu lado, Lou está sentada com Coco, apoiando a cabeça em seu ombro e esticando as pernas no braço da poltrona. A fita prateada que Michal me deu pende frouxa entre os meus dedos enquanto leio cada título.

Aventuras de Od, Bodrick e Flem.

Briar e Bean.

Irmã Wren.

Sem dúvida a seção de contos de fadas. Quase dou risada com a ironia. Quase. Há apenas algumas horas, eu pensava que vampiros fossem capazes de viver dentro das páginas de um desses livros, navegando para ilhas secretas com rosas e garrafas de sangue nos cestos, mas essas garrafas de sangue precisam vir de *algum lugar*.

Como eu fui estúpida.

A pronta execução de Yannick e dos outros por Michal me levou a acreditar que suas mortes lhe traziam pouco prazer, mas hoje… ele provou o contrário. Hoje ele foi calculista, cruel, quase sádico pela aprovação do próprio povo. O pensamento traz uma dor aguda e inesperada, até que me concentro de novo nos títulos. Nas letras douradas desbotadas. Qualquer coisa para esquecer a lembrança da mão de Michal manchada de escarlate. Dos gritos estridentes de Priscille.

504

Como vai a pequena rosa.

A rainha de inverno e seu palácio.

Meus olhos se demoram no último: uma lombada marfim de tecido com letras descascadas. Eu reconheço este livro. Nós tínhamos um exemplar e, durante anos, ele ocupou um lugar de destaque na mesa de cabeceira de Filippa. Ela lia para mim todas as noites a história da rainha do gelo Frostine, que se apaixonou por um príncipe do verão. Ele passava todos os anos pelo palácio dela em sua carruagem iluminada pelo sol, derretendo a neve e o gelo, e ela o odiava muito por isso. Até que, um dia, ela encontrou um galho de campainhas-brancas colocado na soleira de sua porta. Furiosa, a rainha esmagou as pétalas brancas sob a bota. No ano seguinte, porém, ela encontrou um tapete inteiro dessas flores espalhadas em seu jardim e, como não conseguiu esmagar todas, não teve escolha a não ser se apaixonar pelo príncipe.

Era uma história ridícula.

Mais tarde, a própria Filippa me disse isso. Mas o que *ela* pensaria de tudo isto, eu me pergunto? O que ela faria? Ela me aconselharia a fugir depressa e para longe de Réquiem e de suas trevas, ou iria me persuadir a reconsiderar? Afinal, ela se apaixonou pelo Necromante. Talvez, para ela, Juliet e os outros tivessem merecido o destino que tiveram. Meus dedos envolvem a xícara com mais força enquanto procuro freneticamente outra seção para ler. *Qualquer* outra seção. Horticultura, talvez, ou anatomia humana…

— Este quarto é… interessante. — Lou segue meu olhar até a estante antes de se virar na poltrona, esticando o pescoço para olhar para o mezanino acima. Ela aponta a xícara para o retrato de uma mulher de aparência severa em especial, com pele enrugada e uma verruga no nariz. — Aquela ali se parece *muito* com a minha forma Anciã… ou, pensando bem, com a forma Anciã da minha bisavó. Eu mesma nunca posei para um retrato, mas tenho quase certeza de que são os mesmos pelos no queixo. — Quando me recuso a rir, a demonstrar qualquer tipo de reação, ela acrescenta: — Diz a lenda que ela gostava tanto deles que encomendou trinta e sete retratos de si mesma como Anciã e os pendurou por todo o Château le Blanc. Trinta e seis ainda estão lá. Depois que ela morreu, minha avó guardou todos eles em um quarto, e acabei indo parar nele por engano em uma noite. — Ela finge um arrepio. — Tive pesadelos durante uma *semana*.

Como ainda não respondo, Coco suspira e diz:

— Eles teriam matado você, Célie.

Olho para *A mitologia das plantas* sem piscar.

— Eu sei.

Nós três mergulhamos de novo no silêncio, desta vez, um silêncio tenso, até que vejo pela minha visão periférica Lou balançar a cabeça, cerrando sua mandíbula de modo a formar uma linha obstinada.

— Eles *de fato* tentaram matar você, e, se Michal não estivesse lá, eu também não teria hesitado. — Ela se inclina para a frente. — Talvez eu tivesse escolhido um método diferente, sim, mas os teria matado do mesmo jeito.

Como continuo encarando a estante, incapaz de responder, ela enfia o pé sob a perna da minha poltrona e me gira na direção delas.

— Jean Luc não foi o único a perder a cabeça de tristeza, sabia? — prossegue ela. — Quando você não apareceu na minha casa, pensamos que tivesse sido morta. Achávamos que iríamos encontrar o seu corpo no Doleur na manhã seguinte, boiando com todos os peixes mortos.

Coco desvia o olhar depressa, com os olhos tensos.

Olhando para ela, Lou continua:

— E, então, quando recebemos seu bilhete...

— Como pôde nos pedir que não viéssemos buscá-la? — indaga Coco em uma voz baixa e nervosa. — Como pôde pensar que deixaríamos você aqui para morrer?

Olho de uma para a outra, para suas expressões magoadas e abatidas.

— Eu nunca quis... eu não pensei que...

— Não, você não pensou. — Lou suspira e coloca sua xícara de chá pela metade sobre a mesa. — Olha, não estamos te culpando pelo que aconteceu... não mesmo... mas você realmente nos dá tão pouco crédito?

— Lógico que não. — Inclinando-me ansiosa para a frente, também coloco minha xícara em cima da mesa, incapaz de articular a incredulidade que cresce no meu peito. Eu... Eu preciso consertar isso de alguma maneira. Eu preciso *explicar*. — Michal... ele queria *matar* você, e eu só estava tentando...

— Nos proteger? — Arqueando uma sobrancelha, Lou lança um olhar de soslaio para Coco. — Isso soa ligeiramente familiar, não é?

Meu peito se aperta com a insinuação, e eu me levanto, passando por elas em direção à lareira. No entanto, quando chego lá dou meia-volta e vou para a estante.

506

— Isso... Isso não é justo. Jean Luc me trata como se eu fosse de vidro e, quando estou com ele, passo a acreditar nisso também.

— Você nunca foi de vidro, Célie. — Posso sentir a intensidade do olhar de Lou nas minhas costas e, incapaz de suportar, eu me viro para encará-la mais uma vez. — Pelo que sei, desde que veio para Réquiem, você fez amizade com vampiros e espíritos, se infiltrou em um bordel mágico e, sozinha, desmascarou uma trama de necromancia. Antes disso, você debilitou uma das mulheres mais malignas que já viveu, fez um juramento para se tornar a primeira mulher Chasseur e sobreviveu a um sequestro horrível e muito violento. Quem se importa se você chora de vez em quando? Quem se importa se ainda tem pesadelos? — Ela balança a cabeça. — Você pode estar se sentindo uma pessoa diferente agora, mas isso não significa que algum dia foi menos do que isso. Não significa que algum dia você foi fraca.

Coco assente com veemência, ainda segurando a xícara junto ao peito.

— Todos nós fazemos o melhor com as cartas que recebemos.

Uma pausa.

— Diferente é... ruim? — pergunto baixinho.

Para minha surpresa, ambas me olham com algo que parece orgulho. Não é condescendência, como eu temia que fosse. Não, é puro e intenso. É... é *genuíno*.

Sorrindo com seja lá o que ela vê na minha expressão, Lou dá um tapinha na poltrona ao lado delas.

— Lógico que não é ruim. Você mudou suas cartas, só isso. É você quem está com o baralho agora, e o restante de nós precisa se ajustar.

— Falando em *ajustes*... — a boca de Coco se contorce em um sorriso travesso — vocês repararam na fantasia de Reid esta noite? Parecia que tinha pertencido a um gigante.

Lou gargalha e se esparrama na poltrona mais uma vez.

— Pelo menos a dele não tinha *sinos*. Esperem só o Yule chegar... Eu vou mandar fazer uma réplica exata da fantasia de Beau e dar de presente a ele na frente da mãe. Ela vai insistir para que ele a experimente para gente ver.

Tímida, volto ao meu lugar, pegando minha xícara de chá e inalando profundamente. *Ainda está quente.*

— Jean Luc vai ficar bem, Célie — acrescenta Coco depois de um tempo, como se retomasse uma conversa inacabada. — Sei que parece impossível

507

agora, mas ele vai ficar bem. Independentemente do que ele diga sobre a casa com a laranjeira, você não roubou o futuro dele. Jean ainda tem o cargo e, mesmo que você tivesse se mudado para aquela casa com ele, mesmo que tivesse espremido aquelas laranjas, Saint-Cécile continuaria sendo o lar dele. Jean adora aquilo lá... e deveria mesmo. Trabalhou mais pesado do que qualquer outro para mudar as próprias cartas.

— Não roube a minha metáfora — provoca Lou.

Aquela nostalgia familiar enche o meu peito ao observá-las juntas, ao pensar naquela casa com a laranjeira. Seria tão fácil, tão perfeito, se eu apenas me ajustasse a Jean Luc. Eu moraria bem ao lado de Lou e Reid, de Coco e Beau. Embora Coco não saiba, um enorme rubi logo brilhará no dedo dela; porque, mesmo que eles sejam diferentes, mesmo que o caminho juntos seja longo e difícil, Coco e Beau se amam. Eles *escolheram* um ao outro.

— Não posso voltar para a Torre Chasseur — confesso baixinho. — Não vou voltar.

— A gente sabe. — O sorriso de Lou se torna um tanto melancólico quando ela engancha o pé na minha poltrona de novo, puxando-me para perto... mais perto ainda... até que as pernas de madeira se encostem. — Mas você também não deveria se preocupar com isso. Você abriu as portas para cerca de uma dúzia de noviços seguirem seus passos... Noviças, aliás, todas elas são mulheres. — De repente, ela estende a mão dela e pega meu pulso, me puxando para a poltrona delas e derramando chá em todas nós. Rindo, ela diz: — Uma delas fez Reid cair de *bunda* no chão outro dia no pátio de treinamento. Foi maravilhoso. Acho que o nome dela é Brigitte.

— Foi a primeira vez que Jean Luc sorriu desde que você foi embora — acrescenta Coco, jogando o resto do chá no colo de Lou, toda animada. Quando eu grito e me afasto, ela joga no meu também. — Ele não ficará triste para sempre, Célie.

— Você também não ficará triste para sempre — declara Lou, e olha para a fita prateada ainda presa na minha mão livre. Se ela nota que removi a fita esmeralda do pulso, não comenta. — É linda. — Ela puxa a ponta da fita. — E útil também, se esta noite servir como exemplo.

— Sem dúvidas, não estamos mais em Cesarine — comenta Coco, seu sorriso desaparecendo. — Embora este lugar pareça tão perturbado quanto o castelo. Semana passada, Beau jurou que as sombras em nosso quarto

❈ 508 ❈

sussurravam para nós, e, na noite anterior, o labirinto inteiro de sebes que fica ao lado sul simplesmente... morreu. Cada uma das folhas murchou e virou cinzas bem na frente da irmã mais nova dele.

— Melisandre também tem agido de um jeito estranho. — Lou solta um suspiro desamparado. — Ela não come e quase não dorme.

— Os gatos são guardiões dos mortos — murmuro. — Eles foram atraídos para Réquiem desde o primeiro experimento do Necromante.

Meu olhar pousa na fita, e o chá na minha camisola parece estar mais frio, de repente. Não vejo Michal desde... desde a execução, e não sei o que direi a ele quando o vir. O que eu *posso* dizer? A violência que testemunhei hoje... sei que jamais poderei esquecê-la. Ela vai viver na minha memória pelo resto da minha vida.

— Acho que também não posso ficar aqui — confesso.

O olhar de Lou permanece seguro e firme enquanto ela pega a fita, afasta meu cabelo para um lado, e a prende com cuidado em torno das mechas pesadas.

— Por que não?

— Porque este *lugar*... ele... Como uma pessoa pode conviver com tamanha crueldade sem que isso a transforme?

Lou e Coco trocam um olhar longo e indecifrável. É um olhar que não entendo, que talvez não *seja capaz* de entender, e, mais do que qualquer outra coisa, ele fortalece minha decisão. Porque eu não quero jamais entender aquele olhar. Não quero saber como é viver em um mundo como este: onde o sangue é a moeda e somente os mais fortes sobrevivem.

— Não sei — responde Lou por fim. — Acho que só uma pessoa pode responder isso, mas tenho a impressão de que você não quer perguntar a ela. No entanto, você é bem-vinda em Cesarine a hora que for. Minha casa estará sempre de portas abertas.

— Assim como o castelo — completa Coco. — Beau e eu trataríamos você como parte da realeza.

Incapaz de se conter, os olhos de Lou reluzem com malícia.

— Mas o Château le Blanc *é* mais bonito nesta época do ano...

— Já visitaram o palácio de verão de Beau em Amandine? O lugar inteiro está *coberto* de rosas...

Forço uma risada antes de as duas agarrarem meus braços e iniciarem um verdadeiro cabo de guerra.

— Eu tenho uma pergunta... — Quando ambas se voltam para mim, em expectativa, continuo: — Como você sabia que a luz do sol faz mal aos vampiros? E sobre a compulsão? Eu não mencionei nada disso no meu bilhete.

— Ah. — O rosto de Lou se ilumina e, com um movimento do pulso, as venezianas das janelas do mezanino estremecem um pouco antes de se abrirem. Quando um corvo de três olhos desce do beiral e bica a janela, Lou a abre com outro movimento do pulso. O pássaro voa para dentro do quarto e pousa em sua mão estendida. — Conheça meu pequeno espião, Talon. Acontece que ele me seguiu até o Parque Brindelle na noite do seu sequestro e seguiu *você* naquele maldito navio. Acho que ele queria ajudar. — Lou acaricia o bico dele, e ele fecha os olhos, apreciando preguiçosamente. — Porém, um homem repulsivo chamado Gaston o trancou em uma gaiola antes que ele conseguisse voar de volta para mim. Quando você o libertou, ele nos entregou mais do que apenas o seu bilhete. Você não sabia? — Ela me olha com curiosidade. — O corvo de três olhos é um símbolo da linhagem da família le Blanc.

Deixando minha xícara vazia de lado, eu bocejo e me junto a Lou, acariciando o bico do pássaro.

— Prazer em conhecê-lo, Talon. E... obrigada. — Acima da cabeça dele, encontro os olhos de Lou e Coco. — A *todos* vocês.

O pássaro dá uma bicada nos meus dedos antes de voar para pousar no lustre.

— Você devia descansar. — Coco também se levanta, pegando nossas xícaras e colocando-as sobre a cornija. Abafando um bocejo, ela continua: — Se o Necromante aparecer hoje, eu pessoalmente o cortarei em pedacinhos.

Lou acena com a mão e a janela se fecha mais uma vez, as venezianas voltam ao lugar. Elas se travam com vários cliques reconfortantes. Em seguida, ela se levanta e puxa uma bolsa de tapeçaria de baixo da poltrona, extraindo de dentro dela um pedaço de couro maleável. Com uma piscadinha, ela o entrega a mim.

— Só por via das dúvidas.

— O que... é isto?

— É uma bainha para perna, Célie. Todo mundo deveria ter uma.

510

Coco ri e diz:

— Lá vem ela.

— Eu me recuso a pedir desculpas — retruca Lou. — Me mostre uma pessoa que pareça *menos* atraente com uma bainha na coxa e a gente conversa. — Recostando-se na poltrona, ela aponta em direção à cama. — Vocês duas, podem ir. Talon e eu ficaremos com o primeiro turno da vigília.

Depois de puxar os cobertores sobre a cabeça, Coco adormece quase de imediato, mas, apesar da minha exaustão, permaneço acordada por um longo tempo. Tempo suficiente para ver a cabeça de Lou finalmente tombar, para ver o livro em sua mão deslizar para o tapete. Tempo suficiente para observar o fogo na lareira se transformar em brasas. Porém, os olhos de Talon permanecem brilhantes e aguçados à luz do fogo.

Eles teriam matado você, Célie.

Eu me viro de lado, inquieta e trêmula. Toda vez que fecho os olhos, a imagem do rosto de Priscille aparece como um lampejo no meu subconsciente, e o som de seus gritos ecoa enquanto os vampiros arrancam membro por membro dela. O medalhão de Filippa pressiona meu pescoço quando me viro de novo, enterrando-me mais fundo sob as cobertas. Tentando esquecer. Parte de mim se pergunta onde o Necromante está neste exato momento, enquanto a outra tem pavor de um dia precisar sair deste quarto.

Pavor.

É o que eu sinto.

Eu me viro para a lareira, atravesso o véu por puro instinto e, exatamente como eu esperava, Mila está sentada na poltrona em frente à Lou. Embora eu não diga nada, ela parece sentir minha presença; com os olhos estranhamente tensos e sérios, ela olha para mim e diz:

— Suas amigas têm razão, sabia? Aqueles vampiros não teriam parado até matarem você.

Não querendo acordar Lou e Coco, concordo com a cabeça.

— Vá dormir, Célie. — Com um sorriso triste, Mila flutua até onde Talon está empoleirado perto do jogo de chá. — Você parece estar morta.

Como se estivesse esperando por permissão o tempo todo, caio em um sono agitado.

Naquela noite, sonho com rosas, dezenas delas, cobertas de gelo, cada pétala ficando lentamente azul. Minha respiração também se condensa em pequenas nuvens de neve enquanto balanço a cesta de piquenique na dobra do cotovelo, descendo os degraus de pedra até o quarto de Michal. Dentro do belo vime, o gelo sobe pelo vidro de duas garrafas. Ele pinta o exterior delas de um branco opaco, e cristaliza o líquido escarlate ali contido. Arranco uma rosa da cesta e prendo a flor murcha no cabelo.

Quero estar linda para a festa no jardim.

Uma luz branca peculiar emana da ilhota no meio da gruta, cintilando na água escura e nas partículas de mica nas paredes da caverna. Ao vê-la, sinto um leve puxão próximo ao umbigo e não resisto a me aproximar, cada passo deixando lascas de gelo no chão. Michal nunca mencionou a luz de bruxa nos contos de fadas.

Talvez ele já esteja me esperando lá.

Quando algo se mexe atrás de mim, olho para a cama no centro do quarto. Um corpo pálido se contorce sobre ela, com a respiração curta e irregular, enquanto o cobertor de um tom suave de esmeralda está embolado em seus quadris. Inclino a cabeça, curiosa. Porque nunca vi Michal dormir. Nunca imaginei que os vampiros *pudessem* dormir, mas, é óbvio: se eles podem respirar, se podem *comer*, faz sentido que também possam sonhar. Ignorando o puxão insistente no meu estômago, seguro a cesta junto ao peito e me aproximo mais... só que a cesta desapareceu, assim como as rosas e o sangue, e estou prendendo a respiração. Olho para as palmas das minhas mãos, confusa. *Que estranho.*

Michal logo segura o lençol na mão e se vira na minha direção, murmurando:

— Célie.

Eu me assusto com o som, desviando o olhar das minhas próprias mãos, e o encontro cerrando os olhos como se estivesse com dor. Embora as marcas de mordida no pescoço dele tenham cicatrizado, voltando a ficar perfeitas, sua respiração permanece superficial. Seu corpo está tenso. Como antes, ele não usa camisa, expondo todo o peito, os ombros, e as costas.

Ele é lindo.

Não sei quanto tempo fico ali, olhando para ele, *ansiando* por ele. Porém, nesta estranha terra dos sonhos, posso enfim admitir que nunca me cansarei de olhar. Nunca vou me cansar deste homem e parte de mim sempre imaginará qual seria a sensação. Parte de mim sempre lamentará.

Parte de mim sempre sentirá falta dele.

Quando tiro uma mecha de cabelo da testa de Michal, ele estremece e pequenos cristais de gelo aparecem no ponto em que toco sua pele. Afastando-me, solto um suspiro e flocos de neve flutuam no ar. O puxão no meu estômago fica mais insistente agora, quase impaciente, à medida que me aproximo da água mais uma vez. A luz na ilhota ainda brilha inocentemente e, quanto mais eu olho para ela, mais forte o brilho fica. De fato, um tentáculo de calor parece romper o gelo da gruta, envolvendo meus pulsos e me atraindo para mais perto — *mais perto* — até eu flutuar sobre as ondas.

Demoro vários segundos para reconhecer a sensação de vibração no meu peito, para ouvir as batidas fervorosas do meu coração.

Tem cheiro de mel de verão.

— Célie. — Uma Mila em pânico sai da água para bloquear meu caminho, com os olhos ferozes e as mãos levantadas. — Você precisa acordar agora.

— Por quê? — Em vez de deslizar ao redor dela, fluo diretamente através dela, com meus olhos fixados de um jeito ansioso na luz branca brilhante. Meus instintos me dizem que não é luz de bruxa. Não, é outra coisa, algo confortável e familiar, como voltar para casa depois de uma longa jornada, e não consigo lutar contra este puxão no estômago. Impotente, prossigo sem fôlego: — Mila, acho que pode ser...

— Não, não é. — Mila tenta e não consegue agarrar minha mão, para me impedir de avançar. — Não importa o que pareça, o que você sinta, esta não é sua irmã, Célie. Não é ela.

Mas eu preciso saber. Seja o que for que ilumine aquela ilhota, eu *preciso* ver mais do que jamais precisei de qualquer outra coisa em toda a minha vida. Sem dizer mais nada, passo por Mila em direção à costa rochosa, e de repente dois caixões de vidro se materializam dentro do brilhante halo de luz. Minha boca se abre quando nos aproximamos deles. Meus olhos se estreitam.

Porque Mila está errada.

Um dos caixões está vazio e no outro está o cadáver parcialmente desfigurado de Filippa.

CAPÍTULO CINQUENTA

O Necromante

Quando meus olhos se abrem de supetão, pulo da cama, em pânico e desorientada, e quase perco o equilíbrio na penumbra. As brasas do fogo ainda ardem com suavidade, iluminando o corpo de Lou esparramada na mesma poltrona macia. Atrás de mim, Coco enche o quarto com roncos baixos. *Graças a Deus.* Soltando uma expiração trêmula, levo um dedo aos lábios enquanto Talon se desloca sobre a cornija, piscando seus olhos redondos para mim.

— Shhh — sussurro para ele. — Eu só… preciso falar com Michal.

Embora ele estale o bico em desaprovação, subo as escadas na ponta dos pés, sem parar para vestir um roupão e pantufas. Não quero acordar Lou e Coco. Afinal, isso pode não ser nada, apenas um pesadelo. A última coisa de que precisamos é de outro alarme falso. Meu coração ainda ameaça disparar quando abro a porta e saio no corredor.

— O que você está fazendo? — A voz rouca de Pasha me saúda de imediato, e eu me viro, apertando o peito e contendo um grito. Seu olhar se torna acusatório quando ele cruza os braços e Ivan se aproxima atrás de mim. A luz das velas projeta uma sombra suave e bruxuleante no rosto deles. — Não deveria estar aqui fora, *casse-couille*. Está quase amanhecendo.

Dou um passo para trás e me choco contra o peito de Ivan.

— Eu p-preciso ver Michal. É urgente.

Ele ri, mas o som sai sem humor. Nem parece humano.

— Defina urgente.

— Por favor…

— Célie? — O próprio Michal então marcha pelo corredor, parecendo se materializar na escuridão, e eu quase choro de alívio ao ver sua cara fechada. Seu cabelo claro parece amassado, assim como sua camisa, como se ele a tivesse enfiado pela cabeça com pressa. — O que aconteceu? Eu pensei ter sentido…

❧ 514 ❧

— *Michal.* — Esquivando-me de Ivan, corro ao seu encontro, torcendo as mãos e tentando contar tudo de uma vez. — Acho que cruzei o véu enquanto dormia, ou... ou talvez não... e eu vi... bem... pode ter sido só um sonho, mas...

Seus olhos escuros vasculham os meus com atenção, e ele segura minhas mãos.

— Calma. *Respire.*

— Está bem. — Assinto com fervor e aperto seus dedos, lutando para me estabilizar no corredor. *Neste* momento e *nesta* realidade. — Começou como um sonho, mas tudo estava frio... estranhamente frio, igual quando atravesso o véu. Eu acho... acho que estava convidando você para uma festa no jardim, mas, quando cheguei ao seu quarto, havia uma *luz.*

— Você esteve no meu quarto? — pergunta ele com a voz afiada.

Dou de ombros, desamparada.

— Não sei. Acho que estive, mas, como eu disse, pode ter sido um...

— Não foi. — Michal balança a cabeça uma vez, e olha por cima do meu ombro para Pasha e Ivan. Sua mandíbula se enrijece e ele me conduz pelo corredor e vira uma esquina, descendo um lance de escadas, longe dos olhos e ouvidos curiosos dos guarda-costas. — Ou pelo menos não foi *apenas* um sonho. Eu senti você lá. Você — ele solta um suspiro rouco e incrédulo — tocou meu rosto.

Eu o encaro com horror enquanto o silêncio se instala entre nós. Porque eu toquei *mesmo* seu rosto e, se ele sentiu... se ele *me* sentiu...

— Mas era uma festa no jardim — eu sussurro. — Havia rosas e garrafas de sangue...

— Pode ter começado como um sonho, mas não continuou assim. Parece algum tipo de projeção astral. Você já tinha atravessado o véu durante o sono?

— Projeção astral? — repito fracamente. — Eu não... Michal, não sei o que é isso... não sei o que é nada *disso*... mas as rosas e o sangue desapareceram quando vi você. O sonho ficou mais nítido de alguma maneira, e havia uma *luz* no meio da gruta.

— Você deve ter acordado. — Ele franze a testa e posso praticamente *ver* as engrenagens girando em sua mente. Ele não entende isso tanto quanto eu. — O que aconteceu depois que você viu essa luz?

— Eu a segui até a ilhota. Meio que... flutuei na água, Mila estava lá. — Minhas mãos apertam as dele, e meus olhos se arregalam quando relembro toda a cena em uma onda de terror: o corpo da minha irmã, deitado de costas, sua expressão serena, as mãos cruzadas com graciosidade sobre o peito. E os pontos. A bile surge com a lembrança e eu me forço a engolir, incapaz de aceitar a existência deles, incapaz de aceitar que o Necromante, que ele... — Temos que voltar para a ilhota. — Puxo as mãos de Michal e procuro desesperada por algum sinal das portas de obsidiana do seu escritório, da armadura ou da árvore genealógica. — O Necromante está *aqui*, Michal. Ele trouxe o cadáver da minha irmã para Réquiem e o escondeu... *a* escondeu... na caverna perto do seu quarto. Temos que ir para lá. Temos que... ajudá-la de alguma maneira...

Mesmo enquanto pronuncio as palavras, percebo o quão ridículas elas soam. Porque como podemos *ajudar* minha irmã morta? Como ela pode estar aqui, droga? O corpo dela queimou nas catacumbas com todos os outros e, mesmo antes do Fogo Infernal de Coco, não havia nada de *sereno* no rosto de Filippa na última vez que a vi. Pelo amor de Deus, metade dele estava faltando. A possibilidade de o corpo dela estar aqui em Réquiem não existe, é impensável, é a mais doentia de todas as armadilhas que o Necromante poderia ter preparado. E, se não foi um sonho, com certeza *é* uma armadilha. A mesma constatação sombria se espalha pelo olhar de Michal enquanto nos encaramos.

Antes mesmo de ele abrir a boca, o desespero me perfura como uma adaga... porque é óbvio que não posso pedir que ele se arrisque. Eu *mesma* não deveria me arriscar, mas a ideia de largar o corpo de Filippa nas mãos do Necromante me deixa doente. Ele já a profanou. O que mais planeja fazer?

Michal expira devagar e a força do seu olhar me jogaria para trás se ele ainda não estivesse segurando minhas mãos.

— Pode ser perigoso — comenta ele.

— Eu sei.

— Pode ser uma armadilha. Talvez sua irmã nem esteja aqui. O Necromante pode ter entrado em sua mente de alguma maneira e alterado sua percepção. Ele pode fazer coisa muito pior com bruxaria.

— Ela é minha irmã, Michal. — Eu me engasgo com as palavras, engolindo bile e recordando as palavras de Filippa de tanto tempo atrás.

Eu nunca vou deixar as bruxas pegarem você. Nunca. Não podíamos saber o que a promessa nos custaria, mas, mesmo na época, aos doze anos, ela falava sério. Ela nunca teria me deixado à mercê do Necromante. Nem mesmo se eu estivesse morta. — Mas, se você estiver certo... se ela não estiver aqui e tudo isso for um ardil elaborado... eu tenho que ter certeza. Eu preciso *saber*.

— Mas *por quê*? — Os olhos de Michal se movem entre os meus em uma tentativa desesperada de entender. — Por que arriscar? Sua irmã está morta, Célie, e o Necromante não pode ressuscitá-la sem o seu sangue. Se você descer até lá, poderá estar fazendo o jogo dele. A menos que — ele abaixa a voz — você *queira* que ele a ressuscite.

Olho para Michal em choque. Sem acreditar. Então, afastando minhas mãos, esbravejo:

— É lógico que eu não quero que ele a ressuscite! Como pode ao menos *pensar* em uma coisa dessas?

— Eu precisava perguntar...

— Não precisava, mas, se você tivesse visto o que eu vi, se *soubesse* o que ele fez com o corpo dela... — Mas é óbvio que Michal não entende. Eu mesma não entendo. Os riscos são muito maiores do que a recompensa, mas a ideia de o Necromante ficar com o cadáver da minha irmã, de o mutilar, é quase tão intolerável quanto ele a ressuscitar. — Ele não pode ficar com ela — afirmo.

— Tudo bem. — Michal fala entredentes com um autocontrole forçado, olhando para o topo da escada que acabamos de descer. Pelo que sei, Pasha e Ivan poderiam estar ouvindo de onde estão, esperando pelas instruções de Michal. — Então deixe que *eu* vá e busque...

— Você não vai a lugar nenhum sem mim. *Eu* sou a isca, lembra? Nossa armadilha na varanda não funcionou, mas a *dele*... podemos usá-la a nosso favor, Michal. Sabemos onde o Necromante estará, sabemos o que ele quer. Se formos juntos, teremos mais chances de capturá-lo do que tivemos antes.

— Mas os outros...

— Como saber quantos espiões o Necromante tem no castelo agora? — Levanto as mãos com frustração, com *pânico*, porque Michal ainda não entende. Minhas palmas estão úmidas de suor, tão frias quanto a pedra ao nosso redor. Elas brilham pálidas à luz das tochas. — Se alertarmos os outros, ele pode fugir. Pode pegar minha irmã e evaporar, quem sabe quando ele tentará de novo? Quem sabe o que mais ele *fará* com ela? Eu me recuso a esperar mais uma semana, mais um dia, mais um segundo para pegá-lo. Depois de Pip e… e Mila… e…

— Você. — Michal cerra os dentes, flexionando a mandíbula com uma impaciência mal disfarçada. — Ele não vai parar de caçar *você* até que esteja morta. Entende isso? Entende como isso pode acabar se não formos inteligentes? — Quando o fulmino com o olhar, resoluta, ele pega minha mão mais uma vez, acariciando meus dedos como se tentasse se recompor. Se *acalmar.* — Você está determinada a fazer isso, não é? — Quando assinto, ele balança a cabeça e indaga: — Tem uma arma na sua camisola, pelo menos?

Levanto a saia sem hesitar, revelando a adaga prateada na coxa.

— Cortesia de Louise le Blanc — explico.

— Lembre-me de agradecê-la. — Praguejando em voz baixa, ele dá um beijo rápido e forte na minha testa. — Prometa-me que ficará perto de mim e ouvirá tudo o que eu disser.

Aceno com a cabeça freneticamente.

— Com certeza.

— Estou falando sério, Célie. Se vamos fazer isso, vamos fazer juntos.

Juntos. Embora a palavra em si não resolva nada, soa inexplicavelmente como esperança, como uma promessa. Eu aperto a mão de Michal em resposta, sem fôlego.

— Tem a minha palavra.

Nós nos encaramos por mais um longo momento.

— Feche os olhos — pede ele, e um ar frio corre pelo meu cabelo quando obedeço.

Quando os abro de novo, um instante depois, estamos na margem da ilhota.

Apesar do brilho do luar no outro extremo da caverna, a gruta inteira se encontra escura e silenciosa. Até as ondas se acalmaram hoje, batendo com suavidade nas botas de Michal.

A peculiar luz branca se foi.

Eu me desvencilho de seus braços, desajeitada, desembainho a adaga da minha coxa e procuro o fragmento de rocha inabitada. Não só a luz se foi, como também os caixões de vidro. Eles simplesmente… desapareceram.

Restam apenas pedras úmidas e salpicadas de mica no lugar onde eles se erguiam do chão feito pilares há menos de meia hora.

— Você tem uma luz de bruxa? — pergunto a Michal em um tom desesperado.

Sem o corpo de Filippa, isto dificilmente seria uma armadilha, e, se não é uma armadilha, talvez...

Meu estômago afunda em uma constatação abominável.

Talvez tenha sido de fato apenas um sonho. Talvez o Necromante não esteja aqui, e eu imaginei a coisa toda.

Franzindo a testa, Michal tira a pedra do bolso. Arranco-a dele antes que possa mudar de ideia, empunhando-a na direção de cada canto da ilhota. Não tem nada. Meus ombros se curvam, meu coração despenca, e olho para Michal, desapontada. Eu tinha *muita* certeza de que ela estaria aqui. Estava absolutamente convicta de que o que vi no meu sonho era real. Ou talvez... meu queixo treme e eu cerro os dentes, determinada a não chorar... talvez eu apenas quisesse que tudo fosse verdade.

Porque, mesmo profanada, mesmo costurada por um desequilibrado, eu teria visto minha irmã de novo. Só por um instante, eu poderia ter fingido que ela ainda estava viva.

Não. Eu poderia ter fingido que cumpri minha promessa.

Devagar, abaixo a luz enfeitiçada ao lado do meu corpo. Porque não sei mais o que quero. Não sei o que estou *fazendo* aqui, nem por que sinto uma decepção tão amarga por não ter caído em uma armadilha.

— Você estava certo — sussurro enfim. — Me desculpe. Ela não está...

— Espere. — Franzindo ainda mais a testa, Michal dá outro passo. Suas narinas se dilatam. — Sinto cheiro de magia de sangue.

Magia de sangue.

As palavras me atingem como um porrete na cabeça, corro para a frente na intenção de agarrar a manga da camisa dele. *É óbvio.*

— Tem certeza?

Ele faz que sim com a cabeça, estreitando os olhos enquanto sente o ar à nossa frente.

— Nunca senti este cheiro tão forte — observa ele.

Com cuidado, Michal estende a mão e, em vez de passar pelo ar como deveria, ela... ela bate em alguma coisa. Minha boca se abre. Apressada, eu também estendo a mão, e meus dedos colidem com o vidro frio e liso. Com um arquejo, eu os arrasto para a esquerda e para a direita para avaliar o tamanho e a largura do objeto invisível diante de mim.

— É um caixão — sussurro depois de vários segundos, minha voz impregnada de incredulidade. — Michal, é um *caixão*.

Ele não responde e, quando afasto meus dedos, eles estão cobertos de sangue.

Como se eu tivesse pronunciado uma palavra mágica, o caixão se materializa em uma plataforma diante de mim, e dentro dele Pippa permanece tão fria e imóvel como sempre. Meu coração se contorce, dá uma cambalhota, quase se parte em dois enquanto olho para ela. Mesmo na morte, seu cabelo escuro feito um corvo tem o caimento exatamente como eu me lembro. Seus lábios rosados são tão carnudos quanto costumavam ser. Se não fosse pelos pontos horríveis em um lado do rosto, ela poderia estar apenas dormindo: uma donzela encantada esperando pelo seu príncipe.

Meus dedos ensanguentados pressionam com mais força o vidro. Eles mancham o estranho símbolo que eu não tinha notado no sonho: um olho atravessado por uma linha de sangue. O ódio puro e genuíno corre nas minhas veias quando percebo que o Necromante deve tê-lo desenhado ali. Ele devia saber que eu viria.

— Pode me ajudar com a tampa? — pergunto a Michal em uma voz baixa e determinada. O Necromante não levará minha irmã nem a mim. — Precisamos mover o corpo dela de lugar antes que ele volte...

Um som engasgado é a única resposta dele, e eu me viro, confusa.

A ponta de uma lâmina prateada se projeta do peito de Michal.

Demora vários segundos para que eu assimile a cena, para que a minha mente entenda a mancha escura que se infiltra na camisa dele, para que os meus olhos se arregalem em uma incredulidade horrorizada. Embora eu tente alcançá-lo por instinto, ele cambaleia para trás, olhando para a adaga como se também não a entendesse. O sangue escorre de sua boca.

— *Michal*.

Eu corro até ele, mas sinto minha camisola ser agarrada por trás, puxada até eu colidir com o peito de alguém. Embora eu tente girar o corpo, movimentando sem controle minha adaga, Babette bate minha mão no caixão de Filippa, e a adaga de prata escorrega da ponta dos meus dedos. Ela desliza pelo chão e acerta uma bota polida.

— Eu não queria fazer isso — diz uma voz terrivelmente familiar. — *Torcia* para que você viesse sozinha.

Arrancando sua Balisarda do peito de Michal e limpando o sangue no azul de suas calças, Frederic dá um passo e o brilho da minha luz de bruxa o ilumina. O sorriso dele é mais simpático do que jamais vi.

No pulso, ele exibe o mesmo olho de sangue do caixão, e isso... *isso não pode estar acontecendo*. Talvez eu esteja sonhando de novo... ou... ou alguma outra coisa, alguma coisa sinistra, porque *Frederic* não pode ser um bruxo de sangue. Porque Frederic não pode estar *aqui*, nesta ilhota, com o cadáver da minha irmã.

— Olá, *ma belle* — cumprimenta ele com carinho. — Pode parecer um choque, mas não tem ideia de como eu queria encontrar você. Do jeito certo desta vez — ele ergue sua Balisarda e balança a cabeça com o que parece ser *arrependimento* —, sem todos aqueles truques. Você acredita que eu também a considero como uma irmã?

Com um movimento casual de sua mão, ele empurra Michal para dentro da água, e eu observo, paralisada, enquanto o rei vampiro imortal e todo-poderoso cambaleia para trás, enquanto segura o peito ensanguentado com uma das mãos ressecando.

Frederic deve ter acertado o coração de raspão.

Não.

Todo o meu corpo se apega a essa possibilidade, e não consigo me mexer, não consigo respirar, não consigo impedir que aquele cinza mortal suba pelo seu pulso. Minha mente se recusa a acreditar. Mas Babette ainda me segura com força e, ainda que eu me jogue na direção dele, o aperto dela não diminui. *Não. Não, não, não, não, NÃO...*

No segundo seguinte, Michal cai para trás, deslizando para dentro da água sem emitir outro som.

Ele se foi.

Eu me apoio no peito de Babette, olhando para o local onde Michal estava antes.

— Verdade seja dita, sinto que já conheço você. Pip estava certa. Vocês têm os mesmos olhos. — A voz de Frederic, ainda afável, quase *calorosa*, chega até mim como se atravessasse um longo túnel, impossível de ouvir. Porque a água em que Michal desapareceu parou de ondular. Outra onda atinge a rocha. Ela apaga todos os vestígios dele até que não reste nada. Nem mesmo eu. — Olhar para eles todos os dias na Torre Chasseur me destruía.

Michal se foi.

— Sinto muito, Célie — murmura Babette.

— Eu também. — Suspirando, Frederic estala a língua em solidariedade antes de tirar uma seringa do bolso. Reconheço-a um pouco da Torre Chasseur. Certa vez, os curadores de lá fizeram experimentos com cicuta como meio de debilitar bruxas, mas o veneno nunca diferenciava quem usava magia e quem não usava. Usei a mesma injeção em Morgane le Blanc. — Mas você jamais deveria estar com alguém assim, Célie. Filippa não teria aprovado.

Meus olhos disparam para os dele ao som do nome dela.

— Não fale da minha irmã — esbravejo.

— A teimosia também é a mesma. — O olhar de Frederic percorre o meu rosto com uma sensação de saudade profunda. Ele se demora na minha pele e nos meus olhos cor de esmeralda antes de estender a mão para pegar uma mecha do meu cabelo escuro, sentindo-o entre os dedos. Quando tento morder os dedos de Frederic, incapaz de afastá-lo, o desejo em seus olhos muda, se intensifica e se transforma em algo ainda mais perturbador. — Seu olho será o complemento perfeito depois que eu a trouxer de volta.

Uma dor aguda atinge o meu ombro e o mundo inteiro escurece.

CAPÍTULO CINQUENTA E UM

Frostine e o príncipe do verão

Quando acordo, vejo o mundo através de uma névoa escarlate.

Ela tinge tudo: o caixão de vidro acima de mim, as paredes da caverna, a luz de bruxa que ainda seguro. Embora meus dedos se contraiam em torno dela, parecem mais pesados do que o normal, mais atrapalhados. Assim como meus pensamentos. Demoro vários segundos confusos para me lembrar do que aconteceu.

Filippa.

Frederic.

Michal, Babette e a...

Meu coração dá uma batida lenta e dolorosa.

A injeção.

Meu Deus. Embora a cicuta ainda corra espessa nas minhas veias, quase posso *senti-la* coagulando. Mesmo assim, forço minha cabeça a virar, me forço a piscar para me concentrar na cena ao redor. Minhas mãos tremem com o esforço.

Alguém trocou minha camisola por um traje luxuoso de renda escarlate. É o véu combinando que obscurece minha visão. Com um esforço imenso, tiro o tecido dos olhos e afasto-o do cabelo, mas o movimento é custoso. Enfraquecido, meu braço cai de volta ao lado do meu corpo e sou obrigada a encarar, derrotada, o rosto vazio de minha irmã. Ela ainda está no caixão de vidro ao lado do meu. Atrás dela, Frederic está sentado em um bote salva-vidas com o mesmo olho de sangue desenhado no casco; ele se debruça sobre o grimório enquanto o barco balança com suavidade por causa das ondas. Uma tigela vazia e uma faca de trinchar perversamente afiada estão ao lado dele, ao passo que seu casaco e a Balisarda de Chasseur jazem esquecidos a seus pés. Descartados. Meu coração bate furioso ao ver os objetos. De qualquer modo, eles sempre foram apenas um disfarce. Um estratagema.

Vamos, ele me disse uma vez. *Não parece que você está brincando de se fantasiar?*

523

A adrenalina flui por mim em uma grande onda de humilhação e ira. Frederic é o Necromante.

Nem nos meus sonhos mais absurdos eu teria pensado que isso fosse possível, não com toda a ladainha sobre *honrar a causa* e *reformar a irmandade*. Mas é lógico — sinto um aperto violento no estômago —: uma Balisarda o posicionava de modo que nada mais poderia fazer. Com ela, Frederic ganhava acesso não apenas à Torre Chasseur, mas também a informações sobre todas as criaturas do reino. Ele precisaria desse acesso para iniciar seus… experimentos. Ademais, se o propósito dele sempre foi ressuscitar Filippa, existe melhor maneira de começar do que conquistando a confiança de seus inimigos? Afinal, foi *ele* quem encontrou o primeiro corpo. Nas palavras de Babette, as circunstâncias eram muito perfeitas. Perfeitas demais.

E eu… fui tão desatenta…

Meu coração continua a bombear a cicuta pelo corpo em um ritmo traiçoeiro e brutal, mas, em vez de me enfraquecer ainda mais, meus membros parecem estar ficando mais fortes. O sangue corre pelos meus ouvidos. É bem provável que Frederic planeje *encontrar* o meu corpo também, do mesmo jeito que fez com os outros, e apresentá-lo a Jean Luc antes de chorar ao lado dele no meu funeral. Em caixão fechado, é lógico. Igual ao de Filippa.

Eu nunca vou deixar as bruxas pegarem você. Nunca.

Eu me concentro em seu perfil e empurro a tampa do caixão o mais silenciosamente possível. Ela não se mexe. Tento de novo, desta vez com mais força, mas o vidro permanece, resoluto. *Magia*, me dou conta com amargura. Ele usou a mesma coisa para me atrair até aqui; para tornar a si mesmo, Babette e *todo* o resto invisível. Meus olhos se voltam para o grimório em suas mãos.

— Onde está Babette?

Mesmo para os meus próprios ouvidos, minha voz soa forte de um jeito surpreendente e Frederic levanta a cabeça, perplexo.

— Ora, ora — zomba ele, visivelmente impressionado pelo fato de o meu corpo ter suportado a cicuta. — A princesa acordou muito mais cedo do que o esperado. Isso deixa as coisas um pouco mais difíceis, mas, se preferir ficar acordada…

Ele dá de ombros, fechando o grimório antes de erguer a manga da camisa. Um corte recente brilha em seu antebraço e ele mergulha o dedo no sangue antes de pintar o mesmo olho sinistro na capa do grimório. Quando ele traça uma linha no olho, o grimório desaparece no mesmo instante. Invisível.

— Babette — repito, segurando a luz de bruxa com tanta força que quase fere minha palma. — Onde ela está?

— Com alguma sorte, estará distraindo seus amigos. Mas eu não teria muita esperança. Você estará morta antes que eles te encontrem. — Frederic se abaixa para pegar a tigela e a faca de trinchar, olhando rapidamente para cima no meio-tempo. — Espero que esteja confortável. Tive que trabalhar com o que já havia na ilha. — Ele dá um pequeno sorriso. — Pip me contou que você precisava de quatro travesseiros só para fechar os olhos à noite. Um caixão não se compara nem de longe, tenho certeza.

Meus olhos se estreitam com a nostalgia bizarra na voz dele.

— Agora que você mencionou, eu *preferiria* estar de pé, talvez até com minhas próprias roupas, mas alguém me envenenou.

— Ah. — Ele tem a decência de parecer quase arrependido, mas, mesmo assim, tal reação em um assassino traz pouco conforto, além de não fazer nenhum sentido. A julgar pela *faca de trinchar* na mão dele, Frederic não teve uma mudança repentina de opinião. — Posso assegurar, pelo menos, que não fui *eu* quem trocou sua roupa... embora eu tenha escolhido o vestido.

Ele diz as palavras como se isso fosse um presente. Como se toda jovem sonhasse em usar um vestido tão lindo e luxuoso em seu leito de morte. Distraído, ele se inclina para pegar sua mochila, pegando uma pedra de amolar e a mergulhando no mar.

Observo, perplexa, enquanto ele afia a faca de trinchar, quebrando minha cabeça em busca de qualquer coisa que possa dissuadi-lo desta *loucura*. Porque este Frederic... ele parece diferente do que conheci na Torre Chasseur. Carinhoso, de alguma maneira, quase exasperado, como se realmente se considerasse meu irmão mais velho. Talvez eu possa convencê-lo a desistir de tudo.

— Babette disse que você só usou uma gota do meu sangue em Lágrimas Como Estrelas — comento depressa. — Com certeza não precisa me *matar*.

— Sempre fazendo suas pesquisas, não é? Nosso precioso *capitão* nunca percebeu como sua mente poderia ser valiosa. — Ele sai do barco com uma risada de reconhecimento. — Eu também nunca gostei de ver você com aquele idiota. Sempre foi boa demais para ele.

Eu o encaro, incrédula. Se pudesse pular deste caixão e enfiar aquela faca no seu peito, eu o faria.

— Você me agrediu no pátio de treinamento.

— E peço desculpas por isso, mas, falando sério, Célie, o que você estava fazendo com os Chasseurs? Sua irmã não explicou como eles são *desprezíveis*? — Ele balança a cabeça, e toda a benevolência em sua expressão se transforma no Frederic que sempre conheci. Ele franze os lábios. — Várias vezes tentei provar que você não pertencia àquele lugar, e várias vezes você resistiu. Faz sentido, eu acho — ele olha para a caverna escura ao nosso redor —, a julgar pela sua companhia de agora.

Todo o instinto para usar a razão com ele desaparece quando escuto suas palavras.

— Você matou seis criaturas.

— E mataria mais uma dúzia... cem, *mil*... para ressuscitar sua irmã — declara ele com veemência, parando ao lado do caixão de Filippa. — É por isso que ela receberá *todo* o seu sangue em vez de uma gota. Como tenho certeza de que você sabe, por causa da sua pequena travessura em Les Abysses, o feitiço exige apenas *Sangue da Morte*. Não é muito específico, por isso, acho que não devemos correr nenhum risco. Concorda?

O frio desce pela minha coluna, e desta vez não é a cicuta. A maneira como ele fala, o modo como *acaricia* o vidro acima do rosto de Filippa... Frederic não é nada carinhoso; Frederic está enlouquecido, e nenhum motivo racional o levará a se desviar de seu plano. A bile sobe pela minha garganta. Ele costurou a *pele* de outra pessoa no rosto de Filippa, pelo amor de Deus, e ameaçou arrancar meu olho depois de extrair o meu sangue. Esmagando a luz de bruxa na minha mão, eu a bato no vidro com um rosnado. A superfície não quebra. Nem sequer *racha*.

— Minha irmã não iria querer isso — grito.

— Sempre achei melhor pedir perdão a pedir permissão. — Depois de levantar a tampa do caixão de Filippa, ele passa os nós dos dedos com ternura pelos pontos na bochecha dela. Porém, quando Frederic fala de novo, sua voz não tem afeto, nem devoção; em vez disso, destila um veneno de ação lenta. Que se acumula com cada palavra. — Acha que ela iria *querer* que

Morgane a sequestrasse naquela noite? Que a torturasse e mutilasse? Acha que, se ela estivesse aqui agora, escolheria a morte para deixar você viver?

Embora eu abra a boca para responder, para rosnar para ele, fecho-a de imediato com a luz de bruxa escorregando em minha mão. Porque *não sei* o que Filippa escolheria se estivesse aqui. Não de verdade. Não sei se ela daria a própria vida pela minha, se é justo pedir tamanho sacrifício a outra pessoa. Mesmo a uma irmã.

Aos doze anos, ela jurou me proteger, mas as promessas das crianças não são a realidade dos adultos.

Frederic olha para mim de repente, seus olhos escuros cheios de animosidade.

— Você nunca foi tão ingênua quanto fingia ser, *ma belle*. Mesmo agora, sabe a resposta... mesmo agora, você escolhe sua vida em vez da dela... mas deveria ter sido você o tempo todo. — As mãos de Frederic seguram os ombros de Filippa de modo protetor. — A punição de Morgane deveria ter sido para *você*, ela deveria ter matado *você*. Afinal, foi *você* quem se apaixonou por um caçador, e foi seu querido pai quem saqueou os pertences das bruxas. Filippa não fez nada, *nada*, para merecer o destino que teve — esbraveja ele. — E, se eu mesmo tiver que arrancar o seu coração, vou fazer isso. Eu *vou* trazer Pip de volta.

Mesmo agora, você escolhe sua vida em vez da dela.

Frederic não precisará de uma faca para arrancar meu coração. Suas palavras deslizam entre minhas costelas, mais afiadas do que qualquer lâmina, e me empalam até que eu possa sangrar até a morte. Meu olhar dispara para o rosto lindo e arruinado de minha irmã. Ela realmente me culpou como Frederic faz agora? Em seus momentos finais, ela desejou que eu pudesse estar no lugar dela? Ela desejaria isso agora?

Não.

Luto contra esse pensamento. Frederic já entrou na minha mente uma vez, mais de uma vez, para ser sincera comigo mesma e, se eu deixar, ele vai despedaçar a memória da minha irmã. Vai costurá-la de novo como algo horrível e sombrio, assim como fez com o corpo dela.

Inclinando a cabeça, Frederic alisa o cabelo de Filippa e ajusta a gola do seu vestido branco simples. O crucifixo reluz brilhante, prateado e perfeito em volta do pescoço dela mais uma vez. A vontade de chorar me domina enquanto observo o objeto: ele deveria ter estado ali o tempo todo. Nunca deveria ter saído do lugar. Frederic deveria ter chorado a perda da minha irmã como todos nós, Filippa tinha que ter sido enterrada com seu crucifixo. Quando volto a falar, minha voz é cortante e acusatória.

— Você deu o colar dela para Babette. Fez marcas por cima das iniciais de Pippa.

Ele faz um gesto de desdém com a mão.

— Como demonstração de boa-fé e proteção... o trunfo de Babette, se preferir. Nunca pertenceu verdadeiramente a ela, e ela nunca deveria ter encenado a própria morte com ele no corpo.

— Por que encenar a morte dela, afinal? Vocês *queriam* que eu a encontrasse?

— Lógico que sim. — Ele bufa com escárnio. — Jean Luc suspeitava que uma Dame Rouge estivesse por trás dos assassinatos. De que outro jeito poderíamos tirar ele e seus irmãos queridos da nossa cola? Uma bruxa de sangue precisava morrer, e Babette tinha que desaparecer para dar continuidade ao nosso trabalho.

Em seguida, Frederic fica em silêncio, alisando o torso do vestido de Filippa. *Preparando-a*, percebo com uma revirada nauseante no meu estômago. Não posso deixá-lo fazer isso com ela. Com *a gente*. Cerrando os dentes contra uma nova onda de dor, deslizo através do véu para procurar por Mila, por Guinevere, por qualquer um que possa me ajudar. No entanto, nenhum espírito paira na gruta e eu atravesso o véu de volta em um pânico irracional, completamente sozinha.

Sem pensar, levo a mão à base do pescoço, desesperada para sentir aquele pequeno pedaço de Filippa, de família e de esperança, mas há somente o peso fino da fita prateada de Michal.

Michal.

Aquelas adagas no meu coração penetram mais fundo quando olho para trás, em direção à água.

Há uma semana, eu teria rezado por um milagre. Eu teria rezado para que, de alguma maneira, a Balisarda de Frederic não tivesse de fato atingido o coração de Michal. Eu teria rezado para que ele emergisse da água ileso, frio e majestoso mais uma vez. Contenho um gemido. Porque agora não consigo nem rezar por essas coisas, não consigo sobreviver à decepção

528

quando os céus se recusam a ouvir. Mesmo que eu sobreviva, este conto de fadas nunca terá um final feliz; tudo porque eu não quis ouvir. Porque o forcei a me seguir até o abismo e porque, quando fez isso, não pude salvá-lo.

Não consegui salvar nem a mim mesma.

Se Michal ainda não estiver morto, estará em breve. E não há como saber se Frederic e Babette pouparão os outros.

Isso é culpa minha. *Tudo* culpa minha.

Minha respiração fica mais rápida e rouca a cada pensamento, e a escuridão ameaça tomar minha visão. Embora as lágrimas ardam nos meus olhos, balanço a cabeça sem parar a fim de contê-las. Não posso sucumbir ao pânico. Não posso deixar que me domine. Se eu fizer isso, Frederic nunca terá sua chance: morrerei antes que sua faca me toque.

Não. Procuro desesperada por alguma coisa, qualquer coisa, que me arranque da beira do abismo. Porque tem que haver esperança em algum lugar. *Sempre* há esperança. Lou me ensinou isso. Coco, Jean Luc, Ansel, e Reid também.

E Michal.

Seu nome forma bolhas no meu peito, aquecendo-me como as primeiras brasas de uma fogueira. É evidente que isso não deveria acontecer. Ele não deveria fazer eu me sentir assim, mas… eu vivi e fiquei bem no castelo de um rei vampiro por semanas. Caminhei entre monstros, dancei com espíritos e passei a conhecê-los como algo muito maior do que isso. *Esta* é a verdadeira realidade do mundo. Do *meu* mundo. Um espírito pode ser altruísta, tão bondoso e solidário quanto qualquer outra pessoa; e um vampiro pode abraçar você em um caixão. Ele pode acariciar seu cabelo e sussurrar que *você* tem valor também. E irmãs…

As irmãs podem se amar verdadeira e eternamente, mesmo que tenham suas diferenças.

O pensamento me acerta como um soco no estômago.

Filippa não teria escolhido a si mesma se isso significasse me sacrificar.

Pensando nela, em *todos*, ergo a mão e bato a luz de bruxa no vidro. A superfície ainda se recusa a quebrar, mas algo muda na escuridão muito acima da minha cabeça, logo além do anel de luz. Um lampejo de asa. Um olho pequeno e redondo.

Talon.

Sorrio porque sei, neste momento, que minha força nunca foi igual à dos outros. Não sou sagaz ou destemida como Lou, nem sou estratégica ou disciplinada como os Chasseurs. Não. Eu sou Célie Tremblay, Noiva da Morte, e minha força sempre esteve e sempre estará nas pessoas que amo. Nos meus *amigos*.

Talon desce perigosamente baixo, fixando os olhos em mim, antes de subir mais uma vez.

Meu cotovelo ameaça ceder de alívio, e arremesso a luz de bruxa em direção a Frederic quando ele também olha para cima. Ela colide com o vidro com um guincho estrondoso. Se ele perceber que Lou está a caminho, vai me matar ainda mais depressa. Isso não pode acontecer. Apanho a luz de bruxa e golpeio o vidro de novo, e de novo, e de novo, até que Frederic expira devagar, forçando outro sorriso.

— Eu permiti que você guardasse esta luz de bruxa como um ato de gentileza — reclama ele com óbvio esforço para voltar à civilidade. — Não faça com que eu me arrependa.

— Pippa sabia que você é um bruxo? — pergunto, desesperada para prender sua atenção.

— Ela ficou sabendo depois de um tempo. Ficava fascinada com magia.

Com um último e fervoroso olhar para sua amada, ele pega a tigela e a faca, contornando o caixão dela com determinação. Está nítido que o tempo para conversa acabou, mas, se eu deixar essa conversa morrer, tudo indica que morrerei com ela, sobretudo com aquela faca na mão dele. Ela cintila torta e sinistra sob a luz de bruxa, incitando-me a falar. Porque eu me recuso a partir em silêncio. Eu me recuso a deixar meus amigos morrerem como danos colaterais.

— Você pediu a ela que fugisse com você.

— Lógico que pedi. — Embora não seja uma pergunta, ele responde assim mesmo. E percebo que ele vai *continuar* me respondendo se continuarmos falando sobre Filippa. Com aquela luz aterrorizante e ávida em seus olhos, ele parece incapaz de se segurar. Eu só preciso enrolá-lo. Só preciso distraí-lo até que Lou chegue. — E ela concordou. Se não fosse por você e seu pai, muita coisa poderia ter sido diferente. Quem sabe? Talvez estivéssemos agora acendendo uma vela e nos preparando para a missa do Dia de Todos os Santos, de mãos dadas com Filippa e Reid. — Ele se detém entre os dois caixões. — Mas o que poderia ter sido não importa mais. Em breve, tudo será como antes. — Apontando para o rosto costurado de Filippa, ele prossegue: — Como pode ver, até o estrago feito por Morgane foi desfeito, em poucos instantes, Pippa vai acordar. Ela vai respirar, andar e viver de novo, e nós três estaremos juntos mais uma vez.

Três?

Instintivamente, meu olhar se volta para o outro lado, onde espero ver a irmã mais nova de Babette, Sylvie, em um terceiro caixão de vidro. No entanto, não há nada ali. Apenas ar e mar escuro. Talvez ele ainda a esteja cobrindo com o manto de invisibilidade. Afinal, o corpo *dela* não era necessário para me atrair até aqui. Mas, se Frederic está prestes a iniciar o ritual, alguém não deveria preparar o corpo de Sylvie também? Babette arriscou tudo para ajudá-lo.

— Você não quer dizer nós quatro? — pergunto. — Onde *está* Sylvie?

A água ondula ligeiramente atrás dele.

— Eu não dou a mínima para Babette e a irmã dela. Conhecê-la foi uma dádiva, sim… assim como compartilhar um propósito comum. Mas, como eu disse antes, o feitiço não explica de quanto do seu sangue Filippa precisará. E ela vai receber cada gota dele.

— Mas Sylvie…

— … não é minha esposa ou filha, então, não é minha responsabilidade.

As palavras, ditas de modo tão banal, são mais paralisantes do que qualquer injeção de cicuta. Eu pestanejo, certa de que ouvi mal, antes que meus olhos passem por ele e cheguem até Filippa. Ainda que sua barriga ainda seja plana e lisa, suas mãos repousam entrelaçadas sobre ela com suavidade, como se ela embalasse um… um…

— Ai, meu Deus.

Embora minha mente rejeite de imediato a possibilidade, o horror finca as garras na minha barriga, guinchando e arranhando meu peito, meu pescoço, deixando uma constatação cruel em seu caminho. O encontro, o bilhete, a fuga…

Nós três ficaremos juntos para sempre.

Nós *três*.

Frederic, Filippa e…

— Frostine — revela Frederic com a voz tensa, estendendo a mão para roçar as pontas dos dedos de Filippa. A faca na mão dele reflete o rosto pálido dela. — É um nome horrível para uma garotinha, mas eu jamais negaria qualquer coisa à sua irmã. Embora eu tenha sugerido Snow como alternativa, ela já havia se apaixonado pela pequena Frost.

Parece Frost esta noite.

— Ela... Ela teria me contado. Se Pip estivesse grávida, eu saberia.

— Ela não teria deixado você por nenhum outro motivo. — Ele então entrelaça os dedos nos de Filippa, como se eles não estivessem frios e inertes em suas mãos. Sua boca se contorce em um sorriso triste. — Mas, num piscar de olhos, Frost se tornou o nosso mundo inteiro. Ela significava tudo para nós. No dia em que sua irmã descobriu, ela caminhou um quilômetro na neve para me contar. — Seu aperto aumenta, e os dedos de Pippa estalam e se dobram sob os dele. Retorcidos agora. — Nós seríamos uma família.

A palavra vibra na minha mente como o rabo de uma serpente encurralada e furiosa. Família, família, *família*.

Eles seriam uma família.

Minha irmã... ela ia ser mãe.

A vontade de me derramar em lágrimas aumenta com a revelação. Lágrimas dentro do meu coração. Quando gritos irrompem da extremidade do quarto de Michal — quando um corvo grasna —, os sons ecoam como se viessem através de um longo túnel, e tudo que consigo ver é Filippa e suas mãos entrelaçadas. Ela nunca contou a Frederic sobre seu palácio de gelo. Talvez ela tenha tentado esquecê-lo com o passar dos anos, à medida que as circunstâncias mudavam e seu ressentimento crescia, mas ela nunca conseguiu esmagar as pétalas brancas com a bota. Uma lágrima escorre pelo meu cabelo. Ela enfim encontrou seu príncipe do verão, mas, em vez de dançar em um jardim de neve, ela e seu bebê foram enterrados nele. Outra lágrima cai.

— Se ajudar — Frederic observa a lágrima que escorre pelo meu rosto, hipnotizado, e, de alguma maneira, estende a mão *através* do vidro para enxugá-la — posso contar a ela sobre seu sacrifício. Talvez ela até fique de luto por você.

Do outro lado da caverna, a voz feroz de Lou se eleva acima de todo o resto, e o estranho momento entre mim e Frederic se desfaz.

A expressão melancólica dele desaparece com o som, e eu me encolho, gritando, enquanto ele puxa a faca para cima, cortando a fita do meu pescoço.

— Talvez a gente até dê à nossa filha o seu nome como nome do meio — sugere ele com fervor. — Tem uma certa sonoridade, não tem? Frostine Célie?

Embora eu pegue a luz de bruxa e a balance descontroladamente em direção ao seu rosto, ele agarra meu pulso e o torce. Assim como os de Filippa, meus dedos estalam e quebram em uma explosão de dor. Ele arranca a pedra da minha mão com facilidade. Ela cai no chão com estrondo, girando em todas as direções, desorientando, *ofuscando* a visão, e desliza para a beira da água, onde... onde...

Eu arregalo os olhos.

Onde uma mão se ergue das ondas e se apoia na margem.

Michal surge ensanguentado e destroçado.

Ele sai do mar com os membros retesados, e meu coração se enche, se revira, incrédulo, ao vê-lo. Nem mesmo o mar consegue limpar o sangue que ainda escorre de seu peito. O líquido vaza pela frente do corpo em uma torrente macabra de escarlate, manchando a camisa, a pedra, a própria luz de bruxa. Ele não deveria estar vivo. Michal *não pode* estar vivo, mas mesmo assim ele se arrasta esbravejando um "Célie..." gutural.

Acima de mim, Frederic hesita com a faca erguida. Agarro seu pulso com a força renovada, uma *esperança* renovada, e seu rosto se contorce em choque quando ele se vira e avista Michal.

— O que...?

Com as duas mãos, eu empurro Frederic com toda minha força, e ele cede um ou dois centímetros, distraído, antes de se virar para me encarar. Ele mostra os dentes. Mas estive perto de vampiros por tempo demais para me encolher ao vê-lo desta maneira. Embora meus braços tremam com o esforço, eu o mantenho afastado. Filippa não teria parado de lutar, e eu também não vou. Até o último suspiro, eu *lutarei*, e depois disso também...

No segundo seguinte, o cheiro de magia explode pela caverna.

A água atrás de nós recua, abrindo-se como o Mar Vermelho para Moisés e revelando Lou na margem oposta. Seus braços estão tensionados com o esforço de manter as ondas à distância. Com um rugido de fúria, Jean Luc corre em nossa direção pelo caminho aberto no fundo do mar, seguido por Reid, Coco e Beau. Atrás deles, Dimitri encurralou Babette, e Odessa puxa o braço dele com urgência.

Eles estão aqui.

Penso nas palavras enquanto Frederic agarra meu cabelo, enquanto uma parte distante da minha mente percebe que a distância entre mim e meus amigos é grande demais. Mesmo assim, quando ele levanta minha cabeça e a força sobre a tigela, eu bato e finco as unhas no seu pulso. Dou coices, chuto e empurro para cima com os dois joelhos.

Embora eu grite o nome de Michal, ele não responde. Ele *não pode* responder porque também está morrendo.

Do mesmo jeito que no pátio de treinamento, penso em desespero, contorcendo o corpo, arqueando-o, os calcanhares deslizando freneticamente contra o vidro. Eu me recuso a desistir. Eu me recuso a parar de lutar e me recuso a permitir que Frederic vença. *Olhos, orelhas, nariz e virilha.*

Repito as palavras como um mantra na minha cabeça. Cada segundo que as digo é um segundo que vivo.

Olhos-ouvidos-nariz-virilha-olhos-ouvidos-nariz...

Porém, este não é o pátio de treinamento e, quando meu joelho enfim atinge a barriga de Frederic, ele bate minha cabeça na lateral do caixão. A dor explode por todo o meu crânio em uma onda ofuscante e febril; o sangue quente e nauseante escorre do meu ouvido. Ele silencia o som dos gritos dos meus amigos, do arquejo de Michal quando Frederic o chuta para longe, até que tudo que consigo ouvir é um zumbido estridente. Minha visão periférica fica embaçada. Por mais que eu me esforce para me endireitar, não consigo encontrar um ponto de apoio, e Frederic...

Um lampejo prateado. Uma dor lancinante. Ainda que eu tente gritar, a escuridão me envolve enquanto eu me engasgo com algo grosso e líquido. O zumbido nos meus ouvidos atinge o ápice, ficando cada vez mais alto até que eu não consigo mais pensar, não consigo mais *respirar...*

E tudo acaba em branco.

CAPÍTULO CINQUENTA E DOIS

Uma luz dourada

Quando eu era criança, o verão era a estação de que eu menos gostava. Nunca fui muito fã do calor, mas, às vezes, de manhã bem cedo, eu subia na árvore do lado de fora da janela do meu quarto para ver o sol nascer. Eu erguia o rosto para a luz dourada e me deliciava com o calor suave. Observava meus vizinhos abrirem as janelas, ouvia as primeiras risadas do dia e experimentava uma profunda sensação de paz.

Nas profundezas da caverna, uma luz dourada irrompe na água.

Instintivamente, sinto que esta não é igual à luz da minha lembrança de infância. Não é o sol, e não estou mais sentada na árvore do lado de fora do meu quarto. É algo diferente. Algo… melhor. Quanto mais eu olho para a luz dourada, mais forte ela parece brilhar, mas não consigo nomear bem o sentimento que emana de dentro dela. Não consigo sentir absolutamente nada.

Embora minha respiração forme uma névoa enquanto flutuo neste lugar sem nome, não sinto mais frio. *Que estranho.* Também não sinto mais dor, e o zumbido nos meus ouvidos silenciou. Franzindo a testa, olho para os meus dedos, examinando o líquido escuro ali. Ele tinge a palma das minhas mãos. Suja as mangas do meu vestido escarlate e mancha de preto o lindo acabamento de renda.

— Célie.

Com um sobressalto, eu me viro e encontro Mila me observando com uma expressão desolada. Sem querer, devo ter atravessado o véu de alguma maneira, mas isso não explica as lágrimas nos olhos dela.

— Sinto muito — sussurra ela. — Isso não deveria ter acontecido. Quando o Necromante atacou, eu… eu não consegui ajudá-la, então corri para avisar o pássaro. Às vezes, os animais podem sentir os espíritos, mesmo que não possamos nos comunicar de verdade.

— Do que você está falando?

Seu olhar se dirige para baixo, e eu o sigo até a ilhota árida que se ergue do mar; ela parece menor por causa da maré, porém não é menos familiar.

Frederic se inclina sobre um dos dois caixões de vidro no centro. Com uma das mãos, ele levanta a cabeça escura de uma jovem pálida. Com a outra, segura uma grande tigela de pedra e, enquanto observamos, ela se enche de sangue até a borda.

Quando ele se empertiga, se apressando em direção ao segundo caixão, em direção a *Filippa*, meu estômago se revira com uma profunda sensação de deturpação: o meu corpo ainda está deitado no primeiro caixão. *Eu* ainda estou deitada no primeiro caixão, e o sangue banha minhas mãos e meu pescoço de tal modo que não consigo dizer onde ele termina e onde meu vestido começa. Embora a respiração ainda soe em meu peito, meus olhos olham para cima sem enxergar.

Eles olham diretamente para mim.

Eu me aproximo, nervosa, e levo a mão hesitante até meu pescoço, os dedos deslizando com uma facilidade nauseante pela pele molhada. Ainda assim, não sinto nenhuma dor, mesmo quando toco a linha irregular onde minha carne se abre. Frederic não foi caprichoso em seu ataque. Não foi limpo. Com uma das mãos, ele agora levanta a cabeça da minha irmã e, com a outra, derrama meu sangue na boca dela.

— Mila — sussurro, sem conseguir desviar o olhar —, por que não está mais fazendo frio aqui?

Ela põe o braço em volta dos meus ombros e uma sensação insidiosa de pavor arrepia os pelos da minha nuca. Seu braço parece sólido. *Quente*.

— Você não precisa assistir a isso. Tem que se preparar.

— Me preparar para *quê*?

— Para a Morte — revela ela com tristeza, apontando com a cabeça para o meu corpo ferido.

Na minha visão periférica, a luz dourada continua a brilhar e, se eu me esforçar, consigo ouvir uma risada suave. Só que eu não ouço. Eu *sinto*. Ela se instala na minha pele, mas eu a ignoro, olhando para Mila com incredulidade.

— Mas eu não posso… eu não estou… *Não*. — Afastando-me dela, balançando a cabeça, corro em direção à ilhota e ao meu corpo, em direção a Frederic, Filippa e Michal, que luta para ficar de joelhos. — Não posso estar *morta*. Estou *bem ali*. — Eu me viro para encarar Mila quando ela se junta a mim, apontando um dedo para o meu peito. O sangue no meu pescoço jorra na mesma sincronia horrenda da minha pulsação. — Olhe… ainda estou respirando. Não estou *morrendo*.

536

Ela afasta o cabelo do meu rosto com um carinho de partir o coração. Uma lágrima escorre pelo seu nariz.

— Sinto muito, Célie. É tarde demais. Caso contrário, você não estaria aqui. E não poderá ficar muito tempo... a menos que escolha ficar para sempre.

A menos que escolha ficar para sempre.

Com suas palavras, a luz dourada parece diminuir um pouco.

Para sempre.

— Não. — Repito a palavra inúmeras vezes, recusando-me a ouvir qualquer outra coisa. Recusando-me a reconhecer aquela *maldita* luz dourada. Meus amigos estão quase chegando à ilhota agora, e eles... eles vão consertar isso. Lou e Coco consertarão tudo, e Jean Luc e Reid cuidarão de Frederic. Michal ou Odessa darão seu sangue para me curar e... e tudo vai ficar bem de novo. *Tudo vai ficar bem.*

— Pode não ser tão ruim, sabe... — diz Mila tímida — se você decidir ficar. Afinal de contas, eu estou aqui, Guinevere também... e seus amigos são todos humanos. Eles se juntariam a nós em breve.

Determinada, tento sair do véu, mas não consigo mais senti-lo ali. A pressão na minha cabeça desapareceu, então, em vez disso, eu me atiro sobre o meu corpo, deslizando para dentro dele e procurando um ponto de apoio. Não encontro nenhum. O desespero me inunda como a maré ao redor da ilhota, e tento de novo, e de novo, quase gritando de frustração. *Eu não posso estar morrendo. Não posso estar morta.* Me impulsiono para cima, chorando, enquanto a luz dourada fica mais fraca.

— Não posso ficar aqui, Mila. *Por favor*, não posso deixar meus amigos, minha *irmã*...

Odessa passa por nós em um borrão, levando embora minha súplica e derrubando a tigela parcialmente vazia das mãos de Frederic. Meu sangue respinga em todas as direções enquanto ela agarra seus ombros e o lança no ar. Ele despenca no chão com força, mas Odessa voa sobre ele com a mesma rapidez, prendendo os dedos em volta do pescoço de Frederic. Ele arregala os olhos.

Por um segundo glorioso, parece que ela pode acabar com isso. Que ela pode matá-lo antes que ele machuque mais alguém.

Contudo, antes que ela consiga quebrar seu pescoço, Dimitri a derruba no chão.

Meu Deus. Corro em direção a eles, alucinada, porque o meu sangue... está por toda parte e é fresco. Ele borrifa a pedra de escarlate, cobre a lateral do corpo de Frederic e até corre em filetes em direção ao mar. *Meu Deus, meu Deus, meu Deus.*

Para qualquer outra pessoa, essa cena viria direto de um pesadelo. Para Dimitri, essa cena vem direto do inferno.

— O que você está fazendo? — sibila Odessa se atracando com ele, mas os olhos de seu irmão se transformaram em algo feroz e selvagem. — Dimitri! Pare com isso! Por favor, *pare* e me solte...

— Ele ainda está com o grimório — rosna Dimitri, irracional.

Eu os vejo lutar com um desamparo assolador. Nunca poderia ter previsto isso... que Dimitri pudesse atacar a própria irmã, sua irmã *gêmea*, mas a sede de sangue se mostra mais forte até mesmo do que os laços familiares, ao que parece. Sem hesitar, ele joga a irmã no mar, onde ela bate na água com um grande estrondo.

— *Odessa!*

Embora ela não consiga ouvir meu grito, mesmo assim eu aperto minhas mãos e corro atrás dela; então me viro abruptamente para ir em direção a Frederic em vez disso. Porque preciso fazer alguma coisa. Preciso *ajudar* de algum jeito, mas, quando salto sobre o bruxo, meu corpo passa direto pelo dele.

Como se eu não existisse mais.

Impotente, olho para o meu corpo, que fica mais pálido a cada segundo. Como se quisesse enfatizar a situação, a luz dourada diminui em sincronia com meu batimento cardíaco fraco. *Estou ficando sem tempo.* Pior ainda: não posso fazer nada para impedir. Nada para refrear, nada para curar a ferida no meu pescoço e nada para estancar o sangramento. Nada para salvar meus amigos.

— Se você me matar — Frederic mostra os dentes para Dimitri, que o levanta no ar pelo colarinho —, nunca irá encontrá-lo.

O grimório.

Se não fosse por aquele livrinho maligno, nada disso teria acontecido. Se ao menos eu o tivesse arrancado do padre Achille quando tive oportunidade, se não o tivesse largado em Les Abysses...

— Onde está, Célie? — pergunta Mila com urgência. — Onde Frederic o escondeu?

538

— Não sei! — Aperto minhas mãos de novo, sufocando as lágrimas.
— Ele... Ele usou o próprio sangue para torná-lo invisível, mas eu não vi onde ele...

Meus olhos se arregalam de horror, porém, quando Jean Luc enfim chega à ilha.

Assim como Odessa, ele não hesita, desembainhando sua Balisarda e a enfiando em Frederic. Rosnando de novo, Dimitri o bloqueia, mas Reid corre para a frente com sua própria adaga de prata. E Odessa... ela emerge da água como um espírito vingativo, estreitando os olhos quando Jean Luc e Reid atacam seu irmão.

Antes que qualquer um possa se mover, Odessa joga Reid no caixão de Filippa, que tomba com ela ainda dentro. O corpo da minha irmã sai rolando pela pedra, seus membros moles embolando-se, antes de parar perto da água. Frederic vai atrás dela praguejando.

— Temos que fazer alguma coisa!

Mesmo enquanto eu grito as palavras, a luz dourada continua a diminuir; quase nem é mais uma luz agora. Sinto meu coração na garganta. Como posso deixá-los? Como posso *partir*? Meu olhar dispara em descontrole entre o rosto de cada um de meus amigos.

Jean Luc desfere um golpe em Odessa, e a pele dela chia enquanto a vampira tenta evitá-lo, para proteger as costas do irmão. Reid ficou de pé e agora circula Dimitri, procurando uma abertura até Frederic, que segura Filippa nos braços.

E Michal... Michal se aproxima do meu caixão no momento em que Coco e Beau chegam.

— Precisa *decidir*, Célie. — Do nada, Mila agarra os meus ombros e me sacode com força, me distraindo dos meus amigos. — Não pode ajudá-los agora, e seu tempo está quase acabando. Você me entende? — Ela me sacode com mais força quando luto para passar por ela, para encontrar uma maneira de *ajudar*. — Se você não fizer a escolha agora, perderá sua chance para sempre. Não há nada que possa *fazer*...

Mas os acontecimentos ficaram perigosamente fora de controle. Para onde quer que eu olhe, meus amigos atacam uns aos outros. Beau tenta acertar Dimitri descontroladamente, mas o vampiro derruba a espada de sua mão como uma criança com um soldadinho de chumbo. Com os olhos arregalados e frenéticos, ele puxa Beau em sua direção, cravando os dentes na carne macia do pescoço do rei de Belterra. Coco e Odessa gritam em uníssono, e ambas se lançam em direção a Dimitri ao mesmo tempo. Odessa chega até ele primeiro.

Com outro rosnado sobrenatural, ele joga Beau para o lado e quebra o pescoço da irmã.

Até Mila grita agora, soltando meus ombros e voando para a frente, determinada a detê-lo, enquanto Coco ampara Beau e os dois rolam na água. A luz dourada pisca uma, duas vezes, mas Odessa... *não posso deixá-la*. Embora eu caia de joelhos, Mila me empurra em direção ao que resta da luz dourada.

— *Vá*, Célie! Odessa vai se curar!

— Eu não posso...

— VÁ *AGORA!*

Entretanto, quando disparo pelo ar, as duas paredes de água que Lou mantinha afastadas se chocam em uma onda cataclísmica. A água inunda a ilhota e Jean Luc escorrega na correnteza, agarrando as pernas de Dimitri enquanto o mar leva os dois embora. Reid se segura no caixão de Filippa enquanto Lou pisa no último trecho de pedra. Os olhos dela brilham de fúria diante da cena: Coco puxando Beau para a margem, Odessa deitada de bruços, Michal agarrado ao meu caixão, e Frederic e Filippa...

Sumiram.

Com uma sensação de vazio e de afundamento, percebo que levaram o que restava da luz dourada com eles. Meu peito solta um último suspiro trêmulo antes de ficar em silêncio também. No entanto, ninguém percebe.

Ninguém, exceto Michal.

Ele se inclina sobre o meu corpo, seu rosto lindo e pálido se contorcendo no exato momento em que meu coração falha. Ele consegue ouvir. Ele sabe. Sua testa se apoia sobre a minha em derrota, e não posso evitar: me aproximo, absorta, quando os lábios dele começam a se mover.

— Por favor, fique — sussurra ele.

Com o que resta de sua força, ele passa a mão pelo sangue em seu peito e a pressiona nos meus lábios.

EPÍLOGO

O cheiro que evoca lembranças é algo curioso. Basta um pouco para nos transportar no tempo: o vestígio de suco de laranja nos meus dedos, o indício de pergaminho desbotado debaixo da minha cama. Cada um deles me remete à infância de uma maneira própria e peculiar. Eu entrava escondida no pomar à meia-noite para colher laranjas, descascando a fruta ao luar e as comendo frescas. No pergaminho, escrevia meus próprios contos de fadas e os mantinha em segredo da minha irmã, enfiando-os nas sombras debaixo da minha cama. Escondendo-os ali.

Ela não teria entendido o significado deles. Como poderia? Eu mesma mal entendia aquelas histórias: contos de cisnes e espelhos mágicos, sim, mas também de traição e morte. Em alguns, minhas heroínas triunfavam, vencendo um grande mal e trazendo seu príncipe de volta do inferno. Em outros, o próprio príncipe representava um grande mal, e ele e minha heroína governavam o inferno juntos, de mãos dadas e lado a lado.

Essas histórias sempre foram as minhas favoritas.

Quando acordo naquela manhã, a primeira coisa que vejo é neve. Ela cai de um céu nublado, densa e silenciosa. Ela beija minhas bochechas em uma carícia delicada. Suaviza o som das ondas. Dedos calejados afastam o cabelo do meu rosto enquanto me sento e olho ao redor do barco.

— Como está se sentindo? — indaga uma voz profunda e familiar.

O som daquela voz deveria acelerar meu coração. Nunca pensei que a escutaria de novo.

Meu coração, porém, permanece silencioso. Permanece imóvel e, se eu ouvir com bastante atenção, posso achar que nem sequer bate.

— Com fome — respondo, aceitando o espelho dourado em sua mão.

Embora ele prenda com mais firmeza o cobertor sob as minhas pernas, preocupado, eu não o sinto. Na verdade, não sinto nada — nem o frio, nem o calor, nem mesmo a sensação inebriante do seu toque. Que já me incendiou uma vez. Me arrastou direto para o inferno.

Levanto o espelho e contemplo meu reflexo na neve. Contorno a fileira de pontos escuros, examino a pele pálida que não é a minha, a testa um pouco mais clara e o olho cor de esmeralda, e sorrio.

Talvez possamos governá-lo juntos.

AGRADECIMENTOS

Como sempre, tenho uma enorme dívida de gratidão com muitas pessoas para a realização deste livro, e, como sempre, estendo grande parte dessa dívida a *você*. O leitor. Séries *spin-off* como esta não acontecem sem você. Elas não acontecem sem a devoção que você tem dedicado não só a mim, mas também aos meus personagens. Embora Célie seja o centro das atenções em *O véu escarlate*, eu nunca teria sido capaz de contar a história dela se não fosse pela demonstração de amor dada a Lou, Reid, Coco, Beau e Ansel. Estamos todos em dívida eterna com você.

RJ, Beau, James, Rose e Wren, de algum jeito vocês administram meus prazos melhor do que eu, mas ainda quero que saibam do seguinte: aprecio cada batida discreta na porta do meu escritório. Nunca parem de me interromper. Nunca parem de me trazer queijo e biscoitos ou de fazer globos de neve com Tupperware para mim. Vocês são a parte mais luminosa da minha vida, e eu amo todos vocês mais do que podem imaginar.

Mãe e pai, a mesa da cozinha de vocês é um santuário; jamais chegará o dia em que eu recusarei um almoço com vocês dois. Obrigada por me ouvir, me apoiar e me aconselhar. Acima de tudo, obrigada por me amar pelo que sou, não pelo que faço.

À minha adorável família e aos meus amigos, próximos e distantes, obrigada por todas as noites de jogos, por todas os duelos de Catan, por todos os encontros para tomar café e pelas tábuas de frios. Obrigada por cada mensagem de texto ou telefonema para saber como eu estava; dou valor a cada um deles, assim como amo e dou valor a cada um de vocês.

Pete, sou eternamente grata por sua orientação e sempre me impressiono com seu profundo conhecimento do mercado editorial. Minha situação tem sido mais complicada do que a da maioria, mas você não hesitou em ficar do meu lado assim mesmo. Isso significou e continua significando tudo para mim. Obrigada.

Erica, depois de seis anos juntas, posso dizer com segurança que não confio meu trabalho a mais ninguém... e ninguém tem sido mais paciente com ele do que você. Obrigada por ser gentil. Obrigada por compreender quando preciso de mais tempo. Obrigada por amar Lou e Célie e por me ajudar a escrever este tijolão. Se a sua estante desabar por causa do peso, ele servirá muito bem como peso de porta.

Alexandra, Alison, Audrey, Jessie, Kristen, Sara, Lauren, Michael e o restante da minha incomparável equipe na HarperTeen: obrigada, obrigada, *obrigada* pelo carinho que dispensaram a este livro. A criatividade e habilidade de vocês foram fundamentais para trazer *O véu escarlate* à vida. Acho que uma viagem a Nova York para conhecer (ou encontrar mais uma vez!) todo mundo pessoalmente já deveria ter acontecido há muito tempo.

E, por último, mas nunca menos importante, Jordan Gray... Costumo atribuir a você a inteligência e o charme de Beau, mas eu nunca poderia ter escrito uma personagem como Célie, que é assumidamente meiga, feminina e vulnerável, sem a sua orientação. Ainda me lembro de me sentar para escrever *Deuses & monstros* e hesitar quando você perguntou: "E a Célie?" Embora eu tenha vergonha de admitir, eu já a havia descartado como a ex-namorada ciumenta. Você me desafiou a vê-la de modo diferente: como uma personagem imperfeita, sim, mas também como uma jovem mulher protegida e angustiada, com uma força de vontade inabalável. Ela se tornou um tributo à força por sua causa... Não é que se encaixa perfeitamente? Você me inspira todos os dias. Eu te amo para sempre. Obrigada por ser minha irmã.

Este livro foi composto na tipografia Minion Pro,
em corpo 11/15, e impresso em
papel off-white no Sistema Cameron da
Divisão Gráfica da Distribuidora Record.